KB249290

삼대록계 국문장편소설

임씨삼대록
2

역주자 최수현(崔洙鉉)은 이화여자대학교 국어국문학과를 졸업하고 동 대학원에서 박사 학위를 받았다. 국문 장편소설의 여성인물과 서술시각에 관심을 가지고 공부하고 있으며, 논문으로 「임씨삼대록 여성인물 연구」, 「보은기우록의 구성과 갈등구조 연구」 등이 있다.

이화문화연구총서 12

임씨삼대록 2

초판 인쇄 2010년 2월 20일 **초판 발행** 2010년 2월 25일
역주자 최수현 **펴낸이** 박성모 **펴낸곳** 소명출판 **출판등록** 제13-522호
주소 서울시 서초구 서초동 1621-18 란빌딩 1층
전화 02-585-7840 **팩스** 02-585-7848 **전자우편** somyong@korea.com **홈페이지** www.somyong.co.kr

값 23,000원

ISBN 978-89-5626-463-9 93810
ISBN 978-89-5626-445-5 (세트)

이 저서는 2005년 정부의 재원으로 한국연구재단의 지원을 받아 수행된 연구임(KRF-2005-078-AS0041)

이화한국문화연구총서 12

삼대록계 국문장편소설

임씨삼대록 2

최수현 역주

소명출판

일 러 두 기

가. 현대어역 및 주해

1. 현대어 번역문은 한글 맞춤법 체계에 의거해 자연스러운 현대 한국어 문장이 되도록 하였다.
2. 띄어쓰기와 관련해 한 인물에 대한 관직명이 연달아 나올 때는 붙여 썼다.
3. 띄어쓰기와 관련해 '공'이나 '부인'과 같은 호칭이 성(姓)과 연이어 나올 경우, 원래는 띄어 써야 하나 독서의 편의를 위해 예외적으로 붙여 썼다.
4. 현대어로 번역한 표현이 작품 원문의 형태와 많이 달라졌을 경우, 각주에서 원문의 표현을 밝혔다.
5 현대어로 번역한 본문에서 어려운 한자어는 한자를 병기했다.
6. 판독(判讀)이 어려운 어휘나 문장은 이본을 참조하여 보완하고 주석을 달아 그 사실을 밝혔다.
7. 이본을 참조해도 판독이 어려울 경우 그 사실을 각주에서 밝혔다.
8. 면이 바뀔 때는 바뀐 부분의 첫 글자 위에 방점(˙)을 찍고 원문의 면수를 표시하였다.
9. 주해는 다음과 같은 경우에 하였다.
    1) 관직명, 인명과 같은 고유명사.
    2) 전고(典故)가 있는 한자어 및 지금은 사용하지 않는 한자어.
    3) 어학적 주석이 필요한 근대 국어 어휘나 표기 체계.
    4) 등장인물 및 그들 간의 관계, 앞 줄거리를 환기시킬 필요가 있을 경우.
10. 주석의 표제어는 현대어로 번역한 본문을 대상으로 하였다.
11. 문장 부호의 사용은 다음과 같다.
    1) 큰 따옴표(" ") : 직접 인용, 대화, 장명(章名).
    2) 작은 따옴표(' ') : 간접 인용, 인물의 생각, 독백.
    3) 『 』 : 책명(冊名).
    4) 「 」 : 편명(篇名)
    5) 〈 〉 : 작품명
    6) ( ) : 한자어의 한자를 드러낼 경우.
    7) [ ] : 표제어와 그 한자어의 음이 같은 경우는 '( )'를, 음이 다른 경우는 '[ ]'를 사용함.
    8) { } : 원문 표현을 그대로 옮긴 경우.

나. 원문

1. 현대 맞춤법 체계에 의거해 띄어쓰기를 했다.
2. 한자는 병기하지 않았다.
3. 면이 바뀌는 곳은 면수 표시를 했다.
4. 판독이 불가능한 경우에는 □ 표시를 했다.

임씨삼대록 해제

『임씨삼대록』은 18, 19세기 조선에서 널리 읽힌 국문장편소설로서 『성현공숙렬기』의 후편이다. 『성현공숙렬기』가 성현공을 위시한 그 형제들의 이야기를 그린 작품이라면 『임씨삼대록』은 성현공 형제들의 여러 자녀를 주인공으로 하는 이야기를 그린 작품이다. 그래서 『임씨삼대록』은 성현공 세 형제 자녀들의 이야기 정도로 풀이할 수 있는 "성현공 삼곤계 자녀 별전"이라는 부제(副題)를 가지고 있기도 하다.

『임씨삼대록』은 현재 2종의 완질 이본이 전한다. 40권 40책본과 39권 39책본이 그것으로 모두 한국학중앙연구원 장서각에 소장되어 있다. 최근에 나온 『임씨삼대록』 연구(최수현, 이화여자대학교 박사학위논문, 2010)에 의하면 두 이본의 이같은 분량 차이는 39권본의 경우 필사자의 일정한 관점에 따라 40권본의 일부 서사가 축약된 결과라고 한다. 이 책에서도 40권 40책본을 중심대상으로 하여 현대어 번역을 하였다.

『임씨삼대록』의 이본이 2종에 불과하므로 향유 당시 크게 인기가 없었던 작품인가 여길 수도 있겠다. 그러나 조선후기 국문장편소설 작품으로서 이처럼 완질의 이본을 남기고 있다는 점 자체만으로도 『임씨삼대록』은 당대 독자들로부터 상당한 인기와 관심을 끌었던 작품이라 할 수 있다. 왜냐하면 국문장편소설 작품들은 우선 작품 그 자체의 분량이 적지 않아 단편소설들이 무수한 이본을 지니고 있는 것과 단순 비교될 수 없다는 점, 더불어 국문장편소설 대부분이 전편에서 후편으로 이어지는 연작소설인데 특히 『임씨삼대록』처럼 어떤 선행 작품의 후편인 경우 그것이 이본을 산출하기 위해서는 그 작품 자체뿐만 아니라 전편에 대한 풍부한 독자층까지도 전제되어야 한다는 점 등을 고려할 필요가 있기 때문이다. 여기에 더하여 국문장편소설 관련 향유 기록들이 풍부하지 못한 상황임에도 불구하고 『임씨삼대록』의 향유 관련 기록이 적지 않다는 점도 당대 이 작품의 인기를 방증한다고 할 것이다.

『임씨삼대록』은 18세기 국문장편소설의 전성기에 향유되었던 작품이다. 이 시기 국문장편소설은 『소현성록』처럼 국문장편소설 발흥 초기 작품들이 보여준, 시대에 대한 고심과 그 시대에 대한 인간적 대응이라는 진지한 소설적 모색을 넘어서서 훨씬 폭넓은 서사세계를 보여준다. 그래서 선악이 대결하는 가운데 절체절명의 위기와 그로부터의 구원이 가져다주는 전아한 미감에서부터 선악의 대결이 일상다반사(日常茶飯事)로 내려앉아 잔잔한 흥미와 이야깃거리로 자리 잡은 것까지 다양하다.

『임씨삼대록』은 처첩갈등이나 부부갈등 중심의 혼사장애담을 주로 형상화하고 있다는 점에서 국문장편소설의 장르적 속성을 공유하고 있다. 그러나 『임씨삼대록』의 혼사장애담은 여타의 국문장편소설들과 변별되는 개성적 면모를 보인다. 일반적으로 혼사 장애 사건이 형상화될 경우 혼인 당사자 여성의 시련과 고난, 그리고 그 극복에 서술의 초점이 놓인다. 그런데 『임씨삼대록』은 가문의 어른들, 특히 여성들이 자녀세대 혼인 당사자 여성이 겪게 될 위기나 고난을 미연에 예측하고 이를 방비하는 과정에 서술의 초점을 맞추고 있다. 그래서 아찔한 위기감이 주는 긴장감이나 선악 대결의 결과에 독자의 관심을 모으기보다는 이기는 게임의 과정 자체를 느긋한 마음으로 즐기며 그러한 과정에서 구현되는 천의(天意)의 실현을 체감하게 한다. 더불어 이러한 서사적 특징은 여성의 활약이 특히 두드러진다는 개성적 면모로 귀결된다.

『임씨삼대록』은 이같은 서사적 특징과 더불어 창작 배경에 있어서도 주목할 만한 작품이다. 연작 관계에 있으므로 『임씨삼대록』이 전편 『성현공숙렬기』의 서사적 설정을 수용한 것은 재론의 여지가 없다. 그런데 『임씨삼대록』은 『성현공숙렬기』외에도 『구운몽』이나 중국소설 『평요전』에 대한 독서 경험을 적극적으로 활용하여 작품을 그리고 있다. 국문장편소설의 중요한 장르적 특징 가운데 하나는 선행 작품의 설정을 작중에 활용하는 경우가 적지 않다는 것이다. 이런 점에서 『임씨삼대록』은 국문장편소설의 장르적 속성에 충실한 작품이라 할 수 있는데, 여기서 특히 주목할 것은 그것이 『구운몽』과 『평요전』이라는 점이다. 국문장편소설 대부분은 작자미상의 작품들이다. 따라서 그 창작 배경에 대한 직접적인 정보는 상당히 제한적이다. 이러한 상황 속에서 『임씨삼대록』의 작가가 국문장편소설은 물론이고 중국소설까지 섭렵하고 이를 소설 창작에 적극 활용하고 있다는 점은 국문장편소설 연구자들에게 여러 가지로 시사하는 바가 크다.

『임씨삼대록』이 완질의 이본을 남기면서 당대 큰 인기와 관심을 끌 수 있었던 것은 이러한 개성적 서사와 특징적인 창작 배경을 가지고 있었기 때문은 아닐까 생각된다. 이러한 『임씨삼대록』의 의의가 이 책을 통해 현대 독자들에게도 온전히 전해지기를 바란다.

처음에 번역은 1권~10권 17면은 김지영, 10권 18면~19권 25면은 최수현, 19권 26면~28권 50면은 한길연, 28권 51면~ 37권은 서정민, 38권~39권은 조혜란, 40권은 정언학이 담당하였다. 이 과정에서 정기적인 회의를 통해 무수한 상호 검토와 교정이 있었다. 이후 이를 총 5책의 현대어본으로 출간할 계획을 세우면서 1책(1~8권)은 김지영, 2책(9~16권)은 최수현, 3책(17~24권)은 한길연, 4책(25~32권)은 서정민, 5책(33~40권)은 조혜란과 정언학이 다시 재검토를 하면서 수차례의 상호 교정 작업을 거쳐 현대어 번역을 마무리하였다.

앞으로의 해결 과제로 남긴 부분이 없지 않아 세상에 내어놓기 주저되는 마음 감출 수 없다. 하지만 본 작업의 결과물이 세상에 나아가 고전소설 연구자는 물론이고 오늘날 일반 독자들에게도 우리 고전소설의 정수를 체험하게 할 소중한 계기가 되기를 조심스레 소망한다.

2010년 1월

서정민

임씨삼대록 해제 / 3

현대어역

임 씨 삼 대 록

9권

1   차설(且說).1) 공주가 옥선군주를 타이르며 말하였다.

"우리 황상께서 천하를 이롭게 하시어 예악문물이 번창하였으니 천하를 얻으신 것은 고황제이시나 풍속을 다듬으신 분은 황상이시다. 그러니 우리 황실의 자손들은 그 뒤를 이어 반드시 주공(周公)2)의 덕을 깊이 생각하여야 할 것인데 한왕 오라버니는 반란을 일으키고 하늘에 죄를 지어 서인(庶人)으로 폐위되고 동기를 깊은 구렁에 몰아넣어 대역죄로 온 집안을 짓밟으려 했다. 그렇다 한들 하늘이 어찌 무죄한 사람을 망하게 하겠느냐? 도리어 오라버니만 대역죄의 괴수가 되었을 뿐이다.

2   아비를 죽인 자식이 고금에 없으니 오라버니는 왕법을 면하지 못할 것이었으나 황상께서 차마 천륜의 정을 베지 못하시고 낙안주로 옮기게 하셨다. 그러나 오라버니는 마땅히 죄를 뉘우치고 착한 일을 권해야 할 것인데 내가 들은 말은 모골이 다 송연할 정도로구나.

너희 자매는 무슨 성미와 염치로 10여 세 된 여자가 송구영신(送舊迎新)하는 기생들의 행실과 같이 10척 높은 누각에 올라가 오가는 사람들을 자세히 살피고 외간 남자에게 월환(月環)3)을 던져 상사병을 일으킨단 말이냐? 또한 그것이 무슨 아름다운 행실이라고 황상께 아뢰어 황상의

3   어진 정치를 어지럽혔느냐? 황손이 되어서 외간 남자로 인해 상사병을 앓다가 사혼(賜婚)의 교지(敎旨)4)를 청하여 황상께 중한 꾸지람을 받고

---

1)   차설(且說) : 화제를 돌리려 할 때 그 첫머리에서 쓰는 말. 각설(却說) 또는 화설(話說)이라고도 함.
2)   주공(周公) : 문왕(文王)의 아들로 주나라의 기반을 굳건히 다진 정치가임. 문왕을 이은 무왕(武王)이 은(殷)나라의 주왕(紂王)을 멸하고 주나라를 세워 혼란한 정세를 점차 회복하는데, 무왕이 질병으로 죽고 나이 어린 성왕(成王)이 제위에 오르자 관숙(管叔), 채숙(蔡叔) 등이 반란을 일으킴. 이때 주공이 섭정하여 주왕조의 기반을 굳건히 다졌음.
3)   월환(月環) : 여자들이 몸에 장식하는, 달 모양이 새겨진 팔찌 같은 것으로 보임.
4)   사혼(賜婚)의 교지(敎旨) : '사혼'은 임금이 주선하는 혼사를 말함. '교지'는 임금의 말이나 명령을 담은 글을 말함.

도 오히려 부끄러운 줄 모르고 거듭 애걸하여 사혼의 교지를 얻어 첩실로 들어왔으니 무엇이 떳떳하겠느냐? 황실의 빛을 깎아 내렸으니 너같이 비루한 인물이 어디 있느냐? 이미 지난 일이니 이후에는 마음과 뜻을 가다듬고 조심하여 정실부인을 공경하며 임씨 가문에서 일생을 마쳐 평생을 완전케 하여라.”

이렇게 말을 마치니 공주의 안색이 대단히 엄숙하고 하는 말마다 너무나 분명하므로 옥선군주는 도무지 담이 떨려서 대답할 말이 없었다. 그러나 도리어 공주에게 이를 갈며 벌떡 일어서서 독하게 대답하였다.

“제가 운명이 불행하여 임씨 집안에 업원을 맺고 인연이 기괴하여 측실로 들어왔습니다. 홍매각[5] 안에 머리를 움츠리고 앉아 꼬리가 끼인 터에 무슨 위엄을 부리겠습니까? 고모님께서 저를 절개 없는 여자[6]로 아시고 조금도 사사로운 정 없이 단점을 들추어 한왕 숙부의 허물을 저에게 연좌시키고자 하시니 옥선이 무슨 죄가 있다고 그러십니까? 제 앞길은 신혼 첫날부터 결딴이 났으니 다시 회복시킬 마음도 없습니다.”

옥선군주가 말을 마치고 떠들썩하게 돌아가자 효장공주는 이 광경을 보고 도리어 어이가 없어 차갑게 웃으며 말하였다.

“내 오히려 친척의 정을 생각하여 신세를 편안케 하려 했던 것인데 저 욕심과 추악함은 고칠 길이 없구나. 천승(千乘)의 집안에 너희 사촌자매 같은 사람은 없을 것이다. 이 또한 하늘의 뜻이니 네 맘대로 하여라.”

---

5)   홍매각 : 옥선군주의 처소.
6)   절개 ~ 여자 : {힝뇌行露}. 『시경(詩經)』 「소남(召南)」 〈행로(行露)〉에 나오는 ‘행로첨의(行露沾衣)’라는 말에서 유래한 것으로 ‘행로지점(行露之霑)’은 곧 여인이 절개를 지키지 않고 눈이 맞은 사내와 애정 행각을 벌이는 것을 말함.

할 말을 마치고 좌우에 있는 시종들에게 분부하여 옥선군주를 홍매각으로 보내고 이후부터 다시는 궁 안에 오지 말라고 하였다. 옥선군주는 홍매각으로 돌아온 후 효장공주를 먼저 삼킬 생각이 가득 하였다.

화설(話說).7) 영락 21년 10월 10일은 문황제의 탄신일이었다. 문무백관(文武百官)이 황제의 탄생을 진하(進賀)드리러 모이니 금과 패옥 소리가 맑게 울리고 금옥(金玉) 관자(貫子)8)가 밝게 비췄다. 천하의 모든 문무 관리들이 동서로 반열을 정하고 늘어서 있는데 그때 문득 변보(變報)가 탑전에 올랐다. 그것은 곧 북해 태수가 보낸 밀서로 그 밀서에 이렇게 말하고 있었다.

북쪽 흉노족 아출태9)가 조공을 올리지 않고 군병을 이끌어 먼저 강하(江夏)10)를 침범하고 이웃 고을을 빼앗으며 점점 나아오고 있습니다. 장수를 보내어 강하를 쳐서 항복 받고 북해에 사신을 보내어 흉노를 어루만져 위로하신 후 요동을 막아 흉노가 노략질하는 길을 막으시어 대국의 위엄을 보여주소서.

이것을 보신 황제께서 눈가에 근심을 띠시고 여러 신하들과 의논하시

---

7)　화설(話說) : 이야기의 첫머리 또는 말머리를 돌릴 때 쓰던 말. 각설(却說)이라고도 함.
8)　관자(貫子) : 망건에 달아 당줄을 꿰는 작은 단추 모양의 고리. 신분에 따라 금(金), 옥(玉), 호박(琥珀), 마노, 대모(玳瑁), 뿔, 뼈 따위의 재료를 사용하였음.
9)　북쪽 ~ 아출태 :『임씨삼대록』에서 영락제는 북 흉노 아출태(혹은 야율태)를 정벌하기 위해 친정을 벌이는 것으로 나옴. 역사상 영락제는 5차례에 걸쳐 친정을 했는데 그 중 5차 친정은 달단(韃靼)의 아노태(阿魯台)를 정벌하기 위한 것이었음. 여기서는 이 작품에서 등장하고 있는 '북 흉노 아출태'라는 이름으로 옮김.
10)　강하(江夏) : 중국 호북성(湖北省)의 성도(省都)인 무한시(武漢市)의 일부. 옛 이름이 강하(江夏) 또는 악저(鄂渚)임. 대안의 한양과 함께 삼국시대(三國時代)에는 오(吳)나라의 손권(孫權)이 점거했던 이름난 고을. 양자강(揚子江)과 한수(漢水)가 합류하는 우안에 위치하며, 강안에 솟아 있는 사산(蛇山)이 대안의 구산(龜山)과 마주하여 강을 건너는 데 적합한 지점을 이루었기 때문에 예로부터 쟁탈지점이 됨.

니 초왕 임희린이 아뢰었다.

"지금 폐하께서 탕왕(湯王)11)과 무왕(武王)12)의 덕을 베푸시니 천하가
굴복하고 순종하여 막사에 말발굽 소리가 그쳤습니다. 백성이 즐겁게
생업에 종사하여 태평성대를 기약하고 있사온데 미친 오랑캐가 날뛰
고 있으니 그 죄 죽어 마땅합니다. 신이 비록 재주는 없사오나 얼마간
의 병사를 빌려주시면 흉노를 잘 가르치고 타일러 황명을 욕되게 하지
않겠습니다."
이 말을 듣고 황제께서 크게 기뻐하시며 말씀하셨다.
"북쪽 흉노가 강하와 결탁하여 대국을 침노하였으니 한 번 죄를 묻는
것은 어쩔 수 없다. 하지만 지금은 겨울이니 엄동설한에 병사들이 많
이 상할까 걱정되는구나. 문무의 재능을 겸비한 자를 가려 뽑아 진무
사(鎭撫使)13)를 삼고 하북 절도사(節度使) 장삼에게 강하를 쳐서 항복받
게 한 후 연결된 길을 끊으면 북쪽 흉노의 날쌘 기병들을 제어할 수 있
을 것이다. 내년 봄이 되어 적의 형세를 보아가며 짐이 몸소 나아가 정
벌해도 바쁘지 않을 것이다."
초왕 임희린은 황제의 말씀이 마땅하시다 아뢰고 소직사, 원직사 등의
재주와 충절이 세상을 뒤덮을 만하니 어명이 욕되지 않을 것이라고 아뢰
었다. 황제께서 그 말씀을 옳게 여기시고 즉시 그들을 북해 태수로 제수

---

11) 탕왕(湯王) : 중국 은(殷)나라의 초대 임금으로, 하나라의 걸왕(桀王)을 내치고, 박(亳)에 도읍을
     정하여 천자에 오르고 국호를 상(商)이라 정함. 제도와 전례(典禮)를 잘 정비하였음.
12) 무왕(武王) : 중국 주(周)나라의 제2대 왕이며 사실상의 창건자. 이름 발(發). 아버지 문왕(文王)
     의 뜻을 이어받아 상(商)나라 서부 제후(諸侯)의 맹주로서 상나라 토벌의 전쟁을 일으켜 하남성
     (河南省) 목야(牧野)에서 주왕(紂王)의 대군을 격파하여 상나라를 멸망시킴. 지금의 섬서성(陝西
     省) 서안(西安) 부근인 당시의 호경(鎬京)에 서울을 정하여 주나라를 창건하고 아우인 주공(周
     公) 단(旦)과 공신 여상(呂尙) 및 소공(召公) 석(奭) 등의 보필을 받아 나라의 기초를 공고히 함.
13) 진무사(鎭撫使) : 전란시 난리를 평정하고 민심을 수습하기 위해 파견한 사신.

하시니 소직사가 간절하게 사양하였다. 그러나 황제께서 말씀하셨다.

"이 소임은 경밖에 감당할 사람이 없으니 사양하지 마라."

이렇게까지 말씀하시므로 소직사가 아뢰었다.

"신이 비록 재주는 없사오나 북해 태수가 둘일 수는 없사옵니다. 군현을 노략하는 것은 지방이 너무 떨어져 있어 황제의 다스림을 입지 못하여 그런 것이오니 절도사 장삼에게 하북의 초토사(招討使)14)를 겸하게 하고 병권을 주어 북방의 자물쇠를 삼으시고 경막과 유성희를 요동과 북해의 대장으로 삼으시면 북노의 날쌘 병사들은 꺾기고 뽑힐 것이옵니다. 어찌 친히 가서서 정벌하시도록 하겠습니까?"

황제께서는 그가 어린 나이에도 식견이 밝고 사리에 통달한 것을 기쁘게 아시고 장삼에게 북해의 초토사를 제수하셨다. 그리고 경막과 유성희 두 사람을 각각 대장으로 삼아 북노를 치라고 명하신 후 조회를 파하셨다. 상국 부자와 숙질이 집안으로 돌아와 태부인의 안부를 여쭙고 소파에게 연석(筵席)15)에서 있었던 이야기를 전하며 이렇게 말하였다.

"전에 소씨 집안에 요사한 사람이 간간이 뛰어들었다 가곤 했는데 이제 원직16)이 국명으로 나가게 되면 집안이 비게 될 것이니 만일 그렇게 되면 두렵지 않겠느냐?"

그러자 소파가 대답하였다.

"조카의 재주라면 말을 타고 오랑캐를 정벌하는 데에 충분할 것이나 중임을 맡았으니 염려가 적지 않고 집안이 비게 되니 걱정입니다."

그런 후 소파는 가마꾼을 불러 소씨 집안으로 가자고 재촉한 후 자기가

---

14)　초토사(招討使) : 변란을 평정하기 위해 중앙에서 임시로 보내던 관리.
15)　연석(筵席) : 임금과 신하가 모여 자문(諮問)·주달(奏達)하던 자리.
16)　원직 : 소직사의 자(字).

직접 가서 직사가 길 떠나는 차비를 보려고 했다.

　이때 설소저(小姐)[17]는 강적을 만나고도 예전과 마찬가지로 아무 걱정 없는 듯 일찍 일어나고 늦게 잠들면서 어른들을 모셨다. 그 태도가 깊은 못에 임해 있는 듯 조심스럽고 변함이 없으므로 소저에 대한 어른들의 큰 사랑이나 백년가약을 맺은 남편의 대접이 부족함이 없었다. 그런 가운데 남편은 더없이 성실한 마음으로 자신의 속마음까지 다 알아주므로 모든 일에 조금도 흠이 없었으나 삼생의 원수인 목씨 남매로 인해 겪은 고생은 지금까지도 끝나지 않고 있었다. 설소저는 어렸을 때부터 목씨 남매 때문에 협실에서 지내면서 감히 머리를 방 밖으로 내놓지 못했으나 시집에 들어온 후부터는 이 요사스런 목지형이 감히 틈을 얻지 못하였다. 그러다가 목지형이 한왕에게 들락날락 하면서 연초부터 요사스런 여중을 끼고 들어와 간간이 설씨 집안을 왕래하기 시작하더니 한림이 과거에 급제했을 때 소저가 친정에 돌아오자 목지형이 일을 꾸몄으나 한림의 화살에 맞고 돌아가 더욱 원수를 맺게 되었다. 옥선군주가 임씨 가문에 들어오니 분명 그 요사스런 중을 끼고 일을 꾸민 것을 알았지만 나는 새가 지란을 물어갔다고 하였으니 할머니께서 마음이 편안하지 않으시면 부모님께서 괴로우실 것이라 설소저는 염려가 되지 않을 수 없었다. 또한 옥선군주가 자기가 앉은 의자 아래에서 여덟 번 절한 분을 씻으려고 머지않아 화를 일으킬 것이 분명하였으나 설소저는 한결같이 담담한 태도로 아무 걱정 없이 세상사를 모르는 듯이 하였다. 군주는 효장공주의 타이름에 속으로 크게 분노했으나 참고 침소로 돌아와 춘교를 향해 이를 갈면서 이렇게 말

---

17)　설소저(小姐) : 소저는 아가씨를 지칭하는 말이나, 고전소설에서는 젊은 부인을 가리키는 말로
　　도 씀. 설소저는 이미 혼인한 몸으로, 젊은 부인인 설씨라는 의미 정도로 이 말을 쓴 것임.

하였다.

"내 설소저를 없애버리고 남은 병기를 돌이켜 숙모를 가루로 만들 것이다. 네가 전에는 말을 시원하게 하였는데 지금은 무슨 계교가 없겠느냐?"

그러자 춘교가 말하였다.

"제가 어찌 한시라도 잊었겠습니까? 아침에 목생을 보았는데 내일 능운 법사를 데려 오겠다고 하였습니다."

이 말을 들은 군주는 크게 기뻐하며 방안을 청소하고 그들을 기다렸다.

차설(且說). 목지형은 능운을 데리고 조궁에 돌아와 화살을 빼어내고 약을 붙여 상처가 다 아물었다. 이러구러 옥선이 임씨 가문에 들어가니 춘교가 꾀를 써서 군주의 적국(敵國)[18]을 쓸어버리고 설씨를 한나라 조정으로 잡아다가 죽일 방법을 의논하고 능운과도 이 일을 의논하니 능운이 기쁜 마음으로 응낙하였다. 춘교가 군주의 눈으로 그 신통한 능력을 본 후에 대사를 의논할 바를 이르자 능운이 말하였다.

"그대가 먼저 가라. 나는 구름을 타고 가서 설씨의 처소를 살피고 군주를 찾아뵐 것이다."

이 말에 춘교가 응낙하고 돌아와 옥선군주에게 일의 전말을 전하였다. 그 때 한 떼의 구름 속에서 능운이 높이 떠 오는 것이 보이니 춘교는 이 모습을 보고 신기하다 말하였다. 능운이 뜰에 내려 군주를 뵙고 흰 장삼을 떨치며 합장하고 절하니 군주가 팔을 높이 들어 답례하였다. 그런 후 두 눈을 크게 떠서 빤히 보니 맑은 뼈는 수정 같고 기질이 좋아 산중의 요

---

18) 적국(敵國) : 남편의 다른 아내나 첩을 말함. 남편의 사랑을 독차지하기 위해 서로 적이 되어야 하는 상황이기에 적국이라 표현한 것임.

물인 것을 알 수 있었다. 군주가 방석을 돋우고 자리에 앉기를 청하니 능
운이 자리에 앉아 말하였다.

"소승은 깊은 산중에 살면서 인간 티끌을 하직한 몸이라 세상 사람들과 상관이 없었습니다. 그러다 신이한 능력이 있는 중을 불러 모으시는 한왕 전하의 방을 보고 스승께서 말씀하시기를 '재주를 다하여 어질고 현명한 사람을 불러 모으신[19] 한왕 전하의 은혜를 갚으라.' 하시므로 하산한 지 수년이 되었습니다. 그런데도 전하께서 구하시는 바를 받들지 못하여 안타깝고 답답할 따름입니다."

옥선군주가 자리에서 일어나 자기 속마음을 말하였다.

"남편의 은총을 나 혼자 차지하고 적국(敵國)을 제어하는 것이 소원이니 사부의 신통한 재주를 한 번 구경하고 싶소."

능운이 빙그레 웃으며 말하였다.

"군주가 소승에게 사정을 다 말씀하여 주시니 어찌 힘을 다하지 않겠
습니까?"

그리고 나서 어린 시종 두 사람을 앉힌 후 물을 뿜고 다라니경을 외우며 몸을 돌리자 자기 몸은 학이 되어 날개를 퍼덕이며 날아오르고 두 시종은 제비가 되어 은사(銀絲) 같은 실을 입에서 뿜어내는 것이었다. 옥선군주가 이 모습을 보고 이마에 손을 얹으며 말하였다.

"내 이제는 사부를 얻었으니 남편의 사랑을 얻고 설씨를 쓸어버릴 것이다."

옥선군주는 이렇게 말하며 속으로 칭찬하였다.

---

19) 어질고 ~ 모으신 : {쵸형ㅅ호는}. '초현사(招賢士)'의 오기로 보임. '초현납사(招賢納士)'라고 하여 어질고 현명한 사람을 불러 모은다는 뜻으로 쓰임.

이윽고 학이 방안으로 날아와 앉고 두 시종도 예전대로 내려놓았다. 군주가 수없이 감사한 후 상 옆으로 천금을 내어놓으며 능운의 공에 사례하고 급히 일을 행하여 답답한 가슴을 풀어 달라 말하였다. 그러자 능운이 두어 번 사양하다가 그 금을 받은 후 여러 가지 약을 드리며 말하였다.

"이 약은 소승의 사부가 영산에서 주지 도사로 있을 때 고아낸 것인데 첫 번째 것의 이름은 개용단(改容丹)[20]이고, 두 번째 것의 이름은 도봉잠[21]이며, 세 번째 것은 회면단(回面丹)[22]입니다. 도봉잠은 부부 금슬이 안 좋을 때 한 번 시험하십시오. 항상 그렇지는 못해도 세 끼에 한 번씩 시험 삼아 타 먹이면 수일 동안 크게 트인 후 금슬이 하늘과 땅처럼 무궁해집니다. 개용단은 삼킬 때 자기가 되고 싶은 사람의 얼굴과 똑같이 되어라 하면 그 얼굴이 되는 약인데 일을 끝낸 후 회면단을 먹으면 도로 옛 얼굴이 될 것입니다. 이것들을 가져다가 신기한 효험을 볼 곳이 있거든 차차 시험해 보십시오."

그러자 군주가 크게 기뻐하며 그 약들을 받아서 감추고 능운에게는 빨리 일을 시작하라고 하였다. 능운은 곧 머리를 조아리고 응낙한 후 홀연히 조각구름을 타고 사라졌다. 군주는 놀란 두 눈을 둥그렇게 뜨고 너무나 신통한 마음에 계속 칭찬하기를 그치지 않았다. 그 이후부터는 불 붙는 것 같던 근심을 물리치고 마치 한림 임창홍의 무거운 은총을 차지할 듯 날마다 단장을 곱게 차리고 있었다. 군주는 아침저녁 문안 때마다 얼굴을 가리고 설소저의 일동일정을 넌지시 살폈으나 소저는 날 때부터 정

---

20) 개용단(改容丹) : 자기 마음대로 얼굴을 바꿀 수 있다는 단약.
21) 도봉잠 : 사람의 마음을 바꾸는 약으로 친했던 사람은 소원하게 되고 소원했던 사람은 친하게 되는 약. 변심단, 또는 미혼단이라고도 함.
22) 회면단(回面丹) : {외면회단}. '회면단'을 이르는 것으로 얼굴을 다시 제 모습으로 돌아오게 하는 약을 말함.

직한 사람이라 온갖 일을 처리하는 데에도 정직을 위주로 하였다. 아침이면 세수가 끝나자마자 어른들께 문안드리고 취성전에서 월혜 소저와 함께 태부인 곁을 보살피니 어찌 제 맘대로 요사스런 사람 눈에 보이겠는가? 능운이 목지형에게 옥선군주의 생각을 전하니 목지형이 크게 기뻐하며 설씨를 급히 잡아 낙안주로 가겠다고 하였다. 능운이 산속으로 가서 법을 가다듬은 후 다시 임씨 가문으로 왔다.

이때 옥선군주가 춘교를 보내어 설씨의 처소를 살피게 했으나 상부(相府)에는 설씨의 처소가 없었다. 행각 유모를 달래어 물었으나 다들 번번이 물리치고 말해주지 않았다. 춘교가 돌아와 도저히 알 길이 없음을 전하니 군주가 눈썹을 찡그리고 꾸짖었다.

"설가 요물이 뭐가 그리 중요하기에 임씨 집안에서는 상하노소 없이 제 늙은 할미보다 더 위로 알고 침소를 말하지 않는 것이냐? 네가 찾으면 설마 저 요괴 년의 처소를 알지 못하겠느냐?"

춘교가 군주의 말에 응낙하고 효장궁 궁인들에게 물었다.

"내가 전에 들으니 나라에서 효문궁[23]을 지어 숙렬비에게 내리셨다 하던데 그 곳이 어디인가?"

그러자 궁인이 대답하였다.

"그대는 누구인데 효문궁에 대해 묻는 것이오?"

춘교가 웃으며 말하였다.

"나는 조군주의 시녀인데 군주는 옥주(玉主)[24]의 질녀라네. 그러니 우

---

23) 효문궁 : 『성현공숙렬기』에 따르면 영락 황제가 효장공주를 임세린과 혼례시키면서 효장궁을 지어 하사하셨는데 주비가 남자로 변장하고 전쟁에서 공을 세워 숙렬에 봉해지고 나서 주비를 양녀로 삼아 효문공주의 직첩을 내리고 그 공을 기려 남정궁(南征宮)을 지어주심. 그 후 효문공주의 이름을 따서 효문궁이라 부름. 원문에는 이 부분만 '효장궁'으로 되어 있으나 문맥에 맞게 고침.

리는 같은 반열에 있는 관계일세. 효문궁이 좋다 하기에 한 번 구경하
고자 왔네."

궁인이 말하였다.

"자네가 직접 저 산봉우리를 쳐다보게. 그 산 아래에 있으니 비스듬히
보면 상부 태자소부(太子少傅)25)께서 거처하시는 정심헌이고, 그 아래
로 백여 걸음을 내려가면 팔룡당이 있는데 봉이 날개를 편 듯, 학이 날
아오르는 듯하고 그 아래로 월자당, 화자당 등 별당들이 겹겹이 있고
문이 겹쳐져 있으니 어디로 들어가는 줄 알고 구경하겠는가?

춘교가 말하였다.

"알 수 있을 듯하네. 만 리가 되더라도 내가 알아서 구경하겠네."

그러고는 효장궁 쪽문으로 들어가 효문궁으로 통하는 문을 궁인에게
자세히 묻고 바로 치고 들어갔다. 과연 들쭉날쭉한 누각들이 들어서 있는
데 그 색채가 영롱하여 오색구름이 일어나는 듯하고 굽어진 난간과 겹겹
이 늘어선 집들은 모두 정교하고 드높아 어느 곳이 설소저의 거처인지 알
수 없었다. 하지만 이 여자는 별종에다 요물이라 윤자당 여덟 봉우리 중
에 봉룡당이 선두로 왼쪽에 있는 운산을 등지고 앞으로는 백동단에 닿아
있으니 이를 우러러보고 찬탄하며 혼잣말로 말하였다.

"우리 조궁이 아무리 웅장하고 화려하다 하나 여기에는 미치지 못하겠
구나. 군주의 봉선루가 아무리 기묘하다 해도 어찌 이곳을 당하겠는
가?"

---

24) 옥주(玉主) : 옥같은 공주라는 뜻으로 공주나 군주를 높여 부르는 말임. 여기서는 옥선군주를
   가리킴.
25) 태자소부(太子少傅) : {쇼부인이}. 정심헌에 주로 머무는 이가 태자소부 임유린이기에 이같이
   옮김. '태자소부'는 태자의 궁사(宮事)·시종(侍從)·진강(進講)의 일을 맡아보던 관아인 태자
   부(太子府)에 둔 벼슬이름.

그리고 곳곳을 두루 보던 중 봉륜당 사환인 매파가 지게문을 열고 나오
다가 춘교를 보자 얼굴색을 바꾸고 물었다.

"그대는 어떤 사람이기에 이 깊은 효문궁에 들어왔는가? 이곳은 본래
비어있는 궁으로 상부의 여러 공자들이 가끔 놀러 오시는 곳인데 어찌
바깥사람이 들어온단 말인가?"

춘교는 이 말을 듣고 대답할 말이 없어 훌쩍 돌아가면서 매파와 봉륜당
에 불을 놓아 태워버리고 싶었으나 어쩔 도리가 없었다. 옥선군주가 큰
소리로 꾸짖으며 욕하고 바삐 그들을 없애버리라고 청하며 일을 시작하
라고 하자 춘교가 말하였다.

"옥주는 아직 서두르지 마십시오. 제가 사람들 마음을 모으고 물정을
자세히 안 연후에 일을 시작하겠습니다. 취성전과 경복루, 경운루는
감히 바라보지도 못하니 어떤 변고로든 태부인을 범하여 그 죄를 설소
저에게 씌우면 전하와 주비라도 아무 말 못할 것입니다. 이렇게 한 후
자객을 일으켜 태부인을 놀라게 하고 설씨의 죄상을 드러내면 상국이
비록 아무리 설씨를 애지중지하여도 태부인을 위해 용납하지 못하고
집에서 쫓아내거나 작은 방에 가둘 것입니다. 그런 후 능운 법사를 일
으켜 삼켜내게 하면 일이 쉽게 되지 않겠습니까? 비록 집안에서 군주
를 의심하겠지만 증거가 없는 한 군주께 미루지는 못할 것입니다. 이
렇게 한 후 옥주께서 겉치레로 설씨가 피난 간 것에 놀라는 체 하시고
석고대죄(席藁待罪)하시며 첩실의 도리를 차리시면 누가 옥주를 탓하겠
습니까? 설씨가 무엇이라 하는지 보아가며 법사를 일으켜 그를 삼켜내
면 일이 기묘할 것입니다."

군주가 눈살을 찌푸리고 차갑게 웃으며 말하였다.

"내가 비록 팔자가 괴이하여 저 아래 무릎 꿇은 것도 분해 죽겠는데 내 어찌 저 사람의 누추한 처소 옆에서 석고대죄를 한단 말이냐?"

그러자 심복 시녀인 옥앵이 무릎을 꿇고 아뢰었다.

"춘교 언니의 말이 맞습니다. 옥주는 사리에 따라 행하시어 잠시 분을 참으시고 춘교 언니의 말을 들으십시오."

군주가 그 말을 옳게 여기자 춘교가 한 가지 꾀를 고해바치니 군주가 말하였다.

"이 일은 중대한 일이다. 우리가 지금 마루 위에도 오르지 못하는 처지인데 어찌 주방 사환을 사귀어 우리 맘대로 음식에 독을 넣겠느냐? 이 일은 너무 어렵다. 너는 태청선생을 못 보았구나. 한 번 두 눈을 들면 우리들 눈 위에 사무쳐서 모골이 다 송연하다. 태부인도 비록 귀밑에 흰머리를 드리웠으나 빛나고 드넓으며 보는 두 눈이 어려 보여 어디 노인 같더냐? 더구나 효장 숙모의 밝은 식견은 더 어려워 나를 조금도 용납하지 않으니 서운한 생각을 내비쳤다가는 일을 이루기 어려울 듯싶구나."

춘교는 고개를 숙이고 홍악26)은 분해하면서 말하였다.

"아무렇거나 제가 형편을 보아 가면서 시험하여 보겠습니다."

옥선군주가 크게 기뻐하여 세 사람이 꼼꼼하게 계교를 정하고 때를 기다렸다.

진파27)의 시종인 난섬은 영리하고 속이 트여 진파는 병이 있거나 무슨 일이 있으면 자기 대신 난섬을 시켰다. 하루는 진파에게 일이 있어 식사

---

26) 홍악 : {황악}. 춘교 이외의 옥선군주의 심복 시녀로 홍악이 있어, 문맥을 고려하여 이같이 옮김.
27) 진파 : 상국 임한주의 첩.

와 술을 올리는 일을 며칠 동안 난섬이 주관하였다. 난섬이 여러 곳의 음식을 일일이 점검하여 보내는데 춘교가 이르러 군주가 차를 원한다는 말을 이르고 차를 급히 가지고 내달아 간 후에 또 홍악이 황급히 차를 재촉하며 갑자기 덤벙거렸다. 난섬이 각 당에 차려 보내느라 바쁠 때 홍악이 황급히 눈으로 이리저리 둘러보더니 사환이 태부인 음식을 경복루에 올리러 간 사이 상국께 올릴 국에는 변심단을 들이붓고 초왕의 국그릇에는 독을 들이부은 후 총총히 돌아왔다. 이윽고 모두 취성전에 모여 앉아 음식을 먹는데 상국은 본래 시력이 남다른 까닭에 그릇에 담긴 국 빛이 전과 다른 것을 보고 그릇을 초왕에게 밀면서 말하였다.

"요사스런 사람이 집안에 숨어들어 앉은 방석이 더워지기도 전에 알기 쉬운 악행을 먼저 시험하니 너는 그것을 알겠느냐?"

초왕은 국 뚜껑을 열었을 때 독기가 코를 거슬렀으나 조용히 좌우에 있는 시종에게 묻고자 하였다. 그러다가 아버지 명을 듣고 그릇을 끌어다 보니 약명은 모르겠으나 분명 약이 들어 있었고 자기 국그릇에는 독이 들어 있었다. 초왕은 이를 보고 놀랍고도 해괴한 마음을 이기지 못하였는데, 먼저 놀란 것은 아버지께 독을 내온 때문이고 해괴했던 것은 벌써 짐작했던 일이었기 때문이었다. 초왕은 상을 물리고 즉시 마루로 나와 주비에게 이 일을 전하며 말하였다.

"부인이 어찌 이런 일에 무심하여 지존하신 어른의 그릇에 독약이 들은 것을 모를 수 있단 말입니까? 이 어찌된 일입니까?"

원래 음식을 올릴 때는 주비가 난간에 앉아 다 점검한 후에 각각 상을 드렸는데 오늘 주비는 위부인께서 편찮으셔서 공주와 함께 곁에서 보살피고 있었다. 그때 상운이 놀란 얼굴로 들어와 초왕의 명을 들은 대로 아뢰니 주비가 크게 놀라 빨리 취성전에 이르러 머리를 풀고 죄를 청하며 말하였다.

"집안에 이런 흉악한 변이 일어나 지존하신 어른께 미치게 되었으니 이는 다 제가 불경한 죄입니다. 밝히 다스리시길 기다립니다."

이때 상국은 초왕이 주비를 꾸짖는 것을 듣고 초왕에게 명하여 올라오라 한 후 눈살을 찌푸리며 말하였다.

"이 일은 구태여 며늘아기를 꾸짖을 일이 아니다. 우리 집안에 일어난 환란은 전부터 모두 괴이하고 한탄스러웠으나 이런 일까지 일어난 적은 없었으니 어찌 놀랍지 않겠느냐? 저 아이가 직접 국을 올린 것도 아니고 주방에서 한 일이니 이 일은 며늘아기의 죄가 아니다. 또한 나와 네가 국을 먹지도 않았으니 나쁠 것도 없다. 잠자코 있어라. 요사스런 사람이 우리 부자를 업신여기고 먼저 시험한 것이니 마땅히 자세히 조사하여 밝혀야 할 것이다. 하지만 그렇게 되면 사태가 요란해져서 요사스런 사람을 잡지 못하고 어지러울 것이니 아직 잠자코 있거라. 이미 흉악한 일이 일어날 싹이 드러났으니 그 거동을 가만히 살피거라."

그런 후 주비에게 몸을 일으켜 방으로 돌아가라 명하였다. 주비가 당으로 오르니 상국이 탄식하며 태부인께 아뢰었다.

"간악한 사람이 나쁜 일을 시험하였으니 앞으로도 일이 있을 것입니다."

태부인이 탄식하며 말하였다.

"보지 못한 일이니 구태여 이 사람에게 미루겠느냐? 그러나 일마다 불행하니 창흥 부부 앞날에 낄 마의 싹이로구나."

그리고 좌우에게 엄히 명하여 이 일을 입 밖에 내지 말라고 하였다. 옥선군주는 시녀들과 자세히 일을 꾸미고 두루 탐지하였으나 전혀 움직임이 없으므로 알 길이 없었다. 도리어 부끄럽고 분한 군주는 능운이 왔는지 급히 알아보라고 하였다. 그때 능운이 공중에서 내려와 군주를 뵈니 군주와 시녀들은 너무 기뻐 이 일을 말하고 급히 손을 쓰라 하였다. 그러자 능운이 말하였다.

"내 두 시동을 입에 삼켜 영원암으로 돌아왔는데 10세 넘은 여자 하나 삼켜내는 것이 그리 힘들겠는가?"

춘교가 말하였다.

"설소저의 처소를 알았으니 사부는 군주의 침당에 숨어 있다가 잘 행하십시오."

능운이 구름을 몰아 상부로 가고 춘교는 군주를 모시고 당 안에 있었다. 능운이 구름 속에서 낱낱이 다 둘러보고 돌아와 말하였다.

"소승이 상부를 살피니 설소저를 잡아내는 것이 어렵지 않을 듯합니다. 이번에 산속으로 가서 옥주의 신수를 점쳐보니 아직 부부가 금슬을 합하지 않았지만 4, 5년 빈방을 겪고 나면 옥주의 한 몸에 겪을 즐거움이 조금도 흠이 없을 것이며 한 나라의 국모 자리에 오르실 것입니다."

이 말을 듣고 군주는 나중에 한림 임창홍은 천승 군왕이 되고 자기는 한 번 총애를 얻은 후 설씨를 없애고 정실이 되어 왕후의 복장을 갖출 것을 생각하고 크게 기뻐 감사하니 그 모습이 가소롭고 가관이었다.

이러구러 황혼이 되어 능운이 상황을 살피려고 상부에 와서 자세히 살피니 집이 크지는 않았으나 끝없이 넓고 그윽하며 겹겹이 둘러져 있었다. 그 중에서도 취성전이 가장 빼어났고 좌우로 경복루와 경운루, 채봉루가 있었다. 그리고 그 아래로 각 당들이 늘어서 있는데 누각이 가파르고 높아 어느 곳에 설소저가 있는지 알 수가 없었다. 몸을 작은 벌레로 바꾸어 처마 끝마다 붙어서 보니 태양의 정기가 넓은 방안에 가득하여 요사스런 사람이 재주를 드러내 보일 길이 없었다. 더구나 삼태성(三台星)28)을 거느리고 온갖 별들이29) 좌우로 늘어섰으니 자기 도술이 비록 아무리 특별하다 해도 이 집안에는 맘대로 접근할 수 없었다. 능운은 그대로 돌아와 군주에게 말하였다.

"며칠 후 일을 행하겠습니다."

며칠 후에 정당에 들어가니 설소저가 시어머니 침실에 단정히 앉아 있는데 그 위엄이 고요하였다. 소저가 우연히 눈을 드니 괴이한 새가 처마에 붙었는데 여느 새와는 달랐다. 눈을 낮추고 다시 보지 않았으나 낯빛이 다르므로 군계가 의아하여 눈을 드니 과연 아로새긴 처마에 괴이한 새가 몸을 감추고 있다가 눈만 내놓고 두루 살피는 것이 보였다. 이때는 가을바람이 소슬한 때였는데 종형인 팔선이 조용히 있다가 그 거동을 보고 자기도 몸을 기울여 그 새를 보았다. 이윽고 난데없는 구름이 태양을 가리고 향기로운 바람이 진동하면서 앵무새와 공작새, 봉황과 난새 같은 무수한 새들이 공중에서 날아와 처마 사이마다 각각 몸을 감추는데 그것은 진실로 인간의 조화가 아니라 신선 세상에나 있을 법한 희한한 광경이었다. 군계30)가 가만히 화앵의 귀에 대고 두어 마디 하자 화앵이 급히 나가 활과 화살을 가져왔다. 살 끝에 독을 발라 활을 당기어 새의 눈을 향해 쏘

---

28) 삼태성(三台星) : 대웅성좌(大熊星座)에 딸린 별. 자미성(紫微星)을 지킨다고 하는 세 별. 곧 상태성(上台星)·중태성(中台星)·하태성(下台星).
29) 온갖 별들이 : {졔명}. '제성(諸星)'의 오기로 보임.
30) 군계 : {쇼계}. 이에 대해 이야기를 주고받는 다음 상황에서 활을 쏜 사람이 군계로 언급되고 있는 것을 고려해 이같이 옮김.

니 화살이 새의 눈에 맞았다. 그 새는 눈에서 피를 흘리며 큰 소리를 길게 지르고 달아났다. 군계가 소저를 모시고 취성전에 들어와 태부인께 이 일을 고하니 태부인이 크게 놀라 말하였다.

"군자의 처소에는 요사한 것이 범하지 못하는 법인데 불행히 요사스러운 사람이 들어온 후로 요사한 일이 잦구나, 이는 모두 낙안주에서 비롯된 일이다."

초왕이 엎드려 이 말을 듣다가 창홍을 돌아보며 물었다.

"전에 들으니 며늘아기가 친정에 갔을 때 이러저러한 변고가 있었다던데 그것이 정말이냐?"

창홍이 머리를 조아린 채 대답하였다.

"사실 요망한 일이 있긴 하였으나 그 사람이 설씨 가문 목태부인의 친족인 탓에 발각하지 못하고 요사한 사람의 화살만 방어하여 물리쳤습니다."

초왕은 고개를 끄덕였지만 상국은 괴롭다 하니 선생[31]이 말하였다.

"이 또한 천명이라 하겠지만 요사스런 도사의 장난은 앉아서도 물리칠 수 있으니 그만한 난리야 창홍이 누르지 못하겠습니까?"

그러자 상국이 귀를 막고 말하였다.

"손자아이가 천금같이 귀한 몸으로 아직 설씨와도 동침하지 않았는데 어찌 음녀와 화합할 수 있겠느냐? 그렇지만 군주가 한낱 은총만 다투고 있는 것이라면 아직 권도(權道)로 한 달에 한 번씩이나마 찾아보아도 무방할 것이다."

그리고 창홍을 돌아보니 창홍이 할아버지 말씀을 듣고 순순히[32] 대답

---

31) 선생 : 상국 임한주의 동생인 태청선생 임한규를 가리킴.

하였다.

　"할아버님 말씀이 마땅하십니다. 저 미친 사람의 행위는 지극히 원통하지만 이미 집안에 둔 후인데 여자의 원망을 일으켜서야 되겠습니까? 제가 아직 나이가 어려서 부모님께서 맡기신 설씨와도 합방을 하지 않았으니 집안의 법도를 정한 후에 순서를 차려 홍매각을 찾겠습니다."

　창홍의 말이 끝나자 그 말하는 것이 순박하고 참되며 시원시원하고 명쾌하므로 상국이 막혔던 것이 확 트인 듯 탄식하며 말하였다.

　"아름답고도 큰 재주로구나. 손자 창홍아, 네가 12세 어린아이로 식견이 이렇듯 원대하니 어찌 명나라 황실의 복이 아니며 우리 가문의 천리마가 아니겠느냐? 이는 다 조상들이 끼치신 덕과 어머니의 지극히 현명하신 덕분입니다."

　태부인은 기쁨을 이기지 못하여 이 모든 것이 다 주씨 며느리가 태교를 잘 한 공이라 하였다. 그러자 진파가 웃으며 말하였다.

　"군계의 활 쏘는 기술이 신묘하더군요."

　그러자 좌중은 화살이 요괴의 눈에 맞았다며 기뻐하였다.

　이무렵 능운이 화살에 눈을 맞은 채 겨우 옥선군주에게 돌아와 본 모습으로 바꾼 후 자리에 거꾸러지니 춘교가 급히 화살을 뽑았으나 살 끝에 독을 많이 발라 유혈이 낭자하였다. 군주가 겁이 나서 수족을 주무르며 청심환으로 구하니 얼마 후에 능운이 정신을 차리고 크게 소리 지르며 말하였다.

　"여자의 활 쏘는 수법이 독하여 내 아까운 왼쪽 눈을 병신으로 만들었

---

32)　순순히 : {수련이}. '슐연[通然]'으로 보임. '휼(通)'의 본음은 '술'로 '근심스럽게', '조심스럽게'란 뜻이나 여기서는 '순순히'의 뜻으로 보임.

구나. 그 여자가 어떻게 한다 해도 이 원수는 갚을 것이다. 군주는 아직 작은 일을 참아 큰일을 소홀히 하지 마십시오. 소승이 산중으로 가서 눈을 고치고 다시 오겠습니다. 그러나 이 가문에 초왕으로부터 내리 수많은 신하들이 호위하고 있고 삼태성과 문창, 문곡, 태을, 벽소 등 여러 별들이 명나라 황실을 보좌하려 발원하여 내려온 것이 심상치 않으니 조그만 꾀로는 도리어 큰 화를 볼 것입니다. 급히 먹는 밥에 체하는 일이 있으니 군주는 아직 화를 참으십시오.”

말을 마치자 바랑을 메고 돌아가려 하니 군주가 붙들고 눈물을 비 오듯 흘리며 말하였다.

“사부에게 닥친 화는 내 탓이네. 사부는 산중에 가서 병을 조리하고 조속히 돌아와 원수를 갚아주게.”

능운이 순순히 응낙하고 손을 빼고 돌아갔다. 옥선군주는 손으로 분한 가슴을 어루만지고 능운의 눈이 먼 것을 한탄하며 더욱 이를 갈다가 문득 생각하였다.

‘내 한 번 설씨의 얼굴이 되어 봐야겠다.’

그러고는 개용단을 입에 넣고 축원한 후 거울에 비춰보니 어지러운 얼굴이 변하여 풍만하고 깨끗한 설씨로 바뀌었다. 춘교가 손뼉을 치면서 신기하다고 말하자 군주도 즐거워하였다. 그러던 중 문득 요사스런 마음이 발동하여 먼저 여부인에게 시험하고자 하여 바로 경복루로 들어갔다.

이때 여부인은 집안에 요사스런 자취가 가득한 것을 근심하며 이마를 찡그리고 조용히 시름에 잠겨 있었다. 그때 풍부인이 시어머니를 위로하며 자녀를 거느리고 곁에서 모시고 있었는데 여부인이 여러 손자들을 자리 아래에 눕히고 어루만지며 말하였다.

44 "네 아비는 정심당에만 잠적해 있어 자식의 재미도 모르니 실로 재미가 적고 밉기만 하구나."

말이 끝나기 전에 뒤쪽 창이 열리면서 설씨가 얼굴에 노기가 가득한 채 눈을 어지럽게 뒤룩대며 홀연히 들어와 앉았다. 여부인은 이 모습을 보고 놀랐으나 안색을 바꾸지 않고 말하였다.

"아까 취성전에서 너를 보고 할머님 곁에서 모시라 일렀는데 어찌 왔느냐?"

가짜 설씨가 두 눈을 독하게 뜨고서 옷 사이로 칼을 빼어내어 손에 쥐고 표독하게 말하였다.

"내 본래 설태사의 5남 1녀로 귀하기가 궁궐의 공주 같았다. 그런데 16 45 세가 채 못 되어 임씨 가문에 들어온 후로는 각 당에 아침저녁으로 문안을 드리며 예를 행하는 데에 전전긍긍하느라 한시도 한가한 일이 없었다. 그런데도 나이가 어린 것을 핑계로 부부를 한 방에 들이지도 않고 어느 사이에 아름다운 군주를 들여 내 눈에 박힌 못을 삼고 적적한 효문궁에 나를 상직하게 하며 손자 사랑도 유명한 체하고 감추어 나에게 장신궁(長信宮)33)의 고난을 겪게 한단 말이냐? 그대가 이 집안에서 태부인 다음으로 있으면서도 손자 부부에게 화락하란 말을 할 생각은 꿈에도 없이 꿀 먹은 벙어리로 앉아 있으면서 자기의 몸만 존중한 줄 46 알고 그 밖의 사정은 모르니 일이 너무 분하구나. 내 한바탕 다투어 인정 없는 칼로 시험할 것이다."

---

33) 장신궁(長信宮) : 전한(前漢)의 성제(成帝)의 총애를 받았던 반첩여가 머물었던 궁을 말함. 반첩여는 성제의 후궁인 조비연의 모략으로 장신궁(長信宮)에 머물게 됨. 장신궁에서 과거 임금의 사랑을 받던 일을 회상하고 현재의 자신의 처지를 돌아보며 〈원가행(怨歌行)〉이라는 제목의 시를 지음.

이렇게 말을 마친 후 비수를 들고 달려들었다. 여부인은 아무 생각 못하다가 갑자기 이런 변을 당했으니 마음이 떨릴 만도 하였으나 말소리와 얼굴빛을 조금도 바꾸지 않고 일어나 앉으며 풍부인을 돌아보았다. 풍부인은 처음에 설씨가 화난 얼굴로 들어왔을 때 이미 상황을 짐작하였으나 시어머니의 처치를 보려고 잠잠하였는데 칼을 내어들고 달려드는 것을 보자 아름다운 눈썹을 찌푸리며 다가가 칼을 빼앗았다. 그리고 비단 치마를 당겨서 앉히고 이렇게 말하였다.

"그대가 갑자기 풍증이라도 들린 것이냐? 어머님 앞에서 칼을 내놓는 것이 웬 일이란 말이냐? 그대가 저렇듯 음욕을 참지 못할 거라면 남편이나 끼고 즐길 일이지 감히 어머님 앞에서 발악을 하느냐? 설씨 며느리는 취성전에서 시침하고 있는데 어느 곳 도깨비[34]가 감히 누구의 모양을 뒤집어쓰고 이토록 흉악한 짓을 벌이는 것이냐? 군자의 방에는 요사스런 사람이 감히 비추지 못하는 것인데 이러한 변이 닥칠 줄 어찌 알았겠느냐? 요사스런 사람이 내가 시침하는 줄 알고 버젓이 아주머니라 하고 시험하나 내 두 눈이 병들지 않았으니 어찌 그대를 알아보지 못하겠느냐? 여기 앉아 있다 내일 설씨와 진위를 가리자."

그러고는 비단 치마를 단단히 잡고 움직이지 못하게 하니 옥선이 질겁하여 떨치고 돌아가려 하였으나 풍부인이 당당한 태도로 앉아서 치마를 굳게 잡고 앉아 있으므로 움직일 수가 없었다. 간담이 뛰놀아 아무리 독하게 뿌리치고 요동하며 몸을 빼어 돌아가고자 하여도 마치 잠자리가 태산에 대항하는 것같이 요지부동이었다. 옥선군주는 요사스런 기질에 완

---

34) 도깨비 : {니미망냥[魑魅魍魎]}. 온갖 도깨비를 말하는 것으로 산천·목석의 정령에서 생겨난다고 함. 이매(魑魅)는 얼굴은 사람 모양이고 몸은 짐승 모양으로 되어 있다는 네 발 가진 도깨비로 사람을 잘 홀리며 산이나 내에 있다고 함. 망량(魍魎)은 도깨비를 말함.

전히 헛기운을 타고난데다 풍부인의 정기가 요사스런 사람을 누르고 있어 조금도 움직일 수가 없었다. 죽을힘을 다해 몸을 빼어 치마를 벗어버리고 뛰어 달아나려 하니 풍부인이 어이가 없어 치마를 멀리 던지고 그 두 손을 단단히 잡아 앉혔다. 여부인은 이 광경을 보고 너무 어이가 없어 도리어 웃음이 났다. 풍부인이 요사스런 사람의 속을 비추어 크게 꾸짖는 말은 매우 맹렬하고 이치에 통달하여 마치 강자아(姜子牙)35)가 녹대(鹿臺)36)에 있던 달기(妲己)의 죄를 낱낱이 들추며 조마경(照魔鏡)을 비추는 듯하였다. 여부인은 한편으로 시원하고 기특한 마음을 이기지 못하였으나 날이 새기를 기다려 설씨를 불러 진위를 밝히라고 하였다. 풍부인이 명을 받들고 요사스런 사람을 단단히 잡고 앉아 있으니 겨울밤이 괴롭게 길었다. 동방이 밝기까지는 아직 멀었기에 풍부인은 한 번 요사스런 사람을 시원하게 속여 낙담하게 만들고 다시는 이런 일과 흉악한 변을 일으키지 못하게 하려고 시어머니께 아뢰었다.

"이 요물을 가만히 두었다가는 점점 일을 크게 벌일 것입니다. 큰형님께 가서 상의하여 처치하겠습니다."

말을 마치고 사환에게 명하여 시어머니를 잠깐 모시라고 한 후 좌우에 있던 시녀들로 하여금 촛불을 낮같이 밝히게 해서 채운루로 가려 하였다. 그러자 가짜 설씨가 주검이 다 되어 똥을 찔끔찔끔 흘리고 온 몸이 얼음같이 굳고 얼굴이 찬 재같이 된 채 어쩔 줄을 몰라 했다. 여부인은 이 요

---

35) 강자아(姜子牙) : 주 왕조의 제후국인 제(齊)나라의 시조 여상(呂尙)을 말하는 것으로 강태공(姜太公)이라고도 함. 원래 성이 여(呂)씨로 이름은 상(尙)이며 자아(子牙)는 자(字). 본래 상(商)나라의 폭군 주왕(紂王) 밑에 있던 관리였으나 주왕의 말로를 예견하고 상(商)나라를 버리고 주(周)나라에 투신해 중국 역사상 가장 유명한 재상이 됨.
36) 녹대(鹿臺) : 은(殷)나라의 마지막 왕 주왕(紂王)은 총희(寵姬)인 달기(妲己)의 환심을 사기 위해 '녹대'라는 화려한 별궁을 세웠음. 거기에서 술로 연못을 채우고, 나무마다 고기를 매달아 숲을 만들고, 벌거벗은 남녀들이 서로 쫓아다니며 놀게 하는 '주지육림(酒池肉林)'의 연회를 즐겼음.

사한 사람이 낙담하여 정신을 잃는 것을 보자 도리어 가련하여 탄식하며
말하였다.

"내 본래 존당(尊堂)의 은혜와 아들 부부의 효성을 저버리지 못해 명색
이 이 집안에 어른으로 앉아 있으나 내 마음을 어루만지며 부끄러워하
였다. 이 사람이 비록 요사스런 변을 일으켰으나 차마 사람을 사지로
보내지는 못하겠구나. 어린 여자가 적국(敵國)을 해치고 남편의 은총을
저 혼자 차지하려고 잠시 사악한 흉계를 내었으나 내게는 무익하고 저
희 앞길에는 해로우니 스스로 지은 재앙이로다. 그러나 설씨에게 더욱
해로울 것이니 이 일을 주씨 며느리가 들으면 아들에게 일러 사단이 대
단하게 날 것이다. 내 아직 아무 일도 하지 않고 어찌 되는지 보고자 하
니 놓아 보내라."

풍부인은 시어머니의 어질고 현명한 덕이 이와 같으신 데 감복하여 명
을 받들었다. 그리고 비로소 손을 놓고 물러앉아 탄식하며 말하였다.

"여자가 비록 덕을 착하게 갖지는 못하더라도 예는 차려야 할 것이다.
그대가 비록 천만 가지 요물에 흉악한 변을 아무리 일으킨다 해도 이
부중을 속이지는 못할 것이니 스스로 몸을 조심하고 덕을 닦으며 마음
을 고치거라."

그런 후 드디어 시원하게 웃고 놓아 보내었다. 옥선군주는 비단치마를
손에 들고 분하고 원통해 하며 엎어질 듯 달려서 침소로 돌아와 자리에
거꾸러졌다. 춘교가 휘장 뒤에서 몰래 엿보고 있다가 급히 돌아와 군주를
붙들고 주물러 진정시키니 군주가 숨을 내쉬고 탄식하며 말하였다.

"내가 일을 급히 하다가 하마터면 숙렬비게 앞날을 아주 망칠 했구나.
국군부인37)의 인자한 덕으로 부끄러움을 면하고 왔으나 이를 장차 어

찌한단 말이냐?"

춘교도 너무 애가 타서 말하였다.

"옥주가 너무 일을 서툴게 하고 계시나 말해도 쓸 데 없으니 천금을 주고 자객을 얻어 설소저에게 손을 쓰겠습니다."

군주가 말하였다.

"그렇게 하려 하여도 설소저의 자취나 침소라도 알아야 손을 쓸 것 아니냐? 어쨌든 봉선루에 가면 내 장신구나 화장품이 많으니 그것을 조용히 팔아다가 천금을 받아 오너라. 자객이 있어야 할 것이니 네가 나의 말을 이리이리 하여라."

춘교가 즉시 나가 목지형에게 이르자 목지형이 반기며 말하였다.

"법사가 간 후에 기별을 몰랐는데 어찌 오는가?"

춘교가 눈썹을 찡그리며 말하였다.

"어찌 다 한 입으로 이르겠소?"

그리고 전후사연을 낱낱이 이르고 법사가 화살에 맞아 산중으로 간 것을 말하였다. 또한 군주가 단약을 먹고 시험하려다가 크게 패한 전말을 이르고 자객을 구해 달라 청한 후 만일 성공하면 조왕께 청하여 그 휘하에 들어가게 해주겠다고 말하였다. 목지형은 능운이 눈에 화살을 맞아 다쳤다는 말에 놀라고 분개하여 구구절절이 임씨 집안사람들을 꾸짖고 이를 갈며 자객을 얻으러 갔다. 이 요물이 어느 곳에서 비명횡사할 자객을 일으켜 하늘이 임씨 삼대에게 주신 복을 해할 수 있을지, 아니면 자기가 도리어 대역죄를 키우고 형가(荊軻)38)에 비견할 자객을 어찌 처치할지 다

---

37)　국군부인 : 여부인을 지칭함.
38)　형가(荊軻) : 중국 전국시대의 자객. 연(燕)나라 태자 단(丹)의 식객이 되어 진(秦)이 침략한 땅을 되찾아 주거나 시황제(始皇帝)를 죽여 달라는 단의 부탁을 받고 진왕을 알현하고 죽이려 했

음 회를 들어보라.

재설(再說). 목지란이 옥선군주의 협실에서 아무 탈 없이 가을을 보내고 초겨울을 맞이하니 이 흉악한 사람은 그 바라는 마음만 더욱 초조해졌다. 하루는 목지형을 불러 자기 속마음을 이르고 대궐의 북을 쳐서라도 자기가 나이 늙도록 서방을 맞지 못하는 원한 속에서 임장원[39]의 온화하고 아름다운 기운을 흠모하고 있으니 천명을 얻어 그 첩으로 들어갈 수 있게 해달라고 청할 것을 의논하였다. 목지형은 이무렵 자기 일이 한 가지도 잘 된 것이 없어 마음이 미칠 듯한 탓에 지란이 비척거리며 하는 말이 하나도 귀에 들어오지 않았다. 오히려 화증이 크게 일어나 목지란을 모질게 발로 차서 던져버리고 말하였다.

"괴이하고 이상한 것을 다 보겠다. 임자는 어찌 생겨 먹은 사람이기에 천금 같은 옥주도 상사병이 들어 첩실로 들어간 곳을 저처럼 덤턱스러운[40] 것이 무슨 지각이 있다고 영웅군자의 첩실이 되겠단 것이냐? 그리고 감히 무슨 잡설을 하자고 덤벙거리며 궁궐에 들어가 가문에 욕을 끼치려는 것이냐? 내 마음이 흐트러진 실 같은데 누구라고 등문고(登聞鼓)를 치고, 네가 잘하는 말로 무엇이 원통하다고 천자 앞에서 발광을 하며 상소는 누구한테 지으라는 것이냐? 돼지처럼 가만히 들어앉아 엎드려 있으면 되고 안 되고 간에 내가 네 한 몸 부귀하게 이끌지 않겠느냐?"

그런 후 지형은 지란을 박차고 나가버렸다. 지란은 미련하게 발에 채여 자빠져 있다가 겨우 기듯이 일어나 어둔한 말로 투덜거리며 성내는 말

으나 실패함.

39) 임장원 : 과거에서 장원급제했던 임창홍을 가리킴.
40) 덤턱스러운 : 매우 투박스럽게 크고 푸진 데가 있다는 뜻.

도 한 마디 못하였다. 지란은 어쩔 수 없이 그대로 물러나 조궁에 이르러 옥경군주를 찾았다.

이 무렵 옥경군주는 깊은 궁 안에서 적적하게 지내고 있었다. 황실의 가까운 친척인 옥선군주가 군자의 배필 되는 것만 크게 여기고 첩실로 들어가 금빛 채색 가마는 꿈에도 바라지 못하고 작은 가마에 타고 가는 욕을 당하면서도 오히려 시집에 들어가 대군자의 첩실이 되길 바라니 자기에게 비기겠는가? 비록 옥선군주는 은총을 얻지는 못한다 해도 그 집안에서 임창흥의 얼굴을 볼 수 있으니, 자기의 월환이 되돌아오고 설희광의 생사를 모르는 데에는 비할 수가 없었던 것이다. 게다가 조왕은 자기 생각을 모르고 다른 데에 혼처를 구하고 있고 남궁비는 그 속을 짐작하였으나 딸의 생각도 따르지 않는 터에 조금의 여지라도 있을 리 없었다. 남궁비는 조카의 음욕이 황실에까지 뻗칠 것이라며 바른 길로 타일렀으나 옥경군주는 조금도 듣지 않았다. 옥경군주는 설희광의 아름다운 얼굴이 온 마음에 맺힌 탓에 어떻게든 바람을 이루려고 남색 옷 한 벌을 대나무 상자에 넣어두었다. 조왕은 이런 줄 모르고 두루 구혼하였으나 어느 귀먹고 눈 먼 짐승의 것이 한왕의 딸을 받아들이겠는가? 군주가 죽는다 해도 자기 뜻을 굽히지 않으려고 조왕에게 빌어 남편을 취하지 않고 숙부와 숙모의 슬하에서 목숨을 마치기를 원하므로 조왕은 어쩔 수 없이 구혼을 그만두었다. 남궁비는 질녀의 생각을 한왕에게 기별하여 낙안주는 호걸이 모이는 곳이니 군주를 데려다가 신랑을 가리게 하려 하였다.

옥경군주는 조용히 있다가 교홍에게 목지형의 계교를 물었다. 교홍이 황급히 지란을 데려와 군주에게 보이자 군주가 얼굴을 내밀어 지란을 보니 못생긴 얼굴에 우두나찰(牛頭羅刹)41) 같은 것이 금방울 같은 두 눈망울을 뒤룩거리며 눈물을 주르륵 흘리고 있었다. 옥경군주는 얼굴이 하얗게 질렸으나 아직 한 번도 본 일이 없고 목지형의 누이란 점을 감안하여 온 이유를 물었다. 그러자 지란은 자기 속마음을 자세히 이야기하고 나서 상소를 지어달라고 청하였다. 옥경군주는 지란이 시원스럽고 단호하게 결단한 것을 보고 비록 궁궐에 해괴한 짓을 하려 하는 것이 놀랍긴 하지만 일찍이 결단을 하여 임창홍을 좇으려 하는 것이 부러워 선뜻 상소의 초를 만들어 주었다. 지란이 크게 기뻐하며 그것을 품에 품고 바로 궁궐로 향하니 이 모습이 또한 가관이었다.

이때 마침 조정에서는 황제를 알현하는 시간이 되어 문무백관이 조회를 마치고 퇴궐하려 하고 있었다. 황제가 내전으로 향하려 하시는데 갑자기 등문고 소리가 급하게 났다. 모든 사람들이 놀라고 황제도 놀라 등문고를 친 사람을 잡아서 그 까닭을 물으라고 하였다. 문무관들이 잡아서 까닭을 물으려 하니 우두나찰 같은 흉악한 얼굴의 계집 하나가 잡은 것을 뿌리치고 바로 용탑 아래로 달려들어 상소문을 들고 섰다. 황제도 놀란 기색이었으나 목소리와 얼굴빛을 바꾸지 않으시고 어린 내시로 하여금 상소를 받아오게 하였다. 춘방시위공자(春坊侍衛公子)[42]인 경한이 두 손으로 상소를 받아 들고 탑 아래 무릎을 꿇은 채 큰 목소리로 대신 아뢰는데 그 소리가 대단히 청아하고 슬펐다. 그 상소에는 다음과 같이 이르고 있었다.

신첩 목지란은 전임 주사 목순의 손녀입니다. 황공무지하오나 감히 황상의 용탑

---

41) 우두나찰(牛頭羅刹) : 쇠머리 모양을 한 악한 귀신.
42) 춘방시위공자(春坊侍衛公子) : {츈방흑〻}. 학사는 아니기에 이와 같이 풀이함. 세자시강원에
     속한 시위공자를 말함.

아래 원통한 일을 아뢰옵니다. 신의 부모가 일찍 죽고 귀 안 들리는 병자인 할아버지께서 끼니도 제때 잇지 못하시므로 태사 설연창의 어미인 신첩의 종조모께서 신첩을 거두어 길러 주셨습니다. 이제 13세에 이르러 시집갈 때43)가 되었으나 종조모께서는 전실 자식에게 천대받는 어미가 되어 신첩에게 옷과 음식은 대어 주셔도 생계를 이어가게 하실 길이 없사와 속절없이 세월만 허비하고 있었습니다. 그러다 임초왕의 장자 창흥이 설연창의 딸을 신부로 맞아 가는 모습을 구경하게 되었는데 그 신랑의 용모와 기질은 곧 천상에서 내려온 남자였습니다. 고금 이래 이런 영웅호걸의 신랑이 없사와 신첩이 삼생의 인연으로 한 번 본 후에는 차마 잊지 못하고 있었사옵니다. 신 또한 황제 폐하의 백성이라 오늘의 원통한 상황을 아뢰오니 신에게 자리를 얻어 주시면 이 모든 것을 천지의 부모이신 제왕의 덕으로 알겠사옵니다.

신첩이 품은 생각이 비록 정결하지는 못하오나 황실에서도 금지옥엽인 군주가 임창흥이 과거 급제한 날 누각 위에서 그를 보고 음욕을 참지 못하여 월환을 던진 일이 있지 않습니까? 그러나 임창흥은 괴물인지라 미인의 다정한 뜻을 가납하지 않고 월환을 도로 담 너머로 넘기고 눈가에 냉랭함을 번득이며 말을 풍우같이 몰아 달아났으니 그 치욕이야 어찌 측량할 수 있겠습니까? 군주가 월환을 던져 산산이 바스러지는 것을 보고 그 바라던 바가 어그러지자 혼절하였다가 겨우 살아났으나 이로 인해 드디어 상사병에 걸려 괴로움이 되었습니다. 그러다 겨우 칙지(勅旨)를 얻어 임창흥의 첩실로 들어가 설씨가 앉은 의자 아래 여덟 번 절하는 욕을 당하고서도 남편의 은총을 입지 못하여 속을 태우고 있으니 저 같은 추물이야 임창흥의 맨 끝자리에서 차두(釵頭)44)로 촛불 똥을 지우는 소임을 맡는데도 어찌 달게 받지 않겠사옵

---

43) 시집갈 때 : {도요지년(桃夭之年)}. 『시경(詩經)』「국풍(國風)」〈도요(桃夭)〉에 나오는 '도지요요(桃之夭夭)'라는 구절에서 비롯된 말로 복숭아나무가 한껏 물이 올라 싱싱함을 표현함. 비유하여 시집갈 때를 의미함.
44) 차두(釵頭) : 비녀처럼 생긴 불똥 지우개를 말함.

황제가 상소를 다 듣고 몹시 놀라 용안이 매서워졌다. 옥선군주가 그동안 한 짓을 아득히 모르고 있다가 오늘 지란의 상소로 알게 되었을 뿐 아니라 지란이 간절히 임창홍을 좇으려 하는 것을 크게 괘씸히 여겨 한 번 속이려고 한동안 말없이 있다가 지란을 감옥에 가두라고 하였다. 다모(茶母)들이 일시에 끌어내리려 하였으나 지란은 모든 여자들을 다 뿌리치고 악을 쓰며 말하였다.

"내 오늘 염치를 무릅쓰고 이러한 짓을 하였으니 대궐문에서 죽기를 각오하지 않고 부질없이 갇히겠느냐? 만일 천 년을 가두어둔다 해도 임창홍의 첩으로 가라 하시면 갇히겠지만 그렇지 않으면 옥탑에 머리를 부수어 피를 뿌릴 것이다."

곁에서 황제를 모시고 있던 모든 신하들이 그 흉악한 얼굴에 금방울 같은 눈을 뒤룩거리고 패악을 부려 찡그리고 악 쓰는 것을 보고 저마다 다 돌아보았다. 황제는 더욱 흉하게 여기셔서 아무 말씀이 없으셨다. 반열에 있던 태사 설연창은 사인 등 세 아들을 거느리고 사모를 벗은 채 궐문 밖에서 석고대죄하였고 상국 임한주는 아들들을 거느리고 탑 아래서 가까이 모시고 있다가 이 광경을 보자 놀라고 화가 나서 좌우에 있던 사람을 시켜 지란을 감옥으로 보내었다. 초왕 임희린이 곁눈으로 주후를 보니 주후가 탑 아래로 나아가 아뢰는 것이 보였다.

"신이 나이가 칠순에 이르도록 이런 광경은 처음입니다. 목지란의 상소 가운데 연창이 계모를 박대한다 하는 말이 있으니 이는 더욱 맹랑한 소리이옵니다. 여기에 연창의 두 작은아버지가 와 있사오니 불러서 물어보시고 폐하의 귀한 신하를 잃지 마옵소서."

황제도 설연창의 효성을 아시는 터라 주후가 아뢰는 말을 아름답게 여겼다. 설노공 형제가 머리를 조아리고 아뢰었다.

"소신이 이 나이에[45] 성은을 과하게 입어 높은 집에 편히 거하고 있사오나 북쪽을 우러르며 황상의 용안을 그리며 사모하였는데 오늘 인대(麟臺)[46]에 우리 주상의 용체가 일월 같으시니 우러러 충성을 펴려 합니다."

말을 마치자 우러러 반기는 눈물이 흰 수염에 자꾸 떨어지니 황제도 옛일을 생각하고 감동해 낯빛을 고친 후 은근히 위로하며 달랬다.

"경의 조카 연창이 짐을 보좌하는 데 온 힘을 다하여 충성하며 효성으로 본을 삼아왔는데 오늘 흉악한 여자의 말이 이러저러하니 경은 일가 친척으로 사사로운 정을 두지 말고 숨김없이 모두 말하여라."

황제가 이렇게 말씀하시자 노공 형제가 머리를 조아리고 아뢰었다.

"오늘 흉악한 여자의 상소를 보오니 신은 죽어서도 지하에 계신 형님을 볼 낯이 없사옵니다. 연창이 만일 저 흉악한 여자의 말과 같다면 신들이 비록 사사로운 정이 있다 한들 폐하 앞에서 기만하여 아뢰겠사옵니까? 형님이 늦도록 대를 이을 아들이 없었다가 중년이 다 되어 간신히 아들딸을 낳았으나 형수가 세상을 떠났습니다.

형이 아내를 잃은 슬픔을 품고 자녀를 안아 기르며 다시 재취하지 않으

---

45) 이 나이에 : {견마지년(犬馬之年)}. 개나 말처럼 보람 없이 헛되게 먹은 나이라는 뜻으로, 남에게 자기의 나이를 낮추어 이르는 말.

46) 인대(麟臺) : 기린각(麒麟閣)을 달리 이르는 말로 국가에 공이 많은 신하들이 있던 관부(官府)를 말함. 한 대(漢代) 선제(宣帝) 때 곽광(霍光) 등 십일 공신의 상을 각 위에 그려 그 공적을 드러내 찬양하게 한 데서 유래함. 봉건시대에는 기린각 위에 그 모습을 그림으로써 탁월한 공적과 최고의 영예를 표시하는 경우가 많았음.

려 하는 것을 신들이 권하여 목씨 아주머니를 취하였으나 매사에 한 가지도 볼 만한 것이 없었습니다. 게다가 전처 소생을 시기하여 죽은 형님은 후취 들인 것을 후회하였습니다. 하여 가사를 그에게 맡기지 않고 항상 친히 관리하며 자녀를 어루만지고 사랑하며 길러 아들을 장가보냈습니다. 그 며느리는 태중태우 상경화의 딸[47]로 공신의 후예이자 대가의 소생이라 사덕(四德)이 현숙하여 죽은 형님은 기뻐하며 그에게 가사를 맡겼습니다. 그렇게 효자와 효부의 지극한 효성을 받아 목씨 아주머니와 화목한 가정을 만들려고 하였는데 불행하게도 형님이 갑자기 세상을 버리셨습니다. 연창이 안으로는 하늘에 부르짖고 밖으로는 하늘이 무너지는 것 같은 고통이 겹쳐서 목숨을 유지하지 못할 듯하였으나 신들이 가사를 버리고 조카를 보호하여 삼년상을 무사히 지내었습니다. 그러나 몸에 질고가 떠날 날이 없어 평생 안으로 속을 태우니 어찌 장수할 방법이 있었겠습니까마는 우리 성천자께 크나큰 은혜를 입어 경연(經筵)에 몸을 붙이고[48] 지금까지 무사하였습니다.

목씨 아주머니가 큰 패악은 부리지 않았어도 조카와 며느리의 괴로움은 더욱 심해졌으나 연창은 한결같은 효자인지라 계모를 지극한 효성으로 받들어 굳이 큰 문제는 없었습니다. 그런데 저 흉악한 여자의 맹랑한 말이 천자께까지 들렸으니 그 죄는 죽어 마땅합니다. 목씨 아주머니의 본가가 보잘것없어 의지할 데가 없고 목순은 아들이 죽은 데다[49] 귀까지 안 들리는 병자라 끼니도 제때 연명하지 못하므로 연창은

70

71

---

47) 태중태우 ~ 딸 : {국구 쟝흠의 녀라}. 1권 21면에는 '으즈로써 틱즁틱우 샹경화의 일녀로 셩친 ᄒ니 샹공은 젼망공신 샹우츈의 후예라'라고 되어 있고 계속 상부인으로 나오므로 통일함.

48) 경연(經筵)에 ~ 붙이고 : 설연창이 태자소부로 경연에서 강론하는 것을 말함.

49) 아들이 ~ 데다 : {상명지탄(喪明之嘆)}. '상명지통(喪明之痛)'과 같은 말로 눈이 멀 정도로 슬프다는 뜻. 아들이 죽은 슬픔을 비유적으로 이르는 말. 옛날 중국의 자하(子夏)가 아들을 잃고 슬

자기 녹봉의 반을 보내어 밑천으로 삼게 하고 그 자녀 남매를 데려다가 아주머니가 양육하도록 하였습니다. 연창이 구태여 이 일을 신들에게 알리지 않았으나 그렇다고 신들이 어찌 몰랐겠습니까?

다만 연창의 지극한 효성에 감복하여 모르는 척하였으나 이 흉악한 남매가 저지르는 괴이한 일들은 끝이 없었습니다. 연창의 딸이 혼인하는 날 지란이 해괴하고 남부끄러운 짓을 무수하게 했을 뿐 아니라 임창홍이 유가(遊街)50)를 할 때 연창이 사위를 데려다가 신방에 들게 하자 지란의 오라비 지형이 산중의 요물을 데려와 변을 일으키려다 크게 패하였습니다. 그 후에는 파랑새가 지란을 물어갔다 하더니 어디 숨어 있다가 일을 만들었습니다. 또한 지형이 요사스런 여승을 데리고 장안을 두루 돌아 미색 있는 여자를 삼켜낸다 하더니 낙안주에 있는 한왕 전하께 의탁하여 대사마 벼슬을 얻고서 요사스런 여승을 데려와 연창의 딸을 물어내려 하다가 실패하였습니다.

그리고 또 전에는 진왕의 두 자녀51)를 함께 삼켜 달아났다고 하더니 그 여승이 창홍의 화살에 맞아 도망갔다고 합니다. 지형이 그 누이를 시켜 이 일을 했는가 싶지만 이것이 구태여 국가에 관여된 일은 아니라 가만히 있었으나 겨우 진정한 한왕의 색념(色念)을 돋우어 미인을 얻어 드리마 하고 요괴를 데리고 다니며 한왕을 또 대죄에 빠지게 한 것이 다 목지형이 한 일이니 엄히 문책하옵소서. 연창 부부와 그 딸의 생사를 생각하신다면 이 무리를 급히 잡아 법으로 다스리심이 마땅하옵니다.”

피 운 끝에 눈이 멀었다는 데서 유래함.

50) 유가(遊街) : ‘삼일유가(三日遊街)’를 말함. 과거 급제자가 광대를 데리고 풍악을 울리면서 시가 행진을 벌이고 시험관, 선배 급제자, 친척 등을 찾아보던 일. 보통 사흘에 걸쳐 행함.

51) 진왕의 두 자녀 : 요승 능운이 진왕의 쌍둥이 남매를 훔쳐다가 어사 남필경에게 데려다 준 여옥, 영랑 두 아이를 말함. 4권 52면에서 60면 참조.

황제가 미처 대답하시지 못하였을 때 진왕이 머리를 조아리고 아뢰었다.

"신이 두 아이를 파랑새에게 잃고 생각하오니 애초에 이 아이들을 임신하였을 때 이러저러한 꿈을 꾸고 두 남매를 나았사온데 그 이목구비가 반연화[52] 남매 두 죄인과 조금도 다름이 없어 신의 처는 불행한 마음을 이기지 못해 하였습니다. 그런 이유로 자애의 정이 없는 탓에 날이 갈수록 의혹스럽고 망측하였습니다. 지금 설공의 말씀을 듣고 보니 이 두 아이가 죽지 않고 다른 가문에 가 묻혀 무슨 요사스런 짓을 일으키고 있는 모양이니 어떤 것인지 모르겠사옵니다. 혹 나중에 만일 어떤 일을 벌인다 해도 신은 이미 천륜을 끊고 자식으로 여기지 않는 상황이오니 국가에 죄를 범한 것이 있다 하여도 신은 알 바 없사옵니다. 오히려 신이 만일 만난다면 시원하게 죽여 버리고 나라에 고하겠습니다."

---

52) 반연화 : {빅년화}. 『성현공숙렬기』에서 임회린의 첩이었던 반연화의 후신이 『임씨삼대록』의 진왕의 딸이므로, 이를 고려해 이같이 옮김.

임 씨 삼 대 록

10권

1   차설(且說). 황제는 설공과 진왕이 아뢰는 말을 들으시고 한왕과 조왕이 이처럼 조금의 여지도 없을 만큼 황실에 욕을 끼친 것에 치를 떠셨다. 먼저 조왕을 부르시어 지란의 상소를 주시고 크게 꾸짖으시며 월봉(月俸)53)을 거두어들이고 본궁에 안치하신 후 조정에는 서지 말라고 하셨다. 조왕은 지란의 상소를 보고 너무 두렵고 떨려 머리를 조아리고 사죄한 후 황급히 궁으로 돌아와 남궁비에게 전말을 일렀다. 그러자 남궁비가 차갑게 웃으며 말하였다.

2   "대왕이 오늘에서야 아신 것은 너무 늦었습니다. 이미 죄를 받았으니 이후부터는 불초한 딸의 말은 듣지 마십시오. 그리하여 다시는 난리를 보지 마시고 한왕의 식객도 궁중에 머무르게 하지 마십시오."

황제는 또 진왕이 아뢰는 말을 들으시고 두 아이를 찾아내거든 즉시 없애 후환을 끊으라 하였다. 그리고 한왕과 조왕에게 엄한 칙지를 내리시고 죄를 꾸짖으시며 말씀하였다.

"슬프다. 너의 그 재주 없고 사치스런 마음이 불행한 데 빠져 죄를 태산같이 지었구나. 나중에 다시 죄를 지으면 부자의 연을 끊어버리고 네 한 목숨을 용서치 않을 것이다."

3   그리고 나서 태사 설연창을 바삐 불렀다. 초왕은 모든 말이 진정되길 기다렸다 무릎을 꿇고 아뢰었다.

"목지란이 음란하고 패악한 말로 북을 쳐서 상소를 올린 것은 진실로 괴이하고 놀라운 일이옵니다. 하오나 이 여자의 상소는 오로지 신의 아들 창흥의 쓸데없는 풍모에 과하게 혹하여 자기에게 유익하지 않은 연분을 도모하고자 한 것일 따름입니다. 더러운 마음씨를 내어 궐문을

---

53) 월봉(月俸) : 월급.

떠들썩하게 하였으나 이는 굳이 국가에 관여된 일은 아니옵거늘 설연창의 모자 사이를 자기가 감히 시비하여 설연창에게 불효의 죄를 미루었으니 이는 그 여자의 흉악한 마음이 아니라 그 오라비가 온갖 흉계와 온갖 악행으로 꾀어낸 것이 분명하옵니다. 연창의 어머니가 특별히 어질지 못한 데도 없고 효자 효부의 지극한 효도를 받아 불화한 곳이 없는데도 이 요사스런 두 아이가 흉악한 일을 번갈아가며 저질러 연창 모자 사이에서 먼저 말을 잡아 시비하였습니다. 한왕은 이미 그 죄로 자리를 박탈당하였는데도 또 무슨 대역죄를 도모하자고 요사한 중을 보내어 민간의 부녀자와 규수를 겁탈하였으니 이는 다 이 사람들이 일으킨 조화입니다. 명을 거두시고 목지란을 신에게 맡기시어 그 원하는 것을 이루게 하시면 비록 신의 집은 어지러울망정 흉악한 일이 다른 곳에는 벌어지지 않을 것입니다. 행여 이 사람들이 요술을 부리고 흉악한 무리를 모아 큰 난리라도 일으킨다면 지금 밖으로 북노의 난이 있는 터에 일이 적지 않을 것입니다. 원컨대 폐하는 목지란을 창홍에게 맡기시고 모든 어지러운 일을 다 없게 하시길 바라옵니다.”

황제는 초왕의 어진 말씀과 덕 있는 기운이 요사스러운 사람을 진압하고 나라와 집안을 평정할 것을 아시고 말마다 그 말에 따르기로 했다. 그리고 목지란을 감옥에서 꺼내어 수레에 실어 임씨 가문으로 보내라고 하신 후 빨리 설태사의 네 아들을 부르라 하셨다.

이무렵 태사 설연창은 두 숙부가 씨를 바르고 마디를 깨뜨려 자기의 무죄함을 밝혔는데도 마음이 시원하지 않고 오로지 모친의 덕을 욕되게 한 것만이 슬프고 분하여 목씨 남매에게 이를 갈 뿐이었다. 설연창은 머리를 궁궐에 두드려 모친의 허물이 다 목지형의 잘못임을 아뢰고 홀어머니를 모시고 고향으로 가려고 마음을 정하였다. 그러나 초왕이 아뢰는 말이 명분이 바르고 사리에 맞아 효자의 모습이 완전하였으므로 황제가 다시 목지란의 불량함을 묻지 않으시니 설연창은 초왕의 은혜를 죽어서라도 잊지 않고 갚고 싶었다. 그러나 한낱 눈물을 흘리며 천은에 정중하게 감사하고 뒤이어 대궐 섬돌에 머리를 두드리며 해골을 빌어 노모를 데리고 물러가게 해달라고 애걸하였으나 황제가 듣지 않고 설연창 부자에게 곁에서 호위하라고 명하셨다. 그리고 설노공 형제에게 비단을 상으로 내리시고 다시금 힘써 타이르시니 두 공이 그 은혜에 감사하는 눈물을 줄줄이 흘렸다. 그런 후 다시금 천은에 감사하고 설연창 부자와 숙질이 함께 물러나 집으로 돌아왔다.

설노공 형제가 마루 위에 자리를 정하고 목부인을 청하여 예를 마친 후 낯빛을 고치고 말하였다.

"형수께서 형님이 별세하신 후 일찍이 양친과 이별한 전출 자식을 사랑하며 기르진 못하셨지만 흉악한 남매를 집안에 숨겨 두어 저희를 속이고 기르신 것은 있을 수 없는 일입니다. 그런데 거기에다 이 음흉한 목씨 여자를 부추겨 이 여자가 해괴한 짓거리를 하니 만조백관 가운데 등문고를 치고 규방 여자로 남의 남편을 빼앗아 첩으로 들어가게 해달라고 아뢰다가 여러 나졸들에게 붙잡혀 감옥에 들어가는 욕을 보았습니다. 형수의 가문은 이 남매로 인해 결딴이 나고 목지형은 죄인이 될 것이니 그렇게 되면 무엇이 좋겠습니까? 마침 천자께서 조카의 효성을 살피시어 형수를 묻지 않으셨으니 이후에는 조카 부부와 아이들을 괴롭게 하지 마시고 다시는 목씨 남매를 집안에 붙여 두지 마십시오. 만일 목지형이 집안에 다시 오는 날이 있으면 저희들이 탑전에 아뢰고 처

치하여 형수의 체면을 돌아보지 않으리란 것을 오늘 말씀드리는 바입
니다.”

말을 마치자 그 위세가 차갑고 서늘하여 마치 가을서리 같았다. 이때
목부인은 지란이 파랑새에게 물려가 옥선군주의 협실에 들어간 것을 알
고 장녀 성염을 없애는 날 지란도 첩실 한 자리나 차지할까 싶어 희색이
만연하였다가 두 공이 엄숙히 말하는 것을 보고 지란이 한 짓을 듣고 나
서는 간담이 서늘하여져서 얼굴도 들지 못하였다. 두 공은 또 조카에게
일렀다.

“이후부터는 집안 대소사를 우리들에게 알리고 만일 한 가지라도 마음
대로 한다면 조상 무덤에 고한 후 사당 앞에서 눈 속에 장사지내버릴
줄 알아라.”

두 공은 이렇게 엄히 꾸짖은 후 소매를 떨치고 돌아갔다.

태사는 어머니가 두려워 몸 둘 바를 몰라 하는 것을 슬퍼하고 숙부들의
말씀이 너무 인정 없고 쌀쌀맞으신 것을 안타깝게 여겼다. 그러나 무어라
막을 길이 없어 어머님께 조용히 그간의 사정을 말씀드렸다. 태사는 황제
께서 지란의 상소로 인해 지형이 한왕과 결탁하여 요사한 중을 끼고 점잖
은 선비의 집안을 어지럽힌 것을 아시고 그를 잡아 법으로 다스려 죽이려
고 뒤쫓고 계시다는 것과, 지란을 감옥에 가두고 죄를 물으려 하시다가
임초왕이 아뢰어 지란을 맡아 수레에 실어갔다는 것을 어머님께 고하고
이후에는 이 남매를 가까이 두지 마시라 말하였다. 그리고 방에 모신 후
온화하게 위로하니 목씨가 고마운 마음을 이기지 못하여 그 악하던 마음
이 자연히 풀렸다. 태사가 더욱 효성을 드러내니 그 지극한 정성이 신명
을 감동시킨 듯했다. 설태사의 효성은 너무나 어질어 이 모자 사이의 일

을 남이 감히 자세히 조사하거나 밝혀내지 못하였다.

이날 상국 임한주는 태부인 곁에서 부인을 모시고 있다가 안부를 묻고 자리에서 물러났는데 자연히 눈가에 가을서리가 서려 북쪽 하늘에 구름이 자욱한 듯하므로 좌우에서 감히 쳐다보지 못하였다. 태청선생 임한규[54)는 연석에서 분명히 사단이 있었음을 짐작했으며 초왕 임희린과 부마 임세린은 두려워 몸을 굽히고 벌벌 떨었다. 그때 임한규가 나직한 목소리로 물었다.

"오늘 무슨 일이 있으셨습니까? 어찌 이리 늦게 돌아오셨습니까?"

상국이 말하였다.

"무슨 대단한 사단이겠느냐? 젖비린내 나는 어린 자식을 둔 탓에 음란하고 못난 물건을 일으켜 오늘 이러저러한 여자를 제 아비가 스스로 구하여서 모셔왔으니 어서들 보소. 시아비 될 사람이 끌어왔으니 끔찍하게도 호기롭지만 그 여자를 볼 때는 마음을 아주 단단히 먹고 청심환이나 많이 먹고 보게나. 아들의 풍채를 호기롭게 하려고 나 같은 아비에게는 묻지도 않고 수레에 담아 와서 임시로 친 장막에서 쉬게 하고 있으니 나가보면 알지 않겠느냐? 연석에서 있었던 이야기는 번거로우니 이런 영광스런 일을 말로 이를까?"

상국은 오운전으로 가는 사이에 말을 마치고 대단히 불쾌해 하며 손자들도 가까이 하지 않고 묵묵히 앉아 말할 생각이 없어 보였다. 선생도 형님의 말씀을 듣고 너무 놀라 말이 없었다. 원래 상국은 초왕보다 창흥을 더 소중하게 아꼈는데 그 흉악한 추물을 창흥에게 맡겨 괴롭게 하고자 즐

---

54) 태청선생 임한규 : {쳐스}. 벼슬에 나가지 않은 상국 임한주의 동생인 태청선생 임한규를 지칭함.

겁게 돌아온 것을 보고 크게 화를 내며 평생 처음으로 초왕을 편치 않게 여겼다. 이것을 보고 초왕은 상국이 앉으신 자리 아래에 몸을 굽히고 앉아 능히 머리를 들지 못하였다. 선생은 상국이 30년 만에 처음으로 초왕을 편치 않게 여기는 것을 보고 도리어 경사라도 난 듯 넓은 이마 위에 즐거운 기운을 가득 띠고 이렇게 대답하였다.

"오늘이 어떤 날이기에 이토록 크고 희귀한 경사를 보게 되었는지 모르겠습니다. 형님은 희린을 대하실 때마다 아무리 괴이한 일이라도 잘못했다 하시는 일은 둘째이고, 하는 일마다 즐거워하시고 하는 말마다 성인(聖人) 현자(賢者)의 말이라고 하시며 남의 비웃음도 꺼리지 않으셨습니다. 그런데 오늘 창흥을 위해 저토록 대단히 노하시니 천지만물이 이러한 때를 맞아 모두 뒤집힌다 해도 놀랍지 않을 것 같습니다."

상국이 이 말을 듣고 빙그레 웃으니 태부인은 그 까닭을 몰라 물으셨다. 초왕은 아버지의 위엄이 엄숙한 것을 보고 두렵고 황공하여 몸을 움츠리고 감히 머리를 들지 못하다가 태부인이 물으시는 것을 듣고 다시 무릎을 꿇고 고하였다.

"오늘 괴이한 여자가 등문고를 울려 첩이 되게 해달라고 아뢰었는데 이 중에 국가에 관여된 일이 많아서 상께서 한왕과 조왕을 엄중한 교지로 꾸짖으셨습니다. 그리고 목지형이 한왕에게 의탁하여 요사한 중을 데리고 있는 것을 뒤쫓아 가서 잡으라고 법으로 명하셨는데 제가 이 흉악한 사람을 맡아오지 않으면 그 흉악한 여자가 머지않아 못된 짓을 하고 자기 명이 아닌 데서 죽어 그 화를 설소부에게 돌려보낼 것인지라 차라리 맡아오는 것이 옳을 듯하였습니다. 지금 나라에 북노와 강하의 모반이 있으니 이 여자를 놓아 보내면 쉬이 잡지 못할 것이고 오히려

요사스런 사람이 출몰하여 뜻을 같이 하는 무리들을 불러 모을 것입니
다.

이런 이유로 아버님께 간절히 부탁드린 것이었으니 어찌 며느리에게
환란이 닥칠까 염려하여 국가의 근심을 돌아보지 않겠습니까? 또 설공
이 이 여자의 상소로 인해 형편상 이 여자를 거두지 못하게 되었으니
만일 이 여자를 제가 데려오지 않고 목태부인이 여러 사람들에게 두루
역정을 내기라도 한다면 설공의 생사가 위태로울 것입니다. 사세부득
이하여 아직 분하고 원통한 짓이나 없게 하고자 데려온 것인데 아버님
께서 이러하시니 이 또한 제가 삼가지 못한 때문입니다.”

말을 마치자 초왕은 할머님께 머리를 조아려 거듭 절하고 나서 상국이
앉은 자리 아래에서 관을 벗고 죄를 청하며 두렵고 황공하여 몸을 움츠리
니 이는 곧 효자가 엄한 아버지의 분노를 두려워하여 착한 효를 드러낸
것이었다. 태부인은 묵묵히 아무 말이 없었고 상국은 눈을 던져 초왕을
보았다. 백성이 난 이래로 그와 같은 사람이 없을 듯하니 기특하지 않을
수 없었다.

이때 한림 임창홍은 할아버님께서 아버지를 편치 않게 여기시는 것과
아버지가 할아버님께 죄를 청하시는 것을 보니 놀랍고 당황스러워 황급
히 관을 벗고 의대를 풀러 아버지 뒤에서 몸을 굽히고 나아갔다. 여러 손
자들이 할아버지 무릎 위에 올라 노래하다가 이 광경을 보고 재홍, 연홍,
성홍, 원홍, 인홍 등이 형의 곁에서 무릎을 꿇으니 가히 볼만한 복된 광경
이었다. 상국은 자기가 왕년에 눈먼 딸 하나 없다가 늘그막에 이토록 복
이 가득한 것을 보고 마음이 즐거워 화가 오래 가지 않았다. 상국은 미소
를 띠고 비로소 초왕에게 몸을 일으킬 것을 명하였다. 여러 손자들을 나

누어 각각 좌우에 열을 지어 앉히니 그 모습에 사랑이 넘쳐났다. 그리고 좌우에 명하여 설소저를 불렀다.

이때 설소저는 시어머니의 침전(寢殿)에 있다가 취성전에 도착하였다. 그러나 시아버지인 초왕이 존전에 용서를 빌며 관을 벗고 고개를 숙인 채 엎드려 있고 한림 임창홍과 여러 공자들도 모두 꿇어앉아 있는 것을 보고 설소저 또한 놀라서 자리에 들어가지 못했다. 존당(尊堂)55)의 명으로 시 아버지께서 몸을 일으키고 자신에게 이 일을 말씀해주시면서 마음을 써 주시자 설소저는 이 일이 오로지 친정 집안에서 비롯된 일인 것을 알고 부끄러움을 이기지 못하였다. 임창홍은 분한 마음에 답답한 것을 이기지 못하고 그 여자의 머리를 벨 것을 맹세한 후 할아버지의 기색이 화평한 것을 보고 밖으로 나갔다. 주숙렬56)은 아들이 눈썹이 거꾸러져서 나가는 것을 보고 급히 물러 나와 상운을 불러 임창홍을 보고 청하라 하였다.

재홍공자는 형이 평소의 위풍당당한 걸음으로 빠르게 비수(匕首)를 뽑 아 들고 거침없이 나가는 것을 보고 반드시 흉녀(凶女)의 머리를 벨 거동 임을 알았다. 여차하면 형이 할아버지로부터 가볍지 않은 장책(杖責)을 받 을 것이라 여긴 재홍은 급히 형의 뒤를 쫓아갔다. 임창홍은 칼을 손에 비 스듬히 든 채 눈썹을 곤두세우고 두 눈을 치켜뜨고 있었는데 위풍이 씩씩 하여 마치 용이 푸른 바다를 뒤흔들고 범이 산중에서 뛰자 온갖 짐승이 두려워하는 것 같았다. 재홍은 이 모습을 보고 급히 나아가 칼을 빼앗은 후 형의 허리를 안고 향기롭게 웃으며 말하였다.

"무슨 일로 평생 마음을 가지런히 하던 것을 헐어 버리고 칼을 뽑아 사

19

20

---

55) 존당(尊堂) : 상대방을 높여 그의 부모를 이르는 말로 쓰이나 고전소설에서는 주로 자신의 조부 모 혹은 시조부모를 가리키는 말로 사용됨.
56) 주숙렬 : {쥬비}. 초왕 임희린의 처 주부인을 지칭함.

람의 머리 베기를 풀 베듯 하려 하십니까? 이 행동이 비록 시원스럽긴 하지만 우리 아버지께서 모든 일을 파악하시어 황제께 아뢰고 그 여자를 맡아 계신 것이니 형 또한 정성스런 뜻을 받들어 흉인을 진압하고 설대인의 급한 근심을 늦추어 은혜를 갚아야 할 것입니다. 한갓 혈기의 분으로 이 사람을 죽인다면 비록 아버지의 엄한 노기(怒氣)로도 할아버지가 두려워 형의 몸에 장책(杖責)이 있지는 않을 것입니다. 그러나 엄격하고 바른 아버지의 성격에 한 번 좋지 않게 여기신다면 형님은 평생 아버지께서 원하시는 일을 받들지 못할 것이니, 형님은 세 번 생각하십시오.”

재홍공자가 말을 마치고 향기롭게 웃기를 마지않으니 동산의 모든 꽃들이 무르녹고 하늘에 떠 있는 달에 좋은 향기가 어린 듯하여 그 모습이 한없이 어여뻤다. 임창홍은 처음에는 흉녀를 시원스레 죽여 할아버지가 아버지를 좋게 여기지 않으시는 것을 풀고자 하였다. 그러나 재홍공자의 주옥같은 이야기를 들으니 굳세고 강한 것을 부드럽게 제어하고자 하는 것이 완전히 그 아버지를 빼닮아 있어 칼을 던지고 재홍의 등을 어루만지며 말하였다.

“어느 곳의 흉녀가 또 너를 사모하여 무슨 괴이한 일을 저지를까?”

재홍공자가 낮은 소리로 웃으며 말하였다.

“형은 진실로 양주 거리에서 귤을 받던 두목지(杜牧之)의 풍채57)를 지녔지만, 저는 풍채가 매몰하니 한 명의 아내도 저를 마다 할 것입니다.”

이때 상운이 나아 왔으나 벌써 재홍공자가 와서 임창홍을 만류한 뒤라

---

57) 양주 ~ 풍채 : {양쥐 시상의 귤 밧던 풍치}. 양주에서 귤을 받던 풍채는 당(唐)나라 시인 두목지(杜牧之)를 가리키는 말임. 두목지가 술에 취해서 수레를 타고 양주를 지나자 그의 풍채를 연모하던 기생들이 귤을 던져 수레에 가득 차게 되었다는 이야기에서 유래함.

상운이 주숙렬게 그렇게 아뢰었다.

이때 목지란이 감옥에 갇혀 있다가 끌려 나와 포박된 채 짐수레에 실렸는데 뭇 사람들이 짐수레를 매어보니 무겁기[58]가 태산이 짓누르는 것 같아 땀을 흘리며 겨우 메어다가 상부(相府) 행각(行閣)[59]에 두고 돌아갔다. 흉한 얼굴이 짐수레에서 나와 주변을 두루 살폈는데 금방울 같은 눈망울로 아무리 둘러보아도 내당(內堂)을 보지 못하였다. 뒤룩거리는 모습은 기이하고 괴상했으며 얽은 뺨과 낯 위에는 일곱 개의 큰 혹이 좌우로 드리워져 있고 이마에는 다섯 개의 구멍이 뚫려 있었다. 퍼런 입술에는 누런 어금니가 뻗쳐 내밀려 입 밖으로 나왔고 솟은 코에 바위 같은 뼈가 내밀려 있으니 수정궁(水晶宮)[60] 야차(夜叉)[61]라도 이렇지는 않을 것이었다. 여러 사람들이 무심히 나섰다가 저마다 애고애고 하고 아이들은 어머니를 부르고 기절할 듯 자빠져 어지럽게 덤벙대니 흉녀가 성을 내며 쇠스랑 같은 주먹으로 덤벙거리는 어린 아이들을 마구 두들겼다. 아이들이 혹 눈도 맞고 코도 맞아 피가 솟아내고 혹 뺨을 맞아 울음을 진동하기도 하였으나 흉물이 두려워 감히 말리는 이가 없었다. 문득 내당 시녀가 담장을 사이에 두고 말하였다.

"아까 짐수레에 담겨 실려온 여자가 어디에 있습니까? 태부인께서 보고자 하시니 들어가도록 하십시다."

모여 있던 유모가 동시에 목지란을 끌고 가 아뢰니 곁에 있던 사환이 대청 위에 올리기를 명하였다. 유모가 지란을 대청 위에 올려 알현하는

---

58) 무겁기 : {무셥기}. 한국학중앙연구원 39권본에는 '무겁기'로 나와 있어 문맥을 고려하여 이같이 옮김.
59) 행각(行閣) : 궁궐, 절 따위의 정당(正堂) 앞이나 좌우에 지은 줄행랑.
60) 수정궁(水晶宮) : 수정으로 장식하였다는 화려한 궁전.
61) 야차(夜叉) : 불법을 지키는 여덟 신장 가운데 하나.

25 예를 하게 하였다. 태부인도 한 번 보고는 몹시 놀라워했으니 다른 사람들은 말해 무엇 하겠는가? 여러 부인들은 서로 돌아보며 안색이 변했다. 태부인이 며느리인 주숙렬을 돌아보고 말하였다.

"이 여자는 다만 설씨 아이의 큰 화근이구나. 그러나 그 무슨 절묘한 계책이 있겠느냐? 모든 곳에 알현하게 하여라."

주숙렬이 명을 받들어 염파를 돌아보며 목지란을 태부인께 머리를 숙여 여덟 번 절하게 하고 다른 모든 곳에는 두 번 절하게 한 후 홍매각 아래 있는 하심당으로 보내게 하였다. 염파가 명을 받들어 유모에게 이대로 전하니 시녀 두 명이 지란을 이끌고 예를 행하였다. 흉물 같은 지란이 기
26 세가 잠잠해져서 우러러 태부인께 여덟 번 절하고 다른 곳에 두 번 절하였는데 제 언제 평생에 절을 하여 보았겠는가? 흉한 몸을 움직이자 대청이 울렸고 절을 할 때의 숨소리는 6월의 뜨거운 날 소가 쟁기를 끌 때 나는 소리 같았다. 이러므로 앉아있는 이들은 목지란을 바로 보는 것을 흉하게 여겼다.

목지란이 예를 마친 후 좌우의 빛나는 위엄을 보고 제 몸을 보니 마치 광한전에 임한 듯하였다. 태부인의 엄한 태도와 여부인,[62] 위부인[63]의 한없는 광채나 아름다운 예복이며 주숙렬과 효장공주 등 여러 부인들의 찬란하게 빛나는 얼굴과 자태는 요지(瑤池)[64]의 모꼬지 같았다. 진파와 소파는 어른다웠고 군계[65]의 빼어나고 상쾌한 태도는 우화등선(羽化登
27 仙)[66]할 듯 눈부셔 지란은 아무렇다 말할 수가 없어 두 어깨를 찌긋찌긋

---

62) 여부인 : 상국 임한주의 부인 여씨.
63) 위부인 : 태청선생 임한규의 부인 위씨.
64) 요지(瑤池) : 중국 곤륜산에 있다는 못. 신선이 살았다고 하며, 주나라 목왕이 서왕모를 만났다는 이야기로 유명함.
65) 군계 : 초왕 임희린의 첩인 금화공주를 가리킴.

으쓱거리며 흉한 거동이 막심하였다. 곁에 있던 여러 어린 시녀들은 몹시
놀라 호랑이와 표범을 대한 것같이 하였다.

주숙렬이 봉황의 눈처럼 가늘고 긴 눈을 잠깐 흘려 살펴보니 목지란의
흉한 모습은 오히려 옥선군주의 음탕하며 요사하고 간악한 것보다는 나
았으나 비명횡사할 관상이라 몹시 놀랐다. 다시 보지 않고 두 명의 어린
시녀를 목지란에게 주어 심부름을 하게 하고 하심당으로 보내라 하였다.
두 명의 시녀는 행각에서나마 일생을 즐겁게 보내고 있었는데 저 흉물의
사환을 할 일을 생각하자 서러워 울면서 명을 따랐다. 이 모습을 본 여러
부인들이 소매로 입을 가리고 웃으니 소파가 어린 시녀 두 명을 꾸짖으며
말하였다.

"너희는 평생 귀신이 무서워 무당에게 손을 높이 모으고 살풀이 하며
잡것을 쫓기는 잘도 하더구나. 저런 귀소저를 모시면 남해관음 앞에
모신 나찰(羅刹)67)을 모시는 것과 다르겠느냐? 저 소저가 잡것을 쫓아
내면 뜬 것이 아니 들고 무당에게 돈 들여 살풀이 할 일 없으니 얼마나
좋으냐?"

영·설 두 명의 시녀가 더욱 흐느껴 울자 앉아 있던 이들이 모두 웃음
을 머금었다. 태부인은 소파의 말로 인해 미소를 지었는데 목지란은 자신
을 보고 아름답게 여겨 웃는가 생각하고 돌아서며 혼자 중얼거렸다.

"지금 황제의 친손인 옥선군주도 이 집 규법을 무서워하여 신부례로
독교(獨轎)68)를 타고 왔는데 착한 임초왕이 나 같은 목주사의 손녀를

____

66) 우화등선(羽化登仙) : 사람의 몸에 날개가 돋아 하늘로 올라가 신선이 됨.
67) 나찰(羅刹) : 팔부의 하나. 푸른 눈과 검은 몸, 붉은 머리털을 하고서 사람을 잡아먹으며, 지옥
      에서 죄인을 못살게 군다고 함. 나중에 불교의 수호신이 되었음.
68) 독교(獨轎) : 포장을 하기 때문에 장독교(帳獨轎)라고도 함. 뒷면 전체가 벽이고, 양 옆면에는
      창문을 내고, 앞쪽은 들창처럼 버티는 문이 있음. 뚜껑은 지붕처럼 둥긋하게 마루가 지고 4귀가

보기 좋게 짐수레에 담아 뭇 가마꾼에게 떠메어 거느리고 왔으니, 덩[69]을 타나 독교를 타나 짐수레에 담겨 오나 임한림을 섬기기는 매한 가지구나. 이런 장한 구경을 했으니 하심당에서 두 명의 어린 시녀를 데리고 다양한 음식들이나 양껏 먹으며 때때로 한림의 얼굴이나 얻어 보면 내게는 그것만으로도 과분하고 감격스러우니 여기서 더 바랄 것이 있겠는가?”

이렇게 구시렁거리는 것을 누가 알아 듣겠는가마는 군계는 귀 밝은 것이 남 다르고 눈치가 빨라 이 말을 낱낱이 알아들었다. 군계는 목지란이 오히려 옥선군주보다 낫다 여겨 팔을 들어 예를 하고 어서 가서 쉬라고 하였다. 목지란은 고개를 끄덕이고 두루 두 번 절하고 대청에서 내려가 두 명의 어린 시녀를 이끌고 찌긋거리며 물러갔다.

소파가 탄식하며 말하였다.

“가소롭군요. 한림이 결혼한 지 1년이 못되어 마치 처녀같이 부인의 얼굴도 자세히 모르는데 요괴다 귀신이다 흉변이 이리도 많네요. 이 집 안의 젊은 공자들이 몹시 절묘하니 재흥공자부터 깊이 감추어 아무에게도 보이지 말고 조용히 있다가 혼인하게 하십시다.”

그러자 진파가 웃으며 말하였다.

“재흥공자의 기품이 한림상공보다 못하지 않으니 더욱 염려되고, 참되며 엄하고 바르시기는 한림상공보다도 더 나으시니 걱정되는데 머리가 아프군요.”

소파가 괴로이 머리를 긁고 혀를 차며 말하였다.

추녀처럼 되어 있음. 바닥은 살을 대었는데, 전체가 붙박이로 되어 있어 다른 가마처럼 떼었다 꾸몄다 할 수 없음.
69) 덩 : 공주나 옹주가 타는 가마.

"그대의 말이 옳으나 내가 늙어 버린 판에 애를 또 어찌 쓰겠는가? 아무라 할지라도 나를 조르지 않는다면 저를 어찌할꼬? 험상궂은 아저씨와는 달라 즐겁고 화평하니 그렇다고 설마 부마가 나를 조를 때와 같을까?"

효장공주가 미소 지으며 말하였다.

"아주머니[70]가 저리 근심하시니 소부인이 실로 마땅해하지 않으실 것 같아 제가 아주머니[71]의 근심을 옮길까 합니다. 경홍[72]은 여러 아이들 가운데 온화한 기색이 몹시도 활발하여 미인을 보는 눈이 다정하지만 다른 조카들은 인간 세상 바깥에 있는 사람들 같으니 그 도가 다릅니다. 그 아이는 예가 아닌 것은 눈을 들어 보는 법이 없으니 몹시 애달파 염려하는 바입니다."

효장공주는 미소 지었고 소부인은 눈썹을 찡그리며 말하였다.

"저는 실로 이 아이로 인해 마음에 근심이 있습니다. 어떤 자식인지 마음을 끓이게 하는 것이 으뜸입니다. 저의 남편은 경홍의 패행을 전혀 모르고 저의 충고를 기러기의 털과 같이 가볍게 여깁니다. 천홍[73]이 타이르고 가르치는 말을 믿긴 합니다만 경홍이 아우들을 몹시 사랑하고 형을 두려워하지 않으니 절박합니다."

소파가 웃으며 말하였다.

"소부인의 말씀을 들으니 웃음이 납니다. 우리 대상공의 정대하고 바

---

70) 아주머니 : {슉긔}. 소파는 상국 임한주와 태청선생 임한규의 서매이기 때문에 효장공주에게는 서고모에 해당함. 문맥을 고려하여 이같이 옮김.
71) 아주머니 : {쇼슉}. '소숙'을 '소씨 아주머니' 정도로 보아, 한림 소경의 첩인 소파를 지칭하는 것으로 보고 문맥을 고려하여 이같이 옮김.
72) 경홍 : 부마 임세린과 소부인의 장자.
73) 천홍 : 부마 임세린과 효장공주의 장자.

름을 천흥에게 비기겠습니까마는 그런 대상공께서도 부마의 우악스럽
고 바르지 못한 것을 풀지 못하여 부마는 아내 문제로 일대 분란을 일
으켰습니다. 하지만 이후에도 부마는 아이들 낳기는 잘하더니 호걸도
잘 낳고, 영웅도 잘 낳았습디다. 또 부인들은 어디로 갔던고 하더니[74]
저리도 잘 살면서 그 때는 온 좌석을 어찌 그리 조르던지요. 경홍공자
가 아무리 호방하다 해도 부마같이 엉뚱함이 사나울까 싶습니다."

주숙렬이 미소를 머금으며 말하였다.

"아주머니는 작은아주버님 말씀을 밉도록 저리 하시나 작은아주버님
의 해와 달같이 바른 행도를 어찌 어린아이들이 능가하겠으며 경홍이
어찌 작은아주버님의 지혜롭고 사리에 밝음을 바라겠습니까?"

소파가 답하였다.

"과연 주비의 말씀이 옳습니다. 젊어서부터 하도 허무하게 굴던 것이
보면 무시무시하여 자연스레 말이 나오면 그 엉뚱함이 어찌나 무섭던
지 절로 두 팔이 내저어집니다."

주숙렬이 미소 지으며 대답하지 않았다.

차설. 이때는 영락 21년 정월 봄이었다. 황제께서 옥체 자주 미령하시
니 조정과 민간이 근심하였다. 황제께서 옥체가 회복되시고 날씨가 화창
하면 직접 정사(政事)를 돌보셔서 북쪽 오랑캐에 대한 근심을 끊으려 하셨
으나, 옥체가 자주 편치 않으시고 날씨가 온화하지 못하여 정사를 돌보시
는 것을 그만두셨다.

이때 옥선군주가 취성전을 왕래하다가 목지란이 있는 것을 보고 이상

---

74) 부인들은 ~ 하더니 : 『성현공숙렬기』에서 부마와의 갈등 때문에 효장공주는 궁궐로 들어가고
소부인은 한왕에게 납치되었다 효장공주에게 구출되어 친정에 숨어 있었던 일을 가리킴.

하게 여기고 화가 나기도 하여 침소로 돌아와 춘교에게 말하였다.

"이상한 일이 많구나. 목지란이 어찌 들어와 나와 같은 항렬에 있느냐?"

춘교가 대답하였다.

"옥주는 놀라지 마십시오. 천년에 한 번 있을까 말까 한 좋은 기회입니다. 목씨가 들어온 것이 우리에게는 유익합니다. 목씨가 이러저러하여 등문고를 울리고 임한림의 측실(側室)75) 자리를 얻게 해 달라 했다 합니다. 처음에는 목씨를 가두었는데 전하76)께서 맡아 데려오셨다고 합니다. 이 여자를 우리 힘으로 들일 길이 없었는데 저절로 왔으니 분에 넘치지 않습니까? 내일 궁에 가 목생77)에게 말하여 목씨가 시비를 구하거든 저의 아주머니 교홍이 이런 일을 잘 살피니 데려다가 목지란에게 주어 일을 함께 도모하지요."

옥선군주가 말하였다.

"너의 아주머니가 어찌 내가 뽑는데 뽑히겠느냐?"

춘교가 대답하였다.

"저의 아주머니는 대왕이 찾지 않으셔서 지아비를 얻어 궁 밖에서 살았는데 지아비가 호방하여 아주머니를 버렸습니다. 그래서 아주머니가 궁으로 가 얻어먹고 살고 있습니다."

옥선군주는 춘교를 바라보고 탄식하여 보낸 후 홀로 앉아 생각하였다.

'능운78)은 두 눈이 다 나았을 텐데 지금까지 소식이 없으니 어제도 근

---

75) 측실(側室) : 첩(妾)의 다른 말.
76) 전하 : 초왕 임희린을 가리킴.
77) 목생 : 목지란의 오빠인 목지형을 가리킴.
78) 능운 : {영원}. 문맥상 옥선군주를 도와주는 여승 능운을 가리키는 것이기에 이같이 옮김.

심이고 오늘도 근심이구나. 언제쯤에나 설씨를 해 치울까?'

옥선군주는 설씨를 죽이고자 하는 마음이 생겨 어느 날 밤 옷을 가볍게 입고 비수(匕首)를 끼고 효문궁으로 가 설씨의 침소를 살폈는데 봉륜당79)이 높아서 어렴풋이 허공에 떠 있는 것 같았다. 군주가 급히 난간에 뛰어 올라 문틈으로 엿보니 여러 어린 시녀들은 좌우에서 호위하고 있고 사환 두 명은 설소저를 앞에서 모시고 있었다. 군주는 이 여자가 이리 위엄 있게 하고 앉아 있으니 바로 들어가서 여러 여자들의 눈에 좋지 못한 일을 보이지는 못하겠구나. 잠들길 기다려야겠다라고 생각하고 뒤편 난간에 숨어 있었다.

삼경(三更)80)에 이르자 설소저는 전과 마찬가지로 잠자리에 들고 좌우 시녀들도 단잠에 푹 빠졌다. 군주가 후창(後窓)을 가만히 열고 달려들어 자객의 모양으로 침상에 소저 머리 둔 곳을 향하여 칼을 가볍게 들어 던졌다. 버석거리는 소리가 나므로 혹 헛 찍은 것인가 하여 군주가 다시 찌르고자 하였다. 그런데 문득 침상 밑에서 올무가 나와 군주의 두 발을 잡아당겨 헛되이 자빠졌다. 좌우 시녀들이 촛불을 밝히지도 않고 한 묶음의 밧줄로 군주81)가 나오지 못하게 동여 묶고 꾸짖어 말하였다.

"한밤중에 자객 노릇하는 계집을 무슨 예를 차려주겠느냐? 순초군사(巡哨軍士)82)를 불러 옥에 가두라."

이렇게 말하고 옥선군주를 대청 아래로 내치자 아무리 동여매었다고는 하지만 굴곡 있는 난간에서 잔 티끌 같은 군주를 뜰에 내던지니, 내던

---

79) 봉륜당 : 임창홍의 처 설성염의 처소.
80) 삼경(三更) : 하룻밤을 오경(五更)으로 나눈 셋째 부분. 밤 열한 시에서 새벽 한 시 사이임.
81) 군주 : {물}. '물(物)'로 되어 있으나, 문맥을 고려하여 이같이 옮김.
82) 순초군사(巡哨軍士) : 돌아다니면서 적의 사정이나 정세를 살피는 군사.

질 때 낮이 다 깨여지고 허리가 삐어 반쯤은 살아있고 반쯤은 죽은 듯하였다. 홀연 설소저가 옥 같은 음성으로 말하였다.

"그 자객이 여자인가 싶으니 순초군(巡哨軍)에게 주지 말고 사환에게 맡겨 집안 옥에 가두었다가 내일 존당(尊堂)의 처치를 기다려라."

상운이 명에 응하고 춘앵 등 여러 어린 시녀들로 하여금 이 여자를 묶은 채로 지어다가 사환이 머무는 행각(行閣)에 가두었다. 한밤중에 봉륜당에 들어온 자객을 잡았으니 가두었다가 내일 처치를 기다리라고 하였다. 설소저가 무슨 술법으로 옥선군주의 칼에서 벗어나 그를 사로잡았는지 알지 못하겠구나.

이날 주숙렬이 봉륜당에 와서 초왕의 봉읍(封邑)83)에서 올라온 것으로 왕부 소속들의 월급을 나눠주라고 명하였다. 그러고는 설소저를 가까이 앉히고 말하였다.

"어진 며느리는 오늘 밤의 흉한 일에 대해 알고 있느냐?"

설소저가 머리를 숙이고 대답하였다.

"제가 어리석어 깨닫지 못하였습니다."

주숙렬이 탄식하며 말하였다.

"내가 앞일을 아는 재주가 있는 것은 미래를 구태여 알고자 해서는 아니다. 대의(大義)를 지켜서 군후가 나를 알아 준 것을 갚고자 하였는데 은연중 천문서(天文書) 세 권을 다 알게 되었구나. 그래서 자연스레 아는 것이 있는데 마침 신조(晨朝)84)에 마음이 움직이기에 꽤 여섯 개를 얻으니 처음에는 흉하고 나중에는 길하다는 내용이었다. 이리이리해

---

83) 봉읍(封邑) : 봉토(封土)와 같은 말로, 제후를 봉하여 내준 땅을 의미함.
84) 신조(晨朝) : 오전을 셋으로 나눌 때에, 묘시(卯時)와 사시(巳時) 사이. 오전 6시에서 10시 사이임.

서 큰 화를 면하고 상운을 시켜 사로잡으라 해라. 처치는 존당(尊堂)이 하실 것이다. 급한 화는 면하겠지만 우리 집안의 재앙이 그치지를 않는구나."

또 주숙렬은 상운과 매송에게 분부하여 비밀스레 가르치고 돌아왔다. 설소저는 시어머니의 신명함에 탄복하고 상운과 함께 시어머니의 가르침 대로 초인(草人)을 만들어 꾸며 앉히고 자신은 협실(夾室)에서 화앵·계앵과 편히 잤다.

과연 요사스러운 사람이 큰 화를 일으켜 비수(匕首)를 끼고 이르렀다가 옥중에 갇히자 벗어날 길이 없어 이를 갈며 말하였다.

"이 여자가 무슨 술법이 있어 칼을 받지 않고 도리어 나를 사로잡는단 말이냐? 만일 이런 신기한 재주가 있으면 갑작스럽게 해치우지 못할 것이니 이를 장차 어찌 하나? 내일 나를 상부(相府)로 보낼 것이니 이 밤에 옥에서 벗어나 이 집안을 떠나야하지 않겠는가? 설씨를 반드시 죽이리라."

그러나 아무리 묶인 것을 풀고자 하여도 상운이 꽁꽁 동여매었으니 어찌 벗어날 길이 있겠는가?

이날 춘교가 교홍을 데리고 왔는데 당(堂) 안이 조용하였다. 바삐 옥선 군주를 찾으니 유모가 몹시 놀라며 말하였다.

"옥주가 촛불을 끄시고는 우리들에게 물러가라 하시기에 물러나 협실(夾室)에 있었는데 옥주가 어디로 가셨겠는가? 아마도 하심당85)에 새로 온 사람을 보러 가셨나 보구려."

춘교가 머리를 흔들며 말하였다.

---

85) 하심당 : 목지란의 처소.

"옥주가 비록 낮은 지위에 있으시지만 목지란과 같이 천한 이를 친히 보시겠는가?"

춘교가 상부(相府)로 와 두루 살폈는데 당마다 등불과 촛불이 휘황찬란할 따름이고 옥선군주는 그림자도 없었다. 춘교가 몹시 급해져 돌아와 어찌할 줄을 모르고 있다가 홀연 깨달아 소리를 지르고 화를 내며 말하였다.

"알겠도다. 옥주가 봉륜당에 가서 설씨를 급히 해치고자 하다가 실패하여 욕을 보신 것이구나. 애달프다. 우리 군주가 한 순간의 분을 급히 풀고자 하신들 봉륜당에 책사(策士)와 훌륭한 장수가 무수하니 거칠고 뛰어나지 못한 계교로 움직일 사이가 없었을 것이다. 옥주의 신상에 받을 욕이 여지없이 크면 출부(出婦)86)요, 적으면 꾸지람일 것인데 이를 어찌 하는가?"

춘교가 애를 태우고 있었는데 문득 능운이 날라와 춘교를 불렀다. 춘교가 듣고 급히 나와 반가워하며 바삐 말하였다.

"사부(師父)는 눈이 상하여 돌아갔었는데 어떠신지요? 옥주가 더욱 마음 쓸쓸해하시기에 궁으로 가 목상공87)께 소식을 물어보면 매번 낫지 못할 것이라고 하였습니다. 목상공 또한 영원암에 가시겠다고 해서 돌아왔더니 사부가 오심은 천만 뜻밖입니다. 지금 우리는 옥주가 가신 곳을 몰라 이리도 초조해하고 있습니다."

능운이 말하였다.

"내 그때 눈을 다쳤는데 수개월을 고생하여 겨우 낳았긴 하네. 영단(靈

---

86) 출부(出婦) : 시집에서 쫓겨난 여자.
87) 목상공 : 목지형을 지칭함.

丹)88)을 무수히 넣었지만 끝내 한 쪽 눈이 실명되어서 분한 것을 이기지 못하여 산에서 나오지 않았었네. 그런데 아침에 점을 치니 옥주께서 오늘 당할 재앙이 참혹한 것인지라 나는 구름을 모아 이리로 오고 목상공은 궁으로 돌아갔네. 옥주는 어디에 가서 무슨 화를 보신 것이며 옥주가 가신 곳을 모른다 하는 것은 어찌된 것인가?"

춘교가 말하였다.

"옥주께서 비록 분한 마음에 일을 저지르신 것 같습니다. 상부(相府)와 효문궁으로 나갔다가 몸에 해를 입으신 듯하나 자세히는 알지 못하겠습니다."

능운이 말하였다.

"그대가 앞장서게나. 내가 찾을 것이다."

능운이 춘교를 앞세우고 효문궁을 두루 살피더니 행각(行閣) 안의 작은 곳을 가리키며 발을 구르면서 말하였다.

"옥주가 이곳에 갇혔구나. 내가 구하지 않으면 내일은 큰 화가 일어날 것이다."

능운이 급히 옥선군주를 가둔 옥 앞으로 가 아홉 번 절하고 열 번 진언(眞言)89)을 한 후 손으로 옥문을 어루만지니 잠긴 것이 저절로 열렸다. 두 사람이 방자하게 들어가니 군주가 사슬에 매여 반쯤은 살아있는 것 같고 반쯤은 죽은 것과 같아 보였다. 이들이 대경실색하여 말하였다.

"애고 애고, 어째서 이런 재앙의 덫에 걸렸는가?"

군주를 부축하여 옥문을 나와서 업고 오면서 "원수야, 원수야." 하였

---

88) 영단(靈丹) : 신령스러운 효험이 있는 영약.
89) 진언(眞言) : 진실하여 거짓이 없는 말이라는 뜻으로, 비밀스러운 어구를 이르는 말.

다. 돌아와 옥선군주를 방 가운데에 눕히고 유모와 여러 어린 시녀들이
동여맨 줄을 칼로 끊으니 군주의 옥 같은 팔과 향기로운 몸에는 일곱 군
데에 동여맸던 자국이 일곱 대 매를 맞은 모양과 같이 남아 있었으며 높
은 난간에서 내던져질 때 얼굴이 다 깨어져 피가 엉겨 있었다. 이렇게 되
었으나 군주는 별스러운 악종이라 정신이 들자 이를 갈며 말하였다.

"죄인 설씨야, 칼로 네 목숨을 해치려고 하였는데 무슨 요술로 내 칼을
면하고 나를 이리 맞혔느냐?"

능운이 나아가 군주를 어루만지며 말하였다.

"옥주는 정신을 차리시고 소리를 그치십시오. 제가 산속에서 옥주의
운수를 점 쳐 보니 위급한 화를 당하실 것이기에 급히 와 옥주를 구하
였습니다. 상처를 치료한 후 큰일을 도모할 것이니 급히 서두르다가는
적국(敵國)의 복만 도와줄 뿐 이로운 것이 없습니다."

이렇듯 능운이 군주의 상처에 약을 바르고 위로하니 군주가 마음 깊이
칭찬하며 말하였다.

"나를 낳은 이는 부모이고, 나를 살린 이는 스승입니다. 이 은혜를 살아
서는 다 갚지 못할 것입니다."

군주가 또 손으로 벽을 치며 말하였다.

"하느님! 하느님! 어찌 무빙90)을 내시고 또 설씨를 내서서 나의 애를
태우고 간을 서늘하게 하십니까? 전에는 임한림이 한 번 돌아보아주기
만을 바라며 설씨를 없애 그 은총을 홀로 차지하기를 바랐지만 지금 이
후로는 자취를 감추고 없어지는 한이 있어도 오늘 밤 욕본 일을 반드시
갚으리니 설씨의 몸을 잘게잘게 찢어도 한을 다 풀지 못할 것이다."

___

90) 무빙 : 옥선군주의 자(字).

군주가 혀를 차며 원망하였다.

다음날 아침에 효문궁의 일에 익숙한 사환이 밤에 여자 자객을 잡아 내옥에 가두었는데 놓쳤다고 상부(相府)에 아뢰었다. 상국이 놀라며 말하였다.

"설씨 아이의 방 안에 여자 자객이란 게 무슨 말이냐?"

주숙렬이 머리를 숙이고 대답하였다.

"이는 바깥에서 온 자객이 아니라 집안에서 설씨 아이의 목숨을 엿보는 이입니다. 이리이리해서 상운과 매송 등이 자객을 가두었다고 하였는데 지금 놓쳤다고 하나 아마도 무방할 듯합니다."

상국은 불행함을 이기지 못하였으나 선생이 웃으며 말하였다.

"요사스런 사람의 헤아림이 깊지 못한 것이 이와 같습니다. 돕는 이가 없으면 집안의 환란이 대단치 않겠지만 그를 따라 돕는 자가 걱정입니다. 못된 사람을 부추겨 악한 짓을 더 하게 하니 괴롭습니다."

이때 옥선군주는 눈앞에 닥친 재앙을 벗어나 요사스런 중과 함께 치료하면서 이를 갈며 분을 씻기만을 밤낮으로 생각하였다.

이즈음 북쪽의 흉노 아출태가 변방에 침입하고 강해를 연결하여 중원(中原)을 범이 먹이 감을 노리는 것처럼 하였다. 소직사는 한 번 북해 태수가 된 후, 백성을 위로하며 정사(政事)를 바르고 청렴하게 하며, 학교를 세워 선비를 권면하고, 군사 장비를 다스려 오랑캐의 무리를 엄습하였다. 이에 강해에서 장각이 강해군에게서 항복을 받아 방비를 엄하게 하자 북쪽의 흉노가 달리 할 길이 없어 해자(垓子)91)를 굳게 하고 병사들을 조련하며 한 무리의 병사를 지름길로 보내 계주를 침범하였다. 절도사가 장계

---

91) 해자(垓子) : 성 주위에 둘러 판 못.

를 올리자 황제가 놀라셔서 만조백관을 불러 보시고 아출태를 칠 일을 의
논하셨다. 여러 신하들이 대답하기를 황제께서 직접 정벌하셔서 위엄을
북쪽 변두리에 보이시는 것이 마땅하다고 입을 모아 아뢰었다. 황제께서
몸소 정벌하기로 결단을 내리시고 13성[92]에 전지(傳旨)[93]를 보내서 강해
를 구하라고 하셨다.

52

신하들이 대궐에서 물러나 각각 집으로 돌아가 집안을 보살필 일들을
처리할 때 초왕 임희린도 대궐에서 나와 집에 도착하였다. 상국 임한주가
어전에서의 일을 물었다.

"성상의 근래 건강이 병으로 인해 편안하지 못하신데 변방에 몸소 정
벌하러 가신다고 하니 어찌 걱정이 되지 않겠느냐?"

초왕 임희린이 머리를 숙이고 대답하였다.

"그렇습니다. 다만 상의 뜻이 크고 바르셔서 흉노를 한 번 쳐 물리치시
고 황제의 교화를 보이고자 하시니 뜻을 돌리시도록 말씀드리지는 못
할 것입니다. 또한 유욱천의 대군(大軍)이 속하였으니 상의 뜻을 거스
르지 못할까 싶습니다."

53

상국이 머리를 끄덕이자 태부인이 놀라 말하였다.

"성상이 움직이신다면 너희 부자와 형제, 숙질이 호위해야 할 것이다.
그렇다면 요 근래 집안에 요란스러운 변고가 잦은데 어찌 진압하시려
는가?"

상국이 온화하며 부드러운 말로 대답하였다.

"만사는 하늘의 뜻이니 어머니는 마음을 놓으시고 너무 걱정하지 마십

---

92) 13성 : 명나라 때에는 전국을 산동, 산서, 하남, 협서, 호광, 강서, 절강, 복건, 광동, 광서, 귀주,
　　사천, 운남 등 13성으로 나누었음.
93) 전지(傳旨) : 승정원의 담당 승지를 통하여 전달되는 왕명서(王命書).

시오."

황제가 건강이 조금 회복되시자 초왕 임희린을 천하절제평북대원수(天下節制平北大元帥)로, 부마 임세린을 부원수(副元帥)로, 상국(相國) 임한주를 군사(軍師)로, 태수 설연창을 참모(參謀)로 삼은 후 남은 문무 관리들에게 각각 소임을 정해주었다. 또 태자와 나이든 신하들에게 나라의 크고 작은 일을 잘 살피라고 부탁하였다. 그런 후 황제께서는 천하의 제후를 강해로 모이라고 하고 80만 대군을 거느리고 기세 있고 힘차게 북쪽을 향해서 나아갔다. 여러 신하들이 각각 태자께 절을 하고 작별한 후 황제를 호위하여 갈 때 상국 임한주를 비롯한 세 부자가 총총히 집안에 작별인사를 드리고 황제를 모시고 떠났다. 태자소부 임유린과 한림 임창홍과 설사인94) 등은 교외 백리에서 작별인사를 드렸다.

만승 태평황제가 친히 정벌에 나서시자 천하의 제후들이 빠지는 이 없이 강해로 모여 황제의 행차를 맞이하고 조회하였다. 평북대원수 임희린이 장졸들에게 항오(行伍)95)를 정해주고 기이한 계교와 은밀한 책략을 내물밀 듯 들어가니 북 흉노가 어찌 당하겠는가? 북 흉노가 백전백패하였다. 이로써 명(明)을 구하였다.

이때 임씨 집안에서는 상국과 초왕과 부마가 모두 출정하여 집안이 빈 듯하였다. 태부인께서 마음 쓸쓸해하시므로 태청선생 임한규와 태자소부 임유린이 임창홍 등을 데리고 태부인 앞에서 봄날의 화창한 기색을 지어 위로하니 화기가 일어나고 집안에 웃음이 낭자하였다.

그러나 홀로 옥선군주는 임·설 두 가문에 이를 갈며 분을 내더니 홀연

---

94) 설사인 : 태사 설연창의 아들.
95) 항오(行伍) : 군대를 편성한 대오를 말함. 한 줄에 다섯 명을 세우는데 이를 '오'라 하고, 그 다섯 줄의 스물다섯 명을 '항'이라 함.

악한 마음을 내어 비수(匕首)를 싸가지고 급히 하심당에 이르렀다. 목지란
이 식사를 마치고 몸이 피곤하여 침상 위에서 졸고 있으므로 군주는 곧바
로 칼로 지란을 찌르려다가 문득 다음과 같이 생각하였다.

'이 사람을 살려두는 것은 유익해서가 아니라 뒷날 쓸 곳이 있어서이
다.'

군주는 칼을 감춘 후 나아가 목지란의 뺨을 날아갈 정도로 세게 치며
말하였다.

"이 원수의 계집년아! 너는 무슨 꼴로 나의 적국(敵國)이 되었느냐?"

이렇게 말하며 목지란에게 달려들었는데 이때도 옥선군주는 개용단을
삼켜 설소저의 모습으로 변해 있었다. 옥선군주가 떠들썩하게 목지란을
마구 두들기며 어지럽게 욕을 하니 목지란은 잠결에 정신이 없어서 한 시
각 동안 맞기만 하였다. 그러다 문득 불같은 심술이 크게 일어난 지란은
급히 일어서서 두 팔로 군주의 머리를 휘어잡고 발로 박차며 말하였다.

"너는 어떤 요괴이기에 부처님같이 가만히 있는 것을 찝쩍거려서 성나
게 하느냐?"

옥선군주 또한 목지란의 머리를 잡아 뜯으며 볼따구니를 쥐어뜯고 할
퀴며 말하였다.

"나는 너의 원비 설씨이다. 부질없는 병신 같은 년이 무엇을 하러 들어
왔느냐?"

이렇게 서로 어우러져 싸우니 진실로 가관이었다. 누가 능히 말리겠는
가? 하심당의 어린 시녀가 급히 달려가 주숙렬께 사연을 고하니 주숙렬이
탄식하고 군계를 돌아보았다. 군계가 웃고 하심당으로 나아가니 마치 두
사람이 엉켜있는 것이 적벽대전(赤壁大戰)96)과 같았다. 군계가 나아가 지

⁵⁸ 란을 만류하고 군주를 단단히 붙들고 꾸짖으며 말하였다.

"너는 어떤 요사스러운 것이기에 감히 사람의 모습을 하고 이곳에 와서 사람을 때리느냐?"

목지란이 원통하고 분해하며 말하였다.

"설씨와 무슨 원한이 있기에 나를 이리 치느냐?"

목지란이 소리를 지르며 울었는데 그 소리가 흡사 매 맞은 돼지 소리 같았다. 군계가 목지란을 위로하고 옥선군주를 끌고 나왔다. 군주는 이를 갈면서 자신은 설씨라고 말하며 뿌리치고자 하였다. 그러나 군계가 단단히 잡고 눈길을 흘려 자세히 살펴보자 매미가 허물을 벗는 것처럼 설씨의 ⁵⁹ 빈 얼굴은 간 곳이 없고 요사스런 군주의 모습이 되었다. 이 모습을 보고 주변에 있던 이들은 도리어 웃지 않을 수 없었다. 군주는 일이 탄로가 난 것을 보고 급히 달아나고자 하였지만 군계가 어찌 놓아주겠는가? 군계가 군주를 잡아 이끌고 효문궁으로 가 주숙렬께 전후 상황을 말씀드렸다. 주숙렬은 한심스럽고도 놀라 군주를 앞에 꿇리고 일의 이치를 풀어서 크게 꾸짖었다. 주숙렬은 군주를 놓아두지 못하리라고 생각해 사환에게 군주를 단단히 가두라고 명을 내렸다. 사환이 명을 받들고 군주를 옥에 가두었으나 주숙렬은 이 일을 구태여 이야기하지 않았다. 설소저는 불안한 마음이 가득하여 상운을 보내 목지란을 구호하며 위로하였다.

⁶⁰ 이때 마침 춘교와 능운이 계교를 꾸미려 하다가 옥선군주가 성을 내며 나아가기에 장차 뒤를 따르고자 하였다. 그런데 문득 일이 탄로 나 군주가 옥에 갇히게 되니 서로 마주해 탄식하고 있다가 능운이 밤을 타 나비

---

96) 적벽대전(赤壁大戰) : 중국 삼국 시대인 208년에 손권·유비의 소수 연합군이 조조의 대군을 적벽에서 크게 무찌른 싸움.

로 변해 옥에 들어가 군주를 물고 나와 침소(寢所)에 이르렀다. 군주가 정신을 차리고 울며 말하였다.

"이제는 일마다 성공하지 못하니 장차 어찌 하겠는가? 이곳에도 있지 못할 것일세. 계교가 어디에 있는가? 스승은 나를 살리게."

능운이 눈썹을 모으고 이윽히 생각하더니 무릎을 치며 말하였다.

"옳다, 옳아. 묘한 일이 있습니다. 군주는 분명 이곳에는 있지 못할 형세입니다. 지금 현경궁 이귀인은 황상의 총희(寵姬)인데 마침 정궁(正宮)의 지위를 빼앗고자 하다가 이루지 못하고 황상이 진노하시어 깊은 궁에 가두었습니다. 그런데 이번에 황상이 출정하실 때 태자가 지극히 간언(諫言)을 드려 이귀인을 용서하셨습니다. 이귀인이 다시 궁에 있기는 하지만 우리 같은 사람을 좋아하니 마땅히 그 곳에 나아가 일을 의논하고 차차 설득하는 것이 어떻습니까?"

옥선군주는 계교가 묘한 것을 칭찬하였다. 능운은 춘교에게 침소를 지키게 하고 군주를 물고 현경궁으로 날아와 이귀인을 보고 전후사정을 자세히 말하였다. 이귀인이 탄식하며 말하였다.

"군주의 상황이 나와 같구나. 모름지기 군주를 내 딸로 정할 것이네."

군주가 기뻐서 절하고 임·설 두 가문에 설욕하기를 청원하니 이귀인이 말하였다.

"너는 아직 임창홍의 둘째부인으로 있다가 사태를 살펴보고 하고자 하는 대로 결정하여라."

군주는 기뻐하면서도 임씨 가문의 여러 사람들이 너무 지혜로운 것을 밉게 여겨 여부인께 서찰 한 장을 보냈다.

이때 임씨 집안에서 옥을 지키고 있던 사환이 들어와 고하였다.

"옥을 단단히 지키고 있었는데 홀연 나비 한 마리가 날아 들어가기에 괴이하다고 여겼습니다. 그런데 그 후에 보니 군주가 간 곳이 없습니다."

좌중의 여러 사람이 모두 놀라워했다. 그때 문득 현경궁으로부터 사환한 사람이 와서 여부인을 찾아 글을 드리자 모두 이상하게 여겼다. 여부인을 비롯한 사람들이 모두 보니 이는 다른 일이 아니라 옥선군주의 글이었다. 그 내용은 대체로 존당(尊堂)을 욕하고 원망하는 것이라 입에서 내뱉을 말이 아니요, 다른 사람이 듣게 해서도 안 될 일이었다. 편지의 내용은 대개 다음과 같았다.

이름이 존당(尊堂)에 있는 것만을 다행스럽게 여기고 내가 복 없고 팔자 사나운 것은 생각하지 않으며 한림에게 충고하고 권유해 나와 화해시키지 않으니 그토록 의롭지 못하고 도리에 어긋난 일이 있겠는가?

이 글을 보고 모두들 대단히 놀랐다. 그러나 여부인은 한바탕 차갑게 웃은 후 선뜻 종이와 붓을 내와 답서(答書)를 지어 보냈다. 곁에 있던 이들이 보니 답서의 내용은 군주의 열 가지 큰 죄에 대해 논한 것이었다. 사환을 돌려보낸 후, 장차 군주가 무슨 변을 또 지을까 의논이 분분하였다.

사환이 돌아가 답서(答書)를 올렸다. 옥선군주가 답서(答書)를 보았는데 이 문득 열 가지 큰 죄를 늘어 놓은 것이었다. 답서(答書)의 내용은 다음과 같았다.

대개 황가(皇家)의 후손으로 행실을 수련하지 못하고 사나이를 좋아하니 규중의 큰 죄가 하나요, 담을 넘어 남자를 보고 월환(月環)을 던지니 규중의 더러운 행실이라 큰 죄가 둘이요, 월환을 돌려보내자 문득 상사병이 생기니 규중의 망측한 행실이라 큰 죄가 셋째이다. 마침내 마음을 다스리지 못하고 뻔뻔한 인물을 추켜들고 감히 나라에 청하니 그 죄가 넷이며, 상이 신명하고도 영민하셔서 꾸짖으셨으나 마음을 고치고 덕을 닦을 줄 모르고 끝내 청하니 염치없는 행실이라 그 죄가 다섯이다.

이미 시댁에 들어왔으면 행실을 닦을 것이거늘 첫날부터 음욕(淫慾)을 이기지 못하니 그 죄가 여섯이요, 남편의 박대는 싫어하면서 동렬(同列)을 마구 치니 그 죄가 일곱이요, 동렬은 말할 것도 없고 시어머니와 시할머니를 헤아리지 않고 모습을 바꾸고 와서 욕을 하니 그 죄가 여덟이다. 요상한 약을 먹고 감히 속이려다가 성공하지 못하자 칼을 들고 사람을 해치려고 어두운 밤에 돌입하니 그 죄 아홉이요, 뒷날을 경계하고자 옥에 가두었는데 존명(尊命)을 거역하고 달아나니 그 죄가 열이다. 열 가지 큰 죄를 짓고 무슨 입으로 말을 하는가? 깊이 생각하여 개과천선(改過遷善)하면 모르겠지만 마침내 고치지 않는다면 신세가 좋지 못할 것이다.

옥선군주는 화가 나서 글을 밀쳐버리고 몹시 분해하면서 이를 갈았다. 군주가 이귀인을 보고 설소저를 잡아다가 분을 풀게 해달라 애걸하니 이귀인이 오랫동안 침묵하다가 말하였다.

"그렇다면 설씨를 잡아다가 한 칼에 베는 것은 어떠하냐?"

군주가 기뻐하다가 문득 말하였다.

"그렇지 않습니다. 저는 지금 첩의 지위에 있습니다. 설씨가 비록 없어지더라도 제게 정실(正室)의 지위를 주지 않을 것이니 먼저 재실(再室)97)의 칭호를 얻은 후 설씨를 제어하는 것이 마땅할까 합니다."

---

97)　재실(再室) : 둘째부인을 의미함.

이귀인이 말하였다.

"그렇다면 설씨를 잡아오는 것은 천천히 하자. 내일 너를 임한림의 재실(再室)의 지위로 만들어 임씨 가문으로 돌려보낼 것이다. 그런데 손상궁과 여상궁은 너무 정직하여 내 말을 듣지 않을 것이야. 경상궁이 힘이 용맹하고 지혜가 충분하니 계책을 모의하게 해 너의 신세를 회복한 후에 나 또한 큰일을 도모하도록 해야겠구나."

군주는 이귀인의 말마다 따르며 내일을 기다렸다. 이귀인은 글을 지어 경상궁을 주며 임씨 가문의 태부인께 보냈다.

경상궁은 건문제(建文帝)98) 때의 충신인 경청(景淸)99)의 족친(族親)100)이었다. 경청(景淸)의 구족(九族)101)이 망할 때 경상궁의 나이가 4~5세였다. 경씨가 길가를 떠돌며 울고 있을 때 서후(徐后)102)의 보모 설상궁이 이를 보고 그 자색이 천하에 독보적인 것을 불쌍히 여겨 데리고 와 침소(寢所)에서 길렀다. 경씨가 자라면서 총명하여 만사에 통달하자 설상궁이 몹시 애중하였다. 그러나 설상궁이 경씨를 깊은 곳에 두었기에 경씨를 아

---

98) 건문제(建文帝) : 명나라 제2대 황제. 휘 윤문(允炆). 시호 혜제(惠帝). 황태자였던 부친 의문태자(懿文太子)가 병사하여 황태손에 책봉되어, 1398년에 태조 홍무제(洪武帝)가 죽자 16세로 즉위, 건문(建文)이라는 연호를 썼음. 당시 태조의 여러 아들들은 각 지방의 왕으로 분봉(分封)되어 있었는데 건문제는 황자징(黃子澄)·방효유(方孝孺) 등의 획책에 따라 황제의 권위를 높이는 한편, 봉령을 삭감하여 그 세력의 약화를 도모하였음. 그러나 1399년 연왕(燕王)이 정난(靖難)의 변을 일으켜, 1402년 경사(京師)를 함락하고 제위를 빼앗아 영락제(永樂帝)에 즉위하였음.

99) 경청(景淸) : 명나라 건문제 때 신하. 영락제(永樂帝)가 제위(帝位)를 찬탈(纂奪)하자 방효유(方孝孺) 등과 순국(殉國)하기로 약속하였다가 혼자 칼을 품고 궁궐에 들어갔는데, 영락제가 경청을 의심하여 몸을 수색하게 하고 칼을 찾아낸 다음 이를 힐책하니 경청이 "옛 주인을 위해 복수하고자 하였을 뿐이다."라고 하였음. 영락제가 노하여 거열형(車裂刑)에 처하고 그 족친(族親)까지 아울러 죽였음.

100) 족친(族親) : 유복친 안에 들지 않는, 같은 성을 가진 일가붙이.

101) 구족(九族) : 고조·증조·조부·부친·자기·아들·손자·증손·현손까지의 동종(同宗) 친족을 통틀어 이르는 말. 자기를 본위로 직계친은 위로 4대 고조, 아래로 4대 현손에 이르기까지이며, 방계친은 고조의 4대손이 되는 형제·종형제·재종형제·삼종형제를 포함함.

102) 서후(徐后) : 영락제(永樂帝)의 황후. 서달(徐達)의 딸.

는 사람이 없었는데, 서후가 우연히 보고 마음에 흡족하면서도 놀라워 경씨를 협실(夾室)에 두고 시녀들에게 가르치라고 하셨다. 그러던 중 이귀인이 황제에게 총애를 얻었으나 서후는 이귀인이 착하지 못한 것을 근심으로 여기고 설귀인과 상의하여 경씨를 이귀인에게 주어 매사를 바로잡아 후궁의 해를 줄이라고 하셨다.

이런 까닭에 경씨를 현경궁으로 보냈는데, 경씨가 이귀인이 어질지 못한 것을 보고 문득 교묘한 속임수와 능수능란한 수단으로 이귀인을 달래고 뜻을 맞추기를 흡사 수리매가 먹이 채가듯 하였다. 그러자 이귀인이 경씨의 농락에 들어가 현경궁의 크고 작은 일을 다 경씨에게 맡겼고, 손·여 두 명의 상궁은 겉으로만 대접하는 체하였다. 그러나 경씨는 하나같이 매사를 손·여 두 상궁과 상의하여 해 세 사람이 한 몸같이 하고 이귀인의 불미스러운 일들을 때때로 틈을 타 간(諫)하니 유익함이 많았다.

근래에는 경씨가 이귀인이 옥선군주와 모의하는 일을 날마다 기록하여 두 상궁께 주며 말하였다.

"만일 이 사람이 오래 궐 안에 있으면 우리 현경궁이 대역죄에 함께 들어갈 것입니다. 그렇다면 우리 무리는 죽어도 묻힐 땅이 없을 것입니다. 내 이제 어질지 못한 사람을 데리고 가서 설소저라고 하는 사람을 잡아 보내면 그대들은 잘 맡아 처리하고 어진 이를 돕도록 하세요."

그러자 두 사람이 응낙하였다. 이 날 밤 옥선군주는 이귀비의 침상 아래서 이귀비를 모시고 자면서 소원을 애걸하였다.

다음날 이귀인이 태자를 뵙고 옥선군주의 상황을 말씀드리며 말하였다.

"설씨가 옥선을 마구 때리며 머리카락을 반이나 베었으니 일이 지극히 한심스럽습니다. 골육의 정을 생각하셔서 임한림의 둘째 부인 지위를 옥선군주에게 주시고 설씨를 잡아 들여 황가의 위엄을 알게 하소서.”

태자가 한동안 침묵하다가 말하였다.

“이 아이가 덕을 버리고 악을 섭렵하였을 뿐 아니라 규수의 높은 행실을 버리고 남자를 흠모하는 더러운 병을 얻어 임한림의 첩이 되고 황실에 욕을 보이며 자신의 몸은 천인(賤人)이 되었으니 누구를 원망하며 누구를 한하겠습니까? 다만 옥선이 덕이라도 닦아 부녀의 행실을 갖추면 임씨 가문은 충효의 가문이고 임창홍은 세상을 뒤엎을 만한 뛰어난 군자이니 한담 끝에 조용히 말을 꺼내 보겠습니다.”

이귀인이 말이 막혀 잠시 묵묵히 있다가 다시 간청하니 태자가 마지못해 대답하였다.

“위로는 황야(皇爺)가 계시니 제가 함부로 정하지 못할 것입니다. 임의대로 처단하십시오.”

태자는 말을 마치고 외전(外殿)으로 나와 여러 신하들의 조회를 받으신 후 임창홍을 홀로 머물게 하시고 옥선군주의 지나친 행실에 대해 말씀하셨다.

“지금 옥선이 현경궁에 머물고 있어 이귀인이 이러저러한 말씀을 하셨는데 너그러이 들을 만하였으니 그대는 선처하게나.”

임창홍이 머리를 숙이고 사례하고 물러나 이 말을 소지(所志)[103]에 적어 집안에 기별하였다.

다음날 현경전 태감이 군주의 덩을 호위하고 쌍쌍의 어린 시녀와 홍악, 춘교 등이 향을 잡아 임상부에 이르렀다. 옥선군주가 거만하게 덩 문을

---

103) 소지(所志) : 예전에 청원이 있을 때에 관아에 내던 서면.

열고 취성전으로 들어갔다.

이때 임씨 집안에서는 옥선군주가 이귀인을 옆에 끼고 집안을 위협하고 견제하려고 먼저 손수 쓴 편지로 여부인을 꾸짖었다가 여부인이 오히려 군주의 열 가지 큰 죄를 말하여 물리친 일로 걱정하고 있었다. 옥선군주의 덩이 문에 이르자 옥선군주가 당(堂)에 올라가 태부인께 손자며느리의 예로 두 번 절하고 모든 곳에 예를 마친 후 자리를 정하여 앉으니 환관이 정제하였다. 선삼(蟬衫)104)과 붉은 치마를 찬란하게 입은 옥선군주가 독사의 눈을 떠 설소저가 있는지 없는지를 살펴보았는데 그 행동거지가 요사스럽고 악독하였다. 마침 설소저가 그 자리에 있다가 옥선군주가 온다는 것을 듣고는 머뭇거리며 주저하다 협실(夾室)로 들어가버린 후라 그림자는 묘연하였으나 남은 향내가 머물러 있었다. 주위 사람들이 웃으며 설소저의 영리하고 민첩함을 기특하게 여겼다.

경상궁이 이귀인의 글을 태부인께 올리니 국군부인인 여부인이 받아 읽었다. 옥선군주가 온화하고 인자한데 모든 대접이 격에 맞지 않아 군주가 신세를 슬프게 여기다 이 지경까지 왔으니 주변에서는 군주를 후히 돌보고, 한림도 한 명의 부인에게만 빠지지 말고 금슬을 나누어 황실을 업신여기지 말라 하였으며, 측실(側室)이 괴이하니 군주의 지위를 올려 부인의 직첩을 주노라 하는 사연이었다. 태부인은 다만 듣고 있었으나 주숙렬은 그 요사스럽고 방자한 것이 어이없어 이마를 숙여 사람 모습을 한 여우를 보지 않았고 효장공주 또한 눈을 들어 보는 일이 없었다. 옥선군주는 여러 사람들의 거동을 보고 오랫동안 냉소하다가 소파를 향하여 말하였다.

---

104) 선삼(蟬衫) : 매미 날개 같은 옷으로 아름답고 화려한 복장을 말함.

"제가 지난날은 위치가 낮았으나 지금은 임군의 부인 직첩을 가졌으니
설씨와 같은 항렬이 되어 자리를 나란히 할 것입니다. 그런데 설씨는
어디에 숨어서 같은 항렬로서 두터운 뜻을 펴지 않는 것입니까?"
소파가 대답하지 못하고 있는데 군계가 미소 지으며 대답하였다.

1 차설. 소파가 대답을 못하고 있자 군계가 미소 지으며 답을 하였다.

"실로 제왕의 자손[105]은 보통 사람의 자식과는 다르다고 들었는데 조 군주의 모양을 보니 그 차이를 알겠습니다. 우리 사인(舍人)[106]은 대노야(大老爺)[107]의 품만 아시는데 군주가 음욕을 내서 금슬과 서열로 설소저와 같은 항렬을 겨루고자 하시니 절박한 일이 많습니다. 설소저를 보고자 하신다면 군주가 가문에 들어오는 첫날에 삼중석(三重席)[108] 아래에서 8번 절을 올리고 뵙는 것이 옳습니다. 그런데 군주는 예를 잃어

2 버리고 도망가서는 귀인을 뒤에 끼고 보채는군요. 나라로 말하자면 천자께서 친히 정벌을 나가셨고, 집안에서도 대노야와 초왕 전하가 부마와 함께 천자를 호위하시고 계십니다. 이런 공허한 때 군주는 너무 우습게 굴어 남들의 비웃음을 받지 말고 부녀자의 행실을 지켜 낭군이 나이가 들고 설소저도 20세가 되거든 적국(敵國)이니 동렬(同列)이니 하며 패악을 부려 보소서. 군주도 나이가 벌써 20세에 이르렀으니 춘정(春情)[109]을 이기지 못하시겠지만, 우리 사인이 세상 물정을 모르시는 것과 군주의 음욕이 크게 일어나는 것을 보면 서로 몹시 다릅니다. 그러니 실로 짝사랑으로 외롭게 즐기는 이는 군주를 말하는 것입니다."

3 군계가 말을 마치고 한바탕 크게 웃으니, 군주가 제 간에도 참고 온화한 빛을 띠며 묵묵히 있었다. 경상궁이 군주를 따라와 좌중을 살펴보니 태부인은 나이가 70세를 지났는데도 한 가닥 흰 머리가 없고 엄숙한 위엄

---

105) 제왕의 자손 : {뇽동넌지[龍種麟趾]}. '용종'은 제왕의 자손을, '인지'는 덕 있는 조상을 뜻하는 것이기에 이같이 옮김.
106) 사인(舍人) : 임창홍을 가리킴. 임창홍의 관작이 중서사인임.
107) 대노야(大老爺) : 임창홍의 할아버지인 상국 임한주를 가리킴.
108) 삼중석(三重席) : 세 겹으로 겹쳐 깔아 놓은 좌석. 극진한 예(禮)로써 대접할 때 사용함.
109) 춘정(春情) : 남녀 간의 정욕.

이 있어 감히 올려 보지 못할 정도였고, 여부인과 위부인의 넉넉한110) 거동에 대해서는 말할 것도 없으며, 주숙렬과 효장공주의 무궁한 광채와 조화는 의논할 것이 없었다. 또한 한부인111) · 소부인 · 풍부인112)의 꽃다운 용모는 특히나 연화대(蓮花臺)의 연꽃이요, 천상의 우담화(優曇華)113)와 같아 눈이 현란할 정도였다. 말석에는 군계가 바르게 앉아있었는데 수려한 기질과 시원스러우면서도 통달해 보이는 모습이 여자 가운데 호걸이었다. 경상궁은 평생 후궁과 궁녀들의 무리를 눈 아래로 보았기에 눈이 높기가 높은 산과 같았는데, 오늘 임씨 가문의 어질고 밝은 부인들과 뛰어난 정절을 지닌 부인들이 모두 모여 있음을 보고는 태임(太任) 같은 시어머니와 태사(太姒) 같은 며느리가 있다는 것을 마땅히 알 수 있었다. 비록 경상궁이 설소저를 보지는 못하였지만 선뜻 잡아 갈 뜻을 두지 못하면서 군주의 곁에 있는 것에 대해 위태로운 일이라고 생각하였다.

경상궁이 옥선군주를 데리고 침소로 돌아와 오래 탄식하며 말하였다.

"군주는 위태로운 지경에서 겨우 벗어났으나 임씨 집안 며느리 소임은 못하시겠습니다. 태부인 이하 모든 사람들이 보통 사람이 아니니 변변찮은 꾀로는 일이 성사도 못할 뿐더러 오히려 재앙을 입을 것입니다. 황제의 위세를 자랑할 수는 있어도 힘없는 후궁이 체모 없이 손수 쓴 편지는 보이지 못할 것이니 군주는 깊이 헤아리고 이후에 후회하지 마십시오."

옥선군주가 소매를 높이 걷고 두 손을 뽐내며 독사 같은 눈을 옆으로

---

110) 넉넉한 : {어위츤}. '어위차다'는 넓고 크다는 뜻이므로 문맥을 고려해 이같이 옮김.
111) 한부인 : 초왕 임희린의 둘째부인.
112) 풍부인 : 태자소부 임유린의 부인.
113) 우담화(優曇華) : {다람화}. 문맥을 고려하여 '우담화'로 추정. '우담화'는 인도에서 삼천 년에 한 번 전륜성왕이 나타날 때에 꽃이 핀다고 하는 상상의 식물임.

뜨고 이를 갈며 말하였다.

"상궁은 말을 그만하고 내 말을 들어보십시오. 내 아무러면 이 집 며느리 소임하려는 뜻을 두었겠습니까. 임군의 빛나는 기상을 한 번 본 뒤 평생을 헌 신같이 버리고 기이한 꾀와 은밀한 계교를 펴서 여기까지 이르렀는데, 한 번이라도 그 은정을 입으면 마음속의 한이 풀리겠지만 이제는 두 번이나 도망질을 했으니 더더욱 볼 일이 없습니다. 그러니 설씨를 아주 없애버려 삼중석(三重席) 아래에서 8번 절을 한 한을 씻고자 하니 상궁은 이귀인의 부탁을 저버리지 말고 한 팔 힘을 도와주시게나."

경상궁이 오랫동안 비웃었지만 거짓으로 흔쾌히 허락하는 척을 하니 옥선군주가 몹시 기뻐하였다. 경상궁은 비록 설씨를 데려와 궐 안으로 보내더라도 이귀인이 손을 쓸 것이니, 은밀히 효장궁 보모인 이상궁을 만나 보고 의논을 해야겠다고 마음속으로 생각하였다.

경상궁이 궁에 도착해 이상궁을 보고 서로 반가워하였다. 이상궁이 말하였다.

"그대는 현경궁에 간 후로는 소식이 끊어졌는데 어떤 연유로 군주를 따라 왔는가?"

경상궁이 말하였다.

"사정을 한 입으로 지금 다 어찌 말하겠습니까? 이귀인이 비록 덕이 없고 헤아림이 부족해 정위(正位)를 뺏고자 하다가 하늘의 노를 만나 몇 년 동안이나 갇혀 있었더니 천자께서 친히 정벌을 하러 나갈 때 태자가 간언(諫言)을 올리자 놓아주셨습니다. 그래서 이귀인이 조심하고 공경하며 원망하는 마음이 없었습니다.

그런데 옥선군주가 임씨 가문에 큰 죄를 짓자 주비가 옥선군주를 가두었습니다. 그런데 어떤 요승이 와 잠긴 문을 열고 옥선군주를 물어다가 이귀인께 드렸습니다. 옥선군주가 온갖 방법으로 이귀인을 달래 그 마음을 녹이고 제 신세를 회복하고자 이귀인에게 빌자 귀인이 그 꼬임에 넘어가 위태한 일을 도모하고자 하였습니다. 귀인이 군주가 하고자 하는 일을 말마다 들어주어 지난번에는 소상궁을 시켜 서찰을 군부인114)께 보냈다가 오히려 옥선군주의 행실이 없고 패악한 것이 드러나자 알면서도 모르는 것처럼 하였습니다.

또 저에게 옥선군주를 맡겨 임씨 가문으로 보내면서 설소저를 궐 안으로 잡아오라고 하였는데 제가 그 곡절을 자세하게는 모르고 군주를 데리고 나왔습니다. 그런데 좌중의 조롱하는 기색을 보고 군계115)의 핀잔을 받고도 군주가 수그러들 줄을 모르고 나를 보채는군요. 마지 못해 오늘 밤에 내가 설소저를 잡아낼 것인데 그대는 옥주께 이유를 말씀드리고 도중에서 설소저를 빼앗아 감추는 것이 옳을까 싶습니다."

보모인 이상궁이 몹시 놀라고 탄식하며 말하였다.

"실로 이 같은 비루한 행실을 하는 황가의 군주가 어디에 있겠는가? 이귀인이 아무리 서두른다고 황상이 정하신 위차를 누가 감히 고칠 수 있겠는가. 그대는 여기 잠시 앉아 있게나. 옥주께 말씀을 드려 설씨를 구하게 하겠네."

이상궁이 들어가 효장공주께 일의 기미를 말씀드리자 효장공주가 옥선군주의 행동을 어이 없이 여겼다. 효장공주는 황제가 친히 정벌하러 가

---

114) 군부인 : 임한주의 부인인 여씨를 가리킴.
115) 군계 : {진파}. 문맥을 고려했을 때 옥선군주에게 핀잔을 준 이는 진파가 아니라 군계이기에 이 같이 옮김.

10 서서 궐 안의 공허함과 환궁이 더디신 것에 대한 생각에 오로지 급하여 옥선군주의 행동을 알았지만 모두 무심히 대하고 있었는데, 이상궁의 말을 듣고 원통함을 이기지 못해 한 번 크게 꾸짖고 남궁비[116]께 손수 편지를 써서 옥선군주를 잡아가라고 하고 싶었다. 그러나 조왕도 황제를 호위(護衛)하고 있으니 옥선군주를 보내도 옥선군주가 남궁비를 속이고 악한 일을 급히 저질러 간사한 무리와 결탁하여 상부(相府)를 들쑤실 것을 더욱 근심으로 여겼다. 이상궁을 불러 정색하고 꾸짖으며 말하였다.

"그대들이 현경궁을 빙자하고 의지하여 옥선의 꾐을 듣고는 상부에 왕래하며 귀인이 부인 직첩을 옥선에게 주겠다고 했다고 들었다. 황상이 11 아직 오시지 않았으며 황후가 모르시는 일을 후궁이 이렇게 얄궂게 하려고 하여도 그대들이 서황후가 남기신 내훈(內訓)[117] 3권을 잊어버리고 귀인에게 간언을 하지 못하더구나.

설현부는 재상(宰相)의 딸이자 며느리이며, 초왕의 종부(宗婦)이고, 임창홍의 조강지처이네. 설현부는 얌전하고 정숙한 성덕을 드러냈으며[118] 나이가 비록 어리지만 위엄이 중하거늘, 귀인 한 사람이 옥선을 도와주고 그대 등이 능히 설현부를 잡아내 궐 안에 들이기를 임의로 해서 나중을 어찌하고자 하는가? 황야와 황후가 우리 주비를 양녀로 삼으시고 효문위라는 호를 주셔서 윤리와 기강이 크게 바로잡혔지만, 설씨를 입 12 궐하게 못하셨는데 무슨 담력으로 외명부(外命婦)[119]를 핍박하고자 하

---

116) 남궁비 : 조왕의 비이자 옥선군주의 모친임.
117) 내훈(內訓) : {니쥬}. 여성들이 지켜야 할 일들에 대한 내용이 담긴 것으로 보아 이같이 옮김.
118) 드러나고 : {드레고}. '드레다'는 큰소리로 떠들다, 시끄럽게 하다의 고어임. 문맥을 고려하여 이같이 옮김.
119) 외명부(外命婦) : 왕족·종친의 딸과 아내 및 문무관의 아내로서 남편의 직품(職品)에 따라 봉작(封爵)을 받은 부인을 통틀어 이르던 말.

는 것이냐?

궁인은 마땅히 요사스러운 옥선을 다시 보지 말고 여기에서 곧장 대궐 안으로 들어가 귀인에게 내 말을 자세히 전하라. 황야가 변방 지역에 친히 정벌하러 가시어 궁중과 임씨 집안이 밤낮으로 애태우고 근심하는 가운데 귀인은 환궁하실 때만 기다리는 것이 옳거늘 무슨 이유로 옥선과 같이 행실이 나쁜 며느리가 어떤 사람이라고 도와 제후 집안에 궁인의 가마가 날마다 끊이지를 않으며, 시도 때도 없이 조지(朝紙)[120]가 잇달아 남의 웃음을 사도록 하느냐?

이러한 행동을 그치지 않는다면 내 친히 입궐하여 황후 탑전에 이유를 말씀드리고 태자께 주청하여 그대들에게 물으시도록 할 것이니 이 뜻을 자세히 전하여라. 상부의 가르침으로는 내게 속한 상궁도 마음대로 다니지 못하게 하거늘, 궁인이란 더욱이 궐 안에서 지엄하신 분을 가까이에서 모시는 사람인데, 궁인이 어찌 옥선과 같은 행실이 나쁜 며느리가 도모하는 일에 뛰어난 신하가 되어 상부에서 천한 대접을 받겠는가? 시아버지께서 서울에 돌아오시면 필연 그날 쫓겨나는 모습이 한심할 것이니 바삐 돌아가라.”

효장공주가 이보모를 효장공주가 경상궁이 현경궁에서 이귀인을 가까이에서 모시는 궁인인줄 알고 이상궁을 보내 말을 전하고, 또 궐 안에서 이귀인의 좌우에서 보필하라고 전하며, 경상궁을 임씨 집안에 잠시도 머무르지 않게 하고 궁노(宮奴)[121]로 호송하게 해 날이 밝기 전에 보냈다.

옥선군주가 저녁 문안을 마치고 침소에 돌아와 철편과 온갖 병장기를

---

120) 조지(朝紙) : 승정원에서 처리한 일을 매일 아침 적어서 반포하던 일. 혹은 그것을 적은 종이.
121) 궁노(宮奴) : 궁방(宮房)에 딸리어 있던 사내종.

다 갖추고 설소저를 잡아오면 갖가지로 다 한 번씩 시험하여 본 후 결박해 현경궁으로 보내야겠다고 생각하며 등불을 높이 하고 경상궁을 기다리고 있었다. 그러나 이미 밤이 삼경(三更)이 다해가는데 소식이 없자 옥선군주는 '또 설씨가 무슨 도술로 벗어났는고? 경씨가 나처럼 욕봄이 있는가?' 하며 백가지로 의심스러운 생각이 끊임없이 들어 난간에 들락날락거리면서 눈이 뚫어지도록 기다리고 있었으나 기척이 없었다. 벌써 사경(四更)122)을 알리는 북이 자주 울렸다.123) 군주가 당(堂) 안으로 들어와 춘교와 상의하였다.

"이상하구나. 경씨의 일은 지금까지 소식이 없느냐?"

춘교가 웃고 양왕의 편지를 내어주며 말하였다.

"이 화전(華箋)124)을 옥주께 전하여 달라고 하시더니 틈을 얻지 못해 이제야 드립니다."

원래 옥선군주가 음욕을 이기지 못해 널리 사람을 구하였는데, 춘교를 매파로 삼아 양왕이란 인척(姻戚)과 알고 지내며, 서로 신물(信物)까지 전하고 언약을 금석과 같이 하였다. 옥선군주가 편지를 받아보니 상사편(相思編) 한 수였다. 군주가 음욕이 크게 일어나 그 날 태액지(太液池)125)에서 한을 풀지 못 한 것을 뉘우치고 계교 하나를 생각해 춘교의 귀에 대고 이러저러한 계획을 가르치니 다음을 살펴보라.

화설. 목지란은 생각지도 못하게 설소저에게 심하게 맞아 욕설을 계속하면서도 자신도 설소저를 많이 때리고 설소저의 머리를 잡아 당겼기에

---

122) 사경(四更) : 하룻밤을 오경(五更)으로 나눈 넷째 부분. 새벽 1시에서 3시 사이.
123) 울렸다 : {동ᄒᆞᆫ지라}. '동하다'는 움직이다는 뜻임. 문맥을 고려해 이같이 옮김.
124) 화전(華箋) : 남의 편지를 높여 이르는 말.
125) 태액지(太液池) : 중국에서 만들어졌던 못 이름.

한편으로는 시원해 하고 있었다. 이때 상운이 와서 목지란을 지극히 구호하며 사리분별을 가지고 말하였다.

"군주가 요사스런 약을 먹고 거짓으로 설씨라 칭하고 그대를 때렸지 어찌 설소저가 몸소 천한 무리의 행실을 하며 그대를 때리겠습니까? 군계부인이 기미를 알고 여차여차 해서 군주를 잡아 가두었더니 군주가 요사스런 도사와 사귀어 대궐로 그만 들어갔더군요."

목지란이 상처가 난 곳에 약을 붙이고 누워 있다가 벌떡 일어나 앉으며 말하였다.

17

"그렇군요. 낙안주의 한전하가 우리 오빠에게 군주의 요승을 맡기면서 서울 번화한 곳의 아름다운 어린 소저를 삼켜오라고 하였습니다. 요승이 설씨 집안에 가서 설소저를 시험하려다가 낭패하고 돌아가지를 못하고 비슷하게도 못하고 있었지요. 그러다 요승은 푸른 새로 변신하고 나를 나비로 만들어 입속에 넣고 갔는데 아프지도 않고 답답하지도 않았습니다. 그러고는 아득히 날아 춘교와 오라비가 정을 맺어 즐기던 조궁 행각에 저를 가두었습니다. 나는 밤낮으로 춘교의 더러운 행실을 보게 되었는데 아니꼬웠습니다.

그런데 군주가 임씨 가문에 들어오고 나서도 사인(舍人)의 정을 입지 못하자 또 나를 데려다가 쓸데가 있다고 하면서 나를 조금도 싫어하지 않기에 내가 서둘러 왔지요. 그런데 옥선군주는 임씨 가문에 속한 지 오랜동안 사인(舍人)의 돌아봄을 알지 못하니 어떻게 하려고 하는가?"

목지란이 푸른 입을 삐쭉거리니 상운이 냉소하였다. 그런데 흉물인 목지란의 어리석은 말이었지만 몹시도 일의 실마리가 있기에 상운은 궁126)

---

126) 궁 : {한궁}. 주숙렬이 있는 곳은 효문궁이기 때문에 문맥을 고려하여 이같이 옮김.

으로 와 설소저를 납치하려던 일과 춘교와 정을 맺었던 일과 옥선의 꾀가 맞아떨어졌던 것을 생각하고는 한스러워 하였다.

상파가 설소저의 침소로 돌아와 목지란의 이야기를 여러 사람에게 말하며 옥선군주의 요사스럽고 간특함을 몹시 분해했다. 그러자 설소저는 못 듣는 척하고 존당과 시부모님과 부친에게 있었던 이상스러웠던 일들을 생각하고 요사스런 사람에게 다시 걸리는 환란이 있을까 염려를 많이 했다.

이 날 사인 임창홍은 퇴궐하여 설씨 가문으로 가 장모를 뵙고 설시랑 형제와 한가히 이야기를 나누고 있었다. 한나절이 지나 하직하고 돌아오려 할 때, 임창홍이 학사 설희광을 돌아보고 말하였다.

"의첨127)이 오늘도 조궁의 화려한 담장 밖을 호기 있게 지나던데 또 풍파가 일지 않겠는가?"

설희광이 눈썹을 찌푸리며 말하였다.

"스승님이 엄히 다스리시고 소부 어르신128)과 아버님의 가르치심이 한결같으시거늘 내 아무리 못나고 어리석으나 다시 생각하겠는가? 처음에는 한왕의 딸인 줄 모르고 월환(月環)을 받았는데, 생각해보니 80장(杖)129)을 맞은 것도 가벼운 것이었네. 오늘은 비록 호기롭게 지나갔지만 꿈에도 그런 마음은 조금도 없었네.

자네 사촌 여동생의 타고난 아름다운 얼굴을 성홍130)의 그림으로 보니 아주 오래도록 적수가 없겠더구나. 우리 누이도 으뜸을 사양할 것이며

---

127) 의첨 : 설희광의 자(字). 설연창의 넷째 아들임.
128) 소부 어르신 : 태자소부 임유린을 가리킴.
129) 장(杖) : 곤장, 태장, 형장 따위를 세는 단위.
130) 성홍 : {경홍}. 문맥을 고려하여 '성홍'으로 옮김.

그 나머지는 대적할 사람이 없겠더군. 벌써 나 설희광이 자나 깨나 생각하게 되었으니 다른 집안으로는 보내지 못할 것이네. 괴상한 천홍은 나를 알기를 한낱 미친놈으로 몰아붙여 나의 속마음을 이야기하지 못하겠네만 그대는 나를 도와주게나. 나 설희광은 그대의 사촌 여동생이 아니면 백발이 되어도 아내를 취하지 않을 것이며, 그대의 사촌 여동생도 설희광이 아니면 시집가지 못할 것이네.”

말을 마치고 부채를 치며 웃으니 임창홍이 어이없고 불행함을 이기지 못하여 돌연 봄바람과 같은 온화한 기색을 바꾸어 소리를 가다듬어 크게 말하였다.

“의첨이 잘못을 뉘우치고 올바르게 행동하고자 한다는 것이 빈 말이로구나. 네가 우리 집안 문생(門生)으로서 차마 사족(士族)의 입으로 저런 말을 할 수 있느냐? 작은 아버지께 딸131)이 3명이 있는데 효장공주와의 사이에서 한 명의 딸이 있으며, 소숙모와의 사이에서는 두 명의 딸이 있네. 모두 나이가 어리지만 범사(凡事)를 익혔기에 의첨에게는 마땅한 여자가 없거늘, 저런 이상하고 놀라운 말을 해 규방을 욕보이는가? 부부는 오륜(五倫)에 들어가 있으니 양가 부모가 상의하여 육례(六禮)로 맞아 현구고례(見舅姑禮)132)를 한 후에, 일마다 마음이 맞지 않을지라도 부모가 사랑하시면 아들, 딸 낳고 오래도록 함께 살아야 하는 것이네. 자네는 저런 행실 없는 말을 장모 앞에서 거리끼지 않으며, 나에게 있어서는 또 내가 너의 집의 생관(甥館)133)에 있는데 나를 대하여

---

131) 딸 : {동미}. ‘종매’는 사촌여동생을 가리키는 말임. 여기서는 임창홍의 입장에서 사촌여동생이지만 작은아버지의 입장에서는 딸이 되기 때문에 문맥을 고려하여 이같이 옮김.
132) 현구고례(見舅姑禮) : {이현부모(以顯父母)}. ‘이현부모’는 육례의 절차 중 하나인 ‘현구고례’를 말함. ‘현구고례’는 신부가 예물을 가지고 처음으로 시부모를 뵙는 일임.
133) 생관(甥館) : 사위가 거처하는 방.

욕하기를 여지없이 하니 범을 그리는데 뼈를 그리기가 어렵고 사람을
사귀나 속을 알기가 어렵구나. 그러나 요망한 아이가 그림으로 일을
만들어 욕이 규방에 미치게 하니 막내 아버지께 말씀드리고 엄중히 다
스리고자 하네.”

이야기를 마치고 임창흥이 소매를 떨치고 일어서니 푸른 바람이 매미
날개같이 얇은 소매에서 일어나는 듯하였고, 온 얼굴의 봄바람과 같이 온
화한 모습이 마치 겨울의 차가워 보이는 달과 같이 변했으며, 옥같이 아
름다운 얼굴과 빛나는 눈동자에는 차가운 바람이 세차게 일어났다. 상부
인134)이 보기에 사위 임창흥이 뛰어난 소견으로 설희광을 꾸짖는 거동은
맹렬하고 늠름하여 나이가 많은 이를 바라지 못할 정도였다. 상부인이 아
들을 매우 꾸짖고 내보낸 후 자식을 잘못 낳은 것을 사죄하니 임창흥이
또한 장모의 자식 가르침이 법도가 있고 그 말씀이 현철함에 항복하여 두
어 마디를 은근히 화답하였다.

임창흥이 임씨 가문으로 돌아와 매죽헌 난간에 자리를 정하고 의산, 충
학 등에게 여러 공자를 잡아오라고 하였다. 얼마 지나지 않아 천흥, 재흥
이 5명의 공자 등을 거느리고 와서 대청 위를 바라보았다. 임창흥이 온화
한 안색을 겨울 하늘의 차가운 달과 같이 바꾸고 재흥과 천흥 두 공자를
몹시 꾸짖으며 말하였다.

“할아버지께서는 아버지와 작은 아버지와 변방에 있는 요새로 출정하
셨고 나는 무거운 임무를 맡아 국사에 분주하다. 그러니 그대들이 어
린 아우에게 잡술을 금하게 하는 것이 옳다. 그런데 성흥이 골똘히 익
히는 그림 그리는 일은 무슨 유익함이 있느냐?”

---

134) 상부인 : 태사 설연창의 부인이자 설성염의 모친. 임창흥에게는 장모임.

재흥공자가 눈썹을 찌푸리며 머리를 숙이고 대답하였다.

"제가 성흥에게 그림 그리는 일을 금하였는데 듣지 않았습니다. 그러더니 지난달에는 성흥이 여러 누이의 화상을 그리더니 월화정 누이의 모습을 그린 그림이 더욱 기묘하다며 칭송하였습니다. 그러더니 설의첨이 조정에서 바로 채련정으로 와 여러 그림을 모두 보고자 하기에 성흥에게 꾸짖으며 감추라고 했었습니다. 오늘 형님의 꾸짖는 말씀은 그 일이 빌미인 것 같습니다."

재흥 공자가 말을 마치고 엄숙히 무릎을 꿇고 엎드리니 이는 짐짓 뛰어난 인물이었다. 임창흥의 화난 기색이 봄눈처럼 녹았으며, 천흥공자는 재흥공자의 대답을 듣고서야 설희광이 월혜소저의 그림을 본 일로 곡절이 있음을 알고 얼굴이 찬 재처럼 변하여 말하였다.

"막되 먹은 의첨이 우리 집안에 오래 머물러 있어 규수를 욕할 줄을 미리 알았습니다. 성흥이 좋게 여기는 것이 오히려 화가 되었으니 그림을 완성한 후에 깊이 간수하였다면 외간 탕자가 그림을 엿보고 규수를 희롱하였겠습니까? 이는 저희들의 죄입니다. 한갓 성흥 아우만 꾸짖지 못하겠습니다. 그러나 저 역시 이런 막된 먹은 이와 서로 사귀지 않으니 형님은 다시 말하지 마십시오."

천흥공자가 말을 마치고 붉은 입술에 기운이 막혀 답답해하였다. 임창흥이 성흥공자를 잡아내려 옥 같은 다리를 높이 걷고 회초리 7대를 세차게 때리니 성흥공자가 한 소리도 내지 않고 맞았다. 임창흥이 성흥공자를 안쓰럽게 여기고 있었는데 재흥공자가 일어나 성흥공자를 안고 울며 말하였다.

"형님은 성흥의 남은 죄를 저에게 내리시고 용서하십시오. 흰 살이 다

푸르게 되었습니다.”

임창홍이 비로소 용서하고 멈추었다.

임창홍이 인흥공자를 안고 모친 침당(寢堂)에 가 사연을 말씀드렸다. 주숙렬이 얼굴에 웃음을 비치며 말하였다.

“그렇다면 네가 형이라고 해서 어린 것을 얼마나135) 매우 쳤느냐?”

임창홍이 어머니가 성흥공자의 화법이 신묘한 것을 기뻐하시던 줄 알고 문득 아양을 떨며 말하였다.

“우리 어머니의 각별한 사랑은 성흥에게만 있으며, 어머니께서 저는 사랑하지 않으시니 제가 원망스럽습니다.”

임창홍이 어머니의 젖가슴을 어루만지며 무릎을 베고 아양을 떠니 부인의 온화한 사랑과 중함이 흡사 큰 바위와 같았다. 임창홍은 여기저기를 뒤져 과실을 얻어 싫증이 나도록 실컷 먹었다.

그러고는 임창홍이 물러나 봉륜당으로 오니 설소저가 천천히 일어나 맞이하여 동서(東西)로 자리를 잡아 앉았다. 임창홍이 낮에 장모를 뵈었는데 장모가 부인을 그리워하여 우신다고 하며 말하였다.

“처남들은 절박하다고 하지만, 할머님께 친정에 가 부모님을 뵙기를 청하는 말씀을 드리는 것이 어떻습니까?”

설소저가 부끄러워하며 손을 단단히 모으고 붉은 입술을 가만히 있었다. 임창홍은 설소저가 지나치게 몸가짐을 바로잡는 것에 대해 공경하며 소중히 여겼다.

‘존당(尊堂)이 이미 함께 방을 쓰라고 말씀하셨는데 남자가 어찌 홀로

---

135) 얼마나 : {죽히}, ‘작히’는 주로 의문문에 쓰여 ‘어찌 조금만큼만’, ‘얼마냐’의 뜻으로 희망이나 추측을 나타내는 말임.

있겠는가? 하물며 나의 나이가 13세에 이르렀으니 장부의 호기(浩氣)를 스스로 보일 때구나. 오늘은 부부의 화락을 이루어 일찍 자손을 두어 우리 할아버지와 아버지가 늘그막의 재미를 삼으시게 하여야겠다.'

임창홍이 금박을 입힌 부채를 들어 촛불을 끄고 설소저를 이끌어 향기로운 몸을 접하니 뛰어나게 좋은 향내가 나며 무르녹고, 피부가 옥같이 부드러워 흘러내렸다. 임창홍의 쇠같이 단단했던 마음이 봄 눈같이 흘러내렸고, 설소저가 놀라고 부끄러워하여 몸 둘 곳을 몰라하였으나 어디에가 면하겠는가? 금슬이 화목하니 은근한 사랑이 가득하여 한 몸이 한 군데 나란히 핀 꽃과 같았다. 봄밤이 짧은 것을 한스러워 하였다.

한편 요망한 옥선군주는 경상궁의 자취가 없고 임창홍의 그림자도 얻어 보지 못하자 속을 태우고 있었다. 옥선군주가 염치없이 효문궁 봉륜당으로 가 가만히 엿보니 두 사람이 함께 누워서 단잠에 막 들려는 중이었다. 옥선군주는 가슴에 천 마리의 원숭이가 뛰노는 것 같아 곧바로 달려들어 설소저를 끌어내고 그 자리에 눕고자 하는 마음이 불붙는 듯 일어났지만 달리 할 방법이 없어 침실에 돌아와 아름답게 꾸민 벽과 비단으로 만든 창에 머리를 부딪치며 주먹으로 분이 일어나는 가슴을 때리고 이를 갈며 말하였다.

"무빙아! 박복도 하구나. 너는 어째서 저 요사스런 설씨가 어려서부터 임창홍과 정을 맺은 줄 몰랐느냐? 죄인 창홍아! 어느 계집에게는 저토록 빠져들고 나에게는 무슨 원수가 있기에 이와 같이 하느냐?"

옥선군주가 분한 생각이 복받치자 숨이 멎어 호흡하기가 어려웠다. 춘교 등이 협실(夾室)에서 옥선군주의 한탄하는 소리를 듣고 내달려와 보니 군주의 손과 발이 얼음과 같이 차가운 것이었다. 춘교는 옥선군주가 봉륜당에 가 임창흥이 설소저와 함께 잠자리에 든 것을 보고 와서 저렇게 구는 것이라 짐작하고, 양왕에게 알려 군주의 원망하는 마음을 풀도록 해야겠다고 생각하며 급히 회생단(回生丹)을 갈아 드리고 손과 발을 주물러 옥선군주를 깨게 하였다.

삼경(三更)이 지나서 옥선군주가 눈을 뜨고 말하였다.

"춘교야. 내가 임군136)을 누대 위에서 한 번 본 후로 몇 번을 죽었더냐? 오늘까지 온갖 방법을 도모하였는데 밤의 반나절도 운우지정(雲雨之情)을 얻어 보지 못하였구나. 그런데 설씨는 무슨 복으로 수고도 하지 않고 어진 군자에게 끊임없는 정을 받느냐?"

옥선군주가 말을 마치고 가슴을 두드리며 패도(佩刀)137)를 뽑아 자결하려 하였다. 춘교가 급히 칼을 빼앗고 옥선군주의 귀에 대고 양왕의 일을 의논하자, 옥선군주가 머리를 흔들며 말하였다.

"양왕은 변변찮은 풍채로 수염이 무성하며 가증스런 얼굴을 하고 있는데 어찌 임군의 신선과 같이 뛰어난 풍채와 비교하겠느냐? 임군의 모습을 생각하니 온몸이 녹는 것과 같구나."

춘교가 어찌 할 방법이 없어 다만 말하였다.

"조금만 참으십시오. 사인(舍人)이 연이어 내당(內堂)에서 주무시거든 어떤 계교를 써서라도 속여보시지요."

옥선군주가 이 말을 듣고 기운을 진정하여 말하였다.

"나는 설씨의 얼굴로 모습을 바꿔서라도 밤의 반나절이라도 임군과 함께 잠들어 마음속의 돌같이 맺힌 원망스런 마음을 풀고자 한다."

---

136) 임군 : 임창흥을 가리킴.
137) 패도(佩刀) : 노리개에 차는, 칼집이 있는 작은 칼.

춘교가 대답하였다.

"이런 일은 총애를 잃어버린 사람에게 있는 예삿일입니다. 본래의 얼굴을 감추는 것은 방해될 것이 없습니다. 그러나 또 지난번처럼 국군 부인께 들켰던 적도 있으며, 목지란을 때리다가 군계에게 잡혀 주비 앞에서 본래의 모습이 절절히 드러났던 적이 있었으니 만에 하나라도 사인(舍人)이 속을 리가 만무하지만 어찌되었던 시험해 보시지요. 또 설소저의 주변을 살피는 상파138) 등의 두 눈이 평범하지 않으니 조심해서 계획을 행해보시지요."

옥선군주는 마음을 풀고 단장을 빛나게 다스리고는 아침 문안을 드렸다.

이럭저럭해서 한 달이 지났다. 옥선군주가 밤마다 봉륜당을 엿보았는데, 겹겹의 비단 휘장 속에 임창홍과 설소저가 자리를 마주하고 은근한 소리가 연달아 끊이지를 않는 것이었다. 그런데 설소저는 소리 한 마디를 내지 않으면서 다만 임창홍이 말을 하면 옷깃을 가다듬고 들을 뿐이었다. 촛불을 끄자 침상 위 이불 속의 쌍옥(雙玉)이 온전하였다. 옥선군주는 달이 지고 고개가 돌아갈 정도로 오랜 시간을 엿보아 근심스런 생각에 속이 마르고 애가 터질 듯하였으나 저들 부부를 방해할 계교가 없었다. 얼굴을 바꾸어 근심덩어리를 풀고자 하나 임씨 집안을 속일 길이 없는 것이었다. 행할 간사한 계교를 정하지 못하여 결국 법사를 기다리고 있었다.

그런데 홀연 능운이 구름 속에서 가볍게 내려오는 것이었다. 옥선군주가 몹시 기뻐하며 빨리 침실로 청하여 예(禮)를 하고 말하였다.

"법사는 어찌 그토록 기적이 없었는가? 궐 안에서의 일은 이러저러 하

---

138) 상파 : 상운을 가리킴.

였네.139) 사인(舍人)의 둘째 부인 지위를 이귀인을 통해 얻었지만 집안 사람들의 멸시가 전보다 배나 더 하네. 게다가 임사인이 설씨와 잠자리를 함께 하여 은근한 정이 끊임없고 정신없이 설씨에게 빠져들 때에 나의 마음은 어떠하겠는가?"

옥선군주가 한없이 이야기를 길게 하면서 눈물을 비오듯 흘렸다. 그러자 요사스러운 능운이 먼 한 쪽 눈을 움직이며 성한 다른 눈을 자주 꼼지락거리며 말하였다.

"올해에는 운이 군주에게 있지 않기에 제가 아직은 신통력을 부려 군주의 신세를 회복하는 일을 하기 위해 하산하지 않았었습니다. 그런데 목상공이 와서 군주가 저를 바삐 보고자 하신다 하기로 밤낮으로 행하여 이르렀습니다."

옥선군주가 매우 기뻐하며 몹시 고마워 하였다.

다음 날 삼경(三更)에 옥선군주의 침실 밖에서 능운이 술법을 부려 몸을 흔들고 주문을 무수히 외우며 3번 재주넘기를 하니 홀쩍 8척의 풍채 좋은 남자로 변하였다. 춘교와 홍악140)이 박장대소하며 말하였다.

"사부의 신통력이 저 정도이니 사인(舍人)이 제갈공명의 슬기가 있더라도 속을 것입니다."

옥선군주가 요사스런 도사 능운에게 머리카락을 잘라 신을 만들고, 살을 깎아 은혜를 갚겠다고 하며 황금 천 일(鎰)141)을 주니, 능운이 두어 번 사양하다가 받아 자루142)에 넣고 효문궁으로 갔다. 능히 임창홍의 굳센

---

139) 궐 ~ 하였네 : {인ᄒᆞ여 궐즁ᄉᆞ붓터}. 원문에서 이 부분은 서술문이나 문장이 끝나지 않은 상황에서 옥선군주의 대화와 곧바로 연결되고 있어, 문맥을 고려하여 이같이 옮김.

140) 홍악 : {호악}. 옥선군주의 시비 가운데 한 명이 '홍악'이며, 한국학중앙연구원 39권본에도 이 부분의 필사가 '홍악'이라고 되어 있는 것으로 보아 필사자의 오기인 듯함.

141) 일(鎰) : '일'은 무게의 단위임. 일일(一鎰)은 스무냥을 말함.

마음143)을 흔들 수 있는지 알지 못하겠다. 다음 회를 보라.

임창홍이 옥선군주의 침소를 바라보지 않았는데, 이날 밤 홍매각 담장 밖을 지나가게 되었다. 이윽고 서서 살펴보니 홍매각에서 살기(殺氣)가 등등하여 봉륜당으로 향하는 것이었다. 발걸음을 빨리 하여 봉륜당의 문을 열고 방에 들어갔다. 이날 설소저는 각각의 당(堂)에 저녁 문안을 드린 후, 침실에 돌아와 주역(周易)을 보고 8괘를 늘어놓아 의미를 곰곰이 생각하고 있었는데, 오늘 밤에 적의 무리가 침입했다가 나중에 잡히기는 할 것이며, 자신이 오래지 않아 큰 재앙에 빠지게 된다는 의미의 괘인 것이었다. 설소저가 두 집안에 불효하게 됨을 슬프고 놀랍게 여기고 있었는데,144) 임창홍이 기침을 하고 방에 들어와 설소저를 향하여 피하라고 하였다. 설소저가 점괘에 나타난 말을 깨달아 자연스레 벽 사이로 피하여 앉자, 임창홍이 책상을 대하고 『서경(書經)』〈홍범편(洪範篇)〉145)을 읽었는데, 과부(寡婦)146)의 넋을 놀라게 할 정도였다.

이때 요사스런 능운이 신통력을 부려 호기로운 장부로 변하여 난간에 높이 떠올랐는데, 임창홍의 학이 우는 듯한 맑은 목소리가 모든 요사스럽고 좋지 못한 기운을 없애는 것이었다. 문득 능운의 몸이 뒤로 물러나며

39

---

142) 자루 : {푸기[鋪蓋]}. 보따리라는 뜻의 중국어 차용어임.
143) 굳센 마음 : {구정단심[九鼎丹心]}. '구정'은 우(禹)임금이 만든 솥으로, 주(周)나라 때까지 전해졌다는 국보임. 항우(項羽)는 기운이 세어 이 솥을 들어 올렸다고 함. 문맥을 고려해 이같이 옮김.
144) 슬프고 ~ 있었는데 : {츠ㅇ허더니}. '츠ㅇ'는 문맥을 고려했을 때 '차악(嗟愕)'으로 보임. '차악'은 슬픈 일을 당하여 몹시 놀란 상태를 가리키는 말임.
145) 『서경(書經)』〈홍범편(洪範篇)〉 : {상셔[尙書] 홍범}. '상서'는 '서경'을 가리킴. '서경'은 한대(漢代) 이전까지는 '서(書)'라고 불렸는데, 이후 유가사상의 지위가 상승됨에 따라 소중한 경전이라는 뜻을 포함시켜 한대(漢代)에는 '상서(尙書)'라 하였으며, 송대(宋代)에 와서 '서경(書經)'이라 부르게 되었음. '홍범'은 '홍범구주(洪範九疇)'라고도 하는데, '서경(書經)'의 1편으로서 유가(儒家)의 천하적 세계관에 의거한 정치철학을 말한 글임.
146) 과부(寡婦) : {신규이부}. 한국학중앙연구원 39권본에는 '공규니부[空閨嫠婦]'로 되어 있음. '공규'는 오랫동안 남편이 없이 아내 혼자서 사는 방이고, '이부'는 과부임. 문맥을 고려하여 여기서는 이같이 옮김.

거의 자빠질 듯 하니 이 일은 어찌된 것인가? 다음 회를 보라.

이때 능운이 다시 정신을 가다듬고 냅다 솟구쳐 비단을 바른 창문을 열고 거침없이 들어서며 호통하며 말하였다.

"나이 어린 임창흥은 들으라. 이때가 동서진남풍이 아니거늘 네가 남의 미인을 빼앗아 감추어 방안에 두고 즐기는 것을 기쁘게 여기겠느냐? 아름다운 설씨는 내가 벌써 취하고자 하였지만 나이가 어려서 더 자라기를 기다리고 있었다. 내가 마침 서악 화산에 갔다가 돌아오니 네가 그 사이에 취하고 방안의 보배로 삼았느냐? 이 여자는 나와 어려서부터 인연이 있어 규방147)에서 기르고 있었는데, 구태여 네가 나의 물건을 빼앗아 즐긴다면 온 집안이 멸망하는 것을 앉아서 보게 될 것이다."

말을 마친 후, 능운이 비수(匕首)로 임창흥을 향해 찌르고자 하였는데, 홀연 몸이 저절로 동여 매이어 거꾸러졌다. 능운이 빌며 말하였다.

"천신(天神)은 용서하십시오. 다시는 삼태성(三台星)과 대적하지 않겠습니다."

능운이 비는 것을 끊임없이 하였다.

이때 설소저가 비단 장막 사이에 앉아서 듣고 있었는데, 그 듣는 말마다 추결부(秋潔婦)148)와 같은 사람으로서 참지 못할 것이었다. 그러나 설소저의 사람됨이 황금과 같이 굳세고 결연한 태도가 있어, 그 말이 다 산

---

147) 규방: {장더하[粧臺下]}. '장대'는 부녀자의 화장용 경대(鏡臺)를 가리키며, 규방을 뜻하기도 함.
148) 추결부(秋潔婦) : 노(魯)나라 추호자(秋胡子)의 아내. 추호자는 혼인한 지 닷새 만에 이웃나라에 관직을 받고 집을 떠나 5년이 지난 뒤에 돌아왔는데, 집 가까이에 와서 길가의 뽕을 따는 여인을 보고 돈을 주겠다며 수작을 걸었으나 거절당함. 그런데 추호자가 집에 가서 부인을 만나보니 바로 뽕을 따던 여자였음. 추호자가 부끄러워하자 부인은 이런 사람의 아내가 될 수 없다고 하고는 집을 떠나 동쪽으로 가서 강에 몸을 던져 죽었음.

중의 요사스런 이의 말인 줄을 깨달아 단연코 못 들은 것과같이 하였다. 또 임창홍은 읽는 것을 그만두지 않았는데, 요사스러운 이가 비수(匕首)를 만지는 것을 보고 책을 덮고 책상을 밀치고 이에 석양의 정기 가득한 눈 을 들어 요사스러운 이를 한 번 바라보았는데 요사한 이가 산중의 요망한 승인 줄을 모르겠는가? 임창홍은 어머니가 얻은 천문서 3권을 낱낱이 깨 쳐 알고 있었다. 금박을 두른 부채를 들어 한 번 휘두르니 법을 수호하는 가람신(伽藍神)149)과 사치공조(四値功曹)150)가 좌우에서 갑자기 들어와 능 운을 붉은 동아줄로 엮고, 분부내리기를 공중에서 먼 곳으로 쫓으라고 하 였다. 그러자 임창홍이 붓을 들어 시원스레151) 원방기(遠方記)를 써서 촛 불 아래 태운 후 능운을 공중에 던졌다.

임창홍이 비단 이불을 펼치고 설소저를 청하여 함께 비단 장막으로 나 아갔다. 대인군자(大人君子)구나. 임창홍의 사람됨이여! 말소리와 얼굴빛 을 바꾸지 않고 흉하고 요사한 이를 제어하는데 구태여 요란한 것이 없으 며, 설소저와 함께 잠자리에 들었지만 이야기를 많이 나눔이 없이 조용히 지냈다. 부부 두 사람이 진실로 천생배필이었다.

사치공조(四値功曹)와 가람신(伽藍神)이 요사스런 능운을 끌어내어 공중 에서 두 귀를 흔적도 없이 벤 후 추켜들고는 두어 마디 주문을 외우고 내 던졌다. 능운이 피를 흘리며 눈 깜짝할 사이에 해도(海島) 밖으로 쫓겨 가 니 그 종적을 알 수가 없었다.

이날 밤에 옥선군주와 시녀들은 능운을 봉륜당으로 보내고 일이 성공

---

149) 가람신(伽藍神) : 절을 지킨다는 신. 중국 당나라 · 송나라 때의 선사(禪寺)에서 비롯된 것으로, 한국에는 특정한 가람신을 사찰마다 가지고 있지 않으나 일본에서는 성행하였음.
150) 사치공조(四値功曹) : 도교에서 년(年), 월(月), 일(日), 시(時)를 주관하는 신.
151) 시원스레 : {할이}. 한국학중앙연구원 39권본에는 {할연이}로 되어 있음. 문맥을 고려해 '활연 (豁然)'으로 보아 이같이 옮김.

하기를 축원하며 촛불 아래서 기다렸는데 오경(五更)152)을 알리는 북소리
가 나도 능운의 기척이 없었다. 의심스럽고 망측하여 옥선군주가 방황하
면서 춘교에게 봉륜당 근처에 가 일의 기미를 살피게 하였다. 그런데 아
무런 기색도 없고 촛불 그림자도 없으니 오히려 두렵고 겁이 나 어떻게
할 줄을 몰라 서로 의논하였다.

"설사 일이 성공하지는 못하더라도 이리로 올 것인데, 소식이 없으니
잡혀가 목숨이 위태로운 것인가?"

서로 의논이 여러 가지로 나뉘나 어느 곳을 향하여 물을 곳이 있겠는
가? 홍악이 말하였다.

"사부가 비록 공을 이루지 못하였어도 이리로 와서 우리에게 말하고
보따리나 가지고 갈 듯한데 소식이 없으니 잡혀서 겁이 난 바람에 미처
앞뒤를 돌아보지 못하고 암자로 돌아간 것이 아니겠습니까?"

춘교가 말하였다.

"아닐 것입니다. 사부는 신통력이 커서 지난번에 군주가 갇힌 것도 흔
적 없이 구해서 도망가게 하였는데 갑자기 겁이 난다고 달아나겠습니
까? 이는 분명 몹시 참혹한 일을 만난 것입니다."

옥선군주와 시녀들이 마주 앉아있었으나 능운이 오지 않는 이유를 헤
아리지 못하고 밤을 지새웠다. 아침 문안을 드릴 때, 옥선군주가 붉고 푸
르게 꾸미며 말하였다.

"춘교야. 내가 부인 직첩을 받은 후에 얻은 것은 청상(青裳)을 바꾸어
홍금상(紅錦裳)과 자라삼(紫羅衫)을 입은 것 뿐이구나. 다른 일은 하나도

---

152) 오경(五更) : 하룻밤을 다섯 부분으로 나누었을 때 맨 마지막 부분. 새벽 세 시에서 다섯 시 사
이임.

유익한 일이 없으니 언제 의기양양할 수 있겠느냐. 설씨와 임군을 모두 가루로 부서버리고 싶구나.”

이렇게 말하며 옥선군주가 붉은 치마를 끌고 푸른 적삼을 나부끼며 정당(正堂)153)을 향해 가다가 길에서 연두저고리와 푸른 치마를 입고 거들먹거리며 두 명의 어린 시녀를 앞세우고 가는 목지란을 만났다. 목지란은 예전의 흉하고 추한 몰골과 기괴한 모습이 변하였는데, 거들먹거리는 얼굴이 곱지는 않았지만 보통사람의 얼굴 정도는 되었다.

옥선군주가 그윽이 서서 그 거동을 살펴보았는데 다음과 같았다. 목지란은 취전으로 들어가 문안단자를 올렸다. 태부인은 목지란이 기반 없이 집안에 조용히 있으며 때때로 주방을 지키고 보살피며 분수에 넘치는 뜻을 두지 않음을 가련하고 불쌍하게 여겨 불러 대청 끝에 앉히고 설소저를 가리키며 보게 하였다. 그러나 목지란은 적첩(嫡妾)의 구분을 엄격히 지켜 감히 설소저를 우러러 보며 말을 나누지 않고 물러났다. 태부인이 그 순박함을 무던하게 여겨 기이한 과일과 상에 놓인 진귀하고 좋은 음식들을 목지란에게 딸린 두 명의 어린 시녀들에게 모두 물려주며 침소에 가서 먹게 하였다. 목지란이 여러 번 머리를 숙여 말씀을 받들고 침소로 향하였다.

옥선군주가 멀리서 저 거동을 다 보고나자 한층 더 분노가 일어났다. 이를 갈며 겨우 참아 아침 문안을 드렸는데 옥선군주를 좌중이 모르는 듯 대하는 것이 볼만하였다. 옥선군주가 요란하게 돌아와 벽을 치며 춘교에게 목격한 목지란의 행동을 모두 이야기하였다.

“이런 흉한 것을 빨리 죽인 후, 목부인154)을 부추겨 설씨를 살인자로

---

153) 정당(正堂) : 한 구획 내에 지은 여러 채의 집 가운데 가장 주된 집채.

만드는 소장(訴狀)을 관청에 올려 처형 받게 하는 것 말고는 계교가 없
구나.”

춘교가 조궁에 가 사연을 말하였다. 목지형이 뛸 듯이 기뻐하며 날을
기약하고 말하였다.

“법사 능운이 상부로 갔는데 어찌 하고 있는가?”

춘교가 말하였다.

“어찌 한 입으로 다 말을 할 수 있겠습니까? 이러저러하였는데 지금은
소식이 묘연하니 이상합니다.”

목지형이 놀라며 물어보았다.

“사부는 신통력이 몹시 뛰어나기에 잡힐 일이 없네. 오히려 임창홍을
옆에 끼고 달아났을 텐데 어찌 된 일이냐?”

춘교가 머리를 흔들며 말하였다.

“상공은 임사인을 그렇게 알지 마십시오. 임사인은 조정에 나서면 명
망 있는 관리들이 모두 떨고 집안에 들어오면 존당(尊堂)과 부모 외에는
노소를 가릴 것 없이 숨도 제대로 쉬지 못할 정도의 위엄을 가졌습니
다. 다만 설소저께 있어서는 흐물흐물거리는 무른 떡과 솜에다 바늘을
찌른 것처럼 무디어 맥을 못 추지만 그 밖의 사람이야 누가 감히 우러
러 볼 사람이 있겠습니까?”

목지형이 말하였다.

“그러나 저러나 어서 지란을 잘 죽여라.”

목지형이 당부하였다. 이런 요사스런 사람은 고금(古今)에 들어보지 못
한 독사 같은 사람이니 어찌 천벌을 면하겠는가.

---

154) 목부인 : 목태부인. 설소저의 부친인 설연창의 계모임.

춘교가 옥선군주에게 목지형이 기뻐하며 하던 말을 아뢰었다. 그러자 옥선군주가 매우 기뻐하며 부디 목지란을 자기 손으로 죽인 후 죄를 설씨 에게 미루고자 결심하고 태연스레 두루 주변을 살피며, 영주·혜주 소저 를 또한 따라 다녔다. 영주소저는 무심하였지만 월혜소저는 옥선군주의 얼굴 위에 살기가 등등한 것을 보고 몹시 놀랐다. 월혜소저는 행여 설소 저에게 또 무슨 해가 있을까 염려하며 방심하지 못하였지만 한편으로는 설소저가 어질고 사리에 밝은 사람이기에 요사스런 옥선군주의 재앙을 생기는 대로 받지 않을 줄 알았다.

이때에 옥선군주가 정당(正堂)에서 돌아와 존당(尊堂)께서 목지란의 사 정을 생각해주시는 것을 보고 자신의 사정은 알아주시지 않는 것을 더욱 분하고 한스럽게 여겼다. 그래서 목지란을 불러다가 적첩(嫡妾)의 명분을 밝히고 한바탕 조롱하여 자신과 대등하게 대접받는 한을 풀고, 설소저의 성질이 사납고 못된 것을 말하여 몹시 책망하고 자신의 어진 덕을 나타내 고자 시녀에게 하심당에 가 목지란을 불러오라 하였다.

춘교가 명을 받들고 하심당에 가 목지란을 불러 말하였다.

"우리 옥주가 잉첩(媵妾)155)을 불러 말씀을 나누고자 하시니 그대는 우 리 옥주의 성덕을 저버리지 말고 명을 받들도록 하시게."

목지란이 비록 어리석고 패악하였지만 지금에 와서는 그런 성질을 다 버렸다. 하물며 옥선군주가 부르는 것인데 어찌 가지 않겠는가? 목지란 이 춘교에게 가겠다고 대답하고 두 명의 어린 시녀를 데리고 홍매각으로 왔다.

---

155) 잉첩(媵妾) : 귀인에게 시집가는 여인이 데리고 가던 시첩(侍妾). 신부의 질녀와 여동생으로 충 당하였음. 여기서는 목지란을 가리킴.

52 옥선군주가 대청 끝에 자리를 주어 적첩(嫡妾)의 구분을 밝히고 웃으며
말하였다.

"그대가 설씨에게 매우 맞아 사경(死境)을 헤매었다고 들었네. 토끼가
죽으면 여우가 슬퍼한다고 하더군. 설씨가 그대를 두들길 정도라면 둘
째부인인 나를 때리지 않을 줄 모르거니와156) 둘째부인이나 첩이나 용
납할 곳이 없게 되었구려. 나의 몸은 부인 직첩이 있지만 그대는 한낱
비천한 첩이니 죽인들 말 한마디라도 하겠는가? 이 상황을 생각하면
안쓰러움을 참지 못하겠어서 오늘 각별히 불러 위로하고자 하네."

이러면서 옥선군주가 온갖 것으로 비웃으며 조롱하였다. 목지란이 예
53 전 같으면 기괴하고 헤아릴 수 없는 대답을 해서 하나도 볼만한 것이 없
었을 것이다. 그러나 상운 등의 어진 말씀으로 옥선군주가 어질지 못해
거짓으로 설씨가 되어 자신을 때린 줄을 익히 알기에 옥선군주가 조롱하
는 말을 듣고 말하였다.

"저나 부인이나 첫째부인이 아닌 다음에야 그 차이가 어느 정도가 되
겠습니까? 우리 두 사람은 첫째부인의 밑에 있으면서 지휘를 쫓을 따
름이니 죽이면 죽는 것이고, 좋게 보면 그대로 따라야 할 것입니다. 그
런데 무슨 연유로 첫째부인이니 둘째부인이 설쳐대며 덤벙거리시는지
요?

또 나를 때렸다 하는 것은 더욱 맹랑합니다. 내가 어려서부터 첫째부
54 인의 성질을 익히 아는데 첫째 부인이 어찌 갑작스럽게 전국시대 협객
들의 헤아리기 어려운 행실로 비천하게 내 거처에 와서 상놈과 같은 천
한 무리의 행실을 하겠습니까? 우리 첫째부인은 다사한 향이 나는 버

---

156) 모르거니와 : {모모리니}. 한국학중앙연구원 39권본에는 '모르리니'라고 되어 있어 이같이 옮김.

들같은 기질을 지녔으며, 곤옥(崑玉)157) 같은 모양의 수정으로 된 뼈를
지녔습니다. 그런데 나를 그렇게 많이 때렸겠습니까?

내가 그때 몹시 분하여 죽는 것을 생각하지 않고 나를 때리던 이가 도
깨비가 변형한 것인가 여기고 나 역시 때렸습니다. 그러고 보니 얼굴
은 비록 같지만 키가 나보다 크고 힘도 무척 세고, 머리카락을 잡으니
분과 기름이 흐르는 듯하여 부드럽지 않고 올각올각하여 우리 첫째 부
인이 아니었습니다. 그래서 내가 짐짓 머리를 다 뽑고자 하다가 그래
도 남겨 두었지요.

그러니 사람을 너무 업신여기지 마십시오. 내가 짐수레에 실려 왔다고
비웃지만, 군주는 처음에는 독교(獨轎)를 타고 왔고 두 번째에는 덩을
타고와 며느리의 항렬에 있지만 집안의 삼척동자도 아는 체를 하지 않
네요. 나는 짐수레에 실려 왔지만 초왕 전하가 데려오셔서 구태여 천
대하시는 것이 없고 정결한 당(堂)을 내려주시고 두 명의 어린 시녀들
로 의식을 후하게 하며 노비들도 천대하지 못하게 명령을 내리셨습니
다. 또 내가 날마다 문안단자를 드리면 흔쾌히 불러 보시고 혹시라도
병이 들어 참여하지 못하면 시녀를 보내 안부를 물으시니 임사인의 총
애는 바라지 않으며 이 집안에서 오래도록 편안하게 지내면 여기에서
무엇을 더 바라겠습니까?

나는 맞은 것을 부끄러워하며, 맞을 때에 몹시 아팠습니다. 그러나 몹
시 극진하게 치료해주시니 맞은 것이 오히려 영화롭지 맞은 것 자체가
부끄럽겠습니까? 아무래도 나를 때린 이는 큰 핀잔을 보았을 것입니
다."

---

157) 곤옥(崑玉) : 곤륜산에서 난다는 아름다운 옥.

목지란이 주변을 둘러보다가 잘 차린 음식을 보고 웃으며 말하였다.

"군주의 부유함을 알겠군요. 우리는 사적인 재물이 없어 사사로운 술과 안주를 차리기가 어려운데, 군주는 사사롭게 술과 안주가 많네요."

⁵⁷ 이때 옥선군주는 목지란을 불러 적첩(嫡妾)의 구분을 밝히고 목지란을 비웃고자 하였다. 그런데 뜻밖에 목지란의 말이 명백하며 목지란이 자신을 때린 이가 설소저가 아님을 알고 있는 것을 듣고는 옥선군주가 몹시 화가 나 그 고개를 쫓아버리고 싶었는데 목지란은 힘이 무척 세었으며, 하는 대로 맞고 있지 않을 것이라고 생각하였다. 옥선군주가 마침내 자신이 설소저의 얼굴로 변해 목지란을 죽인 후, 그 죄를 설소저에게 씌우려고 결심하였기 때문에 분을 참고 오히려 좋은 안색으로 술과 안주를 권하였다.

날이 저물자 목지란이 돌아갔다. 옥선군주가 목지란이 가는 곳을 가리키며 목지란을 빨리 죽여 돌같이 맺힌 한을 풀겠다고 하였다. 옥선군주가

⁵⁸ 춘교에게 목지형을 보고 목부인의 대답을 알아 오라고 하였다.

춘교가 설씨 가문에 가 목지형을 찾아본 후, 목지형에게 목부인의 대답을 받아오라고 하였다. 목지형이 목부인을 찾아 가 감언이설(甘言利說)로 달래며 말하였다.

"옥선군주가 형세가 궁해 힘이 없습니다. 지란을 죽인 후, 그 죄를 설소저에게 뒤집어씌우면 나라에서는 반드시 설소저를 죽이지 않고 귀양을 보낼 것입니다. 그러면 길에서 설소저를 납치해 한왕158)께 드리고 우리는 부귀(富貴)를 취하는 것이 어떻겠습니까?"

목부인이 이때는 지난날의 미친 망령을 다 버리고 제법 어른이 되어있

---

158) 한왕 : {묘왕}. 목지형이 모시고 있는 이가 한왕이므로 이같이 옮김.

었다. 두 눈을 치켜뜨고 소리를 질렀다.

"어마! 어마! 이 모진 아이야! 이 무슨 말이냐? 성염159)을 살인죄로 밀어 넣는다고 무엇이 좋으며, 지란을 죽이다는 것이 될 말이냐? 지란은 남은 제 명(命)에 죽어도 불쌍하거늘, 조군주의 손을 빌려 지란을 죽이고 성염에게 죄를 미룬다고 해서 죽은 지란이 다시 살아나느냐? 이런 지긋지긋한 말은 하지 마라. 남이 알까 두렵구나. 시숙들이 만일 아시면 나라에 고하고 나를 이혼시키고 너를 큰 죄로 얽을 것이다."

그러자 목지형이 다시 권유하지 못하였다.

목지형은 다시 여인을 얻어 달래며 목부인의 새 시비라 하고 관청에 소장(訴狀)을 내주면 비싼 값을 주겠다고 하였다. 그러자 그 여자가 응낙하였다. 목지형이 백은(白銀) 10냥을 주고 계교를 가르쳤다. 목지형이 춘교에게 사연을 자세히 이르고 날짜를 약속하며 즉시 와 이야기를 하면 여인에게 살인 소장(訴狀)을 올리도록 하겠다고 하였다.

춘교가 돌아와 목지형과 나눈 이야기를 옥선군주에게 자세히 말하며 빨리 목지란을 죽이자고 하였다. 옥선군주가 말하였다.

"너는 본궁에 가 봉선루에 감춘 비수를 가져와라. 이 칼은 운남왕160)에게 얻은 비수(匕首)인데 사람을 죽이고자하는 마음만 가지더라도 저절로 그 사람을 베니 이 검이야말로 흉한 여자의 기름지고 두꺼운 가죽을 쉽게 찔러 죽일 것이다."

춘교가 봉선루로 들어갔다. 이때 옥경군주가 홀로 방안에서 학사 설희광과의 인연이 가망 없음을 한탄하며 한 벌 남자 옷을 상자에 감추고 언

59

60

61

---

159) 성염 : 설성염. 임창홍의 부인이 설소저를 가리킴.
160) 운남왕 : {운남 남왕}. 한국학중앙연구원 39권본에는 '운남왕'이라고 되어 있어 이같이 옮김.

덕 위의 한조각 구름이 되고 싶고 푸른 바다의 밝은 달이 되고 싶다고 읊으며 근심스레 슬퍼하고 있었다. 그러다 춘교를 보고 옥선군주의 안부와 임창홍의 대우가 어떤지 물었다. 춘교가 탄식하며 임씨 집안의 일과 승냥이와 호랑이 같은 임창홍의 행동을 말하였다.

"옥주께서도 부질없이 설학사를 생각하지 마십시오. 설학사도 요사이 여색을 끊고 규수같이 몸을 숨긴다고 합니다. 옥주도 설씨 집안에 들어가면 우리 옥선군주의 모양이 될 것 입니다."

춘교가 칼을 가지고 급히 돌아가니 옥경군주가 미처 곡절도 묻지 못하였다.

옥선군주가 칼을 보자 마음이 급해 먼저 시험해보려고 곁에 있던 어린 시녀 영교를 겨누고 스치니 그 머리가 떨어지며 몸이 나뒹굴었다. 홍악이 크게 웃으며 말하였다.

"기이한 칼이로군요. 이 시체를 어찌 하지요?"

옥선군주가 태연히 대답하였다.

"돗자리에 말아 황혼 무렵 못에 넣어라."

춘교 등이 옥선군주의 말대로 황혼이 되기를 기다려 시체를 없애고자 하니 이것은 어찌 된 일인가? 15~16세의 젊은 여자가 칼을 날려 사람 죽이기를 주머니에서 물건 꺼내듯 손쉽게 하니 그 마지막이 어찌 되겠는가? 다음 회를 살펴보라.

이때 마침 서동(書童) 의산이 우연히 못가에 이르렀다가 문득 사람의 자취가 있어서 숨어서 엿보았다. 한 여자가 무엇을 돗자리에다 싸 힘들게 안고는 못물에 던지고 급히 가는 것이었다. 의산이 이상하여 여겨 못가에 가 보니 무엇이 물에 둥둥 떠 있었다. 갈고리로 끌어내어 풀어보니 사람의 시체인데 머리와 몸이 각각 나뉘어 있었다. 의산이 크게 놀라 수풀에 시체를 놓고 급히 정심헌으로 돌아와 태자소부 임유린에게 아뢰었다. 임유린이 놀라며 말하였다.

"그렇다면 너는 그 여인의 자취를 아느냐?"

의산이 대답하였다.

"홍매각 협문으로 들어갔습니다."

임유린이 머리를 끄덕이었다.

"굳이 대단한 일이 아니니 문 밖에 시체를 내어놓아 누가 찾아가는지 보아라."

의산이 임유린의 말대로 도로 시체를 묶어 문구멍으로 내어 긴 나무 막대기로 밀어내니 시체가 멀리 밀려갔다.

다음날 임유린이 아침 문안을 드리고 작은아버지 태청선생 임한규에게 아뢰었다.

"창홍 조카의 집안에 요사스러운 사람이 숨어있어 사람 목숨 죽이기를 풀 베듯 합니다. 아버님과 형님께서 돌아오실 날은 멀었는데, 야간에 이러저러한 흉한 변이 있었습니다. 그런데 무슨 뜻인지 모르겠습니다."

임한규가 놀라며 말하였다.

"그렇다면 그 시체를 어떻게 했느냐?"

임유린이 대답하였다.

"저도 급작스러운 일이라 달리 할 길이 없어 큰 문 밖에 내쳐 누가 찾아가는지 보라고 하였습니다."

임한규가 임창홍을 돌아보고 말하였다.

"너는 혹 의심되는 것이 있느냐?"

임창홍이 머리를 숙이고 대답하였다.

"그렇습니다. 지난번에 요사스러운 사람이 당(堂) 안으로 갑자기 들어왔었습니다. 그런데 모습을 보니 여자가 남자로 변형을 한 것이였으며, 그 사람이 이러저러한 흉한 말을 하기에 제가 지혜를 써서 그 사람을 잡아 해도(海島)에 보내었습니다. 이 또한 적지 않은 변란이니 엄히 방비하시지요."

태부인이 놀라 베개를 밀치고 일어나 앉아 탄식하며 말하였다.

"절박한 일이로구나. 한주161) 부자가 나간 사이에 이런 일이 있으니 어찌 된 일인지……."

임한규가 말하였다.

"이런 소소한 일에는 걱정을 마십시오."

태부인이 주숙렬을 보며 지난밤 일을 말하고 근심하자 주숙렬이 머리를 숙이고 대답하였다.

"이 일은 이미 옥선군주가 들어온 첫날부터 안 일입니다. 며느리가 머지않아 큰 화를 당할 것이지만 설마 어찌 하겠습니까? 요사스러운 사람이 사람 목숨 죽이기를 이번 뿐 아니라 4, 5인에게 연이어 저지를 것이니 이런 일에 지나치게 마음쓰진 마십시오."

임한규는 주숙렬에 대해 알기를 신명(神明)같이 알아 빛나는 눈썹에 온화한 기운을 영롱하게 띠며 대답하였다.

"형님의 큰 복으로 현명한 며느리를 두었으니 그 남은 자손들이 아내와 겪는 소소한 환란을 어머니는 근심 마십시오."

---

161) 한주 : {한규}. 황제를 모시고 출정을 나간 것은 상국 임한주이기에 이같이 옮김.

태부인이 눈살을 찌푸리며 대답하였다.

"어미가 늙어 그런지 이 말을 들으니 머리가 지끈지끈하구나."

모두 물러간 후에 태부인이 주숙렬에게 조용히 말하였다.

"현명한 손자며느리는 옥선군주를 가까이 해 그 악한 마음을 어지간히 녹여 아들과 손자가 돌아오기를 기다리게 하지는 못하겠느냐?"

주숙렬이 머리를 숙이고 대답하였다.

"저도 그렇게 하고 싶은 마음이 있습니다. 그러나 독사같은 옥선은 전생에 구미호였으니 어찌 인도(人道)에 들어 사람의 착한 말을 받아들일 리가 있겠습니까? 옥선의 지극한 바람은 창홍에게 있으니, 창홍이 옥선을 한 번 돌아보면 악한 마음이 어지간히 녹을까 싶기도 합니다. 그러나 한편으로는 차라리 설소저를 버려두어 구덩이에 빠지게 하면 옥선이 물러날 때가 있을 것입니다. 옥선이 스스로 물러나면 나라에 변고를 가져오지만 집안에는 근심이 없을 것입니다. 이런 까닭에 이만한 일로 할머님께 근심을 끼치니 이 또한 제가 못난 탓입니다."

태부인이 오래도록 탄식하며 말하였다.

"옥선이 어진 설씨며느리를 구덩이에 넣고 물러나면 창홍이 아내와 동침하지 못하게 되는데, 언제쯤에야 현손(玄孫)을 보겠느냐?"

주숙렬이 또 대답하였다.

"설씨며느리는 어떤 심한 고생에 들어가도 몸이 반석 같아 명(命)이 길고 복이 많으며 아들을 많이 둘 것입니다. 오래지 않아 비웅의 상서로움이 있을 것이니 아들을 낳을 것입니다."

한편 옥선군주는 칼을 가지고 시험하는 통에 시비 4, 5인을 혹 찌르며 베어 벌써 5명을 죽인 후 뒷처리를 춘교에게 맡겼다. 춘교 같은 요사스러운 인간의 마음에도 떨릴 적이 있었다. 춘교는 영교의 시신을 못에 넣었는데 어찌된 일인지 상부(相府) 문 밖에 시체가 뒹구는 것을 보고 놀라 옥선군주에게 수상하다고 전하였다. 옥선군주가 말하였다.

"이는 불과 못 물을 치우다가 어찌해서 굴러다니는가 싶으니 이후에는 본궁에 가 궁노를 시켜 남강 쪽162)으로 띄우도록 해라."

이후에는 시체가 흔적이 없으니 이는 정말 요사스런 여도사의 정령이었다. 그러나 임씨 선조들의 덕과 초왕 부부의 지성지효로 하늘이 여러 아이들을 은밀하게 도와주셔서 많은 복을 내려주시니 요사스런 정령이 어찌 하겠는가? 옥선군주가 흉악무도한 일들을 모두 하다가 결국에는 다른 나라에 가서 흉한 일을 만들고 국가를 침범할지언정 끝끝내 임씨 집안을 해치지는 못하였으니 차차 살펴보라.

이날 밤 옥선군주가 칼을 들고 옷을 가볍게 하고 하심당 뒤편 난간에 숨었다. 저 아득하고 몽매한 목지란이 어찌 할 수 있었겠는가? 요사이에는 존당(尊堂)과 주숙렬이 각별히 목지란을 염려하셔서 가까이 불러 음식을 배부르게 먹였다. 목지란의 목숨이 얼마 남지 않은 것을 불쌍히 여기며 면하게 할 좋은 방법이 없는 것을 안타까워하였지만 목지란을 마주하고는 이런 일들을 말하지는 않았다. 이때 옥선군주는 단약을 먹고 설소저의 얼굴로 변해 앉아 있었다.

목지란이 두 명의 어린 시녀에게 말하였다.

"오늘 낮에 정당(正堂)에서 주신 감탕(甘湯)163) 한 그릇과 노란 귤이 어디에 있느냐?"

어린 시녀가 대답하였다.

"여기 있습니다마는 저녁밥과 야참을 갓 드시고는 어느 사이에 감탕(甘
湯)과 귤을 찾으시는지요?"

말을 마치고 앞에 내어 놓으니 목지란이 귤을 먹으며 웃으며 말하였다.

"내가 설씨 가문에 있을 때에는 맛있는 음식들을 많이 먹어 싫증이 날
정도였단다. 그러다가 요사스런 도승이 변신술로 나를 속여 조궁으로
데려갔었단다. 행각에 있게 되었는데 남들이 집어주는 음식은 나의 큰
배를 반도 채우지 못했었다. 내게 오라비가 한 명이 있는데 낙안주의
한왕께 의지하여 대사마 벼슬을 얻었단다. 또 오라비가 조궁에도 의지
하였는데 옥선군주의 시녀 춘교와 밤낮으로 편안하게 즐기면서 내 앞
날은 꿈에도 생각하지 않고 있더구나. 나는 배가 고팠을 뿐 아니라 춘
교의 더러운 모습만 보게 되어 몹시 괴로웠단다. 그래서 분수에 넘치
는 뜻을 나타내 대궐의 문에서 떠들었지.

덕분에 초왕 전하가 나를 데려오셔서 정결한 당(堂)과 시녀들을 하사하
여 내 곁에 있게 하신 것이란다. 또 존당(尊堂)과 정당이 나를 불쌍하게
여기시고 돌보아주시니 내게는 분수에 넘치는 일인데 무엇을 더 바라
겠느냐? 한림이 나를 돌아보지 않는 것을 매우 한스럽게 여겨볼까 했
으나 그 말은 더듬거려야 할 정도로 편하지 않은 말이로구나. 형세가
명백하기에 뜻을 낮추어 조심하며 지내니 요사스런 이의 흉한 계교만
아니라면 족히 편안하게 지낼 수 있을 것이다."

목지란이 감탕(甘湯)과 귤을 먹고 곧바로 자리에 나아가 잠들었다. 시
녀가 촛불을 장막 밖으로 치우고 누우려 할 때, 홀연 뒤쪽 창문이 열리면
서 설소저로 변한 옥선군주가 독기가 가득 찬 얼굴로 서리 같은 칼을 들

고 들어서며 크게 꾸짖으며 말하였다.

"흉한 목씨는 들으라. 네 우리 집안에 와 맛있는 음식들을 배부르게 먹고 비단을 무거워하며, 몹시도 성질이 못된 조부모를 도와 우리 부모가 하늘을 향해 통곡하는 아픔을 겪도록 하였으며, 오빠 또한 견디지 못하도록 하였다. 너는 규수의 몸으로 궁궐에서 떠들고 간절히164) 임군을 쫓으니 비록 운우지정(雲雨之情)을 나누지는 못했지만 임군의 첩이다. 내가 어찌 너를 고이 두어 편안히 지내도록 하겠느냐? 이 칼은 인정(人情)이 없으니 요사스러운 옥선과 너의 목숨을 없앨 것이다."

말을 마치고 설소저로 변한 옥선군주가 칼을 들고 목지란의 가슴을 향해 찔렀다. 이때 목지란은 단잠에 막 들었는데 옥선군주의 꾸짖는 소리에 놀라 깨 전후사정을 모르고 칼 아래 놀란 넋이 되니 애석하구나. 계집이 모질고 악독한 것이 이런 요괴와 같으니 예나 지금이나 다시 없을 것이었다. 사람 목숨 죽이는 것을 썩은 풀을 베는 것과 같이 하니 구미호의 정령이 아니면 이러하겠는가? 목지란이 비록 어리석고 패악하며 정신이 없으나 덕이 있는 집안에 들어와 마음대로 음식을 먹고 온몸을 편하게 있더니 점점 어리석고 패악한 것을 버리고 인도(人道)에 들어 덕이 있는 집안에 편하게 거처하였었다. 그런데 목지란이 요사스러운 이를 만나 오늘 밤 모진 칼날에 맞아 긴 목숨을 일찍 마치니 몹시 애석하도다.

두 명의 어린 시녀가 이 참변을 보고 온 몸을 떨며 급히 뛰어가 주숙렬의 침소에 나아가 대청을 겨우 밟고 올라갔는데 몹시 떠니 알지 못하겠구나, 이 일이 어찌 된 일인가. 다음회를 보라.

---

164) 간절히 : {알들이}. '알쓰리'는 간절하다의 고어임.

차설. 주숙렬이 이날 아들을 봉륜당으로 보낸 후에, 고요히 촛불 아래에서 점괘를 얻어 보고자 하였다. 그런데 마음이 몹시 이상하여 비단 창문을 열고 보니 석양 그림자가 하늘 쪽으로 향해 있으며 홍매각의 살기는 하심당으로 뻗어가 끝나있는 것이었다. 주숙렬은 마음속으로 크게 놀라 창을 닫고 상심하였다. 재홍이 모친을 침소(寢所)에서 모시고 있다가 어머니가 주무시지 않고 상심하시는 것을 보고 놀라 일어나 앉으며 여쭈었다.

"어머니께서는 무슨 일로 주무시지 못하십니까?"

주숙렬이 한 번 소리 내고 세 번 탄식하며 말하였다.

"설씨 며느리의 큰 화가 앞에 펼쳐져 있고 불쌍한 인생이 일찍 칼끝에 죽임을 당할 것이니 이 일이 누구의 짓이겠느냐? 이미 밤이 사·오경(四五更)에 이르렀으니 너의 형은 잠이 깊이 들었을 것인데 어찌해야 하겠느냐?"

이때 떨고 있는 사람 소리가 들리기에 주숙렬이 협실(夾室) 시녀를 시켜 살펴보라 하였다. 시녀가 뛰어나가 보니 하심당의 어린 시녀가 떨며 말하였다.

"저희는 좀 전에 목주모를 모시고 자려고 했습니다. 주모가 먼저 잠이 들어 촛불을 장막밖에 내놓고 누우려 했는데, 이러저러한 부인이 비수(匕首)로 주모의 가슴을 콱 찌르고 칼을 뽑아 피를 씻었습니다. 몹시 무섭고 끔찍하여 미처 다 보지 못하고 왔습니다."

시녀가 너무도 놀라 말하였다.

"이것이 무슨 말이냐?"

이렇게 말하며 물러섰다. 주숙렬이 얼굴에 처량한 기운을 띠고 창홍을 깨우려다가 다른 생각이 있어서 부르기를 그만두고 군계를 청하였다. 군계가 즉시 오자, 주숙렬이 이 일을 한바탕 이야기하였다.

"이 일을 존당(尊堂)이 아시면 잠자리가 편안하지 못하실 것이네. 그 아이의 순박함을 어여삐 여기고 사족(士族)임에도 저러한 것을 안타깝게 생각해 남은 생애만이라도 편안히 지내게 해주려고 하였는데, 요사스런 사람 손에 긴 목숨을 일찍 마치니 몹시 비통하네. 사람 목숨은 몹시 중대한 것인데 이를 어떻게 처리해야 옳겠는가?"

군계가 매우 놀라서 말이 없다가 길게 한숨을 쉬고 대답하였다.

"대낮에 사람을 칼로 찌르는 흉악한 이를 잠시라도 집안에 둘 수 있겠습니까? 어찌됐던 제가 여러 시녀들과 함께 가보겠습니다."

주숙렬이 고개를 숙이며 고마워 하였다.

군계가 시녀들에게 곁에서 촛불을 들고 있도록 시키고 하심당에 도착해 주변에 불을 밝혔다. 자리를 둘러보니 비린내 나는 피가 원을 그리며 흘렀으며, 목지란은 본래 흉한 모습은 변함이 없었지만 마치 자는 것과 같은 채로 피에 잠긴 채 누워있었다. 군계가 몹시 놀랍고 슬퍼 입으로 두어 마디 진언(眞言)을 외우고 빨리 나아갔다. 여러 시녀를 시켜 목지란의 몸을 바르게 펴주고 팔과 다리를 거두어 침상에 편히 누이고 비단 이불을 덮은 후 당(堂) 가운데 흐른 피를 치우게 하였다. 그런 후 금방울을 흔들어 직방(直房)의 일을 잘 아는 노비를 시켜 초혼(招魂)165)을 하게 하고 덮어 주게 하였다. 그런 후 군계가 훌쩍 몸을 돌이켜 목지란을 찌른 칼을 빼앗으러 홍매각으로 갔다. 옥선군주가 몹시 악한 일을 저지르고 군계에게 칼을 뺏기는지 다음을 보라.

---

165) 초혼(招魂) : 사람이 죽었을 때에, 그 혼을 소리쳐 부르는 일. 죽은 사람이 생시에 입던 저고리를 왼손에 들고 오른손은 허리에 대고는 지붕에 올라서거나 마당에 서서, 북쪽을 향하여 '아무 동네 아무개 복(復)'이라고 세 번 부름.

이날 밤 임창흥이 설소저와 함께 잠자리에 들었는데 꿈 하나를 꾸었다. 그 꿈의 내용은 다음과 같다. 천문(天門)이 크게 열리며 한 명의 선관(仙官)이 운관무의(雲冠霧衣)166)를 가볍게 걸치고 황룡을 몰고 와 땅에 내리며 설소저를 향하여 예(禮)를 갖추고 말하였다.

"이 용은 본래 중앙의 큰 소임을 맡고 있었습니다. 그런데 상제167)께서 용이 있던 연못을 메우시자, 용이 바람과 구름을 많이 만들었습니다. 상제가 이를 괘씸하게 여기셔서 100일 동안 인간 세상에 귀양을 보내셨는데, 상제께서 잠시 화를 내시기는 했지만 남두육성(南斗六星)과 북두칠성(北斗七星)168)으로 복을 점지하시고 착한 일을 많이 한 집으로 귀양을 보내 저의 장한 기개로 남이(南夷)169)와 북적(北狄)170)을 물리쳐 명(明)나라 조정을 보좌하라고 하셨습니다. 그런 연유로 그대에게 보내니 부인이 아홉 번 죽고 열 번 살아나는 위태로운 지경을 겪는 동안에도 이 용을 품으면 위태롭고 어지러운 것이 평지에 있는 것과 같고 죽을 걱정이 없을 것입니다. 작은 액을 만나더라도 용신(龍神)이 황룡을 호위하면 부인은 반석같이 죽을 화를 면하고 남악의 3년 연분을 마치면 모든 복을 얻을 것입니다."

선관이 말을 마치고 용을 밀쳤다. 황룡이 한 번 소리를 지르고 여의주를 물고 기세를 드러내더니 문득 붉은 구름이 바로 학을 몰아 천지가 진

---

166) 운관무의(雲冠霧衣) : 구름이 그려진 관과 안개 무늬의 옷을 말하는 듯함.
167) 상제 : {상지}. 한국학중앙연구원 39권본에는 '상예'라고 되어 있어 이같이 옮김.
168) 남두육성(南斗六星)과 북두칠성(北斗七星) : {남북두}. '남두'는 '남두육성'의 줄임말로, 궁수자리에 있는 국자 모양의 여섯 개의 별임. 북두칠성의 모양을 닮은 데서 이름이 유래하며, 장수(長壽)를 주관하는 별로 전해짐. '북두'는 '북두칠성'을 가리킴.
169) 남이(南夷) : 중국에서 남쪽 지방에 사는 민족을 낮잡아 이르던 말.
170) 북적(北狄) : 중국 사람들이 북쪽 지역에 사는 족속들을 멸시하여 이르던 말. 흉노, 선비(鮮卑), 유연(柔然), 돌궐, 거란, 위구르, 몽골 등의 유목 민족을 가리킴.

동하는 것이었다. 용이 금빛 같은 비늘을 세우고 설소저의 앞으로 달려드니 선관이 새의 깃으로 만든 부채를 치고 크게 웃으며 말하였다.

"연분이 크다고 너무 나대지 말라. 상제께서 벌을 내리신 것이 분명하단다. 11일만 그대의 자식 노릇을 하면 전생의 아름다운 인연을 정하고 부자·모자가 단합할 것이다."

선관이 용을 밀치고 한 줄기 부드럽고 맑은 바람 속으로 자취를 감추었다.

이때 설소저가 용의 기세에 놀라 한 번 소리를 지르고 몸을 솟구쳤는데, 임창홍의 꿈과 같은 꿈을 꾼 것이었다. 임창홍은 꿈이 특이하다고 생각하며 풀이를 하고 있다가 설소저가 가위에 눌리는 것을 보고 조용히 소저의 손을 잡았는데 손이 차기가 얼음 같았고 땀이 물 흐르듯 하는 것이었다. 임창홍이 놀라 말하였다.

"비록 꿈속에서 무서운 것을 보았더라도 이리도 놀랍니까? 어른이 되기는 멀었소."

이어서 탄식하며 말하였다.

"내가 어렸을 때 집안에 변고가 있어서 그대의 집으로 가게 되었는데 그때가 대략 3살 때로군요. 유모의 젖을 놓지 못할 때인데 장모가 젖을 먹여 5살 때까지 길러주셨으니 그 은혜가 어떻겠습니까? 오래도록 친부모처럼 받들고자 하였는데 그릇되어 사위의 위치에 있게 되니 진실로 나의 뜻이 아니네. 그러나 이미 어찌 할 방도가 없으니 그대의 고생이 영화롭게 된다면 은혜를 갚는 도리일 텐데 일이 돌아가는 형세가 뜻과 같지 못하고, 볼품없는 풍채로 음탕한 여자의 정욕을 일으켜 맑은 가문을 더럽히고 당신171)을 구덩이에 빠뜨리게 되버리니 어찌 한스럽지 않겠는가?

목씨172)가 비록 부녀(婦女)의 행실이 없지만 사족(士族)이며, 장인장모가 목씨 할머니에게서 편하게 지내시도록 할 것을 생각해 나중에 목씨에게 첩자리 하나를 주어 영화롭게 하려고 했소. 그런데 요사스런 사람이 분명 머리를 베고는 그 죄를 그대에게 뒤집어 씌워 크게 되면 사형 죄를 받게 하려하고 작아도 귀양을 보내려 하네. 요사스런 사람들이 온갖 방법으로 꾀를 도모하지만 부인은 복을 하늘로부터 타고 났으니 몸이 반석 같을 것일세.

다만 한스러운 것은 죽은 자는 다시 살릴 수가 없다는 것일세. 죽은 목씨를 다시 살리지 못하니 몹시 슬프며, 부인의 몸에 단장사(斷腸詞)를 읊조리는 탄식173)이 있었는데 또다시 큰 화를 앞에 두고 있어 비통하네. 이 지경에 이르렀지만 천금 같은 몸을 물과 불에 던지지 말고, 두 집안에 불효를 짓는 일을 하지 말고 내가 부탁하는 것을 저버리지 마시게."

이때 설소저가 꿈에서 깨어나 마음을 진정하고 꿈속의 일을 생각해보니 머지않아 자신이 큰 화를 만나 시할아버지와 시아버지가 돌아오시기 전에 이 집안을 떠나며 친정 아버지를 만나지 못할 것이라 여기고 슬퍼하

---

171) 당신 : {셰군[細君]}. '셰군'은 한문 편지 따위에서, 자기의 아내를 이르는 말임. 동방삭(東方朔) 이 그의 아내를 농담 삼아 부른 데서 유래함.

172) 목씨 : {유시}. 문맥을 고려했을 때 '목지란'을 가리키는 것이므로 이같이 옮김.

173) 단장사(斷腸詞)를 ~ 탄식 : {장스지탄[腸詞之嘆]}. '단장사'는 한나라 성제(成帝)의 후궁 반첩여(班婕妤)가 부른 것임. 반첩여와 조비연(趙飛燕)은 중국 한(漢)나라 성제의 후궁이었음. 성제는 처음에는 반첩여를 매우 총애했지만, 시간이 흐르자 사랑을 조비연에게로 옮겼음. 조비연은 혹시라도 성제의 마음이 반첩여에게 되돌아갈 것을 염려하여, 반첩여가 임금을 중상 모략했다고 무고(誣告)하여 그녀를 옥에 가두게 하였음. 나중에 반첩여는 혐의를 벗어지만 그 처지는 예전과 같지 않았음. 반첩여는 장신궁(長信宮)에 머물면서 과거에 임금의 사랑을 받던 일을 회상하고 현재의 자신의 처지를 돌이켜보게 되었는데, 그러다가 가을이 되어 쓸모없게 된 부채와 자신의 처지가 일치한다는 생각이 들어 〈원가행(怨歌行)〉이라는 제목의 시를 남겼음.

였다. 한편 임창홍이 말을 이토록 많이 하는 것이 오늘 처음 있는 일이었다. 설소저는 남편이 자신을 생각해주는 것에 감격하면서도 너무 자세하게 말하는 것을 이상하게 여기고 대답하지 않고 가만히 있었다. 오경(五更)을 알리는 북이 울리니 부부가 일어나 각방에 아침 문안을 드리고 주숙렬의 침소로 갔다.

이때 군계눈 발걸음을 빨리 해 홍매각으로 갔다. 옥선군주는 목지란을 한 번 찌르고 기뻐하며 재빨리 칼의 피를 씻은 후 칼을 칼집에 꽂아 가지고 급히 침소로 돌아왔다. 옥선군주는 춘교와 함께 서로 축하하면서 날이 새면 목지형을 찾아보고 거짓으로 목부인의 소장(訴狀)을 관청에 올릴 것에 대해 의논하였다. 춘교가 말하였다.

"관리에 대해 들어보니 천금을 뇌물로 주면 일이 더 탄탄할 것 같습니다."

옥선군주가 말하였다.

"천금은 내가 마련할 것이니 바삐 서둘러라."

말을 미처 다 하지도 못했는데, 군계가 봉황의 꼬리 같은 눈썹을 곤추세우고 붉은 치마를 나부끼며 자주색 비단 저고리를 끌고 나와 촛불 아래 놓인 보검을 걷어잡고 큰 소리를 지르며 꾸짖어 말하였다.

"이것이 사람이 할 짓이오? 아녀자가 칼로 사람을 죽이며 끝내 목씨를 죽이고는 서로 축하를 하다니요? 좌우에 삼태성(三台星)과 북두칠성이 늘어서있고 태공이 묵묵히 계시지만 밝게 알고 계시며 신명이 있으시네. 그대들은 적국(敵國)을 없애고자 무슨 일인들 벌이지 못해 구태여 사람 목숨 베는 것을 풀 베는 것처럼 하고, 이유 없이 목부인을 죽여서 어진 사람을 모함하려 하는가? 요사스런 사람들은 마음대로 하시게.

하늘을 따르는 자는 흥하고, 하늘을 거역하는 자는 망하게 되어있네. 이 칼을 그대로 둔다면 다시 지존(至尊)을 범할 것이니 내가 비록 아녀자이지만 이 칼 하나는 꺾을 만하네."

말을 마치고 칼을 가볍게 잡아 두 조각으로 나누었다.

군계가 칼 한 조각을 가지고 주숙렬에게로 와 목지란의 참혹함과 옥선군주와 시녀가 나누던 말에 대해 말씀드렸다.

"이 군주가 여우의 얼굴을 가지고 있는 것과 같으니 분명 조왕의 딸이 아니라면 호영이나 성고고174)의 무리인가 합니다. 그 하는 행동과 사람 죽이는 수단이 이상하니 저의 생각으로는 내일 목씨네 집에서 소장(訴狀)을 올리기 전에 옥탑에 이 사연을 말씀드리고 이 부러진 칼 조각을 받치고 나라의 처분을 보고자 합니다."

주숙렬이 탄식하며 대답하였다.

"그 하나만 알고 둘은 깨치지 못하였느냐? 이 요괴가 우리 아이를 바라고 있으면 이렇게 행동할 수도 있다고 여겨지는구나. 요사스런 이는 돌아갈 곳이 있을 것이니 그 행동을 보고도 못본 척 해서 이 집안을 빨리 떠나도록 해야 후환이 없을 것이다. 우리 며느리가 한 번은 큰 화를 면치를 못할 것이니 하늘의 뜻을 따를 수밖에 없구나."

군계기 주숙렬이 앞날의 일을 손금 보는 것처럼 하는 것을 알고 있기에 마음 깊이 감탄하며 물러났다. 주숙렬이 집안의 재앙을 근심해서 밤새 잠을 이루지 못했다. 재홍도 목지란이 비명횡사했다는 것에 몹시 놀랐고 어머니를 위로해드렸다.

임창홍 부부가 아침 문안을 드렸는데, 임창홍은 어머니의 이불이 펴져

---

174) 호영이나 성고고 : 나관중의 소설 『평요전(平妖傳)』에 등장하는 늙은 백여우와 그 딸.

있는 것을 보고 놀라 재홍을 돌아보고 이유를 물어보았다. 재홍이 누에같이 짙은 눈썹에 근심을 가득 드리우고 홍매각에서 벌인 흉한 일로 하심당에 초상(初喪)이 난 것을 말하였다. 임창홍이 매우 슬프고 놀라 오래도록 말을 하지 못하다가 어머니께 아뢰었다.

"사람 목숨은 매우 중한 것입니다. 날이 새면 한 번 곡(哭)을 하도록 하겠습니다."

주숙렬이 아들의 인자하고 의로운 마음을 아름답게 여기며 탄식하고 말하였다.

"목씨는 너를 바라보고 우리 집에 구차하게 왔었다. 그렇지만 구태여 해로운 일을 한 것이 없기에 존당(尊堂)과 내가 안쓰럽게 여기고 있었다. 게다가 목씨는 어리석은 것을 다 버리고 사람의 도리에 들어 순박하게 지내고 있었단다. 그런데 요사스런 사람의 악독한 수단에 목숨을 일찍 마치게 되었으니 어찌 불쌍하지 않겠느냐? 한 번 곡하는 소리가 없어서는 안 될 것이다."

임창홍이 몹시 불행하게 여기고 넓은 눈썹에 근심을 가득 드리우자 주숙렬은 아들이 어린 나이에 어렵고 괴로운 일을 겪는 것을 불쌍히 여기며 설소저를 돌아보았다. 설소저 또한 목지란이 비명횡사한 것을 듣고는 몹시 놀라며 애석하게 여기기를 흡사 자매를 잃어버린 것과 같이 하였는데 애통해하는 정도가 목태부인의 모습을 보는 것 같았다. 설소저의 두 눈에서 눈물이 흘렀는데 주숙렬이 며느리 사랑하기를 두 딸보다 더 하였기에 며느리의 손을 잡고 마음 상하지 말라고 다독였다. 설소저가 존전(尊前)임을 깨달아 얼굴을 고치고 용서를 구하였다. 주비가 안쓰럽게 여기며 거듭 위로하였다.

날이 밝자 주숙렬이 취성전과 경복루에 문안을 드리고 낮은 목소리로 옥선군주가 벌인 악한 일과 목지란이 죽은 일을 말씀드리며 군계에게서 들은 것을 자세하게 이야기하고, 설씨 며느리가 겪을 화가 당면했음을 알렸다. 또 존당(尊堂)과 존고(尊姑)는 궁으로 옮기시기를 나직한 소리로 말씀드렸다. 이때 주숙렬이 목지란이 비록 어리석었지만 지금에 이르러서는 순박하게 되었는데 비명횡사한 것을 불쌍히 여기며 군계에게 들은 것을 말씀드리자 여부인이 몹시 놀라며 말하였다.

"이런 요사스런 이는 예나 지금이나 듣도 보도 못한 악한 일을 저지르는 음부(淫婦)로구나. 그러나 목씨의 인생이 안쓰럽구나. 이 당(堂)에 어머님이 계시지 못할 것이니 아주버니께 말씀드리고 날이 밝으면 궁으로 온 집안식구들을 옮기도록 하자꾸나."

말을 마치고 여부인은 임유린을 시켜 임한규에게 말씀을 전하게 하였다. 임유린이 오운전에 나아가 이 말씀을 전하자 임한규가 몹시 놀라며 말하였다.

"이 요사스런 이가 집안에 들어온 첫날, 집안에 일어날 재앙과 설씨 며느리가 겪을 액운은 대강 짐작하고 있었다. 그런데 목씨의 목숨도 중한 것인데 비명횡사하였다고 하니 몹시 놀랍고 슬프구나. 형님과 네 두 형이 다 황제를 호위하러 가고 집안이 비어있는 때에 설씨 며느리가 겪을 액운을 생각하니 불행하구나. 어머니께서 이 집안에 계시도록 할 수는 없으니 빨리 효문궁을 수리하여 날이 밝으면 집안 식구들을 옮기도록 해라."

임유린이 명을 받들고 작은아버지를 모시고 취성전에 아침 문안을 드렸다. 여부인이 목소리를 낮추어 말하였다.

"어머니께서 효문궁으로 옮기셨으면 하는 것을 말씀드리고자 합니다."

태부인이 며느리가 집을 옮기라고 하는 것을 의아하게 생각하여 말하였다.

"너희들은 무슨 이유로 갑작스럽게 나를 효문궁으로 옮겨가라고 하느냐?"

태청선생 임한규가 대답하였다.

"마침 날씨가 맑고 화창한데 유린이가 집을 기묘하게 꾸몄기에 들어가 보시면 어떨까 하는 것입니다."

태부인이 마음속으로는 의심스러웠지만 노인의 성정(性情)에 이렇게 옮겨 구경하는 것을 무던하게 여겨 허락하였다. 임한규가 임유린과 임창홍에게 가마를 대령하라고 하고, 빨리 효문궁으로 가서 태평전을 정리하게 한 후 봉륜당으로 먼저 들어가시게 하였다. 태화전에는 여부인이 들어가고, 광명전은 위부인의 침소(寢所)로 정하고, 의락각은 소파의 침소로 정하여 순식간에 태부인을 모시고 협문(夾門)으로 나 왔다. 5명의 공자와 어린 소저들은 각각 유모에게 업히거나 안겨 가마 앞에 늘어서니 이 또한 볼만한 장관이었다. 태부인이 가마에 높이 앉아 많은 자손들이 어디로부터 나왔는가 생각하며 기쁘고 온화한 기색을 얼굴에 띠고 행차하였다. 여러 부인들이 순식간에 태부인을 봉륜당으로 모셨는데, 설소저 또한 태부인을 받들어 모셨다. 그 넓은 봉륜당이 좁을 지경이었다.

태부인이 거처를 옮기시고 난 후 주숙렬이 설소저와 함께 상부(相府)로 돌아왔다.

이때에 상부에서는 목지란의 장례를 치렀다. 임창홍이 흰옷을 입고 하심당으로 가 곡(哭)과 절을 하였는데 두 줄기 눈물을 흘렸다. 이것은 어질고 의로운 사람이 목지란이 운명대로가 아니라 요사스런 사람이 벌인 악한 수단으로 비명횡사한 것을 슬프게 여겨서였다.

임창흥이 울음을 그치고 목씨가문과 설씨가문에 비통한 소식을 전하였다. 목태부인은 목지형이 꼬드기는 것을 매번 거절하면서 옥선군주가 목지형과 합심해 목지란을 조만간 해칠까봐 초조해하고 있었는데 이 비통한 소식을 듣자 한바탕 소리를 내어 통곡하며 말하였다.

"괴상하고 요상스런 아이가 공연히 조군주의 말을 듣고 불쌍하고 가련한 누이를 죽였구나. 부모 없는 것이 내 밑에서 자라다가 스스로 나서서 살아있는 부처 같은 초왕과 창흥 같은 어진 군자를 만났기에 그 남은 생을 편안하게 보낼 것이라고 생각하고 있었는데 헛되이 조군주의 칼 아래서 죽었구나. 지형은 지란이 부모 없는 누이임에도 조금이라도 돌보아 주지 않았으며 오히려 남을 위해 가련한 인생을 죽여 지란이 귀신의 무리에도 들지 못하게 하는구나."

목태부인이 우레가 치는 것같이 소리를 내며 울었다. 설시랑과 설학사가 어머니의 당(堂) 안에 있다가 이 소리를 듣고 놀람을 이기지 못해 어머니를 모시고 정당(正堂)으로 왔다. 목태부인이 목지란이 비명횡사한 것에 대해 말하였다.

"내가 처음에 생각을 잘못하여 너의 아버지의 효행과 절의를 모르고 어긋놓은 것이 많았단다. 그러나 내 마음이 목석이 아니므로 개과한 후에는 악한 마음을 가지지 않았고, 너의 아비가 출정한 후에는 너희들이 더욱 지성으로 나를 섬기니 내가 조금도 딴 마음이 없어 생사(生死)를 너희에게 맡겼단다. 너희 부자가 병든 동생에게 집을 마련해주고 생계를 잇게해서 부모의 사계절 제사를 받들 수 있게 해주어 그 은혜를 내가 마음속에 새겼단다. 지란이 어이없는 행동을 벌이고 임씨 가문에 들어갔는데 임씨 가문은 덕이 있는 집안이어서 크게 탓하지를 않았고 지란이 신세가 편안하다고 해서 이 또한 성염175)의 덕으로 알고 있었다. 그런데 얼마 전에 지형이 내게 와 이러저러한 말을 하기에 내가 듣고 있다가 몹시 끔찍하고 지긋지긋해서 꾸짖었다. 그런데도 구태여 지형이 군주와 마음을 모아 모의하여 이 아이를 죽여서 성염에게 죄를 뒤집어씌우려 하니 이런 일이 어디에 있겠느냐? 죽은 지란은 어찌 해 볼 수 없다지만 성염이 몹시 애꿎지 않겠느냐?”

목태부인이 통곡을 하였다. 상부인은 목태부인의 말을 듣고는 딸아이에게 액운이 당면하였다는 것에 몹시 놀라고 상심하였으면서도 목태부인을 붙들고 위로하며 이로울 것 없는 걱정을 하지 마시라고 말하려 하였으나 말이 헛돌아 나오지 않았다. 설시랑이 불행해하며 누의에게 화를 입히고자하는 요사스런 목지형이 조군주와 꾀를 모아 사람 죽이기를 풀 베듯 하는 것을 한스럽게 여겼다. 학사 설희광이 문득 할머니께 말씀드렸다.

“할머니의 말씀과 같다면 지형이 지란을 죽이고 그 죄를 누이에게 미루어 살인죄를 씌어 누이를 사형 당하게 할 계교를 가지고 할머니를 설득하다가 할머니께서 거절하시자 앙심을 품고 이런 흉한 짓을 한 것이군요. 이후에는 요사스런 지형을 집안에 용납하지 마십시오. 누이가 살인을 한 것처럼 보이게 하려고 하나 하늘이 밝으시니 애매한 누이가 살인으로 인해 사형을 받지는 않겠지만 아마도 유배 가는 것은 면하지 못할 것입니다. 그러나 이 또한 하늘의 뜻이니 설마 어찌 하겠습니까?

---

175) 성염 : {쇼녀}. 임창홍의 정실(正室)인 설성염을 가리키는 것이므로 이같이 옮김.

변방으로 쫓겨 가더라도 누이가 죽지 않고 훗날 용서를 입어 풀려나는 날에는 지형이 신출귀몰한 계교로 재앙을 만들었던 것이 발각되어 목씨 가문을 멸문시킬 것이며, 이런 흉한 자는 그가 할머니를 자신의 초사(招辭)에 먼저 올릴 것입니다. 지금 이 요사스런 이를 용납하지 않으시면 할머니를 끼워 넣고자 하여도 두려울 것이 없을 것입니다.”

목태부인이 지난날의 병든 마음과 같은 마음을 지니고 있었다면 목지형의 계교를 다 들었겠지만 지금에 이르러서는 학사가 능한 말로 지형의 마음속을 거울로 비추듯 이야기하는 것을 듣고는 두 눈을 휘둥그레 뜨고 말하였다.

“그렇구나. 이 자식이 아비가 있을 때에도 아비를 두려워하지 않고 꾀가 없다고 나무라며, 저는 양평(良平)176)과 제갈공명(諸葛孔明)의 슬기를 가졌다고 해 아비가 매번 꾸짖었으니 집안을 망하게 할 자식이었다. 지란은 흉한 모습을 가졌지만 잘 가르치면 지형보다는 나을 것이라고 여겼는데 속절없이 칼 아래 놀란 혼이 되었구나.

지형이 낙안주로 가니 한왕이 사마벼슬을 시켜주었다고 하더구나. 게다가 조궁에 의지하여 옥선군주의 시비 춘교와 정을 맺고는, 온갖 일을 춘교와 함께 마음을 합쳐 옥선군주에게 이야기를 하며 공중을 날아다니는 요사스런 도승을 얻어 지란을 삼켜가도록 하기도 했었다.

이번에는 결국 단약(丹藥)을 먹고 성염의 얼굴로 변해 지란을 죽인 것이구나. 나는 못된 마음을 고쳤는데 제 옥사(獄事)에 들어가겠느냐? 이후

---

176) 양평(良平) : 지략이 뛰어난 사람을 이르는 말. 중국 한(漢)나라 고조의 신하인 장량(張良)과 진평(陳平)을 합하여 부른 데서 유래함. 장량은 중국 한나라의 건국 공신으로 자는 자방(子房). 한나라 고조를 도와 천하를 통일하여, 소하·한신과 함께 한나라 창업의 삼걸(三傑)로 일컬어짐. 진평은 한나라의 정치가(?~B.C. 178). 한고조를 도와 천하 통일을 이루었으며, 여씨의 난을 평정하였음.

에 지형이 오면 너희가 들어오는 것을 막고 내가 보지 말게 하라."

한 사람의 어진 교화가 만맥(蠻貊)[177]과 지방에까지 행해진다고 하였는데 옳지 않겠는가? 처음 목지란이 임씨 집안으로 들어갔을 때에는 어떻게 하며 살고 있는지 걱정이 되어 목부인은 목지란을 잊지 못하고 있었다. 그런데 목지란이 문자를 조금 알게 된 후로는 제 한 몸이 편한 것과 초왕부터 여러 존당(尊堂)에 이르기까지 자신을 잘 대해 주신다는 것에 대해 알리며 먹고 입는 것이 넉넉해 이따금 맛있는 음식을 얻으면 정을 표하여 보냈었다. 그러자 목부인이 임씨 집안의 큰 덕에 감사하는 가운데 잘못을 뉘우치고 자책하기에 이르렀다. 설학사 형제는 할머니가 잘못을 뉘우치는 것을 시원스레 하는 것을 보고 몹시 기뻐 조용히 모시고 슬픔을 위로하였다.

그런데 문득 목지형이 알리지도 않고 부인들이 있는 당(堂) 안으로 돌입하자 여러 시녀들이 놀라 소리를 질렀다.

"목상공이 태부인을 뵙고자 들어오시니 말씀드립니다."

설희광이 몹시 화가 나 누에같이 굵은 눈썹이 거꾸로 섰고 봉의 눈같이 가늘고 긴 눈초리가 떨리는 채로 소매를 떨치고 방 밖으로 나가며 말하였다.

"흉악한 목지형은 어떤 사람이길래 제후 집안의 내당(內堂) 출입에 말을 통하지 않느냐? 이것은 인륜이 없는 사람의 행실이로다. 우리 태조 고황제께서 창업을 하시고 좋은 전통을 남겨주셨다. 만세(萬世)의 더러운 티끌을 쓸어버리시고 예의가 삼엄하셔서 남녀유별(男女有別), 부자유친(父子有親), 군신유의(君臣有義), 부부유별(夫婦有別), 붕우유신(朋友有

---

177) 만맥(蠻貊) : 예전에, 중국인이 중국의 남쪽과 북쪽에 살던 민족을 낮잡아 이르던 말.

信), 장유유서(長幼有序)를 밝히셔서 오륜(五倫)을 뚜렷이 하고 삼강(三綱)의 틀을 잡았는데, 이 이상한 것이 오랑캐의 풍속을 행해서 마음으로나마 우리 할머니의 큰 덕에 해를 입히며 감히 세 마디 혀를 놀려 다른 날 큰 죄에 얽혀들게 초사(招辭)에 할머니를 넣어 모함하고자 하려는 것이냐? 우리 누이를 너희들의 꾀대로 궤상육(机上肉)178)으로 삼을지언정 큰 죄가 할머니에게까지 미치지 못하게 할 것이니 너는 빨리 돌아가고 집안에는 다시 발그림자도 보이지 말라."

여러 노비들에게 목지형을 끌어 내치라고 하자, 목지형이 소리를 크게 지르며 말하였다.

"너의 누이가 나의 하나밖에 없는 누이를 찔러 죽였으니 할머니께 말씀드리고 정소(呈訴)를 하려고 했는데, 네가 오히려 나를 핍박하는구나."

목지형이 나대니 설희광이 몹시 화를 내며 난간을 박차고 소리를 크게 지르며 말하였다.

"이것이 무슨 말이냐? 네 하늘을 이고 땅을 밟고 서서 그런 말이 나오느냐? 네가 차마 남의 부탁을 받고 남의 손을 빌려 누이를 죽이고는 죄를 남에게 씌우고자 했던 말을 할머니께 아뢰고 돌아가 사람으로서 하지 못할 저런 악한 일을 하니 이것을 차마 할 수 있다면, 무엇을 차마 할 수 없겠는가?179) 우리는 벌써 누이 한 명을 임씨 집안에 맡겨 죽고 사는 것과 좋아하고 미워하는 것과 희노애락(喜怒哀樂)을 그 집에 맡겼

---

178) 궤상육(机上肉) : 도마 위에 오른 고기라는 뜻으로, 어찌할 수 없는 막다른 운명을 이르는 말.
179) 이것을 ~ 없겠는가? : {시가인야(是可忍也)면 숙불가인야(孰不可忍也)리오}.'로 되어 있는데 『논어』「팔일(八佾)」에서 공자가 노(魯) 나라 대부 계손씨(季孫氏)가 감히 천자의 예악인 팔일무(八佾舞)를 추게 한 것에 분노하여 한 말임.

다. 너는 조궁의 비루한 사내여서 우리 누이를 이미 조군주의 궤상육(机上肉)으로 만들었으니 죽이든지 살인죄를 받게 하던지 마음대로 하고 맑은 집안을 더럽히지 말라."

말을 마치고 목지형을 몰아 내쳤다. 목지형이 처음에는 두 손을 휘저으며 목태부인을 의지해서 일을 크게 먼저 만들고 신속히 정소(呈訴)하려고 했었다. 그런데 학사 설희광이 화를 몹시 내기를 마치 사람이 없는 산속을 맹호(猛虎)가 날뛰어 온갖 짐승들이 떨면서 무서워하듯 하며 전에 목태부인과 모의하던 일에 대해 일러주지도 않았는데 그 내용을 일일이 말하는 것이었다. 달리 할 방법이 없으며 재차 목부인을 보고 의논하지 못할 줄을 알고 목지형이 짐짓 쫓겨나 돌아와 표독스러운 화를 이기지 못한 채, 은(銀)을 주고 말을 맞추었던 여인을 찾아본 후 일부러 춘교를 기다리고 있었다. 춘교가 와서 말하였다.

"상공에게는 나라에서 잡으라는 명이 내려져 있으니, 상공은 움직이지 말고 목지란이 죽은 것에 대해 바로 목부인에게 소장을 올리라고 하시지요."

목지형이 말하였다.

"말마라. 한 마디 말로는 설명하기가 어렵구나. 우리가 예전에 일을 잘못해 부질없이 능운에게 지란을 삼키게 해서 조궁에다 가둔 적이 있지를 않느냐? 그런데 지란은 제 스스로 설쳐서 임씨 집안으로 들어간 후 먹고 입는 것이 풍족해지고 어질고 의로운 은혜를 입자 감화를 받아 악한 마음이 없어졌더구나. 게다가 할머니마저도 임씨 가문에 감화를 받아 조금도 우리의 지난 일을 숨기지 않고 오히려 이야기를 하니 이런 일이 어디에 있겠느냐? 아까 다시 의논하려고 갔는데 할머니는 벌써 누이의 참혹한 부고를 듣고 통곡하시고 있었던 것 같았으며, 설희광이 할머니의 당(堂)에서 나오며 이러저러하게 꾸짖고 나를 몰아 내치기에 내가 바로 쫓겨났는데 내 속은 뛰노는 것 같더구나."

36 목지형이 이렇게 말을 하면서 정소(呈訴)를 올릴 내용을 겨우 만들어 쓰고 있었다. 춘교가 놀라며 말하였다.

"목씨를 죽인 것은 오로지 목부인을 믿고 한 일인데 이를 어찌합니까?"

목지형이 말하였다.

"다른 계교가 없으니 이 여자를 할머니의 시녀라고 하고 정소(呈訴)를 올릴 수밖에 없구나."

춘교가 그렇게 하자고 하며, 그 여자에게 정소(呈訴)를 품에 넣게 하고 말을 일일이 가르쳤다. 그 여자가 순순히 승낙하였다. 춘교가 그 여자를 형부(刑部)로 보내고 급히 임상부로 돌아갔다.

이무렵 임상부에서는 벌써 목지란을 염습(殮襲)180)하고 모두 통곡하고 있었다. 임유린이 임한규에게 여쭈어보았다.

"이 일이 여기서 그치지 않을 것이니 먼저 적을 제압할 수 있도록 이번 일에 관한 표문(表文)을 지어 올리도록 하겠습니다."

37 임한규가 옳게 여겨 종이를 펴고 붓을 옆에 두고 두어 줄 표(表)를 지었다. 그 내용은 다음과 같다.

다만 산 속에 묻혀 지내며 속세와 인연을 끊은 신이 아룁니다. 형님이 황제를 호위하시고 집이 비어있는 때, 손자 창홍의 아내들 가운데 괴상하고 이상한 일이 벌어졌습니다. 지난날 북을 두드리고 창홍을 따라 들어온 목씨 여자를 편안하게 지내도

---

180) 염습(殮襲) : 죽은 사람의 몸을 씻긴 뒤에 옷을 입히고 염포로 묶는 일.

록 하며 집에 두고 있었습니다. 그 동안에 야밤에 이러이러한 여자객이 단약(丹藥)을 먹고 설씨의 얼굴로 변해 흉한 일들을 해오다가 정인(正人)을 만나면 본래의 모습으로 돌아오는 일들이 있었습니다.

지금 설씨의 모습을 한 이가 목씨를 죽인 것은 마치 증삼(曾參)이 살인했다고 한 일과 같습니다.181) 태평한 시대에 이런 해괴한 일을 묻어두지 못하여 글로 아뢰니 뒷날 정소(呈訴)가 있더라도 이것은 불과 간사한 사람이 요사스런 이와 모의하여 어진 사람을 구덩이에 빠뜨리고자 하는 것이라는 점을 말씀드립니다.

임한규가 임유린에게 주자 임유린이 즉시 중서성(中書省)182)에 바쳤다.

이때 목지형이 그 여자에게 정소(呈訴)를 품안에 넣게 하고 일을 담당하는 관리에게 은낭을 많이 주며 살인에 관한 정소라고 하며 빨리 다스리도록 하고자 하였다. 또 신속히 옥사(獄事)를 주관하는 담당 관리에 대해 알아보고 뇌물을 주고자 하나 아는 이가 없어 두루 방황하였다.

이때 형부상서 경현이 집무를 보면서 모든 옥사를 처리하고 있었다. 그런데 다음과 같은 정소가 올라온 것이었다.

태자태사 설연창의 계모 목부인의 종손녀 목씨는 임창홍의 첩이었습니다. 임창홍의 정실(正室) 설씨가 투기로 밤에 목씨를 찔러 죽였습니다. 목씨의 종조모(從祖母)는 설씨를 원망하고 있습니다. 살인자에 관해서는 약법삼장(約法三章)183)에도

---

181) 증삼(曾參)이 ~ 같습니다. : 노(魯) 나라에 증삼(曾參)과 성명이 같은 자가 살인을 했는데, 증삼이 사람을 죽였다고 알리는 사람이 있었으나, 증삼의 어머니는 아들을 깊이 믿고 있었으므로 이것을 믿지 않았음. 그러나 고하는 사람이 세 사람에 이르자 마침내 의심이 생겨 짜던 베틀의 북을 내던지고 달려갔다는 고사를 가리킴.
182) 중서성(中書省) : {즁셔싱}. 일반 행정을 심의하던 중앙 관아인 중서성을 의미하는 것으로 보아 이같이 옮김.
183) 약법삼장(約法三章) : 중국 한(漢)나라 고조가 진(秦)나라 군사를 격파하고 함양(咸陽)에 들어

나와 있으니 설씨를 목씨를 살인한 죄로 사형에 처해주십시오.

경상서가 정소(呈訴)를 보고 놀랍고 이상스러워 잠시 있다가 물어보았다.

"이 살인에 증거나 증인이 있느냐?"

그 여자가 대답하였다.

"증거나 증인은 임씨 집안에 있을 것입니다. 저는 다만 부인의 정소(呈訴)를 바치는 것입니다."

경사서가 머리를 끄덕이고는 그 여자를 달아나지 못하게 가두고 이번 일을 스스로 처리하지 못하겠다고 여기고 목부인의 정소(呈訴)를 거두어 태자에게 아뢰었다.

이때 태자는 먼저 태청선생 임한규가 올린 표(表)를 공경하여 보시고 답하셨다.

"태청선생 임한규의 집안에서 살인이 일어나다니 한심한 일이며, 간사한 이가 숨어있어서 사람 죽이기를 마음대로 한다고 하니 이는 분명 과인의 교화가 밝지 못함이로다. 부끄럽구나. 오래지 않아 또 다른 행동이 있을 것인데 그때 처리할 방도가 있을 것이네. 선생은 너무 근심하지 마시게."

이어서 태자가 경상서가 올린 글을 들으시고 비답(批答)184)을 내리시며 말씀하셨다.

"목씨가 일찍 죽은 것은 분명 원통한 일이다. 그렇지만 설연창의 어머

가서 지방의 유력자들과 약속한 세 조항의 법. 사람을 살해한 자는 사형에 처하고, 사람을 상해하거나 남의 물건을 훔친 자는 처벌하며, 그 밖의 모든 진나라의 법은 폐지한다는 내용임.

184) 비답(批答) : 임금이 글 말미에 적는 가부(可否)의 대답.

니가 올린 정소(呈訴)는 이상하구나. 목씨의 친정이 있을 것이니 이를 잡으면 알기 쉬울 것이다. 목씨의 집안사람을 잡아오고 설씨의 주변인들을 잡아 진실과 거짓을 판별하여 보고하라.”

경상서가 퇴궐하여 집무를 보았다.

이때 임창홍은 집안의 흉한 변이 있는 것을 한스럽게 여겨 병을 핑계대고 나가지 않았다. 형부에서 설소저의 주변과 목씨의 시녀들을 잡아간다고 하자 임창홍이 마음속으로는 몹시 화가 일어났지만 달리 할 수가 없어 어머니께 말씀드리고 설소저의 시녀 계앵, 쌍섬, 운홍에게 일이 돌아가는 사정을 보고 처신을 어떻게 해야 할지를 말해주었다.

세 사람이 설소저에게 하직하며 말하였다.

“대낮에 우리 소저를 살인죄로 얽는 요사스런 사람을 뇌두고 저희들을 형부로 잡아가 심문하고자 하는 것에는 또 다른 계교가 있는 것입니다. 저희들이 비록 개자추(介子推)185)를 따르지는 못하지만 우리 주모가 백옥(白玉)같이 무죄임을 밝힐 것이니 소저는 천금같이 귀한 몸에 근심을 나타내지 마십시오.”

시녀들이 우르르 나갔다. 설소저가 이 일을 보며 어이가 없어 태연히 말하였다.

“이 가운데 큰 계교가 있어 황금과 같은 뇌물을 받은 이들이 너희들 세 사람을 마구 칠 것이다. 너희들은 처신을 잘해서 죽는 것을 면해라.”

세 사람이 명을 받들고 나갔다.

---

185) 개자추(介子推) : 중국 춘추 시대의 은인(隱人)(?~?). 진(晉)나라 문공(文公)이 공자(公子)일 때 19년 동안 함께 망명 생활을 하며 고생하였으나, 문공이 귀국하여 왕이 된 후 자신을 멀리하자 면산(綿山)에 들어가 숨어 살았음. 문공이 잘못을 뉘우치고 자추가 나오도록 하기 위하여 그 산에 불을 질렀으나, 나오지 않고 타 죽었다고 함.

춘교가 일의 기미를 알고 급히 돌아와 옥선군주에게 두루 쓸 뇌물을 내놓으라고 하였다. 옥선군주가 황금 한 덩어리와 백은(白銀) 열 근(斤)을 춘교에게 주며 목지형과 힘을 합쳐 부디 설소저를 죽이고, 그렇지 못하면 멀리 유배라도 보낸 후 협객을 시켜 설소저를 탈취해 낙안주로 보내고 잘 대처하라고 하였다.

형부시랑 남필경186)은 지난날 어사태우를 지낸 인물인데, 영원이 진왕의 자녀를 삼켜다가 맡긴 이이다. 황제가 몸소 정벌하러 나가신 후 남어사의 벼슬을 옮겨 형부 좌시랑을 시키셨다.

춘교가 금을 품고 남시랑의 집안으로 갔다. 남시랑의 계비 곽씨는 조왕의 맏며느리인 화빙의 이모였다. 춘교가 이전에 안면이 있어서 은밀히 찾아가 보니 곽씨가 알아보고 온 이유를 물었다. 춘교가 전후사정을 자세히 말씀드리고 황금 한 덩어리를 주며 송사를 도와달라고 하였다. 곽씨는 용모가 흰 것이 눈보다 더 했는데, 뜻을 가지기를 요망하고 간사하게 하였으며 투기와 악행이 여후(呂后)187)같이 하였다. 곽씨와 춘교가 자세히 상의하였다.

임씨 가문에서는 계앵 등과 목씨의 두 어린 시녀를 형부로 보냈다. 주숙렬이 며느리를 돌아보고 탄식하며 말하였다.

"나의 며느리의 재앙이 어느 지경까지 이를지 모르니 내가 효장공주와 함께 입궐해서 며느리의 재앙을 늦춰보고자 할까도 생각하였다. 그런데 내가 원래 황은(皇恩)을 분에 넘치게 입었으니 이 구태여 떳떳한188)

---

186) 남필경 : {남옥}. 월출산 비구니 영원이 진왕의 자녀를 맡긴 이가 남필경이므로 이같이 옮김.
187) 여후(呂后) : 중국 한고조의 황후(?~B.C. 180). 성은 여(呂). 이름은 치(雉). 고조를 보좌하여 진(秦)나라 말기 · 한(漢)나라 초기의 국난을 수습하였으나, 고조가 죽은 뒤 실권을 장악하여 유씨 일족을 압박하여 그의 사후에 여씨(呂氏)의 난을 초래하였음.
188) 떳떳한 : {쓴더온}. '쓴덥다'는 마음에 거리낌이 없고 떳떳하다는 뜻으로 추정됨.

일은 아니다. 세상 사람들에게 효문공주[189]라는 말을 들으면 먼저 얼굴부터 뜨거워지니 대궐 출입을 하지 않겠다고 생각하고 있어 이를 하지 못했단다. 그러나 천도(天道)가 살피실 것이니 며느리가 설마 꽃다운 몸을 마치겠느냐? 일명을 다하면 부부가 다시 만날 것이고 시어미와 며느리가 한 당(堂)에 모일 날이 있을 것이다.”

눈물을 흘리자 주변에서 감격하였다. 설소저가 불효를 지는 것을 스스로 탄식해 천천히 대답하였다.

“제가 귀한 가문에 들어온 후로 오늘까지 존당(尊堂)과 시부모님께 근심과 걱정을 끼치니 죄가 만 번 죽어도 가볍습니다. 지금 이런 광경을 만나나 이 또한 제가 하늘에 죄를 얻어 그 대가를 심하게 받는 것이니 다른 이를 탓하지 못합니다. 더욱이 성인(聖人)도 오는 액운을 면하지 못한다고 하였습니다. 풀과 이슬같이 쇠잔한 목숨을 아끼는 것은 짐승이라도 목숨이 있으면 살고자 하기 때문입니다. 저는 살아날 곳이 있으면 간절히 도모하여 목숨을 부지해 시부모님과 존당(尊堂) 슬하에 다시 절을 할 것입니다. 바라건데 어머님께서는 더 이상 근심하지 마셔서 저의 죄를 더하지 마십시오.”

주숙렬이 더욱 안쓰럽게 여기며 오래도록 탄식하였다.

이때 경상서가 형벌 기구를 늘어놓고 계앵 등 세 사람과 목씨의 시녀 두 명을 올려 물어보았다.

“네 주인을 설씨가 칼로 찔렀다고 하는데 너희들은 이에 대해 알 것이니 형벌을 받지 말고 바른대로 말하라.”

두 시녀가 울며 아뢰었다.

---

189) 효문공주 : 숙렬비 주부인에게 내려진 직첩임.

"저희의 주모가 깊은 잠에 들어 저희들이 촛불을 장 밖으로 내어놓고 아직 잠에 들지는 못하고 있었습니다. 그런데 한 여자가 비수(匕首)를 끼고 갑자기 들어와 주모를 칼로 찔렀습니다. 순식간에 주모의 목숨이 끊어지니 저희들이 너무 무섭고 끔직해 앞뒤를 돌아보지 못하고 떨며 정당(正堂)에 알렸습니다. 그 밖에는 드릴 말씀이 없습니다."

말이 분명하여 꾸밈이 없자 다시 물었다.

"목씨를 찌른 여자가 분명 임사인의 정실(正室)인 설씨냐?"

두 명의 시녀가 대답하였다.

"저희들은 행각의 시비로 목씨에게 내려졌습니다. 설부인의 얼굴은 구경하지도 못했으며 더욱이 주모 또한 사인(舍人)의 첩이었습니다. 그러니 그 시비는 감히 정실부인의 침실 가까이에 가지 못합니다. 게다가 설부인은 밤낮으로 태부인 침전(寢殿) 협실(夾室)에 계시기 때문에 저희들은 그 모습과 얼굴이 어떤지 모릅니다.

지난달에 한 여자가 설소저라 하면서 철편으로 주모를 마구 때린 적이 있었는데 주모도 같이 때리시며 그 머리카락을 반을 뽑았습니다. 이 일을 정당(正堂)이 아시고는 군계부인을 보내셔서 진가(眞假)를 밝히게 하셨습니다. 군계부인이 와서 주모를 구하고 그 부인을 끌고 갔는데, 그 부인의 얼굴이 도로 다른 얼굴로 변해서 갔습니다. 그렇게 생각해 보니 그 여자가 이번에도 설부인의 얼굴로 변해 칼을 들고 와 주모를 찌른 것입니다. 그 밖에는 아는 것이 없습니다."

경상서가 두 여자의 초사(招辭)를 거두고 계앵 등을 올린 후 얼굴빛을 엄숙하게 하고 소리를 가다듬고 물어보았다.

"태평성대에 너희들의 주인은 투기로 칼을 끼고 다니면서 적국(敵國)을

죽이는 것을 예사로 아니 사람 목숨을 중하게 여기지 않는구나. 그 죄
는 무릇 참수형이 마땅하다. 조금도 숨기지 말고 바른대로 고하라.”

세 사람이 눈썹을 치켜뜨고 못 마땅해 하며 대답하였다.

“저희 세 명은 어려서부터 주모의 규방에서 문방수리를 주관하였습니
다. 우리 주모는 4~5세부터 예법 있는 걸음을 계단 앞에 임하지 않으셨
으며, 눈앞에 신임하는 무리들은 그 얼굴을 보나 그 소리를 듣지는 못
하였습니다.

주모께서는 11살 어린 나이에 임씨 집안에 들어오셨습니다. 존당(尊堂)
께서 주모의 나이가 어리다고 여기셔서 태부인의 협실(夾室)에 지금까
지 계시게 하였습니다. 그래서 주모는 시댁 사람들의 얼굴도 다 모르
시는데 어느 틈에 전국시대 협객 노릇을 해 칼을 쓰며 철편을 휘두르는
것을 익혔겠습니까? 13세 어린 나이에 가냘프고 여린 기질이 불면 날
아갈 듯, 쥐면 꺾일 듯 한데 칼을 놀려 사람을 찌르겠습니까? 더욱이
조군주에게 한 번 예(禮)를 받은 후로는 다시 그 얼굴도 보신 일이 없습
니다. 더욱 목씨는 초왕 전하가 탑전(榻前)에 아뢰고 데려오셨으니 소
저는 그 온 것도 모르시고 다만 오래도록 존당(尊堂)만 받들 따름이시니
적국(敵國)이 어떻고 투기가 무엇인지도 모르시는데 어째서 목씨를 찌
르겠습니까?

두 시녀가 급히 와서 아뢰자 정당(正堂) 효문옥주가 서궁 군계부인에게
가보라고 하셨습니다. 군계부인이 굳세고 날쌔기가 여자 가운데 호걸이
라 급히 목씨의 침소에 가셨는데 이미 요사스러운 사람이 일을 벌이고 간
후였습니다. 군계부인이 목씨의 시체를 두루 살피고 시상(屍牀)190)에 편

---

190) 시상(屍牀) : 주검받침.

히 누인 후 초혼까지 마쳤습니다.

그 후 군계부인이 급히 홍매각으로 가셨는데 이 당(堂)은 조군주의 침소입니다. 바로 들어가니 옥선군주와 시비들이 이리이리하며 칼에 묻은 피를 씻고 있었습니다. 군계부인이 이리이리 말하고 비수(匕首)를 둘로 나누어 한 조각을 가지고 와 다른 날 옳고 그름을 판별해 바로잡을 때가 있을 것이라 하셨습니다.

저희들이 이곳에 올 때에도 반으로 나뉜 칼 조각을 주시며 형부 어르신께 칼을 받치고 군주 침당(寢堂)에서 남은 조각을 찾아 맞추어 보시면 저희 주인의 죄가 없음을 아실 것이라고 하셨습니다.”

그러고는 피 묻은 칼 조각을 뜰 위에 내려놓았다. 충성스런 마음이 크게 일어나 정확(鼎鑊)191)과 부월(斧鉞)192)이 앞에 있었지만 시녀들이 두려워하는 것이 없었다.

경상서가 초사(招辭)를 거두고 또 정소(呈訴)한 여인을 올려 물어보았다. “너의 부인이 종손녀(從孫女)를 위해 진손녀(眞孫女)를 고발하니 일이 이상하지만 이왕 정소(呈訴)를 올렸으니 중인이나 증거가 무엇이기에 설소저가 목씨를 죽였는줄 자세히 알았느냐? 이 없이는 송사가 되지 못할 것이니 자세히 말하여라.”

이 사람이 비록 약간의 은을 받고 말을 맞춰주기로 했지만 어찌 엄한 형벌 아래193) 대답을 잘 하겠는가? 두 눈을 두리번두리번하며 대답하였

---

191) 정확(鼎鑊) : 발이 있는 솥과 발이 없는 솥을 아울러 이르는 말. 극형(極刑)을 가리키기도 하는데 이는 중국 전국 시대에, 죄인을 삶아 죽이던 큰 솥에서 유래함.
192) 부월(斧鉞) : 출정하는 대장에게 통솔권의 상징으로 임금이 손수 주던 작은 도끼와 큰 도끼. 정벌, 군기, 형륙(形戮)을 뜻하기도 하며, 형구로 쓰던 작은 도끼와 큰 도끼를 말하기도 함.
193) 엄한 ~ 아래 : {엄지하}. 한국학중앙연구원 39권본에 ‘엄형지하(嚴刑之下)’로 되어 있음. 문맥을 고려하여 이같이 옮김.

다.

"부인이 정소(呈訴)만 주시고 중인이나 증거를 알려 주지 않으셨기에
정소(呈訴)만 바칠 뿐이지 어찌 두서를 알겠습니까?"

그 여자가 말을 어떻게 해야 할 줄을 몰라 하였다. 경상서가 이상하고
놀라워 형틀을 거두고 여자들을 모두 하옥하고 입궐하였다.

이때 태자가 조회를 마치지 않고 계셨다. 경상서가 여러 초사(招辭)를
아뢰자, 태자가 이윽히 보시다가 말씀하셨다.

"죄인들의 초사(招辭)를 볼 것 같으면 목씨를 죽인 자는 옥선인데 정소
(呈訴)는 설씨라고 하는 것이구나. 옥선은 부군이신 황제의 손녀이고,
설씨는 황제의 손자며느리이다. 이 옥사를 형부(刑部)에서만 담당해서
는 결단을 내리기가 어려울 것이다. 그러나 옥선의 당(堂) 안에 가서 피
묻은 칼 조각을 가져왔으며, 한편으론 처음에 철편으로 목씨를 때리던
여자가 또 목씨를 찔렀다고 하는구나. 지금 황제께서 친히 정벌에 나
가시고, 초왕 임희린과 상국 임한주와 태사 설연창이 모두 황제를 호위
한 때이니 옥사(獄事)가 일어났지만 여러 가지 연유로 내가 결단을 내리
지 못하겠구나. 내 생각에는 옥사를 늦추어 황제께서 환궁하시고 초
왕194)과 태사가 모두 모인 후에 처결하는 것이 좋겠다."

경상서가 태자의 뜻이 마땅하시다는 말을 미처 아뢰지 못하였는데, 어
사태우 남궁천이 소(訴)를 올렸다. 태자가 받아 학사 이필을 시켜 읽게 하
셨는데, 그 소(訴)에 다음과 같이 적혀있었다.

---

194) 초왕 : {됴왕}. 옥선군주의 부친인 '됴왕'이아니라 임창홍의 부친이자 설성염의 시아버지인 초
　　왕 임희린을 가리키는 것이어서 이같이 옮김.

신이[195] 외람되게 언론에 참여하여 풍습을 교화하고, 예의를 밝게 하는 것이 저의 소임이기에 아뢰고자 합니다. 중서사인 임창홍은 집안의 재앙으로 어렸을 때 설씨의 집에 가서 자랐습니다. 그런 고로 설연창이 나이 어린 아이들이라고 해서 임창홍의 아내가 된 설씨와 임창홍을 내외를 시키지 않고 함께 길렀습니다.

그런데 설씨 여자가 임창홍의 풍채와 용모를 흠모해 나이가 어림에도 음란한 행실을 해 함부로 임창홍과 몰래 사통하였습니다. 설연창은 안팎의 시비가 두려워 미처 자라지 못한 것을 혼인시켰습니다. 또한 임씨 집안에서는 창홍이 위태할 때에 거두어 길러준 은혜가 몹시 크다고 해서 이런 일을 신경 쓰지 않았습니다. 그러나 위로는 하늘이 모르겠으며, 아래로는 안팎에 누가 모르겠습니까마는 임·설 두 집안의 위세를 두려워해 조정의 벼슬하는 신하 모두가 다 함구하였습니다. 그러나 제가 벼슬을 무엇에 쓰겠습니까?

지금 설씨는 투기와 악행으로 선봉(先鋒)을 받을 자입니다. 칼을 들어 목씨를 죽이기를 태연하게 하는데 임씨 가문은 설씨가 여러 번 집안을 어지럽히는 것을 겪으며 설씨의 광패한 행동을 보아도 보지 못한 것처럼 하며 한 번 심하게 꾸짖음이 없습니다.

창홍의 계비(繼妃)는 다름 아닌 옥선군주로 황손(皇孫)이거늘 임씨 집안이 옥선군주 대접하기를 시첩(侍妾)과 같은 무리로 대하며, 창홍은 한갓 설씨에게 침혹하여 옥선군주에게 얼굴을 보이지 않고 옥선군주를 이유 없이 가두고 하늘을 보지 못하게 하였습니다. 그런데도 그 부모가 그 아들을 꾸짖지 않고 버려두니 설씨가 주변에 아무도 없는 것처럼 거리낌 없이 행동해 목씨를 낮은 당(堂)에 두고 때때로 철편으로 마구 때려 거의 죽게 하였는데 목씨가 빨리 죽지 않는 것에 앙심을 품고 천하의 비수(匕首)를 얻어 찔러 죽였습니다. 그런데도 창홍이 대수롭지 않은 일로 알고 급

---

195) 신이 : {복이 신이}. 자신을 낮추어 가리키는 말이 중복 사용되어 한 번만 옮김.

히 빈소를 차려서 자취를 없애고자 하였습니다.

목씨의 종조모(從祖母)는 설연창의 계모입니다. 친가 종손녀인 목씨를 위해 진손녀인 설씨를 고발하는 것이 이상하고 놀랍지만 살인자는 한나라 고조의 약법삼장(約法三章)에서도 죄를 면하지 못하게 하였으니, 많은 사람들이 시비(是非)를 논할 것을 생각하지 않고 원통한 사정을 정소(呈訴)하였습니다.

그런데 형부상서 경현은 임희린의 둘째아들을 사위를 삼으려고 임씨 가문과 정혼(定婚)한 사이입니다. 그래서 살인죄를 저지른 죄인을 엄히 다스리지 않고 임·설 두 가문을 두둔하여 옥사를 느슨하게 처리하니 바라옵건대 폐하는 밝게 살피십시오.

이때 태자가 어사태우 남궁천의 상소문을 들으시고 놀랍고 이상하게 여기며 답을 내리시기를 다음과 같이 하였다.

그대의 상소를 보니 신하가 임군의 벼슬을 팔아 뇌물을 받은 것이 분명하니 슬프구나. 남궁천이 몸이 대각(臺閣)[196]에 있으면서 사람이 주는 금을 받고 증거 없는 일에 귀한 집안 부인을 빠져들게 하는구나. 옥선이 임창홍의 풍채와 용모를 흠모해 황실에 욕을 입히고 구차하게 첩으로 들어가 임씨 가문의 멸시를 받으니 남을 탓하지 못할 것인데, 대각이 아끼고 서러워하는 것이 가소롭다.

대각은 구태여 출정을 나간 장수와 황제를 호위할 재상을 탄핵하지는 않았으니, 어가(御駕)가 환궁하신 후 그대의 상소를 처결할 것이다. 나는 지금 어가가 친히 정벌하러 가셔서 승패가 어떻게 되는지를 알지 못하여 근심스러운 마음뿐이거늘 출정한 대원수와 호위한 재상을 모함하니 대각은 술에 취한 자로구나. 특별히 벼슬을 빼앗고자하니 어가가 환궁하신 후 처결을 듣도록 하겠다.

---

196) 대각(臺閣) : 사헌부와 사간원을 통틀어 이르던 말.

경상서가 관작을 끄르고 탑 아래에서 처벌을 기다리고 있었다가 조아리며 아뢰었다.

"제 딸의 나이가 어리기에 임씨 가문과 정혼한 적이 없으며, 창흥의 혼례 날 여러 손자들을 보고 우연히 한 말을 대각(臺閣)이 이렇게 말한 것인데, 이는 생각지도 못한 것입니다. 비록 제 딸이 희린의 며느리가 되었다고 한들 이런 큰일에 있어서 사사로운 정을 먼저 하고, 옥송(獄訟)을 그 다음에 하겠습니까? 일이 형세가 이러하였다면 제가 옥사(獄事)에 참여하지 못할 것입니다."

태자가 타이르셨다.

"그대가 옥사를 그렇게 처결할 리가 없고, 술 취한 대각(臺閣)이 어이없는 상소를 올리니 혐의를 입을 일이 없다. 지난 번 의논대로 하라."

경상서가 머리를 조아리고 물러났다. 태자가 탄식하셨다. 형부시랑 남필경이 옥사를 대행하고자 하였는데 태자가 벌써 경사서와 의논을 하신 후 말씀을 내려주시었다.

"하급관리가 상관에게 혐의를 입히고자 하는데 내가 그것을 따르지 못하겠다."

태자가 어사태우 남궁천을 삭직하시자 다들 두려워하였다.

형부시랑 남필경이 곽씨가 부탁한 것을 들어주지 못할까 해서 탑 아래에서 아뢰었다.

"이 옥사(獄事)는 살인사건에 대한 것입니다. 이에 대한 처결을 늦춘다면 배운 사람들이 한탄할 일입니다. 저의 어리석은 소견으로는 옥사를 공평이 하셔서 죄를 지은 이를 벌하고 죽은 이를 위로하는 쪽으로 처결하시고 계시다가 어가(御駕)가 환궁하신 후에 다시 발각하여 황제 앞에 아뢰시는 것이 마땅합니다."

태자가 얼굴을 들고 형부시랑 남필경을 이윽히 보다가 안색을 엄하게 하고 말하였다.

"그대는 옥사(獄事)를 어떻게 처결하고자 하는가?"

형부시랑 남필경이 대답을 아뢰었다.

"옥사(獄事)를 오래 미뤄두면 죄를 지은 이가 위엄을 위지해서 죄를 면하고자 하려고 할 것입니다."

태자가 형부시랑 남필경의 속을 훤히 들여다보고 계셔서 다시 답하셨다.

"번거로운 말을 말라."

태자가 조회를 마치셨다.

형부시랑이 어쩔 수 없이 물러나 마을로 돌아왔다. 여섯 사람을 다시 문초하려고 형벌 기구를 내오라고 하였다. 세 명의 시녀가 하늘을 우러르고 비웃으며 말하였다.

"어르신께서는 법관이 되어 송사를 처리하시기를 신명스럽게 하셔서 귀감이 되어야 하거늘, 무단이 흑백을 구별하지 않고 형벌을 의논하시니 저희들은 이러한 형벌 기구가 아니라 부월(斧鉞)이 앞에 놓여도 거짓으로 자백하지는 않을 것입니다."

형부시랑이 남필경이 몹시 화를 내며 시녀들의 말을 들은 척 하지 않고 세 명의 시녀를 극형으로 다스리고자 하였다.

그런데 문득 황제가 북노를 평정하시고 회군하셔서 유목천에 이르렀다는 소식이 어전(御殿)에 이르자 온 조정과 도성에 물 끓듯 환호성이 진동하였다. 형부시랑 남필경 또한 축하하는 자리에 참여하느라 죄인을 다시 하옥하고 직무를 마쳤다.

이때에 초왕의 집안에서는 시녀 여러 명을 형부로 보내고 어떻게 처리됐는지 결과를 모르고 있었다. 그런데 뜻밖에 어사태우 남궁천이 소(訴)를 올렸다는 소식을 듣고 중서사인 임창홍이 궐문에서 죄의 처벌을 기다리고 있었다. 그런데 태자가 임창홍에게는 물러가라 하시고 어사태우 남궁천의 벼슬을 빼앗고 내쫓으시자 온 조정이 태자의 밝으심에 감복하고, 임씨 가문에서는 간사한 사람의 계획이 교묘한 것이 이 정도에까지 이른 것을 한스럽게 여겼다.

북노를 평정하시고 상국 임한주 세 부자가 황제를 모시고 전쟁에서 승리하여 기세 있고 힘차게 돌아오는 길이라는 것을 듣고 임씨 가문에서는 환호성이 자자하였고 태부인은 기쁨을 이기지 못하셨다. 이때를 타 목지란이 죽은 일과 정소(呈訴) 일체를 아뢰니 태부인이 탄식하며 말하였다.

"목씨가 죽은 일은 슬프지만 구태여 새삼 놀랄 것은 없구나. 그러므로 아들이 목씨나 옥선군주가 우리 설씨 아이의 화근이라 여기고 매우 한스럽게 여겼던 것이지 않느냐. 이제는 옥사(獄事)가 되어 버렸으니 지켜 볼 수밖에 없구나."

효장공주가 대전(大殿)에 나아가 알현하고 경사를 하례할 때, 황족과 인척이 모두 모였다. 모두 황후전에 산호만세(山呼萬歲)197)를 하여 기쁜 일을 하례하고 차례로 자리에 앉았다. 태자가 또한 장추전에 축하를 올리셨는데, 여러 황족·부마들이 태자를 모시고 있었으며 말씀을 쟁쟁히 하였다. 궁궐에 상서로운 구름이 어리고 향내 나는 연기가 안개처럼 어리여 태평

---

197) 산호만세(山呼萬歲) : 나라의 중요 의식에서 신하들이 임금의 만수무강을 축원하여 두 손을 치켜들고 만세를 부르던 일. 중국 한나라 무제가 숭산(嵩山)에서 제사 지낼 때 신민(臣民)들이 만세를 삼창한 데서 유래함.

천자가 만이(蠻夷)를 항복받고 회군하시는 경사스러움을 알려주었다.

황족이 퇴궐한 후 태자가 효장공주를 머무르게 하시며 임씨 가문의 살인과 관련한 일 일체를 말씀하시고 웃으시며 말하셨다.

"창홍이 아내가 많아 여알(女謁)[198]과 같은 이가 성하며, 또 창홍이 조카딸 옥선을 너무 박대하기에 일이 잘못되어 살인까지 일어났는가 싶네. 이 살인사건이 증삼(曾參)의 살인과 비슷하여 형부(刑部)에서 스스로 결정하지 못하고 나에게 알렸는데, 아직은 옥사(獄事)를 중지하고 어가(御駕)가 환궁하신 후 유죄무죄의 원망이 없게 하려고 하네.

그러나 옥사(獄事)는 법대로 처리해야 하며 더욱이 살인사건에 관한 옥사를 미뤄 두지 못할 것이라고 하니 빨리 처리하기는 해야 할 것같네. 다만 이 옥사는 문득 이러하니, 누이[199]는 조카며느리와 친조카의 간사하고 거짓이 많음을 자세히 알 것이니 처결할 바를 말하시게."

태자가 모든 초사(招辭)와 남궁천의 소(訴)를 내어 보이셨다. 효장공주가 다 본 후 탄식하며 아뢰었다.

"저의 시댁이 사람들과 원수가 되거나 사람을 원망한 적이 없는데 대간(臺諫)이 이 정도로 모함한 것은 옥선의 간사한 묘책 때문입니다. 제가 어찌 시댁을 위해 황족을 소홀하게 대하며 조카딸을 또 어찌 설씨보다 낮추려고 하겠습니까?

그러나 옥선이 정녕 우리 황실에서 태어났지만 전후 행실이 요사스럽고 음란하기는 말할 것도 없고 대낮에도 개용단을 삼키고 설씨의 얼굴이 되어 흉한 일을 무수히 하니 제가 이를 보고도 보지 못한 척한 것은

---

198) 여알(女謁) : 대궐 안에서 정사(政事)를 어지럽히는 여자.
199) 누이 : {어미[御妹]}. 궁중에서 임금의 누이를 이르던 말로 여기서는 효장공주를 가리킴.

조왕 오라버니가 어진 군왕이 되었고 남궁비의 성덕이 몹시 현숙하기 때문입니다. 조카딸이 혹 나이가 들어 괴상한 일을 그만두면 계비(繼妃)로 그 지위를 정하여 임씨 집안의 사람으로 만들어 오래도록 편안하게 지내게 하려고 생각했었습니다.

그런데 목씨의 오라비가 낙안주의 한왕 오라버니에게 의지하고 산 속의 요승을 끼고 와 옥선의 비자 춘교와 사통(私通)하고 옥선과 한 마음이 되어 요승을 끼고 온갖 변화를 내보였습니다. 요승이 목씨를 삼켜 조궁에 두고 있었는데 목씨가 창흥을 보고 흠모하여 등문고(登聞鼓)까지 울렸던 것입니다. 임초왕이 목씨를 데려와 대접을 후히 하였습니다. 목씨는 흉한 모습의 추물이었는데 온 집안사람들의 성덕에 감화하여 어진 여자가 되어 집안에서 사랑하였습니다.

그런데 옥선이 이를 시기하고 그 가운데 이상한 일을 만들고자 해서 이리저리 목씨를 마구 때리니 주비가 잡아다가 본 모습을 드러나게 해서 가두었었습니다. 그러자 춘교가 요승을 데려와 갇힌 옥선을 빼어내 대궐 안으로 보냈습니다. 옥선이 이귀인에게 의지해 지위를 얻어내 다시 임씨 집안에 이르렀습니다. 그러나 시댁식구들이 옥선의 행실에 대해 한결같이 모르는 듯 대하였더니 마침내 큰일을 저질렀습니다.

목씨를 죽인 것은 분명 옥선의 수단인데 목씨를 살인한 이를 설씨라고 해서 설씨가 살인죄에 들어가 있습니다. 조카로 인해 드디어 죄가 없는 시댁이 재앙에 자주 말려드니 진실로 시댁에 면목이 없고 한왕 오라버니가 오히려 잘못을 뉘우치지 않고 법도가 아닌 일을 많이 하니 훗날 국가에 전쟁이 끊이지 않을까 합니다.”

눈을 들어 이귀인을 보니 이귀인의 안색이 변해 있었다. 태자가 지혜롭고 사리에 밝은 효장공주의 말을 들으시고 옥선군주의 행실을 한스러워 하며 죄를 다스리고자 하시나 어가(御駕)가 환궁하시는 것이 멀지 않은 것을 헤아리시고 탄식하며 말하셨다.

"황실에 이상한 것이 태어나 금지옥엽(金枝玉葉)을 욕 먹이니 신하들을 보기가 어찌 부끄럽지 않겠는가? 과인이 딸이 있으나 실로 부마 뽑기가 어렵구나. 옥사(獄事)를 빨리 처리하고자 하며 피 묻은 칼 조각을 보건대 옥선의 주변을 잡아 신문하고자 하는데 옥선이 또 무슨 요사스런 일을 부릴 줄 알겠는가."

효장공주가 대답을 아뢰었다.

"저의 시부모님은 하늘의 흐름에 맞춰 일을 흘러가는 대로 두고 구차히 죄를 면하고자 하지 않으십니다. 밝게 살피십시오."

효장공주가 말을 마치고 하직하였다. 태자가 급히 일어나시기를 마지 않았다.

한편 옥선군주가 춘교와 함께 상의하며 말하였다.

"지금 막 태자가 명령을 내리시고 형부(刑部)가 정도(正道)를 잡았으니, 우리가 계교하던 것이 그림의 떡이 되겠구나."

춘교가 이윽히 앉아 생각하고 헤아리다가 말하였다.

"능히 이러저러한 계교를 하면 큰 일을 이룰 수 있을까 합니다."

옥선군주가 기뻐하며 말하였다.

"이렇게 한다면 형부시랑이 잘 주선할 것이다."

춘교가 금과 개용단을 가지고 홍악을 데리고 목씨 집안으로 갔다. 목지형이 말하였다.

"옥사(獄事)가 글렀으니 이를 어찌 해야 하느냐?"

춘교가 목지형의 귀에 대고 계교를 말하니 목지형이 몹시 기뻐하며 말마다 묘함을 칭찬하였다.

목지형이 이웃 사내종의 차림새를 하고 홍악을 데리고 형부(刑部) 아문(衙門)200)에 가 옥리(獄吏)를 보고 예(禮)를 하고 말하였다.

"여러분들201)은 죄인을 맡고 있어서 괴롭겠군요. 무슨 술이라도 얻어 잡수시고 계십니까?"

옥리가 눈을 들어보니 그럴듯한202) 서동의 행동이 보였다. 옥리가 답하였다.

"그렇다. 어째서 상부(相府) 후문의 살인사건이 일어났다고 정소(呈訴)를 올리고는 죽은 사람의 친척이 없는가? 엄숙한 위풍 아래 제대로 말을 하는 이가 변변히 없어 경상서께서 대궐에 아뢰셨다네. 태자께서 어가(御駕)가 환궁하신 후 옥사(獄事)를 처리하시겠다고 하는 것을 남씨 어르신께서 위력으로 임상부의 시녀 세 명을 심문하셨는데, 그 여자들이 충성과 의리가 당당해 거짓으로 자백할 이가 아니었네. 무류해 도로 내려 가두었다네.

어느 날 결말이 나려는지 우리 옥리들도 옥사가 잘 되면 은냥이나 얻어 하루 술값이나 하려고 했는데, 이렇게 아무 것도 없는 송사를 만나 감옥만 지키고 밥술도 때에 맞게 얻어먹지 못하니 원통치 않겠는가?"

목지형이 가까이 앉으며 금을 내니 알 수가 없구나. 이 일이 어찌 되었는지 다음 회를 보라.

---

200) 아문(衙門) : 관아의 출입문 혹은 관원들이 정무를 보는 곳을 통틀어 이르는 말.
201) 여러분들 : {녈위[列位]}. '여러분'을 문어적으로 이르는 말.
202) 그럴듯한 : {표치(標致)잇는}. '표치'는 매우 아름다운 얼굴을 뜻함. 여기서는 목지형의 얼굴을 가리킴으로 문맥을 고려하여 이같이 옮김.

차설. 목지형이 옥리(獄吏) 가까이로 가 앉으며 품에서 한 덩이 금을 내어 놓고 말하였다.

"보통 옥리의 삶은 이런 때 묘수가 있지 않습니까? 우리 옥선군주는 조왕의 첫째 공주며, 황상의 손녀이고 초왕의 며느리이며 중서사인의 둘째부인이십니다. 그러나 평생의 한스러운 점은 첫째부인인 설씨가 사인 상공의 총애가 옥선군주에게 가게 될 것에 대해 투기하기 때문에 사인 상공이 옥선군주께 발자취를 옮기는 적이 없다는 것입니다. 우리 옥주는 가을 달과 봄바람에 애 끓는 듯한 슬픈 곡조를 읊으며 호박침(琥珀寢)203)을 어루만지고 흐느끼고 계십니다.

이번 일은 임상공의 첩인 목씨를 설씨가 칼로 찔러 죽이고 어디에 가서 부러진 칼 반을 얻어 경씨 어르신께 이리이리 말씀드려 죄를 옥선군주께 돌려보내고, 천금 뇌물로 경씨 어르신을 유혹해 옥사의 처리를 지체하고 있는 것입니다.

내 누이가 목씨의 시녀인데 한 번 보고 묻고자 합니다. 이 금 한 덩이를 여러분들이 나누어 생계에 보태고 어린 시녀 두 사람을 보게 해주십시오."

옥리가 뜻밖에 적동(赤銅) 한 덩이를 얻게 되자 황홀해 가슴 가운데 기운이 움직여 큰 욕심을 돋우니 몹시 기뻐하며 말하였다.

"무릇 상하 간에 적국(敵國) 사이란 것이 어떤 것인지 저런 일은 많습니다. 이 정도로 쉬운 일에 옥주낭낭이 금을 주지 않으셔도 우리가 맡은 죄인을 안 보여주겠습니까?"

목지형이 몹시 기뻐하며 감사해 하고 주머니에서 은전을 쉽게 내어 옥

---

203) 호박침(琥珀寢) : 호박으로 만든 베개.

루춘 5병을 사 놓고 말하였다.

"여러분들께서는 이것을 실컷 마시고 내 누이를 가둔 곳을 가르쳐주십시오."

옥리가 매우 기뻐하며 실컷 마시고 옥문(獄門)을 활짝 열어주었다. 옥리들은 술이 취하자 모두 거꾸러졌다. 날이 벌써 황혼이었다. 목지형이 홍악을 불러, 어린 시녀 하나의 사슬을 벗기고 얼굴을 보게 하였다. 홍악이 두어 번 시녀 취영의 이름을 부르며 약을 삼키자 살기등등한 홍악이 순박하고 정직한 취영으로 모습이 바뀌었다. 취영으로 변한 홍악이 칼을 전과 같이 쓰고 옥에 들어갔다.

목지형은 취영을 집으로 데리고 갔다. 취영은 어린 마음에 감옥 안에 있는 것을 두려워하다가 칼을 벗겨 내자 다행스러워 하며 목지형을 따라 순순히 목씨 집으로 갔다. 그런데 목지형이 노비에게 취영을 궤짝에 넣어 남강에 띄우라고 하자 취영이 몹시 놀라 낯빛을 잃고 말하였다.

"이 도적놈아. 너는 어떤 놈인데 감옥 안에 잘 있는 나를 무슨 일로 옥리들에게 금을 주고 술을 사 먹여 빼내 이리 데려와서는 무슨 속셈으로 궤 속에 넣어 남강에 띄우려고 하느냐? 이놈아! 이놈아! 하늘이 내려다보고 계시고 삼태성(三台星)과 북두칠성이 네 어깨에 비추고 있다. 수상하지 않느냐? 네 주둥이가 붉은데 뒤집혀져 있으면서204) 옆으로 기울어져 있는 모양이 주모였던 목씨와 비슷하구나.

목씨는 매번 나에게 말하기를, '너는 내게 오라비가 있는 줄을 모르느냐? 내게 오라비 한 명이 있는데, 낙안주에 가 의탁하여 사마 벼슬을 했단다. 오라비가 조궁에 왔다가 춘교를 보고 두 사람이 뜻이 맞았었

---

204) 뒤집혀져 있으면서 : {뒷중 같고}. '뒤중그러치다'는 '뒤집다'의 뜻으로 추정됨.

나 보더구나. 또 우리 오라비가 요사스런 도승을 데려왔는데, 그 승이 무슨 도술을 부렸는지 몸을 흔들어 새로 변한 후 설씨 가문에 잘 있던 나를 삼켜 조궁 행각에 두었단다. 그 바람에 나는 춘교의 더러운 행실을 다 보았지. 또 일이 되어서도 오라비가 춘교를 데리고 의논하는 말이 모두 설씨를 죽이거나 잡아서 낙안주로 보내자고 하였던 것인데 지금은 어찌하고 있는지.'라고 했었다.

네가 바로 그 놈이로구나. 네 누이를 세 사람이 의논하여 죽여 놓고 허무한 노릇을 하느라고 금을 차고 옥선군주처럼 약을 삼켜 네 얼굴을 창두의 모양으로 변하게 한 후 흉한 일을 벌인가 싶구나. 내가 죽이면 죽겠다만 네 주검은 만 천하에 찢겨질 것이다."

취영이 눈썹을 치켜뜨고 동여매려는 끈을 끊고 내달려 목지형의 뺨을 주먹으로 치며 두 눈이 빠지고 뼈가 부러지게 두들기고 침을 뱉어 말하였다.

"이 더럽고 흉한 놈아. 찢어 죽여도 어느 짐승이 네 고기를 먹겠느냐?"

취영이 욕을 그치지 않았다. 목지형이 그 말이 짐작하고 하는 말인데도 자신이 꾸민 일을 거울 비추듯이 훤히 알고 말하는 것에 놀라 목지란이 누설하였는가 짐작하며 한스럽게 여기고 취영의 입을 틀어막고, 정신을 흐리게 하는 약을 술에 타 취영의 입에 들어부었다. 취영이 이를 악물고 어떻게도 삼키지 않고 있었는데 약이 목구멍과 혀로 넘어가자 인사불성이 되어버렸다. 목지형이 취영의 입을 무수히 틀어막고 궤에 넣어 집안 노비에게 맡겼다.

노비가 지고 가면서 중얼거리며 꾸짖었다.

"흉한 상공이로다. 설씨 어르신 덕분에 병든 할아버지의 의식이 풍족하게 되었고 좋은 집을 장만하게 되었으면 가만히 앉아 포식하면 될 것이지, 무엇이 문제이기에 조왕궁 행각에 의탁하여 무슨 일을 하는 것인가? 이 아이는 어느 곳 아이인데 도적질하여 나에게 맡겨 이런 수고를 시키는가?"

하며 가니 벌써 문을 나서 남강에 도착하였다. 물결치는 강에 취영을 던지니 문득 큰 바람이 일어나 취영을 담은 궤가 망망히 떠내려갔다.

이때에 형부시랑 남필경이 옥사(獄事)를 엎어 한바탕 풍파를 일으키고자 하였는데, 태자가 안색이 엄하시기에 조정에서 물러나 마을로 돌아와 여러 여자들의 문초를 받으려 하였다. 그러나 계앵 등의 서릿발 같은 대답에 기운이 위축되어 있었다. 남시랑은 신하들이 황제에게 축하를 올리러 가는 자리에 참여하느라고 날이 늦어 업무를 보지 못하였고, 연일 나라의 정사(政事)에 참여하느라 다시 업무를 보지 못하였다.

한편, 춘교가 곽씨 침소에 왔다. 곽씨가 춘교에게 일이 교묘하게 되어 미처 대응하지 못하고 날이 지나감을 애달아하며 말하였다.

"이번 일은 아랫사람이 혼자 담당할 수가 없어서 경상서가 벌써 대궐에 들어가 아뢰자 태자께서 어가(御駕)가 환궁하심을 기다려 옥사를 처리하자고 하셨네.205) 또 태자께서 우리 상공이 옥사를 처리하는 것과 관련한 말씀을 막으셨다네. 우리 상공이 스스로 나서서 처리하고자 하시다가 생각해보니 태자의 밝으심은 황제보다 더 하시니 잘못하였다가는 큰 화를 볼 수도 있다고 생각하셨네. 그러니 태자의 조지(朝旨)206)

9

10

205) 태자께서 ~ 하셨네 : {경상세 발셔 텬문의 드레여 어긔 환궁ᄒ시믈 기다려 결옥홀 바룰 알외여}. 원문에서는 경상서가 옥사의 처리를 황제가 돌아온 후에 하자고 아뢴 것으로 나와있으나 앞의 문맥을 고려하여 이같이 옮김.
206) 조지(朝旨) : 조정의 명령이나 의사(意思).

를 얻게 너의 군주께 말씀드려 궐 안을 도모하시라고 전하게."

춘교가 대답하였다.

"저의 주모이신 옥선군주께서 이 염려를 어찌하지 못하고[207) 데리고 있던 시녀 한 명을 목씨의 시녀 중 한 사람으로 모습을 바꾸게 해 감옥 안에 넣어두었습니다. 바깥 어르신께서 업무를 한 번 다시 보셔서 초사(招辭)를 받은 후 태자께 아뢰시면 근심 없이 일이 온전하게 될 것입니다."

11   곽씨는 생각하는 것이 교묘하고 정밀하며 꾀가 많은 것이 본래 성품이었기에 머리를 흔들며 말하였다.

"이렇게 하면 일이 더욱 실패할 것이 십중팔구네. 지금 태자께서는 재주와 덕을 갖추고 영민하고 용맹스러우시네. 시녀들을 올려 친히 문초하시면 제왕의 위엄 아래에 시녀가 어찌 형벌을 견디겠는가? 마땅히 제 얼굴로 변하여 문초를 받고 순순히 죄상을 털어놓으면 이 죄는 어디로 갈 것이며 일이 크게 될 줄 어찌 모르느냐."

춘교가 이 말을 듣자 실로 그런 것이었다. 곽씨에게 하직하고 빨리 돌아와 옥선군주께 소식을 전하고 현경전에서 일을 도모할 수 있도록 글을 빨리 써 달라 하였다. 옥선군주가 편지를 적어 주었는데 다음과 같았다.

12   제가 부인 지위를 얻어 돌아오면서 앞으로는 여러 사람의 천대를 받지 않을 것이라 생각하였습니다. 그런데 설씨의 못됨이 더욱 심하여 설씨는 제가 궐 안을 끼고 요사하고 간악한 후궁을 조정하여 악한 행실을 한다고 하였습니다. 또 혹 말하기를 후궁의 자객이 여차하다가는 그 죄가 대역죄에 미처 천벌을 받을 것이라고도 하였

---

207) 어찌하지 못하고 : {쥬리줍지 못ᄒ여}. '주리치다'는 '쭈그러뜨리다'의 고어임.

습니다. 또 귀인이 황후의 지위를 엿보는 흉한 마음이 있다는 것을 효장궁으로부터 들었다고 하는 등 흉하고 사리에 어긋나는 말을 하였는데 이는 차마 옮기기 어려워 다 아뢰지 못하겠습니다.

옥선군주가 편지를 다 쓴 후 말하였다.

"추연에게 맡겨 대궐 안 현경전에 전해드리고 옆에서 네가 말을 만들어 이귀인의 화를 부추겨 설씨를 빨리 해치울 기미를 만들어 보아라. 만일 집안의 대접이 전과 같고 사인의 박대가 한결같은 즉 나는 양왕을 급히 쫓을 것이다."

춘교가 편지를 맡아 현경궁에 이르러 이귀인께 드렸다. 이귀인이 편지를 한 번 보고 몹시 놀라고 매우 화를 내며 옥선군주의 편지를 감추고 문득 칼을 가지고 동궁전으로 갔다.

이때는 태자가 조회를 갓 마치고 들른 때였다. 이귀인이 얼굴에 화난 기색이 어리어 있는 채로 탑 아래에 이르자, 태자가 놀라서 이유를 물어보았다. 이귀인이 머리를 두드리며 말하였다.

"저는 문벌이 낮고 지위가 후궁에 있습니다. 그러나 성상이 골라 뽑으신 데 참여해 20여 년을 보냈으니 천한 무리와는 다릅니다. 그런데도 임사인의 아내 설씨가 저를 옥선군주와 가까운 사이라고 해서 늘 꾸짖으며 욕하기를 여지없이 한다고 합니다. 풍문이라서 자세히 알지 못하며, 또 젊은 여자가 제가 적국(敵國)인 옥선군주를 도와주고 옥선군주에게 부인 직첩을 주어 보낸 것에 대해 한스러워 하여 그렇게 하나보다 하고 별달리 이상하게 여기고 있지는 않았습니다. 그런데 이제 설씨가 제가 황후의 지위를 도모한다고 하며 저를 대역죄에 미루고 있다고 합니다. 제가 이유 없이 사람의 모함을 입게 되니 스스로 죽어 이 여자의 상소한 글에 이름이 올라가 형벌을 받게 되는 일을 없게 하고자 합니다.”

이귀인이 칼을 뽑아 자결하고자 하자 태자가 몹시 놀라 친히 칼을 빼앗으시고 정색하며 말하였다.

“귀인의 이런 모습은 예를 잃은 것입니다. 설씨가 귀인을 말로써 분명히 비난하거나 신문고를 울려 상소를 올렸을지라도 일을 조사하여 밝히고 그 여자를 데리고 와 대질하면 귀인을 험담한 죄가 분명하게 드러날 것입니다. 여염집 젊은 여자가 구중궁궐의 초방(椒房)208) 귀인을 모함한 죄를 다스리는 법은 사형이라도 마땅하며 바다 가운데 섬에 멀리 유배를 보내더라도 마땅한데 한쪽 말만 듣고 과인 앞에서 자결하는 것으로 위협하시니 일이 몹시 한심합니다.”

또 태자가 말하였다.

“설씨가 귀인을 증거 없이 대역죄에 밀어 욕한 것을 귀인은 어떻게 들으셨습니까?”

이귀인이 두려워 오래 있다가 말하였다.

“제가 외간 부인의 말을 어찌 알겠습니까마는 마침 효장궁 궁녀가 어수선하게 전하는 말을 들었습니다. 설씨를 잡아들여 저와 대질하여 무슨 일로 저를 대역죄에 밀어 넣는가 묻고자 하나 설씨가 팔좌명부(八座命婦)209)이기에 제가 부른다고 하여도 들어올 리가 없습니다. 그러므로

---

208) 초방(椒房) : 후춧가루를 바른 방이라는 뜻으로, 왕비나 왕후가 거처하는 방이나 궁전 따위를 이르는 말. 후추나무는 온기가 있고 열매가 많은 식물로서, 자손이 많이 퍼지라는 뜻에서 왕후의 방 벽에 발랐음.
209) 팔좌명부(八座命婦) : 육상서(六尙書)와 좌우복야(左右僕射)의 부인을 가리킴.

조지(朝旨) 한 장을 청합니다."

태자가 이귀인의 심술과 옥선군주의 요사하고 간사함을 알고 계시기
에 무단히 어진 사람을 지엄한 궐 안에 오게 해서 죽이고자 함을 짐작하
시고 계교 하나를 생각하였다. 태자가 귀인에게 안심하라 하고 장추전의
낮 문안을 마쳤다. 이어서 이귀인이 옥선군주와 서로 공모해서 중서사인
임창홍의 정실(正室) 설씨를 죽이고자 방법을 지극히 생각하여 옥선군주
는 밖에서는 목씨를 죽여 살인사건을 만들어 놓고 설씨를 대역죄로 얽어
죽이려 한다는 것을 막힘없이 아뢰었다. 또한 효장공주에게서 들은 옥선
군주의 몹시 악한 행실을 말씀드렸다.

황후가 놀라셔서 말씀하셨다.

"이렇다면 설씨가 그물에 걸려 대역죄에 걸러들겠군요. 내가 잠시 임
시방편으로 내일 명패(命牌)210)를 내려 설씨를 오게 하겠어요. 설씨에
게 이 일과 관련해 죄를 주어 설씨를 귀양살이 가는 죄수로 내보내며
길 떠날 채비를 해 가라 하고 살인사건 일체에 대해서는 어가(御駕)가
환궁하신 후 다시 처리해야 할 것 같으니 아직은 중지하고 있지요."

태자가 황후의 말씀이 마땅하심을 아뢰고 물러났다.

다음날 황후는 장추전 명패(命牌)를 내리시고 임사인의 부인 설씨에게
현경궁을 욕보인 죄와 관련해 황후가 직접 문책하고자 하니 빨리 입궐하
라고 하셨다. 임씨 가문에서는 조지(朝旨)를 받고는 태청선생 임한규가 탄
식하며 말하였다.

"처음에 형님이 인수(印綬)211)를 드리고 손자 부부를 데리고 고향으로

내려가려 하신 것은 이런 광경을 손금 보듯 하신 것인데 지금에서야 이 화를 보게 되는군요."

주숙렬은 며느리의 재앙이 크게 된 것을 근심하고 두려워하면서도 이는 하늘에 묶여 있는 것이라 생각하고 태연하게 명(命)을 기다리면서 목지란을 염하여 장사지내고 옥사(獄事)의 결말을 기다리고 있었다.

게다가 이때에는 북쪽으로 정벌하러 갔던 일에 대해 이미 흉노를 물리쳤다는 소식이 들려오며 임상국 부자와 숙질이 큰 공을 세우고 회군한다는 기쁜 소식이 경사(京師)에 이르니 집안과 나라에 즐거워하는 환호성이 자자하였다. 그리하여 아직 살인사건에 대한 처리를 중지하고 있던 때였다. 설소저는 시할아버지와 시아버지가 집으로 돌아오시는 날을 헤아리고 기다리며 있었다.

20

그런데 홀연 장추전 황후의 조서가 내려와 자신이 이귀인이 대역죄를 지었다고 한 것에 대해 물어보고자 입궐하라 하신 것이었다. 온 집안사람들이 놀랐지만 주숙렬은 이미 짐작하고 있었던 것이기에 새삼 놀라지 않았다. 그러나 어리고 약한 설소저를 엄숙한 구중궁궐에 혼자 보내야 하는 것을 주숙렬이 절박하게 여겨 함께 입궐하고자 하였다. 임창홍이 어머니의 기색을 알아차리고 무릎을 꿇고 아뢰었다.

"어머니께서는 입궐하려 하십니까?"

주숙렬이 대답하였다.

"며느리만 들여보내면 며느리가 몹시 곤란할 테니 내가 데리고 들어가 이번 경사(慶事)도 축하드리고 며느리의 죄 유무(有無)도 결말을 보고자 한다."

던, 길고 넓적한 녹비 끈.

임창홍이 눈썹을 찡그리고 두 번 절하고 말하였다.

"지난번에 제가 아버지로부터 외명부(外命婦)는 내전(內殿) 잔치에도 출입을 마음대로 하지 못한다고 들었습니다. 그래서 작년에 상께서 건강을 되찾으시고 잔치를 베푸셨지만 어머니께서 병을 핑계로 참석하지 못하던 것을 아버지께서는 마땅하다고 여기셨습니다. 오늘 아내의 액운으로 인해 어머니에게 궁궐에 들어오라 하신 명(命)이 없는데 어머니께서 입궐하시는 것은 옳지 않을 것 같습니다. 아내 또한 어리지 않으니 이만한 일처리는 혼자서라도 족히 할 것입니다. 또 심문을 받거나 먼 곳으로 유배 가는 죄인이 되는 것에서 벗어나지 않을 것이며 아내에게 사형을 내리시지는 않을 것입니다. 이는 차라리 목씨를 살해했다는 죄명보다 나으니 혼자 보내어 일이 흘러가는 것을 보는 것이 옳을까 싶습니다."

주숙렬이 아들이 하는 말이 말마다 대군자(大君子)의 숙연한 의논으로 사리에 밝으며 아들이 사소한 일에 주접스럽게 행동하지 않는 것을 아름답게 여겨 고개를 끄덕이며 말하였다.

"아버님께서 황제를 호위하셔서서 나라와 집안이 빈 때에 며느리를 해치려는 요사한 일이 잦으니 마음이 절박하기에 그 말을 한 것이다. 그러니 너의 말이 나의 마음과 같구나. 네 뜻대로 하자꾸나."

주숙렬이 열영·매송 등으로 설소저를 보호하고 방비하라 하며, 설소저를 보고 말하였다.

"오늘 일은 간사한 사람의 계교가 교묘해서 벌어진 것이로구나. 간사한 이가 옥사(獄事)가 그릇될까 해 너의 죄를 여러 가지로 얽어 별별 일을 만들어 아버님과 사돈어른께서 서울로 돌아오시기 전에 해치우려고 교묘하고 은밀하게 일을 한 것이다. 그러나 퍽 나을 바가 있으니 들어가 처신을 잘 하여 그물에 걸리지 말라.”

설소저는 세 명의 어린 시녀를 형부(刑部)에 잡혀 보낸 후부터 존당(尊堂)께 새벽과 저녁에 문안드리기를 마치면 주숙렬의 협실(夾室)에 숨어 있었다. 그래서 집안사람들이 그 얼굴을 볼 수가 없었다. 임창홍도 어머니의 곁을 한순간도 떠나지 않았지만 설소저와 구태여 서로 봄이 없었다. 오늘 설소저가 간소한 예복으로 시어머니를 모시고 있었는데 이미 옥사(獄事)에 매인 몸으로 입궐해야 한다는 것을 듣고는 어이없게 여겼다.

설소저가 태연히 명(命)을 받들고 색이 없는 예복에 황옥구란차(黃玉九鸞釵)212)로 탐스러운 머리털을 정돈하고 모든 존당(尊堂)과 존구(尊舅)213)께 하직하고 아름다운 수레에 올랐다. 화앵·비경 등이 모두 향을 잡아 시위하고 사환 3명이 신발을 끌고 따라갔다. 비록 말하기를 이귀인과 대질을 시키기 위해 잡아 간다고는 하였지만 황후가 예로 뵈라고 하시며 궁노(宮奴)와 사례태감(司禮太監)에게 호위하라고 했기에 그 위의가 성대하였다.

태감이 궐 안에 들어가 설소저가 입궐한 것을 보고하였다. 황후는 구룡 금상에 앉아있었으며, 그 곁을 명주일월선(明珠日月搧)과 백옥두미214)를 든 시녀들이 호위하고 있었고 육궁(六宮)215)은 푸른 치마에 녹색저고리를 입고 자리를 정하여 앉아 있었다. 이러한 일에 익숙한 상궁이 설소

---

212) 황옥구란차(黃玉九鸞釵) : 황옥에 9마리 난새가 새겨진 비녀. 임한주가 설성염에게 준 빙물임.
213) 존구(尊舅) : 시아버지를 뜻함. 여기서는 비단 시아버지뿐만 아니라 집안의 남성 어른이라는 의미로 확대되어 쓰였음. 설성염의 시아버지인 초왕은 북흉노를 정벌하러 갔기 때문에, 이 상황에서 임씨 가문에 남아있는 남성 어른은 태청선생 임한규와 태자소부 임유린임.
214) 백옥두미 : 미상.
215) 육궁(六宮) : 옛 중국의 궁중에 있었던 황후의 궁전과 부인 이하의 다섯 궁실.

저의 알현을 큰 소리로 불렀다.

　잠시 후에 향기로운 바람이 불고 옥으로 만든 장신구 소리가 낭랑하였다. 소매를 나부끼고 걸음걸이가 흐드러져 오색 빛깔이 찬란하며216) 빛나는 구름이 서녘의 햇빛을 따라 일어나 남훈전 위에 멀리 비치는 가운데 한 명의 선녀 같은 이가 아름다운 발걸음으로 천천히 탑 아래에 이르렀다. 설소저가 신하가 임금을 처음 뵐 때의 예로 여덟 번 절하여 머리를 숙이고 산호만세(山呼萬歲)를 하였다.

　황후가 설소저의 선녀 같은 풍모와 기이한 자질을 한 번 보고자 하였지만 못하고 있었는데 기회가 좋았다. 발을 걷으시고 얼굴을 들어 설소저가 예를 하는 것을 보셨는데 이는 문득 젊은 여자의 꽃같이 아름다운 얼굴로는 의논하지 못할 정도였다. 형형 찬란하고 빛나는 광채는 해와 달을 가릴 정도였으며, 눈동자의 찬란한 서광이 방안 가득 밝게 비추니 환한 달빛과 별빛을 감추게 할 정도였다. 아름다운 얼굴이 담담하였지만 빼어난 정신이 추수(秋水)217)를 업신여기고 그 기운은 사시(四時)의 뚜렷함을 거두고 있어 설소저는 중니(仲尼)218)의 문맥과 요순(堯舜)의 기운을 타고난 자로 보였다. 만물 가운데 빼어난 이를 백성이 있은 이후로 처음 보는 것과 같이 느껴져 몹시도 사랑스러웠다.

　설소저는 말이 없이 조용히 있었는데, 그 외양은 영롱하기가 태양이 아침 구름 속에서 떠오르는 것 같고 동정호(洞庭湖)의 새벽달이 9월 서리와 이슬에 비스듬히 있는 듯하여 화장 분을 바른 이들이 부끄러움을 느끼

26

27

---

216) 찬란하며 : {셧돌며}. '셧돌다'는 '섞여 돌다'라는 뜻임. 문맥을 고려하여 이같이 옮김.
217) 추수(秋水) : 가을철에 맑게 흐르는 물처럼 안색이 맑고 깨끗한 것을 비유하거나 눈매가 명랑한 것을 비유함.
218) 중니(仲尼) : 공자(孔子). 중니는 공자의 자(字)임. 공자는 유가의 교조로서 춘추시대 노(魯)나라 사람. 이름은 구(丘).

게 하고, 연꽃이 그 모습을 부러워할 정도였다. 눈썹에 어린 문(文)의 기운은 천 가지 고운 빛과 만 가지 맑은 조화로움을 지녀 조자건(曹子建)[219]에게 부(賦)를 쓰게 하고 소동파(蘇東坡)에게 시를 하게 하더라도 다 쓰지 못할 정도였다. 설소저가 산호만세(山呼萬歲)를 하자 그 소리는 옥룡이 하늘가를 배회하고 가는 소리 같기도 하며, 꾀꼬리가 천 번을 우는 것 같기도 하며, 크고 작은 구슬을 옥쟁반에 굴릴 때에 나는 소리와 같으니 과연 천지의 아름다운 꽃이요, 산천의 빼어난 기운을 지닌 것이었다. 아름다운 눈썹에 여덟 빛깔이 영롱하고 아름다운 두 눈에는 환하고 고운 빛이 어른거리는 것이 눈바람 속 매화 향기는 미치지 못할 정도였으며 가을 강과 새벽달은 부끄러워하는 태도를 보일 정도로 설소저는 온순하면서도 강개하여 열사의 기상과 절부의 격조를 아울러 갖추고 행동거지의 법도를 어지럽히지 않았으니 이는 진실로 제곡(帝嚳)[220]이 세상에 나 이름을 말함과 노자(老子)가 3살에 천수를 통한 것과 같았다.

　황후가 몹시 놀라 낯빛을 잃고 몽롱히 있다가 이윽고 들어오라고 하셨다. 설소저가 발걸음을 움직이기를 마치 한 곳에 서 있는 것과 같이 하였는데 어느 새 탑 아래에 머리를 조아리고 공손히 받들었다. 설소저의 모습이 가는 허리에 비단을 묶은 듯, 무늬가 아름다운 봉황이 중천에 날아오른 듯하여 황후는 설소저를 거듭 볼수록 정신이 날아가는 것 같아, "이

---

219)　조자건(曹子建) : 조식(曹植 : 192~232)의 자(字). 조식은 중국 삼국시대 위(魏)나라 조조의 셋째 아들로 시호가 사(思). 연회석상에서 형 문제가 일곱 걸음을 걷는 사이에 시 한 수를 짓지 못하면 대법(大法)으로 다스리겠다고 하자, 그 말이 끝나기가 무섭게 "콩을 삶기 위하여 콩대를 태우나니, 콩이 가마 속에서 소리 없이 우노라. 본디 한 뿌리에서 같이 태어났거늘 서로 괴롭히기가 어찌 이리 심한고[煮豆燃豆萁, 豆在釜中泣. 本是同根生, 相煎何太急.]"라 읊은 〈칠보지시(七步之詩)〉가 유명함.
220)　제곡(帝嚳) : 중국 신화 속의 인물인 고신씨(高辛氏)를 가리킴. 나면서부터 신령스러워 스스로 자신의 이름을 말했다고 함.

어찌 인간 세상의 익힌 음식을 먹는 사람이며, 빼어나고 아름다운 미모를 지닌 이라고만 의논할 수 있겠는가" 하시며 문득 젊은 명부(命婦)로 여기지 못하시고 절을 할 때 굽힌 몸을 바로 할 것을 명하시고 목소리를 은근히 하셔서 말씀하셨다.

"그대가 효문의 며느리이니 내가 부모의 정을 펼 바로되 그대의 시아비가 법을 지키기를 완고하게 해서 효문에게 궁궐의 조회를 못하게 해서 내가 늘 탄식할 뿐이었다. 그런데 지금은 우선 괴이한 일이 있어서, 그대가 나이가 어리다지만 이귀인에 대해 비웃고 대역죄를 지었다고 하며 간사하게 비방하였다고 들었다.

게다가 그대 같은 젊은 여자가 한 가지 죄에 걸리는 것도 이상한 일인데 앞서서는 치맛자락을 걷어잡고 진수(溱水)를 건너는 행실221)을 능사로 해서 외간 남자와 사통한 더러운 행실이 있다고 시끄러우며, 다음으로는 칼을 끼고 적국(敵國)을 살인하기를 주머니에서 물건을 꺼내는 것과 같이 했다고 하며 이어서 초방(椒房) 계전(桂殿)222)을 통해 현경궁 이씨에게 원망을 맺어 이유 없이 흉한 말을 내었다고 하여 괴이한 변을 만드느냐? 그 일이 몹시 수상하여 내가 진실과 거짓을 자세히 알고자 하니 그대는 이 3가지 죄가 조금이라도 원망스럽거든 분명히 폭로하여 사실을 다 밝히고 숨기는 것이 없도록 해라."

설소저가 황후의 말씀을 듣고 비록 지은 죄가 없으나 머리털이 쭈뼛 서면서 다투는 것이 비루하며 구태여 죄가 없음을 밝혀 죄를 면하는 것이 구차하다고 여겼다. 차라리 죽을죄를 무릅써 사생(死生)을 결단하는 것이

30
31

---

221) 치맛자락을 ~ 행실 : {건상섭진[褰裳涉溱]}. 『시경』 「정풍(鄭風)」 건상(褰裳)에 나오는 말로, 사랑하는 사람을 위해서라면 치맛자락을 걷어잡고 진수(溱水)를 건너가겠다는 내용임.
222) 계전(桂殿) : 궁전을 이르는 말.

좋을 것이라 여겨 일어나 네 번 절하고 아뢰었다.

"저는 나이가 어리지만 배운 것은 절(節)과 효(孝) 두 가지입니다. 평생 삼가는 것을 우선으로 하였으나 이제 두루 죽을죄에 걸리니 죄가 없음을 밝히고자 합니다. 그러나 잘못을 범하였고, 천한 몸에 규방에서 벗어난 더러운 행실을 했다는 것과 큰 죄명을 지었다는 것에 대한 소문이 온 나라에 떠들썩합니다. 차라리 우리 성모낭낭의 성덕 아래 한 그릇 사약으로 목숨을 마치면 저는 지하에서 웃음을 머금고 오래도록 만세를 누리시도록 축원하겠습니다."

말을 마치고 안색을 더욱 온화하게 하여 조용히 죄를 받고자 하니 이 어찌 12세 젊은 여자의 처신이겠는가? 황후가 마음속으로 크게 칭찬하시며 그 거동을 보시고자 예법과 관련한 일을 담당하는 관리 채홍에게 짐독(鴆毒)223)을 섞은 술을 내리라 하시고 말씀하셨다.

"그대에게 애매함이 있다면 옥석(玉石)을 구분하지 못한 허물이 나에게 있다. 그러나 내가 친문을 할 때에 악행이 드러나 한 가지라도 죄를 저지른 것이 발각된다면 부자지간이라도 용서하지 못할 것이다. 약을 줄 것이니 그대가 스스로 헤아려서 조금이라도 애매함이 있으면 시원스레 이야기를 하고 죽음을 면하라."

설소저가 다시 일어나 네 번 절하고 아뢰었다.

"저의 죄로 인해 궁궐 안팎이 시끄럽습니다. 오늘 성모께서 내리신 한 그릇의 약은 저의 평생의 마음을 비추게 해주시는 것이니 이는 사람이 얻지 못할 영화입니다. 구태여 죄가 없음을 밝혀 살기를 구하지 않습니다."

---

223) 짐독(鴆毒) : 짐새의 깃에 있는 맹렬한 독.

설소저는 북쪽을 향해 네 번 절하고 시부모님께 하직함을 밝히고 고운 손으로 약 그릇을 받으면서도 안색이 변하지 않았다. 황후가 크게 칭찬하시고 곁에 있는 이들에게 그 약 그릇을 뺏으라고 하시고 사사(賜死)[224]하는 명을 거두셨다. 태자에게 전교를 내리셔서 형부의 옥사(獄事)를 빨리 처리하며 설씨의 죄를 함께 처리하라고 하셨다.

태자가 조정에 들어오셔서 여러 죄인을 올려 문책하셨다. 계양 등 세 사람은 전과 조금도 다름이 없이 충성스런 마음이 가득하여 모진 고문을 두려워하지 않았다. 태자는 시녀들의 사람됨을 살피고 그 주인을 마땅히 알 수 있었다. 다시 목지란의 주변을 문책하셨는데 영옥은 전과 같았으나 취영[225]은 홀연 낯을 붉히고 진술하였다.

"영옥이 설소저에게서 뇌물을 많이 받고 주인이 비명횡사한 것을 밝히지 않고 오히려 원수를 은인같이 여기고 있습니다. 주인인 목씨가 목부인 슬하에 있을 때부터 설씨는 주인을 꾸짖고 욕하며 천대하고 흉한 사람으로 지목하였습니다. 주인이 임사인을 쫓은 것을 설씨가 한스럽게 여기고 흉한 일을 만든 것입니다."

태자가 몹시 화가 나셔서 남시랑에게 말하셨다.

"죄인 등의 진술이 어째서 두 가지로 어지러운가?"

형부시랑 남필경이 아뢰었다.

"취영의 진술이 분명합니다. 죽인 자는 설씨인데, 칼은 옥선군주에게서 나왔다 한 것은 맹랑한 것입니다. 세 여자를 올려 엄하게 형벌하고 죄상을 심문하는 것이 마땅할 것입니다."

---

224) 사사(賜死) : 죽일 죄인을 대우하여 임금이 독약을 내려 스스로 죽게 하던 일.
225) 취영 : {츄영}. 앞에서 '취영'으로 계속 나왔으므로 '취영'으로 통일함.

태자는 남시랑이 옥사(獄事)에 뇌물 받았다는 것을 어제 이미 짐작하셨
기에 답을 하지 않으시고 경상서를 돌아보고 말씀하셨다.

"요(堯)임금 시절에도 네 명의 흉악한 사람226)이 있었는데 지금과 같은
말세에 어찌 바른 신하가 있겠는가?"

세 여자를 내리시고 취영을 올려 엄히 형벌하며 물어보았다.

"요사스런 너는 누구의 부탁을 받고 요약(妖藥)을 삼켜 변신하고 살인
사건과 관련된 옥사(獄事)를 어지럽히느냐?"

홍악이 태자의 밝은 헤아림을 보고 몹시 놀라 낯빛을 잃고 고개를 숙이
고 형벌을 받으나 끝내 순순히 죄상을 털어놓지는 않았다. 태자는 신성하
고 영민하고 용맹스럽기가 요(堯)임금과 흡사하여 구태여 형벌을 더하지
는 않고 홍악을 큰 칼에 메워 달아나지 못하게 대리시(大理寺)227)에 엄중
히 가두라고 하였다. 홍악이 말없이 갇혔다.

태자는 홍악이 모습을 바꾼 것을 알아보았지만 옥선군주의 요사스럽
고 악함이 오래지 않아서 탄로 날 것을 헤아렸다. 그래서 홍악에게 다시
물어보지 않으시고 홍악을 대리시(大理寺)에 가두고 형부(刑部)로 내려 보
내지 않았다. 형부로 내려보내면 다시 뇌물을 받치고 어지럽게 할 것이라
고 짐작했기 때문이었다. 이에 옥사(獄事)를 처리하여 말씀하셨다.

"슬프구나! 설씨의 살인은 증삼(曾參)의 살인228)과 같다. 분명한 증거

---

226) 네 ~ 사람 : {수흉[四凶]}. 요(堯) 임금 때의 네 명의 흉악한 사람으로 공공(共工), 환도(驩兜), 삼
　　묘(三苗), 곤(鯀)을 가리킴. 공공은 관명이고 삼묘는 삼묘의 군주인데 이름은 전하지 않음. 순
　　(舜) 임금은 섭정을 하면서 공공을 유주(幽州)로 귀양 보내고 환도를 숭산(崇山)으로 추방하고
　　삼묘를 삼위(三危)에 가두고 곤을 우산(羽山)에 가두었음.
227) 대리시(大理寺) : 형옥(刑獄)을 맡아보던 관아.
228) 증삼(曾參)의 살인 : 증삼이 사람을 죽였다는 뜻으로, 사실이 아닌데도 사실이라고 말하는 자가
　　많으면 진실이 됨을 비유한 말. 증자(曾子)가 노(魯)나라의 비(費)라는 곳에 있을 때, 증자와 이
　　름과 성이 같은 사람이 있었음. 하루는 그가 살인을 하자, 사람들이 증자의 어머니에게 달려와
　　증삼이 살인을 하였다고 말하였으나 증자의 어머니는 믿지 않고 태연히 베를 짰음. 이러기를

나 증인이 없으니 설씨는 사형을 감하여 남해로 유배 보내고, 세 명의 비자는 풀어주라. 목씨229)는 설씨 가문과 이혼시킨 후 안치(安置)230)하게 하고, 목씨의 시녀는 풀어주라.”

천문(天門)의 결정이 내려오자 화앵 등 세 사람과 영옥은 집안으로 돌아갔다. 설시랑과 학사가 반열(班列)에 있다가 목태부인이 첫 번째 부인의 자손을 해쳤다는 죄로 안치(安置)당하는 벌을 받음을 듣고 망극하여 사모(紗帽)를 벗고 머리를 숙이고 아뢰었다.

“신의 할머니가 덕이 있고 민자건(閔子騫)231) 모친의 혹독함이 없는 것은 세상이 다 아는 일입니다. 종손 목지형이 할머니의 총명을 가리고 이유 없이 저희 아버지와 저희를 몹시 모해하다가 갑작스럽게 한 무리 악당을 결성하여 낙안주로 갔습니다. 그 곳에서 한전하를 꾀어 그 무리가 모두 벼슬을 얻은 후, 괴이한 산 속의 도승을 끼고 다시 경사로 와서 숨어서 조정 관리들의 규수를 도적하고자 하였습니다. 요승이 대낮에 푸른 새가 되어 저희 누이를 삼키고자 저희 집과 임창홍의 집을 뒤졌으나 저희 누이가 어찌 요승의 환술에 삼킴을 당할 자겠습니까? 요승이 끝내 저희 누이를 삼켜 가지 못하고 목지형의 누이를 삼켜 조궁 행각에 두었습니다.

세 번에 태연히 베를 짜던 증자의 어머니는 두려움에 떨며 베틀의 북을 던지고 담을 넘어 달렸음. 현명한 증자를 믿는 어머니의 신뢰에도 불구하고 세 사람이 그를 의심하며 말하니, 자애로운 그 어머니조차도 아들을 믿을 수 없는 지경이 되었다는 데서 나온 말.

229) 목씨 : 목태부인. 태사 설연창의 계모이자 설성염의 계모할머니.

230) 안치(安置) : 먼 곳에 보내 다른 곳으로 옮기지 못하게 주거를 제한하던 일.

231) 민자건(閔子騫) : 공자의 제자로 이름은 손(損), 자건은 자(字)임. 민자건은 효자로 이름이 높음. 그 어머니를 여의고 계모 밑에서 자랐음. 겨울에 계모는 자기가 낳은 두 아들은 솜 넣은 옷을 만들어 입히고, 민자건의 옷은 갈꽃(蘆花)을 넣어 만들어 입혔음. 어느 추운 날 그 아버지가 민자건의 추워하는 모습을 보고 괴이히 여겨 조사하여 알고는 계모를 내보내려 했으나 민자건이 울면서 말하기를 “어머니가 계시면 한 아들이 춥고, 안 계시면 세 아들이 춥습니다.” 하여 그 아버지의 뜻을 돌리게 했다고 함.

그러다가 목지형의 누이가 임씨 집안으로 가서 편안하게 있었습니다. 그런데 목지형이 지난번에 와 이러저러하게 할머니를 달래여 자신의 누이를 조군주께 죽여 달라고 하고 저희 누이에게 살인죄를 씌우고자 한다는 것을 말하였습니다. 그러나 할머니가 목지형의 꾀를 다 알고 물리쳤는데 그 요사스런 이가 어디에 가서 사람을 얻어 저희 할머니의 시녀인 척을 하게 하고 정소(呈訴)를 하였습니다.

저희 할머니는 어떻게 된 것인지 모르고 있으며 나이가 들고 병이 많아 세상일을 그만두고 계십니다. 그런데 더욱 이런 일에 간섭하겠습니까? 바라건데 성상께서는 목지형을 잡아들여 이 일을 문초하시면 할머니가 죄가 있는지 없는지를 아실 것입니다.”

말을 마치고 머리를 두드려 피를 흘렸다. 태자가 이윽히 살피시고 아름답게 여기셔서 목부인을 이혼시키고 정배(定配)하고자 하던 것을 풀어 주시고 형부에 목지형을 잡으라고 하셨다. 설시랑 형제에게는 관결을 주시고 몸을 일으킬 것을 명하셨다. 설시랑 형제가 머리를 숙이고 거듭 절하여 은혜에 감사하고 집으로 돌아왔다.

설시랑 형제가 목태부인을 찾아가 뵙고 정소(呈訴)와 관련한 일을 자세히 말씀드렸다.

“나라에서 할머니가 정소(呈訴)를 올렸다고 하여 이러저러한 죄를 내리셨는데, 저희들이 이를 망극하게 여겨 이런 말씀을 올려 이러한 명을 얻었습니다.”

목태부인이 눈을 두리번두리번 거리더니 설시랑 형제의 등을 두드리며 말하였다.

“너의 아비를 내가 낳지 않았지만 아비가 효성이 지극하더니 너희들이 또한 할미에게 이렇게 지극하니 귀중하고 또 귀하여 볼수록 어여쁘구나."

설시랑 등을 할머니가 잘못을 뉘우치시는 것에 대해 몹시 기뻐하며 감사하였다. 그 후 빨리 달려 대궐 문 앞에 집을 잡고 설소저의 가마를 기다렸다가 집으로 데려가 귀양지까지 데리고 가고자 하였다.

이때 설소저는 유배 가는 명을 받고 대궐 문을 나섰다. 황후는 그 사람됨을 아껴 유배 보내는 것도 마지못해 하였으며 오래지 않아 원한을 풀어주어야겠다고 여기고 혹시라도 간사한 이가 사사롭게 함이 있을까 염려해 주지상궁 소혜란을 시켜 설씨를 호송하라고 하였다. 설소저가 하직하고 예복을 벗고 죄수의 모습으로 나왔다.

이때 이귀인은 설소저가 잡혀온 것을 기뻐하다가 뜻밖에 설소저가 죽기를 면하고 유배를 당하여 대궐을 나가게 된 것을 듣고 급히 궁에서 나와 춘교에게 유배 가는 길에 장정을 매복하여 두었다가 가마를 빼앗아 낙안주로 보내 옥선군주의 마음 깊은 곳 근심을 아주 끊어버리라고 하였다. 춘교가 급히 나왔다.

또한 이귀인이 설소저를 궁으로 잡아다가 욕을 보여 그 높은 기질을 꺾어 보고자 상궁 두 명을 보내 설소저를 불러오라고 하였다. 그러나 황후가 상궁으로 호위하여 설소저를 내어 보내셨으니 누가 막을 수 있겠는가? 상궁 두 명이 그저 돌아오자 이귀인이 몹시 화를 내면서 설소저가 유배지로 가는 길에 궁노(宮奴)와 궁감(宮監)을 곳곳에 매복하여 짓이기고자 하였다.

설소저가 대궐 문을 나서자 학사 설희광이 맞이하여 서로 황은(皇恩)을 일컬었다. 설희광이 바로 설씨 가문으로 가자고 하였는데, 설소저가 말하였다.

"제가 비록 계하(階下)의 죄인이지만 시댁에서 이혼당함이 없으니 곧바로 시댁 어른들께 하직 드리고 집으로 가고자 합니다."

설희광이 말하였다.

"네가 시댁을 따르고자 하는 것이 깊구나! 그러나 어머니께서 너 때문에 잠자고 식사하는 것을 그만두고 계시거늘 시댁으로만 가고자 하니 애달프구나!"

설소저가 설희광의 말을 들으니 마음이 아파 탄식하며 말하였다.

"제가 어찌 어머니의 마음을 모르고 시댁만 위하겠습니까? 그러나 나라의 은혜가 일마다 끼쳐있어 구태여 당일 출발을 말하지 않으셨습니다. 그러니 시어머니께 긴 이별을 말씀드리고자 함입니다."

설학사 형제가 속으로 깊이 생각하고 함께 임씨 집안으로 가니 벌써 해가 져 급히 설씨 가문으로 돌아가고자 하였다. 이때 중서사인 임창홍이 나와 학사 설희광을 머무르게 할 생각을 가지고 말하였다.

"의첨아, 머무르게나. 막내 작은아버지께서 요사이 자네가 오지 않는다고 말씀하시더군."

설희광이 말하였다.

"요사이 누이의 재앙으로 어머니께서 애를 태우시는데, 위의 두 형님은 나가셨기에 우리 삼형제가 한순간도 그 곁을 떠나지 못하였네. 오늘 대궐문에서 누이를 맞아 집으로 가고자 하였는데 누이의 뜻이 이러해서 이리로 왔지만 나는 돌아가 어머니께 연유를 말씀드려야 하며 어머니를 위로해드리는 것이 한시가 급하네. 이 때문에 머물지 못하겠네."

임창홍이 소매를 놓았는데 그 안색이 슬프게 변해있었다.

이때 주숙렬이 설소저를 대궐로 보내고 오직 그 생각을 놓아버릴 수가 없어서 효장공주와 함께 이귀인이 단서 없이 옥선군주와 함께 변고를 일으키는 것에 대해 분해 하며 한스러워 하고 있었다. 효장공주가 위로하여 말하였다.

"황후와 태자께서는 이 옥사(獄事)와 옥선의 악한 행실을 모두 아시기에 어진 설씨를 궁에 들어오게 해 그 여러 가지 죄를 합해 처리하셨을 것이니 너무 근심하지 마십시오."

주숙렬이 눈썹을 가늘게 하고232) 손톱을 만지작거리기를 계속하였다.

석양에 임창홍이 퇴궐하여 조회에서 있었던 일을 말씀드리고 궁에서 모든 죄인을 다스렸으며, 설소저에 대해서는 그 죄를 줄여 유배 보내기로 결정 하신 것을 고하였다.

주숙렬이 안타까워하며 말이 없었다. 잠시 후에 설소저가 이르러 당(堂) 아래에서 두 번 절하고 계하(階下) 죄인임을 일컬으며 당(堂)에 오르지 않았다. 군계를 시켜 붙들어 올리라고 하자 설소저가 황공해 하며 당(堂)에 올라 얼굴을 보였다. 효장공주가 가까이 앉히고 대궐 안에서의 일을 묻고 황후께서 일을 잘 처리하심에 감탄하면서도 10여세 아녀자가 남쪽으로 유배 가는 것에 대해 탄식하였다.

문득 옥(玉)이 울리는 소리가 나며 옥선군주가 들어와 좌중에 예(禮)를 하고 말하였다.

"제가 요즘 병이 많아 집안일에 대해 들은 것이 없었는데, 이제야 이 일을 듣고 몹시 놀라 왔습니다. 토끼가 죽으면 여우가 슬퍼한다고 하는

____

232) 눈썹을 ~ 하고 : {아황을 길히 믜자}. '아황[鴉黃]'은 눈썹을 그리는 분이므로 미인의 아름다운 눈썹을 의미함. 문맥을 고려하여 이같이 옮김.

데 설부인이 목씨 일에 연루되어 남해로 유배가게 되니 제가 원통하게 생각하는 바입니다.”

말을 마치고 기색을 낮추고 두 눈으로 주변을 살피기를 몹시 모질게 하였다. 주숙렬은 다만 말없이 묵묵히 있으며 안색을 서리같이 하고 두 눈을 가늘게 뜨고 있었다. 옥선군주가 설소저를 향해 말하였다.

“제가 그대와 함께 남편을 의지하며, 그대의 높은 지위를 우러러보며, 그대의 좋은 기질을 접하지는 못하였습니다. 동렬(同列)의 좋은 뜻이 가득하였지만, 그대의 지위는 높고 제 지위는 낮은데다가 저는 황실을 욕보였으며 황손의 빛을 줄어들게 해 스스로 불안한 마음을 계속 지니고 있었습니다. 그러나 오늘 부인은 죄를 얻어 남해로 유배 가는 사람이 되고 직첩이 저와 피차 겸손함이 없기에, 천리 먼 길로 유배 가는 부인의 불행함을 몸소 위로하고자 합니다.”

주변에서는 얼굴들을 돌아보았고, 비복(婢僕)들은 걸음을 멈추고 더욱 옥선군주의 행동을 보았다. 효장공주 또한 주숙렬과 같이 멍해 있었는데 옥선군주가 설소저를 향해 하는 말을 들어보니 절절히 한스러운 것이었다. 효장공주가 이상궁을 시켜 옥선의 보모 유씨를 면전에 꿇리고 그 죄를 물었다.

“군주가 비록 요사스런 일을 저질렀지만 네가 무릅쓰고 간언(諫言)을 하는 것이 옳은데, 대낮에 칼을 써서 사람을 죽이는 것과 권세를 믿고 난폭하게 부리는 행동을 군주가 거리낌없이 제멋대로 하는구나. 그러나 국가의 처분이 있을 때가 있을 것이다. 그런데 너는 갈수록 옥선의 방자함이 이에 이르게 하느냐? 너를 다스려야 하나 아직은 모른 척하고 있을 것이니 빨리 군주를 침당(寢堂)에 감추어 집안에서 눈에 띄지

않게 하여라. 또다시 옥선이 방자하게 굴면 너를 먼저 죽여 옥선의 허

51

물을 징계하겠다."

말을 마치고 옥선군주와 유씨를 당(堂)으로 돌려보냈다. 유씨가 옥선군주를 붙들고 황공히 물러나왔다. 효장공주233)가 혀를 끌끌 차며 말하였다.

"우리 황실이 이런 요사한 이로 인해 영영 망하겠습니다."

주숙렬이 탄식하며 말하였다.

"요사스런 이가 옥주를 보는 눈이 몹시 심상치 않은 것 같습니다. 아주 버님이 나가신 때에 불의의 화가 또한 두렵습니다. 창흥234)이를 데리고 주무시지요."

효장공주가 감동하여 탄복하며 대답하였다.

"조카가 숙직하면 장군이 지키는 것처럼 믿음직스럽습니다."

주숙렬이 설소저와 함께 효문궁에 가 관태부인을 뵙고 설소저가 대궐
안에 가서 무사히 나옴을 말씀드렸다. 태부인이 설소저를 가까이 앉히고 대궐 안에서의 일을 물어보았다. 설소저가 조용히 꿇어앉아 대궐의 일을 말씀드리자 태부인이 탄식하며 말하였다.

"비록 사형을 내리시는 것은 거두었다지만 얼음같이 맑고 아름다운 자질을 지닌 10여 세의 아니가 남해의 끝을 어찌 밟으며, 요사한 이들은 여러 해 동안 계획한 일이어서 각 도에 계교가 널려 두어 천 리 먼 길을 무사히 가게 하지 않을 것이니, 설씨 아이가 살 방법을 얻지 못할 것이다."

---

233) 효장공주 : {군쥐}. 주숙렬과 함께 옥선군주의 행실 낮음에 대해 한탄하는 이는 효장공주임으로 이같이 옮김.
234) 창흥 : {장으}. '창으'를 잘못 표기한 것으로 보임.

태부인이 말을 마치고 슬퍼하며 눈물을 흘리니 태청선생 임한규가 부드럽고 온화한 말로 위로하며 말하였다.

53 　"저 아이는 서너 해 큰 화를 겪은 후, 천자가 후한 예와 편안한 수레로 맞이하라고 하실 즈음에 제 몸을 빛나게 해 돌아 올 것입니다. 그때 어머니는 젊은 아이가 고생했던 것에 대해 편안하지 않게 여기실 것입니다."

태부인이 미소를 띠시고 묵묵히 계셨다.

이러저러해서 이틀이 지나갔다. 태부인이 설소저를 곁에 두고 한시도 떠나지 못하게 하시니 그동안 설소저가 시어머니를 모시고 있지 못하는 것을 슬퍼하였지만 태부인이 연로함을 고려해 곁에 있었다. 기약 없이 끝없는 이별을 해야 하는 것을 두고 설소저는 한없는 불효를 슬퍼해 낳고 길러주신 부모님의 은혜는 오히려 가벼운 듯할 정도였다.

54 　하루가 지나가고 이틀이 지나가 4~5일에 이르러서는 어명(御命)을 너무 오래 지체하지 못해, 설소저가 각 당(堂)에 하직하고 다음 날 발행하려 하였다. 이별에 기약이 없으니 여부인이 설소저를 가까이 앉히고 품속에 깊이 감추어 두었던 편지를 꺼내며 말하였다.

"네 시아비가 북쪽으로 떠날 때 이것을 주었는데, 오늘 너와 이별하는 한이 있을 줄 밝게 안 것이로구나. 이 비단주머니에 달린 것은 네게 중대한 부탁을 한 것이니, 위급한 일에 하나를 열어 보고 재앙이 진정된 후에 다음을 보라고 하였다. 마음속에 깊이 새겨두고 시아비의 중대한 부탁을 어그러뜨리지 말라."

55 　설소저가 두 번 절하고 명을 받들고 하직하였다. 월혜소저가 길 떠나는 사람을 보내는 자리에서 섭섭함을 참지 못하였고, 여러 소저들도 각각

치맛자락을 붙들고 울었다. 설소저의 금과 옥같이 단단한 마음도 자연스레 요동하였으며, 두 눈에 눈물이 어리여 뺨을 적셨다. 빙혜소저와 채혜소저는 나이가 모두 6~7세였는데, 설소저의 치마를 붙들고 울며 말하였다.

"오늘 떠나면 어머니의 적적하신 마음을 어찌 위로하겠습니까?"

말을 마치고 진주 같은 눈물을 계속 흘렸다. 설소저가 두 시누이의 손을 붙들고, 겨우 3살이 된 봉혜소저는 무릎 위에 앉히고 각각 좋은 말로 달래고 위로하였다. 설소저가 화앵을 시켜 대나무함에서 진기한 보물과 패물을 꺼내 나눠주면서 떠나는 정을 표하고 손을 붙잡고 오래도록 탄식하며 말하였다.

"『시경』〈토원(兎爰)〉 장에서 이르기를, '내가 태어난 처음에는 그래도 무사했는데, 내가 태어난 이후에 이 온갖 걱정을 만났다.' 하였으니 오늘의 나를 말하는 것이로군요."

설소저의 눈물이 흘러 그 소매를 적셨다. 군계가 곁에 있으면서 이 거동을 보고 각각 유모를 불러 여러 소저를 데리고 가게 하였다. 재홍과 천홍이 함께 와 한바탕 이별을 고하고 행차를 다스렸다. 이때 설소저가 친정에서 데려온 시비 10명을 머무르게 하고, 주숙렬이 내려 준 비경 · 앵경 등을 데리고 가고자 하였는데 화앵 등 5명이 죽어도 설소저를 따르고자 하였다. 설소저가 말하였다.

"너희들이 나를 따르고자 하나 나의 재앙은 어디에 미칠 줄 모른다. 많은 사람들이 어디에 머물러 있겠느냐?"

계앵이 말하였다.

"요사스런 이가 우리 주인을 유배가게까지 하는데, 이럴수록 저희들이 크고 작은 재앙을 무릅쓰고 따르고자 합니다."

설소저가 차마 물리치지 못하여 원하는 대로 따르게 하였다. 여러 시비가 기뻐하며 소저의 뒤를 따르고자 행장을 차렸다.

임창홍이 잠시 들어와 이별을 말할 때 아름다운 달과 같이 생긴 눈썹을 찡그리고235) 팔을 들어 탄식하며 말하였다.

"당신의 오늘 재앙은 이미 안 것일세. 새삼 놀랄 것은 아니나 부녀자가 혈혈단신으로 바닷가로 유배 가게 되어 생사(生死)를 정할 수가 없으니, 다른 날을 기다릴 수 있겠는가. 간사하고 요사스런 계교가 온갖 고비를 만드는구려. 이번 행차에 무사함을 얻지 못할 것은 지혜 있는 이로 불리지 않더라도 알 수 있을 것일세. 아무려나 삼가고 바르게 할 것을 부탁하니 이를 저버리지 마시게. 내가 나이가 어린 남편이어서 그대를 화에서 건지지 못하니 다른 날 장인을 뵐 면목이 없구려. 그러나 내가 또한 생각하는 것이 있으니 몹시 요사스런 일이 있거든 이것으로써 방비하시게."

임창홍이 주머니에서 부적이 든 봉투 하나를 꺼내 설소저에게 밀고 느긋하게 그 대답을 기다렸다. 설소저가 임창홍과 대화를 나누는 것을 매우 부끄러워하여 다 들은 후에 대답하였다.

"성인(聖人)도 오는 액운을 면하지 못하는데 하물며 어린 여자가 신명(神命)을 저버려 하늘의 벌을 받게 되었으니 어찌 한스러워 하겠습니까? 다만 재앙에 위급할 때가 있을 텐데, 가르치시는 것을 명심하겠습니다. 만일 신명의 도움을 얻지 못하고 위급한 때에 지혜를 빌리지 못

---

235) 아름다운 ~ 찡그리고 : {가월천창을 기리 맺어}. '가월(佳月)'은 미상이나 문맥을 고려하였을 때 초승달과 같이 아름다운 달로 눈썹이나 이마를 가리키는 것으로 보여 이같이 옮김.

하면 실로 남은 목숨을 아끼지 못할 것인데 아버님이 근심하신 것과 당신이 걱정해 주신 것을 저버린 죄인이 될까 두렵습니다."

설소저가 말을 담담하게 하고 안색을 변하지 않은 채로 있자 임창흥이 눈을 거듭 떠 설소저 보기를 이윽히 하고 팔을 들어 인사를 하였다. 설소저가 답례하고 가마에 올랐다. 매송·상운은 설소저를 따르고 연화 등은 여러 시비와 함께 설소저 침소를 지켜 임창흥의 의복과 두건을 받들었다.

설소저가 친정에 도착하였다. 상부인은 평생 딸과 견주어 부족함이 없는 훌륭한 사위를 맞이하여 기뻐하였다. 그런데 집안에 어질지 못한 사람이 모여 이유 없이 원수를 맺고 설소저를 위태롭게 만들자 분하고 한스러운 것을 어디에도 비할 수가 없었다. 그래서 가슴이 막히고 목구멍이 타들어가 먹고 마시기를 확 그만두었다. 설소저가 와서 인사를 드리자 상부인이 손을 이끌어 곁에 앉히고 참담한 이야기를 말로 옮기기를 어려워하며 다만 소리를 삼키며 오열하여 말하였다.

"너의 성품으로 이런 화를 만난 것은 황천이 나의 죄를 벌하시는 것이다. 왕년에 너의 시어머니는 산동 유배지에서 간사한 이를 만났으나 겨우 산사에서 목숨을 보전하여 세상에 보기 드문 큰 공을 이루었지만, 네 부드러운 난과 같은 기질에 이를 어찌 바라겠으며 남쪽 바닷가의 위태로움은 산동에 비하지 못할 것이니 이를 장차 어찌하느냐?"

설소저는 해가 바뀌어서 어머니를 만나 뵙게 된 것이었다. 그런데 만나자마자 이별을 해야 해서 결연한 모습을 보이지 못하고 간장이 녹아 눈물을 머금을 뿐이었다. 신신당부하는 말로 모친의 마음을 격동시키지 않으려고 안색을 온화하게 하고 위로하며 말하였다.

"이는 다 제 운명이 몹시 천해서입니다. 신명을 한탄하며 사람을 한하

63 겠습니까마는 두 집안에 불효가 막심한 것을 슬퍼할 뿐입니다. 그러나 저의 재앙은 소멸할 때가 있을 것이니 어머니는 과도하게 슬퍼하시다가 몸을 상하셔서 제 불효를 더 하지 마십시오."

그런 후 설소저가 안색을 태연하게 하고 들어가 목태부인께 두 번 절하고 나직이 위로하며 말하였다.

"목씨 가문이 불행하여 동기간에 살인하는 변이 일어났습니다. 목지형은 나라에서 쫓는 죄수가 되었기 때문에 이름을 바꾸고 있다가 제가 유배가는 길에 강도들이 나타날 만한 곳에 숨어 있다가 나타날 것입니다. 그러니 이후의 화를 어디까지 미치게 할 지 알지 못하니 할아버지와 조
64 상께 죄인이 되기가 이보다 더 한 것은 없을까 합니다."

목태부인이 탄식하며 말하였다.

"한 입으로는 다 말하지 못할 것이다. 지형이 귀가 안 들리고 앞 못 보는 할아버지[236]를 버리고 나서 목숨을 보전하지 못할 일을 하니 천벌이 조만간 있을 것이다. 이 밖에는 헤아릴 것이 없구나."

목태부인이 말을 마치고는 다른 말이 없었다. 설소저가 다행스럽게 여기고 감격해 조용히 말씀드리며 원망하고 한스러워하지 않았다.

이날 밤 설소저가 어머니 침소로 와 모녀의 깊은 정을 펼 때, 모친 품속에 들어가 가슴을 어루만지며 홀연 서럽게 흐느끼며 말하였다.
65 "제가 3살 때에 남편이 어머니의 젖을 차지하여 저는 마치 남의 아이처럼 이 당(堂) 가운데 발자취를 옮기지 않았습니다. 출가 후 어머니가 더욱 그리웠는데 이제 유배를 가니 더더욱 그립지만 어떻게 할 수 있겠습

---

236) 할아버지 : {아비}. 목씨 가문에서 귀가 안 들리고 앞 못보는 이는 목지형의 할아버지이며, 목
　　지형의 아버지는 이미 죽었기에 이같이 옮김.

니까? 어머니는 너무 몸을 상하게 하지 마시고 귀한 몸을 보전하셔서 후일 제가 죄를 벗고 영화롭게 지내는 것을 보십시오.”

상부인이 다만 딸아이를 품고 잠을 이루지 못하며 말을 듣고 있는데 애 달프고 분하지만 탄식하며 눈물을 흘려 베개에 눈물자국을 보탤 뿐이었 다. 설소저가 슬픔을 거두고 위로 하여 밤을 지냈다.

이러저러해서 발행할 날이 되었다. 상부인이 딸아이의 손을 잡고 몹시 탄식하며 말하였다.

“네가 태어나서 13년 동안 예가 아닌 일을 하거나 법을 어긴 적이 없고 가르침을 따라 발자취를 중계(中階)에 임하지 않았다. 그런데 이제 억 울한 누명을 쓰고 만 리 먼 길에 휘장을 두른 수레를 타고 남으로 가니 어느 시절에 살아서 얼굴을 보겠느냐?”

설소저가 이때를 당해 굳센 몸과 마음을 지녔으면서도 그것이 재가 되 며 숯이 되는 것을 면하지 못해 겨우 대답하였다.

“제가 열 번 중 아홉 번 죽을 위기에 처하더라도 마침내 목숨을 지켜 다 시 곁에서 절을 할 것이니 어머니는 너무 상심하지 마십시오.”

학사 설희광이 또한 위로하고 누이에게 가마 안으로 들어갈 것을 권하 였다. 상부인이 어쩔 수 없이 설소저의 손을 놓았다. 설노공 부부가 소저 를 송별하고자 와서 설소저를 어루만지며 슬피 말하였다.

“할아비가 올해 나이가 80세이다. 그러니 살아서 너를 다시 볼 수 있을 줄 믿겠느냐? 너의 재앙이 임씨 집안에서 비롯된 것이 아닌 줄을 안다. 너의 아비가 한갓 모친의 뜻을 따르느라고 지형 남매를 데려다가 길러 오늘날 네가 이 지경에 이르니 누구를 한하겠느냐? 우리를 속이지 말 고 조금이라도 알게 하였더라면 너를 이 지경에 이르게 했겠느냐? 흥

악한 이의 죽음도 제 죄이거니와 네가 알 바 아닌데, 요사스런 지형이
누이를 죽이자 할 적에 집안이 알게 하였다면 우리가 좋게 처리하였을
것이다. 그런데 흉악한 이를 쫓아 이 지경에 이르게 하였으며, 형수는
거처를 옮겨 안치되는 형벌을 받는 죄인이 되실 것을 원수의 새끼로 보
았던 손자들이 자기들 목숨을 드려 할머니의 죄를 대신하고자 하였다
는구나. 그러자 태자가 기특하게 여기시고 용서해주셨다고 하니 이후
에는 우리 설씨 가문의 은혜가 두터움을 아실 것이다.”

탄식하고 설소저를 다시 위로하여 협문(夾門)으로 말미암아 집으로 갔
다. 설소저가 가마에 들어갔다. 푸른 휘장을 두른 가마가 처량한 행색으
로 남문을 나섰다.

임씨 집안에서는 설소저를 송별하려고 태청선생 임한규와 중서사인
임창홍이 함께 남쪽 교외에다 집을 잡고 기다리고 있었다. 임창홍이 수레
를 맞이하며 설희광에게 은밀한 말을 꽤 오래도록 하였다. 이는 다른 뜻
이 아니라 가는 도중에 간사한 이가 만든 재앙을 제어할 방법을 말한 것
이었다.

“수로(水路)로 가는 것은 더욱 위태하니 다른 가마로 속이는 것이 최선
이네. 수레를 세 무리로 나누어 적이 의심하는 사이를 타 한주부로 뒤
를 지키게 하고 형이 앞을 맡으시게나. 우선은 목지형이 모습을 바꾸
어 뒤를 쫓을 것이니 이때 형이 칼로 목지형의 두 팔을 끊어 낙안주로
보내시게. 이 적을 죽이면 내 손에 벗어나지 않을 것이네.”

임창홍이 말을 마치고 칠성쌍요검을 허리에서 끌러 설희광에게 채워
주고 눈물을 흘리지 말 것을 당부하였다. 설희광이 그 매사 믿음직스럽고
민첩함에 탄복하며 칼을 받아 허리띠에 감추었다. 설소저가 또한 수레에

서 내려 태청선생 임한규에게 하직하자 임한규가 가까이에 자리를 주고
탄식하며 말하였다.

"집안의 운이 불행해 형님과 조카가 집에서 떠난 때, 네 재앙이 이 지경에 이르렀구나. 그러나 너의 지혜는 하늘을 족히 헤아릴 수 있을 것이다. 위급할 때가 있겠지만 잘 방비하고 몸을 보호해 우리가 너에 대해 알고 있는 것을 저버리지 말라. 다른 날 시운(時運)이 형통한 후 영화가 한 몸에 넘치며 유배 갔던 슬픔을 버리고 임·설 두 집안에 영화가 가지런할 때 오늘 일이 봄날의 꿈같이 여겨질 것이니 늙은이의 말을 마음에 새기고 잊지 말라."

설소저가 두 번 절하고 명을 받아 감격해서 눈물을 흘렸는데 눈물이 옷에 떨어졌다. 날이 저물자 태청선생이 일어서고 임창홍이 건강하게 지낼 것을 당부하고 손을 붙잡고 이별을 하였다. 설소저가 천천히 몸을 돌이켜 조용히 안으로 들어갔다. 매송은 임씨 가문으로 돌아가고 비설을 비롯한 10명의 시비와 화앵 등 다섯 사람이 따랐다. 이 여자들의 무리로 말할 것 같으면 꽃과 달과 같이 아름다운 용모를 가졌고, 남자로 말할 것 같으면 문과 무를 겸비하고 활쏘기로 말하자면 백 걸음을 사이에 두고도 과녁을 잘 맞히는 재주가 있었다. 이러므로 죽음을 무릅쓰고 설소저를 따르는 것이었다.

주숙렬이 한 폭의 그림과 남자 옷 한 벌을 만들어 장파에게 맡겨 부탁하였다. 장파가 이를 깊이 감추었다. 하직을 마치자 행차를 남쪽으로 향 했다. 행색이 처량한 것을 오가는 사람들도 위로하며 슬퍼하였다.

설소저의 유배 가는 행색이 비록 이러하였지만 설소저가 시댁에서 이 혼당한 것이 아니므로 초궁의 노비들이 설씨 집안에 머물렀다. 또 어림군

(御臨軍)237) 100명이 수레를 호위하고 한주부가 영장교와 함께 뒤를 호위하였다. 한 떼의 도적도 침범하지 못할 정도였다.

이때 옥선군주는 2년간 온갖 계획을 세워 설소저를 죽이려고 하였으나 성공하지 못했다. 설소저를 산동으로 보내고자 했었으나 잘못되어 엉뚱하게도 남해로 가게 된 것이었다. 또 나라에서 설소저의 애매함을 아시고 임창홍과 이혼하게 함이 없었다. 황후가 설소저를 잡아가도 위엄뿐이요 오히려 총애가 더욱 성하여 대궐문 밖을 나가는 것을 염려하고 상궁 등으로 호위해서 보내니 그 예우하는 뜻을 알 수 있었다. 옥선군주는 하나도 시원한 것이 없었고 헛된 일만 한 것이었다. 게다가 옥선군주가 집안에서 설소저를 한 번 꾸짖고 나무라고자 하였으나 주숙렬의 서리와 눈 같은 낯빛을 대하게 되고 효장공주의 꾸짖음을 듣고 돌아와 열손가락을 흔들며 책망했지만 달리 방법이 없었다. 또한 다시 정당(正堂)에 새벽 문안도 못 드리게 되고 두루 도모하던 일도 베풀 곳이 없게 되자 옥선군주는 심심하고 무류하여 별당 누각에 올라 멀고 가까운 곳을 바라보다가 매죽헌을 마주하게 되었다.

재흥공자가 아우들 가운데 우두머리가 되어 앉아 있었는데 키가 큰 것이 7척을 꽉 채운 듯 했다. 옥선군주가 재흥공자를 자세히 살펴보니 얼음처럼 맑고 신선 같은 한없는 기운, 산천의 무궁한 정기, 푸른 산의 아름다운 달과 구름과 같은 머리털, 봉황의 눈같이 가늘고 긴 눈을 지닌 것이었다. 또 두 뺨은 석양 그림자가 푸른 물결에 비추며 긴 강여울이 가을 정기를 흘리는 것과 같고, 넉 사(四)자 모양의 붉은 입술은 도솔궁(兜率宮)238)

---

237) 어림군(御臨軍) : 왕이나 왕후를 호위하는 군사.
238) 도솔궁(兜率宮) : 도솔천에 있는 궁전.

의 단사(丹沙)239)를 그윽이 찍은 듯하고, 탐스러운 머리카락은 정신에 나란하고 화살 축 같은 허리는 촉나라 넓은 비단을 묶어놓은 듯하여 기이하고 어여쁜 것이 측량없었다. 옥선군주가 몹시 놀라 춘교를 급히 불렀다.

---

239) 단사(丹沙) : 수은으로 이루어진 황화 광물. 육방 정계에 속하며 진한 붉은색을 띠고 다이아몬드 광택이 남. 흔히 덩어리 모양으로 점판암, 혈암, 석회암 속에서 나며 수은의 원료, 붉은색 안료, 약재로 씀.

차설. 옥선군주가 몹시 놀라며 춘교를 급히 불러 재흥을 손으로 가리키며 말하였다.

"내가 이 집안에 온 지 오래되었는데 저 공자를 처음 보는구나. 세상에 남편보다 뛰어난 이가 있을까 하였는데 이 공자는 한층 더 하고 기세가 쎄 보이나 부드러운 듯하고 자태가 부드러워 장점으로 단점을 가린다면 짐짓 난형난제(難兄難弟)로구나."

춘교가 말하였다.

"이 공자는 임사인 상공의 동생이신데, 군주의 지위가 첩이었기 때문에 낮았으니 어찌 저 공자가 허리를 굽혀 뵙기를 마음대로 했겠습니까? 상공과 이 공자의 빼어남이 한가지이십니다. 또 막내 공자는 어려서 본 적이 없었는데 지난 번 설소저가 입궐하실 때 안고 계시다가 유모에게 맡기니 몹시 우셨습니다. 사인 상공이 안아서 달래실 즈음에 제가 조심당 뒤에서 보니 그 모습이 천지조화와 강산의 정기가 어려 있었으며, 정면에서 보니 즐겁고도 편안한 표정을 하고 있어 눈이 부실 정도였습니다."

옥선군주는 몹시 화를 내며 말하였다.

"이 집안은 나를 지나가는 행인처럼 여기며 또 푸대접하는 것을 이렇듯 하느냐? 남편의 누이가 세 명이 있다고 하는데 그 얼굴을 본 적이 없구나. 설씨를 아무리 없앤들 또한 몹시 분한 것이 많구나."

옥선군주가 재흥공자에 대한 마음을 잊지 못하면서도 차마 이를 춘교에게도 말하지 못한 채 불붙는 음욕을 참지 못하였다. 춘교가 눈치를 채고 말하였다.

"양왕을 여자 옷으로 갈아입히고 약을 삼키고 모습을 변하게 해서 들어오게 하시지요."

옥선군주가 웃으며 말하였다.

"아직은 참아라. 내가 생각하는 것이 있으니 이번 일이 성공하지 못하면 아무렇게나 하자구나."

옥선군주가 귀에 대고 재홍공자를 잊지 못하겠으니 모습을 변해 속여서 뜻을 일우고자 한다고 말하였다. 춘교가 머리를 흔들며 말하였다.

"옥주는 저토록 위태로운 말씀을 하십니까? 이 집안의 천한 노비들도 요술로 속이지 못하는데 하물며 극히 어려운 이 공자입니까?"

옥선군주가 말하였다.

"어째서 어렵다고 하느냐?"

춘교가 말하였다.

"설소저가 가시는 날 보니 이 공자가 설소저와 작별하실 때 공손한 몸가짐을 하셨으며, 설소저 또한 공자를 존당(尊堂)을 모시는 것처럼 대하시니 그 사람됨을 두려워하는 것이 아니겠습니까?"

옥선군주가 말하였다.

"그 거처하는 곳만 알면 일을 주선할 수 있을 것이다."

춘교가 말하였다.

"이는 더 어렵습니다. 제가 들으니 임사인 상공은 효장궁에서 시침(侍寢)하시며, 이 공자는 왕비의 침전에서 한 시도 떠나지 않고 시침하신다고 하는데 어디를 향해서 모습을 변하겠습니까?"

옥선군주가 문득 살기(殺氣)를 띠고 칼을 뽑아 상을 치며 말하였다.

"이 집에서 제일 미운 사람은 효장 숙모로다. 조카에게 한 마디 말을 권하여 나와 금슬이 좋게 하면 내가 이런 원한을 맺었겠느냐? 게다가 이번에 대궐에 들어가서 축하를 드릴 때에 효장 숙모는 나의 허물을 만들어내기까지 해 아뢰었다. 오늘 밤에 이 칼로 숙모를 목씨같이 처리해야겠다."

옥선군주가 문득 겉옷을 가볍게 하고 칼을 끼고 문을 나서는 것이었다. 춘교가 급히 따라가며 붙들고 말하였다.

"큰 일이 납니다. 아직은 화를 참으시지요. 소홀히 궁에 갔다가 봉륜당에 가셨을 때처럼 잡히면 어찌합니까? 이번에는 능운 도사가 없는데 누가 옥주를 구하여 내겠습니까?"

옥선군주가 뿌리치며 말하였다.

"가만히 있어라. 내가 부디 하늘을 사람의 힘으로 이기고 말 것이다."

옥선군주가 말을 마치고 효장궁으로 나는 듯이 들어갔다. 춘교가 마음을 놓지 못해 가만히 뒤를 따랐다. 옥선군주가 가볍게 효장궁 정침(正寢)에 도착했다. 안팎으로는 등불이 휘황찬란하였으며, 효장공주는 효문궁에 저녁 문안을 드리고 갓 돌아와 자리에 앉아 있었다. 임창홍이 천홍 등 여러 공자들과 함께 공주를 모시고 있었다. 어린 소저와 여러 공자가 웃으며 이야기를 나눌 때, 임창홍이 월혜소저를 돌아보며 말하였다.

"너는 지기(知己)를 잃어버렸는데 마음이 쓸쓸하지는 않느냐?"

월혜소저가 향기롭게 웃으며 말하였다.

"다른 이의 마음을 자신에게 견주어 헤아린다고 하더니 오빠의 마음이 요즘 오죽하시겠습니까?"

임창홍이 크게 웃으며 말하였다.

"요사이 아이들은 생각하는 것이 많구나. 설씨가 내게 어떤 사람이라고, 너는 그 사람이 나가니 내 마음이 오죽하지 않을 것이라고 하는데 어째서 그렇게 말하는 것이냐?”

효장공주는 두고 볼수록 요즘 임창홍이 시름하는 사색이 없고 대범하고 엄숙하며 소소한 사정으로 답답해하는 것이 없으며, 태연스레 아이같이 굴고 여러 아이들과 우스개소리를 하며 두루 다니면서 기쁜 빛이 낭랑한 채로 조금도 주접스런 모양을 보이지 않고, 굳이 옥선군주를 원망하는 것도 없이 묵묵히 있는 것을 기특하게 생각해 더욱 사랑스러워하며 미소 지으며 말하였다.

“너의 궁색한 모양이 홀아비의 모습을 면하지 못하였지만, 네 말은 마음에 거리낌이 없는 것 같구나. 군자도 말과 마음을 달리하느냐?”

임창홍이 머리를 숙이고 대답하였다.

“제가 처가에서 받은 은혜는 다른 이들과는 다릅니다. 마음에 평생토록 부모 다음으로 섬겨 젖 먹인 장모의 젖 값을 하고자 하였는데, 장인이 부질없이 저를 사위로 뽑으셨으며 부모가 주관하시고 할아버지가 하시는 것을 어찌 피할 수 있었겠습니까? 이미 그 집 생관(甥館)에 이름을 걸었으니 늙어 죽을 때까지 그 뜻을 어그러뜨리지 말아 사위의 도리를 온전히 할까 하였는데 이 또한 글렀으니 이는 일마다 하늘의 뜻입니다. 사람의 힘으로 미치지 못할 것입니다.

조참(朝參)240)을 마치고 장모를 뵈었는데, 장모가 목씨 같은 사나운 시어머니가 보채여도 잘 견디더니 그 딸에 대한 사랑이 특별해 저의 비단 도포와 사모관대를 붙잡고 눈물을 흘리기를 푸른 바다를 보탤 정도로 하였습니다. 이는 구태여 제 죄가 아니지만 스스로 은혜를 저버린 것

---

240) 조참(朝參) : 한 달에 네 번 중앙에 있는 문무백관이 정전(正殿)에 모여 임금에게 문안을 드리고 정사(政事)를 아뢰던 일.

같이 생각돼 실로 저 곳에 가면 마음이 좋지 않습니다. 그러나 또한 차마 가지 않을 수가 없어서 구실 삼아 조참(朝參) 후에 다니느라 일이 많습니다."

효장공주가 이 말을 듣고는 임창홍이 너그럽고 깊은 생각을 가진 것이 몹시 사랑스럽게 느껴졌다. 효장공주가 탄식하며 말하였다.

"국가의 기둥이요, 임씨 집안의 천리구(千里駒)241)로구나! 너의 기질이 저렇기 때문에 존당(尊堂)이 너를 깊이 생각하시는 것이며 백숙(伯叔)이 마음을 허락하시는 것을 큰 산과도 같이 하시는 것이로구나."

또 효장공주가 천홍을 돌아보고 말씀하셨다.

"여러 아이들이 멀리서 스승을 찾게 하지 말고 가까이에 있는 너희 형을 따르게 해라. 너의 너무 매몰찬 성품을 내가 몹시 근심으로 여긴단다. 남자는 처세하기를 너희 형과 같이 해야 한단다. 천지를 헤아리고 온 세상을 주머니 안에 넣는 것이 대장부이다. 우리 큰 언니가 세상에 드문 덕이 있는 성인으로 너희 오형제를 낳았는데 한 사람도 모자라는 아이가 없구나. 재홍은 학식이 지혜롭고 사리에 밝은 것이 사람 가운데 기린이요, 대성인이니 내가 더욱 기이하게 여겨 저를 대하면 눈을 옮기기를 아까워한단다."

임창홍이 감당할 수 없을 정도의 칭찬이라 일컬으며 효장공주를 모시고 말씀을 나누었다. 밤이 깊어지자 장막을 드리우고 베개를 받들었다. 효장공주가 잠들자 임창홍이 천홍공자와 함께 장막 밖으로 물러나 공자를 품고 잠에 들고자 하였다. 그런데 홀연 창밖에 인기척이 있어 임창홍이 놀라 일어났다. 옥선군주가 공주를 죽이고자 하는 것인가?

---

241) 천리구(千里駒) : 천리마. 뛰어나게 잘난 자손을 칭찬하여 이르는 말.

차설. 옥선군주는 홀연히 효장공주를 죽일 뜻이 급해져 칼을 품고 효장궁 정침(正寢) 북함에 몸을 감추고 밤이 깊어지기만을 기다리고 있었다. 이날 임창홍은 공주를 시침(侍寢)하면서 손을 모으고 무릎을 꿇고 있다가 진정으로 하는 이야기들이 듣기에 재미있어 몸을 굽히고 엎드려 듣고 있었다. 이때 태부인이 기르시는 얼굴이 흰 고양이는 늘 이 궁에 오면 공주와 여러 공자가 기린처럼 떠받들고 먹이를 주어서 이 고양이가 마음대로 다녔다. 이날 밤에도 고양이가 지나오다가 후함에 옥선군주가 엎드려있는 것을 보고 푸른 눈을 독하게 뜨고 두 발톱으로 할퀴려고 하였다.242) 그러자 옥선군주가 무심하게 있다 놀라 몸을 솟구쳐 굴러 섬돌 아래로 떨어졌다. 임창홍이 누우려다가 그 소리를 듣고 천홍공자를 장막 안으로 밀어넣고 홑옷에 관도 쓰지 않고 패도(佩刀)를 뽑아 들고 달려 나갔다. 그러나 요사스런 사람의 죽을 액은 멀었다.

춘교가 멀리서 바라보고 있다가 옥선군주가 떨어지는 것을 보고 몹시 놀라 급히 나아가 공주를 들쳐 엎고 나는 듯이 갔다. 임창홍이 칼을 집고 둘러보았으나 벌써 멀리 가고 없었다. 따라가도 부질없는 것이었다. 이 분명 요사스런 이가 효장공주를 원망해서 독을 뿜으려 하다가 자신이 나오는 것을 보고 자취를 감추었다고 여기며 더욱 한스러워하였다.

다음날 아침, 임창홍이 존당(尊堂)에 아침문안을 드리고 궁궐에 조회하고 돌아온 후, 어머니를 침당(寢堂)에서 모시면서 지난밤에 효장궁에 칼을 가지고 요사한 이가 갑작스레 들어왔던 것을 아뢰었다.

"요사스런 이가 일을 만드는 것이 이러하오니 빨리 처치하고자 합니다."

242) 할퀴려고 하였다 : {허위치니}. '허위치다'는 '허비다'의 고어임. '허비다'는 손톱이나 날카로운 물건 따위로 긁어 파는 것을 말함.

주숙렬이 대답하였다.

"너는 가만히 있거라. 머지않아 스스로 자초한 일로 화가 일어날 것이다."

이때 옥선군주가 춘교에게 업혀 홍매각으로 돌아와서는 원통하고 분하여 어떤 큰일을 벌여 온 집안을 짓밟고 으깨고자 하였다. 그러나 태자가 어질고 밝으며 영달하셔서 요순(堯舜)의 태평성대가 돌아온 것과 같기에 옥선군주가 요사스런 행동을 보일 길이 없었다. 옥선군주는 비록 설소저를 귀양 보냈지만 자신의 신세를 회복해서 임창흥과 하룻밤 즐거움을 얻을 길이 없자 더욱 초조해 했다. 또 옥선군주는 임창흥을 요약으로 속이지 못할 것이라 생각하였다. 옥선군주는 칼을 잘 부리는 재주로 설소저와 목씨, 두 적을 한 손으로 해치웠지만, 설씨를 향한 임창흥의 굳은 마음을 긴긴 세월이 지나도 돌이킬 길이 없으니 방도를 찾지 못하고 있었다. 희미한 등불을 켜놓고, 벌겋게 닳아 오른 화로 앞에서 장시간 생각을 해봐도 계책을 궁리하지 못하였다.

다음날 춘교가 황혼 무렵에 양왕에게로 갔다. 이날 양왕이 외전(外殿)에서 여러 미인을 모아 풍악을 울리고 술을 마시며 오래도록 노래하며 취한 가운데 탄식하며 말하였다.

"『시경(詩經)』에 이르기를 그대가 날 사랑한다면 치마를 걷고 진수라도 건너 따라가겠다고 하였다. 나는 지나친 생각을 가지고 있으며 미인도 있건만, 미인은 치마를 걷고 물을 건너는 것이 더딘 것 같구나."

춘교가 문득 당(堂) 아래에서 인사를 드리자 양왕이 술에 취한 눈을 높이 뜨고 옥선군주의 안부를 물어보았다. 춘교가 주변을 돌아보고 붉은 화장을 한 미인들이 수풀같이 많음을 보고 머뭇거렸다. 양왕이 춘교의 눈치

를 알아채고 여러 창기들을 물러가라고 한 후 춘교를 가까이 불러 온 곡
절을 물어보았다. 춘교가 옥선군주의 전후사정을 말하였다.

"군주는 임사인을 위하는 마음은 그윽한데, 임사인이 한 번을 돌아보는
것이 없자 한이 맺혔습니다. 대왕이 낮에는 숨고 밤에 걷는 재주가 있
거든 임상부댁 후문을 찾아 우리 군주의 불붙는 급함을 이때 누르시고
계교로 군주를 위험에서 벗어나게 하시겠습니까?"

양왕은 다 듣기도 전에 욕심이 생겨 이 말을 듣고 푸른 하늘에 높이 떠
오를 듯 고개를 끄덕이며 말하였다.

"만일 너의 군주가 내 뜻을 받는다면 임상부를 말하지 마라. 저승이라
도 내가 사양하지 않고 갈 것이니 수고롭게 다른 날을 기약하겠느냐?
오늘 밤에 너와 함께 갈 것이니 쉬운 담을 가르쳐다오."

춘교가 허락하였다. 양왕이 겉옷을 가볍게 입고 옆에 칼을 찼다.

춘교가 앞장서서 가고 양왕은 뒤에서 따라가며 임상부에 이르렀다. 춘
교가 후원 담 낮은 곳을 손으로 가리키며, 그 곳으로 길을 만들고 담장을
넘어 들어갈 수 있도록 앞으로 돌아가 길을 인도하겠다고 하였다. 양왕이
고개를 끄덕이고 후원 담장 아래로 향하였다. 춘교도 큰 문으로 들어가
바로 울타리를 치우며 들어갔다. 이때 양왕은 벌써 담을 넘었다. 춘교가
수풀을 헤치고 길을 인도하여 양왕이 이미 옥선군주의 침소에 이르렀다.

비단 창문에 촛불 그림자는 희미하고 옥선군주의 한탄하는 소리는 도
도하였는데, 손으로 벽을 치며 암암히 일컫는 것이 임창홍이 매몰하며 박
정한 것에 대해서였다. 양왕이 옥선군주의 모습을 보니 음란한 마음이 일
어나 지게문을 빨리 열고 들어가 옥선군주의 버들가지 같은 허리를 휘어
안으며 한편으로는 촛불을 끄고 붉은 입술을 접하여 원앙금침(鴛鴦衾寢)에

벗은 허리를 맞대었다. 세상에 비길 데 없는 음녀가 경박한 군왕을 만나 황홀한 사랑에 미칠 듯 탐혹하여 밤이 깊도록 수많은 풍류를 즐기며, 음녀가 넘치는 정을 미치지 않은 곳이 없었으니 맑은 편에 올리기에 더러울 정도였다.

동쪽이 이미 밝아지려하자 옥선군주가 말하였다.

"대왕이 비록 황실의 친척이 아니지만 진황후의 조카이시니 저에게 촌수가 없지는 않습니다. 그러나 이제 옛 촌수는 큰 일이 아닙니다. 저의 비홍(臂紅)243)을 대왕에게 씻었으니 대왕은 저를 첩으로 맞이하시겠습니까? 정궁(正宮)의 지위로 하시겠습니까? 한 말씀으로 결단을 내시지요. 저는 평생 임창홍의 신선 같은 풍채와 도인 같은 골격에 마음이 있어 하룻밤만 인연을 맺고자 하였는데 할 수가 없었습니다. 그런데 대왕의 나비 그물에 제가 이미 걸리었습니다. 그러나 저는 천대의 수레를 가진 군왕의 한 딸이요, 지금 황제의 손녀이니 대왕이 비록 높은 지위에 계시지만 저를 첩으로 삼지는 마십시오."

옥선군주가 말을 마치고 추파를 보내 양왕을 이윽히 보았다. 이때는 음력 추(秋) 칠월 16일이었다. 지는 달이 서쪽으로 난 창을 밝게 비추기에 가늘고 짧은 털도 셀 수 있을 정도였다. 옥선군주의 검푸른 아름다운 머릿결이 양왕의 건장한 수중에 농락당하여 흐트러졌다. 어지러운 자색이 음녀의 넘치는 정을 다 말할 수 있겠는가? 몇 해 동안 맺혔던 것을 씻으니 옥선군주는 눈물을 머금었으며 아리따운 뺨에는 교태가 가득하였고, 온몸은 뼈가 없는 것과 같이 노곤하게 풀어져 의대(衣帶)를 수습하지 않았

---

243) 비홍(臂紅) : 팔위에 있는 붉은 것이란 뜻으로 곧 앵혈(鶯血)을 말함. 앵혈을 꾀꼬리 피로 여자들의 순결을 상징하는 징표. 어렸을 때부터 여자들 팔에 찍어 놓는데, 남자와 잠자리를 갖게 되면 이것이 자연스럽게 사라지게 된다고 함.

다. 미인의 자태는 더욱 소담하고 아름다워 걸주(桀紂)를 망하게 하던 녹대(鹿臺)의 달기의 영혼이 아니면 고소대(姑蘇臺)244) 위에서 부차(夫差)를 망하게 한 서시(西施)245)와 같았다. 옥선군주가 속없는 양왕246)을 여지없이 녹이자 양왕이 급히 대답하였다.

"어진 아내야! 이 무슨 말이냐? 과인을 시험하느냐? 나는 본래 황실의 친척이 아니며, 피차 만남을 늦게 한 것을 후회하고 있네. 내가 이미 그대의 홍점(紅點)을 씻었으니 그대는 하늘이 정해준 배필이며 오래도록 아름다운 인연이 있는 것이네. 그런데 어째서 첩을 들먹이느냐? 나의 정비(正妃)는 가세가 낮고 용모가 정말 없으니 그 지위를 내려서 후궁으로 삼고, 그대를 정비(正妃)로 삼아 오래도록 끝없는 즐거움을 누릴 것이니 그대는 소소한 근심을 하지 말고 기이한 묘책과 계교로 이 집안에서 빠져나오게."

옥선군주가 감동하며 눈물을 흘려 뺨을 적셨다. 양왕이 급히 나아가 흰 빛의 얇은 비단으로 된 소매로 흐르는 눈물을 닦아주며 말하였다.

"그대는 임가 놈을 만난 지 삼 년 동안 그 옷깃도 얻어 보지 못하고 속절없이 호박침(琥珀寢)을 어루만지며 홀로 사는 부인으로 지내다가 떠난다는 말을 하려 할 때 무엇을 연연해 눈물을 흘리는가?"

옥선군주가 교태를 머금고 말하였다.

"제가 구태여 연연 하는 것이 아닙니다. 저는 13세에 불행히 임씨를 따랐습니다. 그런데 들어온 첫날부터 끝없는 천대와 욕을 감심하면서도

---

244) 고소대(姑蘇臺) : 오왕 부차가 월(越)나라를 격파하고 얻은 미인인 서시(西施)를 위하여 쌓은 누대.
245) 서시(西施) : 중국 춘추 시대 월나라의 미인. 오나라에 패한 월나라 왕 구천이 서시를 부차(夫差)에게 보내어 부차가 그 용모에 빠져 있는 사이에 오나라를 멸망시켰음.
246) 양왕 : {진왕}. 옥선군주와 사통을 한 양왕의 이름이 진숙임.

저는 온갖 계획으로 강적을 없애고자 하였으나 못하였으며 모진 임씨의 마음을 한 조각이라도 돌이키고자 하였으나 이도 못하였습니다. 결국 제 소원을 펼치지 못하고 반평생 하고자 하던 것을 이루지 못하였습니다. 하루아침에 대왕의 기물(己物)이 되니 다시 그에게 바라는 것은 없습니다. 다만 원수나 갚고자 하는데 이 또한 뜻을 이루지 못할 것 같습니다. 이런 까닭에 눈물을 좀 흘렸습니다."

양왕이 허둥지둥하며 위로하였다.

"이런 일로 차마 아름다운 그대의 눈에서 눈물이 나게 하겠는가? 내 수하에 양두사라는 사람이 하나 있는데, 이 사람의 손에 임가 놈의 질긴 목숨을 끊도록 하겠네. 그러니 그대의 원수를 다 말하게나."

옥선군주가 몹시 기뻐하며 말하였다.

"만일 대왕의 말씀과 같다면 무슨 근심이 있겠습니까? 첫째는 임창흥입니다. 또한 임재홍이란 자이며, 비록 원한 진 바는 없지만 우리 숙모 효장공주가 저에게는 큰 원수입니다. 양두사가 만일 신통한 재주를 지녀 효장공주의 일곱 자녀와 공주를 함께 죽여 저의 분을 씻어준다면 이는 잊을 수 없을 큰 공을 세우는 것입니다."

양왕이 무척 기쁘게 허락하고 즉시 궁으로 돌아와 양두사를 불러 이번 일을 말하고 오늘 밤에 우선 효장궁에 가 시비(是非)를 막론하고 효장공주와 공주의 자녀들을 모두 죽이라 하며 천금을 주었다.

이 양두사는 오나라와 초나라 지방의 유명한 검객이었다. 대량 왕각이 싸움을 일으킬 때 참전하였다가 왕각이 패하자 자신의 검술이 주원수[247]

247) 주원수 : 주숙렬을 가리킴. 『성현공숙렬기』에서 왕각이 반란을 일으키자 임희린이 참모로 출전했다가 한왕에 의해 왕각에게 붙잡혀 포로가 되었는데, 주숙렬이 남장을 하고 출전해 임희린을 구하고 왕각의 반란을 진압하였음.

의 대진을 범하려 했던 것을 양두사가 부끄럽게 생각하였다. 그래서 칼을 분지르고 양 땅에 숨어 있었다. 영락제는 왕각을 파하신 후 태조 황제가 외씨를 각별히 찾아서 봉하시던 것을 생각하시고, 진숙을 찾아 대량 땅을 주고 양왕으로 봉하셨다. 이런 고로 양두사가 양왕의 비장(裨將)으로 있었는데 그 재주를 쓸 곳이 없어 양왕의 부하를 따라다닐 뿐이었다. 그런데 오늘 천금의 상을 주고 양왕이 일을 부탁하자 양두사가 기뻐 날뛰며 행장을 가볍게 차리고 하늘이 어두워지기만을 기다려 나아갔다.

이때 임창홍은 요사한 이의 자취를 본 후로는 살피기를 더욱 세세하게 하였다. 이날 조회를 마치고 바로 궁으로 돌아와 천홍과 함께 영하전에서 모든 공자들에게 돌아다니지 말라고 엄히 단속하였다. 또한 장태감에게 그저께 밤에 효장공주의 정침(正寢)에 도적이 칼을 들고 들어오다가 자신에게 쫓겨 간 것을 말하고 단단히 지키라고 하였다. 장태감이 몹시 놀라 사모(紗帽)를 벗고 머리를 숙이고 말하였다.

"부마께서 출정하셔서 궁중을 지키는 것은 궁감(宮監)의 소임입니다. 그런데 제가 살피는 것을 소홀히 해서 옥주 침전(寢殿)에 도적이 들어왔다 하니 비록 죽을지라도 그 죄를 속죄하기가 어렵습니다."

임창홍이 장태감에게 관을 쓰라고 하며 말하였다.

"이는 궁감(宮監)의 죄가 아니라 요사한 이가 집안을 어지럽히는 것이네. 그러니 살피기를 꼼꼼히 하도록 하게나."

장태감이 고맙게 생각하고 물러나와 모든 궁노(宮奴)에게 돌아다니면서 정세를 살피는 것을 엄하게 하도록 명하였다.

양왕이 이날 밤 임상부를 바라보니 한 줄기 무지개가 효장궁 정침(正寢)을 비추고 있었다. 양왕은 기쁜 나머지 바로 옥선군주의 침실로 와서 이 일을 이야기하며 옥선군주를 이끌고 몹시도 즐거워하였다. 음녀(淫女)의 넘치는 정과 두루 음란한 정도는 진실로 천신(天神)이 진노할 정도였다.

이날 밤 임창홍이 효장궁에 와 뜰 가운데를 지나며 하늘을 올려보고 별자리를 살펴보았다. 홀연 한 줄기 살기가 공주의 침전(寢殿)을 향하며 만 길이나 되는 무지개를 비추기에 임창홍이 몹시 놀라 실색하며 급히 서동 의산에게 참요검(斬妖劍)을 가져오라고 시켰다. 임창홍이 공중의 무지개를 향해 검을 휘두르고 두어 마디 진언(眞言)을 외웠다. 문득 쨍그랑하는 소리가 나며 보검이 공중에서 떨어지는 것과 동시에 날랜 장수가 떨어지며 서늘한 기운이 뜰 가운데 한 줄기 무지개가 되어 사라졌다. 임창홍이 몹시 놀라 금방울을 흔들어 궁속(宮屬)248)을 모으고 요사한 도적을 묶어 꿇린 후 혹 도술을 행할까 싶어 급히 부적을 써서 뒤통수에 붙였다. 도적을 끌고 영하전으로 내어오자 모든 사람들이 동시에 결박하였다.

임창홍이 정색하고 물어보았다.

"요사한 도적아! 너는 누구의 부탁을 받고 깊은 밤에 검술을 행하며 들어오느냐? 숨기는 것 없이 모두 말하여라."

도적이 아무리 도망치고자 하나 임창홍의 깨끗하고 밝은 기운에 온 몸이 저리고 떨리는데 더욱이 뒤통수에 부적까지 붙였으니 어찌 환술과 검술을 보일 수 있겠는가? 도적이 한갓 고개를 땅에 떨군 채 입을 열지 못하였다. 임창홍이 몹시 화를 내며 형벌을 엄하게 하고 죄상을 추궁하였다. 도적이 살이 문드러져도 승복하지 않자, 살을 두루 지지며 심문하였는데 도적이 한마디 소리도 내지 않았다. 임창홍이 더욱 화를 내며 한 번 뇌성 벽력 같은 호령을 하자 이 소리가 뜰아래에 퍼지며 빛난 눈썹에 추상(秋

___

248) 궁속(宮屬) : 각 궁에 속한 원역(員役) 이하의 종.

霜)이 번쩍하니 마치 맹호가 인적 없는 산 속을 뛰놀며 용이 푸른 바다를 엎치는 것과 같이 그 위엄이 늠름하였다. 도적은 간사하며 독기(毒氣)가 있었지만 임창홍의 해와 달과 같은 정기(精氣)와 엄한 논의에 온 몸이 짓눌리며 혼을 빼앗겨 고개를 숙이고 말하였다.

"형벌을 멈추시면 근본을 사실대로 말씀드리겠습니다."

임창홍이 명하여 형벌을 늦추었다. 도적이 자백하였다.

"저는 오나라와 초나라가 있던 지방을 돌아다니던 검객 양두사입니다. 지난날 대량 왕각의 밑에 있었습니다. 왕각이 반란을 일으키자 왕각을 도와 임참모[249]를 사로잡고 돗자리를 말 듯 파죽지세(破竹之勢)로 대군을 격파하였습니다. 그러나 오래지 않아서 주원수가 군사를 부리기를 신출귀몰하게 하셔서 저의 검술을 드러내 보이지 못하였습니다. 하마터면 사로잡힐 뻔했는데 겨우 빠져나와보니 왕각이 벌써 패해있기에 저도 깊이 숨어 있었습니다. 나라에서는 난리를 진정한 후 진숙에게 대량 땅을 봉하고 왕작을 주셨습니다. 제는 진대왕께 의탁하고 있었는데 오랫동안 재주를 펴지 못하고 있었습니다. 그런데 얼마 전에 대왕이 이러저러한 말씀하셔서 저는 아무 곡절도 모르고 도술을 행하였습니다. 그러나 오늘은 저의 운수가 다한 날이오니 죽기를 원합니다."

말을 마치고 허리춤에서 패도(佩刀)를 뽑아 들고 하늘을 우러러 탄식하며 말하였다.

"나 양두사는 형(荊)·초(楚)지방 사이에서 기운을 부리며 거의 전국 시절의 남은 풍속을 따를까 하였었다. 그러나 지식이 없어서 그 임자를 만나지 못하였고 처음과 끝을 이름 없이 마치니 대장부로서 오월(吳越)

---

249) 임참모 : 초왕 임희린을 가리킴.

의 장수의 소임을 하다가 몸가짐을 잘못하여 형벌 아래 몸을 마치는구나. 어찌 살아나기를 구차히 바라겠는가? 사람에게 몸을 맡겼는데 어찌 그 단점을 다 들추어내고 의리 없는 남자가 되겠는가?"

말을 마치고 패도(佩刀)를 들어 자살하였다. 호랑이와 같은 장사의 주검이 비스듬히 늘어졌다. 임창홍이 그 도적이 종적을 사실대로 이야기하지 않고 죽은 것을 한스러워 했으나 할 수 없어 주검을 끌어 내치고 효장공주의 정침(正寢)에 나아가 자객이 들어왔던 상황을 말씀드렸다. 효장공주가 탄식하며 말하였다.

"이런 일은 모두 홍매각의 요사스런 변고로구나. 이러한 일이 지존(至尊)에까지 미칠까 큰 걱정이구나."

임창홍이 대답하였다.

"요사한 이가 꾸미는 일이 이러한 지경에 이르렀지만 제가 족히 제어할 것이니 너무 염려하지 마십시오."

임창홍이 천홍을 돌아보고 당부하며 말하였다.

"낮에라도 무심히 다니다가 요사한 이의 독을 만나지 말라."

임창홍이 효문궁 명광헌으로 가서 작은 할아버지께 밤에 있었던 일을 말씀드리자 태청선생 임한규가 놀라며 말하였다.

"이번 일이 여기서 그치지 않을 것이니 만일 집안에 자객이 자주 왕래한다면 존당(尊堂)께서 놀라실 것이다. 싹을 빨리 캐어 없애라."

임창홍이 명을 받들고 물러나왔다.

이때 양왕은 임씨 가문을 왕래하기를 인적 없는 곳을 다니는 것과 같이 해 요망하고 음란한 악녀와 즐겼다. 옥선군주가 홀연 깨닫고 말하였다.

"자객 양두사가 그저께 밤에 효장궁으로 갔는데, 궁중이 태평하고 존당

(尊堂)께 아침 문안을 드릴 때에 숙모가 시어머니와 어깨를 나란히 하시고 문안을 드리셨습니다. 이것이 어떻게 된 일입니까?"

양왕이 놀라며 말하였다.

"군주는 이상한 의심을 하시는군요? 양두사는 천하무적인데 이 무슨 말입니까? 춘교를 시켜 알아보십시오."

옥선군주가 더욱 의혹스러워하며 춘교를 불러 이번 일을 말하며 알아오라고 하였다. 춘교가 두루 다니며 살폈으나 알 길이 없었다. 그런데 장태감이 문득 날카로운 소리로 말하였다.

"요사한 이가 어딘가에 숨어있으면서 이 궁에 자객을 연달아 보내지만 때마침 사인 상공께서 잘 잡아 처리하셨다. 오늘 밤부터는 장원마다 마름쇠250)를 꽂고 사면을 그물망같이 지켜라."

명이 떨어지자 모든 궁노(宮奴)가 일시에 명을 받들고 엄숙히 지켰다.

춘교가 이 말을 듣자 속이 떨렸다. 마음속으로 양왕의 허풍을 원망하며 급히 돌아와 장태감의 말을 옮기고 자객의 헛됨을 말씀드렸다. 양왕은 두 눈이 풀어진 채로 옥선군주와 어깨를 나란히 하고 있다가 춘교가 전하는 말을 듣고 놀라 두 눈을 맥 없이 뜨고 말하였다.

"아니다. 임씨가 천리안(千里眼)251)을 지닌 이의 후신이냐? 이순풍(李順風)252)의 아들이냐? 임씨가 양두사의 검술을 어찌 알아서 방비를 그토록 잘하며 양두사를 죽였단 말이냐?"

---

250) 마름쇠 : 끝이 송곳처럼 뾰족한 서너 개의 발을 가진 쇠못. 도둑이나 적을 막기 위하여 흩어 두었음.
251) 천리안(千里眼) : 천 리 밖의 것을 볼 수 있는 안력(眼力)이라는 뜻으로, 사물을 꿰뚫어볼 수 있는 뛰어난 관찰력을 비유적으로 이르는 말.
252) 이순풍(李順風) : 판수 점쟁이의 조상으로 섬기는 맹인신(盲人神)의 하나. 주로 눈병이 났을 때에 이 신에게 빔.

옥선군주가 말하였다.

"대왕은 임사인을 어떤 사람으로 알고 계신지요? 그 사람의 얼굴과 재주가 만일 세속의 꽃가지나 버드나무 같은 자태를 지녔으며 그 사람이 한갓 얼굴이 하얗고 입이 붉을 정도였다면 제가 그를 위하여 상사병에 걸려 저승을 지척에 두고 죽으려고 했겠습니까? 또한 만일 이 집이 첩실 자리 하나를 허락하지 않았다면 제가 죽어서라도 단장사(斷腸詞)를 읊겠다고253) 맹세했었겠습니까? 임사인의 재주는 하늘 밖의 첫째입니다. 임창홍은 11세 어린 나이에 이름을 과거 합격자의 첫머리에 올렸고, 벼슬은 비서각 태학사 중서사인에 이르렀고, 아침에 궁궐에 조회를 드리며 구층 어탑(御榻)의 높은 직책에 있으면서 왕의 법도에 대해 논의합니다. 임금은 임사인을 높은 스승으로 알고 조정의 모든 신하는 그 위세와 충효를 우러러 두려워합니다. 대왕은 임사인이 한낱 풍류가객으로 여기고 방비하지 못할 것이라고 생각한 것이로군요. 알겠습니다. 자객이 벌써 죽임을 당해 내쳐졌군요."

양왕이 취기어린 눈을 몽롱하게 뜨고 말하였다.

"그대는 내가 임가 놈만 못하다고 여겨 임가 놈의 위풍을 저토록 기리는 것이로구나. 임가 놈이 비록 건곤(乾坤)을 움직이는 술법을 가지고 있어도 그대의 반평생 영화를 아주 끊어버려 그대의 회춘하는 눈물을 호박침(琥珀寢)에 어룽지게 하니 저의 쓸데없는 풍모와 재주를 어디에다 쓰겠는가? 또한 그대가 온갖 방법을 써서 임가 놈에게로 돌아와 위하고자 한 뜻은 무창(武昌)의 돌254)이 되고자 했던 것과 같으나, 동지

---

253) 단장사(斷腸詞)를 읊겠다고 : {당시 되기를}. '장사'가 미상이므로 문맥을 고려하여 이같이 옮김.
254) 무창(武昌)의 돌 : 중국 무창에 망부석(望夫石)이 있음. 아내가 멀리 간 남편이 돌아오기를 산 위에서 매일 매일 바라다가 나중에는 그만 돌이 되었다고 함.

(冬至)날 밤과 하지(夏至)날 낮의 차가운 이불이 쓸쓸하고 싸늘하니 뿌리는 것은 눈물이요 숨 쉬는 것은 한숨일 적에 그 무엇이 쓸 데가 있는가? 그대는 나를 비록 배알 없는 사람으로 알고 나무라지만 나는 한 번 운우지정(雲雨之情)으로 그대의 쌓였던 아픔을 풀어주고 팔위의 붉은 흔적을 없앴네. 그런데도 임가 놈을 저토록 기리는 것이 부끄럽지도 않은가?"

옥선군주가 듣기를 다 했다. 옥선군주는 양왕이 꾀를 잘못 내어 양두사를 헛되게 죽이고도 깨닫는 것이 없는 것을 조소하다가 그의 대답이 이러하자 부끄러워 고개를 숙이고 두 줄기 눈물을 가볍게 흘려 복숭아 꽃 같은 보조개를 적셨는데, 이는 마치 서시(西施)가 배가 아파 찡그린 얼굴이 부차(夫差)의 간을 녹이고 달기(妲己)가 녹대(鹿臺)에 부축하고 있으면서 시름하는 태도와 같았다. 양왕은 옥선군주의 부끄러워하고 슬퍼하는 교태 띤 모습을 보자 온 몸이 무르녹아 급히 나아가 손을 잡고 뺨을 맞대고 달래며 말하였다.

"미인은 슬퍼하지 말라. 내가 오늘 궁으로 돌아가 천하의 협사를 모아 효장궁과 임상부를 도륙하여 그대의 한을 풀고 나의 협기(俠氣)를 알게 하겠다."

그러고는 양왕이 옷과 띠를 여미었다. 옥선군주가 눈썹을 찡그리고 말하였다.

"대왕께서는 오늘 나가셔서서 자객을 보내시려고 하시겠지요. 저도 만약 이 임씨 가문을 떠나면 친정인 조궁으로 돌아가고자 합니다. 그런데 친정어머니가 엄하고 바르신데다가, 친정아버지가 올라오시면 저의 앵혈을 살펴보시고, 앵혈이 없어진 곡절을 분명히 밝히신 후 저를 죽이

실 것입니다. 그러니 친정아버지가 돌아오기 전에 몸을 빼내어야 저의
목숨을 보전할 수 있을 것이니 이를 잘 주선해주십시오.”

양왕이 말하였다.

“이것이야 내가 어련히 알아서 잘하겠습니까? 높은 사다리를 만들어
담을 넘게 하겠습니다. 또 내가 접을 수 있는 다리를 만들어 소매에 넣
고 궁궐의 장원 밑에서 넘기면 그대는 내통을 잘해서 넘도록 하게나.”
옥선군주가 고개를 끄덕이며 응낙하였다.

이날 양왕이 궁으로 와서 여러 신하들을 불러 양두사가 죽은 것을 말하
였다. 그러고는 황금 한 덩어리와 자금(紫金) 백 일(鎰)을 앞에 놓고 몸을
바꾸어 바람으로 변한 후 괴이한 바람이 되어 집 기슭으로 가 그 틈으로
들어가 사람 죽이는 것을 흔적 없이할 자에게 이 금을 주고자 한다고 말
하였다. 이 중에 눈이 눈시울255) 밖에 방울같이 나오고 키는 대추씨만하
며 몸이 한 아름이 넘고 낯이 쇠북 같은 이상하게 생긴 흉한 자가 뛰어나
와 말하였다.

“대왕이 신에게 큰일을 맡기시면 금을 주지 않으셔도 순식간에 얻고자
하시는 머리를 드리겠습니다. 다만 상으로 한 잔 술을 내려주시기를
원합니다.”

이는 다름이 아니라 왕각의 말을 맡았던 군사 공손적이었다. 이 사람
은 왕각이 패하자 도망을 쳐 산 속으로 깊이 들어갔다가 요사한 도사를
만나 약간의 방술을 배워 혹 바람을 날리기도 하며 구름에 쌓이는 술법을
가졌으며 또 칼을 날려 사람의 머리 베는 것을 주머니에서 물건을 취하는
것같이 하였다. 산에서 내려와서는 양왕의 행차를 수행하면서 말을 잘 부

---

255) 눈시울 : 눈 언저리의 속눈썹이 난 곳.

렸다. 양왕이 천금을 놓고 자객을 구하는 것을 보고 이 사람이 문득 용기를 내 시원스런 말을 한 것이었다. 양왕이 기뻐하며 말하였다.

"나는 벌써부터 네가 심상치 않은 인물인 줄 알았지만 너를 급히 쓸 일이 없어 마구간을 지키게 했었다. 군사들 가운데서 대장이 나니 이는 좋은 일이로구나. 너를 특별히 대사마에 봉하니 급히 임상부에 가 이리이리 해 불충(不忠)한 임창흥을 찔러 그 머리를 거두고 효장궁으로 가서 효장공주의 장자(長子)와 공주를 칼로 찔러 나의 오랜 원한을 풀게 하라."

공손적이 왕의 말을 낱낱이 기록하며 듣고는 임가 놈이 거처하는 곳과 효장궁 정침(正寢)과 공자의 거처를 자세히 아는 이를 얻어 내응을 해 일을 도모하기를 구하였다. 양왕이 그렇다고 여기고 편지를 써 영리한 궁노를 시켜 조궁 편지라고 하고 홍매각 시녀 춘교를 찾아 전하게 하였다. 궁노(宮奴)가 편지를 가져가 잠시 후에 답신을 받아 왔다. 양왕이 기뻐서 펴 보니 그 편지에는 효장궁 정침과 여러 공자가 머무는 기린각이 그려져 있고 임상부 매죽헌에 임창흥이 거처한다는 것이 적혀있었다. 양왕이 공손적에게 주어 보게 하였다.

공손적이 한 번 보고 일일이 기록하고 밤을 타 바로 임씨 가문으로 갔다. 공손적이 주문을 외우며 후원의 낮은 담으로 뛰어 들어가 바로 서당을 찾은 후 처마 밑에 몸을 감추고 두루 살펴보았다. 그런데 여러 당(堂)들과 굴곡이 있는 난간이 겹겹으로 있어 어느 곳을 밟아야 할 줄 몰라 머뭇거리고 있었다. 문득 왁자지껄한 사람 소리가 나며 심의(深衣)256)를 입

---

256) 심의(深衣) : 신분이 높은 선비들이 입던 웃옷. 대개 흰 베를 써서 두루마기 모양으로 만들었으며 소매를 넓게 하고 검은 비단으로 가를 둘렀음.

고 띠를 두른 선비 한 명이 한 무리의 선동(仙童)을 거느리고 큰 문을 지나
가는 것을 보고 이 사람은 임창홍은 아닐 것이라고 여기며 이윽히 바라보
았다. 이때 공손적은 매죽헌이 어느 곳인 줄을 모르고 있었는데, 서동이
다기(茶器)를 들고 안에서 나오며,

"오늘은 사인 상공께서 정심헌에서 시침(侍寢)을 하시니 차를 그 곳으
로 대령하라"

고 말하는 것을 듣고 그 서동을 따라 몸을 바람에 쌓이게 해서 이동해
정심헌 처마 밑에 엎드려 있었다.

이날 태자소부 임유린은 여러 학생들의 강(講)을 받지 않고 종일토록
문을 닫고 무엇인가를 생각하고 있다가 임창홍을 불러 말하였다.

"오늘 밤에 흉한 도적이 너를 놀라게 할 것이다. 이곳에서 너는 나와
함께 자다가 이리이리하여 적의 진술을 받아내고 요사한.이를 집에서
내쫓아 집안을 단속하고 바로잡아라."

임창홍이 절을 하고 말씀을 받들고, 효장궁으로 와서 천홍에게 말하였
다.

"오늘 밤에 흉한 도적이 올 것이니 장태감 등에게 명하여 잠자지 말라
고 하여라."

임창홍이 정심헌으로 돌아오자 임유린이 고요히 앉아있다가 뒤창을
열고 가리키며 말하였다.

"조카는 저 기운이 보이느냐?"

임창홍이 말하였다.

"알고 있습니다."

임유린이 문을 닫고 탄식하며 말하였다.

"아버지가 요사스런 이의 심술을 밝게 아셔서 벼슬을 돌려드리고 고향
으로 내려가려고 하셨던 것이구나. 아버지가 돌아오시는 것이 수월 내
에 있을 것인데 조카며느리인 설씨가 유배 간 일과 목씨의 죽은 것은
실로 맹랑한 일이구나. 어머니도 결단코 요사스런 이가 집 안에 머무
르는 것에 대해 몹시 불편하게 여기실 것이다. 그러니 오늘 밤 자객이
오면 잡아서 그 간사한 마음을 드러내어 더러운 계집을 오랫동안 집안
에 두지 못하게 할 줄 알아라."

임창홍이 두 번 절하고 명을 받들고 이미 가정(家丁)257)과 군졸을 잠복
시켜 놓았다고 말씀드렸다. 삼촌과 조카가 이윽히 문답을 나누었다. 잠자
리에 들려고 할 때 촛불을 장(帳) 밖으로 내어놓고 숙직하는 서동은 장내
에 두었다. 임유린과 임창홍이 올무를 침대 밑에 놓아두고 서동 의산에게
상 밑에 있다가 적이 들어오면 즉시 옭아매고 뒤통수에 부적을 붙이고 순
초군(巡哨軍)에게 맡겨 날이 밝으면 처치하라 하였다. 임창홍이 태연히 작
은아버지를 모시고 취침하였다.

이때 의산이 임창홍의 분부대로 침상 밑에 엎드려 있었다. 공손적은
방 안이 조용하며 코 고는 소리가 실소리 같음을 듣고 한줄기 맑은 바람
이 되어 그 틈으로 들어와 방 가운데를 돌며 칼을 뽑아 급히 앞에 놓인 침
상을 찔렀다. 그런데 빈 침대였다. 공손적이 놀라서 돌아서다가 올무에
발이 걸려 거꾸러졌다. 의산이 급히 주사(朱砂)258)로 쓴 부적을 붙이며 요
패(腰牌)259)를 떼서 불에 비추어보니 '위국 위량부 왕각의 막하(幕下)'260)

54

55

---

257) 가정(家丁) : 집에서 부리던 남자 일꾼.
258) 주사(朱砂) : 수은(水銀)과 유황(琉璜)이 천연 합성된 붉은 물질. 거울 표면처럼 매끌매끌한 촉
감을 가진 붉은 돌로 이것을 갈면 빨간색의 천연물감이 나옴.
259) 요패(腰牌) : 군졸·사령·별배 등이 신분을 나타내기 위하여 허리에 차던 패. 나무로 만들어
패의 위쪽에 '엄금(嚴禁)'이라고 새겼음.

라고 적혀 있어 더욱 놀라고 한스럽게 여기며 도적을 끌고 내려와 옥에
가두었다. 이 날 삼촌과 조카는 편히 잤다.

다음날 임유린과 임창홍이 태청선생 임한규에게 밤사이 있었던 일을
말씀드렸다. 임한규가 눈썹을 찡그리며 말하였다.

"그렇다면 즉시 심문을 하였겠구나."

임창홍이 무릎을 꿇고 말하였다.

"밤이 깊어 밝기만 기다렸습니다."

임한규가 탄식하며 말하였다.

"요사스런 이는 너희를 죽이고자 몰두를 하는데, 요사스런 이가 일을
그르친 도적을 죽이지 않고 있겠느냐?"

과연 옥졸이 고하기를 도적이 간밤에 난대 없이 술병을 베고 죽었다고
하였다.

이때 온 집안사람들이 태전에 모여 있었다. 태부인이 눈썹을 찡그리고
탄식하며 말하였다.

"알겠구나. 간사한 이의 비루한 행실이 사람을 해치는구나. 자객을 보
내 우리 집안을 도륙하려 하며 간부(姦夫)와 도주하여 나라에 난을 일으
키려 하는구나. 너희들은 가만히 있어라. 할미가 손녀들을 시켜 쌍륙
(雙六)261)을 두게 하여 처치할 것이다."

모두들 절을 하고 명을 받들었다.

이날 과연 옥선군주는 상부(相府)에 자객이 올 줄 알고 단장을 가볍게

---

260) 막하(幕下) : 지휘관이나 책임자가 거느리는 사람. 또는 그런 지위.

261) 쌍륙(雙六) : {박혁(博奕)}. '박혁'은 장기와 바둑 등을 말함. 여기서는 이 이후로 '쌍륙'을 하는
  것으로 나오기 때문에, 이같이 옮김. '쌍륙'은 여러 사람이 편을 갈라 차례로 두 개의 주사위를
  던져서 나오는 사위대로 말을 써서 먼저 궁에 들여보내는 놀이임.

하고 임사인이 어느 곳에 있으며 자객은 어떻게 하고 있는지 알고자 춘교를 시켜 임상부 서실(書室) 왕래하는 길을 인도하라고 하고 가볍게 행하였다. 춘교는 임상부와 효장궁과 효문궁이 통하는 작은 길과 서실(書室)을 다 잘 알고 있어 손으로 곳곳마다 가리켰다. 옥선군주는 치마를 거둬들고 급히 행하여 효문궁 정심헌 뒤의 대나무 수풀에 숨어 자객의 동정을 살피었다. 그런데 밤이 반쯤 지나 정심헌에서 도적을 묶어 내치며 분부를 내리는 소리가 분명하게 들리는 것이었다. 옥선군주는 놀라서 한 걸음에 달려 침소로 돌아왔다.

옥선군주는 급히 춘교를 불러 일의 기미를 전하고 가장 독한 독약을 한 병의 술에 타주며 자금(紫金) 한 덩이를 맡기고 말하였다.

"금이 많으면 귀신도 사귈 수 있다고 하였으니 이 금을 초궁 옥리(獄吏)에게 주고 이 술병을 전하여 달라고 하며 이리이리 하여라."

춘교가 급히 술병을 가지고 옥리를 찾아 갔다. 이때 옥리가 도적을 맡아 옥에 넣었더니 춘교가 나아가 예를 올리고 말하였다.

"저는 초전하의 궁녀인데 갇힌 죄인은 저의 일가붙이입니다. 제 친척은 오월(吳越)262) 지방에서 태어나 한단(邯鄲)263) 지역에서 지내다가 저의 가족들이 조궁으로 온 줄 알고 찾아보고자 왔습니다. 그런데 우연히 임상부가 뛰어난 줄을 알고 구경하러 왔다가 잡혔습니다. 이 구태여 죽을 만한 죄인은 아니니 이 술 한 병을 전하여 주면 은혜를 잊지 않겠습니다. 자금(紫金) 한 덩이로 한 때의 술값을 하게 하리니 그대는 이

58

59

---

262) 오월(吳越) : 중국 오대십국 가운데, 907년에 당나라 절도사였던 전유(錢鏐)가 항주(杭州)에 도읍하고 세운 나라. 강남(江南)의 주요 지역을 차지하였으나, 978년에 송나라에게 멸망함.

263) 한단(邯鄲) : 중국 하북성(河北省) 남부에 있는 도시. 전국 시대 조(趙)나라의 도읍이었으며, 화북(華北) 평원과 산서(山西) 구릉 지대를 이어 주는 교통의 요충지임.

금을 받고 병을 전하여 주십시오."

60 옥리(獄吏)가 가뜩이나 궁색하고 아쉽던 중에 자금(紫金) 한 덩이를 보자 어찌 술 한 병 전하는 것을 난처해하겠는가? 시원스레 금을 받고 술병을 받아 전하였다. 공손적이 일을 허탕치고 잡혀 속이 타들어갔는데, 이때 술을 보고 급히 받아 병째 들이키니 얼마 못되어 죽었다. 옥리가 무심코 문을 봉쇄하고 나왔었는데 날이 새자 도적을 올려 문초할까 싶어 문을 열고 보니 자객이 완전히 죽어 있기에 몹시 놀라 이대로 아뢰었다. 이 일에 대해 다시 물어보지 않자 옥리가 오히려 다행스럽게 여겼다.

61 이날 낮에 태부인이 시녀를 홍매각으로 보내 옥선군주를 불렀다. 옥선군주가 명을 받들고 머리를 숙였다. 또 태부인이 영주소저를 돌아보며 말하였다.

"내가 오늘 마음이 즐겁지 않아 젊은 아이들을 모아 그 재주를 시험하고자 하니 너는 군주와 함께 쌍륙(雙六)을 쳐 승부를 겨루어라."

영주소저는 명을 받들었다. 영주소저는 옥선군주 알기를 뱀과 전갈처럼 알다가 근래에는 옥선군주의 비루한 행실에 대해 사람들이 하는 말을 듣고 옥선군주를 마주하는 것조차 차마 비위가 거슬려 마치 상아 주사위264)를 함께 하지 못할 정도였다. 그런데 영주소저가 총명하고 지혜로워 태부인의 마음을 거울같이 비춰보고 옥선군주를 집안에서 내치려고

62 하는 것임을 알고 말과 행동을 대범히 하였다. 영주소저가 판의 가장자리로 나아가 이마와 머리를 숙이고 아름다운 손을 움직이며 말하였다.

"군주는 몸을 펴시고 판의 가장자리로 오시지요."

---

264) 상아 주사위 : {스오}. 문맥을 고려할 때 '승오'로 보여 쌍륙놀이를 할 때 쓰는 것을 추정해 이같이 옮김.

옥선군주가 태부인의 부름으로 와서 태부인이 온화하게 대해주는 것을 보고 설소저가 없으며 임사인이 재취를 구하지 않는 것을 두고 비록 지금은 자신을 못마땅하게 여기지만 용납은 해주시는 것이기에 하루가 지나고 이틀이 지나면 자신의 얼굴이 눈처럼 희며 민첩한 재주를 지녔으니 좋게 받아들여질 것으로 여기고 몹시 기뻐하였다. 또 임창홍의 사랑이 어디로 가겠는가 여기며 마음속으로 몹시 기뻐하였다. 옥선군주는 앵혈에 대해서는 몹시 위태로운 가운데서도 그 역시 어떻게든 대처할 방법이 있을 것이라고 여기며 손을 들어 말을 두려고 하였다.

이때 군계의 딸 천혜가 4살이었다. 천혜가 옥선군주가 잡고 있는 쌍륙을 달라며 옥선군주의 손을 잡고 다투었는데, 이때 군주의 팔찌가 빠졌다. 옥선군주가 몹시 놀라 팔찌를 잡으려 하였다. 그러다 군주의 팔위에 앵혈의 흔적이 없는 것을 군계가 보게 되었다. 안색이 잿빛으로 변한 군계가 쓴웃음을 지으며 말하였다.

“군주는 팔위에 앵혈이 없는데 시속의 풍속을 쓰지 않아서인지요? 아니면 임사인의 사랑이 군주의 팔위 앵혈의 흔적을 없애셨나요?”

옥선군주가 도무지 땀이나 무슨 대답을 하겠는가? 이윽고 잠잠한 채로 고개를 숙이고 있다가 두 눈에 독기를 품고 말하였다.

“팔위의 앵혈은 규수에게나 있는 것입니다. 제가 존귀한 가문에 들어와 세월이 흘렀으니 어찌 규수의 몸을 아직도 하고 있겠습니까?”

자리에 있던 이들이 어이없어 얼굴을 마주보았으며, 소파가 비웃으며 말하였다.

“군주의 말은 틀렸습니다. 이 일의 흑백을 가리기는 몹시 쉽습니다. 임사인 상공을 부르셔서 거짓과 진실을 물어보십시다.”

태부인이 임창홍을 부르자 임창홍이 들어와 명을 받들었다. 태부인이 목소리를 가다듬고 물어보았다.

"너는 아내 한 명과 첩 하나를 두었지만 나이가 어리기에 내가 함께 자는 것을 명하지 않았었다. 집안의 운이 불행하여 한 명의 어진 며느리는 유배를 가게 되어 죽고 살아있는 것을 모르며 목씨는 죽어 살이 썩지 않았는데 군주와 함께 자는 것이 사람 된 도리로 할 일이냐?"

임창홍은 짐작했던 일이어서 태부인의 말씀에 대답을 하고자 일어섰다. 옥선군주는 임창홍의 한없는 덕이 있는 풍채를 처음으로 마주하고 보았다. 그러자 저런 신선의 풍채와 도인의 골격을 가진 이와는 온갖 수단과 방법을 써서도 하룻밤 화락을 누리지 못하고, 배알이 없는 사람인 양왕 진숙의 그물에 몸이 걸린 것이 발각되게 생겼으니 그 앞날을 헤아려 볼 수가 있었다. 그러자 옥선군주는 한 번 시험하고자 얼굴에 살기를 띠고 태연히 패도(佩刀)를 뽑아들고 임창홍의 나부끼는 넓은 소매를 잡고 칼을 날려 그 가슴을 찌르려고 하였다. 요사스런 이가 화가 나 살기를 드러낸 것이기 때문에 몹시 위태로웠다. 그러나 임창홍이 이 광경을 보고 몹시 화가 나 이를 확 뿌리치자 옥선군주가 지게문을 넘어 사오 층 섬돌 아래를 헛짚고 굴러 떨어졌다. 좌우에서는 잘했다고 말하였고 태부인은 칼을 뽑아 임창홍을 해치려고 한 것에 몹시 놀라 안색을 잃었다. 주위에서 일에 익숙한 사환을 시켜 옥선군주를 계심당에 가두라고 하고 밖으로 끌고 나가 옥선군주에게 주사(朱砂) 부적을 두루 붙였다. 또 임창홍이 옥선군주의 유모와 여러 시비들을 다 묶어 오라고 하고 외당(外堂)에 나아가 금방울을 흔들어 사졸을 모으고 형벌 기구를 갖추었다.

먼저 요사한 시비 춘교를 올려 심문을 하였다. 임창홍이 이를 갈며 옥선군주를 증오스럽게 여기고 간부(姦夫)와 옥선군주의 요망하고 음란한 행적을 오늘 드러내 집안을 맑게 하고자 하였다. 형틀 기구를 갖추어 두고 먼저 춘교를 올려 죄를 묻지 않고 형벌을 세 차례에 걸쳐 주었다. 준엄하게 꾸짖었는데 뇌성벽력(雷聲霹靂)같은 호령이 대청 아래에 울렸으며, 눈썹에 묵묵한 노기가 어리여 삭풍(朔風)이 뼛속까지 스미는 것 같았으며, 빛나는 두 눈을 잠깐 뜨자 가을 서리 같은 노기가 번뜩이며 맹호(猛虎)가 휘파람을 부는 것 같았다. 집장사예(執杖使隸)265)가 감히 그 모습을 쳐다보지 못하고 힘을 다하여 내리치니 춘교는 부러지고 살가죽이 점점이 떨어졌다. 춘교가 반은 살아있고 반은 죽은 듯이 있으면서 죄를 알고나 죽겠다며 부르짖었다. 임창홍이 생각을 좀더 하다 말하였다.

"네 죄목은 스스로 알 것이다. 지금 행해진 형벌로만 초사(招辭)를 받을 것이라고 생각하느냐?"

이미 형벌을 다하자 임창홍이 목소리를 가다듬고 물어보았다.

"너의 요사한 군주는 목씨를 왜 죽였느냐. 죽일 마음이었으면 어째서 요사한 중을 설씨 가문에 보내 목씨를 데려오게 한 후 조궁 행각(行閣)에다가 가두었느냐. 또 무슨 일로 요사한 중이 모습을 바꾸어 설씨를 삼켜다가 무엇을 하려고 했던 것이냐. 또 요승은 장사가 되어 칼로 나를 찌르려 하였는데 이는 무슨 흉계였냐? 군주가 이미 상사병에 걸려 나를 따랐으면 무슨 요계로 두 번이나 자객을 들여 우리 가문을 망하게 하려고 한 것이냐. 게다가 다른 남자와 사통을 해 이왕 실절한 계집이 되었으면 그 남자를 좋게 따라갈 것이지 맑은 집안을 더럽히다가 갑작스레 존당(尊堂)이 계신 가운데서 칼로 나를 찌르려고 하느냐? 너는 전

후의 악한 일을 밝혀서 괴로운 오형(五刑)266)을 받지 말라."

춘교는 세 차례의 형벌을 받아 반쯤 죽고 반쯤 살아있는 것 같았다. 요사한 춘교는 그 됨됨이가 몹시 흉악하고 간사하여 오히려 입술을 깨물고 두 눈을 감은 채 군주는 죄가 없다고 하였다. 임창흥이 몹시 화가 나 집장사예(執杖使隷)를 물러나게 하고 초국의 오형(五刑)을 베풀어 동시에 다섯 가지 형벌로 문초하라고 하며 말하였다.

"이런 요망한 것의 악한 여러 가지 일이 드러났으며, 그 흉한 계교가 대단하니 오형(五刑)을 내와라"

순식간에 좌우에서 오형(五刑)을 베풀어 살을 지지며 쇠 꼬치로 쑤시고 저미니 춘교의 모짊으로도 고개를 조아리며 화형(火刑)을 늦추시면 사실을 말씀드리겠다고 하였다. 그러자 임창흥이 형벌을 그치라고 명하였다. 춘교가 초사(招辭)를 올리니 그 내용은 다음과 같았다.

천비(賤婢) 춘교는 근본이 한미하고 천한 촌민의 자식으로 동서(東西)를 몰랐습니다. 조전하가 옥선군주의 혼인을 정하시고 궁녀를 뽑으실 때 제가 참여하여 일가족이 다 올라왔습니다. 옥선군주가 저를 보시고 수족(手足)같이 여기셔서 저는 군주를 위한 정성에 목숨을 아끼지 않았으며 충성스런 마음이 가득한 채 군주를 섬겼습니다.

처음에 낙안주의 한전하가 목지형을 대사마로 삼으시어 크고 작은 일을 의논하셨습니다. 또 한전하가 요술을 하는 능운법사를 얻어 목지형에게 맡겨 서울로 보내며 왕세자의 혼인을 낙안주에서 하지 않으려고 하시며 서울의 명문거족의 규수를

---

266) 오형(五刑) : 중국 대명률에 의거하여 죄인을 처벌하던 다섯 가지 형벌. 태형(笞刑), 장형(杖刑), 도형(徒刑), 유형(流刑), 사형(死刑). 혹은 묵형(墨刑), 의형(劓刑), 비형(剕刑), 궁형(宮刑), 대벽(大辟)을 이르기도 함.

삼켜오라고 하였습니다. 목지형이 여승을 데리고 왔을 때 옥선군주가 임씨 가문에 들어가 계셔서 설부인을 삼켜 낙안주로 데려 가려고 하였습니다. 제가 목지형과 남녀의 정을 맺고 이리저리 해서 목지형을 부추겨 설씨 가문으로 가 설소저를 삼켜내게 하였습니다. 그런데 어르신께서 쏘신 화살에 능운법사의 눈이 상하고 일이 실패하여 다시 돌아가 조리하였습니다. 그 후 돌아와 온갖 방법으로 시험하지 않은 것이 없었는데 하늘이 돕지 않아 일마다 실패하였습니다.

옥선군주는 더욱 분노해 설소저를 아주 갱참(坑塹)에 넣으려고 능운법사를 다시 불렀습니다. 능운법사가 숙렬당 처마 밑에 숨어 있다가 설소저를 삼키고자 하였는데 또다시 난데없는 화살에 맞아 왼쪽 눈을 실명하였습니다.

옥선군주와 제가 애통해하며 경복루267)에 칼을 가지고 들어갔다가 계교를 떠올려 개용단(改容丹)을 삼키고 설소저에게 죄를 씌우려고 하였습니다. 그런데 풍부인이 이리이리 꾸짖고 군주를 잡아 정당(正堂)으로 끌고 가고자 하였으나 여부인이 말리고 놓아주셨습니다.

또 군주가 설소저의 얼굴로 모습을 바꾸고 목씨를 처음에는 죽이려고 생각하였다가 후일에 쓸 곳이 있을 것이라 생각하고 목씨를 철편으로 마구 때리기도 하였습니다. 이때 목씨가 공손히 맞지 않고 때리기도 하며 머리의 반을 잡아 뽑았습니다. 군계부인이 오셔서 목씨를 구하고 이리이리 말씀하시고 군주를 끌고 주비께 갔습니다. 주비께서 죄를 말씀하시고 군주를 옥에 가두셨는데 능운법사가 요술로 도적하여 군주를 나비로 만들어 현경궁에 들어가게 하였습니다. 그러자 군주는 이귀인을 재촉하여 부인 직첩을 얻어 돌아왔습니다. 어르신께서 금슬(琴瑟)을 베푸셨다면 군주의 한이 이 지경에 이르렀겠습니까?

---

267) 경복루 : {봉눈당}. 봉륜당은 설소저의 처소이므로, 여부인의 처소인 경복루로 옮김.

1 　차설. 춘교의 초사(招辭)가 또 다음과 같았다.

　　어르신께서 더욱 금슬(琴瑟)을 베푸셨다면 군주의 한이 이 지경에 이르렀겠습니까? 목씨가 존당(尊堂)의 후대를 받자 군주는 한스러워하며 개용단을 삼켜 설소저의 얼굴로 모습을 바꾸고 아무 거리낌 없이 출입을 하셨습니다. 또 상공이 설소저와 동침하시자 군주는 날마다 이를 엿보고 더욱 욕심이 불이 일어나듯 하였습니다.

　　마침 능운법사가 오자 군주가 전후 사정을 말하고 죽이라고 하였습니다. 능운이
2 4~5차 시험하였는데 끝내 이루지 못하였습니다. 나중에는 칼을 가지고 봉륜당으로 갔는데, 지금 소식이 없습니다. 마땅한 계교를 찾지 못하자 군주는 비수(匕首) 하나로 시녀 다섯 명에게 먼저 시험해보고 하심당으로 가서 목씨를 찔렀습니다. 이 또한 설소저의 얼굴로 모습을 바꾸어 목씨를 죽인 것으로 한 손으로 두 적국(敵國)을 죽이는 계교를 낸 것입니다. 설소저에게 살인죄를 받게 하고자 남궁어사에게는 표를 올리게 하고 목지형을 설씨 가문에 보내 목부인을 부추겨 정소(呈訴)를 올리게 하였
3 습니다. 그런데 생각지도 않게 목부인이 지난 잘못을 뉘우치고 번번이 물리쳐 정소일체를 못한다고 하였습니다. 할 수 없어 걸인 여자를 얻어 목부인의 말처럼 꾸며 정소를 시켰습니다.

　　그러나 경상서가 밝게 살피시고 모든 문초(問招)와 죄인을 다 올리시자 일이 몹시 위태롭게 되었습니다. 남궁어사가 좌시랑 지위에 있어서 그 계비 곽씨에게 뇌물을 주고 일이 거의 성사되도록 했는데, 주상이 북노를 평정하시고 회군하신다는 소식이 들려오자 옥사(獄事)가 중지되었습니다. 축하하는 자리에 효장옥주가 참여하셨습니다.

4 　　군주는 옥사(獄事)가 흐지부지 될까 염려하여 이귀인이 중전의 자리를 탈취하고자 한다는 거짓말을 설부인이 지어내 이귀인을 비방한다고 적어 이귀인에게 보냈습

니다. 이귀인이 태자께 사정을 말하고 자결하고자 하자 지혜롭고 용맹한 태자께서 귀인을 위로하시고 황후와 의논하셔서 설소저를 입궐하게 하셨습니다. 황후가 천고(千古)에 대적할 사람이 없을 어진 설소저의 모습을 보시고 이귀인과 관련하여서는 조금도 죄를 주지 않으시고 다만 살인죄만 언급하시고 남해에 유배 보내라고 하셨습니다.268)

군주가 쌓인 원한을 풀 방법이 없어 한 무리 강도를 세 떼로 나누어 설소저가 유배 가는 길을 질러가게 해 설소저를 납치하게 시켰는데 지금 소식이 없습니다.

한편 효장공주는 군주의 고모이시기에 정이 어머니와 딸 사이와 비교하여 감할 바가 없으나 조금도 생각하고 염려하시는 것이 없으시고 들어온 첫날부터 꾸짖기를 인정 없이 하셔서 군주가 한스럽게 여겼습니다. 그래서 군주는 양두사라는 자객을 들여 효장공주를 죽이고자 하였습니다.

그런데 양두사가 잡혀서 죽자 군주가 친히 칼을 들고 효장공주를 죽이려고 하였습니다.269) 마침 어르신께서 숙직하시자 군주가 어르신이 잠들기를 기다리려고 후함에 엎드려 계셨습니다. 그런데 흰 얼굴의 고양이가 사람이 후함에 엎드려 있는 것을 보고 발톱으로 얼굴을 할퀴자 군주가 별생각이 없던 가운데 놀라서 떨어지셨습니다. 제가 멀리서 바라보다가 군주를 업고 돌아왔습니다. 어르신께서 인기척을 알아채시고 칼을 들고 나오셨지만 군주가 죽을 날이 멀었기에 만나지 못하신 것입니다.

임창홍은 춘교의 초사(招辭)를 보고 군주가 간사한 계교를 찾지 못할 바

---

268) 이귀인과 ~ 하셨습니다 : 앞에서 황후와 태자는 이귀인과 관련된 죄를 물어 설소저를 유배보낸 것으로 나왔는데, 춘교의 초사에서는 그 내용이 반대로 나와 있음.
269) 그런데 ~ 하였습니다 : 앞의 내용에서는 군주가 먼저 직접 효장공주를 살해하려고 하다 실패한 후 양두사를 보낸 것으로 나옴.

에 칼 쓰기를 시험하느라고 다섯 명의 시녀를 베었다는 것에 몹시 놀라
다시 물어보았다.

"내가 아직 너의 주인 얼굴도 보지 못하였는데 너의 주인의 앵혈은 어
떤 간부(姦夫)가 없앤 것이냐?"

춘교가 사실을 말하지 않은 채 말하였다.

"저는 실로 이일에는 참여하지 않았습니다. 군주가 요술을 행하기를
잘해 어려서부터 때때로 두건과 남복을 하고 출입을 날아서 하니 어떻
게 된 일인지 제가 알겠습니까?"

임창홍은 춘교가 사실을 이야기하지 않는 것에 더욱 화를 내며 오형(五
刑)을 행하였지만 춘교는 목숨이 끊어지게 되었어도 사실대로 말하지 않
았다. 온갖 형벌을 주어도 춘교가 입을 다물고 고개만 끄덕일 뿐이었다.
임창홍이 화가 불이 일어날 듯하였다.

이때 재홍이 임한규의 명을 전했다. 그 내용은 요망한 이를 사사로이
문초하여 받아낸 초사(招辭)의 내용은 분명한 것이니 내일 궁궐에 알리고,
사사로이 죄인을 문초하다가 죽이면 일이 분명하지 않게 되니 형벌을 거
두고 요사한 이의 목숨을 잃게 하지 말라는 것이었다. 임창홍이 임한규가
전하는 말을 듣고 화를 가라앉히고 춘교에 대한 형벌을 그친 후 몸에 큰
칼을 씌워 가두게 하였다. 또 옥선군주의 유모와 여러 시녀들에게 동시에
형벌을 내려 옥선군주의 간부(姦夫)를 찾았는데, 모든 시비가 하는 말이
춘교의 초사(招辭)와 같았다. 유모가 울면서 올린 초사의 내용은 다음과
같았다.270)

---

270) 유모가 ~ 같았다 : {유모 울며 고흐되}. 뒤에 이어지는 내용이 초사이기에 이같이 옮김.

군주는 어려서부터 몸가짐을 부녀(婦女)의 행실과 예절을 버리시고 천박한 것이 천인(賤人)들만도 못하였습니다. 남궁비도 군주를 못마땅하게 여기시고 엄히 경계하시어 깊은 곳에 두고 저에게 군주를 보살피게 하셨습니다.

그런데도 군주가 간언(諫言)을 듣지 않으시고 모월 모일 봉선루에 올라가 지나가는 이들을 살피다가 어르신의 모습을 보고 상사병을 일으켜 요사한 시녀와 함께 계획을 세워 일을 벌이기를 두루 하였습니다. 제가 울며 간하였는데 군주는 좋은 말을 쓴 약처럼 여기시고 매사를 다 속이고 춘교·홍악과 마음을 함께 해 모의하니 하늘이 내린 재앙은 피할 수 있지만, 자신이 만든 재앙은 모면할 길이 없다[271]고 하였습니다.

많은 간사한 계교로 시녀들이 군주를 도왔습니다. 군주가 간사한 시녀의 꾐으로 군왕 같은 남자를 때때로 후원 담을 넘어 들어오게 하는 것을 보았는데 그와 군주가 동침을 했는지는 모르겠습니다. 군주가 본궁에 있을 때부터 남궁비께서 유모와 보모들에게 말씀하시기를 군주를 효(孝)와 절(節)과 예의(禮義)를 알도록 도우라고 하셨습니다. 좋은 말로 군주를 보좌하였지만 군주가 화를 내며 이들을 몰아 내치고 천한 시녀들을 다시 뽑아 올리는데, 군주를 모신다고 하지만 그 행사를 어떻게 입에 올리겠습니까?

저에게 한 딸이 있는데 지아비가 호방하여 딸을 버리고 돌아가 버렸습니다. 어미의 마음에 딸이 불쌍해 개가(改嫁)를 시키려고 하였는데 딸이 귀를 베고 몸이 성치 않은 사람이 되었습니다. 신분이 천한 이도 절개 지키기를 소나무와 잣나무와 같이 하거늘 황실의 자손 가운데 이런 행실이 어디에 있겠습니까? 이 밖에는 아는 일이 없습니다.

---

271) 하늘이 ~ 없다 : {쳔작얼은 능가멸이어니와 즈작얼은 불가활이래天作孼猶可違, 自作孼不可逭]}. 『서경(書經)』에 나오는 말임.

11   군주는 춘교와 모의할 뿐 아니라 홍영과 홍악이라는 두 명의 시녀가 있어 한 몸과 같이 마음을 합해 모의했습니다. 홍영은 무슨 급한 일이 있는지 본궁으로 갔고 홍악은 도망쳐 담을 넘어가는 것을 보았습니다. 이 홍악이란 자는 처음에 목씨의 시녀였던 취영이 옥에 갇혀있던 것을 술법으로 꺼내고 자신이 취영의 모습으로 바꾸어 진술을 바꾸어 하였습니다. 태자께서 모습을 바꾼 홍악에게 중형을 가하여 대리시(大理寺)에 가두었는데, 홍악이 중형을 못 이겨 죽은 체 하자 대리시의 관원이 진실로 죽은 줄 알고 끌어 내쳤습니다. 춘교가 밤중에 데려와 구완하여 예전처럼 다니더니 지금 홍악은 달아났고 취영의 생사는 모르겠습니다.

12   임창흥은 다시 물어볼 말이 없어 옥에 가두고 모든 초사(招辭)를 거두어 존당(尊堂)에 말씀드렸다. 태청선생 임한규가 한 번 보고 임유린을 돌아보아 탄식하며 말하였다.

"형님께서 집안을 떠나신 후 집안에 변고가 이렇구나. 우리가 모두 일을 제대로 파악하지 못하고 안개 속에 있는 듯해 설씨 아이를 남해의 죄인으로 만들었구나. 아녀자가 감당할 만한 일이 아닌데 중도(中道)에 악당이 길을 질러가면 설씨 아이에게 화가 어느 지경에 미칠 줄을 모르겠다. 그러니 어린 아이를 어떻게 보호해야할지? 간악한 이를 잡아 설씨 아이가 풀려난다고 하더라도 그 소식을 어느 곳으로 보내야 하겠느냐?"

임유린이 대답하였다.

13   "제가 의첨에게 이리이리 가르친 것이 있습니다. 며칠을 행하여 송리산 연처사 집으로 가서 그 곳에서 몇 개월을 머물러 있다가 조카며느리가 해산을 하면 아이를 연처사 부부에게 의탁하라고 일러두었습니다.

연처사는 아내의 외족인데 영락황제가 즉위한 지 얼마 지나지 않아 벼
슬을 버리고 이름을 고쳐 그 곳에 은거하였습니다. 그곳은 세속과는
길이 다르고 산에 오르면 안개와 구름이 자욱해서 지척이라도 외인(外
人)이 알지 못하는 곳이니 조카며느리의 생사에 대한 염려는 아직 없을
까 합니다. 다만 그 사이 간악한 무리가 여러 길에 숨어 있었을 것이니
변고가 어디에서 일어날 줄 몰라 그것이 걱정스럽습니다만 각별 염려
는 없을 것입니다. 너무 근심하지 마시지요."

임한규가 고개를 끄덕였다.

임창홍이 표문(表文)을 지었는데 거기에 옥선군주의 온갖 악한 행실과
요사한 계교를 적었다. 또한 옥선군주가 집안에 난을 일으키고 사랑하는
이를 위해 치마를 걷고 진수(溱水)를 건널 정도의 비루한 행실을 많이 하
였다는 것과 또 비수(匕首)로 자신을 찌르려 하다가 실패하였으며, 그 간
사한 계교가 발각된 일을 밝혔다. 또한 일이 발각되어 간사한 시녀 춘교
등이 문초를 받고 죄상을 털어놓았다는 것을 적었다. 투부(妬婦)272)가 황
실의 자손이어서 사사로이 처리 하지 못하기에 남편인 중서사인 임창홍
이 죄를 청하고 인수(印綬)를 끌러 궐문에 대죄를 청하였다.

이때 태자가 옥좌(玉座)를 열어 군신의 조회를 받으셨는데 임창홍의 표
문(表文)이 올라오자 죄인들의 초사(招辭)를 보셨다. 태자가 몹시 놀라서서
급히 옥사(獄事)를 처결하여 옥선군주를 죽이고자 하셨다. 옥선군주가 순
순히 죽는지 혹은 다시 나라에 난을 짓는지 알지 못하겠구나. 차차 보라.

이때 옥선군주가 갇혀서 몹시 원통해 하며 온몸을 뒤틀며 벗어나 달아
나고자 하였지만 움직일 길이 없었다. 악을 쓰며 하는 욕설이 귀에 울릴

---

272) 투부(妬婦) : 질투심이 많은 여자. 여기서는 옥선군주를 가리킴.

16 정도였지만 밖과 소식을 통하여 양왕에게 이런 화를 알릴 길이 없었다. 군주가 심복 시녀인 홍악을 불러서 편지를 주어 일이 일어나기 전에 양왕께 보내었는데, 양왕이 기회를 맞추지 못하였다. 옥선군주는 자신이 그물을 벗어나지 못하고 강상(綱常)의 죄로 인해 음란한 행실이 발각되면 나라에서 자신을 죽일 것이라고 생각해 망극해하며 가슴을 치고 스스로 죽고자 하였지만 죽을 곳이 없었다. 군주는 애타는 심정에 혀가 다 마를 지경이었다.

　이보다 앞서 홍악이 옥선군주의 편지를 가지고 양왕에게 갔다. 양왕은
17 조왕궁에 다녀온 지 오래되기도 하였고 옥선군주로 인해 본국에 돌아갈 채비를 하고 있었다. 그러다 문득 옥선군주의 편지가 도착한 것이었다. 이는 다른 사연이 아니라 자객이 연달아 잡혀으니, 만일 일의 기미가 발각되어 대왕과 사통한 행실이 발각되면 큰 화가 목전에 일어날 것인데, 어떤 상황이 오더라도 매미가 허물을 벗고 모습을 바꾸는 것과 같이 할 것이니 대왕은 밖에서 행장을 준비하고 있을 것이며, 육로(陸路)로는 추격하는 병사가 두려우니 수로(水路)로 갈 수 있도록 한 척의 작은 배를 꾸며
18 여울에 매어 놓으라고 한 것이었다. 양왕은 심복인 형탁에게 배를 꾸며 남강에서 대령하라고 하였다. 여러 군졸들이 명을 듣고 물러났다.

　이즈음 홍악은 마음이 간사하여 궁에 머물고 있으면서 옥선군주 곁에 있지 않았다. 문득 어린 시녀인 춘앵이 양왕에게 급히 달려 왔는데, 춘앵은 춘교의 사촌동생이었다. 춘앵은 사랑스럽고 아리따운 용모를 지녔고 총명하고 간사하기가 춘교보다도 더 하여 옥선군주가 몹시 총애를 하며 출입(出入)에 곁을 떠나지 않게 하였다. 이때 춘앵이 정당(正堂)에서 변이 일어나는 것을 보고 집안이 어수선하자 쥐가 숨어 있는 것처럼 하고 있다

가 일의 종말(終末)을 다 본 후, 양왕에게 와서 사연을 말하였다. 양왕이 몹시 놀라 모든 궁노(宮奴)와 약속하였다.

"병장기(兵仗器)를 각각 들고 도중에 매복을 하였다가 군주가 출부(黜婦)가 되어 본궁으로 가면 도중에 놓치지 말고 군주를 납치하라. 군졸들의 복색을 다르게 하고 가면을 써서 인귀(人鬼)를 구별하기 힘든 차림을 하고 달려들어서 납치를 한 후 남강에서 배에 태우고 본국 수도로 가라. 만일 동궁비가 내가 가까이 한 미인인 줄을 알면 반드시 용납하지 않을 것이니 승상부에 내 관자(貫子)273)를 보이고 잘 구하여라."

모든 군졸들이 일제히 약속을 굳게 하고 길가를 왔다갔다 하였다274).

이때 태자가 임창홍에게 집으로 돌아가라 하시고 다시 죄인을 올려 문 초(問招)를 하셨는데, 형장의 분위기가 엄숙했고 태자의 안색에 위엄이 서려있었다. 춘교 등을 형벌로 심문하자 각각 죄상을 털어놓았는데 임부에서 올린 초사(招辭)와 같았다. 태자는 다시 알고자 하는 것이 없었으며, 점점 더 옥선군주의 행실이 비루하게 느껴질 따름이었다. 이에 다음과 같이 태자가 처결하였다.

"조군주 무빙은 행실이 비루하여 황실을 욕보였으며 그 지은 죄가 강상(綱常)275)을 범하였으니 극률(極律)을 내리는 것이 마땅하다. 그러나 황실의 사람이며 조왕의 얼굴을 보아 사사(賜死)하라. 임창홍의 정실(正室) 설씨는 티 없는 흰 옥과 같이 죄가 없는데 간사한 이의 모함으로 살 인죄에 걸려 남해에 유배가게 된 것이니 이는 과인이 잘못이다. 후회

---

273) 관자(貫子) : 망건에 달아 당줄에 꿰는 작은 단추 모양의 고리. 신분에 따라 금(金), 옥(玉), 호박(琥珀), 마노, 대모(玳瑁), 뿔, 뼈 다위의 재료를 사용함.
274) 왔다갔다 하였다 : {바즈니더라}. '브즈니다'는 '바장거리다'의 고어임. 부질없이 짧은 거리를 자꾸 오락가락 거닌다는 뜻임.
275) 강상(綱常) : 삼강(三綱)과 오상(五常)을 아울러 이르는 말. 곧 사람이 지켜야 할 도리를 의미함.

가 막심하니 특별히 현혜부인의 직첩을 내린다. 간사한 시녀 춘교는 요참(腰斬)276)하고 군주의 유모는 강보 적부터 기른 유모가 아니며 또 일을 함께 도모한 것이 없으니 풀어주어 고향으로 보내라. 전임 태우 남궁천은 뇌물을 받고 팔좌명부(八座命婦)를 대탄(臺彈)277)에 올리고 붓 끝을 놀려 과인을 희롱하였다. 이런 이를 과인의 곁에 머무르게 하면 이후 일어날 화를 헤아리지 못할 것이니 남해로 유배를 보내 영영 용서를 받지 못하게 해서 후인이 경계하게 하라. 남시랑은 뇌물을 받고 옥송(獄訟)을 혼돈스럽게 하며 죄가 없는 부인을 죄의 구덩이에 넣었으니 먼 곳으로 유배를 보내라."

또 태자가 조궁에 조서를 내려 다음과 같이 말하였다.

슬프구나. 예로부터 부인 여자가 사람을 섬겨 큰 덕을 이루지 못한다 하더라도 지금의 무빙과 같은 이는 없었다. 무빙은 황실 후손이 되어 높은 누각에 올라 외간 남자의 풍모를 흠모하여 월환을 던지고 상사병과 같은 이상한 병을 일으켰으며, 이미 흠모하던 사람을 따랐으면 잠자코 있을 것이지 앉은 방석이 덥혀지기도 전에 산속의 요승과 요망하고 음란하고 흉악한 계교를 만들며, 여자의 몸으로 사람의 머리 베는 것을 마치 풀 베듯 하니 이는 천고(千古)에 없는 간사한 이다. 그 자식의 악한 행실이 이러한데 그 부모가 모르고 있으니, 살았는지 죽었는지 좋은 일을 보는 듯 대했기에 이런 지경에 이른 것이다. 더욱이 나라에 죄를 지으니 그 죄가 어느 지경에까지 이르겠느냐?

무빙에게 머리와 발을 베어 각각 다른 곳으로 보낼 정도로 엄한 형벌을 내려야

---

276) 요참(腰斬) : 죄인의 허리를 베어 죽이던 일. 또는 그런 형벌.
277) 대탄(臺彈) : 사헌부와 사간원에서 하던 탄핵(彈劾).

하지만 과인이 차마 법을 쓰지 못해서 용서하니 슬프구나. 법은 왕 노릇을 하는 이가 세운 바이거늘 과인이 사사로운 정으로 인해 삼장지약(三章之約)[278]을 무너뜨리니 후인(後人)을 대할 면목이 없으며, 목씨의 원혼이 과인을 원망하지 않겠느냐? 또한 하늘이 노하실 것이다. 남궁비는 사실을 파악하고 강상(綱常)의 죄인을 놓치지 말고 즉일로 잡아다가 사약을 내리고 아뢰라.

이 조서가 내리자 성 안의 모든 사람들이 옥선군주에게 침을 뱉으며, 요사한 시녀 춘교의 허리를 벤 것을 시원스럽게 여겼다.

이때 남궁비는 이 조서를 받들고 몹시 놀라 낯빛을 잃고 크게 한 소리를 지르며 피를 토하고 거꾸러졌다. 세자가 허둥대면서 붙들고 약을 써 남궁비를 회생시켰다. 남궁비가 손으로 난간을 치며 말하였다.

"악녀(惡女)를 낳아 황실에 욕을 보이고 집안을 망하게 하였구나. 무빙이 강상(綱常)의 죄를 짓고 규방을 더럽히고 어진 이를 모함하였으며 아녀자가 되어 도부수(刀斧手)[279] 노릇을 하니 그 죄악은 천지를 싸고도 남을 것이다. 일시도 기다리지 못하니 빨리 수레를 보내 죄인을 잡아오라."

세자가 즉시 궁노(宮奴)를 보내고 사약을 대령하여 옥선군주가 오면 수레 속에서 즉시 죽이고 염습(殮襲)을 해서 묻겠다고 생각하며 한편으로는 장례에 필요한 물건들을 준비하였다. 가히 우습구나, 옥선군주 같은 요망한 이가 쉽게 잡혀와 제 죄를 받아 부질없이 죽고 훗날 나라에 화를 짓지

---

278) 삼장지약(三章之約) : 약법삼장(約法三章). 한(漢)나라 초의 법(法). 한나라 고조(高祖)가 진(秦)나라 군사를 격파하고 처음으로 함양(咸陽)에 들어갔을 때 지방의 유력자와 법삼장을 약속한 사실, 또는 그 법삼장을 가리킴. "사람을 살해한 자는 사형에 처하고, 사람을 상해하거나 남의 물건을 훔친 자는 죄값을 받는다"는 내용으로, 그 밖의 진나라의 무자비한 법은 모두 없앴다고 함.
279) 도부수(刀斧手) : 큰 칼과 큰 도끼로 무장한 군사.

26 않을 줄 아는구나.

이때 임씨 가문에서는 대궐에서 처결이 내려지자 가두었던 옥선군주를 풀어주어 당(堂) 아래에 꿇리고 일에 능숙한 사환을 시켜 내려진 죄명과 비루한 행실에 대해 적은 것을 읽혀서 군주에게 듣게 하였다. 채례(采禮)280)와 증거가 될 문서를 꺼내 옥선군주 앞에서 불태우고 군주에게 사약을 먹여 그 후환을 없애고자 하였으나 조서가 있어서 옥선군주를 조궁으로 보내 사약을 먹게 하였다. 또 하늘의 뜻을 알아 옥선군주가 쉽게 죽지 않을 줄 알고 순리대로 자신의 죄 몫을 일러주고 묶은 채로 교자(轎子)에 담아 문 밖으로 내보내며 조궁의 심부름꾼이 오면 주고 보내라고 하며

27 내쳤다. 주변에서 이미 옥선군주의 간사하고 악함을 아는데 어떻게 옥선군주를 염려해주겠는가? 동시에 끌고 내어가 묶은 것을 풀지 않은 채 옥선군주를 이리 차고 저리 차 무수히 굴리며 욕을 보이고 그 사이사이에 고운 얼굴을 할퀴고 뜯었다. 목지란의 시녀였던 영옥은 옥선군주의 가슴을 찢고 살을 할퀴어 밭고랑과 같이 만들고는 말하였다.

"이 악인아! 우리 주인이 너에게 무슨 원수라고 정당(正堂)에서 주신 감탕(甘湯)을 먹고 좋게 자는 것을 칼로 찔러 소리도 한 번 지르지 못하게 하고 죽게 하였느냐? 내가 너의 심장을 뽑고 간을 꺼내 주인에게 제물

28 로 올릴 것인데, 네가 나라에서 사약을 내린 죄인이며, 덕이 있는 명문 가문에서 흉한 일을 하지 않으려고 너를 곱게 보내는구나. 그러나 내가 너에게 한 번 욕을 하며, 네 살에 피를 내지 못하겠느냐? 내 친구인 취영을 홍악과 바꾼 후에 어떻게 했느냐? 이 말만 대답하여라."

---

280) 채례(采禮) : 납채(納采). 납채는 신랑의 집에서 신부의 집으로 혼인을 구하는 의례임. 이때에 폐백을 보내었으므로 납폐(納幣)와 같은 뜻으로 쓰이기도 함.

영옥이 잘근잘근 피부를 뜯자 옥선군주의 온 몸에 피가 흘렀다. 옥선군주는 아픔을 견디지 못해 불쌍하게 빌며 취영은 목지형이 맡아 가서 자신은 모르겠다고 하였다.

이러할 때에, 효장궁 궁노(宮奴)와 효문궁 궁졸(宮拙)이며 조나라 사람들이 모두 저마다 침을 뱉으며 낱낱이 들이밀어 옥선군주를 보고 말하였다.

"얼굴이 저만한데 개와 같은 행실을 하니 참혹하구나."

그 가운데 담대하고 배짱이 두둑한 사람은 달려들어 옥선군주에게 입술을 맞추며 말하였다.

"우리가 비록 천하지만 그대가 사통한 간부(奸婦)만큼은 될 것이다."

온갖 욕이 그치지 않으니 슬프구나! 옥선군주의 안색이 눈보다도 희고 그 재주는 소사(蕭史)281)와 같고 부귀는 한 나라의 군주였으나 평생 품은 바가 음란하고 방자하며 임창홍과는 삼생(三生)의 원수지간이었다. 온갖 방법을 써서 군주가 임창홍을 따랐지만 자신의 소원 하나를 이루지 못하였고, 임씨 가문을 망하게 하고자 요승을 데려와 환술을 부렸다. 그러나 임씨 집안의 삼대(三代)는 대군자이며 성현(聖賢)이기에 요사한 이가 자취를 보일 수가 없었다. 때문에 군주는 한단[邯鄲] 지역에서 나는 물산들과 왕궁에 쌓인 금과 은을 진토(塵土)같이 허비하였지만 한 가지 일도 계획한 대로 실행하지 못하였다. 결국 군주는 실절(失節)한 계집이 되어 촌수가 먼 일가 사람과 사통(私通)을 하였으며, 나라를 해치고자 군사를 모으고 대역죄를 일으키는데,282) 천도(天道)가 살펴서서 지난날 꾸민 간사한 계

29

30

---

281) 소사(蕭史) : 춘추전국시대 한나라 유향(劉向)이 지은 『열선전(列仙傳)』 상권 〈소사(蕭史)〉를 보면 소사(蕭史)라는 사람은 무척 피리를 잘 불었는데 봉의 울음소리를 내었다고 함. 진나라 목공(穆公)의 딸인 농옥(弄玉)을 아내로 얻어 봉루를 지어 농옥에게 피리 부는 법을 가르쳐 주었으며, 그들이 부는 피리 소리에 이끌려 봉과 학이 모여들면 농옥은 봉을 탔으며 소사는 용을 타기도 하였다고 함.

략이 춘교의 초사(招辭)에 드러났다.

오늘 옥선군주의 몸은 화려한 의복을 벗고 죄인의 옷을 입었으며 강상(綱常)의 대죄인이 되어 몸을 붉은 끈으로 결박당해 사옥에 들어가 있었다. 임씨 가문에서는 옥선군주를 끌어내 당(堂) 아래에 꿀리고 군주가 지은 십악대죄(十惡大罪)283)를 말한 다음 혼서지(婚書紙)와 같은 증거가 되는 문서들을 불태웠는데, 이때 그 얼굴을 보지 않으려고 장막 밖에서 죄를 말하고 내쳤다. 금지옥엽의 몸으로 궁노(宮奴)가 끌어당김284)과 사람들의 때림 그리고 손가락질을 받았다. 옥선군주가 사람의 몸으로 사람의 염치가 있다면 그 즉시 혀를 깨물고 몸을 부딪쳐 죽을 것이었으나 이는 요사한 정기(精氣)의 후신이라 욕을 참고 하는 대로 있으니 조궁의 심부름꾼이 와서 옥선군주의 교자를 즉시 메고 갔다.

이때 도로에 있던 사람마다 손으로 가리키며 침을 뱉었다. 홀연 길 가운데에 이르렀을 때 복면을 쓴 강도가 칼과 창을 들고 달려들어 조궁의 궁노(宮奴)를 짓밟고 동시에 옥선군주를 빼앗아 소나기같이 달려가니 사람들이 모두 놀라 숨어 있다가 잠시 후에 손뼉 치며 크게 웃고 말하였다.

"그 군주란 것이 천승(千乘)의 병거(兵車)를 거느리는 집안의 첩이며 며느리로 장랑의 처와 이랑의 남편285)보다도 더한 행실을 보이니 뭇 탕자들이 얼굴이 알려질까 하여 복면을 쓰고 교자를 빼앗아가는구나."

소문이 분분히 전하여져 온 성에 모르는 이가 없었다.

---

282) 나라를~일으키는데 : 이 내용은 춘교의 초사에서 밝혀진 것이 아니라, 이후의 내용에서 제시됨.
283) 십악대죄(十惡大罪) : 열 가지 큰 죄를 이름. 모반(謀反), 모대역(謀大逆), 모반(謀叛), 악역(惡逆), 부도(不道), 대불경(大不敬), 불효(不孝), 불목(不睦), 불의(不義), 내란(內亂)을 이름.
284) 끌어당김 : {홀쓰으미}. '홀쓰으다'는 후려 끌다, 끌어당기다의 고어임.
285) 장랑의~남편 : {장낭처 이랑부}. 문맥을 고려할 때 음난한 행실을 한 사람을 가리키는 것으로 보임.

조궁의 궁노(宮奴)가 칼과 창에 맞아 피를 흘리고 돌아와 이유를 말씀드리자 남궁비와 세자가 몹시 놀라 궁노를 흩어 두루 찾았다. 그러나 어디에 가서 찾을 수 있겠는가? 이대로 궁노가 말씀드리자 태자가 들으시고 탄식하며 말하였다.

"요사스런 이가 훗날 나라에 난을 일으키고 전쟁을 만들어, 조왕이 큰 화를 보겠구나."

태자가 만일 요사한 이가 어느 곳의 흉악한 이를 따라 국가에 난을 일으켜서 나라에서 다스리게 되면, 그 죄가 조왕 부자에게는 미치지 말게 하라는 내용을 쓰시고는 조왕세자를 탑 아래에서 보고 조서를 맡기셨다.

세자는 궁으로 돌아와 천은(天恩)에 탄복하였고, 남궁비는 분한 것을 이기지 못해 침식을 폐하고 침상에 누워있으면서 자결하고자 하였다. 세자 부부가 망극하여 머리를 조아리며 눈물을 흘리고 간절히 간(諫)하며 함께 침식을 그만두자 남궁비가 불쌍히 여겨 먹을 것을 내오게 하고 울며 말하였다.

"내 죄가 커서 무빙 같은 것을 낳아 황실을 욕보였다. 무빙이 마침내 도망을 갔으니 내가 무슨 면목으로 세상을 대할 수 있겠느냐."

세자가 남궁비를 위로해드리며 한 순간도 떠나지 않았다.

차설. 대명(大明) 성조(聖朝) 문황제(文皇帝)가 갑인(甲寅) 춘이월(春二月) 계미삭(癸未朔) 무오일(戊午日)에 흉노 아출태286)가 정삭(正朔)287)을 받들지 않자 팔도의 군사를 모아 친히 정벌하러 가서 다스리셨다.288) 이미 북

---

286) 아출태 : {야률틱}. 앞에서 계속 아출태로 나왔으므로 통일함.
287) 정삭(正朔) : 책력(冊曆). 역법(曆法)의 하나. 예전에, 중국에서 제왕이 새로 나라를 세우면서 세수(歲首)를 고쳐 신력(新曆)을 천하에 반포하여 실시하였음.
288) 대명(大明) ~ 다스리셨다 : 역사상 영락제는 대외정책을 적극적으로 추진하여 타타르, 오이라이트 등 몽고 세력을 다섯 차례에 걸쳐 원정하였음. 영락제는 5차원정에서 유목천에서 병을 언

이 한 번 울릴 때 북노를 평정하시고 팔도의 제후를 돌려 보내셨다. 대군이 호탕하게 행군 하여 추팔월(秋八月) 초길일(初吉日)에 유목천(楡木川)289)에 도착하여 모든 장졸들을 쉬게 하시고 음식을 주어 위로하셨다. 유목천의 탕에수는 문황제가 연저를 떠나신 후 탕목읍으로 삼으셨다. 모든 군사들과 포로들을 모아 3일 동안 잔치를 크게 베풀어 왕의 교화를 밝히셨다.

습순일290)의 군사를 거느리고 발행하려 하셨는데 황제가 홀연 몸이 불편하셔서 모든 군사들이 깃발을 세우고 소리내는 것을 그쳤다. 이날 밤의 초왕 임희린이 당전의 여러 어의들과 온갖 방법을 생각하며 황제의 병을 근심하고 약을 친히 달여 부마 임세린에게 맡기고 식음을 전폐하며 장막 밖으로 내려가 하늘을 바라보았는데 자미성(紫微星)291)의 빛이 빛나며 자리를 떠나려고 하는 것이었다. 초왕이 몹시 놀라 낯빛을 잃고 오래도록 탄식하고 피를 토하며 장막 앞에 거꾸러졌다. 장각이 뒤에 있다가 몹시 놀라 초왕을 급히 붙들고 팔다리를 주무르며 약을 써 구하였다. 조금 후에 초왕 임희린이 정신을 차리고 손을 잡고 눈물을 흘리며 말하였다.

"내가 본래 슬픈 인생으로 이번 세상에 조정에 나갈 뜻이 없었는데 우리 성상(聖上)이 베푸신 은혜로 마치 목숨을 다시 얻은 것과 같아 온 몸을 땅에 버려서라도 국은(國恩)을 갚고자 하였다. 그런데 하늘의 뜻을 보건데 자미성(紫微星)이 밝게 빛나고 있으니 이를 장차 어찌하겠는가? 장군은 빨리 근처의 명산(名山)을 알아오시게. 내 목숨을 대신 드려 주상의 위태하신 바를 구하겠다고 빌겠네."

<hr>

어 병사했는데, 『임씨삼대록』에서는 병든 영락제를 초왕 임희린이 살린 것으로 제시됨.
289) 유목천(楡木川) : 지금의 내몽고 자치구 다륜(多倫)의 서북부.
290) 습순일 : 미상.
291) 자미성(紫微星) : 큰곰자리 부근에 있는 자미원의 별이름. 북두칠성의 동북쪽에 있는 열다섯 개의 별 가운데 하나로, 중국 천자(天子)의 운명과 관련된다고 함.

장각이 그 충성에 감탄하여 명산(名山)을 급히 찾으러 갔다. 원수 임희린이 정신을 차려 용상(龍床) 아래로 나아가니, 황제가 상국 임한주와 원수 임희린에게 가까이 자리를 주시고 부마 임세린의 손을 잡고 말씀하셨다.

38

"이제 팔도의 제후가 돌아가고 내 병이 심상치 않으니 뜻밖의 환(患)이 있을까 두렵네. 그대들은 일절 군중을 소란하게 말라."

상국 임한주 등이 황제의 뜻대로 하겠다고 말씀드리고 두 번 절하며 명을 받들었다. 장각이 순식간에 돌아와 말하였다.

"탕에수 유목천 서쪽으로 철여산과 또 큰 산이 있는데 그 가운데 기이한 선인(仙人)이 있어 천시(天時)와 인사(人事)와 목숨의 길고 짧음과 과거와 미래의 일에 대해 모르는 것이 없다고 합니다."

원수 임희린이 이때를 당하여 앞이 막막하니 어떻게 위의와 체면을 돌아보겠는가? 필마(匹馬)로 달리며 장각에게 뒤를 따르라 하고 빨리 행하여 산 아래에 이르렀다. 산길이 고요하였는데, 우러러 보니 험준해 발붙이기가 어려웠다. 이백이 「촉도난(蜀道難)」에서 '촉도의 험난함은 하늘에 오르기보다 어렵도다'[292] 라고 하였는데 오늘 철산을 두고 말한 것이었다.

39

임희린은 부운총[293]에서 내려 한 번 솟구쳐 만 길이나 되는 절벽을 평지를 오르는 것과 같이 올라갔는데, 발붙일 곳이 없었지만 충성스런 마음이 가득하여 발과 다리가 부드러운 곳을 찾을 줄 모르듯이 올라가며 기운

---

292) 이백이 ~ 어렵도다 : {시의 니른바 촉도지난이 난어상텽텬이래[蜀道之難, 難於上青天]}. 촉도(蜀道)는 사천성(四川省) 촉중(蜀中)의 매우 험준한 길인데 이백(李白)의 「촉도난(蜀道難)」에 "위험하고도 높아라, 촉도의 험난함은 하늘에 오르기보다 어렵도다.[噫吁戲危乎高哉, 蜀道之難 難於上青天]"라고 한 데서 온 말로서 곧 세로(世路)의 험난함을 비유한 것임.
293) 부운총 : 임희린의 말 이름.

이 떨어질수록 마음속으로 기도드리며 철산의 상상봉에 올라갔다. 이미 밤이 삼경(三更)이 다 하였을 때였다. 난대 없는 광풍(狂風)이 일어나며 홀연 백액호(白額虎)가 기세를 일으켜 돌을 던지며 모래를 날리고 큰 입을 벌리고 뛰어 달려들어 임희린을 물려고 하였다. 임희린은 평생 처음으로 붉은 봉황과 같은 눈을 크게 뜨고 눈썹294)을 치켜뜨고 정기를 쏘다가 이 윽히 범을 보고 꾸짖으며 말하였다.

"너는 비록 산짐승의 한 가지이지만 오히려 산을 지켜 모든 짐승 가운데 영웅이라 자처하는데 생심이라도 지나가는 이를 해하려 하느냐? 나는 왕명을 받아 사해(四海)를 통솔하고 돌아가는 길인데, 마침 황제께서 옥체(玉體)가 불편하시기에 걱정이 되어 이 산중에 있는 선인(仙人)이 진군을 찾아 약을 구해 황야께 드리려고 한다. 업보 있는 너는 내게 큰 죄를 지은 것이니 내가 한 번 네 목숨을 시험할 일이다. 그러나 선인(仙人)을 찾는 것이 급해 용서를 해 줄 것이니 빨리 앞길을 인도하여 선인(仙人)이 있는 곳을 가르쳐라."

이 맹호는 본래 태허진군께 길들여져 도를 얻었는데 매양 진군의 골짜기 어귀를 지켜 잡인의 종적을 끊었다. 오늘도 산 어귀의 거침없는 인적을 보고 기세를 일으킨 것인데, 임희린의 뇌정벽력(雷霆霹靂) 같은 위엄을 만나 맹호가 눈빛 같은 털 사이로 땀을 흘리기를 마치 오월의 장마 비와 같이 하며 온 몸을 떨며 엎드렸다. 임희린이 호령을 그치자 맹호가 자연스레 꼬리를 내리고 머리를 숙여 앞길을 헤치니 임희린이 길을 찾기가 쉬웠다. 임희린이 위엄 있는 발걸음을 빨리해 점점 깊이 들어가니 안개가

---

294) 눈썹 : {와잠천창[臥蠶天槍]}. '와잠'은 잠자고 있는 누에로 미남의 눈썹을 가리킬 때 쓰이는 말임. '천창'은 목자자리에서 마름모꼴을 이루고 있는 다섯 개의 별 가운데 셋째 별임. 북두칠성의 자루 끝 부근에 있음.

자욱하며 흰 달이 밝게 비추었는데 소나무와 대나무 숲을 지나자 한 칸의 집이 나타났다. 구름이 자욱하고 향내 나는 연기가 안개처럼 지붕 위의 용마루295)를 덮었고 맑은 학의 소리가 들렸다. 이미 시각은 사경(四更)을 지나고 있었다. 신선의 거처요, 은사(隱士)의 처소임을 알 수 있었다.

임희린이 눈을 들어 보자 호랑이는 없고 삼각동자가 사립문 아래 서 있었다. 임희린이 급히 물어보았다.

"너는 이 동중선생 댁 아이냐?"

그 아이가 대답하였다.

"그렇습니다. 저는 본래 태허진인을 곁에서 모시는 동자입니다. 오늘 아침에 남악 위진군이 선생님을 초청하셔서 선생님께서는 남악으로 가셨습니다. 가시면서 오늘 삼경(三更) 말 사경(四更) 초에 귀한 분이 산 속에 오실 것이니 석탑을 쓸고 있으면 즉시 돌아오시겠다고 말씀하셨습니다. 귀한 손님이 오셨으니 물어보겠습니다만 그대는 천하도총절제 평북대원수 임모가 되시는지요?"

원수 임희린이 대답하였다.

"그렇단다. 너는 어떻게 자세히 아느냐?"

동자가 급히 두 번 절하고 대답하였다.

"훌륭한 이름과 그 명성이 깊은 산 속 골짜기까지 이미 덮었습니다. 어찌 귀인의 이름을 모르겠습니까?"

동자가 임희린을 모셔 석탑에 올리고 차를 올렸다. 문득 학의 소리가 맑고 낭랑하게 울리며 진군이 흰 사슴을 뜰아래 내리는 것이었다. 임희린이 당(堂)에서 내려가 맞이하며 넓은 소매를 들어 올려 진군에게 당(堂)에

43

44

---

295) 용마루 : 지붕 가운데 부분에 있는 가장 높은 수평 마루임.

오르시기를 청하였다. 진군이 사양하면서 순식간에 탑에 자리를 정하였다. 임희린이 눈을 들어 진인을 보니 지초(芝草)296)로 만든 옷을 입고 난초로 만든 띠를 둘렀고 눈썹을 누를 정도로 구름관을 내려 썼는데, 그 장대하고 훌륭한 풍채와 신기한 품격이 옥첩(玉牒)297)에 자리를 정하고 하늘에 조회를 드리는 일을 하는 이임을 알 수 있었다. 임희린이 몸을 굽히고 대답하였다.

"저는 속세 사람이기에 어찌 선계(仙界)를 밟겠습니까? 그러나 북쪽의 흉노를 물리치고 성상(聖上)을 모시고 회군하였는데 탕에수에 이르러 성상(聖上)께서 옥체가 불편하서 군대가 움직일 길이 없었습니다. 게다가 성상의 병이 날마다 더 하셔서 온갖 약이 효험이 없자 군졸들의 마음이 요동하였습니다. 그래서 제가 신하된 자의 몸으로써 성상을 대신하고자 합니다. 선생의 신기한 도(道)와 덕(德)을 듣고 땅거미가 질 무렵에 장막을 떠나 이곳으로 왔는데 마침 선생께서는 출타하신 것이었습니다. 저의 충성이 신기(神氣)를 감동시키지 못해 선생을 만나 뵙지 못할까봐 걱정하며 두려워하고 있었습니다. 다행히 우리 성상(聖上)의 큰 복으로 선생님을 뵙게 되니 하늘이 도우신 것입니다. 아뢸 말씀이 없습니다."

진군이 대답하였다.

"저는 산과 들에 묻혀 사는 사람으로 속세를 떠난 지 여러 해가 지났습니다. 지난날 그대의 동생 형양298)이 사람의 잘못 인도함을 입어 몸을

---

296) 지초(芝草) : 지칫과의 여러해살이풀. 줄기는 높이가 30~60cm이며, 잎은 어긋나고 피침 모양임. 5~6월에 흰색 꽃이 총상(總狀) 꽃차례로 피고 열매는 작은 견과(堅果)를 맺음. 뿌리는 약용하거나 자주색 염료로 씀.
297) 옥첩(玉牒) : 임금이나 왕족의 계보. 하늘에 제사 지낼 때 제문을 쓴 문서. 불교나 도교의 경전. 귀한 책이라는 뜻으로, '역사책'을 달리 이르기도 함.

망치는 화를 입게 되었습니다. 형양이 화를 피하기 위해 기주 채미산
의 버려진 암자에 와서 제가 형양을 이리저리해서 보내고 제가 이곳에
머무르고 있었습니다. 그대가 천자를 호위하고 이 땅을 지날 때 반드
시 옥체(玉體)가 용상(龍床)에 앉기조차 어려우실 것이며 군사들의 인심
이 소란할 것이라 생각했습니다. 천자의 대운이 연북 유목천에서 다하
실 것으로 생각되었습니다. 비록 제가 깊은 산속에 묻혀있지만 이곳
철산이 또한 우리 성천자의 땅이니 제가 천자를 위해 힘쓰지 않을 수
있겠습니까?"

말을 마치고 동자를 시켜 붉은 이슬을 기우려 한 잔의 차를 부어 원수
께 내오게 하였다. 임희린이 천만 뜻밖에 아우 유린을 깨우쳐 돌려보낸
도사를 만나게 되자 몸을 일으켜 백배 사례하며 말하였다.

"아우가 잊지 못할 은혜를 입었다고 말할 때마다 제가 채미산 용선동
을 한 번 찾아 선생께서 아우를 살리신 은덕에 대해 사례하고자 하였습
니다. 그러나 천한 몸이 국가에 매인 일이 많아 선인(仙人)을 만나 뵙지
못하는 것을 앉은 자리에서 탄식하고 있었습니다. 그런데 오늘 아우에
게 큰 은혜를 끼치신 선인(仙人)임을 알게 되었습니다. 선인(仙人)께 인
사드리고 평생 마음에 간직했던 소원을 풀 수 있으리라고는 생각하지
못했습니다."

이어서 약을 얻어 황상의 환후를 고치는 것을 말씀드리자 진군이 말하
였다.

"성상이 용체(容體)가 편안하지 않으신 것도 하늘의 뜻입니다. 그러나
진보도군299)의 충효(忠孝)를 상제(上帝)가 감동하셔서 황제의 죽음을 9

---

298) 형양 : 태자소부 임유린을 가리킴.

월 늦췄다가 그 후에 용거(龍車)를 맞이하라고 하셨습니다. 저는 이 3가지 환약을 두우궁 노자담에서 얻었습니다. 제가 그대의 해를 가릴 만큼 하늘을 감동시킨 충성에 감동하여 얻어서 드리는 것이니, 2개의 환약은 성상께 드리고 또 하나의 환약은 깊이 간수하여 두고 계시면 쓸 곳이 있을 것입니다."

임희린이 급히 무릎을 꿇고 받으며 백배사례하며 말하였다.

"제가 선생의 안전에 전후로 인사드린 적이 없는데 어린 아우를 구하셔서 돌려 보내주셨으니 이 은혜는 뼈가 가루가 되어도 이번 생애에 다 갚지 못할 정도입니다. 그런데 또다시 황제를 낫게 할 영단(靈丹)을 주시니 은혜를 칭송하는 것뿐 아니라 황제께서 건강을 회복하신 후에 토지를 나누어 선생의 큰 공을 갚을 것이니 소생이 사사롭게 일컬을 수 있겠습니까?"

진군이 감당할 수 없다 하며 미소를 짓고 말하였다.

"누가 그대를 대군자이며 어진 사람이라 합니까? 이 정도의 작은 일에 몹시도 칭송하며 게다가 황제께서 회복하시면 토지를 나누어 주실 것이라 하시니 제가 감당하지 못할 일입니다. 저는 사해(四海)를 집을 삼아 아침에는 동해에서 놀고 저녁에 서해에서 놀며 구름을 떨쳐 풍운을 타고 다니며 거처를 모르고 지내는데, 속세의 토지는 무엇에다가 쓰겠으며 사람의 폐물을 어디에 쌓아두겠습니까?

그런데 그대는 소중한 며느리의 생사를 모르고 계시고 있으시지 않는 지요? 훗날 그대의 깃발과 수레가 남쪽을 돌 때에 부자가 상봉하고 부부가 다시 만날 것이니 아직 멀고도 멀었군요. 또 황실의 후손이 오랑

---

299) 진보도군 : 초왕 임희린을 가리킴.

캐 땅에 떨어지게 되어 국가에 전쟁이 곧 일어날 것입니다. 요망한 이가 해외로 날아가 옛날부터 알던 이를 만나 도술에 능수능란해져서 태성(台星)300)을 괴롭힐 것입니다. 낭아군의 조마경(照魔鏡)을 전하여 드리니 나라의 난(亂)을 평정하고 집안에도 도(道)가 세워지도록 하시지요. 그러나 천기(天氣)는 비밀스러운 것이어서 누설할 것이 아니기에 더 이상 이야기를 하지 않고 그만두겠습니다. 오늘은 이별하고 훗날 옥허궁에서 반갑게 만나도록 하시지요."

진군이 죽침(竹枕)을 내어 베고 눈을 감으니 숨소리조차 없었다. 임희린이 놀랍게 생각했지만 약을 얻었으므로 지체할 것이 아니기에 소매를 들어 두 번 절하고 계단을 내려갔다.

은하수는 기울어져 있고 맑은 이슬이 내리고 있었다. 급히 동구 밖을 나와 산을 넘었는데 발이 부르트고 힘이 다하였지만 피곤한 것을 모르고 별을 보고 이슬을 무릅써 총총히 산을 내려왔다. 부운총301)이 소리를 내며 굽을 허비하였다. 임희린이 고삐를 이끌고 말 등에 오르자 말이 네 굽을 몰아 얼마 지나지 않아 산 아래에 도착하였다. 장절도가 와 있었다. 고삐를 바꾸고 행군하였는데 절도사 장각이 선인(仙人)을 만났는지 물어보았다. 임희린이 대답하였다.

"그대의 가르침이 자세해 내가 빨리 찾아 선인(仙人)을 묘하게 만났으니 국가의 다행한 복이네."

급히 대진(大陣)에 이르렀다. 임희린이 부마 임세린을 보고 밤사이 황제의 건강과 안위를 물어보자 임세린이 대답하였다.

---

300) 태성(台星) : 여기서는 임창홍을 가리킴.
301) 부운총 : {츄풍마}. 앞에서 임희린의 말 이름이 부운총으로 나와 통일함.

"성상의 건강이 삼경(三更)이 지난 다음부터 자주 혼수상태에 들어가시니 큰아버지가 가만히 계시지를 못하고 있습니다."

임희린은 놀랍고 두려워 급히 용탑(龍榻) 아래 나아가 황제의 상태를 살피고 부친을 바라보았는데, 부친의 모습이 상해 계셨다. 임희린의 황제와 부친에 대한 충성이 효성과 이때를 당해 어느 지경에 이르렀겠는가마는, 임희린은 안색을 부드럽게 하고 임세린에게 황제에게 올리는 물을 받들고 있으라 한 후 8번 절하고 진맥을 한 후 도사가 준 환약을 꺼내 그릇에 담았다. 상서로운 기운이 등잔불을 가리고 향내가 코를 찔렀다.

이때 상국 임한주가 부마 임세린과 함께 여러 명의 태의에게 진맥을 하게 했었다. 황제가 해가 질 무렵부터 옥체(玉體)를 버리시고 미음과 약물을 받지 않으시자 임한주와 임세린은 심장이 타들어갔는데 군사들이 소란스러워질까봐 일절 근심을 나타내지 않았다. 더욱이 임희린이 간 곳을 알지 못해 초조해하고 있었다. 임희린이 돌아오기는 했지만 황제의 상태가 점점 더 여지없어 육맥(六脈)302)이 다 하는 위급함을 당하자 임한주는 어떻게 해야 할 줄을 모른 채 모든 어의들을 내보내고 태자께 표문(表文)을 쓰려고 하였다.

그런데 임한주는 영단(靈丹)을 보자 표문(表文)을 거두었다. 임희린이 영단을 즉시 복령차303)에 풀었다. 원수 임희린이 약그릇을 받들었고, 상국 임한주와 태사 설연창과 소각노들이 좌우에서 황제를 모시고 있었으며, 부마 임세린이 황제의 관복의 띠304)을 벗기고 단의(單衣)를 가볍게 한

---

302) 육맥(六脈) : 여섯 가지 맥박. 부(浮), 침(沈), 지(遲), 삭(數), 허(虛), 실(實)의 맥.
303) 복령차 : 복령(茯苓)으로 만든 차. '복령'은 구멍장이버섯과의 버섯. 공 모양 또는 타원형의 덩어리로 땅속에서 소나무 따위의 뿌리에 기생함. 이뇨의 효과가 있어 한방에서 수종(水腫), 임질, 설사 따위에 약재로 씀.
304) 관복의 띠 : {관결}. 문맥을 고려했을 때 관복 정도인 듯하여 이같이 옮김.

후 용체(容體)를 안아 편히 받들었다. 임희린이 소매를 높이 걷고 약을 받들어 성상의 입을 열고 약물을 흘려 넣었는데 한 방울도 다른 곳으로 틔지 않고 황제의 목구멍으로 넘어 갔다.

문득 황제가 기운을 회복하시는 기색이 보였다. 조금 전까지만 하더라도 미세한 혈색조차 없고 옥색(玉色)이 점점 여지없어 곁에 있던 신하들이 몹시 두려워하고 걱정하였는데, 이제 가는 숨소리가 은은히 들리며 용안(龍顔)에 혈색이 돌아오는 것이 좀 전의 상태와 비교하지 못할 정도였다. 마치 비바람이 몰아치던 좌중에 따뜻한 봄볕이 돌아 온 것 같았다. 점점 황제의 시원하게 숨 쉬는 소리를 들은 후, 임희린이 또 하나의 환약을 갈아 드렸다. 홀연 황제가 용안(龍眼)을 떠 좌우를 살피시고 몸이 부마 임세린에게 안겨있음을 깨달으시고 여러 신하들을 돌아보셨는데, 신하들의 얼굴에 눈물 흔적이 있는 것을 보았다. 황제가 비로소 아까 위태하셨던 것을 깨달으셨지만 어떻게 회복하셨는지는 생각하지 못하시고 몸을 움직이고자 하셨다. 임세린이 받들어 용상(龍床)에 모신 후 물러나 머리를 숙이고 두 번 절하였다.

황제가 이때는 정신이 상쾌하시기에 용침(龍寢)을 물리쳤다. 또 황제가 여러 신하들의 놀랍고 두려워하는 거동과 임세린의 공손한 몸가짐이 이 가운데 있다 하시며 몸을 편하게 하도록 하셨다. 또한 임희린이 약을 받드는 것을 살얼음 밟듯 하며 충성스런 마음이 가득하였는데 이러한 행동이 신기(神氣)를 감동시켰다.

황제가 이때 비록 온 세상과 천자의 귀함을 가졌지만 다른 나라의 인적 없는 곳에서 군사들이 진을 치고 있는 가운데 갑자기 독질에 걸려 이틀 동안 혼수상태에 들어 인사(人事)를 버리신 것이었다. 이 당시 황제의 곁에 태자가 계시지 않았으며 조왕은 두서를 모르는 어리석은 공자이니 황제가 어찌 회복하시기를 바랄 수 있겠는가? 속절없이 어거(馭車)를 태허로 돌리셨는데, 나라의 중사가 어떻게 될 줄 모르며, 제후국의 병사들이 도로에 이어있으니 백성들이 소란하였다. 황제가 어쩔 수 없이 고황제(高皇帝)께서 창업하신 천하가 어찌 될 줄 모르신다고 여겨 정신이 없는 가운데서도 탄식하시는 탄성을 내셨는데, 이후에는 옥새(玉璽)와 인끈도 거두지 못하시며 혼절해 계셨다. 그러다 두 개의 환약에 온갖 병이 저절로 물러나고 정신이 전보다 상쾌하시니 이어서 미음을 드시고 오히려 가까이 있는 신하들에게 감사해하셨다. 또 임희린의 충성과 임세린의 지극한 정성을 더욱 기특하게 여기시어 용수(龍手)로 임희린 형제의 손을 맞잡으시고 상국 임한주를 향하여 사례하며 말하였다.

"짐이 굳건하게 있을 수 있는 것은 두 사람의 지극한 정성 덕택이니 은혜라고 하는 것은 가볍지 않겠는가. 그대는 흰머리가 날 나이인데 약 시중을 들면서 눈물을 흘리고, 희린은 서리와 이슬을 무릅쓰고 깊은 산 속 험한 골짜기에 가서 영단(靈丹)을 얻어오느라고 하룻밤 동안 애를 써서 뼈만 남아있고, 세린은 짐의 곁을 혼자 지키면서 충(忠)과 효(孝) 두 가지 생각에 애간장이 다 말랐으니 짐의 마음이 부서지는 것 같구나."

상국 임한주를 비롯한 세 부자가 황제의 말씀을 조용히 듣고 있었다. 이들은 황제가 분명하게 말씀하시는 것을 듣고는 황공하여 머리를 숙이고 두 번 절하여 말하였다.

"신하의 도리가 막북지역305)으로 어거(馭車)를 받들어 북노를 진멸하는

---

305) 막북지역 : '막북(漠北)'은 사막의 북쪽이라는 뜻으로, 고비사막 이북인 현재의 외몽골 지방을 이르는 말.

것이었습니다. 그런데 북노를 전멸하였으나 미처 황성에 돌아가지 못해 성상의 옥체(玉體)가 편하지 못하셔서 이틀 동안 경색(梗塞)306)을 겪으시게 되었는데, 이 상황에서는 신의 세 부자와 모든 장졸들이 목숨을 드려서라도 전과 같은 옥색(玉色)으로 돌아오신 것을 바꾸지 못할 정도여서 몹시 위태로웠습니다. 그러나 신이 한순간 수고로 오히려 신하된 자가 감당하지 못할 전교를 들으니 황공하여 드릴 말씀이 없습니다.”

황제가 이어서 약을 드시자 좋은 향기가 몸에 잠기셔서 정신과 기운이 맑아지셨다.

수일 후 회군하실 때 모든 군사들의 즐거움이 물 끓는 듯하여 어가(御街)를 모시고 호탕하게 황성을 바라보며 물밀듯 나아갔다. 그 정기가 하늘을 가릴 정도였고 들고있는 칼과 창은 서릿발 같았다. 백성들은 어가(御街)를 바라보며 머리를 숙이고 만세를 불렀는데, 그 소리가 천지를 진동하였다. 황제가 몹시 즐거워하시며 백성을 바라보시고 각별히 술을 내리시고 각각 성은(聖恩)을 내려주시자 늙은이를 부축하고 어린이를 이끌고 오는 백성들이 길을 덮었다. 황제가 연(輦)307)을 멈추게 하시고 은근히 농장(弄璋)308)을 권하시며, 만이(蠻夷)에서 올린 보화를 장수와 군사들에게 주시고 남은 것을 낱낱이 내어 골고루 나누어주셨다. 이 가운데 보상국 태자가 한닙을의309) 올린 황옥명월패(黃玉明月佩) 한 쌍은 서후가 남

---

306) 경색(梗塞) : 혈액 속에 떠다니는 혈전(血栓) 따위의 물질이 혈관을 막는 일. 이로 인하여 혈액 순환이 잘되지 않아 영양 공급이 중단되며 그 부위의 세포 조직이 죽게 됨.
307) 연(輦) : 임금이 거둥할 때 타고 다니던 가마. 옥개(屋蓋)에 붉은 칠을 하고 황금으로 장식하였으며, 둥근기둥 네 개로 작은 집을 지어 올려놓고 사방에 붉은 난간을 달았음.
308) 농장(弄璋) : 아들을 낳음을 이르는 말. 『시경』〈기부지십(祈父之什)〉의 ‘사간(斯干)’에 “남자를 낳아서 평상에 재우며 치마를 입히며 구슬을 희롱하게 하니 우는 소리가 우렁차니 붉은 슬갑이 휘황하여 실가를 소유하며 군왕이 되리로다[乃生男子, 載寢之牀, 載衣之裳, 載弄之璋, 其泣喤喤, 朱芾斯皇 室家君王].”에서 유래한 말임.
309) 한닙을의 : 미상.

궁비에게 내려주신 것이었다. 황제가 월패(月佩)310)를 한 번 보시고 안색이 잿빛으로 변하시며 월패를 도로 거두어 부마 임세린에게 맡기시고 다시 다른 물건들을 여러 사람들에게 나누어 주셨다. 물건이 어떻게 해서 이곳에 있으며 누구에게서 난 것인지 다음을 보라.

황제가 만민을 가르치시고 천은(天恩)을 두텁게 하신 후 행군을 빨리 하셔서 황성에 도착하셨다. 태자가 백리 밖으로 나와 황제를 맞이하시고 조정의 문무백관(文武百官)이 도성으로 와서 태자의 어가(御街)를 쫓았다. 어가(御街)를 따르는 행렬의 위엄이 있었으며, 황제가 만이(蠻夷)를 평정하시는데 잃어버린 군사가 하나도 없이 환궁하시는 경사는 역대 처음이었다. 도로에 늘어서 구경하는 백성들은 긴 물줄기를 이루었고, 또 사람들이 늘어선 것이 흰 차일(遮日)을 친 것과 같았다.

넓은 들판에 어막(御幕)311)을 배설하여 삼군의 장수가 진을 쳤다. 좌우에 세워둔 용봉일월기(龍鳳日月旗)는 바람에의 휘날렸다. 태자가 문무(文武)의 신하들을 거느리고 반열을 맞춰 몸과 머리를 숙이자 황제가 멀리서 보시고 어막(御幕)에 내리셨다. 태자가 어탑(御榻)312) 아래 8번 절하고 나아가는 열을 맞추시고 성상의 용안(龍顔)을 우러러 반기시는 것이 넘치셨다. 성상이 급히 몸을 일으키게 하시고 용수(龍手)로 태자의 손을 잡고 슬퍼하며 말하였다.

"짐이 북적(北狄)313)을 한 북에 평정해 해외에 위엄이 진동하며 막북(漠北)이 다 짐의 땅이로구나. 왕의 교화를 널리 펴며 회군하는 것이 더디

---

310) 월패(月佩) : 허리나 가슴에 차던 패옥(佩玉)의 하나.
311) 어막(御幕) : 임금이 쓰는 장막을 이르던 말.
312) 어탑(御榻) : 임금이 앉는 상탑(牀榻).
313) 북적(北狄) : 중국 사람들이 북쪽 지역에 사는 족속들을 멸시하여 이르던 말. 흉노, 선비(鮮卑), 유연(柔然), 돌궐, 거란, 위구르, 몽골 등의 유목 민족을 가리킴.

어저서 추(秋) 칠월에 탕에수 유목천에 이르러 팔도의 제후들에게 음식을 주어 위로한 후 돌려보내고 군사들을 쉬게 하였었다. 그런데 갑자기 짐이 병이 나서 위태롭게도 이틀 동안 사생을 알 수 없을 적에 임씨 가문의 세 부자314)가 지극한 충성으로 정성이 미치지 않은 곳이 없어 태상노군의 영단(靈丹)을 얻어 와서 짐에게 먹여 이틀 동안 짐의 막혀있던 곳을 뚫고 온갖 병을 다 물리치게 하니, 4~5일이 못되어 온 몸이 상쾌하더구나.

오늘 부자(父子)가 살아서 얼굴을 반길 수 있는 것은 오로지 희린의 충의(忠義)로 인한 것이며, 안에서 짐의 병을 간호하면서 짐을 편안하게 한 것은 효장의 부마 세린의 지성이다. 또 밖으로 군사들의 마음을 진정시킨 것은 임한주와 설연창과 소경 등이 주도면밀하게 일을 처리한 것이니 그 공(功)이 큰 바위와 같고 은혜는 넓은 바다와 같구나. 특별히 단서(但書)315)와 철권(鐵券)316)을 주어 대대손손 물려 임한주의 형제나 자손이 국가의 큰 죄를 저질러도 법을 사용하지 말고 짐의 부자와 임한주의 자별함과 짐의 부자가 다감(多感)하게 생각하는 뜻을 사라지지 않게 해서 후인들이 알게 해라. 벼슬로 갚고자 하지만 고집스럽고 청렴하며 정직해서 벼슬을 받지 않을 것인데, 그렇다고 말로만 고맙다고 하지는 못할 것이다. 그대는 희린에게 이름을 부르지 말라.”

황제가 말씀을 마치고 눈물을 흘렸다. 태자가 황제의 건강이 위태로웠다는 말씀과 초왕 임희린의 특별한 충성에 대해 들으시고는 눈물이 용수

---

314) 세 부자 : {ㅅ 부지}. 친정에 출정한 이가 임한주, 임희린, 임세린이므로 이같이 옮김.
315) 단서(但書) : 법률 조문이나 문서 따위에서, 본문 다음에 그에 대한 어떤 조건이나 예외 따위를 나타내는 글.
316) 철권(鐵券) : 공신에게 수여하던 상훈 문서.

68　(龍手)에 가득 떨어졌다. 태자가 머리를 숙이고 눈물을 흘리며 아뢰었다.

"황제의 건강이 불편하시고 위태로우셨는데 신이 지금까지 모르고 있었으니 이 어찌 신의 죄가 아니겠습니까? 임상국과 그들 세 부자의 특별한 충성은 신이 결초보은(結草報恩)할 것입니다. 성상의 말씀을 마음 깊이 새기고 잊지 않겠습니다."

임한주와 설연창, 소각노를 향해 태자가 두 번 절하고 황제의 병환을 걱정하고 보살핀 것을 칭찬하고 초왕 임희린을 향해 용수(龍手)를 들어 계속 칭찬하였다. 상국 임한주와 임희린 형제가 전율을 이기지 못해 엎드려
69　능히 일어나지 못하고 땀으로 옷을 적셨다. 태자가 붙들어 일으키시고 더 이상 칭찬하지는 못하였다.

날이 저물 무렵에 어가(御街)가 태자와 함께 도성으로 들어와 오봉루에 내리셨다. 이날 상서로운 구름이 대궐을 덮었고 조정 모든 신하의 옥결(玉玦)317) 소리는 군대의 위용과 짝을 이루었으니 그야말로 태평성대였다. 날이 저물자 황제가 군사들에 대해 벼슬을 새로 주시거나 올려주시는 일을 미처 처리하지 못하여서 내일 다시 모이라고 하고 내전(內殿)으로 들어갔다.

황후가 여러 왕들과 공주들을 거느리고 황제를 맞이하였는데 황제 또한 얼굴들을 보며 반가워하였다. 모든 사람들이 물러나자 효장공주가 남
70　궁비와 함께 나란히 들어와서 용안(龍顔)을 바라보며 달포 동안318) 궁궐을 향해서 사모하던 것을 아뢰며 잠잠히 있었다. 황제가 남궁비를 돌아보

---

317) 옥결(玉玦) : 옥으로 만들어 허리에 차는 고리.
318) 달포 동안 : 달포는 한 달이 조금 넘는 기간임. 영락제가 친정을 위해 궁궐을 비운 기간은 앞의 내용으로 미루어 보았을 때 적어도 6개월 이상인 것으로 나오나, 이 부분에서는 효장공주와 남궁비가 걱정한 기간을 이처럼 제시하고 있음.

시고 감탄하시며 말하셨다.

"짐이 이번에 황옥패(黃玉佩)를 얻어 세린에게 주었다. 이는 서후비께서 그대에게 내린 물건인데 보상국 오랑캐가 이 물건을 진상하였으니 의심스럽고 괴이하며 망측하구나. 어떻게 잃어버린 것이냐? 서후가 중요하게 여기시던 것이니 효장이 깊이 간수하여라. 물건은 임자를 찾는 것인데, 남궁비에게는 인연이 다하여 초국에 떨어진 것이다. 효장은 깊이 간수하고 있다가 너의 자녀들 가운데 월패(月佩)를 가질 아이가 있으면 이 물건이 비상하니 스스로 임자를 찾을 것이다."

황제가 옥선군주의 안부를 물으시며 옥선구주가 임씨 가문에서 별 탈 없이 지내고 있느냐고 물어보셨다. 남궁비가 관결과 비녀와 귀고리를 뺀 후 처분을 기다리고, 효장공주가 머리를 숙여 옥선군주의 전후 악한 행실과 요사스러우며 비루한 행실을 물 쏟듯 말씀드리고 탄식하며 아뢰었다.

"황실에 무빙 같은 음녀가 태어나 손으로 칼을 날려 사람 죽이기를 능사로 하는데 저의 시댁이 분명히 알면서도 황실의 후손이라고 해서 입을 열고 말한 적이 없었습니다. 황제께서 북행(北行)을 하셔서 나라가 빈 때를 타 외국의 번왕과 무빙이 사통을 하고 더욱이 이상한 자객을 데려와 저를 여러 번 죽이려고 하였는데 제가 놔두고 있었습니다.

그런데 무빙의 앵혈 흔적이 없어진 것을 집안에서 알고 실색을 하고 시할머님이 곡절을 알고자 창홍을 불러 앞에 오게 하셨는데 창홍이 미처 대답도 하기 전에 무빙이 불문곡직(不問曲直)하고 창홍의 소매를 잡고 칼로 가슴을 찌르려고 하여 그 상황이 몹시 위태로웠습니다. 창홍이 한 번 뿌리치자 무빙이 여러 층의 섬돌 아래에 떨어져 창홍을 해치지는 못하였습니다.

집안에서 옥선을 잡아 가두고 간사한 시녀 춘교를 잡아 오형(五刑)으로 심문을 하였습니다. 춘교가 지난날의 간악한 행실을 모두 털어놓았는데 사사로이 처리하지 못해 초사(招辭)를 거두어 태자께 올렸습니다. 태자가 이리이리 결단을 내려서 무빙을 임씨 가문에서 잡아가 조궁으로 옮겨 사약을 내려 스스로 목숨을 끊게 하라고 하였습니다. 그런데 무빙이 조궁으로 가는 도중에 표범 같은 강도가 복면을 쓰고 칼과 창으로 조궁의 궁노(宮奴)를 짓밟고 무빙을 빼앗아 갔다고 하니 이런 음녀(淫女)가 어디에 있겠습니까?"

효장공주가 말을 마쳤는데 얼굴이 붉게 변하였고 격분하여 눈물을 샘솟듯 흘리며 가슴이 막힌 것같이 하였다. 남궁비는 머리를 숙이고 눈물을 흘리며 자식을 잘못 낳아 황실을 욕보인 죄를 청하였다. 황제가 효장공주의 말씀을 조용히 듣고 계셨는데 옥선군주가 자객을 데려와 효장공주를 죽이려고 했다는 대목과 군주가 임창홍을 찌르려고 했다는 대목과 결국에는 길에서 달아났다는 대목에 대해 어수(御手)로 용상(龍床)을 치시며 몹시 탄식하시며 말씀하셨다.

"걱정이로구나! 내가 본래 무빙의 기상을 보면 먼저 마음이 놀라웠는데, 무빙이 상사병과 같은 괴상한 병으로 임창홍을 따르지 않았느냐. 그때 죽여서 황실을 욕보인 죄를 밝히고자 했지만 그렇게 하면 골육상잔(骨肉相殘)을 하는 것이기에 버려두었다. 그런데 결국 이런 더러운 행실과 강상(綱常)에 큰 죄를 여러 가지로 지을 줄 어찌 알았겠느냐? 훗날 무빙이 국가에 큰 변란을 만들고 나라를 소란하게 할 것이다. 삼척(三尺)의 아녀자가 이렇게 하는 것은 옛날이나 지금을 돌이켜보아도 요사한 무빙 밖에는 없구나."

그러고는 황제가 천하 십삼성(十三省)에 조서를 내렸는데, 번국 제후의 땅과 진국 사막에서라도 남녀를 막론하고 행장을 하고 수상하게 급히 다니는 이는 잡아서 탑 아래에 받치면 천금을 상으로 내리고 만호(萬戶)의 제후로 봉할 것이라는 내용이었다. 이 조서를 전국 방방 곳곳에 내리라 하시고, 좌우로 남궁비를 붙들어 올리라 하셨다.

차설. 황제가 좌우를 시켜 남궁비를 붙들어 올리라고 하였다. 남궁비가 탐스러운 머리를 쩛으며 죄를 청하였다. 황제가 옥색(玉色)을 고치고 효장공주를 시켜 남궁비를 붙들어 올리고 잘 타이르며 말하였다.

"부모가 어질지만 자식이 불초한 경우가 있으니 지나치게 슬퍼하는 것은 아무런 도움이 되지 않네. 남은 자녀들을 어질게 교훈하고 옥혜는 조궁으로 돌아가서 결혼시키고 대국의 벼슬하는 집안을 바라지는 말게."

남궁비가 머리를 조아리며 명을 받들었다. 효장공주는 다시 설씨의 살인사건을 아뢰었다.

"태자가 어질고 명석하여 형벌을 낮추어 죽을 죄인인 설씨를 처형하지 않고 귀양을 보냈습니다. 드디어 무빙의 간사한 계교가 발각되어 설씨의 억울함을 풀어주기를 분명히 하고자 이미 용서하는 명을 설씨가 미처 유배지에 도착하기 전에 내렸습니다. 그런데 요사한 이들이 여러 길로 질러 가 유배가던 설씨를 혹 낙안주로 잡아갔다고도 하며, 혹은 설소저가 망망대해(茫茫大海)에 의연하게 빠졌다고도 하는 등 소문이 무성합니다. 설씨를 호송하러 간 한주부와 따라갔던 설희광이 아직 돌아오지 않고 있으니 일이 이상합니다. 그런데 시댁에서는 주숙렬이 태연하게 있는 것을 보고 설씨의 생사를 염려하지 않고 있습니다."

황제가 탄식하며 말하였다.

"태자의 처사가 어찌 그리 모호했느냐? 간사한 이의 행동을 거의 예측하면서도 아녀자를 남해로 유배 보냈느냐?"

효장공주가 아뢰었다.

"이는 다 형부시랑이 이리이리한 일입니다."

황제가 탄식하시고 이번 행군에 병을 얻으셔서 위태롭던 것과 임씨 가
문의 세 부자의 충성에 대해 다 말씀하시고 이후로 국가의 모든 일에 관
하여 임씨 가문과 함께 할 줄 알라고 하셨다. 효장공주는 황제의 건강이
위태롭던 일에 대해 들으니 지난 일이지만 몹시 놀랐다. 공주가 성언(聖
言)에 황공하여 머리를 숙이고 물러나 남궁비와 이야기를 나누었다.

익설(益說).319) 임씨 가문에서 천금 같은 며느리가 애매한 죄명을 쓰고
기후가 덥고 습한 남쪽의 거친 지역으로 유배를 떠나게 되니 젊은 여자가
어찌 무사히 도착할 것이며, 더욱이 추격하는 병사가 급히 따를 것이기에
며느리가 화를 당할 것은 보지 않아도 알 수 있었다. 주숙렬이 비록 비단
주머니를 주며 매송·상운 등을 가르쳤으나 염려를 놓지 않고 있었다. 그
러던 중 설소저의 신원(伸寃)이 분명하자 존당(尊堂)이 다행스럽게 여기며
기뻐하였고, 유배지에 도착하기 전에 용서하는 명이 내려졌기 때문에 설
소저가 돌아오는 날을 헤아리며 기다리고 있었다. 그런데 주숙렬은 존당
(尊堂)이 즐거워하시는 것을 기뻐하면서도 며느리의 화가 봄, 가을이 4~5
번 바뀔 동안 이어지고, 아들의 깃발이 남쪽 지역을 돈 후 부자가 상봉하
며 부부가 한 자리에 모일 것에 대해서 의심쩍었지만 알고 있어, 그 슬픔
을 참고 말을 아꼈다. 주숙렬이 침소로 물러나오면 눈썹을 찡그리며 즐기
지 않았다. 임창홍이 어머니의 마음을 알아채고 늘 온화하고 부드러운 말
로 어머니를 위로하며, 소년 부부의 기약 없는 이별을 마음에 담아두지
않고 농담과 우스갯소리로 두 누이를 이끌고 어머니의 마음이 즐겁도록
어리광과 응석을 부려 반의(班衣)320)의 효도를 다하였다. 주숙렬이 아들

---

319) 익설(益說) : 이미 일어났던 사건을 다시 자세히 말할 때 쓰는 말.
320) 반의(班衣) : 중국 춘추 시대 초(楚)나라의 현인(賢人)인 노래자(老萊子)가 일흔 살에도 색동옷
　　을 입고 부모 앞에서 어린아이 짓을 하여 부모를 기쁘게 하였다는 고사(故事)에서 전해진 것으

의 지극한 효성에 감탄하면서도 아들이 너무 굳세고 엄숙해서 여자가 마음을 놓지 못하게 하는 것을 생각하고 훗날 며느리의 고난을 헤아려 마음속으로 탄식하느라 즐기지를 못하였다.

황제가 서울로 돌아오신다는 소문이 나라를 들썩이었다. 도성의 백성들이 태자의 어가(御街)를 따라 황제를 맞이하러 갔다. 그동안 태부인은 임상국 부자를 멀리 보내고 즐거워하지 않고 계셨다. 그런데 기쁜 소리가 들리자 집안이 물 끓듯 하였다. 임창홍이 태자를 모시고 교외로 나가고 태청선생 임한규는 태자소부 임유린과 여러 아이들을 거느리고 문에서 임상국 부자를 맞이하고자 기다렸다. 또한 여러 부인들의 기뻐하는 소리

가 가득하였다. 태부인이 베개를 밀치고 일어나 난간으로 나서며 손을 머리 위에 얹고 말하였다.

"아들과 손자 두 명을 변방으로 보낸 후 내 마음은 북쪽을 향해있었다. 집안의 허다한 변고가 겹겹으로 일어나고 설씨 아이가 누명을 입고 남해 끝으로 유배를 가게 되어 이별을 할 수밖에 없었는데; 이때는 내가 마치 미운 아이를 보낸 것처럼 무심히 지냈는데, 희린 부자가 온다고 하니 내 이제야 마음이 급하구나."

태부인이 난간 위에 앉아서 시녀들의 걸음소리가 들리기만 하여도 상국 부자가 들어오는가 하며 어린 공자들을 시켜 골짜기 밖으로 나가 어디

쯤에서 행차를 내리고 있는지 보라고 하셨다. 임한규는 어머니가 기뻐하시는 것을 보자 효성스런 생각에 마음이 슬퍼져서 웃으며 말하였다.

"어머니께서 형님과 희린 형제 사랑하시기를 저에게서보다 100배는 더 하시는 것을 보니 제가 원통합니다."

로, 부모에게 지극한 효도를 행한다는 뜻임.

태부인이 평생 처음으로 크게 웃으며 말하였다.

"너는 집안에 한가롭게 있으면서 밤낮으로 나를 받드니 절박함이 없어 네 몸을 위해 내가 근심스러운 것이 없구나. 그런데 희린 부자는 종종 변방으로 다니니 나의 마음에 살뜰하게 그립구나. 오늘 너의 말은 자손을 나누는 말이니 이는 경솔한 말이구나."

임한규가 이마에 기쁜 기운이 무르녹은 채 태부인의 말씀이 마땅하심을 아뢰고 소부 임유린과 여러 아이들을 거느리고 동구 밖으로 나왔다.

임창흥이 태자를 모시고 북교로 가 황제와 부친을 맞이하여 충신과 효자로서의 반김을 다하였다. 황제가 대궐에 들어가시는 것을 보고 부자(父子), 숙질(叔姪), 조손(祖孫)이 빨리 동구로 갔다. 임한규가 여러 아이들을 거느리고 상국 임한주의 수레 아래에 이르렀다. 임한주가 급히 내려서 동생이 절하는 것을 기다리지 않고 손을 맞잡았다. 임희린 형제가 급히 부친께 절을 두 번하였는데, 효자가 부친을 반기는 지성에 강물에 물결이 요동치는 것처럼 눈에서 눈물을 흘렸다. 임한규가 임한주를 모시고 집안으로 들어올 때, 임한주가 한 손으로는 임한규의 손을 잡고, 다른 한 손으로는 임유린의 손을 이끌고 걸음걸음이 급히 하였다. 임유린은 부친이 지난날 자신에게 보여주셨던 태도를 생각하고 지금 특별히 자애(慈愛)를 베푸시는 것을 보자 홀연 마음이 슬퍼져 마디마디마다 뼈가 녹는 것과 같았으며, 형님이신 임희린이 보여준 지성을 마음속에 새겼다.

바로 태화전으로 들어와 함께 태부인께 절을 두 번 올렸다. 임한주는 꿇어 앉아 그 사이 존당(尊堂)의 건강이 늘 편안하셨는지를 물어보며 어머니의 얼굴을 우러러보고 반기다가, 오히려 자신의 몸이 국가에 매여 있어 북당(北堂)321)에 계시는 늙은 어머니를 모시면서 반의(班衣)를 입고 춤을

추는 것이 효자의 도리인데, 자신은 황제를 모시고 돌아다니느라고 그렇게 하지를 못했으며, 태부인이 변방의 일을 걱정, 근심하셔서 그 사이의 초췌하신 듯해 보이는 것에 슬퍼져 어머니의 두 손을 받들었다. 태부인은 아들의 가슴에 머리를 대고 눈물을 흘렸다. 임한주가 눈물이 나오는 것을 참으면서 태부인을 위로하고 임한규를 돌아보며 탄식하고 말하였다.

"어리석기가 나같이 불초한 사람은 없구나. 천승(千乘)의 녹봉을 위해 몸에 무거운 소임을 맡아 때때로 어머니의 마음에 막대한 걱정을 끼치니 너에게 부끄럽지 않겠는가?"

임한규가 감동하며 어머니를 위로하였다. 임희린 형제가 각각 예(禮)를 마치고 할머니를 곁에서 뫼시자 적막하던 당(堂) 안이 마치 물 끓는 듯하고 자녀와 손자들이 좌우로 분주하며, 여부인과 위부인이 각각 아들의 손을 잡고 반가워하는 것이 끝이 없었다. 태부인이 이 광경을 보고 오히려 꿈인지 의심하며 기쁜 가운데 차마 슬픈 말을 할 수 없어 설소저의 화란(禍亂)에 대해 이야기를 하지 못하게 하였다. 모든 반가움이 진정된 후 임한주가 홀로 평정한 일을 일일이 아뢰어 어머니를 기쁘게 해드렸다. 곁에 앉아 있던 이들의 즐거워하는 온화한 기색이 봄바람이 부는 것 같았고, 여러 공자와 어린 소저들은 재미있게 들으며 할아버지의 무릎 주변에 달라붙어 있었다. 임한주는 어린 아이는 안아주고, 장성한 아이들은 어루만졌는데, 두 눈이 아물아물하였다.322) 태부인이 그 거동을 보고 웃으며 말하였다.

"너는 자손이 많아 실로 유복하다고 할 수 있다. 그런데 설씨 같은 어

---

321) 북당(北堂) : 집의 북쪽 귀퉁이에 있는 당. 대개 모친이 계신 곳 혹은 모친을 북당이라 함.
322) 아물아물하였다 : {밤븨니}. '침침하다', '아물아물하다'의 고어임.

질고 사리에 밝은 성녀(聖女)를 잃었구나."

임한주가 이 말씀을 듣고 너무 놀라 대답을 빨리 하지 못하고 안색을 찬 재와 같이 하였다. 잠시 후 대답하였다.

"제가 집을 떠나 있은 지 8~9개월 만에 집안에 무슨 화가 있어서 설씨를 잃었단 말씀이십니까?"

태부인은 묵묵히 있으며 탄식하고 임한규가 전후의 일을 전하고 옥선군주의 요망하고 악한 행실은 일기(日記)를 보면 알 것이라 생각하며 좌중에 옮기는 것이 비루하다고 여겨 말하지 않았다. 임한주가 조용히 듣고 있다가 오랜 동안 분개하고 탄식하며 말하였다.

"내 처음부터 간사한 이가 우리 집안을 흔들 줄을 알았지만, 간사하고 악한 여자가 이정도로 칼을 날려 사람을 죽이기를 파리 죽이는 것처럼 하는 것은 고금에 처음 듣습니다. 이 여자는 도주하여 국가에 변란을 만들고 손자와 우열을 겨룬 후에 죽을 것이니 어찌 심상한 도적이겠습니까? 지금 설씨를 유배에서 풀어주는 명이 내려졌다고는 하지만 요사한 이가 어느 곳에 숨어 있다가 온갖 요사한 방법으로 설씨의 목숨을 뺏은 후 그칠 줄 알겠습니까? 은혜를 입어 풀려났지만 돌아온다는 것이 어렵겠습니다."

임한주는 말을 마치고 혀를 차며 안타까워 자리에 앉아있지 못했으며, 그 얼굴에는 온화한 기색이 사라졌다. 임한규가 위로하며 말하였다.

"형님은 너무 염려하지 마십시오. 몇 차례의 봄·가을이 지나가면 설씨의 길운(吉運)이 돌아올 것이니 때를 기다리시지요."

임한주가 동생의 말을 반신반의(半信半疑)하며, 마음이 타들어가는 듯하여 넓은 눈썹을 찡그렸다. 임희린은 이미 짐작하고 있던 일이었는데,

아버지께서 너무 걱정하시는 것을 민망하게 여겨 설씨의 기상이 장수(長壽)할 것이며 복을 헤아릴 수 없을 정도로 많이 누릴 것을 말씀드리며 위로하였다. 이날 존당(尊堂)에서 부자(父子), 숙질(叔姪)이 밤을 지냈다.

16   다음날 대궐에 조회를 드리는데, 이때 황제가 모든 신하들의 조회를 받으시고 신하들의 벼슬을 높이시며 상을 내리셨다. 이때 상국 임한주에게는 황태부를 내려주시고, 초왕 임희린에게는 다만 단서(但書) 철권(鐵券)을 주시고 본국(本國)으로 돌아가지 말고 있으면서 즐거운 일과 힘든 일을 함께 하며 사직(社稷)을 받들라고 하셨다. 부마도위 임세린은 초방(椒房)의 사랑하는 사위로 공이 크니 진양후를 더해주며 초왕 임희린과 같이 있으라고 하셨다. 이는 황제가 임희린이 사양할 줄 아시고 단서(丹書) 철권(鐵券)만 주시고, 임세린에게는 진양후를 봉하신 것이다. 임한주와 임희린, 임세린이 머리를 숙이고 작위(爵位)가 숭고함을 사양하자 황제가 낯빛을 바꾸고 말하였다.

17   "임경은 공이 큰데 작위가 소략함을 부끄러워하는가? 짐이 신하의 마음을 알지 못한 것을 부끄럽게 생각하네."

임한주 부자(父子)가 황공해하며 벼슬을 지나치게 올리신 것이 아니시기에 너무 사양하는 것은 신하된 자의 도리가 아님을 알고 머리 숙여 감사하였다. 모든 군대의 장수들에게 상을 내리시기를 한결같이 골고루 하시니 상림(桑林)323)에 까막까치가 울고 군사들이 다른 말없이 즐거워하

---

323) 상림(桑林) : 상림원(桑林苑). 중국 진(秦)・한(漢) 당시 이루어진 임금의 동산. 상림원은 진대에도 있었으나 황폐하였기 때문에 한(漢) 무제(武帝)가 이를 수복하여 확장시켰음. 장안(長安)을 중심으로 주위가 300여 리(里)나 되었으며, 그 안에는 자연 그대로의 산천・호수・등이 있고, 지방에서 헌상한 과수와 초목 3000여 종도 재배되었음. 또 궁전 70여 채와 농경지도 들어 있었으며, 가을에서 겨울에 걸쳐서는 임금이 군신을 대동하고 사냥도 했음. 이것이 후대에까지도 이어지게 되었음. 임금의 동산을 가리킴.

며, 그 기뻐하는 함성이 천지에 진동하였다. 모든 신하들이 만세(萬歲)를 불렀는데, 개국 후 처음으로 천하가 밝게 빛나고 백성들의 기뻐하는 소리가 사계절 가운데 봄을 만난 듯 하였다.

이때 옥선군주를 도중에서 납치한 자는 다름 아닌 양왕인데, 양왕은 시원시원한 무장(武將) 출신의 국왕이었다. 어가(御駕)가 환궁하시기 전에는 양왕이 황성을 비우지 못할 줄 알고 다만 남강에 배를 띄우고 옥선군주를 길에서 납치하여 바로 남강으로 보냈다. 궁노(宮奴)와 모든 노비들이 옥선군주의 가마를 배에 올린 후 주위를 둘러보니 주변에 있는 이들이 머리와 좁은 소매 차림을 한 오랑캐였고 배는 자신들의 배가 아니었다. 몹시 놀라 가마를 배에 둔 채 다시 모래사장에 내려와 자신들의 배를 찾고자 하였는데 배가 간 곳이 없었고 오랑캐들은 배를 저어서 망망대해(茫茫大海)로 가는 것이었다. 궁노(宮奴)가 더욱 망극하여 손을 치며 급히 배를 대어 가마를 내 리라고 하였다.

이 오랑캐들은 안남국(安南國) 사신으로 예물을 올리고 돌아가는 길이었는데, 어찌 양왕의 군사들이 손뼉을 쳐 부르는 것을 두려워 해 배를 돌려 저어 오겠는가? 벌써 배가 두어 개의 섬을 지나니 궁노(宮奴)들이 어디를 향해서 부르겠는가? 할 수 없어 사방을 방황하다가 돌아와 양왕에게 전후 사전을 말하고 죄를 청하였다. 양왕이 몹시 놀라 낯빛을 잃고 두어 마디 옥선군주를 부르다가 기가 막혀 거꾸러졌다. 곁에서 동시에 양왕을 붙들고 주물렀다. 잠시 후 양왕이 정신만 차리고 일어나 궁감(宮監)을 꾸짖으며 말하였다.

"너희들이 배에서 내릴 때 군주의 가마를 오랑캐에게 맡기고 내렸다는 말이냐?"

양왕이 가슴을 치며 발을 굴렀다. 모든 사람이 할 말이 없어 한결같이 죽을죄를 지었다고 하였다. 양왕도 할 수 없어 가슴만 두드리고 있었다.

어가(御駕)가 서울로 돌아오시자 양왕이 강가의 나루 근처에서 맞이하여 대궐에 들른 후 즉시 귀국하였다. 이때 양왕이 믿음직하고 부지런한 궁관(宮官)을 남강으로 보내 양왕의 배를 모래사장에 댄 적이 있는데 이를 본 행인이 있었는지를 물어보게 하였다. 저편 여흘324)에서 어옹(漁翁)이 낚싯대를 들고 앉아 있다가 대답하였다.

"그대는 독 속에 들어 있었는가? 지난달 그믐날에 괴이한 바람이 일어나 양왕의 배인지 상인의 배인지 고래 뱃속에 들어갔네. 만일 찾고자 한다면 남해에서부터 이 남강까지의 물을 다 치우고 흙만 남긴 후에 그 고래를 잡아 배를 따고 꺼내게나."

궁노(宮奴)가 어이없어 돌아와 이대로 말씀드렸다. 양왕이 더 해 볼 도리가 없어 귀국하였다.

황제가 상국 임한주를 태부(太傅)325)로 정하시자 임한주가 곧바로 사양하였지만 황제의 뜻이 굳건하셔서 할 수 없이 사은(謝恩)하였다. 임한주가 다음날부터 동궁(東宮)에 나아가 예의를 강론하고 역대 제왕의 어짊과 불초함에 대해 이야기 할 때 말마다 요순(堯舜)에 관해서 말하니 태자가 무릎을 꿇고 앉아 어진 도를 배우고자 하며 날이 늦도록 학문을 닦았다. 임한주가 태자의 성덕(聖德)과 큰 도(道)를 마음 깊이 칭찬하고 물러났다.

임한주가 집으로 돌아와 아들과 동생에게 태자의 성덕(聖德)이 거의 요순(堯舜)의 다스리심을 이루실 것을 말하며 탄식하였다.

---

324) 여흘 : 바닷가 바닥이 얕거나 썰물일 때 나타나 보이는 돌 따위.
325) 태부(太傅) : 동궁에 속하여 왕세자의 교육을 맡아보던 벼슬.

"태자의 성덕이 지극한 것은 천도(天道)가 제왕가를 아끼기에 내려준 것으로, 경외하지 않을 수가 있겠느냐?"

임한규가 또한 탄식하였다.

이보다 앞서 태자소부 운소공 임유린이 조카며느리의 위태로운 유배 길을 걱정하고 있었다. 임유린은 옥선군주가 양왕과 사통한 것을 밝게 알고 옥선군주가 출거당하는 길에 양왕에게 납치 당해 양국으로 갈 줄 낱낱이 헤아렸다. 임유린은 임창홍의 심복 서동인 계충과 자신의 심복 노비를 시켜 양왕의 배를 망망대해(茫茫大海)에 띄어놓고 대신 안남국 사신으로 다녀온 배에 옥선군주의 가마를 올리게 하였다. 그러고는 호국(胡國)의 배가 멀리 갔다 싶으면 계충이 삿갓을 쓰고 어옹(漁翁)인 체하고 앉아 있다가 물어보는 이가 있으면 이리이리 대답해 양왕의 옥선군주를 바라는 바가 끊어지게 하라고 하였다. 그러고는 임유린은 급히 말을 몰아가지고 도성(都城)을 나와 4~5일을 가서 옥화산 연처사의 집으로 갔다.

화설. 연처사는 남능현 태부의 후예로 그 조상이 한(漢)·당(唐) 2대를 섬겨 벼슬이 빛나는데, 오대(五代)326) 시절에 천하가 몹시 어지러워지자 연씨 가문 사람들이 옥화산에 숨어 세상을 피해 도(道)를 얻고 세상으로 나오지 않았다. 그 후 송(宋)이 천하를 얻으나 창업이 시원스럽지 못하였고 사해(四海)를 통일하지 못해 전쟁이 그치지 않자 연씨 집안사람들이 끝내 세상 밖으로 나오지 않았다. 북송(北宋)의 100년이 지나고 남송(南宋)에 이르러 주후가 이미 효종께 아뢰고 말을 정중히 하고 예의를 갖춰 맞이하여 벼슬에 두었는데, 그 위인이 청렴하고 정직함을 아름답게 여겨 자주

---

326) 오대(五代) : 중국에서, 당나라가 망한 뒤부터 송나라가 건국되기 이전까지의 과도기에 중원(中原)에 흥망한 다섯 왕조. 후량(後梁), 후당(後唐), 후진(後晉), 후한(後漢), 후주(後周).

말씀드려 상서(尙書)·복야(僕射)에 이르게 하였다. 그 자손이 많았는데 벼슬이 높았고 문호가 혁혁하여 조정에 늘어서 대대로 벼슬이 끊이지를 않았다. 송(宋)이 망하고 오랑캐인 원(元)이 천하를 더럽히자 연씨 가문사람들이 도로 산속으로 숨었다. 태조 고황제가 원(元)을 쓸어버리고 황하(黃河)의 물을 맑게 하시며 조정에서 어진 선비를 구하였으나, 연씨 집안사람들이 근심스럽게 생각하고 구태여 세속에 머물 뜻이 없어 늘 산속에 묻혀 즐겁게 지내면서 한가롭게 세월을 보내 화봉인(華封人)327)과 같은 이가 되었다.

지난날 태자소부 임유린이 한왕과 함께 일을 계획하였다가 한왕이 대역죄를 도모하자 몹시 놀라 갑자기 나라를 위한 정성스런 마음이 일어난 듯 달아나 이 산에 이르러 연처사를 뵙고 4~5일을 머물기를 청하였었다. 연처사가 허락을 해서 임유린이 수일을 함께 머물렀었는데, 연처사는 임유린의 됨됨이가 뛰어남을 사랑해서 극진히 대접하고, 떠날 때 후에 다시 만날 것을 거듭 당부하였다.

그 후 세월이 여러 차례 변하고 임유린이 마음을 바르게 하고 수도를 해서 깊이 정심당에 머물면서 학문과 도(道)를 완성하니 구류삼교(九流三敎)328)와 제자백가(諸子百家)329)를 통달하였다. 임유린은 집 밖으로 나오지 않았는데 공부가 진취함에 속세 밖을 돌아다닐 뜻이 있었지만, 평탄한

---

327) 화봉인(華封人) : 요(堯)가 화(華) 지역을 시찰할 때 그곳을 지키던 이가 수(壽)·부(富)·다남(多男)으로 요를 기원했다는 고사 속 인물.
328) 구류삼교(九流三敎) : 구류는 한(漢)나라 때의 아홉 학파(學派). 유가(儒家), 도가(道家), 음양가(陰陽家), 법가(法家), 명가(名家), 묵가(墨家), 종횡가, 잡가(雜歌), 농가(農歌) 등이고, 삼교는 유교·불교·도교, 또는 유교·불교·선교의 세 종교를 말함.
329) 제자백가(諸子百家) : 춘추 전국 시대의 여러 학파. 공자(孔子), 관자(管子), 노자(老子), 맹자(孟子), 장자(莊子), 묵자(墨子), 열자(列子), 한비자(韓非子), 윤문자(尹文子), 손자(孫子), 오자(吳子), 귀곡자(鬼谷子) 등의 유가(儒家), 도가(道家), 묵가(墨家), 법가(法家), 명가(名家), 병가(兵家), 종횡가(縱橫家), 음양가(陰陽家) 등을 통틀어 이름.

부친의 사랑을 겨우 얻었고 부친을 잠시라도 떠나 있으면 마치 삼추(三秋)
와 같이 여겨 임유린은 연처사의 안부를 모르고 있었다.

그러다가 임유린이 조카며느리의 위급한 화(禍)로 인해 먼저 연처사에게 편지를 보내며 악인이 만든 흉한 일을 알렸다. 과연 이때 연처사가 도통(道通)을 이어 사해(四海)를 조약돌같이 여기고 팔도(八道)를 손금 보듯해 천하를 눈앞에 놓여 있는 것과 같이 여겼다. 또 서리 같은 기운이 늠름하고 푸른 소나무 같은 모습은 예스러운 것이 대나무에 맑은 바람이 머물러 있는 것과 같았으며, 만고(萬古)의 뛰어난 쌍절(雙節)이 다시 새롭게 있어 요(堯)임금 때가 아니지만 소허(巢許)330)의 절개를 연처사가 지니고 있었다. 때문에 이미 예전에 연처사는 임유린이 선(善)으로 돌아가고 악한 행실을 고칠 줄을 밝게 알고 임유린을 그윽이 찾아 그 맑고 높은 덕을 기리
며 엄자릉(嚴子陵)331)의 무리로 삼고자 하였었다.

홀연 태자소부 임유린에게 편지가 왔는데, 그 내용은 악인의 무리가 집안을 소란하게 하며 옥화산 길을 질러 가 조카며느리를 납치하려하니 연처사의 신통(神通)을 믿겠다는 것으로 그 뜻이 간절하였다. 연처사가 몹시 반기면서 한편으로 놀라 즉시 건장한 노복 수 십 인을 보냈다.

산 앞 골짜기에 유호곡이라는 호리병과 같이 좁은 길이 있는데 요사한 이가 어찌 이 길을 알겠는가? 본래 남주로 가려고 하면 이 길을 지나가게

---

330) 소허(巢許) : 소부(巢父)와 허유(許由). 소부는 요(堯) 임금 때의 도(道)가 높았던 선비로서, 요 임금이 천하를 주려 했으나 거절하고 산 속에 숨어 세상의 이익을 돌아보지 않고 나무 위에 집을 지어 그곳에서 잤다고 함. 허유는 요(堯) 임금 때의 선비로서, 그 역시 요임금이 천하를 주려 했으나 거절하고 기산(箕山)으로 들어가 삶.

331) 엄자릉(嚴子陵) : {엄능(嚴陵)}. '엄자릉'을 가리킴. '엄자릉'은 후한(後漢) 엄광(嚴光)의 자(字). 그는 젊어서 광무제(光武帝)의 벗으로 함께 유학(游學)했었는데, 광무제가 즉위한 뒤 그를 불러 같이 누워 자던 중 엄광이 발을 제(帝)의 배에 얹었더니, 다음날 태사(太史)가 아뢰되 "객성(客星)이 어좌(御座)를 범하였더이다." 하니, 제가 웃었다. 높은 벼슬을 주었으나 받지 않고, 부춘산(富春山) 밑 동강(桐江) 칠리탄(七里灘)에서 낚시질하며 일생을 보냈음.

29 되어 있었다. 옥화산을 넘으면 연처사 집 정자가 바로 나오는데, 길이 편안하였으며, 무엇보다 큰 길에 적의 무리가 혹 있어도 이 길은 모를 수밖에 없으므로, 임유린이 이 길을 세세히 학사 설희광에게 일러 주었다. 설희광은 임유린이 알려준 길로 행하였다.

　한편 목지형은 곧바로 남해로 가는 큰 길을 버리고 옥화산 뒤의 나무가 우거지고 소나무와 대나무가 띠를 두른 듯한 곳을 숨기 좋은 곳이라 여기고 그곳에 매복하면서 날마다 큰 길과 작은 길을 왕래하며 설희광의 행차를 살폈다. 10일이 채 못 되어 설희광이 누이의 수레를 보호하며 왔는데, 푸른 장막을 두른 수레가 초라했지만 10여인이 호위를 했고 한주부가 초

30 국의 가신(家臣)들을 거느리고 옹위하고 있었다.

　목지형이 웬만큼 해서는 그 행차를 겁탈할 길이 없어 고심하고 있었다. 그런데 행차가 벌써 앞의 길로 지나가고 있는데 큰 길을 버리고 호리병같이 생긴 골짜기로 가는 것이었다. 목지형이 손뼉을 치며 크게 웃고 모든 궁노(宮奴)를 데리고 왔다. 그런데 이미 연처사가 이를 벌써 다 예측하고 준비해, 구름과 안개 막을 자욱하게 깔아 놓고, 설희광에게 말머리를 골짜기 어귀로 돌리라고 해두었다.

　남녀 노비 여러 명이 소저의 수레를 탈취하고자 하는 체 할 때, 목지형이 여러 궁노(宮奴)에게 빨리 수레를 빼앗아 오라고 명령하였다. 그러나

31 구름과 안개가 자욱해 목지형의 군사들이 눈을 뜨지 못하고 미련하게 서 있었다.

　연처사 일행은 가마를 호위하여 산속으로 나는 듯이 들어가 숨었고 모든 시비와 설희광이 발을 구르며 말했다.

　"골짜기 속에서도 강도가 덤벼들고 앞길은 적의 무리가 막고 있으니

진퇴유곡(進退維谷)인데, 우리 누이의 수레를 빼앗긴 것인가?"

설희광은 가슴을 치고 기절하는 거동을 하였고, 떨어진 시녀들은 부딪쳐 울며 말하였다.

"어느 곳에 원수가 있기에 차마 이런 원통한 노릇을 하는가?"

시녀들이 덤벙거렸다. 구름과 안개 속에 잠긴 목지형이 어찌 알겠는가? 오히려 눈이 또렷해져 몇 해를 고생해 성염소저332)를 귀양까지 가게 하고, 그 사이 도적이 되어 설소저를 탈취해 한왕에게 받쳐 뛰어난 공을 나타내고 큰일을 도모하고자 하였는데, 산적에게 설소저를 잃어버리자 목지형이 오히려 설희광을 해치우려고 하였다. 목지형이 자신의 행적을 감추고자 하는 마음이 없어 동료들을 모아 안개를 헤치고 번쩍이는 칼을 들어 설희광에게 달려들었다. 설희광이 목지형이 모습을 바꾼 것을 보고 몹시 화를 내며 허리춤에서 보검을 뽑아들고 용의 눈썹과 같은 눈썹을 치켜세우고 봉의 꼬리처럼 가는 눈을 부릅뜨며 크게 소리를 지르고 말하였다.

"너 같은 요사한 이가 우리 가문에 무슨 원수가 있기에 이 지경에 이르렀느냐? 내 칼로 너를 죽여 더럽게 하는 것이 좋지 않을 뿐더러 목숨을 살려주는 것은 오로지 할머니의 친척임을 불쌍하게 여겨서이다. 그러나 너의 죄를 다스리도록 하겠다."

설희광이 말을 마치고 한 번 보검을 들자 목지형의 쫑긋거리던 코가 떨어지고 입술이 약간 깎인 후, 목지형이 말에서 떨어졌다. 일행이 설희광을 둘러싸고 목지형을 구하고자 하였는데, 설희광이 안색을 바꾸지 않고 괴수 3~4명을 보검으로 물리쳐 괴수들의 머리가 뚝뚝 떨어졌다. 모든 적

---

332) 성염소저 : 임창홍의 처 설씨의 이름이 성염임.

들이 순식간에 달아났는데, 목지형과 형제의 의를 맺었던 마섭이 죽기를
무릅쓰고 목지형을 낚아 채 안고 내달렸다. 이때 설희광이 태연스레 칼
의 피를 씻어 칼집에 꽂은 후 말을 채쳐 연처사의 집으로 왔다.

한주부가 공차(公差)333)와 함께 집을 잡고 머무르고 있었다. 학사 설희
광이 급히 누이의 기운을 물으려고 연처사에게 명함을 드렸다. 연처사가
석탑을 쓸고 설희광을 맞이하여 손님과 주인의 예의를 나누었다. 설희광
이 이야기를 말했다.

"저의 누이가 국가에 죄를 짓고 남해로 유배를 가는데 원수가 숨어 있
다가 참변을 만들고자 하여 살아날 방도가 없었습니다. 선생님의 큰
은혜와 목숨을 구해주신 덕으로 누이가 반석같이 있을 수 있게 되었으
며, 적의 무리들의 간이 떨어지게 하였으니, 이 은혜가 뼈 속 깊이 새겨
진 것을 어찌 다 아뢰겠습니까?"

연처사가 설희광의 빼어난 신선 같은 풍모와 기이한 바탕에 감복하여
손을 들고 칭찬하며 말하였다.

"산속의 비루한 사람이 속세와 인연이 아득하였는데, 귀한 행차가 산에
오셨습니다. 또 운수공334)의 편지가 먼저 도착해 임한림 부인이 유배
가는 길에 적의 무리가 심상치 않을 것을 알려주셨습니다. 오늘 때를
맞추었으니 이 무슨 공이겠습니까? 그대의 신기한 재주가 흉한 무리들
을 제어한 것이니 저를 칭찬하는 것은 옳지 않습니다. 그러나 이미 누
추한 곳으로 화를 피해 오셨으니 한 달은 더 머무르셨다가 앞길의 화를
물리친 후 행차하는 것이 좋을 것 같습니다."

---

333) 공차(公差) : 관청에서 보내던 벼슬아치나 사자(使者).
334) 운수공 : 태자소부 임유린을 가리킴.

설희광이 거듭 사례하고 뜻대로 할 것을 말씀드렸다. 연처사가 또 탄복하였다.

이때 설소저는 양가의 사랑을 뒤로하고 남해로 귀양 가는 삐걱거리는 수레 속에서 옛 생각에 마음이 끊어지는 것 같았으며, 시부모님이 사랑해 주시던 일을 생각하고 시할머니가 주신 비단주머니를 어루만지며 탄식하고 있었다. 그런데 홀연 여러 길을 적의 무리가 막아섰다. 만일 이 곳에서의 화를 피하면 이 앞의 위급한 화를 진정하는 것은 쉽다지만, 이 곳이 사람이 없고 높고 험한 산으로 하늘에 닿아있으니 어디를 향하여 한순간 피할 수 있겠는가? 오래도록 묵묵히 있었는데 이런 변을 만났지만 다행히 몸이 반석 같은 채로 이곳에 오게 되었다. 화앵 등이 설소저에게 말하였다.

"오늘 큰 화를 피할 수 있었던 것은 태자소부 어르신의 가르침이 계셔서입니다."

설소저가 오래도록 탄식하고 있었는데 연처사의 부인이 별당으로 나와 설소저를 보았다. 설소저가 자식의 예로 4번 절을 올리자 연처사 부인 이씨는 조용하며 현명한 부인이어서 답례를 하며 예가 지나침을 사양하고 자리를 잡아 앉은 후 눈을 들어 설소저를 보았다. 그런데 이 어찌 세속의 범범한 미모로 의논할 수 있겠는가? 이씨가 상서로운 빛을 띠고 한 마디 말로 설소저를 위로하였는데 그 내용은 양가 친척의 근심을 생각해 한순간도 마음을 달리 먹지 말라는 것이었다. 이씨가 또 모든 시녀들과 유모에게 조심해서 설소저를 모시라고 당부하고 밖으로 나왔다.

이부인이 연처사를 모시고 담소를 나누었는데 말씀을 조용히 하였다.

연처사가 설희광에게 물어보았다.

"그대는 풍채가 훌륭하며 벌써 옥당한원(玉堂翰苑)335)의 임자가 되어 계시지만 아직 동몽(童蒙)이신 것 같으며 나이가 적은 것 같은데, 좀 전 칼 쓰는 조화를 보니 신기하기가 귀신이 돕는 듯합니다. 열 살 안팎의 귀공자가 공맹(孔孟)을 배워 공명에 나아가는 것은 예사지만 장수의 재주를 가진 것은 실로 뜻밖입니다."

설희광이 계속 대답하였다.

"저는 겨우 14세입니다. 일찍이 배움을 상국 임한주 어르신께 받았는데336) 태자소부이신 운수공이 독서를 하신 여가에 육예(六藝)337)를 시험 삼아 가르쳐주셔서 우연히 검법(劍法)을 깨달았습니다. 그러나 구태여 드릴 말씀을 없습니다."

연처사가 듣기를 다 한 후 놀라 말하였다.

"14살 어린 나이에 장수의 재주를 가진 어린 아이는 예로부터 흔치 않은 일이네. 명나라 조정의 기둥이 될 것이니 어찌 기특하지 않겠는가?"

머무른 지 4~5일이 지나자 공차(公差)가 설희광에게 길을 어서 떠나 유배지로 모신 후 나라에 보고할 것을 말씀드렸다. 그러자 연처사가 대답하였다.

"이 행차가 몹시 위태로운데 도적이 길을 쫓아와 목숨을 보전하지 못할 뻔했으니 아직은 몹시 삼가야 하네. 10여일을 머물러서 세월을 늦추면 추격하는 적의 무리가 물러날 것인데, 그 후에 떠나는 것이 계교일까 하네."

---

335) 옥당한원(玉堂翰苑) : 한림원을 지칭.

336) 상국 ~ 받았는데 : 앞의 내용에서는 설희광이 초왕 임희린에게 주로 수학한 것으로 나오는데 이 부분에서는 상국 임한주에게 배운 것으로 제시됨.

337) 육예(六藝) : 중국 교육의 여섯 가지 과목. 예(禮), 악(樂), 사(射), 어(御), 서(書), 수(數).

공차(公差) 역시도 무서운 일을 겪었기에 말없이 물러났다.

설희광이 이곳이 서울과 멀지 않지만 임·설 두 집안에 상황을 알릴 방법이 없고, 어가(御駕)가 아마도 서울로 돌아와 계실 것 같았지만 부친을 뵐 길이 아득해 근심스런 마음으로 혼란스러웠다. 설희광이 눈썹을 찡그리고 마음 없이 산 빛에 눈길을 주었다.

그런데 계앵이 초당(草堂)에서 나와 설소저의 복통이 급함을 알렸다. 설희광이 몹시 놀라 빨리 별당으로 와서 난간 앞에 서서 유모를 불러 설소저의 복통이 어째서 생긴 것인지 물어보자 유모가 대답하였다.

"소저가 임신하셨는데 해산달이 다 차서도 가냘프고 연약하셔서 아뢰시지를 않으셨으며, 또한 몹시 부끄러워하셔서 일절 나타내지 못하게 하셔서 존당(尊堂)에도 말씀드리지 못하였고, 친정을 떠나시면서도 말씀드리지 못하였습니다. 그런데 상부(相府)에서 소저가 행차를 떠나시던 날 주비께서 매사환338)을 보내시며 소저의 해산을 말씀하시고 만일 가는 도중 소저를 구해주는 이가 있어도 저보고 소저를 모시라고 하시며, 소저가 태동을 보이고 산기가 있으면 순산할 약을 사용하라고 하시며 약봉지를 매사환에게 맡기셨습니다."

설희광이 다 듣고는 더욱 놀라며 약을 달였다. 홀연 안에서 어수선하며 들썩이는 소리가 나자 유모가 설소저에게 진통이 오는 것을 알아챘다. 또한 설소저가 아파서 지르는 소리가 심각한 것에 설희광이 몹시 놀라 약을 친히 달여 매송을 주어 설소저에게 급히 내가라 하고 다시 세수를 하고 의관을 바로 하여 금으로 만든 향로에 향을 꽂으며 대청 가운데서 조용히 기도를 드렸다.

---

338) 매사환 : {미실}. 주숙렬이 설성염에게 사급한 매송을 가리키는 것으로 보임.

이날 천기(天氣)는 명랑했고 별은 또렷하게 빛났고 서쪽에서 상서로운 구름이 일어나며 별당을 덮었다. 방안에는 남다른 향기가 가득했고 남쪽의 극변339)이 모여 점점 맑은 광채가 방안으로 향하며, 구름과 안개를 수놓은 옷을 입은 이가 방안으로 들어가는 듯하였는데, 설소저가 진통하던 것을 멈추고 사환에게 몸을 의지하고 유모의 손을 잡았다. 문득 방안에서 기이한 향이 퍼지며 설소저가 옥동자 두 명을 낳았다. 우렁찬 울음소리가 마치 큰 종을 울리는 듯하였는데, 맑고 웅장한 소리가 두어 마디 울렸다. 유모와 매송이 급히 설소저를 부축해서 자리에 눕히고, 각각 아이를 강보로 쌌다.

이때 설희광이 창밖에서 설소저의 신음 소리를 들을 때마다 간이 마르는 것 같더니 천만 뜻밖에 아기의 소리가 나자 급히 물었다.

"소저가 산후에 정신이 어떠시냐?"

설소저가 설희광의 숨 가쁘고 헐떡거리는 음성을 듣고 기운을 수습하고 오라비가 애쓰는 것을 민망하게 여겨 몸이 가볍고 정신이 괜찮다는 대답을 또렷이 하였다. 또 어서 나가 편히 쉬라는 소리를 분명히 말하였다. 설희광이 설소저가 평소와 같이 말하는 것을 듣자 기쁜 것이 하늘을 오른 것과 같아, 어머니 앞에 절할 일이 더딜 것을 생각하고 슬퍼했던 마음이 이 순간만큼은 생기지 않았다. 식사를 하며 조심할 것을 당부하고 외실(外室)로 나왔다.

연처사가 또 내실(內室)에서 나와 축하하며 말하였다.

"부인이 순산하였으며 쌍둥이를 낳으신 것은 덕이 있는 가문의 경사입니다. 또한 명나라 조정을 일으키려고 쌍둥이를 낳으신 것 같습니다."

---

339) 극변 : 미상.

설희광이 사례하여 말하였다.

"어린 누이의 기질이 맑고 약한데 먼 길을 떠나 흉한 이를 만나 도중에 지나치게 놀라 몹시 위태로웠습니다. 그런데 어르신의 크나큰 은혜로 어르신 댁에 편안하게 있으면서 쌍둥이를 순산하였으니 이는 생각지도 못한 큰 은혜입니다. 약한 몸이 하나를 무사하게 분만해도 천행인데 쌍둥이를 쉽게 낳고 밥과 국을 예전과 같이 먹으니 이는 덕문(德門)의 은혜 덕택이며 또 효문공 임초왕의 충효와 큰 절개에 각별히 보호하고 은혜를 베풀어주시는 것임을 깨닫겠습니다."

연처사가 흰 수염을 어루만지며 나이든 빛난 얼굴에 기쁜 기색을 가득 띠고 말하였다.

"그대의 누이는 하늘이 특별히 생각하셔서 임씨 가문을 일으키고자 세상에 태어나게 한 것인데, 어찌 소소한 재앙을 받지 않을 수 있겠습니까? 조벽(趙璧)340)이 모여 매번 정기를 머물르더니 그저께 별당 분야(分野)341)를 밝게 비췄습니다. 천년동안 황하의 물을 맑게 한 덕을 쌓은 것은 오랜 세월이 흐른 후의 예악(禮樂)을 융성하게 한다고 합니다. 임씨 가문은 본래 대송(大宋) 시절부터 덕이 있는 가문이었습니다. 송(宋)이 망하자 절개를 지킨 이가 100여명이었고, 세상을 피해 숨은 자가 수백 명이었습니다. 임상국의 선조가 화주에 은거하였는데 맑은 덕이 하

---

340) 조벽(趙璧) : 조(趙) 나라의 구슬. 조왕(趙王)이 화씨(和氏)의 구슬을 얻었는데, 진소왕(秦昭王)
    이 그 구슬을 탐내어 열 다섯 고을과 바꾸자고 하였음. 조왕은 인상여(藺相如)에게 물으니, 대
    답하기를, "진왕이 성(城)을 가지고 구슬을 바꾸자고 하는데, 왕이 허락하지 않는다면 잘못이
    우리에게 있고, 우리가 구슬을 주어도 진 나라가 성을 주지 않는다면 잘못이 진 나라에 있으니,
    신이 구슬을 가지고 진 나라에 가겠습니다. 진에서 성을 주지 아니할 경우에 구슬을 완전하게
    가지고 돌아오겠습니다." 하였음. 결국 인상여(藺相如)가 화씨벽(和氏璧)을 가지고 진정(秦廷)
    에 갔다가 진왕이 빼앗으려 하므로 꾀를 내어 무사히 구슬을 가지고 돌아왔음.
341) 분야(分野) : 하늘의 별자리를 땅에 대응시켜 몇 개로 나눈 것.

늘에 알려져 대대로 쌓아온 덕이 이 두 아이들에게 미친 것이니 구태여 사람의 구한 힘은 아닌가 싶군요.

나는 자식이 적어 단지 아들 하나를 두었는데, 이 아들이 5자 1녀를 낳았습니다. 나는 태조황제가 불러보시자 이를 피해 태산에 와서 숨어 지냈습니다. 내가 비록 여러 손자들을 슬하에 두어 적막함은 면했지만 외아들과 떨어져 있는 것만은 절박하였습니다. 천태에 송나라 때 사람이 오랑캐인 원(元)을 피해 많이 은거하고 있으면서 적성촌을 이루고 허다한 친구들이 모여서 산천의 빼어남을 즐기는 것이 끝이 없다고 하여 나는 얼마 안 있으면 그 곳으로 옮겨가고자 합니다. 그런데 여러 동생이 동중에 모여 있어 함께 옮기고자 하는데 지금 늦춰지고 있습니다.

나의 장손 홍이는 약간의 재주가 있어서 시골에 묻힐 인물이 아닙니다. 조카 홍이는 문황제가 즉위하시자 쇠로 만든 갑옷을 맞혀 벼슬이 간의태우에 이르렀습니다. 그런데 홍이가 속세에 대한 생각을 버린 후 연경에 왕래하지 않고 도로 벼슬을 내놓고 이곳에 머물러 있었습니다. 홍이는 자녀와 사위를 모두 성 안으로 보내고 막내아들과 막내딸과 함께 나를 따르고자 하였습니다. 그러다 이 아이들마저 서울로 보내 공명(功名)을 이루게 하고자 하였습니다.

한편 지난밤에 두 개의 밝은 구슬을 손자며느리가 낳았지요. 나의 손자며느리는 건문제(建文帝)를 따른 정제의 아우 정천의 손녀로 명문대가에서 태어나 성품과 행실과 그 절개(節槪)가 대적할 이가 없으며 태임(太任)과 태사(太姒)의 덕을 갖춘 사람으로 산속에서 풀뿌리나 캐며 사는 이와 이웃할 사람이 아닙니다.

그런데 모년에 이러이러한 기이한 꿈을 얻고 두 아이를 낳았는데, 임한림 부인과 출산한 날이 같으니 꿈이 신기하군요. 게다가 아이가 몹시 비상하고 특이할 뿐 아니라 두 아이의 오른 쪽 팔위에 글자가 있는데, 이는 전생의 벅찬 연분으로 규성(奎星)342)을 따르니 부부가 다시 만나고 형제가 화락할 것이라는 17글자가 분명하니 이 몹시 허탄한 듯 합니다. 그러나 내가 올해 나이가 70세입니다. 나는 천시(天時)를 응한 인사(人事)를 거의 헤아릴 수 있는데 두 옥동자가 세상에 나고 우리 집안에 두 명의 여아가 떨어지니 이는 분명 정해진 운명이 있음을 알 수 있습니다. 지금 의논할 것이 아니고 쓸데없는 말인듯 하지만 내 말이 맞을 때가 있을 것입니다."

설희광이 대답하기도 전에 문지기가 급히 들어와 알렸다.

"서울에서 오셨다는 신선 같은 어르신이 명함을 드리십니다."

그러고는 명함을 드렸다. 연처사는 벌써 태자소부 임유린이 왔음을 알고 탑을 쓸고 빨리 청하였다.

이때 운수공 임유린이 조카며느리의 행차를 추격해 행인을 만나면 이러이러한 행차를 물으며 행하였는데, 옥화산 앞에 도착하니 지나가는 이는 없고 산봉우리만 높고 험해 발붙일 길이 없었다. 주저할 즈음의 한 장수가 다리에서 피를 흘리고 다리 하나는 없는 채로 기어 다니다가 임유린의 말 앞에서 손을 모으고 빌며 말하였다.

"대자대비(大慈大悲)를 베푸시지요. 저는 본래 서울의 유명한 마섭 장수인데, 목지형과 형제의 의를 잘못 맺었습니다. 이번에 이리이리해 설씨를 빼앗고자하다가 오히려 다리 한 쪽을 잃었습니다. 목지형은 코를

---

342) 규성(奎星) : 이십팔수(二十八宿)의 열다섯째 별자리에 있는 별들. 입하절(立夏節)의 중성(中星)으로, 서쪽에 위치함. 문운(文運)을 맡은 별로서 이것이 밝으면 천하가 태평하다고 함.

베였는데 부하들이 엎고 달아났습니다. 그러나 저는 데려가는 사람이 없어서 움직이지를 못하고 있으며, 먹지도 못하였습니다. 살려주시지요."

임유린이 다 들은 후 의산에게 시켰다.

"이 사람을 초국으로 보내 잘 지키게 하는데, 굶기지 말고 음식을 후하게 주어라. 훗날 쓸 곳이 있다."

그러고는 임유린이 연처사의 집에 이르러 처사 면전(面前)에 2번 절하고 말하였다.

"제가 지난날 우연히 어르신의 안전을 더럽히고 돌아갔는데 그 사이 세상이 변하고 일이 많이 있어서 저의 죄가 천하를 덮었으니 더러운 면목으로 다시 맑은 산 속을 더럽히지 못하였습니다. 그러나 집안의 운수가 불행하여 조카며느리에게 변고가 여러 번 일어났습니다. 그런데 이때는 아버지와 형님께서 출전하셔서 집안이 비어있을 때여서 변고가 생각지도 못한 사이에 일어나나 방어할 대책이 없었습니다. 잘 다스려지는 화평한 때에 부녀자의 유배 가는 수레가 남해 이역을 향하게 되니 이러지도 저러지도 못하고 있었는데 동서(東西)로 악인들이 숨어 있다가 그물을 쳐 죄어오기를 거듭할 것이 분명하였습니다. 하늘과 땅에 피할 수 없이 곤경이 그물망처럼 처져 벗어날 도리가 없기에 제가 다시 선생님 눈앞을 어지럽혔습니다. 그 죄가 가볍지 않습니다."

연처사는 반가움으로 눈썹 사이가 벌어졌고, 소매를 들며 임유린의 지나친 예를 말리며 말하였다.

"한 번 이별한 지가 십여 년이 흘렀습니다. 산속에 숨어있는 이에게는 황정경(黃庭經)343)을 읽는 것 이외에 한가로울 따름입니다. 소식을 전

하는 것을 그만두었지만 마음속에서는 그대에 대한 생각이 사라지지
않았고 염려가 되었으며, 다시 온화한 풍채를 대하지 못하는 것을 탄식
하고 있었습니다. 그런데 뜻밖에 빛나는 글이 왔고, 부탁하신 일도 우
리 같은 무리가 이런 곳에서 힘쓰고자 하던 것이라 진심을 다하여 뜻을
받들어 누추한 곳이지만 일행이 편안하게 있도록 하였습니다. 이곳에
있은 지 4~5일 만에 몹시 상서로운 일이 있어 그대의 조카며느리가 쌍
둥이를 순산했는데, 산모의 기운도 전과 같으며 아이들은 특별한 기린
이 세상에 내려온 것과 같아 명나라 조정의 큰 보배입니다. 이처럼 그
대 가문의 흥하고 융성함에 각별히 축하드립니다. 겸하여 그대가 신선
과 같은 풍채와 기이한 기질로 선범(仙凡)344)을 스스로 맡고자 하시며
도덕과 문명이 많이 지니고 남화노선(南華老仙)345)과 벗을 하시니 제가
그대를 위해 기뻐하며 다행스럽게 생각합니다."

말을 마치고 송차(松茶)를 내어 대접을 하였다. 임유린이 일어나 감사
의 절을 드렸다. 설희광이 임유린의 곁에서 무릎을 꿇고 있으면서 가르침
대로 하여 위급한 화를 면하였고 마음을 놓고 순산하였음을 세세히 말씀
드렸다. 임유린이 이미 연처사의 말로 조카며느리의 탈 없음과 조카며느
리가 뛰어난 쌍둥이를 낳은 줄 알고 형님의 쌓아온 덕이 조카 부부에게
미쳐 복을 얻은 것이며, 조카며느리가 부모님과 존전(尊前)에 효도를 한
것을 더욱 기특해 하며 영광스런 행동으로 여겨 설희광의 손을 잡고 탄식

---

343) 황정경(黃庭經) : 도가(道家)의 경문. 위부인(魏夫人)이 전한 황제내경경(黃帝內景經), 왕희지
    가 베껴서 거위와 바꾸었다는 황제외경경(黃帝外景經), 황정둔갑연신경(黃庭遁甲緣身經), 황
    정옥축경(黃庭玉軸經)의 네 가지가 있음.
344) 선범(仙凡) : 선인(仙人)과 속인(俗人) 또는 선계(仙界)와 속계(俗界)를 아울러 이르는 말.
345) 남화노선(南華老仙) : 장자(莊子). 본명은 주(周). 중국 전국 시대 송(宋)나라 몽(蒙) 출신. 저명
    한 중국 철학자로 제자백가 중 도가(道家)의 대표적인 인물이며 노자(老子) 사상을 계승, 발전
    시켰음. 도교에서는 남화진인(南華眞人), 또는 남화노선(南華老仙)이라 부르기도 함.

하며 말하였다.

"너에게 조카며느리의 수레를 맡겼는데, 일을 주도면밀하게 해서 큰 화를 피하고 적의 무리를 죽이니 육척(六尺)의 어린 아이가 백리(百里)를 헤아린 것이로구나. 그런데 어린 아이들은 조카며느리와 함께 유배지에 갈 수가 없으니 앵섬과 춘엽 두 시비에게 맡겨 내가 데리고 갈 것이니 유도(乳道) 있는 이들을 알아보겠다."

설희광이 마땅한 말씀이라고 하였다. 연처사가 말하였다.

"우리 집의 춘향과 취선이 유도(乳道)가 풍족하니 두 아이의 유모로 정하시지요."

임유린이 여러 가지 은혜를 감사해하자, 연처사가 미소 지으며 말하였다.

"그대는 이만한 일에 감사하십니까? 다만 두 옥동자는 그대의 집에서 내려준 것인데, 우리 집 초실(草室)에 상서롭게 응한 것은 하늘의 뜻입니다. 그런데 우리 집 쌍둥이가 같은 달 같은 시각에 떨어짐이 심상한 일이 아닙니다. 앞날을 헤아리기는 어려우니 약속을 금석(金石)같이 굳게 하지요."

연처사가 황옥(黃玉) 건잠(巾簪)346) 한 쌍을 임유린에게 내밀며 말하였다.

"이 물건은 내가 북악 항산을 고인을 따라 유람할 때에 만난 이인(異人)이 허다한 비기(秘記)를 세세히 알려주고 구름 소매를 떨칠 때 떨어진 것입니다. 이 물건은 길이가 만 길이나 하는 황룡이 되어 여러 사람에

---

346) 건잠(巾簪) : 망건에 달아 당줄을 꿰는 작은 단추 모양의 고리로 신분에 따라 금(金), 옥(玉), 호박(琥珀), 마노, 대모(玳瑁), 뿔, 뼈 따위의 재료를 사용하였음.

게 달려들었습니다. 나는 조화의 신기함을 알기에 두렵지가 않아서 두 용의 뿔을 잡아 맞추자 즉시 황옥 건잠으로 변하였는데, 도사에게 다시 주니 도사가 받지를 않고 다음과 같이 말하였습니다.

'나는 본래 대송 인종연간의 왕측347)이란 도적의 계집 호영아에게 속아 성인(聖人)의 백성으로 요술에 빠지게 되었다. 반란 집안에는 문노공 언박348)이 투입되었다. 문노공 언박은 본래 문곡성(文曲星)349)이라 왕측을 무찌르고 남은 잔당들을 주륙하였네. 그때 나는 홀로 빠져나와 천태산에 숨어서 도를 얻어 선(善)으로 마음을 옮겼는데, 휘종 말에 문천상을 따라서 옥경(玉京)350)에 조회를 드리자 북악 항산의 주인이 되라고 하셨네. 천제(天帝)의 명을 일찍부터 지켜왔는데 수백 년이 지나도록 정인을 만나지 못하고 있다가 그대를 만나게 되니 이 물건으로서 정을 표시하네. 천기(天氣)는 일일이 누설할 수가 없네.'라고 하였습니다. 또 이리이리 대초(大草)351)를 새겨 이르기를 이 물건의 주인은 임씨 가문의 쌍둥이라고 하였습니다. 그대의 집 존당께서 연세가 많으시니 혹 사람의 일이 잘못되는 일이 있어 두 아이의 배필을 다른 곳으로 정

---

347) 왕측(王則) : 왕측(王則, ?~1048). 북송(北宋)의 인종(仁宗) 때 패주(貝州)에서 미륵불 신앙을 토대로 일어난 종교반란의 지도자. 원래는 탁주(涿州) 사람인데 유랑 끝에 패주에서 병졸이 되었음. 패주에서는 미륵불을 신봉하는 풍습이 있어, 가난한 사람이 신도가 되는 경우가 많았음. 얼마 후 그 수령이 되어 마침내 현령(縣令)을 체포하고, 통판(通判)을 살해한 뒤 국호를 안양(安陽)이라 칭하고 스스로 동평왕(東平王)이라 함. 관군은 그 진압에 고심한 끝에 지하도를 파고 성내로 들어가서 왕측을 체포, 66일 만에 반란을 진압하였음.
348) 문노공 언박 : 문언박(文彦博, 1006~1097). 중국 북송 때의 정치가, 재상. 서하 대책에 공을 세웠고, 패주 왕측의 난을 평정함. 부필 등과 영종 옹립에 진력함. 철종 즉위 후 정계의 원로로서 중신이 되었음. 전후 50년에 걸쳐 장상의 지위에 있었음.
349) 문곡성(文曲星) : 구성(九星) 가운데 넷째 별. 구성은 방위를 괘효에 배치하여 택일과 풍수의 길흉을 점치는 탐랑성, 거문성, 녹존성, 문곡성, 염정성, 무곡성, 파군성, 좌보성, 우필성을 통틀어 이르는 말.
350) 옥경(玉京) : 하늘 위에 옥황상제가 산다고 하는 가상적인 서울.
351) 대초(大草) : 크게 흘려 쓴 글씨.

하실지라도, 그대는 오늘의 약속과 건잠과 원앙패(鴛鴦佩)를 잘못 두게
하는 일은 없게 하시지요.”

　임유린이 무릎을 꿇고 단정히 앉아서 듣기를 다한 후, 건잠을 받아 간
수하였다. 그리고 설희광을 시켜 설소저에게 자신이 온 것을 알리게 하였
다. 설소저가 작은아버지가 오신 것을 듣게 되었다. 또 설소저는 존당(尊
堂)과 시부모님께서 손수 쓰신 편지를 받아 보았는데, 편지에 가득 써 부
탁하신 내용은 천금같이 소중한 몸을 보호해서 훗날 웃는 낯으로 반길 것
을 당부하신 것이었다. 주숙렬은 별도의 편지를 써서 어떤 상황에 있더라
도 중요한 몸을 큰 파도에 던지지 말 것을 일렀는데 그 글이 빛나고 말씀
은 슬펐다.

　원래 상편(上篇)에 태자소부가 집안을 떠났던 사연과 집안 식구들의 글
을 붙인 말들은 여러 말들이 번잡스런 가운데 비로소 나오니 두서가 없는
듯 하지만 차차 읽어보면 알 것이다.

　설소저는 시어머니의 별도의 편지를 받들고 여러 겹의 회포를 헤아리
지 못하였지만 겨우 진정하고 편지를 다 거둔 후 당(堂)안을 청소하고 태
자소부를 맞이하여 절을 두 번 올리며 예를 갖추어 뵈었다. 머리를 숙여
존당(尊堂)과 시부모님의 건강이 늘 편안하신지를 여쭈어 본 후, 어가(御
街)가 북노를 평정하고 수월하게 서울로 돌아오신 것과 시부모님과 존당
의 성체(聖體)가 한결같으심을 우러르며 기쁨을 말씀드렸다. 그 음성은 고
요하고 나직하여 도도히 운율을 맞추는 듯 하였고 쇄락한 기상은 더욱 빼
어나게 아름다워 가을 하늘과 같았고, 맑음은 가을의 서리와 같기도 하며
달이 옥루(玉樓)를 비추는 듯하여 아리따운 모습이 찬란하여 이를 바라본
임유린의 눈이 상쾌해질 정도였다.

임유린이 오래도록 탄식하며 말하였다.

"집안의 운수가 불행하여 너의 화가 심장이 무너지고 담이 찢어지는 일과 같은데 처사 어르신의 은혜로 몸이 무사하고 순산까지 하였으니 큰 경사로구나. 다만 이 경사를 존당(尊堂)이 즉시 보시지 못하니 한스럽다. 얼마 있다가 여기를 떠날 것인데 이 앞의 험한 길은 더욱 말 할 것이 없으니 내가 두 아이를 데리고 가야겠다."

설소저가 순순히 명을 따랐다. 임유린이 유모를 시켜 아이들을 앞에 나아오게 하여 보니 문득 방 가운데 해와 달이 쌍으로 떨어져 기산(岐山)의 봉황352)이 오색 깃털을 나부끼며 높은 하늘을 날고자 하는 듯, 복희(伏羲)를 위한 용이 하도(河圖)를 등에 진 듯,353) 공자(孔子)를 위해서 기린(麒麟)이 세상에 내려온 것과 같으니354) 태자소부 임유린이 한 번 보고 몹시 놀라 낯빛을 잃고 시원스레 탄식하며 말하였다.

"태어난 지 한 달 된 망아지가 태산을 뛰어넘는다고 하더니 우리 형님과 형수의 지극한 효성과 덕으로 성현(聖賢) 두 명을 우리 집안에 내리시니 가문의 큰 경사이고 집안의 귀한 보배로구나."

임유린이 아이들을 어루만지며 설소저를 향해 열 달 동안 태교를 잘 한 공을 칭찬하였다. 설소저가 황공함을 이기지 못해 대답을 못하였다.

임유린이 연처사가 정해 준 두 명의 시녀들을 두 아이의 유모로 정하였

---

352) 기산(岐山)의 봉황 : 주(周)나라 문왕(文王)이 기산(岐山) 아래 있을 때 천지가 만물을 내는 마음을 체득하여 백성을 진심으로 사랑하자 화(和)한 기운이 상서를 이루어 오채의 아름다운 깃털을 가진 새가 왔다고 함.
353) 복희(伏羲) ~ 듯 : 복희 때 황하에서 나온 용마(龍馬)의 등에 그려진 도형으로, 하도(河圖)와 낙서(洛書)가 있음.
354) 공자(孔子)를 ~ 같으니 : 기린(麒麟)은 사슴의 몸에 말의 발굽과 소의 꼬리를 갖고 있으며 온몸이 영롱한 비늘로 덮여 있다고 하는 상상의 동물로, 성인(聖人)이 태어날 때 나타난다는 전설이 있음. 공자가 세상에 태어날 때 기린이 출현하였다고 함.

다. 두 시녀가 젖을 받들어 아이들의 입술에 닿게 하자 두 아이가 흐뭇하

65 게 먹고 양이 차면 먹기를 그쳤는데, 입술이 더욱 기이하여 붉은 물감을

찍은 듯이 기묘해 눈을 다른 곳으로 옮기기가 아까울 정도였다.

이윽고 임유린이 밖으로 나와 연처사와 함께 오동나무로 된 술병에 든

박백주를 한가히 마시며 담소를 한가롭게 나누고 있었다. 문득 설희광을

돌아보고 말하였다.

"누이동생은 벌써 사람의 어미 소임을 하는데 너는 명문대가의 귀공자

로 진평(陳平)355)의 관옥(瓘玉)같이 아름다운 모습과 두목지(杜牧之)356)

의 당당한 풍채를 가지고 있으며, 문장과 재주도 부족하지 않은데, 월

하노인(月下老人)357)이 붉은 실을 늦게 매어주어 지금까지 운우지정(雲

雨之情)을 알지 못하는 순양(純陽)358)동자로 있구나. 벼슬이 비서각 태

66 학사에 이르렀으나 부부사이의 화목한 즐거움이 없으니 어찌 불쌍하

다고 하지 않겠느냐?"

말을 마치고 크게 웃었다. 연처사가 놀라서 물어보았다.

"그대는 문장과 재주가 조정의 이름난 신하인데 무슨 일로 혼사길359)

이 막혔는가?"

설희광이 얼굴이 붉어졌고 관잠(冠簪)을 어루만지면서 대답을 하지 못

---

355) 진평(陳平) : 중국 한(漢)나라 고조(高祖) 때의 명재상으로 용모가 아름다웠다고 함.
356) 두목지(杜牧之) : 중국 당나라 말기의 시인(803~852). 자는 목지(牧之). 호는 번천(樊川). 두보
    (杜甫)에 상대하여 소두(小杜)라 부르며, 시풍은 호방하면서도 청신(淸新)하며, 특히 칠언 절구
    에 뛰어났음.
357) 월하노인(月下老人) : 부부의 인연을 맺어 준다는 전설상의 늙은이. 중국 당나라의 위고(韋固)
    가 달밤에 어떤 노인을 만나 장래의 아내에 대한 예언을 들었다는 데서 유래.
358) 순양(純陽) : 다른 것이 조금도 섞이지 아니한 제대로 온전한 양기(陽氣).
359) 혼사길 : {하쥐길[河州 길]. '하주'는 모래섬을 말하는데 여기서는 혼사를 일컫는 말로 쓰임. 『시
    경』, 「주남(周南)」 〈관저(關雎)〉 시에 있는 "꾸우꾸우 물수리 모래섬에 있네. 정숙한 아가씨 군
    자의 좋은 짝이네[關關雎鳩, 在河之洲, 窈窕淑女, 君子好逑]."라는 구절에서 유래한 말임.

하다. 임유린이 곡절을 자세히 말하자 연처사가 웃으며 탄식하였다.

이럭저럭해서 삼칠일이 지나자 두 아이의 울음소리가 날로 새로웠고 설소저의 몸에 병이 없었다. 드디어 행차를 남쪽으로 떠나려고 할 때, 임유린이 시녀 두 명과 유모 두 명을 교자에 태우고 두 아이를 자신이 보호하여 떠날 채비를 하였다. 이별할 때 설소저가 임유린에게 절을 올렸는데 연꽃과 같이 아름다운 두 뺨에 눈물을 흘리며 가시는 길이 편안하시기를 바란다고 하며 지극히 대하는 것을 시부모와 이별할 때 같이 하였다. 임유린 역시 마음이 슬퍼 어린 딸을 외롭게 보내는 듯하여 두 눈에 맑은 눈빛이 빛나고 탄식하며 말하였다.

"슬픈 일이 있은 후에는 즐거운 일이 온다고 한다. 그런데 너의 이 행색이 얼마를 더 가야 풀리겠느냐? 객지에 티 없이 애매한 죄명을 입고 가는데 내가 따라가 보호하지 못하고 이 앞의 첩첩히 험한 길을 지나 무사히 도착하기를 바라는 것이 어려우니 이 마음을 장차 어디에 비하겠느냐?"

설소저가 다시금 머리를 숙이고 이윽히 있다가 두 번 절하고 대답하였다.

"저의 행실이 신명(神命)을 저버리고 덕이 없어서 시댁의 맑은 덕을 떨어뜨리고 규중 젊은 여자의 몸이 남해에 떨어지게 되었으니, 앞일을 헤아리지 못합니다. 그러나 설사 앞길을 무사히 지나가 용서를 얻더라도 남은 생애 중 어느 때 고향으로 돌아갈 수 있을지 기약하지 못하니 존당(尊堂)의 건강이 편안하시기를 바랍니다. 오늘 작은아버지 슬하를 하직하니 참지 못할 정이 여러 가지이지만 이미 갈 길을 늦추지 못합니다. 육지를 지나면 망망대해(茫茫大海)로 갈 길이 근심이지만 시녀 앵섬은 힘이 남보다 뛰어나 위급한 때에 쓸만합니다. 그러니 앵섬 대신에 계양으로 아이를 보호하게 하시고 앵섬은 제가 데려가기를 청합니다."

임유린이 더욱 안쓰럽게 여겨 이 일을 마음대로 하라고 하였다. 설소저가 사례하고 한바탕 이별을 마치고 연처사 부인께 하직을 고하였다. 연처사 부인이 술과 안주를 차려 들고 나와 권하며 위로하고 말하였다.

"뜻밖의 만남으로 수 십 일을 아름다운 기질을 상대하여 무딘 눈이 호사로웠는데 오늘 이별하면 이번 생에서는 영영 이별하는 것이겠군요. 이 늙은이의 마음도 펵이나 슬픕니다."

설소저가 몸을 일으켜 공경스럽게 두 번 절하고 말하였다.

"제가 불초해서 황제께 죄를 얻었습니다. 13살 어린 여자가 살인죄수가 되어 멀리 유배 가는 길에 중도(中道)에 흉한 도적들에게 목숨을 뺏길 뻔하였는데, 바깥 어르신의 은혜로 남은 목숨을 보존하여 몸이 반석(磐石)과 같았으니 은혜가 컸습니다. 그런데 오늘 귀댁을 떠나게 되니 앞길이 아득하여 앞일을 알지 못하겠습니다. 이번 생에 갚지 못할 은혜는 저승에서라도 결초보은(結草報恩)할 것을 기약 드리지요."

연처사 부인이 안쓰럽게 여겨 지극히 위로하여 한바탕 이별을 마쳤다.

설소저의 가마와 임유린의 말 부운총이 동시에 떠났다. 이때 임유린이 설희광의 손을 잡고 은밀히 당부하였는데, 한주부 · 장참군에게도 모두 몹시 조심하라고 하였다. 또한 허리춤에서 참요검(斬妖劍)을 끌러 설희광을 주며 위급한 때에 이리이리 하라 하고 두 아이를 보호하여 상경하였다.

학사 설희광의 남매가 말머리를 돌이켜 길을 나섰는데, 벌써 국경 근처의 산이 굽이굽이 져 길이 나누어져 있었다. 설소저는 창자 마디마디가 끊어지는 슬픔을 느껴 음식을 물리치고 가마 속에서 잠잠히 쓰러져 있었다. 설희광이 좋은 말로 지극히 위로하고 보호하여 수십일을 행하였다.

이에 앞서 능운은 귀가 없고 한 쪽 눈도 먼 비구니가 되어서도 오히려 옥선군주의 금을 잊지 못해서 임씨 집안에 갔다가 임창홍의 당당한 정기로 인해 황건역사(黃巾力士)에게 잡혀 아득히 먼 하늘 끝의 악인들이 모인 곳으로 던져졌다. 모든 귀신이 능운을 보고 보채며 뜯어 먹으려 뒤섞였다. 능운이 요술도 잃어버리고 밤낮으로 귀신의 밥이 되었다.

요사한 중 묘월이 비록 요망하고 간악하나 도통을 이어 도술을 갖추지 않은 것이 없었는데, 능운이 하산 후 소식이 없는 것을 의아하게 생각했다. 하루는 능운의 스승인 묘월이 마음을 바르게 하고 몸을 깨끗이 하고
삼가 고요히 능운에 대해 점을 쳐 보니, 능운이 일도 성사시키지 못하고 천하의 귀신굴에 갇혀 있다고 나와 발을 구르며 놀라워했다. 묘월이 능운을 다시 세상에 나오게 하여 변란을 일으키는지 알지 못하겠구나, 다음 회를 보라.

임시삼디록(셩현공 삼곤계 주녜 별젼) 권지구

1면

추셜 공쥬 경계ᄒ여 글오디 우리 황애 쳔하의 취리ᄒ시미 녜악문물이 창기ᄒ여 쳔하
ᄂᆞᆫ 고황뎨 어드시나 풍교를 다듬으시믄 황애시니 황조황손이 계계승승ᄒ여 반ᄃ시
쥬공의 덕을 심슈ᄒᄂᆞᆫ 비여늘 한왕 거게 난을 지어 쳔졍의 죄를 지어 폐위셔인ᄒ고
동긔를 깅참의 모라너허 디역으로 구가합문을 어육ᄒ랴 ᄒᄂᆞᆫ들 쳔의 무죄ᄒᆫ 사름을 망
ᄒ리오 도로혀 거게 디역의 괴쉬되여 아

2면

비 사살ᄒᆫ 주식이 고금의 업스니 왕법을 면치 못ᄒᆞᆯ 거시로디 황상이 추마 쳔뉸의 졍
을 버히지 못ᄒᆞᆫ스 낙안쥐로 옴기시니 회과칙션ᄒᆞᆯ 거시여늘 드르니 말이 다 모골이
구숑ᄒᆞᆫ지라 너의 형뎨 무삼 호승과 넘치로 십여 셰 녀지 노류장화의 숑구영신ᄒᄂᆞᆫ
ᄒ실노 십 쳑 고루의 올나 ᄒ인을 규찰ᄒ여 외간 남주의게 월환을 더져 상소 괴질을
니루리오 그 무ᄉᆞᆷ 아름다온 ᄒ실이라 쳔문 옥탑의 쥬달ᄒ여 황상의 치화를 어즈러여
황손이 외간 남주의게 상소 괴

3면

질을 닐우다가 소혼지를 쳥ᄒ여 황상긔 증칙을 밧줍고 오히려 붓그려온 쥴 모로고
굿ᄒ여 지슘 이결ᄒ여 소혼지를 어더 빈실노 도라오니 무어시 씬더오리오 황가의 빗
츨 감ᄒ니 너굿치 누누ᄒᆫ 인물이 어디 잇스리오 사이이의니 추후ᄂᆞᆫ 경심계지ᄒ여 님
문의 동신ᄒ고 원군을 공경ᄒ여 평싱을 완젼ᄒ라 언파의 사긔 명슉ᄒ고 조조 명명ᄒ
니 됴군쥐 도시 담이 나 답ᄒᆞᆯ 비 업스니 도로혀 공쥬를 졀치분노ᄒ여 발연이 니러셔
며 쵸독히 디왈 쇼질의 명운

4면

이 험혼ᄒ여 임가의 업원을 밋고 인연이 긔괴ᄒ여 츽실노 드러와 홍미각 즁의 머리를 움쳐 쇠리를 끼는 바의 무ᄉ 위엄을 부리리오 슉미 쇼질 알기를 힝노로 ᄒᄉ 일호 ᄉ졍이 업시 단쳐를 들츄고 한왕 슉부의 허물을 쇼질의게 연좌코ᄌ ᄒ시니 옥션이 하퇴리릿가 쇼질의 젼졍은 신혼 쵸일붓터 판단ᄒ엿시니 다시 회복ᄒᆯ 마음이 업ᄂ이다 언파의 분분이 도라가니 공쥐 ᄎ경을 보고 어히업셔 닝쇼ᄒ고 왈 닉 오히려 지친의 졍으로 됴히 신셰를

5면

안과코ᄌ ᄒ미여늘 져희 욕악은 곳칠 길이 업ᄉ니 쳔승지가의 너의 죵형뎨 ᄀᆺ트리 업슬지라 이역쳔의니 네 임의로 ᄒ라 셜파의 좌우를 분부ᄒ여 군쥬를 홍미각으로 보닉고 ᄎ후는 궁즁의 오게 말나 ᄒ니 군쥐 도라와 공쥬를 몬져 삼커고ᄌ ᄒ더라 화셜 녕낙 이십일 년 동십월 슌간은 문황뎨 탄강일이라 빅관이 진하ᄒᆯᄉ 금픽 징징ᄒ고 금옥이 휘영ᄒ여 쳔하의 문뮈 동셔로 반녈을 졍ᄒ엿더니 믄득 변뵈 용탑의 오르니 북히 틱슈의

6면

밀뵈라 북흉노 아츌틱 됴공을 밧드지 아니ᄒ고 군병을 토랍ᄒ여 몬져 강하를 침범ᄒ여 연결 고을을 앗고 졈졈 ᄂᆞ오오니 장슈를 보닉ᄉ 강히를 쳐 항복 밧고 조죠 북히 교유ᄉ를 보닉여 흉노를 진무ᄒ시고 요동을 막ᄋ 흉노의 노략질ᄒᄂ 길을 막ᄋ 딕국 위엄을 뵈시믈 쳥ᄒ엿ᄂ지라 상이 팔치 용미의 근심을 씌이ᄉ 졔신으로 의논ᄒ시니 임쵸왕이 쥬왈 시금의 폐히 탕무의 덕을 베푸시니 쳔히 귀슌ᄒ여 막ᄉ의 말 발쇼릭 ᄉ쳐시니 빅셩

7면

이 낙업ᄒ여 뇨쳔슌일을 긔약ᄒ옵거늘 밋친 오랑키 엿보미 죄당쥬륙이라 신슈무지ᄒ오나 일지병을 빌니시면 흉노를 교유ᄒ와 군명을 욕지 아니리이다 상이 옥식이 딕열ᄒᄉ 왈 북흉뇌 강하를 연결ᄒ여 딕국을 침노ᄒ여 ᄒᆫ번 문죄는 마지 못ᄒᆯ 빅로딕 ᄎ시 겨울이라 용동의 ᄉ쭐이 마니 상ᄒᆯ가 ᄒᄂ니 진무ᄉ를 굴히고 문무지직 겸견ᄒ

주를 신졈ᄒ고 하북 뎔도ᄉ 장삼으로 강하를 쳐 항복 바다 연결ᄒᆫ 길을 ᄭᅳᆺᄒ면 북노
의 녜

8면

긔를 졔어ᄒᆯ 거시니 명츈이 되거든 젹셰를 보와가며 짐이 친졍ᄒ나 경이 졍벌ᄒ나
밧부지 아니토다 왕이 셩괴 맛당ᄒ시믈 알외고 쇼직ᄉ 원직ᄉ 등이 지됴와 츙졀이
긔셰ᄒ니 군명이 욕되지 아닐 바를 쥬ᄒ니 상이 그 말ᄊᆷ을 올히 녀기ᄉ 인ᄒ여 즉시
북히 ᄐᆡ슈를 졔슈ᄒ시니 쇼직ᄉ의 ᄉ양ᄒ미 간졀ᄒ거늘 상이 ᄀᆯ오ᄃᆡ 이 쇼임은 경
밧 느지 아니ᄒ니 ᄉ양치 말나 쇼직시 쥬왈 신슈무지오나 북히 진슈ᄂᆫ 둘일 비 아니
오ᄃᆡ 군현을 노략ᄒ오

9면

ᄆᆫ 지방이 요원ᄒ여 왕화를 입지 못ᄒ오미이 졀도ᄉ 장삼으로 하북 쵸ᄉ를 겸ᄒ여
병권을 쥬어 북방의 쇄약을 숨으시고 경막과 뉴셩회로 요동과 북히 ᄃᆡ장을 삼으시면
북노의 녜긔 최찰ᄒ오리니 무ᄉᆷ 친졍ᄒ시며 졍벌토록 ᄒ리잇가 상이 그 쇼년 명ᄉ로
식견이 명달ᄒᄆᆯ 희지ᄒᄉ 장삼으로 북히 쵸토ᄉ를 졔슈ᄒ시고 뉴경 냥인으로 각각
ᄃᆡ장을 삼ᄋ 북노를 지르라 ᄒ시고 파됴ᄒ시니 상국 부ᄌ 슉질이 부즁의 도라와 ᄐᆡ
부인 반일 돈후

10면

를 뭇줍고 쇼파를 ᄃᆡᄒ여 연즁 셜화를 니르고 왈 젼일 쇼부의 요ᄉᆡ 간간이 돌입ᄒ다
가더니 이졔 원직이 국명으로 느가니 가즁이 공허ᄒᆯ지라 만일 그러ᄒ면 두렵지 아니
랴 쇼ᄑᆡ ᄃᆡ왈 젹질이 지됴ᄂᆫ 의마의 넉넉ᄒ나 즁임을 맛하시니 넘녀 뎍지 아니코 가
즁이 공허ᄒ니 우려로쇼이다 ᄒ고 교부를 지쵹ᄒ여 쇼부로 가 직ᄉ의 힝도를 보려
ᄒ더라 ᄎᆞ시 셜쇼졔 강젹을 맛ᄂᆞ미 일양 무ᄉ무려ᄒ여 돈당을 시봉ᄒ며 슉흥야미ᄒ
여 여

11면

림심연ᄒ미 흔ᄀᆯ ᄀᆞᆺᄒ니 돈당 구고의 허장 긔ᄃᆡᄒ ᄉ랑과 빅년 군ᄌ의 ᄃᆡ졉이 무흠

흔 즁 지심지우로 간담을 빗최는지라 만무일흠이로디 삼싱 슈악으로 아시붓터 목요 남미로 ᄒᆞ여 협실의 잇셔 감히 머리를 방 밧긔 늬왓지 못ᄒᆞ다가 구문의 입승흔 후는 요인이 감히 방향을 바라지 못ᄒᆞ다가 목외 한됴의 투입ᄒᆞ여 요리를 씨고 연두의 드러와 셜부의 간간이 왕늬ᄒᆞ다가 한님 창방시 쇼졔 귀령ᄒᆞ니 작슈ᄒᆞ다가 한님의 살을 겻고 도라가 더옥

12면

원슈를 미즈스니 됴군쥐 임문의 입승ᄒᆞ니 분명 요리를 쎠 작슈홀 쥴 알고 지란이 나는 시 물어가다 ᄒᆞ고 됴모의 슌화치 못ᄒᆞ시미 부모긔 괴로오실 바를 우려ᄒᆞ고 조군쥐 조가의 교위 으릐 팔비흔 분을 셜치ᄒᆞ려 미구의 작화를 당홀 쥴 지긔ᄒᆞ나 일양 담담무례히 셰스를 모름ᄀᆞᆺ더라 군쥐 효장공쥬의 경계를 심즁의 디로ᄒᆞ나 참고 침쇼의 도라와 츈교를 디ᄒᆞ여 이를 갈고 셜녀를 셔릇고 남은 장기를 두루혀 슉모를 셤분을 민들니라 네

13면

젼일 말을 쾌히 ᄒᆞ엿스니 지금 계괴 업느냐 교왈 쇼비 엇지 일시나 이즈리잇가 아츰의 목싱을 보오니 명일 능운법스를 다려오마 ᄒᆞ더이다 군쥐 디열ᄒᆞ여 방즁을 쇄쇼ᄒᆞ고 기다리더라 츠셜 목외 요리를 다려 조궁의 도라와 살을 ᄲᅢ히고 약을 붓쳐 완합ᄒᆞ미 니러구러 옥션이 입문의 입승ᄒᆞ니 츈괴 쇠를 쎠 군쥬의 격국을 쇼졔ᄒᆞ고 셜시를 한됴로 줍으다가 쥭이믈 의논ᄒᆞ고 능운으로 츠스를 의논ᄒᆞ니 요리 낙동ᄒᆞ거늘 츈괴 군쥬의 눈으로 그 신통

14면

을 본 후로 디스를 의논홀 바를 니르니 요리 왈 그디는 몬져 가라 늬 몸은 구름의 ᄲᅡ혀가 셜시 당스를 술피고 군쥬 좌하의 빅알ᄒᆞ리라 괴 응낙고 도라와 군쥬다려 슈말을 젼ᄒᆞ더니 흔 쎼 구름 속으로셔 능운이 아아히 쎠오는지라 괴 신긔ᄒᆞ믈 일쿳고 ᄯᅳᆯ의 ᄂᆞ려 군쥬긔 뵐시 능운이 빅납을 썰쳐 군쥬긔 합장비례ᄒᆞ니 군쥐 팔을 놉히 드러 답읍ᄒᆞ고 싱싱흔 낭목을 되록되록ᄒᆞ니 말근 ᄶᅢ는 슈졍 ᄀᆞᆺ고 조흔 긔질이 산즁 요물 인쥴 알지라 방셕을 놉혀 좌를

15면

청ᄒᆞ니 능운이 좌의 안ᄌ 왈 빈도ᄂᆞᆫ 산듕의 깁히 잇셔 인간 뭇글을 하직ᄒᆞᆫ 몸이니 셰
인과 상관이 업더니 한젼히 신승을 쵸모ᄒᆞ시ᄂᆞᆫ 방을 보고 스싱이 경계ᄒᆞ여 지됴를
다ᄒᆞ여 한젼하의 쵸형ᄉᆞᄒᆞᄂᆞᆫ 은혜를 갑ᄉ오라 ᄒᆞ시ᄆᆡ 하산ᄒᆞ연 지 슈년이라 젼하의
구ᄒᆞ시ᄂᆞᆫ 바를 봉힝치 못ᄒᆞ여 민울토쇼이다 군쥐 좌를 ᄂᆞ오혀 쇼회를 니르고 쇼쳔의
은츙을 독당ᄒᆞ고 젹국을 졔어ᄒᆞᄆᆯ 비ᄂᆞ니 ᄉᆞ부의 신통ᄒᆞᆫ 지됴를 ᄒᆞᆫ번 구경코ᄌ ᄒᆞ노
라 운이 미쇼 왈 군쥐 빈도

16면

를 되ᄒᆞ여 ᄉᆞ졍을 다 니르시니 엇지 힘을 다ᄒᆞ지 아니리가 ᄒᆞ고 ᄋᆞ시비 냥인을 안치
고 물을 쑴으며 진언을 념ᄒᆞ여 몸을 두루ᄆᆡ 졔 몸은 학이 되고 냥 시ᄋᆞᄂᆞᆫ 연되 되여
은ᄉᆞ ᄀᆞᆺ흔 실을 닙으로 드리오니 요리 날기를 붓쳐 ᄂᆞ라 닷ᄂᆞᆫ지라 옥션이 이 거동을
보고 니마의 손을 언져 왈 닉 이졔ᄂᆞᆫ ᄉᆞ부를 어더ᄉᆞ니 임ᄌᆞ의 춍을 엇고 셜시를 쇼졔
ᄒᆞ리로다 암암 칭지ᄒᆞ더니 이윽고 학이 방듕의 ᄂᆞ라 안고 냥 시ᄋᆞᄂᆞᆫ 예되로 ᄂᆞ려노
ᄒᆞ니 군쥐 빅빅ᄉᆞ례ᄒᆞ고

17면

상협으로셔 쳔금을 닉여노화 능운의 공을 ᄉᆞ례ᄒᆞ고 급히 힝ᄉᆞᄒᆞ여 답답ᄒᆞᆫ 흉금을 녈
나 ᄒᆞ니 운이 두어 번 ᄉᆞ례ᄒᆞ다가 밧은 후 여러 가지 약을 드려 왈 이 약이 빈도의 ᄉᆞ
뷔 영산의셔 쥬지 도셔 고ᄋᆞ닉미니 일왈 ᄀᆡ용단이요 이왈 도봉잠이요 삼왈 외면회단
이니 도봉잠은 부부 금슬이 황황ᄒᆞ고 ᄒᆞᆫ번 시험ᄒᆞ면 미양 그럿치 못ᄒᆞ여 삼 삭의 ᄒᆞᆫ
번식 시험ᄒᆞ여 타 먹으면 슈일 되통ᄒᆞᆫ 후 금슬이 여쳔지무궁ᄒᆞ고 ᄀᆡ용단은 삼컬 젹
되고ᄌ ᄒᆞᄂᆞᆫ ᄉᆞᄅᆞᆷ되

18면

로 얼골이 되여지라 ᄒᆞ면 그 얼골이 되ᄂᆞ니 힝ᄉᆞᄒᆞᆫ 후 회면단을 먹으면 도로 옛 얼골
이 되ᄂᆞ니 이를 가져ᄯᆞ가 신효히 쓸 곳이 잇거든 ᄎᆞᄎᆞ 시험ᄒᆞ쇼셔 ᄒᆞ니 군쥐 되회ᄒᆞ
여 바다 감쵸고 니고를 되ᄒᆞ여 슈히 힝ᄉᆞᄒᆞ라 ᄒᆞ니 능운이 연ᄒᆞ여 머리 됴ᄋᆞ 응낙ᄒᆞ
고 표연이 ᄒᆞᆫ 됴각 구름을 어거ᄒᆞ여 다라가니 홀난ᄒᆞᆫ 두 눈이 모업시 쓰고 신통ᄒᆞᆫ 마

음을 연ᄒᆞ여 일콧고 추후는 불붓는 근심을 믈니치고 거의 임한님 무거온 은춍을 졈두ᄒᆞᆯ 듯

19면

날마다 단장을 치례ᄒᆞ고 둔당 신혼 셩졍의 분분이 추면ᄒᆞ여 셜쇼져 일동일졍을 긔찰ᄒᆞ나 쇼져의 스름 되오미 빅집ᄉᆞ의 쳔연 졍직ᄒᆞ미 쥬셩이라 앗춤 쇼셰 곳 파ᄒᆞ면 신셩ᄒᆞ고 취젼의 시측ᄒᆞ여 월혜쇼져로 더브러 틴부인긔 시측ᄒᆞ니 엇지 간딘로 요인의게 뵈리오 운이 목요를 보고 옥션의 쇼회를 젼ᄒᆞ니 목외 딘희ᄒᆞ여 셜시를 급히 잡ᄋᆞ 낙안쥐로 가렷노라 ᄒᆞ더라 니긔 산즁의 가 법을 가다듬ᄋᆞ 임상부로 다시 오니라

20면

이ᄶᆡ 군쥐 츈교를 닉여노화 셜시 당을 술피되 상부의ᄂᆞᆫ 셜시 당시 업ᄂᆞᆫ지라 힁각 냥낭을 다리여 무르나 다 미미히 썰치고 니르지 아닛ᄂᆞᆫ지라 긔 도라와 알 길이 업스믈 견ᄒᆞ니 군쥐 아미를 거스려 ᄭᅮ지져 왈 셜가 요믈이 그리 관즁호관딘 임가 상하노쇼 업시 졔 늙은 한미의셔 더위ᄋᆞ다 침쇼를 니르지 아닛ᄂᆞᆫ뇨 네 비록 추ᄌᆞ면 현마 요괴년의 당즁을 아니 알냐 긔 응낙ᄒᆞ고 효장 궁인들을 보고 문왈 젼일 드르니 효장궁을 나라의셔 지어 슉

21면

녈비를 스급ᄒᆞ시다 ᄒᆞ더니 어딘고 궁인이 답왈 그딘 뉘완딘 효문궁을 뭇ᄂᆞᆫ뇨 긔 쇼왈 나는 됴군쥬 시이니 군쥬는 옥쥬의 질네라 우리 동반의 의라 효문궁이 됴타 ᄒᆞ니 ᄒᆞᆫ번 구경코즈 ᄒᆞ노라 궁인 왈 네 져 뫼봉을 치워다 보라 그 뫼 아릭로 이시니 비식이 보면 상부 쇼부인 거쳐ᄒᆞ시ᄂᆞᆫ 졍심헌이요 그 ᄋᆞ릭 빅여 보믈 ᄂᆞ리면 팔뇽당이 잇셔 봉이 ᄂᆞ릭를 편 듯 학이 닷ᄂᆞᆫ 듯ᄒᆞ고 그 ᄋᆞ릭 월ᄌᆞ당 화ᄌᆞ당 별당이 즁즁겹겹ᄒᆞ엿고 문니 즁즁ᄒᆞᆫ딘 어딘로 드러갈

22면

쥴 아라 귀경ᄒᆞ리오 긔 왈 알괘라 만니라도 닉 둑히 아라 구경ᄒᆞ리라 ᄒᆞ고 효장궁 협문으로 효문궁 통ᄒᆞᆫ 문을 궁인의게 ᄌᆞ시 뭇고 바로 ᄶᅦ쳐 드러가니 과연 참치ᄒᆞᆫ 누각

의 영농호여 오운이 이러느고 굴곡흔 난간과 즁즁흔 당시 공교이 다 최외호니 어느 곳이 셜쇼져 거체를 알니오마는 추녜 별물요죵이라 눕즈당 여덟 봉의 봉눕당이 머리 지어 좌편 운산을 등져시며 빅동단을 압흘 님호엿는지라 앙앙 칭지호고 혼즈말노 니로딕 우리 됴궁

23면

이 아모리 장녀호나 이의 밋지 못호니 군쥬의 봉션뉘 어이 곳곳 긔묘호미 이룰 당호리오 호고 두루 보더니 봉눕당 수지 관환 미픠 지기룰 열고 느오다가 츈교룰 보고 변식 문왈 그딕 하등지인이완딕 이 깁흔 효문궁의 드러왓는뇨 이 본딕 뷘 궁으로 상부계 공지 혹 완유호시거늘 외인이 돌입호리오 픠 츠언을 듯고 딕답홀 말이 업셔 표연이 도라가니 미픠 눕당의 불흘 노화 쇼화코즈 호나 속졀잇스리오 흔 곳 악악히 즐욕호고 밧비 업시호라 쳥호여

24면

힝스호라 호니 픠 왈 옥쥬는 아직 밧바 마르쇼셔 쇼비 인심을 취합호고 물졍을 즈시 아온 후 힝스호리니 취젼과 경복누 경운누는 감히 앙망도 못호고 아모 변괴라도 틱부인을 범호여 셜쇼져의게 쓰이면 젼하와 쥬비라도 말을 못호리니 이리흔 후 즈긱을 일우여 틱부인을 놀닉고 셜시의 되상을 범호면 상국이라도 비록 셜시룰 이즁호나 틱부인을 위호여도 용납지 못호여 츌거호거나 비실의 슈계흔 후 법수룰 니르혀 삼켜닉면

25면

일이 슌히 되리니 비록 가즁이 군쥬룰 의심호나 증참이 업순 후 군쥬긔 밀위지 못호리니 이리흔 후 옥쥠 것인스로 원군이 파월호시믈 놀나난 체호스 셕고딕명호여 측실의 도리룰 추리시면 뉘 옥쥬룰 하즈호며 셜시 무어시라 호는고 보와가며 법수룰 일위여 슘켜닉면 묘호니이다 군쥠 아미룰 거스려 닝쇼 왈 닉 비록 팔지 고이호여 졔 아릭 굴흠도 통분호거늘 닉 엇지 져의 비실 겻히 셕고호리오 심복 시오 옥잉이 꾸러 쥬왈 츈져의 말이

26면

당연ᄒᆞᆫ지라 옥쥬는 ᄉᆞ리로 힝ᄒᆞᆺ 일시 분을 참으시고 교의 말을 치랍ᄒᆞ쇼셔 군쥐 연기언ᄒᆞ거늘 츈괴 일계를 헌ᄒᆞ니 군쥐 왈 ᄎᆞᄉᆞ는 즁ᄃᆡᄒᆞ니 우리 노쥐 지금 쳥ᄉᆞ 우히도 오르지 못ᄒᆞ거든 엇지 쥬방 관환을 ᄉᆞ괴여 음식의 독을 두어 희롱ᄒᆞ리오 이 가장 어려오나 네 그 틱쳥션싱을 못 보왓도다 ᄒᆞᆫ번 쌍셩을 드는 바의 아등의 목우를 ᄉᆞ뭇ᄎᆞ니 모골이 숑연ᄒᆞ고 틱부인이 비록 귀밋히 은ᄉᆞ를 드리워시나 빗ᄂᆞᆫ고 어위ᄎᆞ며 보는 냥안이 어리여 노인 ᄀᆞᆺ더

27면

냐 겸ᄒᆞ여 효장슉모의 발근 식견은 더 어려워 날을 됴곰도 용납지 아니니 셔의ᄒᆞᆫ 의ᄉᆞ를 ᄂᆡ여다가 ᄭᅳᆺ 감기 어려올가 ᄒᆞ노라 츈교는 고기를 슉이고 황악은 분분 왈 아모리거나 노비 ᄉᆞ셰를 보와 시험ᄒᆞ여 보오리다 군쥐 녁희ᄒᆞ여 삼 인이 밀밀히 계교를 졍ᄒᆞ고 ᄯᅢ를 여으더니 진파의 쇼비ᄌᆞ 난셤이 영니쇼통ᄒᆞ니 진픠 유질커나 연괴 잇ᄉᆞ면 난셤으로 ᄃᆡ신ᄒᆞ여 식이더니 일일은 진픠 ᄉᆞ괴 잇셔 슈일을 진반과 쥬찬을 난셤이 ᄀᆞ음아더니 셤이 여러

28면

곳 찬션을 일일히 졈검ᄒᆞ여 보ᄂᆡ더니 츈괴 니르러 군쥬의 ᄎᆞ 구ᄒᆞᆷ믈 니르고 ᄎᆞ를 급히 가지고 다르며 ᄯᅩ 황악이 ᄎᆞ를 지쵹ᄒᆞ며 홀연이 덤벙이더니 난셤이 각 당의 ᄎᆞ려 보ᄂᆡ노라 분분ᄒᆞᆯ ᄎᆞ 황악이 눈을 두르니 관환이 틱부인 찬션을 경복누의 감ᄒᆞ려 간 ᄉᆞ이라 변심단을 상국 햐쳐ᄒᆞᆯ 깅의 드리치고 왕의 깅긔를 열고 독을 드리치고 총총이 도라왓더니 아이오 취젼의 합좌ᄒᆞ고 진반ᄒᆞᆯᄉᆡ 상국이 본ᄃᆡ 안력이 남다른 고로 그릇식 국 빗

29면

치 젼과 다르믈 보고 그르슬 왕의게 미러 왈 요인이 가ᄂᆡ의 은복ᄒᆞ여 안즌 방셕이 덥지 아냐 알기 쉬온 악ᄉᆞ를 몬져 시험ᄒᆞ미니 오이 알쇼냐 왕이 깅긔를 열믹 독긔 코흘 거스리니 경히 좌우를 뭇고ᄌᆞ ᄒᆞ더니 부명으로됴ᄎᆞ 그르슬 아오혀 보니 약명은 모로나 분명 약이 드럿고 ᄌᆞ긔 깅긔이는 졔일 독약이 드럿ᄂᆞᆫ지라 놀나고 힉연ᄒᆞ믈 니긔

지 못ᄒᆞ여 ᄒᆞ니 놀나믄 야야긔 독을 ᄂᆞ오미요 희연ᄒᆞᆷ믄 발셔 짐쟉ᄒᆞ미라 상을 물니
미 즉시 쳥ᄉᆞ의 나와 쥬비긔 젼어 왈 부인

30면

의 쇼임이 엇지 이런 곳의 무심ᄒᆞ여 지됸ᄒᆞ신 반긔의 독약이 드러시믈 모로니 이 엇
진 일이니잇고 원간 진반 ᄲᅵ면 쥬비 난간의 안즈 다 간검ᄒᆞᆫ 후 각각 상을 드리더니
금의 위부인이 불안졀이 계시무로 공쥬로 더브러 시호ᄒᆞ엿더니 상운이 안식이 경희
ᄒᆞ여 드러와 왕의 명을 드른 ᄃᆡ로 알외니 쥬비 ᄃᆡ경ᄒᆞ여 ᄲᅡᆯ니 취젼의 니르러 줌미를
ᄲᅢ히고 쳥죄 왈 부즁의 니런 흉변이 지됸의 밋ᄌᆞ오미 다 쳡의 불경ᄒᆞᆫ 죄라 발커 다스
리시믈 기ᄃᆞ리ᄂᆞ이다 ᄶᅵ의 상국

31면

이 왕의 쥬비를 칙ᄒᆞ믈 듯고 왕을 명ᄒᆞ여 오르라 ᄒᆞ여 빈츅 왈 츠시 굿ᄒᆞ여 현부를
칙홀 비 아니라 오문 가란이 젼후 괴탄ᄒᆞ나 츠ᄉᆞ의ᄂᆞᆫ 밋지 아니터니 엇지 희연치 아
니ᄒᆞ리오 쥬현부ᄂᆞᆫ 친히 깅을 밧들미 업고 쥬방을 졍ᄒᆞᆫ 후ᄂᆞᆫ 이 곳 현부의 죄 아니요
ᄂᆞ와 네 깅을 먹지 아냣시니 무방이라 즘즘ᄒᆞ엿시라 요인이 우리 부즈를 업슈이 넉
여 몬져 시험ᄒᆞᆷ이니 맛당이 ᄉᆞ획홀 거시로ᄃᆡ 여ᄎᆞ 즉 ᄉᆞ긔 요란ᄒᆞ여 요인을 즙지 못
ᄒᆞ고 어즈러올 ᄲᅮᆫ이니 아

32면

즉 잠ᄒᆞ엿시라 임의 흉ᄉᆞ의 삭시 빗쵀엿시니 그 거동을 ᄀᆞ마니 슬피라 쥬비를 평신
ᄒᆞ여 실의 도라가믈 명ᄒᆞ니 쥬비 당의 오르미 상국이 탄식고 ᄐᆡ부인긔 고왈 간인이
악ᄉᆞ를 시엄ᄒᆞ오니 젼두를 가지로쇼이다 부인이 탄왈 보지 못ᄒᆞᆫ 일이니 굿ᄒᆞ여 츠인
의게 미뤄미요 연이나 ᄉᆞᄉᆞ의 불힝ᄒᆞ니 창ᄋᆞ 부부의 마장이 삭시로다 ᄒᆞ고 좌우로
엄금ᄒᆞ여 츠ᄉᆞ를 구외불츌ᄒᆞ라 ᄒᆞ니 군쥬 노ᄌᆔ 밀밀이 악ᄉᆞ를 짓고 두루 탐지ᄒᆞᄃᆡ
젼연 부동ᄒᆞ니

33면

알 길히 업셔 도로혀 무류코 통한ᄒᆞ여 급히 뇨리 왓ᄂᆞᆫ가 보라 ᄒᆞ더니 니긔 공즁으로

셔 나려와 뵈니 노쥬 만심 회열ᄒ여 ᄎᄉᄅᆯ 니르고 급히 햐슈ᄒ라 ᄒ니 니괴 왈 닝냥 시ᄋ로 입의 삼켜 영원암으로 도라왓거늘 십 세 ᄀᆺ 넘은 녀ᄌ ᄒ나 삼켜ᄂᆡ미 그리 힘들냐 괴 왈 셜쇼져의 당즁을 아라시니 ᄉ부는 군쥬 침당의 슘엇다가 잘 힝ᄉᄒ쇼셔 능운이 구름을 모라 샹부로 가고 츈괴 군쥬를 뫼시고 당즁의 잇더니 니괴 구름 속의셔 ᄂᆺᄂᆺ치 다 둘너

34면

보고 와 왈 닐오ᄃᆡ 빈되 샹부를 슬피니 셜쇼져 잡ᄋᄂᆡ미 어렵지 아닌지라 니번 산즁의 가 쇼져 신슈를 츄졈ᄒ니 아직 부부 금슬이 불합ᄒ여 ᄉ오 년 공방을 격고 일신 힝낙이 무흠ᄒᄉ 일국을 모립ᄒ시리다 군쥐 쳥파의 타일 한님이 쳔승 군왕이 되고 ᄌ긔 ᄒ번 득춍ᄒ면 셜시 업고 ᄌ긔 원위를 누려 휘젹의되를 누릴 바를 되회ᄒ여 ᄉ례ᄒ니 가관가쇠러라 니러구러 황혼이 되니 니괴 ᄉ긔를 슬피려 샹부의 ᄂᆞᄋᄀᆞ 즈시 슬피

35면

니 집이 크지 아니나 표묘ᄒ고 그윽ᄒ며 즁즁ᄒ되 취셩젼이 샌혀나고 좌우로 경복누와 경운누며 치봉누와 ᄋ릐로 각 당이 벌버듯 ᄒ여 누각이 징영ᄒ여시니 어느 곳의 셜쇼져 잇는 동 알니요 몸을 변ᄒ여 젹은 명믹이 되여 두루 쳠하마다 붓터본즉 진양 졍긔 광실의 가득ᄒ여시니 요얼이 발뵐 길이 업고 삼틱를 어거ᄒᆯ 졔명이 좌우로 셩녈ᄒ여시니 져의 도슐이 비록 긔특ᄒ나 이 가즁의 간되로 핍근치 못ᄒᆯ지라 도라와

36면

군쥬다려 왈 슈일 후 힝ᄉᄒ마 ᄒ더니 슈일 후 졍당으로 드러가니 셜쇼졔 고모 침실의 단좌ᄒ여시니 긔위 암암ᄒ더라 쇼졔 우연이 눈을 드니 고이ᄒᆫ 식 쳠하의 붓터시되 다른 식와 다르니 눈을 ᄂᆺ쵸와 다시 보지 아니나 ᄉ식이 다르니 군졔 의ᄋ하여 눈을 드니 과연 아로삭인 쳠하의 고이ᄒᆫ 식 몸을 감쵸고 눈만 ᄂᆡ고 두루 슬피더라 이ᄯᅢ는 츈풍이 쇼슬ᄒᆯ ᄯᅢ라 동형 팔션이 각각 침음ᄒ다가 그 거동을 보고 ᄯᅩᄒᆫ 몸을 기우려 보더니

37면

이윽고 난 디 업는 치운이 일월을 가리오며 향풍이 진동ㅎ며 잉무 공작과 봉황 치란
이며 무슈흔 비금이 공즁으로셔 늘나 쳠하 신이마다 각각 몸을 감쵸와시니 그 거동
은 진실노 인간 됴홰 아니라 션셰의 희한흔 경이라 쇼졔 가마니 화잉의 귀히 다혀 두
어 말ㅎ더니 잉이 급히 가더니 궁시를 가져왓거늘 살 씃히 독을 발나 옥궁의 다리여
시 눈을 향ㅎ여 쏘니 시 눈이 마즌지라 그 시 눈의 피를 흘니고 한 쇼리 길게 지르고
다라나니

38면

군계 쇼져를 뫼셔 취젼의 드러와 틱부인긔 쇼유를 고ㅎ니 틱부인이 경히 왈 군즈의
곳의는 요시 범치 못ㅎ거늘 불힝이 요인이 온 후로 요스의 일이 즈즈니 낙안쥐로 비
로스미로다 왕이 부복문파의 한님을 도라보와 문왈 젼일 드르니 으뷔 귀령시 여츠여
츠흔 괴시 잇다 ㅎ니 그럴시 올흐냐 싱이 복슈 디왈 과연 요망흔 일을 보오나 기인이
셜부 목틱부인 친족인 고로 발각지 못ㅎ고 요인의 살만 졔방ㅎ여 휘각ㅎ엿나이다 왕
은 졈두ㅎ고 상국은 괴롭

39면

다 ㅎ니 션싱 왈 츠역 쳔명이나 요도의 작희는 좌즁지난이니 그만 난이야 창이 누르
지 못ㅎ리잇고 공이 귀를 막으 왈 손으의 쳔금지신으로 아직 셜시로 동실치 아낫거
늘 엇지 음녀로 창슈ㅎ리오 년이나 군쥐 흐굿 은춍만 닷토량이면 아직 권도로 일 삭
의 흔 번식이나 식칙ㅎ미 무방ㅎ도다 ㅎ고 한님을 도라보니 싱이 왕조부 말숨을 듯
고 슈련이 디왈 셩괴 맛당ㅎ시니 죄광의 힝시 졀통ㅎ오나 임의 가니의 두온 후는 녀
즈의 원을 일위리잇가 쇼손이 오직 나히 유츙ㅎ

40면

와 돈당 부뫼 맛지신 셜시도 화락을 여지 아냐스오니 가도를 졍흔 후 등분을 출혀 홍
미각을 츠즐쇼이다 언파의 말숨이 슌실쾌단ㅎ니 상국이 활연 탄왈 미이지며 디지라
손으 창흥이여 너 십이 셰 쇼이 식견이 원디ㅎ니 엇지 명실지복이 아니며 오문 쳔니
귀 아니리오 이는 다 됴션여음과 틱틱 지현명덕이시니이다 틱부인이 희불즈승ㅎ여

이 다 쥬현부 틱교의 공이라 ᄒᆞ고 진픠 쇼왈 군계의 사법이 신묘ᄒᆞ더라 좌즁이 요괴 눈이 마즛다 깃거 ᄒᆞ더라 ᄎᆞ시 뇨리 살흘 눈의

41면

씌고 겨오 군쥬의게 도라와 본상을 닉고 좌의 구러지니 츈픠 급히 살을 ᄲᅢ히나 살 ᄭᅩᆽ히 독을 만히 발낫기로 뉴혈이 낭ᄌᆞᄒᆞᄆᆡ 군쥐 황겁ᄒᆞ여 슈독을 쥐무르며 청심환으로 구ᄒᆞ니 식경 후 정신을 출혀 크게 쇼리 질너 왈 독지라 녀ᄌᆞ의 ᄉᆞ법이여 늬 앗가온 왼편 눈을 그릇 밍그도다 녀잉 아모리 ᄒᆞ여도 이 원슈는 바드리라 군쥬는 아직 젹은 거슬 춤고 딕ᄉᆞ를 쇼리히 마르쇼셔 빈되 산즁의 가 눈을 곳쳐 오리이다 슈연이나 이 부즁의 쵸왕으로붓터 ᄂᆡ리 빅신이 호

42면

위ᄒᆞ고 삼틱와 문창 문곡 틱을 벽쇼 등 졔셩이 명실을 보좌ᄒᆞ려 발원ᄒᆞ여 ᄂᆡ린 빈 심상치 아니니 둄 쇠로는 도로혀 딕화를 볼지라 밧비 먹는 밥이 목메는 홰 잇ᄉᆞ니 아직 잉분ᄒᆞ쇼셔 말을 맛고 푸기를 메고 도라가라 ᄒᆞ니 군쥐 붓들고 옥뉘 방방ᄒᆞ여 왈 ᄉᆞ부의 ᄉᆞ화는 쳡의 년괴라 ᄉᆞ부는 산즁의 가 병을 됴리ᄒᆞ여 ᄉᆞ쇽커 도라와 원슈를 갑흐라 이괴 슌슌 응낙ᄒᆞ고 슌을 난화 도라가니 군쥐 슌으로 분흥을 어루만져 니고의 눈먼 한을 더옥 니를 갈더니 믄득 싱각ᄒᆞ되 늬 ᄒᆞᆫ번 셜

43면

시 ᄋᆞ녀의 얼골이 되여 보리라 ᄒᆞ고 긔용단을 닙의 넛코 축원ᄒᆞ고 면경을 빗쵀니 홀난흔 옥면이 변ᄒᆞ여 풍녕쇄락흔 셜시 되엿는지라 츈픠 슌벽쳐 신긔ᄒᆞᄆᆞᆯ 일큿고 군쥐 쾌활ᄒᆞ여 믄득 요심이 발동ᄒᆞ니 몬져 녀부인을 시험코ᄌᆞ ᄒᆞ여 바로 경복누의 돌입ᄒᆞ니 ᄎᆞ시 녀부인이 가즁의 요ᄉᆞ의 형젹이 밀밀ᄒᆞᄆᆞᆯ 근심ᄒᆞ여 아미를 빈츅ᄒᆞ여 젹젹이 시름ᄒᆞ니 풍부인이 둔고를 위안ᄒᆞ며 ᄌᆞ녀를 거ᄂᆞ려 시침ᄒᆞ니 부인이 졔손을 상하의 누이고 무이 왈 녀부는 졍심당

44면

만 줌젹ᄒᆞ고 ᄌᆞ식의 ᄌᆞ미도 모로니 실노 ᄌᆞ미 젹고 뮙도다 불언즁시의 후창이 널니

이며 셜시 만면 노긔로 눈을 흘난이 뒤록이고 표연이 드러와 앗ᄂᆞᆫ지라 부인이 ᄎᆞ경을 보고 경ᄋᆞᄒᆞ나 불변안싴고 왈 닉 앗가 취뎐의셔 너를 보고 돈고긔 시침ᄒᆞᄆᆞᆯ 일넛거늘 엇지 온다 가셜시 냥안을 독커 ᄯᅳ고 옷 ᄉᆞ이로 픠도를 ᄲᅢ혀ᄂᆞ혀 숀의 줘고 쵸독히 일오ᄃᆡ 닉 본ᄃᆡ 셜틔ᄉᆞ의 오ᄌᆞ 일녀로 귀ᄒᆞᆷ이 금달공쥬 ᄀᆞᆺ거늘 이뉵이 ᄎᆞ지 못ᄒᆞ여 임문의 입승ᄒᆞ여 몟몟 각 당의 신

45면

혼동졍과 셩졍녜힝의 긍긍업업ᄒᆞ여 일시도 한가ᄒᆞᄆᆞᆯ 엇지 못ᄒᆞ나 연유ᄒᆞᄆᆞᆯ 핑계ᄒᆞ여 부뷔 일실의 깃드리지 아니코 어느 ᄉᆞ이 옥면 군쥬를 일위여 안즁졍을 슴ᄋᆞ 젹젹ᄒᆞᆫ 효문궁의 날노ᄡᅥ 상직게 ᄒᆞ고 숀ᄌᆞ 사랑도 유명ᄒᆞᆫ 쳬ᄒᆞ고 감쵸와 날노ᄡᅥ 장신궁 고단을 격게 ᄒᆞ니 그ᄃᆡ 이 가즁의 틱부인 버금으로 안즈 숀ᄋᆞ 부부의 화락ᄒᆞ라 말이 쑴의도 업고 꿀 먹은 벙어리로 안즈 ᄌᆞ가의 몸만 돈즁ᄒᆞᆫ 줄 알고 밧 ᄉᆞ졍을 모로니 일이 하 분ᄒᆞ니 한바탕 닷토

46면

와 인졍 업슨 칼노 시험ᄒᆞ리라 ᄒᆞ고 언흘의 비슈를 드러 다라드니 녀부인이 무망의 ᄎᆞ변을 당ᄒᆞ여 마음이 썰닐 빅로ᄃᆡ 셩식을 부동ᄒᆞ고 이러 안즈며 풍부인을 도라보니 풍부인이 쳐음 셜시 노싴으로 돌입ᄒᆞᆯ 젹 짐작ᄒᆞ되 존고의 쳐치를 보랴 잠잠ᄒᆞ엿더니 발검작악ᄒᆞᄆᆞᆯ 보고 유미를 거스리고 ᄂᆞᄋᆞ가 칼을 앗고 ᄂᆞ상을 다리여 안쳐 왈 그ᄃᆡ 돌연이 풍증을 들녀ᄂᆞᆫ냐 돈젼의 발검이 이 읜 닐고 그ᄃᆡ 져러틋 음욕을 참지 못ᄒᆞ량이면 가부를 ᄭᅵ고 즐

47면

길 거시여늘 감히 돈젼의 발악ᄒᆞ리오 셜현부ᄂᆞᆫ 취뎐의 시침ᄒᆞ엿거늘 어늬 곳 니미망냥이 감히 뉘 미골을 쓰고 이 흉ᄉᆞ를 짓ᄂᆞᇇ뇨 군쥬의 실의ᄂᆞᆫ 요얼이 감히 빗최지 못ᄒᆞ거늘 여ᄎᆞ 요변이 당젼ᄒᆞᆯ 줄 어이 알니오 연이나 요인이 닉 시침ᄒᆞᄂᆞᆫ 줄 알고 엄연이 아즈미라 ᄒᆞ고 시험ᄒᆞ나 닉 냥안이 병드지 아냐시니 그ᄃᆡ를 아라보ᄂᆞ니 예 안즈 명일 셜현질노 진가를 갈히리라 ᄒᆞ고 나상을 단단이 잡ᄋᆞ 요동치 아니니 옥션이 디겁ᄒᆞ여 썰치고

48면

도라가려 ᄒ나 풍부인의 당당ᄒ 졍긔 당좌ᄒ여 나샹을 구긔 잡고 안ᄌ시니 간담이
쒸노라 아모리 독히 쏼리치나 요동ᄒ며 몸을 샌혀 도라가고ᄌ ᄒ들 잔ᄌ리 틱산을
거움 ᄀᆺᄒ여 져의 요ᄉᄒ 긔질이 젼혀 헷긔운을 타넛거ᄂᆯ ᄒ믈며 풍부인의 졍긔 요
인을 둘너시니 엇지 호발이나 움즉이리오 죽을 힘을 다ᄒ여 믄득 몸을 쒸오쳐 나샹
을 버셔바리고 쒸여다르려 ᄒ니 부인이 어히업셔 ᄂ샹을 먼니 더지고 그 냥슈를 단
단이 잡ᄋ 안치니 녀부인이

49면

ᄎ경을 보고 어히업셔 도로혀 우음이 나ᄂ지라 풍부인이 요인이 심담을 빗쵀여 졀칙
ᄒᄂ 언ᄉ 녈녈명달ᄒ미 강ᄌ이 녹듸의 달긔를 슈되ᄒ며 됴마경을 빗쵀미라 일변 쾌
ᄒ고 긔특ᄒ믈 니긔지 못ᄒ나 날이 식기를 기다려 셜시를 불너 진가를 희셕ᄒ랴 ᄒ
니 풍부인이 슈명ᄒ고 요인을 단단이 잡고 안ᄌ시니 겨울밤이 괴로이 긴지라 동방이
희기 머러시니 풍부인이 ᄒ번 요인을 쾌이 쇽여 낙담ᄒ여 다시 이런 일과 흉변을 닉
지 못

50면

ᄒ게 ᄒ려 ᄒ여 돈고긔 쥬왈 ᄎ요를 범연이 ᄒ여ᄂ 졈졈 작ᄉ 크올지라 빅져긔 가 샹
의ᄒ여 쳐치ᄒ리로쇼이다 언필의 관환을 명ᄒ여 돈고를 잠간 뫼셔시라 ᄒ고 좌우로
쵹을 ᄂᆺᄀᆺ치 밝혀 치운누로 가려 ᄒ니 가셜시 죽엄이 다 되여 똥을 잘금잘금 흘니고
일신이 어름 ᄀᆺ고 얼골이 찬 지 ᄀᆺᄒ여 아모리 ᄒᆯ 쥴 모로니 녀부인이 요인의 낙담샹
혼ᄒ믈 보니 도로혀 가련ᄒ지라 기리 탄식 왈 닉 본듸 돈당 혜퇴과 갸ᄋ 부부지효를
뎌바리지 못ᄒ여 명셰의

51면

거두ᄒ나 닉 마음을 어로만ᄌ 붓그리ᄂᄂ니 ᄎ인이 비록 요변을 지으나 ᄎ마 ᄉ름을
ᄉ지로 보닉지 못ᄒᆯ 거시요 쇼년녀ᄌ 뎍국을 희ᄒ고 가부의 은총을 독당코ᄌ 일시
요악ᄒ 흉계라 닉게ᄂ 무익ᄒ고 져희 젼졍이 히로오니 ᄌ작지얼이라 슈연이나 셜ᄋ
의게 더옥 히로오니 ᄎᄉ를 쥬현뷔 드르면 아ᄌ의게 일너 좌단이 딀단ᄒ리니 닉 ᄋ

직 물시ᄒᆞ여 필경을 보고ᄌᆞ ᄒᆞᄂᆞ니 노화 보ᄂᆞ라 풍부인이 됸고의 인현지덕이 여ᄎᆞᄒᆞ시믈 감복ᄒᆞ여 이의 슈명ᄒᆞ고

52면

비로쇼 숀을 난화 믈녀안ᄌᆞ 탄왈 녀지 비록 덕을 창치 못ᄒᆞ나 녜가 ᄒᆞᆫ가지라 그ᄃᆡ 비록 쳔만 가지 요물흉변이 아모 지경의 가나 니 부즁을 속이지 못ᄒᆞ리니 스ᄉᆞ로 몸을 됴심슈덕ᄒᆞ여 기심ᄒᆞ라 드듸여 쾌히 웃고 노화 보ᄂᆞ니 군쥐 나상을 숀희 들고 분분 젼경이 침당의 도라와 ᄌᆞ리의 것구러지니 츈픠 장후의셔 규시ᄒᆞ다가 급히 도라와 군쥬를 붓드러 쥐믈너 진졍ᄒᆞ니 군쥐 슘을 닉쉬고 탄왈 닉 일을 급히 ᄒᆞ다가 하마면 슉녈비긔 젼졍을 단ᄒᆞ

53면

리러니 국군부인의 인ᄌᆞ지덕으로 붓그림을 면ᄒᆞ고 왓시나 이를 장ᄎᆞ 엇지ᄒᆞ리오 픠 쏘 이달나 닐오ᄃᆡ 옥쥐 너모 쵸솔이 ᄒᆞ여 계시나 일너 쓸 ᄃᆡ 업스니 쳔금을 쥬고 ᄌᆞ긱을 어더 셜쇼져를 하슈ᄒᆞᄉᆞ이다 군쥐 왈 이리ᄒᆞ랴나 셜쇼져의 ᄌᆞ최나 침당이나 알세 하슈ᄒᆞ랴 아모커나 봉션누의 가 닉 ᄌᆞ쟝이 만흐니 휘미ᄒᆞ여 쳔금을 바다 ᄌᆞ긱이 잇셔야 ᄒᆞ리니 네 ᄂᆞ의 말을 이리이리 ᄒᆞ라 픠 즉시 목요의게 니르니 목외 반겨 왈 법시 간 후 긔별을 몰나 ᄒᆞ

54면

더니 엇지 오뇨 픠 눈셥을 찡긔여 왈 엇지 다 ᄒᆞᆫ 닙으로 다 니르리오 젼후 슈말을 늣늣치 니르고 법시 눈의 살을 마ᄌᆞ 산즁의 갓시믈 니르고 군쥐 단약을 먹어 시험ᄒᆞ려다가 듸픠흔 슈말을 니르고 ᄌᆞ긱 구ᄒᆞᆷ믈 쳥ᄒᆞ고 만일 셩공ᄒᆞ면 됴왕긔 쳥ᄒᆞ여 막부의 들 바를 니르니 목외 니고의 눈 마ᄌᆞ 상ᄒᆞ믈 놀나고 분긔ᄒᆞ여 졀졀이 꾸짓고 니를 가라 ᄌᆞ긱을 어드려 가니 ᄎᆞ외 어느 곳 비명횡ᄉᆞ홀 ᄌᆞ긱을 일위여 임시 삼ᄃᆡ의 하늘이 쥬신 슈복을 능히 희홀가 제 도로

55면

혀 듸역을 기르고 형가를 비ᄒᆞ던 ᄌᆞ긱을 엇지 쳐치ᄒᆞ고 ᄎᆞ쳥하회ᄒᆞ라 지셜 목지란이

옥션 군쥬 협실의 잇셔 무고이 삼츄룰 지니고 하동을 당ᄒ여 흉인의 바라는 마음을 착급ᄒ여 일일은 목싱을 불너 져의 쇼회룰 니르고 쳔문의 북을 쳐 닉 나히 늙도록 셔방 맛지 못ᄒ는 원상 가온딕 임장원의 화풍경운을 흠모ᄒ니 텬명을 어더 그 쳡희로 도라갈 바룰 의논ᄒ니 지형이 당츠ᄒ여 졔 일이 ᄒ 일도 못되니 마음이 취광ᄒ거늘 지란이

56면

비젹거려 ᄒ는 말이 귀 밧그로 들니는지라 화증이 딕발ᄒ여 발노 되오 츠 더지고 왈 고이코 이상ᄒ다 임즈 엇지 삼긴 가둑이완딕 쳔금 옥쥬도 상스 괴질노 측실노 도라가고 이 덤턱도 무슴 지각이 잇노라 영웅 딕군쥬의 쳡휘 되여지라 감히 쳔궐을 드러가 무슴 잡셜을 ᄒ고즈 덤벙이며 가문을 쳠욕ᄒ는다 닉 마음이 헛튼 실 굿거늘 뉘라셔 등문고룰 치며 네 잘ᄒ는 말노 무어슬 원통타 ᄒ여 지쳑 쳔안의 발괄은 뉘라 ᄒ며 상쇼는 뉘 지오라 ᄒ느뇨 도다지딕로 가만이 드러

57면

업딕엿스면 닉 셩불셩간의 네 ᄒ 몸 부귀케 아니 졔도ᄒ랴 박츠 바리고 썰치고 가니 지란이 둔용이 츠이여 굿바졋다가 계오 긔여 니러나 어둔ᄒ 말노 두두어리며 셩닉여 ᄒ 말도 못ᄒ고 무류히 물너가 됴궁의 니르러 옥경을 츠즈보니 츠시 옥경군쥬 젹젹히 심궁의 쳐ᄒ여 옥션 금지옥엽과 졔실지친으로뻐 군즈의 빅필됨만 크게 넉여 측실노 도라가미 금덩칙교는 쑴의도 바라지 못ᄒ고 죽교 타는 욕을 보되 오히려 구가의 드러가 딕군즈의 측실을 바라니

58면

졔게 비기리오 비록 은총을 엇지 못ᄒ다 ᄒ나 그 가즁의셔 임즈의 얼골을 상딕ᄒ리니 져의 월환이 도라오고 셜즈의 스싱을 모로는 바의 비치 못ᄒ니 왕은 져희 쇼회룰 모로고 다른 딕 구친ᄒ고 남궁비는 심지룰 예탁ᄒ고 쑬의 쇼회룰 불복ᄒ고 일호 가츠ᄒ미 업고 질녀의 음욕이 황가의 쌔치리라 ᄒ고 뎡도로 경계ᄒ나 옥경이 엇지 일호나 드르리오 셜싱의 옥모룰 일심의 미쳣는지라 아오리나 원을 일우려 ᄒ 벌 남의룰 협스의 장ᄒ엿더

59면

라 왕은 이런 쥴 모로고 두루 구혼ᄒᆞ니 어느 뉘 즁쳥 폐밍 즘싱의 거시 한조지녀를
웅ᄒᆞ리오 군쥐 지ᄉᆞ위한ᄒᆞ되 왕의게 비러 취부치 아니코 슉부모 슬하의 동신ᄒᆞᆷ믈 원
ᄒᆞ니 왕은 ᄒᆞᆯ 일 업셔 구혼을 긋치고 비는 질녀의 쇼회를 한조의 긔별ᄒᆞ여 낙안쥐로
호걸이 못 는 곳이라 군쥬를 다려다가 셔랑을 굴회게 ᄒᆞ려 ᄒᆞ더라 옥경이 고요히 잇
셔 교홍으로 더브러 목싱의 계교를 뭇더니 믄득 교홍이 지란을 다려와 군쥬를 뵈니
군쥐 ᄂᆡ미러보니 흉상박면 우

60면

두ᄂᆞᆫ찰 ᄀᆞᆺ흔 거시 금방울 ᄀᆞᆺ흔 두 눈망울을 뒤룩이며 눈물이 쥬쥴이 흐르니 옥경이
실식ᄒᆞ나 젼일 보미 업고 목싱의 누의를 가이ᄒᆞ여 온 연고를 무르니 지란이 져희 쇼
회를 ᄌᆞ시 셜파ᄒᆞ고 상쇼 지어쥬믈 쳥ᄒᆞ니 옥경이 지란의 쾌단흔 결단이 비록 쳔쳘
의 ᄒᆡ거를 드러나 결단을 일죽이 ᄒᆞ여 임ᄌᆞ를 됴ᄎᆞ려 ᄒᆞᆷ믈 불워 가연이 상쇼쵸를 일
워쥬니 지란이 딕열ᄒᆞ여 품의 품고 바로 쳔쳘노 향ᄒᆞ니 이 장긔관이러라 이ᄯᅥ 마춤
됴알을 당ᄒᆞ여 빅관이 됴회를

61면

맞고 퇴궐ᄒᆞᆯ시 상이 ᄂᆡ뎐으로 향코ᄌᆞ ᄒᆞ더니 믄득 등문고 쇼ᄅᆡ 급ᄒᆞ거ᄂᆞᆯ 졔인이 경
ᄋᆞᄒᆞ고 상이 놀나ᄉᆞ 잡ᄋᆞ 무르라 ᄒᆞ시니 문뮈 잡ᄋᆞ 무르라 흔즉 일기 우두나찰 ᄀᆞᆺ흔
흉상읫 계집이 ᄲᅮ루치고 바로 농탑 하의 다라드러 표문을 들고 셧는지라 용안이 역
경ᄒᆞ시나 셩식을 부동ᄒᆞ시고 쇼황문으로 상쇼를 바다 일커시니 츈방흑ᄉᆞ 경한이 두
숀으로 상쇼를 바다 들고 탑하의 ᄭᅮ러 녀셩딕쥬ᄒᆞ니 그 쇼ᄅᆡ 가장 쳥ᄋᆞᄒᆞ고 슬푼지
라 기쇼의 왈

62면

신쳡 목지란은 젼임 쥬ᄉᆞ 목슌의 손녜라 셩황셩공ᄒᆞ와 황상 농탑 하의 원상을 쥬달
ᄒᆞ옵ᄂᆞ니 신의 부뫼 일죽 죽ᄉᆞᆸ고 즁쳥 병인의 한아비 됴반셕쥭을 니우지 못ᄒᆞ오니
신쳡의 동됴모는 틱ᄉᆞ 셜연창의 뫼라 신쳡을 거두어 흑양ᄒᆞ와 십습의 니르오니 도요
지년이 되엿ᄉᆞ오나 동왕뫼 젼츌의 쳔딕ᄒᆞ는 어미로 신쳡을 의식은 ᄌᆞ뢰ᄒᆞ오나 계활

을 제도ᄒᆞ올 길 업스오니 속절업시 츄월츈풍을 허숑ᄒᆞ옵더니 임쵸왕의 장ᄌᆞ 창흥이 셜연창의 녀를 친

63면

영ᄒᆞ여 가옵ᄂᆞᆫ 굿슬 보오니 그 신낭의 옥모긔질이 쳔상낭이라 고금 이릭의ᄂᆞᆫ 이런 영웅호걸 가랑이 업스오니 신쳡이 삼싱 슈악으로 ᄒᆞᆫ번 본 후ᄂᆞᆫ ᄎᆞ마 닛지 못ᄒᆞ오니 신이 ᄯᅩ흔 황데 폐하의 덕지오미 금일 원상을 알외오니 ᄯᅩ흔 신의 ᄌᆞ리를 어더 쥬시면 쳔지의 부모호싱지덕이로쇼이다 신쳡의 쇼회 비록 졍결치 못ᄒᆞ오나 황가의도 금지옥엽의 군쥐 임ᄌᆞ의 참방시 누상의셔 보고 음욕을 참지 못ᄒᆞ여 월환을 더지니 임지 괴물이라 미인의 다졍흔 ᄯᅳᆺ

64면

을 가랍지 아냐 월환을 도로 담을 넘기고 미우의 츄상이 번득여 말을 풍우ᄀᆞᆺ치 모라 다르니 그 욕이 어이 츙냥ᄒᆞ리잇가마ᄂᆞᆫ 군쥐 월환을 더져 산산이 ᄇᆞᄋᆞ지믈 보고 의시 망단ᄒᆞ여 혼졀ᄒᆞ엿더니 겨유 회싱ᄒᆞ나 일노 드듸여 상ᄉᆞ 괴질이 되여 인긔 되엿더니 겨유 조지를 어더 임ᄌᆞ의 측실노 도라가 셜시 교위 ᄋᆞ릭 팔비ᄒᆞᄂᆞᆫ 욕을 보고 가부의 은춍을 닙지 못ᄒᆞ여 간장을 틱오니 쳔쳡 ᄀᆞᆺ흔 츄물은 임ᄌᆞ의 말좌 ᄎᆞ두 쇼임이라도 감신ᄒᆞ오리니 일월의 부모ᄂᆞᆫ 슉찰

65면

지ᄒᆞ쇼셔 ᄒᆞ엿더라
상이 듯기를 다ᄒᆞ시미 ᄎᆞ악경히ᄒᆞᄉᆞ 옥싴이 엄녀ᄒᆞ시니 옥션의 젼후 힝ᄉᆞ를 아득히 모로시다가 금일 지란의 상쇼로 아르시고 ᄯᅩ 지란 흉상츄물이 부듸 임ᄌᆞ를 조ᄎᆞ려 ᄒᆞᆷ믈 크게 패심이 넉이ᄉᆞ ᄒᆞᆫ번 쇽이려 침음 반향의 지란을 듸리시의 가도라 ᄒᆞ시니 ᄎᆞ뮈 일시의 ᄮᅳ어닉려 ᄒᆞ나 지란이 졔녀를 휘쫏고 악써 닐오듸 늬 오날 모몰넘치ᄒᆞ고 이 거됴를 ᄒᆞ엿거늘 텬문의 결ᄉᆞ를 보지 아니ᄒᆞ고 힘힘이

66면

ᄀᆞᆺ치리오 만일 쳔 년을 가도왓다가도 임ᄌᆞ의 희쳡을 가라 ᄒᆞ시면 갓치려니와 그러치

아니면 옥탑의 쇄두ᄒ여 경혈노 쌀리리라 시위 계신이 그 흉상으로 금방울 ᄀᆞᆺᄒᆞᆫ 눈을 뒤룩이고 험상을 부려 씽그리고 악쓰믈 보고 면면이 도라보고 상이 더옥 흉히 녀기ᄉᆞ 텬안이 묵묵ᄒᆞ시더니 반녈노 됴ᄎᆞ 셜틱시 ᄉᆞ인 등 삼 ᄌᆞ를 거ᄂᆞ려 ᄉᆞ모를 벗고 금문 밧긔 셕고딕죄ᄒᆞ고 임상국이 ᄌᆞ질을 거ᄂᆞ려 탑하의 근시ᄒᆞ여 초경을 보고 히연 강기ᄒᆞ여 좌우로 지란을 딕리시로 보닉

67면

고 임왕이 겻눈으로 쥬후를 보니 쥬휘 탑하의 ᄂᆞᄋᆞ가 쥬왈 신이 년급칠슌의 초경은 처음이오 목녀의 쇼즁의 연창이 계모 박딕흔다 ᄒᆞ오믄 더옥 밍낭ᄒᆞ오니 연창의 두 아ᄌᆞ비 잇ᄉᆞ오니 불너 무르ᄉᆞ 폐하의 동냥쥬셕을 일치 마르쇼셔 상이 셜연창의 효의를 아르시ᄂᆞᆫ지라 쥬후의 쥬ᄉᆞ를 아름다이 너기시더니 노공 형뎨 돈슈 쥬왈 미신의 견마지년의 셩은을 과히 입ᄉᆞ와 고당의 편히 누리오나 북궐을 우러러 황상 용안을 츄모ᄒᆞ옵더니 금일 닌딕의 우리

68면

쥬상 뇽쳬 일월 ᄀᆞᆺᄒᆞ시니 우러러 우츙을 펼쇼이다 언쥬파의 우러러 반기는 누쉬 빅슈의 년낙ᄒᆞ니 상이 쏘흔 회감ᄒᆞᄉᆞ 옥싴을 곳치시고 은근이 위유ᄒᆞ시고 굴오ᄉᆞ딕 경질 연창이 짐을 보좌ᄒᆞ여 진츙갈녁ᄒᆞ고 효의로 본을 삼거늘 금일 흉녀지언이 여ᄎᆞ여ᄎᆞᄒᆞ니 경은 일가친쇽이라 ᄉᆞ정을 두지 말고 실진무은ᄒᆞ라 ᄒᆞ시니 노공 형뎨 고두 쥬왈 금일 흉녀의 ᄉᆞ를 보오니 신이 지하의 형을 보올 ᄂᆞᆺ치 업도쇼이다 연창이 만일 흉녀의 말 ᄀᆞᆺᄉᆞ오면 신 등

69면

이 비록 ᄉᆞ정이 잇ᄉᆞ온들 군부지젼의 긔망ᄒᆞ여 알외리잇가 형이 늣도록 ᄉᆞ속이 업ᄉᆞᆸ다가 즁년의 홀연 싱산ᄌᆞ녀ᄒᆞ옵고 가쉬 기셰ᄒᆞ오니 형이 고분지탄을 품고 ᄌᆞ녀를 포휵ᄒᆞ여 다시 지취치 아니려 ᄒᆞ옵ᄂᆞᆫ 거슬 신 등이 권ᄒᆞ여 목가 아ᄌᆞ미를 취ᄒᆞ오니 미시 무일가관이옵고 쏘 젼츌을 싀긔ᄒᆞ니 망형이 후취ᄒᆞ믈 츄회ᄒᆞ여 가ᄉᆞ를 써 맛지지 아냐 일양 친집ᄒᆞ여 ᄌᆞ녀를 무휼ᄒᆞ여 ᄋᆞᄌᆞ를 셩취ᄒᆞ니 국구 장흠의 녜라 공신 후예로 딕가 싱츌이

70면

라 〈덕이 슉현ᄒ오니 망형이 희지ᄒ여 가〈를 써 맛지고 효〈효부의 밧드는 셩효를
바다 목가 아〈미로 의가의 낙을 펴려 ᄒ옵더니 불ᄒᆡᆼᄒ와 형이 세상을 바리시니 연
창이 안흐로 민쳔을 호ᄒ고 밧그로 봉쳔지통을 아오라 보명치 못ᄒ올너니 신 등이
가〈를 바리고 질〈를 보호ᄒ여 삼상을 무〈이 지ᄂᆡ오나 신상질괴 써날 ᄶᆡ 업〈온ᄃᆡ
평싱 안흐로 심간을 술오니 엇지 그 장슈ᄒ오믈 어드리잇고마는 우리 셩쳔〈 호쳔ᄃᆡ
은이 힘흡ᄒ〈믈 닙〈와 경

71면

악의 몸을 부쳐 지금 무〈ᄒ옵거늘 목가 아〈미 ᄃᆡ악은 부리지 아닐지연졍 질〈 〈
부의게 괴로오미 〈심ᄒ옵더니 연창은 한낫 효지라 계모를 지효로 밧드오니 굿ᄒ여
ᄃᆡ악의 일이 업습더니 흉녀의 밍낭지셜이 쳔졍을 들ᄂᆡ오니 죄당쥬륙이로쇼이다 목
가 아〈미 본ᄀᆡ 녕졍ᄒ고 목슌이 상명지탄과 ᄯᅩ 즁쳥병인으로 됴반셕쥭도 못ᄒ오니
연창이 졔 녹봉 반을 보ᄂᆡ여 〈뢰ᄒ고 그 〈녀 남ᄆᆡ를 다려다가 아〈미 흑양ᄒ오나
연창이 굿ᄒ여 ᄎᆞ〈를 신 등

72면

을 알니지 아니니 신 등이 어이 모로리잇고마는 연창의 지효를 감복ᄒ여 모를 듯ᄒ
오나 ᄎᆞ 흉인 남ᄆᆡ 괴〈 무궁ᄒ여 연창의 녀 혼날 지란이 무슈 희참ᄒᆫ 경상을 ᄒ고
임창흥이 유가 시 연창이 녀셔를 다려다가 동방의 깃드리니 지란의 오라비 지형이
산즁 요물을 다려와 작변ᄒ다가 ᄃᆡ픠ᄒ고 기후 지란을 쳥퇴 무러가다 ᄒ옵더니 어ᄃᆡ
숨엇다가 작〈ᄒ오니 지형이 요리를 다리고 장안을 두루 도라 미식을 숨켜닌다 ᄒ고
지형이 낙안줘 한던하

73면

긔 투탁ᄒ여 ᄃᆡ〈마 벼슬을 엇고 요리를 다래와 연창의 ᄯᆞᆯ을 무러ᄂᆡ려 ᄒ다가 픠루
ᄒ고 젼일 ᄯᅩ 진왕의 쌍기 〈녀를 함긔 숨켜다가 다라ᄂᆞ다 ᄒ더니 그 요리 창흥의 살
을 마〈 굿다 ᄒ더니 지형이 기미를 ᄉᆞᆨ여 ᄎᆞ〈를 ᄒᆞ가 시부오나 굿ᄒ여 국가의 간셥
지 아니ᄒ오나 ᄎᆞ외 한왕의 계유 진졍ᄒᆫ 〈념을 도도아 미인을 어더드리마 ᄒ고 요

괴를 쪄 다리고 단니며 왕을 또 디죄의 쌘지게 ᄒ오미 다 목요의 일이오니 엄칙ᄒ시고 연창의 부부 부녀의

74면

ᄉ성을 관념ᄒᄉ 츠뉴를 급히 줍ᄋ 의늘ᄒ시미 맛당ᄒ여이다 상이 미급답의 진왕이 고두 쥬왈 신이 쌍ᄋ를 청됴의게 일습고 효의 잉산 씨 여츠여츠ᄒ 몽ᄉ를 엇습고 쌍ᄋ 남미 ᄂ오니 의형미목이 빅년화 남미 두 죄인과 츄호 다르미 업ᄉ오니 신의 쳬 불힝ᄒ믈 니긔지 못ᄒ와 ᄌ익지졍이 업습더니 일교 의괴 망측ᄒ와 ᄒ옵더니 셜경의 말숨이 여츠ᄒ올시 알외오니 츠 낭이 죽든 아냐 타문의 가 뭇치여 무슨 요ᄉ를 짓ᄂ 쥴 모로오니 타일 만일 아모 작ᄉ를

75면

ᄒ와도 신이 임의 쳔눈을 쓰쳣ᄉ오니 ᄌ식으로 아니ᄒ온 후 국가의 죄범이 잇ᄉ오나 신이 아올 비 업ᄉ오니 신이 만일 맛ᄂ오면 쾌이 죽여 ᄂ라히 고ᄒ리이다 ᄒ더라

임시삼디록 권지십

1면

츠셜 상이 셜공의 쥬ᄉ와 진왕의 쥬언을 드르시민 한됴 냥왕이 황가를 쳡욕ᄒ미 녀지 업ᄉ믈 졀치ᄒᄉ 믄더 됴왕을 명쵸ᄒᄉ 지란의 상쇼를 쥬시고 디칙ᄒᄉ 월봉을 것고 본궁의 안치ᄒᄉ 됴항의 셔지 말나 ᄒ시니 왕이 지란의 쇼ᄉ를 보고 황공젼늘ᄒ여 고두ᄉ죄ᄒ고 분분이 궁의 도라와 비를 디ᄒ여 슈말을 니르니 남비 닝쇼 왈 디왕이 금일

2면

이야 알미 늣도다 임의 죄를 바다시니 이후나 불효 녀이 말을 듯지 마르ᄉ 다시 ᄉ화를 보지 말고 한됴의 가긱을 궁즁의 머무르지 마르쇼셔 ᄒ더라 상이 진왕의 쥬ᄉ를 됴츠 구식ᄒ여 만일 쌍ᄋ를 어더 즉시 업시ᄒ여 후화를 싣츠리라 ᄒ시고 한됴의게

엄지를 느리와 슈퇴 왈 슬푸다 너 그 지무스일흔 마음이 불힝흔 딕 드러 죄를 틱산굿
치 짓느뇨 타일 다시 범죄ᄒ면 부즈 눈을 버혀 일명을 용스치 아니리라 ᄒ시고 셜틱
스룰 밧비 명죠ᄒ시니

3면

죠왕이 모든 말이 진졍ᄒ미 ᄭ러 쥬왈 목녀의 음픠지셜노 격고상쉬 진실노 히이ᄒ오
나 ᄎ녀의 쇼신즉 견혀 신즈 창흥의 무용흔 풍모룰 과혹ᄒ여 졔게 유익지 아닌 연분
을 도모ᄒ니 더러온 졍틱룰 닉여 텬문을 쇼요ᄒ나 이 국가의 간셥지 아니ᄒ옵거늘
셜연창의 모즈 사이룰 졔 감히 시비ᄒ와 셜연창을 불효지죄로 밀위미 더옥 그 녀자
의 흉심이 아니오라 그 오라비 빅흉만악의 쇠오미 현현ᄒ오니 연창의 북당이 굿ᄒ여
불인ᄒ미 업시 효즈효부

4면

의 녕효룰 바다 불화ᄒ오미 업습거늘 ᄎ요 냥이 흉스룰 아오라 연창 모즈 사이룰 몬
져 말을 잡아 시비ᄒ고 한왕이 임의 죄로 위룰 혁ᄒ엿습거늘 ᄯ 무슨 딕역을 도모ᄒ
여 요리룰 보니여 민간 부녀 규슈룰 겁탈ᄒ니 이 다 ᄎ뉴의 됴홰오니 칙교룰 거두시
고 목녀란 신을 맛지스 졔 원을 일우면 ᄒᄀ 신의 집을 어즈러이올지언졍 흉스룰 다
른 곳의ᄂ 베푸지 아니ᄒ오려니와 힝혀 ᄎ뉴 요술을 비즈며 흉당을 모화 딕란을 니
르혈진딕 밧그로 북노의 난이

5면

잇고 ᄎ뉴 용스ᄒ오면 일이 젹지 아니ᄒ오니 원 폐하ᄂ 목녀로 창흥을 맛지시고 모
든 어즈러온 바룰 다 물시ᄒ시미 원이로쇼이다 상이 죠왕의 어진 말슴과 덕된 긔운
이 요얼을 진압ᄒ고 가국을 평졍홀지라 언언이 동기언ᄒ스 목녀룰 딕리시의 닉여 최
여의 담아 임부로 보니라 ᄒ시고 ᄯ니 셜틱스의 사 부즈룰 인견ᄒ라 ᄒ시니 ᄎ시 셜
공이 냥 슉부의 씨룰 바르고 마딕룰 씨쳐 즈긔 무죄ᄒᄆ 벗기나 쾌ᄒ미 업고 모친의
누덕을 슬허ᄒ고 목흉 남미룰 뎔치

6면

ㅎ여 머리를 단봉의 두다려 모친의 허물이 다 목요의 간흉인줄 쥬ㅎ고 편모를 밧드러 고향으로 가려 쥬의를 정ㅎ엿더니 임왕이 쥬시 명졍언슌ㅎ여 효주의 모지 완젼ㅎ여 상이 다시 목녀의 불낭을 뭇지 아니시니 임왕의 은혜 결쵸보은홀지라 흔굿 눈물을 흘녀 텬은을 슉스ㅎ고 인ㅎ여 옥계의 머리를 두다려 히골을 비러 노모를 다려 믈너가믈 이걸ㅎ나 상이 듯지 아니시고 과결을 쥬스 셜공 부즈를 시위케 ㅎ시고 셜노공 형뎨를 필빅

7면

을 상스ㅎ스 다시곰 면유ㅎ시니 낭공이 감은흔 눈물이 이음츠 다시곰 텬은을 슉스ㅎ고 부즈 슉질이 퇴ㅎ여 부즁의 도라와 셜노공 형뎨 쳥상의 좌를 닐우고 목부인을 쳥ㅎ여 녜필의 졍싴 왈 슈쉬 션형의 별셰ㅎ시무로 조별쌍친흔 뎐츌을 무휼치 못ㅎ시나 흉인 남미를 부즁의 은닉ㅎ여 쇼싱을 긔이고 흑양ㅎ심도 불가커늘 음흉흔 목가 음녀를 도도와 히거지스를 닉여 만됴쳔관 가온듸 격고등문ㅎ고 규녀로 남의 가부를 아스 쳡으로 드러가즈

8면

알외다가 듸리시의 무슈 나돌의게 껴드러 욕을 보고 굿쳐스니 슈슈의 가문을 츠 남미로 판단ㅎ고 목지형은 계하 죄인을 삼으니 무어시 됴ㅎ니잇고 마츰 쳔은이 질ㅇ의 효의를 슬피스 슈슈를 잡ㅇ 뭇지 아니시니 이후나 질ㅇ 부부와 졔ㅇ를 괴롭게 마르시고 목흉 남미를 다시 부즁의 붓치지 마르쇼셔 만일 다시 지형이 부즁의 오는 날이 잇스면 쇼싱 등이 탑젼의 알외고 쳐치ㅎ여 슈슈의 안면을 구이치 아닐 바를 금일 고ㅎ나이다 언파의 긔위 늠늠ㅎ여 츄상 굿ㅎ니 쎠의

9면

목부인이 지란이 쳥됴의게 믈녀가 됴군쥬 협실의 드러 장네 셩염을 셔릇는 날 지란도 흔 즈리 빈실이나 웅거홀가 흔흔낙낙ㅎ더니 낭공이 엄슉흔 말숨ㅎ믈 보고 지란의 힝스를 드르니 망혼상담ㅎ여 흔굿 눗츨 드지 못ㅎ더니 낭공이 쏘 질즈를 듸ㅎ여 이후란 가즁 듸쇼스를 즈긔 등의게 품ㅎ고 일즈를 즈유홀진듸 션셰 묘문의 고츅ㅎ고

ᄉ묘 알픠셔 셜장홀 쥴노 엄칙ᄒᆞᆺ 사믜를 썰쳐 도라가니 퇴시 모친의 치신무지ᄒᆞᆫ 바를 슬허ᄒᆞ고 슉부 등

10면

의 너모 박졀ᄒᆞ신 말ᄉᆞᆷ을 졀박히 넉이나 무어시라 됴당ᄒᆞ리오 모부인긔 됴용이 지란의 쇼ᄉᆞ를 말믜암ᄋᆞ 지형이 한됴를 결납ᄒᆞ여 요리를 ᄢᅵ고 진신가를 쇼요ᄒᆞ고 쥬륙ᄒᆞ려 츄포ᄒᆞ심과 지란을 되리시의 ᄂᆞ리와 문죄ᄒᆞ려 ᄒᆞ시더니 임왕이 맛타 최여의 담ᄋᆞ 가믈 고ᄒᆞ고 이후란 ᄎᆞ 남믜를 갓가이 두지 마르쇼셔 ᄒᆞ고 실의 뫼셔 유화이 위안ᄒᆞ니 목시 감은ᄒᆞ믈 니긔지 못ᄒᆞ여 악심이 ᄌᆞ연 풀니이니 퇴시 더옥 효셩을 ᄂᆞ토ᄋᆞ 지극ᄒᆞᆫ 졍셩이 신명을 질

11면

흘지니 현지라 셜퇴ᄉᆞ 효의여 모ᄌᆞ간을 남이 ᄉᆞ획지 못ᄒᆞ더라 이날 임상국이 퇴부인 슬하의 뫼셔 됸후를 뭇줍고 물너 좌를 퇴ᄒᆞᄆᆡ ᄌᆞ연 미우의 츄상이 어리여 북쳔의 음이 ᄌᆞ옥ᄒᆞᆫ 듯ᄒᆞ니 좌위 불감앙시ᄒᆞ고 쳐ᄉᆞ는 연즁의 필유ᄉᆞ단ᄒᆞ믈 짐죽ᄒᆞ고 왕과 부마ᄂᆞᆫ 국궁젼뉼ᄒᆞ엿더니 션싱이 ᄂᆞ족이 뭇ᄌᆞ오ᄃᆡ 금일 무ᄉᆞᆷ 연괴 잇습ᄂᆞ니잇가 엇지 늣긔야 파됴ᄒᆞ니잇고 상국이 ᄀᆞᆯ오ᄃᆡ 무ᄉᆞᆷ 되단ᄒᆞᆫ ᄉᆞ단일고 구상유취의 ᄌᆞ식을 두엇노라 음믈의 츄믈을 일

12면

위여 쌍으로 호승ᄒᆞ여 금일 여ᄎᆞ여ᄎᆞᄒᆞᆫ 녀ᄌᆞ를 졔 아비 ᄌᆞ구ᄒᆞ여 뫼셔오니 어셔들 보쇼 싀아비 되리 싀어오니 금즉이 호긔롭거니와 그 녀ᄌᆞ 볼 젹 가장 마음을 단단이 먹고 쳥심환이나 만히 먹고 보쇼 아들의 풍치를 호긔롭게 ᄒᆞ량으로 날 갓흔 아비다려ᄂᆞᆫ 뭇도 아니ᄒᆞ고 최여의 담ᄋᆞ 막ᄎᆞ의 쉐게 ᄒᆞ니 나가보면 아니 알가 연즁 셜화는 번거ᄒᆞ니 이런 빗난 말인들 니를가 오운뎐의 가니 틈시 말을 맛츠ᄆᆡ 만분 불쾌ᄒᆞ여 숀ᄋᆞ들도 가츠치 아니ᄒᆞ고 묵묵히 좌ᄒᆞ여 말ᄉᆞᆷ의 ᄯᅳᆺ이 업

13면

ᄉᆞᆫ지라 션싱이 형장 말ᄉᆞᆷ을 드르니 히연츠악ᄒᆞ여 말이 업더니 원ᄂᆡ 상국이 창홍 귀

즁ᄒ미 왕으로 더은지라 그 흉상 츄물을 창홍을 맛져 괴로오믈 닛고ᄌ 이연이 도라와시믈 딕로ᄒ니 왕을 평싱 처음으로 미안ᄒ여 ᄒ니 왕이 좌ᄒ의 국궁ᄒ여 능히 머리를 드지 못ᄒ니 션싱이 상국이 왕을 삼십 년의 처음으로 미안ᄒ믈 보니 도로혀 경ᄉ로온 듯 광미딕상의 희긔 무루녹ᄋ 딕왈 쇼데 금일이 하일이완딕 큰 희귀ᄒ 경ᄉ를 보쾌이다 형장이 희린을 딕ᄒᄉᄂ ᄋ

14면

히 아모 괴이ᄒ 일이라도 그르다 ᄒ시믄 둘지요 ᄉᄉ마다 두굿기시고 언언이 셩언현에라 ᄒᄉ 남의 우음을 휘치 아니시더니 금일 창홍을 위ᄒ여 저리 딕단이 노ᄒ시니 쳔지만물이 ᄎ시를 당ᄒ여 변녁ᄒ미 올토쇼이다 상국이 션싱 말숨을 됴ᄎ 미쇼ᄒ고 틴부인은 연고를 몰나 무르시니 왕이 야야의 긔위 엄슉ᄒ믈 보고 숑구황츅ᄒ여 감히 머리를 드지 못ᄒ더니 틴부인 무르시믈 됴ᄎ 다시 ᄭ러 고왈 금일 고이ᄒ온 흉녜 등문고를 울녀 쳡 되믈 알외오니 이 즁의

15면

국가의 간셥ᄒ 비 만ᄉ와 경상이 한됴를 엄지로 칙ᄒ시고 목외 한왕의게 투입ᄒ여 요리를 다리고 잇ᄉ믈 츄포ᄒ여 늘을 뎡ᄒ시더니 쇼손이 ᄎ흉을 아니 맛타와ᄂ 그 흉녜 불구의 일 장난을 짓고 그 명 아닌딕 죽어 화를 셜ᄋ의게 도라보닉올지라 ᄎ라리 맛타오미 가ᄒ 듯ᄒ옵고 이ᄶ 닉라히 북노와 강히 모반ᄒ오니 ᄎ녀를 노화셔ᄂ 슈히 잡든 못ᄒ고 요인이 츌몰ᄒ여 췌당ᄒ오리니 이러무로 엄위를 앙탁ᄒ오나 ᄒ 며나리 화란을 져허 국가 근심을

16면

도라보지 아니리잇가 ᄯ 셜공의 형셰 ᄎ녀의 쇼ᄉ로 거두지 못ᄒ게 되엿ᄂ딕 만일 ᄎ녀를 쇼손이 다려오지 아니면 목틴부인이 두루 역졍 닉올 지경은 셜공의 ᄉ싱이 위틴ᄒ올지니 ᄉ셰난득ᄒ여 아직 분분ᄒ 거됴나 업고ᄌ 다려오오미러니 엄위 여ᄎ ᄒ시니 이 ᄯ 쇼손의 삼가지 못ᄒ미로쇼이다 언파의 됴모긔 돈슈지비ᄒ고 상국 상하의 면관쳥죄ᄒ여 두려홈과 황츅ᄒ미 진짓 효지 엄부의 노를 두려 양효를 이르미러라 틴부인은 묵묵ᄒ고 상국은 눈을 더

17면

져 왕을 보와 주싱민 이리로 그 일인이믈 긔특ᄒᆞ거늘 이씨 한님은 왕부의 야야를 미안ᄒᆞ심과 야야의 쳥죄ᄒᆞ시믈 보니 경황ᄒᆞ여 황황이 관을 벗고 의디를 탈ᄒᆞ여 뒤히셔 국궁 진춰ᄒᆞ미 여러 ᄋᆞ손들은 됴부 슬상의 올나 노릐ᄒᆞ다가 ᄎᆞ경을 보고 지흥 연흥 셩흥 원흥 인흥 등이 형의 겻히 ᄡᅥ러시니 가히 보암죽ᄒᆞᆫ 복된 거동이라 상국이 ᄌᆞ긔 당년의 일기 눈먼 쏠도 업다가 만복의 졔쳔ᄒᆞ미 여ᄎᆞᄒᆞ니 심즁이 쾌ᄒᆞ고 노호오미 어이 오ᄅᆞ리오 미우의 희긔

18면

를 ᄯᅴ여 비로쇼 왕을 평신ᄒᆞ믈 명ᄒᆞ고 졔ᄋᆞ를 ᄂᆞᄒᆞ여 각각 좌우로 버려 안치고 ᄉᆞ랑이 쳬쳬ᄒᆞ며 셜쇼져를 명ᄒᆞ니 씨의 셜쇼졔 고모 침젼의 잇다가 춰쳔의 니르니 됸귀 됸젼의 면관부복ᄒᆞ엿고 한님과 졔 공지 다 ᄡᅮ럿ᄂᆞᆫ지라 경황ᄒᆞ여 ᄯᅩᄒᆞᆫ 좌의 드지 못ᄒᆞ엿더니 됸당 명으로 왕이 평신ᄒᆞ고 ᄌᆞ가를 명ᄒᆞ여 ᄎᆞᄉᆞ를 니르시고 무익ᄒᆞ시믈 보며 ᄎᆞ시 젼혀 ᄌᆞ가 집으로셔 비로셧ᄂᆞᆫ지라 참연ᄒᆞ믈 니긔지 못ᄒᆞ여 한님은 심즁의 분울ᄒᆞ믈 니긔지 못ᄒᆞ여 ᄎᆞ녀

19면

의 머리 버히기를 밍셰ᄒᆞ여 왕부의 ᄉᆡᆨ위 화평ᄒᆞ믈 보고 밧그로 나가니라 쥬비 아ᄌᆞ의 용미 것구로셔 ᄂᆞ가믈 보고 급히 믈너 상운을 불너 한님을 보고 쳥ᄒᆞ라 ᄒᆞ고 지흥 공지 형의 평싱 짓던 거름이 농힝ᄒᆞ보로 ᄲᆞᆯ니 비슈를 ᄲᅢ혀 표연이 ᄂᆞ가믈 보니 반드시 흉녀를 참두ᄒᆞᆯ 거동이니 여ᄎᆞ즉 됸젼의 가비얍지 아닌 장칙을 바들지라 급히 한님의 뒤흘 됴ᄎᆞ 가니 한님이 졍히 픠도를 옥슈의 빗기 들고 농미를 거ᄉᆞ려 쌍광을 놉히 ᄯᅳ니 위풍이 규규

20면

ᄒᆞ여 농이 창ᄒᆡ를 뒤치며 범이 산즁의셔 ᄲᅱ미 빗쉬 진공ᄒᆞᄂᆞᆫ 듯ᄒᆞᆫ지라 공지 ᄎᆞ경을 보고 황망이 ᄂᆞᄋᆞ가 칼을 앗고 형의 허리를 안ᄋᆞ 향긔로이 우어 ᄭᆞᆯ 무ᄉᆞᆷ 일노 평싱 셥심을 허러 바리ᄉᆞ 발검ᄒᆞ여 ᄉᆞ름의 참두ᄒᆞ기를 풀ᄂᆞᆺ ᄀᆞᆺ치 ᄒᆞ시ᄂᆞ뇨 이 거되 비록 쾌ᄒᆞ나 우리 야애 만ᄉᆞ를 파락ᄒᆞᄉᆞ 농젼의 쥬ᄒᆞ고 맛타와 계시거늘 형장이 ᄯᅩᄒᆞᆫ 셩

의를 밧즈와 흉인을 진압ᄒᆞᄉ 셜듸인의 급흔 근심을 늣츄어 군은을 갑흐미여늘 흔곳 혈긔지

21면

분으로 츠인을 죽이시면 야야 엄뇌 왕부를 두리ᄉ 형장 몸의 장칙이 이르지 아니시니 엄졍의 흔 번 미온ᄒᆞ믈 두신즉 형장이 평싱 엄위예 긔심ᄒᆞ시ᄂᆞᆫ 닐을 밧줍지 못ᄒᆞ시리니 형장은 셰 번 싱각ᄒᆞ쇼셔 셜파의 향긔로이 웃기를 마지 아니니 동원의 일만 화신이 무루녹고 옥우ᄑᆡ월의 쳔향이 어리여시니 흔업시 어엿분지라 한님은 처음은 흉녀를 쾌히 죽여 왕부의 야야 미온ᄒᆞ시믈 풀고즈 ᄒᆞ더니 츠공지의 쥬옥지논을 드르니 그 유화ᄒᆞ고 포

22면

강ᄒᆞ믈 졔어ᄒᆞ미 젼혀 야야를 품슈ᄒᆞ엿ᄂᆞᆫ지라 칼을 더지고 등을 어루만져 왈 어느 곳 흉녜 또 너를 상ᄉᆞᄒᆞ여 무슨 괴ᄉᆞ를 져즐고 공지 긔긔히 우어 왈 형장 실시 양쥐 시상의 귤 밧던 풍치 엇지 쇼뎨ᄂᆞᆫ 풍치 미몰ᄒᆞ니 일쳐도 마다 ᄒᆞ리이다 ᄒᆞ니 쩌의 상운이 ᄂᆞ오니 발셔 츠공지 ᄂᆞ와 말뉴ᄒᆞ엿ᄂᆞᆫ지라 쥬비긔 알외니라 츠시 목지란이 딕리시의 ᄀᆞᆺ쳐더니 잡으미여 최여의 담으 뭇 놈이 쩌메니 무셥기 틱악을 지즈른 듯ᄒᆞ니 졔인이 쏨을 흘니고 계유 메여다

23면

가 상부 힝각의 두고 도라가니 흉상이 최여의 ᄂᆞ 두루 슬피니 금방울 ᄀᆞᆺ흔 눈망울을 둘너보나 닉당을 보지 못ᄒᆞ니 뒤록이ᄂᆞᆫ 형상이 긔괴ᄒᆞ여 얽믜온 쎔과 눗 우히 일곱 큰 혹은 좌우로 드리웟고 이마의 다ᄉᆞᆺ 궁긔 쑬녀시며 푸른 입시울의 누른 엄니 밧그로 닉밀녀 입밧긔 나고 닉민 코희 바회 ᄀᆞᆺ흔 쎠ᄂᆞᆫ 닉미러시니 슈졍궁 야처라도 이러치 아닐지라 졔인이 무심이 나셧다가 져마다 익고익고 ᄒᆞ고 아히들은 어머니 부르고 긔졀ᄒᆞᆯ 듯 잣바져 어즈러이 덤벙이니 흉

24면

녜 셩을 닉여 쇠시랑 ᄀᆞᆺ흔 쥬먹으로 덤벙이ᄂᆞᆫ 쇼으들을 막으 두다리니 혹 눈퉁이도

마즈며 코도 마즈 피 쇼스나고 쎕도 마즈 우름이 진동ᄒᆞ나 흉물을 두려 감히 말니리 업더니 믄득 뉘당 시녜 분장을 격ᄒᆞ여 니로ᄃᆡ 앗가 최여의 담ᄋ 실어온 녀지 어ᄃᆡ 잇ᄂᆞ뇨 틱부인 분뷔 계셔 보고즈 ᄒᆞ시니 드러가즈 ᄒᆞᆫᄃᆡ 모든 냥낭이 일시의 목시를 넛그러 알외니 좌우 관환이 쳥상의 올니믈 명ᄒᆞ니 냥낭이 지란을 쳥상의 올녀 현알ᄒᆞ는 녜를 품ᄒᆞ니 틱부인이 일견

의 놀나오믈 면치 못ᄒᆞ니 기여를 니르리오 여러 부인ᄂᆡ 면면상고ᄒᆞ여 안식이 다르더니 틱부인이 슉녈을 도라보아 왈 ᄎᆞ녜 다만 셜ᄋ의 ᄃᆡ화라 연이나 그 무슴 졀칙 잇스리오 모든 ᄃᆡ 현알케 ᄒᆞ라 쥬비 봉명ᄒᆞ여 염파를 도라보와 틱부인긔 고두팔비ᄒᆞ고 기여 모든 ᄃᆡ 지비ᄒᆞ고 홍미각 ᄋᆡ리 하심당으로 보ᄂᆞ라 ᄒᆞ니 염픠 승명ᄒᆞ고 냥낭을 명ᄒᆞ여 이ᄃᆡ로 이르니 냥낭이 지란을 잇그러 힝녜ᄒᆞ니 지란 흉물이 그런 우긔 쥬러져 우러러 틱부인긔 팔비ᄒᆞ고 모든 ᄃᆡ

지비ᄒᆞ니 졔 언졔 평싱의 졀을 ᄒᆞ여 보왓스리오 흉흔 몸을 움즉이믜 쳥셕 울히고 졀ᄒᆞ믜 슘쇼릭 뉵월 념쳔의 장긔 메온 쇼릭 ᄀᆞᆺᄒᆞ니 진실노 일쳬 바로 보믈 흉히 녀기더라 녜필의 좌우의 황황흔 위엄을 보고 졔 몸을 보니 광한뎐을 임흔 듯 틱부인의 엄흔 위의와 녀위 냥 부인의 흔 업슨 광휘와 휘휘흔 녜복이며 쥬비와 공쥬 등 졔 부인ᄂᆡ 찬난흔 용광식틱 요지 못거지 ᄀᆞᆺ고 진쇼 이파는 어룬답고 군계의 슈려삽상흔 쳬되 우화홀 듯 두 눈이

밤뵈니 아모라타 지젹지 못ᄒᆞ여 냥닉을 지긋지긋 웃슥앗슥ᄒᆞ며 흉괴 막심ᄒᆞ니 좌우 졔 시이 놀나믈 마지 아냐 호표를 ᄃᆡ흔 듯ᄒᆞ더니 쥬비 봉안을 잠간 흘녀 술피니 흉상이 오히려 됴군쥬의 음탕요악ᄒᆞᄆᆞᆫ 나흐나 비명흉ᄉᆞ홀 상이라 ᄎᆞ악경ᄋᆡᄒᆞ여 다시 보믜 업셔 냥 시ᄋᆞ를 주어 ᄉᆞ환케 맛져 하심당으로 보ᄂᆡ라 ᄒᆞ니 냥 시이 힝각의 잇스나 일싱을 즐거이 지니다가 져 흉물의 ᄉᆞ환홀 일을 셜워 울며 슈명ᄒᆞ니 졔 부인ᄂᆡ 칙슈로 입을 ᄀᆞ리와 우

28면

스니 쇼픠 냥 시ㅇ를 꾸지져 왈 너희 일싱 귀신을 무셔워 살푸리ᄒ고 무당 드려 숀
곳쵸고 잡것 잘 쫏더그나 져런 귀쇼져를 뫼시면 남히관음 압히 뫼신 ᄂ찰이나 다르
냐 잡것 쫏츠닉면 쓴 것 아니들고 무당의게 돈 아니드려 살푸리 아니ᄒ고 작히 됴ᄒ
랴 ᄒ니 영셜 냥 시이 더옥 늣겨 우니 일쳬 우음을 먹음고 틱부인이 쇼파의 말노됴츠
미쇼ᄒ니 흥샹이 져룰 보고 아름다이 넉여 웃는다 ᄒ여 도라셔며 즁즁 혼ᄌ말노 일
오듸 금황뎨의 진숀 옥션군쥬는 이 집 규

29면

법을 무셔워 신부례로 독교 타고 와시니 날 ᄀᆺ흔 목쥬스의 숀녀 볼 것 조하 칙여의
담ㅇ 못 교븨 쩌메여 착흔 임쵸왕이 거ᄂ려 와시니 덩 타니나 독교 타니나 칙여의 담
겨 오나나 임한님 우럿기는 ᄒ가지니 이런 장흔 구경ᄒ고 하심당의 냥 시ㅇ 다리고
만흔 쥬식이나 양것 먹고 쎠쎠 한님 얼골이나 어더 보면 닉게는 그랴도 과분감격ᄒ
니 긔예셔 더 바랄가 두두러리니 뉘 그 말을 아라 드르리오마는 군계는 귀 발그미 남
다르고 눈이 쌘른지라 ᄂᆺᄂᆺ치 아라듯고 도로혀 군쥬의셔

30면

늣다 ᄒ여 팔을 드러 네ᄒ고 어셔 가셔 쉬라 ᄒ니 흉물이 고기를 쓰덕이고 두루 직비
ᄒ고 쳥스의 ᄂ리며 냥 시ㅇ를 닛그러 지긋거리며 물녀가는지라 쇼픠 탄왈 가쇼롭다
게오 한님 ᄒ나 셩혼 ᄒ 돌시 못 되여 쳐녀ᄀᆺ치 부인의 얼골도 ᄌ시 모로는듸 요긔로
다 귓것시로다 하 흉변이 만흐니 이 부즁 쇼공ᄌ 하 졀묘ᄒ니 직흥 공ᄌ부터 깁히 감
쵸와 아모도 뵈지 말고 ᄀ마니 잇다가 혼인ᄒ리로쇼이다 진픠 쇼왈 츠공즈의 긔품이
한님상공의 ᄂ리지 아니시니 더옥 넘녀

31면

롭고 참되고 엄웅ᄒ시믄 더으시니 걱졍되고 머리 알푸데 쇼픠 신고이 머리를 긁고
혀츠 왈 그듸 말이 올흐니 닉 늙바탕의 이룰 또 엇지 쓸고 아모라 홀지라도 날이ᄂ
됴르지 아니면 져룰 어이ᄒ고 험상된 아ᄌ비와 달나 져기 츠츠안안ᄒ니 그리타 부마
의게 둘니일 젹 ᄀᆺ흘가 ᄒ니 효장공쥐 미쇼 왈 슉기 져리 근심ᄒ시니 쇼부인이 실노

맛당치 아냐 ᄒᆞ시리니 첩이 쇼슉의 근심을 옴길가 ᄒᆞᄂᆞ이다 경흥이 졔오 즁 화긔 승
승활발ᄒᆞ여 미인 보ᄂᆞ 눈이 다졍

ᄒᆞ니 뒹손ᄂᆡᄂᆞ 연화 밧 ᄉᆞᄅᆞᆷ ᄀᆞᆺᄒᆞ니 그 되 다른지라 그 ᄋᆞ히 반졈 비례를 눈드러 보
미 업ᄉᆞ니 심히 이련ᄒᆞ여 념녀ᄒᆞᄂᆞ 비로쇼이다 공쥬ᄂᆞ 미쇼ᄒᆞ고 쇼부인은 아황을 빈
져 왈 첩이 실노 ᄎᆞ오로 심위되엿ᄂᆞ이다 어인 ᄌᆞ식이 압 ᄡᆞ리기 웃듬이라 져의 되인
이 경오의 픠힝을 던혀 모로고 첩의 약셕지언을 홍모ᄀᆞᆺ치 넉이니 텬흥의 교도지언을
밋ᄂᆞ 비로되 이 ᄋᆞ히 아오들을 하 사랑ᄒᆞ여 형을 두리지 아니니 졀박ᄒᆞ여이다 쇼픠
쇼왈 쇼부인 말ᄉᆞᆷ을 드르니 우음이 나

ᄂᆞ이다 우리 되상공이 뎡되슈신이 텬흥의게 비기리잇가마ᄂᆞ 부마의 험픠ᄒᆞᄆᆞᆯ 히혹
지 못ᄒᆞ여 쳐실노 일장 분난을 부르니 아기ᄂᆡ를 ᄂᆞᆺ노라니 이후도 잘 ᄂᆞᆺ코 호걸도 잘
ᄂᆞ코 영웅도 잘 ᄂᆞ코 부인들도 어드로 ᄀᆞᆺ던고 ᄒᆞ고 져리 잘 살며 일좌를 그리 됴르던
고 경흥공지 아모리 호방ᄒᆞ다 ᄒᆞ나 부마ᄀᆞᆺ치 이쓩이 ᄉᆞ오ᄂᆞ을가 ᄒᆞ니 쥬부인이 함쇼
왈 슉기 슈슈의 말ᄉᆞᆷ을 뮙도록 져리 ᄒᆞ시나 슉슉의 일월 힝도ᄂᆞ 쇼ᄋᆞ들이 밋츠며 경
이 엇지 슉슉의 명달

ᄒᆞ시믈 바라리잇고 쇼픠 답왈 과연 비의 말ᄉᆞᆷ이 올토쇼이다 져머셔붓터 하 허무히
구던 거시니 보면 무식무식ᄒᆞ니 ᄌᆞ연 말ᄀᆞᆺ치 나면 그 엉쑹이 하 무섭던지라 졀노 두
팔이 쏩ᄂᆡ더이다 쥬비 미쇼부답ᄒᆞ더라 ᄎᆞ셜 이ᄶᆞᄂᆞ 영낙 이십일 년 츈졍월이라 상이
옥휘 ᄌᆞ로 미령ᄒᆞ시니 됴애 근심ᄒᆞ고 뇽쳬 평복ᄒᆞ시고 일긔 화창ᄒᆞ면 친졍ᄒᆞᄉᆞ 북으
로 도라보ᄂᆞ 근심을 ᄂᆞᆺ츠려 ᄒᆞ시나 뇽쳬 ᄌᆞ로 불평ᄒᆞ시고 일긔 온화치 못ᄒᆞᄆᆡ 친졍
홀 바를 ᄀᆞᆺ치

시더라 ᄎᆞ시 옥션군쥐 취겨ᇰ의 왕ᄂᆡᄒᆞ다가 지란의 잇스믈 보고 괴상코 분노홈도 업지

아냐 침쇼의 도라와 츈교다려 왈 이상한 일도 만타 지란이 어이ᄒ여 드러와 느의 항

녈노 잇느뇨 괴 디왈 옥쥬는 놀느지 마르쇼셔 쳔지일시로쇼이다 목시 드러오미 우리

게는 유익흔지라 목시 여츳여츳 등문고를 울니고 임한님 측실위를 어더지라 ᄒ니 쳐

음은 가도앗더니 뎐히 맛타 다려오시다 ᄒ오니 이 녀ᄌ를 우리 힘으로 일월 길 업더

니 졀노 와시니 아니 ᄉ참ᄒ니

36면

잇가 명일 궁의 가 목싱다려 닐너 졔 시비를 구ᄒ거든 쇼비 아ᄌ미 교홍이 이런 닐을

잘 슬피니 다려다가 지란을 쥬어 동모ᄒᄉ이다 연즉 네 아ᄌ미 엇지 늬 쌘는 딕 쌘지

뇨 괴 디왈 디왕이 춧지 아니시무로 지아비 어더 밧ᄉ리 ᄒ더니 지아비 호방ᄒ기로

바리고 궁의 가 어더 먹고 ᄉ나이다 군쥐 교를 바라고 탄식ᄒ여 보닌 후 독좌상냥ᄒ

미 영원이 두 눈이 병 드지 아냐거든 지금 쇼식이 업스니 어졔놀도 근심이요 오날놀

도 근심이라 언졔느 셜시를 셔르즐고

37면

욕살지심이 발발ᄒ여 일야는 의상을 가비야이 ᄒ고 비슈를 끼고 효문궁의 가 셜시

침쇼를 슬피니 봉눈당이 표묘이 최외ᄒ여 반공의 님니ᄒ엿는지라 급히 난간의 쮜여

올나 문틈으로 녀허보니 졔 시ᄋ는 좌우로 호위ᄒ고 두 관환이 셜쇼져 압히 뫼셧는

지라 군쥐 혜오딕 츠녜 이리 위엄츠게 ᄒ고 안ᄌ시니 바로 돌입ᄒ여 졔녀의 눈의 악

ᄉ를 못 뵐지라 잠들믈 기다릴 거시라 ᄒ고 후함의 슘어더니 밤이 삼경의 밋ᄎ미 쇼

졔 의구히 취침ᄒ

38면

고 좌위 시침ᄒ여 단즘이 바야히라 후창을 가마니 열고 다라드러 ᄌ긱의 모양으로

상상의 쇼져 머리 둔 딕를 향ᄒ여 칼을 가비야이 드러더지니 쇼릭 벗셕ᄒ거늘 혹 헷

찍은가 ᄒ여 곳쳐 지르고ᄌ ᄒ더니 믄득 상 밋흐로셔 올픠 느와 군쥬의 두 발을 줍ᄋ

다리니 헛되이 잣바지미 좌위 쵹을 밝히지 아니코 흔 거리 바를 드려 물이 못 느게

동혀지우며 ᄭ지져 왈 반야의 ᄌ긱 노릇ᄒ는 계집을 무슴 녜를 츠례 쥬리오 슌초군

ᄉ를 불너 옥의 가도라 ᄒ고 쳥하로 나

39면

리치니 굴곡흔 난간의셔 셤진 굿흔 군쥬를 아모리 동혀시나 쓸의 느리칠 젹 늣치 다 씌여지고 허리 쒸여 반싱반ᄉ흐엿더니 홀연 옥셩으로 일오딕 그 ᄌ긱이 녀진가 시부니 슌쵸군을 쥬지 말고 관환을 맛져 닉옥의 가도왓다가 명일 됴당 쳐치를 기다리라 흐니 상픠 응명흐고 츈잉 등 졔 시ᄋ로 츠녀를 동닌 치 져다 가두니 관환 머무는 힝각이라 반야의 ᄌ긱이 봉눈당의 돌입흐미 잡앗ᄂ니 가도앗다가 명일 쳐치를 기다리라 흐니 아지 못게라

40면

셜쇼졔 무슴 슐법으로 군쥬의 칼을 면흐고 ᄉ로잡은고 이날 쥬비 봉눈당의 니르러 쵸왕의 봉읍으로 올니거슬 왕부 쇼속들의 월음을 명흐고 쇼져를 굿굿이 안치고 일오딕 현뷔 금야의 딕악을 아ᄂ냐 쇼졔 복슈 딕왈 ᄋ히 우미흐여 씌듯지 못흐나이다 비탄 왈 느의 아는 신긔 미리를 굿흐여 흐고ᄌ 흐미 아니로딕 딕의를 잡ᄋ 군후의 지우를 갑고ᄌ 흐미 은연이 쳔문셔 삼 권을 다 아는지라 ᄌ연 아로미 잇ᄂ니 마춤 신됴의 마음이 경동흐미 뇩패

41면

를 어드니 션흉후길흔지라 여츠여츠흐여 독환을 면흐고 상비ᄌ를 시겨 ᄉ로줍으라 흐고 쳐치는 됴당이 흐시리니 급화는 면흐나 아부의 익이 씃치지 아니리로다 흐고 ᄯ 상민를 분부흐여 비밀이 ᄀ르치고 도라왓더니 셜쇼졔 됴고의 신명흐시믈 탄복흐고 상파로 더브러 비의 지교딕로 쵸인을 민드러 장엄흐여 안치고 ᄌ가는 협실의셔 화잉 계잉으로 편히 ᄌ더니 과연 요인이 딕독을 발흐여 비슈를 ᄭ고 이르럿다가 옥중의 굿치니 버셔날 길이 업셔

42면

니를 갈ᄋ 왈 이 녀지 무슨 슐노 칼을 밧지 아니코 도로혀 날을 싱금흐ᄂ뇨 만일 이런 신긔흘 지뫼 잇스면 돌연이 셔룻지 못흘지라 이를 장츠 엇지 흐며 명일 나를 상부로 보닐지라 츠야로셔 버셔나 이 부중을 쎠ᄂ지 말쇼냐 셜시를 구지 쥭이리라 흐고 아모리 동힌 거슬 그르려 흐나 상운이 긴긴히 동혀시니 엇지 버셔날 길이 잇스리오

이늘 츈괴 홍을 다리고 오니 당즁이 뎍연ᄒ거늘 밧비 군쥬를 ᄎᄌ니 유뫼 디경 왈 앗가 군쥐 쵹불을 ᄉ못 보

43면

닉고 아등을 물녀가라 ᄒ시거늘 퇴ᄒ여 협실노 ᄀᆺ더니 옥쥐 어ᄃ로 가시리오 하심당 신인을 보라 가시도다 괴 요두 왈 아니라 옥쥐 비록 쳔ᄒ시나 목녀 쳔흔 거슬 친문ᄒ시랴 ᄒ고 상부로 와 두루 슬피니 당마다 등쵹이 휘황홀 ᄯᆞ름이요 군쥬의 그림ᄌ도 업슨지라 츈괴 착급ᄒ여 도라와 아모리 홀 줄 모로더니 홀연 씌ᄃ라 돌돌ᄃ로 왈 알패라 옥쥐 봉눈당의 가 셜시를 급히 히코ᄌ ᄒ다가 픠ᄒ여 욕을 보시도다 이듧다 우리 군쥐 일

44면

시 분을 급히 플녀ᄒ신들 봉눈당의 모ᄉ낭쟝이 무슈ᄒ니 쇼리흔 계교로 요동홀 셰 업고 신상의 욕이 남은 ᄯ히 업시 크면 츌부요 젹으면 ᄭ지람이라 이룰 엇지 ᄒ리오 이룰 틱오더니 믄득 능운이 ᄂᆞ라와 츈낭ᄋ 부르니 괴 듯고 급히 쒸여닉다라 보며 반겨 밧비 일오ᄃ 스뷔 눈이 상ᄒ여 도라가더니 엇더ᄒ뇨 옥쥐 더옥 낙막ᄒ여 궁으로 가 목상공긔 쇼식을 무르니 일양 늣지 못ᄒ다 ᄒ고 목상공이 ᄯᅩ흔 영원암의 가시다 ᄒ니 그리 도라왓더니 법시

45면

오시믄 쳔만 의외라 지금 우리 옥쥐 가신 ᄃ를 몰나 이리 쵸됴ᄒ오니다 능운 왈 닉 그ᄶᅥ 눈이 상ᄒ여가무로 슈월을 신고ᄒ여 계오 ᄂᆞᄒ나 녕단을 무슈히 너ᄒ되 동시 일목이 폐ᄒ여시니 분ᄒᄆᆞᆯ 니긔지 못ᄒ여 뫼히 ᄂᆞ리지 아냣더니 아ᄎᆞᆷ의 졈을 치니 옥쥐 금일 디익이 참혹흔지라 구름을 모라 이리 오고 목상공은 궁으로 도라갓거니와 옥쥐 어ᄃ 가 무슨 화를 보시며 가신 곳을 모로다 ᄒᆞᆫ 엇지뇨 옥쥐 비록 분두의 일을 져ᄌ러시나 아직 상부와 효문

46면

궁으로 나갓다가 몸의 희를 보시도다 아지 못게라 그ᄃ 압흘 셔라 닉 ᄎᄌ리라 ᄒ고

피를 압세우고 효문궁으로 두루 술펴더니 닉힝각 덕은 곳을 글으쳐 돈독 왈 옥쥐 이 곳의 굿쳣도다 닉 구치 아니면 명일은 딕홰 나리로다 ᄒᆞ고 급히 군쥬 가돈 닉옥 압히 가 아홉 번 졀ᄒᆞ고 열 번 진언흔 후 숀으로 옥문을 어루만지니 줌은 거시 졀노 녈니거늘 냥인이 방즈히 드러가 보니 군쥐 ᄉᆞ슬의 미이여 반싱반ᄉᆞᄒᆞ엿거늘 딕경실식ᄒᆞ여 이고이고 엇지 화망고 ᄒᆞ여 군쥬를 쎠드러

옥문을 나 업고 오며 원슈야원슈야 ᄒᆞ며 도라와 방즁의 누이고 유모와 졔 시ᄋᆞ 등으로 동인 노흘 칼노 싈허 노ᄒᆞ니 그 옥비향신을 동힌 즈곡이 일곱 미 동힌 모양 굿ᄒᆞ여 놉흔 난간의 ᄂᆞ려칠 씌 옥면이 다 씌여져 피 엉긔엿더라 이러ᄒᆞ되 별물악동이라 뎡신이 요양ᄒᆞ여 니를 갈며 슈인 셜녀야 칼노 네 목슘을 히ᄒᆞ려 ᄒᆞ거늘 무슨 요슐노 닉 칼을 면ᄒᆞ고 날을 니리 맛ᄎᆞᆬ뇨 능운이 ᄂᆞᄋᆞ가 군쥬를 어루만져 왈 옥쥬는 졍신을 ᄎᆞ리시고 쇼릭를 긋치쇼셔 빈되 산즁의셔

옥쥬 신슈를 츄졈ᄒᆞ미 급화를 당ᄒᆞ신지라 급히 와 옥쥬를 구ᄒᆞ엿시니 상쳐를 됴셥ᄒᆞ여 딕ᄉᆞ를 도모ᄒᆞ시리니 급히 셔도다가는 덕국의 복녹만 도도고 니ᄒᆞ미 업스리이다 ᄒᆞ고 약을 상쳐의 바르고 위로ᄒᆞ니 군쥐 복복칭ᄉᆞᄒᆞ고 왈 싱ᄋᆞ즈는 부뫼요 구아즈는 ᄉᆞ뷔라 이 은혜를 싱싱의 다 갑지 못ᄒᆞ리로다 숀으로 벽을 쳐 왈 하날님하날님 엇지 무빙을 닉시고 쏘 셜녀를 닉여 나의 이를 틱우고 간을 셔늘케 ᄒᆞ시ᄂᆞ뇨 젼의ᄂᆞᆫ 님한님의 흔 번 도

라보를 바라고 셜녀를 업시 ᄒᆞ고 그 은춍을 독당ᄒᆞ믈 바라더니 즈금 이후는 승텬님 지ᄒᆞ여도 금야의 욕분 닐을 갑하 네 몸을 만단의 씨져도 한을 다 푸지 못ᄒᆞ리라 ᄒᆞ고 돌돌히 원망ᄒᆞ더라 명됴의 효궁 ᄉᆞ지관환이 상부의 알외딕 밤의 녀즈긱을 잡ᄋᆞ 닉옥의 가도앗더니 실포ᄒᆞ니이다 ᄒᆞ거늘 상국이 놀ᄂᆞ 왈 셜쇼부 실즁의 녀즈긱이란 말이 어인 말이뇨 쥬비 복슈 딕왈 이ᄂᆞᆫ 방외 즈긱이 아니오라 부즁의셔 셜ᄋᆞ의 명을 여허 보오미여늘

50면

여추여추ᄒ여 상민 등이 가도앗다 ᄒᆞᆸ더니 실포타 ᄒ오니 짐짓 무방토쇼이다 상국
이 블힝ᄒ믈 니기지 못ᄒ고 션싱은 쇼왈 요인의 원네 덕으미 여추ᄒ니 돕ᄂ니 업스
면 ᄌ즁지난이 되단치 아니련마는 그 쓸와 돕는 지 우환이라 됴걸위학이 괴롭다 ᄒ
더라 어시의 군쥐 낙미지화를 버셔나 요괴로 더브러 치료ᄒ며 니를 가라 셜치ᄒ기를
쥬야 ᄉ량ᄒ더라 이ᄣᅵ 북흉노 아츌티 변방을 침노ᄒ며 강히를 연결ᄒ여 즁원을 범보
듯ᄒ더니 쇼직

51면

시 ᄒᆞᆫ 번 북히퇴슈로 빅셩을 무휼ᄒ고 청념ᄒ 졍시 바르고 학교를 셰워 션비를 권장
ᄒ며 무비를 다ᄉ려 오랑키 무리를 엄습ᄒ니 강히 댱각이 강히군을 항복 바다 젹슈
를 엄히 ᄒ니 북뇌 ᄒᆞᆯ 길 업셔 히ᄌ를 굿게 ᄒ고 군병을 됴련ᄒ여 ᄌ럼길노 일지군을
보니여 계쥬를 침노ᄒ니 졀도시 계문ᄒ미 상이 놀ᄂᆞᆺ 만됴를 인되ᄒᆞᄉ 아츌티 칠
일을 의논ᄒ시니 제신의 쥬답이 친졍ᄒ여 위엄을 북변의 덥ᄒ시미 가ᄒ믈 일츌여구
이

52면

쥬ᄒ니 상이 친졍ᄒ믈 결단ᄒᆞᄉ 십삼 싱의 던지ᄒᆞᄉ 강히를 구ᄒ라 ᄒ시다 군신이
퇴궐ᄒ여 각각 부즁의 도라와 구가ᄒ리는 가ᄉ를 쳐치홀시 임왕이 퇴ᄒ여 부즁의 니
르니 상국이 연즁ᄉ를 뭇고 셩상이 근니 옥휘 ᄌ로 미령ᄒ신되 변방의 친졍ᄒ시니
엇지 위름치 아니리오 왕이 복슈 되왈 연ᄒ오나 텬의 되졍ᄒᆞᄉ 흉노를 ᄒ 번 쳐 물니
치시고 왕화를 뵈려 ᄒ시니 셩의를 간치 못ᄒᆞᆯ 거시오 유옥쳔의 되병이 속ᄒ엿는지라
쳔의를 역

53면

지 못홀가 ᄒᆞᄂ이다 상국이 졈두ᄒ고 티부인이 경오 왈 셩상이 동가ᄒ실진되 너희
부ᄌ 형데 슉질이 호가ᄒ리니 연즉 가즁의 요변이 ᄌᄌ니 엇지 진압ᄒ시리오 상국이
화셩유어로 되쥬 왈 만시 쳔의오니 ᄌ위는 방심쇼려ᄒ쇼셔 ᄒ더라 상회 됴곰 평복ᄒ
시니 인ᄒ여 임쵸왕으로 쳔하졀졔평북되원슈를 ᄒ이시고 부마로 부원슈를 삼으시고

상국으로 군수를 ᄒᆞ이시고 셜틱스로 참모를 ᄒᆞ이시고 기여문무를 각각 작임을 졍ᄒᆞ시고 틱ᄌᆞ와 노신

54면

을 부탁ᄒᆞᄉᆞ 국즁 딕쇼ᄉᆞ를 션찰ᄒᆞ라 ᄒᆞ시고 팔노졔후를 강희로 모드라 ᄒᆞ시고 팔십만 딕병을 거나려 호호탕탕히 북을 바라고 ᄂᆞ아가시니 졔신이 각각 틱ᄌᆞ긔 비별ᄒᆞ고 호가ᄒᆞ여 갈ᄉᆡ 상국의 삼부ᄌᆡ 춍춍이 부즁의 비별ᄒᆞ고 상을 뫼셔 힝ᄒᆞ니 쇼부와 한님과 셜ᄉᆞ인 등은 교외 빅니의 비별ᄒᆞ더라 만승틱평황뎨 친졍ᄒᆞ시미 팔노졔휘 ᄭᅧ지니 업시 강희로 모다 텬ᄌᆞ의 힝거를 마ᄌᆞ 됴하ᄒᆞ고 임원쉬 장됼을 항오를 ᄎᆞ려 긔모비계를 닉여 물미 듯 드러

55면

가니 북흉뇌 어이 당ᄒᆞ리오 빅견빅픽ᄒᆞ여 명을 구ᄒᆞ더라 ᄎᆞ시 임부의셔 상국과 쵸왕과 부미 다 츌졍ᄒᆞ미 가즁이 공허ᄒᆞᆫ 듯ᄒᆞ여 틱부인 심회 고뎍ᄒᆞ시니 쳐ᄉᆞ와 쇼뷔 한님 등을 다리고 압히셔 츈풍화긔를 지어 틱부인을 위회ᄒᆞ니 틱상의 화긔 닐고 당상의 우음이 낭ᄌᆞᄒᆞ되 홀노 군쥐 니를 갈고 임셜 냥문을 뎔치코ᄌᆞ 분긔 돌돌ᄒᆞ더니 홀연 악심을 닉여 비슈를 ᄲᅡ가지고 분분이 하심당의 니르니 지란이 식반을 맛고 몸이 곤ᄒᆞ여 상상

56면

의셔 됴올거늘 군쥐 뎡히 칼노 지르려 ᄒᆞ다가 믄득 싱각ᄒᆞ되 ᄎᆞ인을 살ᄂᆞ두미 뉴익ᄒᆞ미 아니라 후일 쓸 곳이 잇다 ᄒᆞ고 칼을 감촌 후 나아가 지란의 ᄲᅣᆷ을 나라ᄀᆞ게 치며 왈 이 원슈의 계집년ᄋᆞ 너는 무슴 쏠의 나의 뎍국이 되엿ᄂᆞ냐 ᄒᆞ고 다라드니 이ᄯᅵ도 군쥐 긔용단을 슴켜 셜시 뫼골을 셧ᄂᆞᆫ지라 분분이 짓두다리며 어즈러이 욕ᄒᆞ니 지란이 즘결의 혼빅이 비월ᄒᆞ여 ᄒᆞᆫ 시긱을 됴용이 맛더니 믄득 불등 심슐이 크게 니러ᄂᆞ니 급히 니러셔 두 팔

57면

노 군쥬의 머리를 휘여잡고 발노 박ᄎᆞ며 왈 너는 엇던 요괴완딕 부쳐님 ᄀᆞᆺ치 가마니

잇는 거슬 거우느뇨 군쥐 쏘한 지란의 머리를 잡으 무쥬르고 볼통이를 쥐여 쏫고 할퀴며 왈 나는 너의 원비 셜시라 부졀 업슨 병신 굿흔 년이 무엇 흐즈 드러왓는다 흐고 셔로 어우러져 쏘호니 진실노 장관이라 뉘 능히 말니리오 하심당 시이 황망이 다라가 쥬비긔 스연을 고흐니 쥬비 탄식고 군계를 도라보니 군계 웃고 하심당의 느으가니 덕벽되젼이라 느으가 지란을 말

58면

뉴흐고 군쥬를 단단이 붓들고 쑤지며 왈 너는 엇던 요인이완되 감히 스룸의 미골을 쓰고 감히 이 곳의 니르러 스룸을 치느뇨 지란은 분분흐여 왈 셜시와 무슴 은원이 잇셔 느를 니리 치는고 흐며 쇼리 질너 우니 그 쇼리 미 마니 마즌 도야지 쇼리라 군계 위로흐고 군쥬를 닛그러 느오니 군쥐 니를 갈며 셜시로라 즈셰흐며 쌀리치고즈 흐거늘 군계 단단이 줍고 안치를 흘녀 이윽이 찰시흐니 미얌이 허물벗 듯 셜시의 빈 얼골은 간 되 업고 요스흔 군쥐라

59면

좌위 도로혀 웃고 군쥐 일이 탈누흐믈 보고 급히 다라느고즈 흐니 군계 어이 노흐리오 구지 잡으 닛그러 효문궁의 니르러 쥬비긔 뎐후스를 고흐니 쥬비 한심츠악흐여 군쥬를 압히 쓸니고 스리를 푸러 크게 쑤짓고 노화두지 못흐리라 흐여 관환을 명흐여 군쥬를 단단이 가도라 흐니 관환이 승명흐고 군쥬를 닝옥의 가도미 쥬비 츳스를 굿흐여 발셜치 아니흐고 셜쇼졔 불안지심이 그윽흐여 상운을 보니여 지란을 구호흐여 위로흐더라

60면

츈교와 능운이 졍히 모계를 운동흐더니 군쥐 분분이 느으가거늘 장츳 뒤흘 쏘르고즈 흐더니 믄득 일이 탈누흐여 군쥐 닝옥의 굿치엿는지라 셔로 보와 탄식흐더니 능운이 밤을 타 느뷔 되여 닝옥의 드러가 군쥬를 물고 나와 침쇼의 니르미 군쥐 뎡신을 졍흐여 울며 왈 이졔는 스스불셩흐니 츠장 뉘하오 이 곳도 닛지 못흘지라 계괴 어되 잇느뇨 스부는 날을 술오라 능운이 눈셥을 모호고 이윽이 싱각흐더니 무릅흘 쳐 왈 올타 올타 묘흔 일이 잇나

61면

이다 군쥐 반두시 이 곳은 잇지 못홀 스셰니 금의 현경궁 니귀인은 황상의 춍희라 마
춤 뎡위를 앗고즈 ㅎ다가 득지 못ㅎ고 황상이 진노ㅎ스 심궁의 가도앗더니 이번 츌
졍ㅎ오실 쩌 틱지 극간ㅎ스 사ㅎ여 다시 궁의 잇스나 우리 ㄲ흔 스룸을 됴화ㅎㄴ니
맛당이 그 곳의 ㄴㅇ가 닐을 의논ㅎ고 츠츠 셜도ㅎ미 엇더ㅎ뇨 군쥐 묘ㅎ믈 칭사ㅎ
미 능운이 츈교로 침쇼를 직희오고 군쥐를 물고 현경궁으로 ㄴㅇ와 귀인을 보고 뎐
후스연을 셰셰히 말ㅎ니 귀인

62면

이 희허 탄왈 군쥬의 심시 ㄴ와 ㄲ도다 모로미 쓸노 졍ㅎ리라 ㅎ니 군쥐 깃거 뎔ㅎ고
임셜 냥문을 셜치키를 발원ㅎ니 귀인 왈 너ᄂᆞᆫ 아직 임즈의 직실위로 잇다가 관기동
졍ㅎ여 임의 결쳐ㅎ라 군쥐 깃거ㅎ나 임부 졔인의 너모 붉으믈 뮈워 녀부인긔 일장
셔찰을 보ㄴ니 이쩌 임부의셔 닉옥 맛튼 관환이 드러와 고ㅎ되 닉옥을 단단이 슈직
ㅎ옵더니 홀연 훈 ㄴ뷔 ㄴ라 드러가미 괴이히 녀겻더니 그후의 보온 즉 군쥐 간 곳이
업ㄴ이다 좌즁 졔인이

63면

모다 놀나더니 믄득 현경궁으로됴츠 일위 관환이 이르러 녀부인을 츠즈 글월을 드리
거늘 모다 괴히 녀겨 녀부인으로됴츠 모다 보니 다른 닐이 아니라 군쥬의 글이라 되
기 튠당을 욕ㅎ고 원망ㅎ미 구불가도셜이요 불가스문어타인이라 일홈이 튠당의 거
흠만 다힝이 녀기고 나의 박명을 싱각지 아니며 한님을 권ㅎ치 아니니 그런 무의무
법이 잇스리오 ㅎ엿ᄂᆞᆫ지라 모다 희연츠악ㅎ고 녀부인이 일장을 츠게 우슨 후 가연이
지필을 ㄴ와 회셔를 일워보ㄴ

64면

니 좌즁이 보미 군쥬의 십악딕죄러라 관환을 보ㄴ고 장츠 무슴 변을 쏘 지을고 의논
이 분분ㅎ더라 관환이 도라가 회셔를 올니니 군쥐 보미 이 믄득 십악딕죄를 베퍼시
니 딕기 황가의 지엽으로 힝실을 슈련치 못ㅎ고 스나히를 됴화ㅎ니 규문의 큰 죄 하
나히요 담을 넘어 남즈를 보고 월환을 더지니 규문의 더러온 힝실이라 큰 죄 둘히요

월환을 환숑ᄒᄆᆡ 믄득 상ᄉᆞ병을 일우니 규문의 망칙흔 ᄒᆡᆼ실이라 큰 죄 세ᄒᆡ요 마ᄎᆞ
ᄂᆡ 마음을 됴련치 못

65면

ᄒᆞ고 쌘쌘흔 인물을 츄혀들고 감히 ᄂᆞ라히 쳥ᄒᆞ니 그 죄 네ᄒᆡ요 상이 신명영무ᄒᆞᄉᆞ
칙ᄒᆞ시니 기심슈덕을 출힐 쥴 모로고 굿지 쳥ᄒᆞ니 염치 업ᄂᆞᆫ ᄒᆡᆼ실이라 그 죄 다ᄉᆞᆺ시
오 임의 구가의 드러오ᄆᆡ ᄒᆡᆼ실을 닷글 거시여늘 쳣놀부터 음욕을 니긔지 못ᄒᆞ니 그
죄 여ᄉᆞᆺ시오 가부의 박ᄃᆡᄂᆞᆫ 슬허ᄒᆞᆯ지연뎡 동녈을 즛치니 그 죄 일곱이요 동녈은 니
르지 말고 됸고와 싀됴모ᄅᆞᆯ 셰지 아니ᄒᆞ고 변형ᄒᆞ고 와 욕ᄆᆡᄒᆞ니 그 죄 여덟이요 요
약을 먹고 감히 속이려다

66면

가 득지 못ᄒᆞ고 감히 칼을 들고 ᄉᆞ름을 ᄒᆡ코ᄌᆞ 모야돌입ᄒᆞ니 그 죄 아홉이요 후일을
경계코ᄌᆞ ᄂᆡ옥의 ᄀᆞ도앗거늘 됸명을 거역ᄒᆞ고 다라ᄂᆞ니 그 죄 열히라 십악ᄃᆡ죄를 짓
고 무슨 입으로 말을 ᄒᆞᄂᆞᆫ다 깁히 ᄉᆞ량ᄒᆞ여 회과쳔션ᄒᆞ면 모로거니와 맛ᄎᆞᆷᄂᆡ 곳치지
아니흔 즉 신셰 됴치 못ᄒᆞ리라 ᄒᆞ엿더라 군쥐 분긔ᄃᆡ발ᄒᆞ여 글을 뮈쳐바리고 교ᄋᆞ졀
치ᄒᆞ며 귀인을 보고 셜시를 잡ᄋᆞ다가 분을 풀믈 이걸ᄒᆞ니 귀인이 침음냥구의 골오ᄃᆡ
그리면

67면

셜시를 잡ᄋᆞ다가 한 칼의 버히ᄆᆡ 엇더ᄒᆞ뇨 군쥐 깃거ᄒᆞ더니 믄득 골오ᄃᆡ 불연ᄒᆞ이다
쇼녜 지금 쳡회라 셜시 비록 업ᄉᆞ나 뎡실위를 쥬지 아니리니 먼져 직실위ᄒᆞ를 어든
후 셜시를 졔어ᄒᆞ미 가ᄒᆞᆯ가 ᄒᆞ여이다 귀인 왈 연즉 셜시 줍ᄋᆞ오기ᄂᆞᆫ 날회고 명일 널
노뻐 임ᄌᆞ의 직실위로 보닐 터이로ᄃᆡ 손상궁과 녀상궁은 너모 졍직ᄒᆞ여 ᄂᆡ 말을 듯
지 아니리니 경상궁이 힘이 밋분 곳고 지혜 둑ᄒᆞ니 모계ᄒᆞ여 네 신셰를 회복흔 후 ᄂᆡ
ᄯᅩ ᄃᆡᄉᆞ를 도모ᄒᆞ리

68면

라 군쥐 언언이 낙둉ᄒᆞ고 명일을 기다리니 귀인이 글월을 닷가 경상궁을 쥬어 임부

틱부인긔 보닉니 츠인은 건문졔 츙신 경청의 독친이라 경청의 구독이 망홀 젹 경시의 년이 스오 셰라 길가로 바즈니며 우니 셔후의 보모 셜상궁이 보고 그 식이 쳔하의 독보ᄒᆞ믈 불상이 넉여 더브러 도라와 침쇼의셔 환양ᄒᆞ여 즈라믹 영오통달ᄒᆞ니 셜상궁이 심이ᄒᆞ여 깁히 너허 알 니 업더니 셔휘 우연이 보고 쾌연경동ᄒᆞ여 협실의 두스 시녀들노 가르치라 ᄒᆞ여

69면

계시더니 귀인이 상긔 득춍ᄒᆞ여 우연이 망션치 못ᄒᆞ믈 환도이 넉이스 셜귀인으로 상의ᄒᆞᄉᆞ 니귀인을 쥬어 믹스를 규졍ᄒᆞ여 뉵궁의 히를 덜나 ᄒᆞ시니 츠고로 경시를 현경궁으로 보닉니 경시 귀인의 어지지 못ᄒᆞ믈 보고 문득 궤휼권변으로 귀인을 달닉고 쯧 맛쵸기를 슈리 믹츳 듯ᄒᆞ니 귀인이 농낙 즁의 드러 현경궁 딕쇼스를 다 맛지고 숀녀 냥 상궁을 것츠로 딕졉ᄒᆞ나 경시 일쵱 믹스를 냥인으로 상의ᄒᆞ여 삼인이 일쳬로 ᄒᆞ고 귀인의 불미지스를 쎠로 승

70면

간ᄒᆞ여 간ᄒᆞ니 유익ᄒᆞ미 만터니 근간 옥션과 모의ᄒᆞᄂᆞᆫ 일을 일긔ᄒᆞ여 냥 상궁을 쥬고 니로딕 만일 츠인 등이 오릭 궐즁의 잇슨 즉 우리 현경궁이 딕역이 늘 거시오 연즉 우리 무리 죽어 무칠 ᄯᅡ히 업스리니 닉 이졔 불인을 다리고 셜쇼져라 ᄒᆞ리를 잡으 보닉여든 그딕 등은 잘 맛타 구쳐ᄒᆞ여 현인을 도으쇼셔 냥인이 응낙ᄒᆞ더라 군쥐 츠야의 귀비 상하의 시침ᄒᆞ여 쇼원을 익걸ᄒᆞ더라 익일의 귀인이 틱즈를 뵈옵고 옥션의 쇼유를 고ᄒᆞ고 셜시를 잡

71면

으 옥션을 난타ᄒᆞ고 두발을 반이나 버혀시니 스극한심이라 골육의 졍을 유렴ᄒᆞᄉᆞ 임즈의 둘지 부인위를 쥬스 황가 위엄을 알게 ᄒᆞ쇼셔 틱지 침음ᄒᆞ시더니 굴오스딕 이 아히 덕을 바리고 악을 셥녑ᄒᆞ며 ᄯᅩ 규슈의 놉흔 힝실을 바려 션남ᄒᆞᄂᆞᆫ 더러온 병을 어더 임즈의 쳡이 되여 황가를 쳠욕ᄒᆞ고 졔 몸이 쳔이 되니 슈원슈한이리오 다만 덕이나 닥가 부녀의 힝실이 가즉ᄒᆞ면 임문은 츙효지기요 창흥은 긔셰군지니 한담 싯히 됴용이 일너

72면

보스이다 귀인이 말이 막혀 묵묵반향의 다시 간청흐니 틱지 민면 듸왈 우흐로 황애 계시니 과인이 즈단치 못흐리니 즈릐로셔 쳐단흐쇼셔 언파의 외뎐의 느와 빅관의 됴 회를 바드신 후 임스인을 홀노 머무르스 옥션의 넘난 힝스를 니르시고 즉금 현경궁 의 엄뉴흐여 귀인이 여츠여츠흐시기 관인이 둣즈올 만흐여시니 경은 션쳐흐라 스인 이 돈슈스은흐고 믈너나 쇼지의 뎍어 본부의 긔별흐다 명일 현경뎐 틱감이 군쥬 뎡 을 호위흐고 쌍쌍 시

73면

으와 홍악 츈교 등이 향을 줍으 임상부의 니르니 군쥐 앙연이 뎡문을 열고 취견의 드 러가니 이쎄 임부의셔 옥션이 귀비를 끼고 임부를 협뎨흐려 몬져 슈셔로 녀부인을 칙흐엿다가 부인이 도로혀 군쥬의 십악듸죄를 일너 믈니치고 우환을 숨앗더니 옥션 의 뎡이 문의 님흐며 군쥐 당의 올나 틱부인긔 손부지녜로 직빗흐고 모든 듸 녜흐고 좌졍흐니 환관이 뎡뎨흐고 션삼홍군이 츈난흐여 독스의 눈을 쎠 셜쇼져를 슬펴 잇스

74면

며 업스믈 보니 거지 요악흔지라 셜쇼계 좌의 잇더니 군쥬의 오믈 듯고 유유쥬져흐 여 협실노 드러가니 그림지 묘연흐고 남은 향늬 머무러시니 좌위 웃고 영민흐믈 긔 특이 넉이더라 경상궁이 귀인의 글을 틱부인긔 올니니 국군부인이 밧즈와 닑으니 다 만 군쥐 온즈흔듸 모든 듸졉이 불스흐기로 신셰를 슬허 여츠지경가지 왓스오니 후히 돌보고 한님도 일쳐의 침익지 말고 금슬을 난화 황가를 업슈이 넉이지 말나 흐며 측 실이 괴이흐니

75면

도도와 부인 직쳡을 쥬노라 흔 스연이라 틱부인이 다만 드를 만흐고 쥬비 그 요스방 즈흐믈 어히 업셔 진슈를 슉여 미골 쓴 여을 보지 아니코 효장공쥐 쏘흔 눈들미 업슨 지라 옥션이 졔인의 거동을 보고 기리 닝쇼흐고 쇼파를 향흐여 글오듸 쳡이 젼일은 위치 나즈나 도금흐여는 임군의 부인 직쳡을 가져시니 셜시로 동녈이 되여 좌를 굿 치흐리니 어듸 숩고 동녈의 후흔 쓰을 펴지 아닛느뇨 쇼픠 미급답의 군계 미쇼답언

ᄒᆞ더라

임시삼ᄃᆡ록 권지십일

1면

ᄎᆞ셜 쇼퓌 미급답의 군계 미쇼 왈 실노 뇽동닌지를 상녜 여름과 다라다 드럿더니 됴
군쥬의 모양을 보니 다르믈 알니로쇼이다 우리 ᄉᆞ인은 ᄃᆡ노야 품만 아르시ᄂᆞᆫ 빅여ᄂᆞᆯ
군쥬 음욕을 발ᄒᆞ여 금슬과 위ᄎᆞ로 동녈을 결우려 ᄒᆞ시니 졀박ᄒᆞᆫ 일도 만토쇼이다
셜쇼져를 보려 ᄒᆞ시면 군쥬 입문 쵸일의 슴즁셕 ᄋᆡ릭셔 팔비ᄒᆞ여 뵈오미 올커ᄂᆞᆯ 비
례로 도쥬ᄒᆞ여 귀인을

2면

쎠와 보치나 국가의도 쳔지 친뎡ᄒᆞ시고 부즁의도 ᄃᆡ노야 쵸왕 뎐희 부마와 호가ᄒᆞ시
니 공허ᄒᆞᆫ 쎠 너모 우이 구러 ᄉᆞ름의 치쇼를 밧지 말고 부녀의 힝실을 직희여 낭군의
ᄂᆞ히 ᄎᆞ고 셜쇼져도 이십이 되거든 젹국이니 동녈이니 강악을 부려 보쇼셔 군쥬도
발셔 나히 이십의 당ᄒᆞ엿시미 츈졍을 니긔지 못ᄒᆞ시나 우리 ᄉᆞ인의 셰믈 모로심과
군쥬의 음욕이 ᄃᆡ발ᄒᆞ시믈 보면 ᄃᆡ상부동ᄒᆞ니 실노 쪽ᄉᆞ랑의 외즐기믈 군쥬를 니르
미로쇼이다 언파의 일장을

3면

ᄃᆡ쇼ᄒᆞ니 군쥬 제 짠의도 화의훈식을 씌여 묵묵ᄒᆞ고 경상궁이 군쥬를 됴ᄎᆞᆺ더니 좌즁
을 술피니 틱부인이 연긔 칠슌의 지ᄂᆞ시되 일발이 불빅ᄒᆞ고 엄슉ᄒᆞᆫ 위의 감히 치미
러 보지 못ᄒᆞ고 녀위 냥 부인의 어위츤 거동은 니르도 말고 쥬비의 효장의 무궁ᄒᆞᆫ 광
치와 됴화ᄂᆞᆫ 의논홀 비 업고 한쇼풍 삼인의 쳔지방용이 특별이 금화의 부용이요 쳔
상 다람홰라 눈이 현황커ᄂᆞᆯ 말셕의 군계 졍닙ᄒᆞ여시니 슈려ᄒᆞᆫ 긔질과 쾌달ᄒᆞᆫ 의용이

4면

녀즁호걸이라 경상궁이 평싱 안고ᄒᆞ미 눆궁분ᄃᆡ를 눈 오릭 보와 눈이 고산 굿더니

금일 임부의 쳘부셩녀와 상힝녈졀이 굿쵸 모혓시믈 보니 틱임 굿흔 고모의 틱亽 굿
흔 며느리 이시믈 가히 알지라 비록 셜시를 못 보와시나 셔어히 줍으갈 의亽를 못ᄒ
고 군쥬의 좌우의 잇스믈 구연ᄒ여 군쥬를 다리고 침쇼의 도라와 기리 탄왈 군쥐 십
싱구亽ᄒ시나 임부의 며느리 쇼임을 못ᄒ시리이다 틱부인 이하로 녈위 졔인이

5면

범인이 아니니 좀꾀로는 셩亽도 못ᄒ고 화를 볼 거시니 황셰를 亽랑ᄒ셔도 피폐흔
후궁의 쳬모 업슨 슈셔는 발뵈지 못ᄒ리니 군쥬는 익이 혜으리고 후의 뉘웃지 마르
쇼셔 군쥐 치슈를 놉히 것고 냥슈를 쏌ᄂ며 독亽 눈을 모호로 쓰고 니를 갈며 갈오ᄃ
상궁은 말을 긋치고 너 말을 드러보쇼셔 너 아모리면 이 집 며느리 쇼임ᄒ려는 쥬의
아니라 임군의 쳔일지표를 흔 번 보고 평싱을 헌 신굿치 바려 긔모비계를 운동ᄒ여
니르럿

6면

시니 흔 번 그 은졍을 닙으면 심두의 한이 풀니련마는 이졔는 두 번 도망질의 더옥
볼 닐이 업亽니 셜녀를 아됴 업시ᄒ여 삼증셕 으릭 팔빅흔 한을 셜ᄒ려 ᄒ니 상궁은
귀인의 부탁을 져바리지 말고 흔 팔 힘을 도으라 상궁이 기리 닝쇼ᄒ나 거즛 흔연 허
락ᄒ니 군쥐 ᄃ희ᄒ더라 상궁이 심즁의 싱각ᄒ되 비록 셜시를 다려 궐즁의 보ᄂ나
귀인이 햐슈ᄒ리니 가마니 효장궁 보모 니상궁을 보와 의논ᄒ리라 ᄒ고 궁의 니

7면

르러 니상궁을 ᄃᄒ여 셔로 반길ᄉ 니상궁 왈 그ᄃ 현경궁의 간 후 쇼식이 졀원ᄒ고
엇진 고로 군쥬를 됴ᄎ 왓ᄂ뇨 경시 왈 쇼유는 일구로도 ᄎ의 다 엇지 니르리오 귀인
이 비록 덕이 업고 혬이 졀너 졍위를 탈취코즈 ᄒ다가 쳔노를 맛나 슈년을 슈계ᄒ엿
더니 쳔지 친졍시 틱지 간ᄒ시미 노ᄒ신지라 쇼심익익ᄒ여 원심이 업더니 옥션이 국
가의 ᄃ죄를 져즐고 쥬비 가도니 엇던 요승을 다려와 줌은 문을 열고 옥션을 무러다
가 귀인긔

8면

드리니 온가지로 귀인을 다리여 마음을 눅이고 제 신셰를 회복ᄒ여지라 비니 귀인이

져의 쇠옴의 드러 위틱ᄒ 일을 도모ᄒ려 ᄒ니 군쥬의 ᄒ고즈 ᄒᄂ 닐을 ᄉᄉ언쳥ᄒ

여 져젹 쇼상궁으로 글월을 군부인긔 부쳣다가 옥션의 무ᄒ펴도를 베퍼시되 지이부

지ᄒ고 쏘 날을 맛져 보ᄂ여 셜쇼져를 궐즁으로 줍아오라 ᄒ니 쳡이 그 곡졀을 즈시

무르니 군쥬를 다리고 ᄂ왓더니 좌즁 긔싴과 진파의게 틱핀잔을 보고 쥬러질 쥴을

모로고 날을 보쳐니 마지

9면

못ᄒ여 츠야의 셜쇼져를 닉 줍ᄋ닐 거시니 궁인은 옥쥬긔 쇼유를 고ᄒ고 ᄉ이의셔

셜쇼져를 아셔 감쵸게 ᄒ미 올흘가 ᄒ나이다 보뫼 틱경 탄왈 실노 황가의 군쥐 이 ᄀ

흔 누ᄒ이 어틱 잇스리잇고 귀인이 아모리 셔돈들 황상이 졍ᄒ신 위ᄎ를 뉘 감히 곳

치리오 궁인은 여긔 즘간 안즈시라 옥쥬긔 쇼유를 고ᄒ여 구쳐케 ᄒ리라 ᄒ고 드러

가 공쥬긔 ᄉ긔를 고ᄒ니 츠시 공쥐 옥션의 작용을 어히 업시 넉이고 황상이 친졍ᄒ

ᄉ 궐즁의 공허흠과 환

10면

궁이 더틱시믈 일념이 황황ᄒ여 옥션의 힝ᄉ를 보나 만싀 무심ᄒ더니 상궁의 쥬ᄉ를

듯고 불승통한ᄒ여 ᄒ 번 쾌히 ᄶ짓고 남궁비긔 슈셔로 줍ᄋ가라 ᄒ고즈 시부나 됴

왕이 호가ᄒ엿시니 옥션을 보ᄂ여도 비를 긔이고 악ᄉ를 급히 져즈러 위간젹도를 결

납ᄒ여 상부를 들쓸 쥴 더옥 환도이 넉여 니상궁을 불너 뎡싴 칙왈 드르니 여등이 현

경궁을 즈셰ᄒ고 옥션의 쇠오믈 드러 상부의 왕닉ᄒ여 위셰로 부인 직쳡을 쥬노라

ᄒ니 황상이 아니 ᄂ리오시고

11면

황휘 모로시ᄂ 일을 후궁이 여ᄎ 희거를 ᄒ여도 여등이 션낭낭 닉츄 슴 권을 닛고 귀

인을 간치 못ᄒ더니 셜현부ᄂ 경상의 녀지요 경상의 즈뷔며 쵸왕의 동뷔요 쵸셰즈의

젹거부뷔라 뇨됴ᄒ 셩덕이 명됴의 드레고 ᄂ히 비록 어리나 위치 즁ᄒ거늘 한 귀인

이 협제ᄒ며 그틱 등이 능히 줍ᄋ닉여 궐즁의 드리기를 임의로 ᄒ여 ᄂ동을 엇지려

ㅎ더뇨 황야와 모후낭낭이 우리 빅져를 양녀ㅎ소 효문위 호를 쥬소 눈긔 듸셩ㅎ시되 셜시를 입

12면

궐치 못ㅎ엿거늘 무슴 담긔로 외간명부를 핍박고즈 ㅎ더냐 궁인이 맛당이 옥션 요인을 다시 보지 말고 이리로셔 듸닉로 드러가 귀인다려 닉 말을 즈시 젼ㅎ라 황애 변시의 친졍ㅎ시고 궁즁 부즁이 일야 우구 즁의 환궁ㅎ실 ᄶᅵ만 기다리미 올커늘 하고로 옥션 발부를 무슴 스룸이라 ㅎ여 쳔승지가의 궁인의 교지 날노 니엇고 쳘 업슨 묘지 니음ᄎᆞ 남의 졀도ㅎ믈 비롯ᄂᆞ뇨 이 거됴를 긋치지 아닐진딕 닉 친히 입궐ㅎ여 모후 탑젼의 쇼유를 진달

13면

ㅎ고 틱즈긔 쥬쳥ㅎ여 녀등을 무르시게 ㅎ리니 이 ᄯᅳᆺ을 즈시 젼ㅎ라 상부 교훈이 나의 상궁도 간딕로 단니지 못ㅎᄂᆞ니 궁인은 더옥 궐즁 지엄지 근시인이여늘 엇지 옥션 발부의 모신이 되여 상부 듸졉의 쳔딕를 바드리오 빅슉과 돈구 딕인이 환경ㅎ시면 필연 그날 ᄶᅩᆺ치이는 거뫼 한심ㅎ리니 밧비 도라가라 ㅎ고 니보모로ᄡᅥ 보닉여 귀인긔 말을 붓쳐 경궁인은 현경궁 근시인인쥴 알고 일시 머무지 아니시리니 묘히 궐즁의 두어 귀인 좌우 보익을

14면

숨으라 ㅎ고 궁노를 명ㅎ여 호숑ㅎ여 미명의 보닉다 군쥐 혼졍을 맛고 침쇼의 도라와 쳘편과 온ᄀᆞᆺ 병즘기를 다 ᄀᆞ쵸고 셜쇼져를 즙ᄋ오거든 갓가지로 다 혼 번식 시험ㅎ여 본 후 결박ㅎ여 현경궁으로 보닉려 등화를 도도고 기다리나 임의 밤이 숨경이 진ㅎ여 가딕 쇼식이 업스니 ᄯᅩ 셜시 무슴 도술노 버셔ᄂᆞ고 경시 날쳐로 욕보미 잇ᄂᆞᆫ가 빅가지로 의려 무궁ㅎ여 니러나 난함의 힝믹ㅎ여 기다리ᄂᆞᆫ 눈이 ᄶᅮ러지기의 밋쳐시딕 긔쳑이 업고 발셔

15면

스경 북이 즈로 동ㅎᄂᆞᆫ지라 당즁의 드러와 츈교로 상의 왈 고이타 경시의 일이 지금

쇼식이 업누뇨 픠 웃고 냥왕의 편지를 너여쥬며 왈 니로딕 이 화젼을 옥쥬긔 젼호여 달나 호시더니 틈을 엇지 못호여 이졔야 드리누이다 호니 원너 군쥐 음욕을 니긔지 못호여 널니 방문호여 츈교로 믹파를 숨으 냥왕이란 국척을 통간호여 피츠 신물가지 젼호고 언약이 금석 굿던지라 군쥐 바다보니 상스편 일쉬라 군쥐 음욕이 딕발호여 그날 퇴익지의셔 한을 푸지 못

16면

호믈 뉘웃쳐 일계를 싱각호고 교의 귀의 다혀 여츳여츳 획계호니 츠하 분셕호라 화셜 목지란이 의외 셜시긔 즁히 맛고 욕셜이 긋지 아니나 져도 마이 치고 머리를 무질너시니 싀훤호여 호더니 상픠 니르러 지극 구호호며 니히로 일너 옥션이 요약을 먹어 가칭 셜시호고 그딕를 쳣지 셜쇼계 엇지 몸쇼 상한쳔뉴의 힝실을 힝호며 그딕를 치리오 군계 긔미를 알고 여츳여츳 잡으 가도왓더니 요승을 스괴여 딕니의 드러갓눈지라 목시 씌여진 딕 약을 붓치고

17면

누엇더니 용약호여 니러안즈며 닐오딕 올희여이다 옥션의 뇨승은 낙안쥐 한던히 우리 거거를 맛져 보니여 경셩 번화지지의 뎔염 으쇼져를 숨켜오라 호엿다고 셜부의가 쇼져를 시험호려다가 낭픠호고 귀령치 아니호니 의스를 못호고 쳡을 닉되 그 니괴 쳥시 되고 나도 나뷔를 밍그러 입 속의 너허오딕 압푸도 답답도 아니터니 아아이 누라 됴궁 힝각의 츈교로 더브러 졍을 믹즈 즐기눈 딕 가도와 두니 나도 쥬야 츈교의 더러온 졍틱를

18면

보니 아니쌉더니 군쥐 임문의 입승호믹 스인의 졍을 입지 못호여 쏘 날을 다려다가 쓸 딕 잇다 호더니 제 날을 돈연이 염치 아니커로 닉 셔도라 왓거니와 져도 임문의 속현 쥬년의 임스인의 도라보믈 아지 못호고 엇질넌고 호며 푸른 입을 비젹비젹호니 상픠 닝쇼호고 목홍의 어린 말이로딕 십분 묘믹이 잇셔 한궁으로 와 셜쇼져를 늣고 와 니려 츈교로 졍을 밋고 옥션의 쇠를 합호던 쥴 통한호더라 상픠 쇼져의 침쇼의 도라와 목시의

19면

말을 제인다려 셜파ᄒ고 옥션의 요특ᄒᄆᆯ 졀치ᄒ니 셜쇼졔 못 듯는 듯ᄒ고 됸당 구고와 야야의 변시 힝도를 넘ᄒ고 요인의게 다시 걸니는 환이 이실가 넘네 호번ᄒ더니 이늘은 ᄉ인이 퇴궐ᄒ여 셜부의 가 악모를 비현ᄒ고 시랑 곤계로 ᄒ가히 답논ᄒ여 날이 반오의 하직고 도라올시 흑ᄉ를 도라보아 왈 의쳠이 금일도 됴궁 분장 밧글 ᄒ고 잇게 지느니 ᄯᅩ 아니 풍픠 일나 흑시 가월을 빈츅 왈 ᄉ뷔 엄치ᄒ시고 쇼부 디인이 교도ᄒ시미 ᄒᆫ갈

20면

ᄀᆺᄒ시거늘 닉 아모리 불쵸ᄒᆫ들 다시 싱각ᄒ리오 쵸의 ᄒᆫ쵸지녠 줄 모로고 월환을 바드미 팔십 장쳑이 헐ᄒ니 금일 비록 호긔로이 지느시나 그 마음이 ᄭᅮ미도 업ᄉ니 너희 둉믜 쳔지방용은 경흥의 화도로 보니 만디 무젹이라 우리 져져도 일두를 ᄉ양ᄒ려니와 기여는 디젹ᄒ리 업는지라 발셔 ᄂᆫ 셜희량의 오믜의 박혀시니 타문의는 못 보니리라 텬흥 귀믈이 날 보기를 ᄒᆫ눗 광킥으로 밀위는지라 아이의 닉셜을 못ᄒ게 ᄒ나 군은

21면

셤녁ᄒ라 ᄂᆫ 셜의쳠이 군의 둉믜 곳 아니면 빅발이 되여도 취쳐 아닐 거시오 그딕 둉믜 셜희량이 아니면 취가치 못ᄒ리라 언파의 션즈로 치고 우으니 사인이 어히 업고 불힝ᄒᄆᆯ 니긔지 못ᄒ여 믄득 혜풍화긔를 변ᄒ고 졍셩디언 왈 의쳠이 회과슈션할와 ᄒ미 허언이로다 네 오가 문싱으로셔 ᄎ마 ᄉ류의 닙으로 져런 말을 ᄒ며 즁부 디인긔 둉믜 삼인이로딕 옥쥬긔는 일믜요 쇼슉모긔 냥믜로딕 다 ᄂᆫ히 어려 반ᄉ를 힉득ᄒ느니 의쳠

22면

의게 당ᄒ 녀지 업ᄉ니 져런 히연ᄒᆫ 말을 ᄒ여 규방을 욕ᄒ리오 부부는 오륜의 드러시니 냥가 부뫼 상의ᄒ여 육녜로 마즈 이현부모 연후의 ᄉᄉ일의 불합ᄒ나 그라도 부뫼 ᄉ랑ᄒ시면 빅년동쥬의 유즈싱녀ᄒ여 동혈ᄒ려니와 그딕쳐로 져런 무힝ᄒᆫ 말을 악모 안견을 휘치 아니며 날을 ᄯᅩ 네 집 싱관의 잇신 즉 날을 디ᄒ여 욕ᄒ기를 여

지업시 ᄒᆞ니 범을 그리ᄆᆡ 뼈 그리기 어렵고 ᄉᆞ람을 ᄉᆞ괴나 쇽 알기 어렵도다 연이나 요망ᄒᆞᆫ ᄋᆞ희 화도

23면

로 일을 ᄂᆡ여 욕이 규방의 밋ᄎᆞ니 계부 ᄃᆡ인긔 알외고 즁치ᄒᆞ노라 셜파의 ᄉᆞᄆᆡ를 쩔치고 니러셔니 푸른 바ᄅᆞᆷ이 션메로셔 ᄂᆞᄂᆞᆫ 듯 만면츈풍이 동쳔한월 ᄀᆞᆺ고 옥면셩모의 ᄂᆞᆫ 한풍이 쇼쇼ᄒᆞ니 상부인이 셔랑의 거동과 놉흔 쇼견으로 칙ᄒᆞᄆᆡ ᄆᆡᆼ녈코 늠늠ᄒᆞ여 노셩당ᄌᆞ도 바라지 못홀너라 혹ᄉᆞ를 ᄃᆡ칙ᄒᆞ여 물니치고 ᄌᆞ식 못 나흔 쥴 칭ᄉᆞᄒᆞ니 ᄉᆞ인이 ᄯᅩᄒᆞᆫ 취모의 훈ᄌᆞᄒᆞ미 법되 잇고 말ᄉᆞᆷ이 현쳘ᄒᆞ믈 항복ᄒᆞ여 두어 됴를 은근이 화답

24면

ᄒᆞ고 도라와 ᄆᆡ죽헌 난간의 좌ᄒᆞ고 의산 츙학 등으로 졔 공ᄌᆞ를 즙ᄋᆞ오라 ᄒᆞ니 슈유의 쳔흥 ᄌᆡ흥이 오 공ᄌᆞ 등을 거ᄂᆞ려 니르러 청상을 쳠망ᄒᆞ니 사인의 일반 화긔 변ᄒᆞ여 동쳔한월 ᄀᆞᆺᄒᆞ여 ᄌᆡ쳔 냥 공ᄌᆞ를 ᄃᆡ칙 왈 왕뷔 냥 ᄃᆡ인으로 변ᄉᆡ의 츌졍ᄒᆞ시고 ᄂᆡ즁임을 맛타 국ᄉᆞ의 분망ᄒᆞ나 현졔 등이 어린 ᄋᆞ을 잡슐을 금ᄒᆞ미 올커늘 셩흥의 골돌이 익이ᄂᆞᆫ 화되 무숨 유익이 잇ᄂᆞ뇨 ᄌᆡ흥이 가월을 빈축ᄒᆞ고 복슈 ᄃᆡ왈 쇼졔ᄂᆞᆫ 셩흥의

25면

화도를 금ᄒᆞ되 듯지 아니터니 젼월의 셩흥이 여러 누의에 화상을 그리더니 월화졍 ᄆᆡ져의 화상이 더옥 긔묘타 기리더니 셜의쳠이 됴당으로셔 바로 ᄎᆡ련졍의 와 여러 화상을 다 보려ᄒᆞ거ᄂᆞᆯ 셩흥을 ᄭᅮ지져 장ᄒᆞ라 ᄒᆞ엿더니 금일 형장 칙언이 그 빌미로 쇼이다 언파의 슉연궤복ᄒᆞ니 이 진짓 뇽동이라 ᄉᆞ인이 노긔 츈셜 ᄀᆞᆺ고 쳔흥은 ᄌᆡ흥의 언ᄂᆡ로됴ᄎᆞ 셜혹ᄉᆡ 월혜쇼져 화상을 보고 필유 묘ᄆᆡᆨᄒᆞ믈 알고 옥안이 여회ᄒᆞ여 왈 셜의쳠

26면

광픽ᄒᆞᆫ 거시 오가의 엄뉴ᄒᆞ여 규슈 욕홀 쥴을 미리 안 비라 셩흥의 됴히 넉이ᄂᆞᆫ 비

화되니 닐운 후 깁히 간수ᄒ엿시면 외간 픽지 엿보고 규슈를 희롱ᄒ리오 이ᄂ 쇼뎨
등의 되라 ᄒᆞᆺ 셩례를 칙지 못ᄒ려니와 연이나 쇼뎨도 여ᄎ 광인으로 교도를 열미
업ᄂ니 형장은 다시 일ᄏ지 마르쇼셔 언파의 홍슌이 믹믹ᄒ니 ᄉ인이 셩흥을 줍ᄋᄂ
리와 옥각을 놉히 것고 달쵸 칠기를 밍타ᄒ니 공지 일셩을 부동ᄒ고 맛ᄂ지라 ᄉ인
이

27면

어엿비 넉이고 지흥이 이러나 셩흥을 안고 우러 왈 형장은 셩흥의 남은 되를 쇼뎨의
게 나리오시고 ᄉᄒ쇼셔 흰 살이 다 푸르럿ᄂ이다 ᄉ인이 비로쇼 ᄉᄒ고 닌흥을 안
고 모비 침당의 가 쇼유를 고ᄒ니 쥬비 옥안의 우음이 빗최여 왈 네 그리면 형이로다
ᄒ여 어린 것슬 즉히 믜히 쳐시랴 ᄉ인이 모비 셩흥의 화법이 신묘튼 바를 두굿기시
던 쥴 알고 믄득 이리ᄒ여 골오ᄃᆡ 우리 모비 별뉸 ᄌ익ᄂ 셩흥이오 쇼ᄌᄂ ᄉ랑치 아
니시니 쇼지

28면

원민ᄒ여이다 ᄒ며 모비 유압을 어루만지며 무릅흘 베고 이리ᄒ니 부인의 간간ᄒ ᄉ
랑과 즁ᄒ미 퇴악 ᄀᆞᆺ더라 ᄉ인이 두루 뒤여 과실을 어더 실토록 먹고 물너 봉눈당의
오니 쇼졔 안셔히 니러 마ᄌ 동셔로 좌정ᄒ니 ᄉ인이 ᄂ지 악모긔 비시ᄒ니 부인을
그리워 우르신다 ᄒ고 군쳠 등이 졀박ᄒ여라 ᄒ니 툰당의 고ᄒ고 귀령을 쳥ᄒ미 ᄒ
여오 쇼졔 붓그려 옥슈를 단단이 쇠ᄌ 홍슌이 믹믹ᄒ니 ᄉ인이 과도히 슈습ᄒ믈 경
즁

29면

ᄒ여 싱각ᄒ되 툰당이 임의 동실을 명ᄒ신ᄃᆡ 남이 엇지 독거ᄒ리오 ᄒ물며 오년이
십삼의 밋쳐시니 장부의 호긔 스스로 발홀 쎠라 금일은 니셩의 친을 일워 일쪽이 ᄌ
숀을 두어 우리 왕부 ᄃᆡ야의 만뉘 ᄌ미를 숨으시게 ᄒ리라 ᄒ고 금션을 드러 쵹을 멸
ᄒ고 쇼져를 닛그러 향신을 졉ᄒ니 텬향이 보옥ᄒ며 옥이 보드랍고 향이 무루녹으니
쥭명공의 쳘구단심이 츈셜 ᄀᆞᆺ고 쇼졔 놀나고 붓그리미 몸둘 ᄃᆡ 업스나 어ᄃᆡ 가

30면

면ᄒ리오 동고를 화ᄒ고 금슬이 화창ᄒ니 은이 밀밀ᄒ여 일신이 병체홰라 츈야 져르믈 한ᄒ니 요인 옥션이 경시의 둉적이 업고 ᄉ인의 그림ᄌ도 못 어더보니 쇽이 타는지라 불고념치ᄒ고 효문궁 봉눈당의 가 ᄀ마니 여허 보니 냥인이 동슉ᄒ여 단줌이 바야히라 가슴의 일쳔 진납이 쮜노라 고딕 다라드러 셜시를 쓰어닉고 그 ᄌ리의 눕고ᄌ 불 붓듯 ᄒ나 홀 일 업셔 침실의 도라와 분벽ᄉ창의 머리를 부딕잇고 쥬먹으로 분흉을

31면

쳐 니를 갈고 무빙ᄋ 박복도 ᄒ다 네 무ᄉ 일노 져 요긔예 셜시 ᄋ시붓터 졍을 민준 줄 모로던다 슈인 창흥ᄋ 어느 계집은 뎌딕도록 침혹ᄒ고 날과는 무슨 원슈로 이와 ᄀ ᄒ뇨 ᄒ고 분긔 북밧쳐 긔싁ᄒ여 아관이 긴급ᄒ니 츈교 등이 협실의셔 군쥬의 돌탄ᄒ는 쇼릭를 듯고 닉다라 보니 슈독이 어름 ᄀᄒ엿는지라 봉당의 가 ᄉ인의 동실ᄒ믈 보고 와 져러ᄒ믈 짐쟉고 냥왕의게 일위여 원명을 풀게 ᄒ려 급히 회싱단을 가라

32면

드리오며 슈독을 쥐물너 씨게 ᄒ니 슴경 후 옥션이 눈을 쩌보고 츈교야 닉 임군을 누상의셔 ᄒ 번 본 후 몟몟 번을 죽엇더뇨 금일가지 빅계로 도모ᄒ되 반밤 운우지졍을 못 엇고 셜녀는 무슨 복으로 딕현군ᄌ를 슈고 업시 무궁ᄒ 졍을 밧ᄂ뇨 셜파의 가슴을 두드리고 픽도를 쌘혀 ᄌ결코ᄌ ᄒ니 픠 급히 칼을 앗고 귀의 다혀 냥왕의 일을 의논ᄒ니 군쥐 요두 왈 냥왕이 둄 풍치로 창창ᄒ ᄂ롯과 가증ᄒ 면모의 엇지 임군의 션

33면

풍도골을 비기리오 이 마딕를 싱각ᄒ니 일신이 녹는 듯ᄒ도라 픠 무가닉하라 다만 닐오딕 져으기 참으쇼셔 ᄉ인이 연ᄒ여 닉당의 슉침ᄒ시거든 무슴 모계로 속여보ᄉ이다 옥션이 ᄎ언을 듯고 긔운을 진졍ᄒ여 니로되 닉 셜녀의 얼골이 되여 반밤만 동슉ᄒ여 심즁의 돌 ᄀᄒ흔 원졍을 풀고ᄌ ᄒ노라 픠 답왈 ᄎ식 실흉ᄒ ᄉ름의 예ᄉ일이

니 본형을 감쵸미 방히로오미 업스되 힝혀 쏘 국군부인긔 견쳐로 들쳐 목지란을 치다가

34면

군계의게 잡히여 쥬비 얇히셔 졀졀 본형이 눗시니 스인이 속을니 만무ᄒ되 아모커나 시험ᄒ여 보려니와 상파 등이 셜쇼져 좌우를 슬피는 냥안이 범연치 아니니 삼가 힝계ᄒ스이다 군쥐 마음을 눅여 단장을 빗니 다스리고 신셩ᄒ니라 니러구러 월여의 밋츠니 옥션이 밤마다 봉눈당을 녀허보와 겹겹 금장 속의 군즈 슉녜 딕좌ᄒ여 은근ᄒ 슈작이 이음쳐ᄒ되 쇼져는 일셩을 부동ᄒ고 다만 공즈의 말이 눅면 졍금ᄒ여 드를 뿐이

35면

라 쵹을 멸ᄒ여 상상슈리의 쌍옥이 완젼ᄒ니 옥션이 달이 진ᄒ고 고기 틀니도록 규시ᄒ여 슈음이 말으고 이 터질 듯ᄒ나 져의 부부 마희ᄒ올 계괴 업고 얼골을 밧고와 망울을 풀고즈 ᄒ나 니 부즁을 속일 길히 업슨지라 발발ᄒ 간위를 뎡치 못ᄒ여 뎡히 법스를 기다리더니 홀연 능운이 구름 속으로셔 표표히 눅려오는지라 옥션이 딕희ᄒ여 밧비 침실노 쳥ᄒ여 녜ᄒ고 니로되 법시 엇지 그딕도록 긔쳑이 업던

36면

고 인ᄒ여 궐즁스붓터 스인의 둘지부인 위호를 귀인긔 어드나 부즁이 멸딕ᄒ미 젼의셔 비ᄒ고 스인이 셜시로 합친ᄒ여 그 무궁ᄒ 은졍이 황황침혹ᄒ 젹 아심이 엇더ᄒ뇨 한업슨 장화를 베퍼 옥뉘 방방ᄒ니 요리 먼 눈을 움죽이고 셩ᄒ 눈을 즈로 씀죽여 니로딕 금년이 옥쥬긔 니치 아니ᄒ니 쇼되 아직 신통을 부려 군쥬 신셰를 회복고즈 ᄒ산치 아닷더니 목상공이 와셔 옥쥐 쇼리를 밧비 보고즈 ᄒ신다 ᄒ기로 쥬

37면

야로 니르쾌이다 군쥐 딕락ᄒ여 빅번이ᄂ 칭스ᄒ더라 우명일 숨경의 군쥬의 침실 밧긔셔 작법ᄒ며 몸을 흔드러 변화ᄒ며 진언을 무슈이 ᄒ며 셰 번 군두질ᄒ더니 표연ᄒ 팔쳑 호남지 되니 츈교 호악이 손벽쳐 딕쇼ᄒ며 스부의 신통이 져러ᄒ시니 임스

인이 제갈의 슬그라도 속으리라 ᄒ더라 군쥐 머리를 버혀 신을 삼고 살을 싹가 은혜를 갑흐리라 ᄒ고 황금 쳔일을 요리를 쥬니 두어 번 ᄉ양ᄒ다가 바다 푸기의

38면

너코 효문궁으로 가니 아지 못게라 능히 임ᄉ인 구졍단심을 허트른가 하회를 보라 시야의 ᄉ인이 옥션의 침쇼를 눈들미 업더니 이 길히 홍미각 분장 밧기라 이윽이 셔셔 슬피니 홍미각으로셔 살긔 등등ᄒ여 봉당으로 향ᄒᄂ지라 죡용을 ᄲᆯ니 ᄒ여 긔호 입실ᄒ니 이늘 쇼졔 각당의 혼뎡 후 침실의 도라와 쥬역을 보고 팔패를 버려 의미를 줌심ᄒ다가 금야의 뎍되 돌입ᄒ나 ᄂ둉의 미일 패로되 ᄌ긔 미구의 뒤화의 걸닐 패라

39면

낭가의 불효를 ᄎᄋ ᄒ더니 ᄉ인이 깃침ᄒ고 입실ᄒ여 쇼져를 향ᄒ여 피ᄒ쇼셔 ᄒ니 쇼졔 졈ᄉ를 ᄶᆡᄃ라 쳔연이 벽 ᄉ이로 피ᄒ여 안ᄌ시니 ᄉ인이 셔안을 뒤ᄒ여 상셔 홍범을 취ᄒ여 넑으니 신규 이부의 넉슬 놀뉘ᄂ지라 이ᄶᅥ 능운 요리 신통을 부려 호긔로온 장부 되여 난함의 크게 ᄶᅥ오르니 ᄉ인의 학녀쳥음이 일빅ᄉ긔를 슬오ᄂ지라 믄득 몸이 뒤흐로 물너나 거의 ᄌᆺ바질 듯ᄒ니 ᄎ시 엇지 된고 하회를 보라 ᄎ시 영원이

40면

다시 졍신을 가다듬ᄋ 곳쳐 치다라 ᄉ창을 널치고 표연이 드러셔며 뒤호 왈 님창흥 쇼즈는 드르라 ᄎ시 동셔진남풍이 아니여늘 네 남의 가인을 아ᄉ 감쵸ᄋ 실즁의 두고 질기믈 달게 너기리오 셜가 미인은 늬 발셔 취코ᄌ ᄒ되 나히 유츙ᄒ니 더 ᄌ라기를 기다리고 늬 마춤 셔악 화산의 츌뉴ᄒ고 도라오니 네 그 ᄉ이 취ᄒ여 실즁의 보븨를 숨앗ᄂ뇨 니 녀ᄌᄂ 늬 유싱으로 인연ᄒ여 져의 장뒤하의 길드리니 굿ᄒ여 네 늬 긔물을 아ᄉ 질기다가 합문이 멸망ᄒ믈 안

41면

ᄌ 보리라 언파의 비슈로 ᄉ인을 향ᄒ여 지르고ᄌ ᄒ더니 홀연 몸이 졀노 동히여 것

그러지며 비러 왈 쳔신은 스로쇼셔 삼틱셩을 다시 거우지 아니리이다 빌기를 마지
아니니 츠시 쇼져는 금장 스이의 안즈 드르니 그 언언마다 결부의 참지 못홀 비로되
스름이 되미 황금으로 단연호엿는지라 그 말이 다 산즁 요승의 말인쥴 씨드라 단연
이 못 드름 굿고 스인은 닑기를 긋치지 아니니 요인이 픽도를 어루만지믈 보고 칙을
덥고 셔안을 물니미 니의 스일 졍

42면

긔를 드러 흔 번 요인을 보니 이 산즁의 요승을 모로리오 모비의 어드신 쳔문셔 슴
권을 늣늣치 히득호는지라 금션을 드러 흔 번 두루치미 호법 가람신과 스치공되 좌
우로 돌입호여 능운을 홍삭으로 지우고 분부를 공즁으로셔 원방으로 츅호라 호니 스
인이 붓슬 드러 할이 원방긔를 써 츅하의 슬온 후 능운을 공즁의 더지고 금금을 포셜
호니 쇼져를 쳥호여 한가지로 나위의 나아가니 되지라 듀명공의 스름 되미여 셩식을
부동호고 흠

43면

요를 졔어호되 긋호여 요란호미 업고 쇼져로 동슉호나 다셜호미 업셔 묵묵침즘호니
부부 냥인이 진짓 쳔졍냥필이러라 스치공도와 가람신이 요인을 닉여다가 공즁의셔
두 귀를 터도 업시 버린 후 츄혀드러 두어 마되 진언을 념호고 닉여더지니 피를 흘니
고 경각의 히도 밧긔 붓치여가니 동덕을 모를네라 츠야의 옥션 노쥐 요리를 봉당으
로 보닉고 셩공홈믈 츅원호고 츅하의셔 기다리나 오경 북이 동호되 긔쳑이 업스니
의괴

44면

망측호여 방황호며 츈교로 봉눈당 근쳐의 가 스긔를 술피나 아모 스식도 업고 츅그
림즈도 업스니 도로혀 황겁호여 아모리 홀 쥴 몰나 셔로 니로되 셜스 셩스치 못호여
도 이리 올 듯호되 쇼식이 업스니 즙히여 스싱이 위틱흔가 셔로 의논이 규규호나 어
듸를 지향호여 무를 곳이 이시리오 홍악이 골오되 스뷔 비록 공을 일우지 못호엿셔
도 이리와 우리다려 니르고 푸기나 가지고 굴 듯호되 무쇼식호니 아니 즙히게 되여
겹결의 밋쳐 슈미

를 도라보지 못ᄒ고 암즁으로 도라간가 괴 왈 아니라 ᄉ뷔 신통이 거록ᄒ여 젼일 군쥬의 ᄀᆺ친 것도 가뭇업시 구ᄒ여 도망ᄒ엿거늘 겹결의 다라ᄂ리오 이 분명이 큰 ᄉ화ᄅᆯ 맛낫도다 ᄒ여 노쥐 되ᄒ여 층냥치 못ᄒ여 밤을 ᄉᆡ와 신셩ᄒᆞᆯᄉᆡ 옥션이 쥬취ᄅᆯ ᄭᅮ미며 니ᄅᆞ되 츈교야 늬 부인 직쳡을 어든 거시 쳥상을 밧고아 홍금상과 ᄌᆞ라슴이라 다른 닐은 ᄒᆞᆫ 닐도 유익ᄒ 일이 업스니 언제 양미토긔ᄒ리오 셜시와 임군을 아오로 셤분을 민들고 시

부도다 이리 니르며 홍군을 ᄭᅴ을고 취슴을 부쳐 정당으로 향ᄒ여 가더니 길히셔 목시ᄅᆯ 맛ᄂ니 녹의쳥상으로 언건이 냥 시으ᄅᆯ 압셰워 가ᄂ 모양이 젼일 흉상 츄물의 긔긔괴괴ᄒᆫ 쳬뫼 변ᄒ여 언건ᄒ 얼골이 곱지 아닌 예ᄉ 얼골이라 옥션이 그윽이 셔셔 그 거동을 찰시ᄒ고 취젼으로 드러가 문안단ᄌᆞᄅᆯ 올니니 틱부인이 그 터 업시 부즁의 고요히 잇셔 ᄶᅥᄶᅥ 쥬방을 직희여 보술피며 범남ᄒᆫ 되 두지 아니믈 가련코 어엿비 너겨 불너 쳥

말의 안치고 셜쇼져ᄅᆯ 글으쳐 뵈게 ᄒ나 젹쳡의 분을 엄히 ᄒ여 감히 우러러 졉담치 아니ᄒ고 퇴ᄒᄂ지라 틱부인이 그 슌박ᄒᄆᆯ 무던이 너겨 긔이ᄒᆫ 과품과 상의 노힌 진슈ᄅᆯ 다 믈녀 목시의 냥 시녀ᄅᆯ 쥬어 침쇼의 가 먹게 쥬라 ᄒ니 목시 빅비 고두슈명ᄒ고 침쇼로 향ᄒᄂ지라 옥션이 먼니셔 져 거동을 다 보니 일층 노분이 더 나ᄂ지라 니ᄅᆯ 갈고 겨유 츰ᄋᆞ 신셩ᄒ니 좌즁이 모로ᄂ 드시 볼만ᄒ더라 분분이 도라와 벽을

치고 츈교다려 본말을 다 니르고 츠흉을 밧비 죽여 목부인을 도도와 졍쇼ᄒ여 셜녀로 되살홀 바ᄅᆯ 만들 밧 계괴 업다 ᄒ니 괴 응낙ᄒ고 됴궁의 가 쇼유ᄅᆯ 니르니 목쇠 용약ᄒ여 날을 긔약ᄒ고 니ᄅᆞ되 법시 상부로 가더니 엇지 ᄒᄂ뇨 괴 왈 엇지 다 일구로 니ᄅᆞ리오 여ᄎᆞ여ᄎᆞᄒ엿더니 지금 쇼식이 묘연ᄒ니 고이ᄒ여이다 목쇠 경문 왈 ᄉ

뷔 신통이 거록ᄒᆞ니 잡힐 니 업고 창홍을 엽히 ᄭᅵ고 ᄂᆡ다를 거시여늘 그 어인 일인고 ᄭᅬ 요두 왈 상공은 임사인

49면

을 그리 아지 마르쇼셔 됴졍의 ᄂᆞ면 명공 거셩이 다 썰고 부즁의 들면 돈당 부모 밧근 노쇼 업시 호흡을 통치 못ᄒᆞᄂᆞᆫ 위엄을 가졋시되 셜쇼져긔 드러난 무른 썩과 쇼음의 바늘이지 그 밧 ᄉᆞ름이야 뉘 감히 우러러 보리 잇스리오 목외 왈 그러나져러나 어셔 지란을 쥴 쥭이라 당부ᄒᆞ니 츳요인은 고금의 듯지 못ᄒᆞ던 독시니 엇지 쳔쥬를 면ᄒᆞ리오 츈ᄭᅬ 목요의 쾌락ᄒᆞ여 ᄒᆞ던 말을 니르니 옥션이 되희ᄒᆞ여 부듸 목시를 졔 손으로 쥭여 죄를 셜

50면

시긔 미루려 ᄒᆞ고 타연이 두루 슬피며 영쥬 혜쥬쇼져를 ᄯᅩ한 ᄶᅡ라 단니니 영쥬는 무심ᄒᆞ되 월혜쇼졔 군쥬의 ᄂᆞᆺ 우히 슬긔 등등ᄒᆞᄆᆞᆯ 보고 경악ᄒᆞ여 힝혀 셜시긔 ᄯᅩ 무슨 작히홀가 경녀ᄒᆞ여 방심치 못ᄒᆞ나 셜시는 쳘인이라 옥션 요인의 독히를 간듸로 밧지 아닐 쥴 아더라 시의 옥션이 졍당으로셔 도라와 목시를 돈당이 가츳ᄒᆞ시믈 보고 져ᄂᆞᆫ 모르ᄂᆞᆫ 듯ᄒᆞᄆᆞᆯ 더욱 돌돌분한ᄒᆞ니 목시를 불너다가 젹쳡의 명분을 밝히고 일장 됴쇼

51면

ᄒᆞ여 져와 병익ᄒᆞᄂᆞᆫ 한을 풀고 셜시의 한악ᄒᆞᄆᆞᆯ 일너 져의 어진 덕을 넛토고 일장을 졀칙고즈 시ᄋᆞ로 하심당의 가 목시를 불너오라 ᄒᆞ니 ᄭᅬ 응낙ᄒᆞ고 하심당의 가 목시를 불너 왈 우리 옥쥬 잉희를 불너 담화코즈 ᄒᆞ시니 잉희는 우리 옥쥬의 셩덕을 져바리지 말고 응명ᄒᆞ라 목시 비록 우픠ᄒᆞ나 도금ᄒᆞ여ᄂᆞᆫ 그런 셩도를 다 바리고 ᄒᆞᆯ며 군쥬 부르ᄂᆞᆫ지라 엇지 아니 가리오 츈교다려 갈 바를 되ᄒᆞ고 이의 냥 시ᄋᆞ를 다려 홍미각의 니르니 군쥬

52면

쳥말의 좌를 쥬어 젹쳡을 밝히고 우어 왈 드르니 그듸 셜시긔 즁히 마즈 ᄉᆞ경을 지닉

다 ᄒᆞ니 톳기 죽으미 여이 슬허ᄒᆞᆫ다 ᄒᆞ니 셜시 그ᄃᆡᄅᆞᆯ 두다릴 젹 버금부인을 아니 칠
줄 모모리니 버금부인이나 쳡희나 용납ᄒᆞᆯ 터이 업시 되여시니 ᄂᆞ의 몸은 부인 직쳡
이 잇거니와 그ᄃᆡ ᄒᆞᆫ낫 비쳡이라 죽인들 ᄒᆞᆫ 말이나 ᄒᆞ리오 이 마ᄃᆡᄅᆞᆯ 싱각ᄒᆞ면 잔잉
ᄒᆞᄆᆞᆯ 참지 못ᄒᆞ여 금일은 각별 불너 위로ᄒᆞ노라 ᄒᆞ고 온가지로 비쇼됴롱ᄒᆞ니 지란이
젼일 ᄀᆞᆺ

ᄒᆞ면 긔괴파측ᄒᆞᆫ 되답이 무일가관이로ᄃᆡ 상파 등의 어진 말씀과 군쥬의 어지지 못ᄒᆞ
미 가셜시 되여 져를 친 줄 익이 아ᄂᆞᆫ지라 믄득 옥션의 됴롱ᄒᆞᄂᆞᆫ 말을 듯고 굴오ᄃᆡ
쳡이나 부인이나 원비 아닌 후ᄂᆞᆫ 그 ᄉᆞ이 언마 동안이리오 우리 냥인이 슈하의 쳐ᄒᆞ
여 원비의 지휘ᄅᆞᆯ 됴출 ᄲᅵ니 죽이면 죽고 됴히 보면 그ᄃᆡ로 시힝ᄒᆞ리니 무슴 원비니
계비니 덩벙이리오 지어 날을 치다 ᄒᆞᆷ은 더옥 밍낭ᄒᆞ니 ᄂᆡ 어려셔붓터 원군의 셩졍
을 닉이 아ᄂᆞ니

엇지 돌연이 젼국젹 협긱들의 왕양ᄒᆞᆫ 힝실을 ᄒᆞ여 쳔누히 ᄂᆡ 당즁의 와 상한쳔뉴의
힝실을 ᄒᆞ리오 우리 원군은 신뉴 ᄀᆞᆺᄒᆞᆫ 긔질이 다ᄉᆞᆷᄒᆞᆫ 향이요 곤옥 ᄀᆞᆺᄒᆞᆫ 모양이 슈졍
을 일운 쌔라 날을 그리 마이 치리오 ᄂᆡ 그쩌 하 분ᄒᆞ여 죽기ᄅᆞᆯ 싱각지 아니코 니미
망냥이 변형ᄒᆞᆫ가 ᄒᆞ여 치며 보니 얼골은 비록 ᄀᆞᆺᄒᆞ나 킈 ᄂᆡ도히 크고 힘이 마이 앙셰
고 머리털을 줍으니 연화 방퇵으로 흐르ᄂᆞᆫ 듯ᄒᆞ여 보다랍지 아니코 올각올각ᄒᆞ여 우
리 원군

이 아니니 ᄂᆡ 짐줏 머리ᄅᆞᆯ 다 버히려 ᄒᆞ다가 그려도 남겨 두엇ᄂᆞ니 ᄉᆞ름을 너모 업슈
이 넉이지 말나 날노써 최여의 실녀오다 비우스나 독교 타고 와 두 번지 덩 타고와
ᄌᆞ부항의 이시나 부즁 습쳑동이 아른 쳬 아니코 나도 최여의 실녀왓시나 쇼젼히 다
려오ᄉᆞ 굿ᄒᆞ여 쳔ᄃᆡᄒᆞ시미 업고 졍결ᄒᆞᆫ 당ᄉᆞ의 냥 시ᄋᆞ로 의식을 후히 ᄒᆞ며 하쳔비
비도 쳔ᄃᆡ치 못ᄒᆞ게 ᄒᆞ령ᄒᆞ시고 날마다 문안단ᄌᆞᄅᆞᆯ 드리면 흔연이 불너 보시고 ᄒᆞᆯ니
나 병드러 불참ᄒᆞ면

56면

시녀로 안부를 무르시니 스인의 춍도 바라지 아니코 이 부즁의 오릭 안과ㅎ면 기리 평안ㅎ리니 긔예서 무엇슬 더 바라리오 나의 마즌 거슬 치위ㅎ나 마즐 젹은 알푸더니 하들 극진이 구완ㅎ니 마즌 거시 도로혀 영화롭지 ㅁ즌 거시 붓그러올가 아모라도 날 치니는 딕핀잔을 보와시리 ㅎ며 좌우로 둘너 셩찬을 보고 우어 왈 군쥬의 가음 녈믈 알니로다 우리는 스지 업스니 스스 쥬찬이 어렵더니 군쥬는 스스로이 쥬찬이 만토다 츳시 옥션이 목시룰 불너

57면

젹쳡의 분의룰 붉히고 비우ㅎ려 ㅎ더니 쳔만 념 밧 목시의 말이 명빅ㅎ여 져룰 친 거시 셜시로 아지 아니믈 드르니 십분 딕로ㅎ여 고기 둧고 시부되 그 힘이 무량이오 간 딕로 맛지 아닐 거시오 부딕 셜시 얼골이 되여 죽어 죄룰 셜시긔로 씌오려 ㅎ미 분을 춤고 도로혀 됴흔 안식으로 쥬찬을 권ㅎ여 날이 느즈니 목시 도라가미 옥션이 가는 딕룰 ㄱ르쳐 슈히 죽여 돌ㄱㅊ치 밋친 한을 풀니라 ㅎ고 츈교다려 목셩을 보와 목부인 쇼답을 아라

58면

오라 ㅎ니 피 셜부의 가 목셩을 츳즈 보고 목부인 말을 바다보라 ㅎ니 목외 목부인을 츳즈 가 보고 감언니셜노 다릭여 왈 옥션이 셰궁녁진흔지라 지란을 죽여 죄룰 셜시긔 미러 느라히셔 반드시 셜시룰 죽이든 아니ㅎ고 찬뎍ㅎ리니 길히셔 아스다가 됴왕긔 드리고 우리 틱평부귀ㅎ미 엇더ㅎ니잇고 ㅎ니 목부인이 이쩌는 뎐일 밋친 망녕을 다 버리고 제법 어룬이라 냥안을 모호로 쓰고 쇼릭 질너 왈 으마으마 이 모진 ♀히야

59면

이 엇진 말고 셩념을 살인죄로 미러 너허든 무어시 쾌ㅎ며 지란을 죽이단 말이 되는 말가 여류셰월의 졔 명의 죽어도 불상ㅎ거든 됴군쥬의 숀을 비러 죽이고 셩염을 딕살흔다 ㅎ고 죽은 지란이 다시 스느냐 이런 즈굿즈굿흔 말 말나 남 알셰라 냥 슉슉이 만일 아르시면 느라히 쥬ㅎ고 날을 니이ㅎ고 너룰 딕죄로 얼그리라 목셩이 다시 기유룰 못ㅎ고 다시 녀인을 어더 달닉여 목부인 신임비지라 ㅎ고 뎡쇼ㅎ여 쥬어든 즁가

롤 쥬마 ᄒᆞ니 기녜 응낙ᄒᆞ거늘 목뫼 빅은 열 냥을 쥬고 계교롤 가르친 후 츈교롤 보와 쇼유롤 ᄌᆞ시 니르니 날을 맞쵸고 즉시 와 닐너든 살인고장을 ᄒᆞ라 ᄒᆞ고 도라와 문답셜화롤 ᄌᆞ시 니르고 슈히 ᄒᆞ슈ᄒᆞᄌᆞ ᄒᆞ니 군줘 왈 네 본궁의 가 봉션누의 감쵼 비슈롤 가져오라 이 칼이 운남남왕의게 어든 비쉬니 ᄉᆞ름을 죽이고ᄌᆞ 마음으로 향ᄒᆞ여도 뎔노 버히ᄂᆞ니 ᄎᆞ검이야 흉녀의 기름지고 둧거온 가독을 슈히 질너 죽이리라 ᄒ

니 츈푀 봉션누의 드러가니 옥경군줘 홀노 실즁의셔 셜흑ᄉᆞ의 인연이 가망 업ᄉᆞ믈 탄ᄒᆞ고 일습 남복을 상협의 감쵸고 일심원작녕두운과 일심원작창희월을 읇허 쵸창ᄒᆞ더니 츈교롤 보고 군쥬의 평부와 ᄉᆞ인의 후박을 무르니 푀 탄식ᄒᆞ고 부즁ᄉᆞ와 ᄉᆞ인의 여견시호ᄒᆞ믈 니르고 옥쥬도 부졀업시 셜학ᄉᆞ롤 싱각도 마르쇼셔 셜싱도 근간 녀식을 쓴코 규슈ᄀᆞᆺ치 장신ᄒᆞ다 ᄒᆞ니 옥쥬도 셜문의 드러가면 우리 옥쥬의 모양이 되리

이다 ᄒᆞ며 칼흘 가지고 급히 다르니 옥경이 미쳐 곡졀도 뭇지 못ᄒᆞ니라 옥션이 칼을 보니 마음이 급ᄒᆞ여 몬져 시험코ᄌᆞ ᄒᆞ여 겻히 ᄋᆞ시비 영교롤 견호고 슷치니 그 머리 쎠러지며 몸이 구러지니 홍악이 되쇼 왈 긔이ᄒᆞᆫ 비쉬로다 이 시슈롤 엇지 ᄒᆞ리오 군줘 ᄌᆞ약히 답왈 돗긔 마라 황혼의 못시 드리치라 ᄒᆞ니 츈교 등이 그디로 ᄒᆞ여 황혼 되기롤 기다려 업시ᄒᆞ려 ᄒᆞ니 츠하인시오 십오뉵 쇼녀지 비슈롤 날녀 ᄉᆞ름 죽이믈 낭즁취믈

ᄀᆞᆺ치 ᄒᆞ니 그 필경이 엇지 된고 츠하분셕ᄒᆞ라 이쩨 마츰 셔동 의산이 우연이 못가의 니르럿더니 믄득 ᄉᆞ름의 ᄌᆞ최 잇거늘 슘어 녀허보니 일기 녀지 무어슬 둣히 쏜 신고히 안고 못물의 드리치고 급히 가거늘 의산이 괴히 녀겨 못가의 가 믈을 보니 무어시 둥둥 쩟ᄂᆞᆫ지라 갈강쇠로 당긔여 닉여 푸러보니 ᄉᆞ름의 시신이로디 머리 각각 난호엿ᄂᆞᆫ지라 의산이 디경실식ᄒᆞ여 슈풀의 놋코 급히 졍심헌의 도라와 쇼부긔 알외니 쇼뷔

놀ᄂᆞ 왈 네 그리면 그녀

64면

인의 ᄌᆞ최룰 안다 ᄃᆡ왈 홍미각 협문으로 드러가더이다 쇼ᄇᆡ 뎜두ᄒᆞ고 굿ᄒᆞ여 ᄃᆡ단치 아니니 문 밧긔 ᄂᆡ쳐 뉘 ᄎᆞᄌᆞ가ᄂᆞᆫ고 보라 의산이 응명ᄒᆞ고 도로 동혀 문굼그로 ᄂᆡ여 큰 남그로 미니 먼니 밀니여 가더라 명일 쇼ᄇᆡ 신셩ᄒᆞ고 션싱긔 알외ᄃᆡ 창질의 실즁의 요인이 은복ᄒᆞ여 인명쳐살을 풀ᄂᆞᆺ ᄀᆞᆺ치 ᄒᆞ오니 야야와 형장이 도라오실 날이 머럿고 야간 여ᄎᆞ여ᄎᆞᄒᆞᆫ 흉변이 잇ᄉᆞ오니 그 무ᄉᆞᆷ 뜻인지 모로리로쇼이다 션싱이 경ᄋᆞ 왈 연즉 그 시슈

65면

룰 엇지 ᄒᆞ뇨 ᄃᆡ왈 쇼질도 창돌의 달니 ᄒᆞᆯ 길 업셔 큰 문 밧긔 ᄂᆡ쳐 뉘 ᄎᆞᄌᆞ가ᄂᆞᆫ고 보라 ᄒᆞ엿ᄂᆞ이다 션싱이 ᄉᆞ인을 도라보와 왈 네 혹 의심되미 잇ᄂᆞ냐 ᄉᆞ인이 복슈 ᄃᆡ왈 연ᄒᆞ이다 뫼일의 요인이 당즁의 돌입ᄒᆞ오되 변형ᄒᆞ여 남지 되여 여ᄎᆞ여ᄎᆞ 흉셜을 ᄒᆞ옵거늘 쇼손이 지혜로 즙ᄋᆞ 희도의 가도라 ᄒᆞ엿ᄂᆞ이다 이 ᄯᅩ 뎍지 아닌 변이오니 엄히 방비ᄒᆞᄉᆞ이다 ᄐᆡ부인이 놀나 벼기룰 밀고 니러 안ᄌᆞ 탄왈 졀박ᄒᆞᆫ 일이로다 한규부지 ᄂᆞ간 ᄉᆞ이 여ᄎᆞᄒᆞ

66면

니 어인 일고 션싱이 쥬왈 니런 쇼쇼지ᄉᆞ의 셩녀룰 마르쇼셔 ᄒᆞ더라 ᄐᆡ부인이 쥬비룰 보고 야릐ᄉᆞ룰 니르고 근심ᄒᆞ거늘 쥬비 복슈 ᄃᆡ왈 ᄎᆞ시 발셔 군줘 입승쵸일부터 안 일이오 식ᄇᆡ ᄃᆡ익을 미구의 당홀지니 현마 엇지 ᄒᆞ리잇고 요인이 인명쳐슬을 이번 ᄲᅮᆫ 아니오라 ᄉᆞ오 인을 연결ᄒᆞ여 져즈오니 이런 닐을 과히 거리끼지 마르쇼셔 션싱이 쥬비 알기룰 신명ᄀᆞᆺ치 아ᄂᆞᆫ지라 빗난 미우의 화긔 영농ᄒᆞ여 답왈 형장의 큰 복으로 현부룰 두어시니

67면

기여계손의 가실간 쇼쇼환난을 ᄌᆞ위 근심 마르쇼셔 ᄐᆡ부인이 빈미 답왈 녀뫼 ᄂᆞ히 쇠ᄒᆞ미 그런지 이 말을 드르니 머리 글컨다 ᄒᆞ더라 다 물너난 후 쥬비다려 됴용이 일

오딕 현비 군쥬를 가츠호여 그 악심을 덕이 눅여 으즈와 숀이 도라오기를 기드리지 못홀쇼냐 쥬비 복슈 되왈 으히 이 뜻이 잇스오나 독시 견싱의 구미호의 후신이라 엇지 인도의 드러 스룸의 션언을 출납호리잇고 제 지원이 창으의게 얼켜시니 흔 번 도라보면 악심

이 져기 눅일가 호오나 출하리 바려두어 하나흘 깅참의 넛코 물너느올 쎄 잇스리니 제 스스로 물너나오면 느라희 관기를 움즉이나 문호의는 근심이 업스올지라 추고로 이만 닐의 셩녀를 쎄치오니 이 쏘 으히 불쵸호미로쇼이다 틱부인이 기리 탄왈 그리면 옥션이 설현부를 깅츔의 너코 물너나면 숀으의 비합이 실셔흔 즉 언제 현숀을 보리오 쥬비 우쥬 왈 셜으는 아모 호구의 드러도 몸이 반셕 굿호여 슈부다남즈홀 거시오 오릭지

아냐 비웅의 상셰 잇스오리니 싱남호오리다 호더라 옥션이 비슈를 가지고 시험호노라 시비 스오 인을 혹 지르며 버혀 발셔 다스슬 죽여 츈교를 맛지니 츈교 요인의 짠 의도 쓸 젹이 잇고 영교의 시신을 못시 드리쳣더니 엇지호여 상부 문 밧긔 뒤구을물 놀나 군쥬다려 슈상호믈 니르니 옥션 왈 이 불과 못물을 츠다가 어더 그을닌가 시부니 이후는 본궁의 가 궁노로 호여곰 남강 다히의 쯰오라 호니 추후는 시신이 흔젹이 업스니 이 진짓 요리의

졍녕이러라 연이나 임시 구셰덕덕과 쵸왕 부부의 지셩지효로 슈습 으를 상쳔이 음즐호스 강지빅상호시니 만흔 복녹을 요졍이 엇지호리오 궁흉극악을 굿쵸하다가 죵말의 니국의 가 흉스를 비져 국가를 침노홀지연졍 임부는 죵시 히치 못호엿느니 추추 히셕호라 추야의 옥션이 비슈를 쎄고 의상을 가븨야이 호여 하심당 후함의 슘엇시니 져 어득흔 목시 어이호리오 근녀는 툰당과 쥬비 각별 긔렴호여 가쥭이 불너 찬션을

71면

비불니 먹이며 그 셰상이 오리지 아닐 쥴을 잔잉이 넉이되 면홀 양칙이 업순지라 츠
셕홀지연졍 되인ㅎ여 니르미 업더라 옥션이 단약을 먹어 셜시 얼골이 되여 안줏더니
목시 낭 시ㅇ다려 왈 오날 ㄴ지 졍당의셔 쥬신 감탕 일긔와 황귤이 어딘 잇ㄴ뇨 시ㅇ
답왈 예 잇ㄴ이다마ㄴ 셕반과 야찬을 굿 즈시고 어느 ᄉ이 감탕과 황귤을 춧ㄴ뇨 ㅎ
고 알픠 니여 노ㅎ니 목시 황귤을 먹으며 웃고 닐오되 닌 셜부의 잇실 젹 진슈를 염
에ㅎ더니

72면

요승의 변화로 날을 속여 됴궁으로 다려와 힝각의 두고 남 집어쥬는 음식이 닌 광복
을 반도 못 치오고 닌 오라비 일인이 잇셔 낙안줘 한왕긔 두탁ㅎ여 되스마 벼슬을 어
더 가지고 또 됴궁의 두탁ㅎ여 군쥬의 시녀 츈교로 쥬야 연낙ㅎ고 닌 젼졍은 쑴의도
싱각지 아니니 닌 비골풀 쑌 아니라 츈교의 더러온 졍틱만 보니 하 통악ㅎ여 범남ㅎ
의ᄉ를 닌여 쳔문을 드레여 임쵸왕 뎐히 다려오ᄉ 뎡쇄ㅎ 당즁의셔 시녀를 쥬ᄉ 신
임케 ㅎ시고 됸당

73면

과 졍당이 무휼ㅎ시니 츠신의 과의라 무어슬 더 바라며 한님의 도라보지 아니믈 독
히 한ㅎ랴 ㅎ니 그 말이 두두어려 얼울ㅎ나 츠셰 명빅ㅎ고 뜻을 늣쵸와 숨가니 요인
의 흉계 곳 아니면 독히 안과홀지라 목시 감탕과 귤을 먹고 즉시 즈리의 ㄴㅇ가 줌드
니 시녜 쵹을 장외로 닌고 누으려홀 ᄎ 홀연 후창이 널니는 곳의 셜시 만면 독긔로
셔리 굿흔 비슈를 들고 드러셔며 되미 왈 목가 흉녀는 드르라 네 오가의 와 진슈미찬
을 포복

74면

ㅎ고 능나를 무거워ㅎ며 굿득 쇠험ㅎ 됴부모를 도와 우리 부뫼 민쳔지읍과 거거 등
을 못 견듸도록 ㅎ고 규녀의 몸으로셔 텬문을 드레고 알들이 임군을 됴츠니 비록 금
슬을 창화ㅎ미 업스나 임군의 쳡이라 닌 엇지 너를 고이 두어 안향케 ㅎ리오 이 칼이
인졍이 업ㄴ니 옥션요녀와 네 목슘을 마츠리라 언파의 칼을 드러 목시 가슴을 향ㅎ

여 지르니 추시 목시 단줌이 바야히러니 옥션의 칙ᄒᄂ 쇼리의 놀나 씌여 슈미를 모
로고 검하경혼

75면

이 되니 추지라 계집이 모질고 악독ᄒ미 추요 ᄀᆺ호니 금고의 다시 업슬지라 인명쳐
살을 썩은 풀ᄀᆺ치 ᄒ니 구미호의 졍녕이 아니면 니러ᄒ리오 목시 비록 우픠광망ᄒ나
덕문지가의 입승ᄒ여 임의로 찬션을 쥬어 먹고 ᄉ지를 실것 쓰더니 뎜뎜 우픠혼 거
슬 바려 졈졈 인도의 드러 덕문의 안거홀 거슬 요인을 맛나 금야의 모진 칼날을 마즈
긴 목슘이 즈레 맛ᄎ니 가히 추악도다 양 시이 추변을 보고 만신이 썰녀 급히 쮜여닉
ᄃ라

76면

쥬비 침당의 니르러 쳥ᄉ를 겨오 드듸고 무슈이 쎠니 아지 못게라 추시 엇지 되고 셕
남ᄒ라

임시삼듸록 권지십이

1면

추셜 쥬비 이늘 아즈를 봉눈당으로 보늬고 고요히 쵹하의셔 졈괘를 어드려 ᄒ더니
마음이 경동ᄒ거늘 놀나 ᄉ창을 열고 보니 ᄉ일 그림지 쳔궁으로 향ᄒ니 홍미각 슬
긔 하심당의 가 씌쳐지ᄂ지라 심즁의 듸경ᄒ여 창을 닷고 상심ᄒᄂ지라 지흥이 시침
이러니 모비 침슈를 폐ᄒ시고 상심ᄒ시믈 놀나 이러 안즈 뭇즈오듸 모비 하고로 침
슈를 폐ᄒ

2면

시ᄂ니잇고 비 일영삼탄 왈 셜쇼부의 듸홰 당젼ᄒ고 잔잉혼 인싱이 즈레 칼 끚히 맛
추리니 추하인지요 연이나 밤이 ᄉ오경의 밋쳐시니 녀형이 줌이 깁흘 거시니 엇질고
이리홀 젹 ᄉ름의 쎠ᄂ 쇼릐 들니거늘 협실 시녀로 보라 ᄒ니 관환이 닉ᄃ라 보니 하

심당 시이 썰며 フ르쳐 왈 우리 앗가 목쥬모를 뫼셔 즈려 홀식 쥬뫼 몬져 줌들거늘
불을 장외의 늬고 누으려 ᄒ더니 여ᄎ여ᄎᄒᆫ 부인이 비슈로 쥬모의 가슴을 바로 지
르고 칼을 색혀 피

3면

를 씨스니 하 무셥고 씸즉ᄒ여 치보도 못ᄒ고 와 써ᄂ이다 관환이 불각듸경 왈 이 어
인 말고 ᄒ며 물너셔니 쥬비 안식이 쳐긔ᄒ여 소인을 씌오려 ᄒ더니 싱각ᄒ미 잇셔
굿치고 군계를 쳥ᄒ니 군계 즉시 왓거늘 ᄎ소를 일장 셜파ᄒ고 ᄎ소를 돈당이 아르
시면 침쉬 불평ᄒ실지라 그 순박ᄒ믈 가긔ᄒ여 소독이믈 츄연ᄒ고 일싱을 편이ᄒ고
즈 ᄒ더니 요인의 숀의 긴 명을 즈레 맛치니 가히 참절ᄒ도다 인명이 지즁ᄒ니 이를
엇지ᄒ여야 올ᄒ니

4면

잇고 군계 듸경실싴ᄒ여 말이 업더니 기리 숨쉬고 듸왈 빅쥬의 ᄎ마 소름이 칼노 소
름을 지르는 흉인을 반시긱인들 부즁의 두리잇가 아모커나 쳡이 여러 시비로 더브러
가보리이다 쥬비 졈두칭소ᄒ니 군계 쵹을 좌우로 들니고 하심당의 니르러 좌우로 불
을 밝히고 보니 즈리의 셩혈이 돌지어 흐르고 목시 그런 흉상이 변치 아녀 즈는 드시
피의 즘겨 누엇는지라 군계 ᄎ악춤비ᄒ여 입으로 두어 마듸 진언을 념ᄒ고 쾌히 ᄂ
ᄋ가

5면

여러 시비로 그 몸을 바로 ᄒ고 슈독을 거두어 상의 편이 누이고 금구를 덥흔 후 당
즁의 피를 업시ᄒ 후 급히 금녕을 흔드러 직방소지 노즈를 명ᄒ여 쵸혼ᄒ여 덥고 표
연이 몸을 도로혀 홍미각으로 가 목시 지른 비슈를 아스려 가니 군쥐 듸악이나 군계
의게 비슈를 아인가 ᄎ하를 보라 ᄎ야의 소인이 셜쇼져로 취침ᄒ엿더니 일몽을 어드
니 쳔문이 크게 열니며 일위 션관이 운관무의로 표표이 황뇽을 모라 ᄯᅳ히 ᄂ리며 쇼
져를 향ᄒ여

6면

네호고 일오디 추뇽이 본디 즁앙 큰 쇼임을 맛타 직회엿더니 샹지 뇽지를 메오시니
풍운을 과이 지으미 샹뎨 패심타 호스 빅일을 인간의 귀향 보니실시 일시 노호시나
남북두로 복녹을 겸지호시고 뎍션지가의 닉여 져의 장흔 긔계로 남니와 북젹을 물니
쳐 명실을 보좌케 호라 호시니 그디게 붓치느니 부인이 참익 즁 십싱구스호나 이 뇽
을 품엇시면 위란이 평셕 굿고 스망긔환이 업슬 거시오 쇼익을 맛느미 뇽신이 황뇽
을 호위호면

7면

부인이 반셕굿치 스화를 면호여 남악의 슴 년 연분을 맛츠미 만복을 뎜득호리이다
언파의 뇽을 밀치니 황뇽이 흔 번 쇼리호고 여의쥬를 물고 긔셰를 발호니 믄득 홍운
이 바로 학을 모라 셩동쳔지호는지라 금빗 굿흔 닌갑을 거스리고 쇼져의 압흐로 다
라드니 션관이 우션을 치며 디쇼 왈 연분이 즁호다 너모 짓니지 말나 샹뎨이 벌이 명
명홀지라 십일일만 그디 주식 노르슬 호며 슉셰 가연을 졍호고 부즈 모지 단합호

8면

리라 호며 뇽을 밀치고 일진 쳥풍의 주최를 감쵸니 쇼졔 뇽의 긔셰의 놀나 흔 번 쇼리
호고 몸을 쇼쇼니 스인의 몽시 일양이라 몽스의 긔특호믈 히득호더니 쇼져의 몽압호
믈 보고 됴용이 옥슈를 줍으니 추기 어름 굿고 한한이 물 흐르듯 호니 스인이 경왈 비
록 몽즁의 무셔운 거슬 보와시나 져리 놀느시는뇨 어룬 되기 머럿도나 인호여 탄왈
복이 유시의 가화로 쳔됴의 부즁의 가니 그씨 슈슴 셰라 유모의 졋슬 놋치 못홀 씨

9면

니 악뫼 유압의 다라 오 셰가지 기르시니 그 은혜 엇더시리오 빅 년을 부모와 굿치
밧들고즈 호엿더니 그릇 동상의 걸니니 실노 나의 쯧이 아니로디 임의 홀 일 업스미
형포의 계활이나 영화로오면이나 보은호는 도리로디 시셰 쯧굿지 못호고 불관흔 풍
치로 음녀의 졍욕을 닉여 맑은 가문을 더러이고 셰군을 함지깅참코져 호니 엇지 통
한치 아니리오 유시 비록 부녀의 힝실이 업스나 스독이요 악부모의 편호실 도리를
싱각호여 나죵 편방흔 주리를 쥬어

10면

영화롭게 ᄒ려더니 요인이 분명이 햐슈ᄒ여 되를 셰군긔 씌여 큰 즉 딕슬이요 젹은 즉 뎡비라 요인들이 빅 가지로 모계ᄒ나 부인이 슈복을 하날의 타 낫시니 몸이 반셕 ᄀ흐려니와 참통ᄒ 바는 ᄉ지 불가부싱이라 죽은 목시 다시 ᄉ지 못ᄒ리니 가흠이오 부인의 몸이 장ᄉ지탄을 품고 다시 딕홰 당젼ᄒ리라 여ᄎᄌ지경을 당ᄒ나 천금즁신을 슈화의 더지지 마라 낭가의 불효와 복의 쇼탁을 더바리지 마르쇼셔 ᄎ시 쇼졔 쑴을 씬미 젹이 마음을

11면

진졍ᄒ여 몽ᄉ를 싱각ᄒ니 불구의 딕화를 맛나 존구와 존당이 환가 젼 이 부즁을 쩌날 거시요 야야를 봉비치 못홀 거시오 이러틋 슬허ᄒ더니 ᄉ인의 말 만흐미 금일 쳐음이라 지긔를 감격ᄒ여 ᄒ나 너모 셰쇄ᄒ믈 고이히 넉여 묵묵부답ᄒ고 오경 북이 동ᄒ니 부뷔 니러 각방의 신셩ᄒ고 모비의 침쇼의 니르니 이ᄶ 군계 힝보를 샬니 ᄒ여 홍미각의 니르니 이ᄶ 옥션이 목시를 흔 번 지르고 농약ᄒ여 칼의 피를 씨셔 갑흘의 쇼ᄌ 가지고 급히

12면

침당의 도라와 츈교로 더브러 셔로 치하ᄒ고 날이 시거든 목싱을 보와 거즛 목부인 졍쇄라 ᄒ고 고장ᄒ려 의논홀시 괴 왈 졍관을 듯보와 천금으로 회뢰ᄒ여야 일이 더 튼튼ᄒ리이다 옥션 왈 천금은 닉 당ᄒ리니 밧비 셔둘나 말이 맛지 못ᄒ여 군계 봉미를 거스리오고 홍상을 썰치며 ᄌ라슴을 씌어러 ᄂ오며 쵹하의 노힌 보검을 거두쳐 잡고 녀셩딕미 왈 츠하인시오 ᄋ녀지 칼노 ᄉ름을 죽이고 ᄂ죵 목시를 죽일와 셔로 치하ᄒ거니와 낭닉의

13면

삼틱칠셩이 버럿고 틱공이 묵묵ᄒ시나 슬피미 쇼쇼ᄒ시고 신명이 지방ᄒ시니 너희 비줘 젹국을 쇼졔ᄒ랴면 무슴 노르슬 못ᄒ여 굿ᄒ여 인명 쳐슬을 풀ᄂᆺ굿치 ᄒ고 무단흔 목부인을 죽여 현인을 모함코ᄌ ᄒ니 요인들은 임의로 ᄒ라 슌쳔ᄌ는 창ᄒ고 역쳔ᄌ는 망이라 이 칼을 둘진딕 다시 지돈을 범홀 거시니 닉 비록 ᄋ녀지나 이 칼

하나흔 썩글만 ᄒᆞ다 ᄒᆞ고 가ᄇᆡ야이 줍ᄋᆞ 냑각의 버혀 한 됴각을 가지고 쥬비긔 와 ᄒᆞ고 왈 목시의 참혹

14면

흄과 옥션 노쥬의 ᄉᆞ어ᄅᆞᆯ 고ᄒᆞ고 니로ᄃᆡ 이 군쥐 녀이 미골 ᄀᆞᆺᄒᆞ니 분명 됴왕지녜 아니면 호영ᄋᆞ 셩고고의 무린가 그 ᄒᆞᄂᆞᆫ 거동과 ᄉᆞᄅᆞᆷ 쥭이ᄂᆞᆫ 슈단이 고이ᄒᆞ니 쳡의 쇼견은 명일 목가의 졍쇼 젼 옥탑의 이 ᄉᆞ연을 쥬달ᄒᆞ고 이 간도ᄅᆞᆯ 밧치고 나라 쳐분을 보고ᄌᆞ ᄒᆞ나이다 쥬비 답탄 왈 그 하나흘 알고 그 둘을 씨치지 못ᄒᆞᄂᆞ냐 ᄎᆞ왹 오ᄋᆞᄅᆞᆯ 바라고 잇ᄉᆞ면 이리ᄒᆞ여 보려니와 요인이 도라갈 ᄃᆡ 잇ᄉᆞ리니 시이불견ᄒᆞ고 이 부즁을 슈이 쎠ᄂᆞ야 후환이 업ᄉᆞ리니

15면

ᄋᆞ부의 ᄒᆞᆫ 번 ᄃᆡ익은 면치 못ᄒᆞ리니 쳔의ᄅᆞᆯ 슌ᄒᆞ리라 군계 쥬비의 미릭ᄉᆞᄅᆞᆯ 손금보듯 ᄒᆞᆷ을 아ᄂᆞᆫ지라 복복칭ᄉᆞᄒᆞ고 퇴ᄒᆞ니라 쥬비 가즁화란을 근심ᄒᆞᄆᆡ 동야불믹ᄒᆞ니 지흥이 목시의 비명횡ᄉᆞᄅᆞᆯ ᄎᆞ악ᄒᆞ고 모비ᄅᆞᆯ 위완ᄒᆞ더니 ᄉᆞ인 부뷔 신셩ᄒᆞᄆᆡ ᄉᆞ인이 모비의 금침이 펴인 치 이시믈 놀나 지흥을 도라보아 연고ᄅᆞᆯ 무르니 공지 즘미ᄅᆞᆯ 슈집ᄒᆞ여 흉믹각 흉ᄉᆞ로 하심당 상시 눗시믈 알외니 ᄉᆞ인이 막불참연ᄎᆞ악ᄒᆞ여 양구

16면

토록 말을 못ᄒᆞ더니 모비긔 쥬왈 인명이 지즁ᄒᆞᆫ지라 날이 싁거든 한 번 곡읍흘쇼이다 쥬비 ᄋᆞ즈의 인의로온 셩심을 가지ᄒᆞ여 탄왈 졔 너ᄅᆞᆯ 바라고 오가의 구ᄎᆞ이 니르러 굿ᄒᆞ여 희로온 일이 업ᄉᆞ니 됸당과 닉 무휼ᄒᆞ니 우틱ᄒᆞᆫ 거슬 다 바려 인도의 드러 슌박ᄒᆞᆫ 거슬 즈레 요인의 독슈의 명을 맛츠니 엇지 참연치 아니리오 ᄒᆞᆫ 번 곡별이 업지 못ᄒᆞ리라 ᄉᆞ인이 크게 불힝ᄒᆞ여 광미슈집ᄒᆞ니 부인이 그 유츙ᄒᆞᆫ 나희 고경을 당ᄒᆞᆫ 쥴 어엿비

17면

넉여 셜쇼져ᄅᆞᆯ 도라보니 쇼졔 목시의 흉ᄉᆞᄒᆞᆷ을 드르니 경춤비도ᄒᆞᄆᆡ 동긔ᄅᆞᆯ 상ᄒᆞᆫ 듯 본부 틱부인의 거동이 보ᄂᆞᆫ 듯 쌍안의 진쥐 구으니 쥬비 쇼져 ᄌᆞ익ᄒᆞᄆᆡ 양녀의 지난

지라 옥슈를 잡고 심수를 상히오지 말나 흐니 쇼제 돈젼이믈 씌드라 기용수죄흐니
쥬비 어엿비 넉여 지슘 위로흐더니 날이 식미 췌젼의 문안흐고 경복누의 신셩흐고
느즉이 군쥬의 악수와 목시의 죽으믈 고흐며 군계의 드른 바룰 주시 알외고 셜시의
화익이 당젼홀

18면

바룰 알외고 돈당과 돈괴 궁으로 올무실 바룰 고흐여 말숨이 느즉흐고 목시 비록 우
픠흐나 도금흐여는 슌박흐든 바로 비명참수흐믈 참연흐고 군계의 드른 바룰 알외니
군부인이 츠악경히 왈 츠요는 주고의 업순 딕악 음뷔로다 연이나 목시 인싱이 츰연
흔지라 이 당즁의 돈괴 계시지 못흐리니 슉슉긔 고흐고 평명의 궁으로 합긔 올무리
라 흐고 쇼부로 흐여곰 션싱긔 고흐라 흐니 쇼뷔 오운젼의 느아가 이 쇼유룰 고흐니
션싱이

19면

막불경히 왈 츠외 입문 쵸일의 가란과 셜쇼부의 화익은 짐즉흔 비라 목시 인명이 지
즁흐되 비명흉수흐미 츠악흐고 형장과 네 두 형이 다 흐가흐고 가즁이 공허흔되 셜
쇼부의 화익이 불힝토다 틱틱 이 가즁의 계시지 못흐리니 밧비 효문궁을 슈리흐고
평명의 합시 올무리라 쇼뷔 슈명흐고 션싱을 뫼셔 췌젼의 신셩흐니 녀부인이 느즉이
고왈 돈괴 효문궁으로 올무실 바룰 알외느이다 틱부인이 녀부인의 집

20면

옴주 흐믈 의아흐여 닐오딕 너희 돌연이 엇지 날을 효문궁으로 올무라 흐느뇨 션싱
이 딕왈 맛츰 일긔 쳥화흐고 집을 유린이 긔묘히 쑤며시니 드러보실가 흐미로쇼이다
틱부인이 심하의 의괴흐나 노인의 셩경이 이러틋 올무며 구경흐기를 무던흐여 허락
흐니 션싱이 쇼부와 수인으로 흐여곰 옥교룰 노흐라 흐고 몬져 효문궁으로 가 틱평
젼을 겸하룰 식이고 봉눈당으로 몬뎌 드리시게 흐고 틱화젼은 녀부인이 들고 광명젼
은 위

21면

부인 침쇼를 졍ᄒ고 의락각은 쇼파의 침쇼를 ᄒ여 일시의 틱부인을 뫼셔 협문으로 옴고 오공즈 ᄋ쇼져 등은 각각 유뫼 업스며 안하 옥교 압흐로 느러셔니 이 쏘흔 보암 죽흔 장관이라 틱부인이 옥교의 놉히 안즈 슈다 숀 등이 어딕로셔 난고 ᄒ여 희긔 화미를 둘너 힝ᄒ시니 제 부인니 일시의 봉당으로 뫼시니 셜쇼졔 밧드러 뫼오니 그 너른 눈당이 둡더라 틱부인이 올무시민 쥬비 셜쇼져로 더브러 상부의 도라오니 일시

22면

의 목시 상스를 발ᄒ여 스인이 빅의로 하심당의 가 곡빅ᄒ민 두 쥴 눈물이 흐르니 츠는 인의군지 그 죽으미 명이 아니오 요인의 독슈의 비명참스ᄒ믈 슬퍼 넉이미라 우름을 긋치고 목셜 냥부의 춤부를 뎐ᄒ니 목부인이 지형의 다릭를 미미이 거졀ᄒ엿시나 옥션으로 동심ᄒ여 지란을 됴만의 히홀가 쵸됴ᄒ더니 이 참부를 드르미 일장을 구울녀 통곡 왈 고이코 마스온 ᄋ희 공연이 됴군쥬의 말을 듯고 불상코 가련흔 누

23면

의를 죽이도다 제 부모 업슨 거시 닉게 길니여 졔라 셔도라 쵸왕 ᄀ흔 활불과 창흥 ᄀ흔 딕현군즈를 맛나 됴히 일싱이 편ᄒ거늘 공연이 됴군쥬의 칼 ᄋ릭 죽이도다 제 부모 업슨 누의라 ᄒ고 한 닐 반 닐이나 돌보와 쥬어시니 남을 위ᄒ여 가련흔 인싱을 죽여 귀신뉴의도 드지 못ᄒ게 ᄒᄂᆫ다 ᄒ고 우릭ᄀ치 지르고 우니 시랑과 흑시 모부인 당즁의 잇더니 이 쇼릭를 듯고 불승딕경ᄒ여 모친을 뫼셔 졍당의 니르니 목틱부인이

24면

지란의 비명횡스ᄒ믈 니르며 굴오딕 닉 쳐음 싱각을 그릇ᄒ여 녀부의 효의를 모로고 부즈ᄒ미 만터니 닉 마음이 목셕이 아니라 긔과흔 후ᄂᆫ 악심이 업고 녀뷔 츌졍 후ᄂᆫ 너희 더옥 지셩으로 셤기니 닉 조곰도 짠 마음이 업셔 싱스를 너희게 더지고 병든 동싱을 가틱을 일워 싱계를 니우며 부모 스시 향화를 밧들게 ᄒ니 너희 부즈의 딕은을 심곡의 숙이며 지란이 어림 업슨 거됴로 임문의 드러가니 임문은 덕문이라 족가

25면

룰 아니코 제 일싱이 편타 ᄒ니 이 ᄯ 쇼녀의 덕으로 알거ᄂ 뫼일의 지형이 와셔 여
ᄎ여ᄎᄒ거ᄂ 늬 하 금측ᄒ고 즛긋즈긋ᄒ여 ᄭ지졋더니 굿ᄒ여 동심모의ᄒ여 ᄎᄋ
ᄅ 죽여 셩념의게로 죄ᄅ 밀위려 ᄒ니 이런 닐이 어듸 잇ᄉ리오 죽은 지란은 홀 일
업거니와 셩염이 아니 익구즐가 ᄒ며 통곡ᄒ니 상부인은 목부인 말을 드르믹 ᄎ악상
심ᄒ여 녀ᄋ의 급홰 당젼ᄒᄆ 놀ᄂ나 부인을 붓드러 위안ᄒ며 무익지비ᄅ 마르쇼셔
ᄒ나 혜도

26면

아 말이 아니ᄂ고 시랑을 불힝ᄒ며 믜져의게 화ᄅ ᄭ치려 요인이 됴군쥬로 꾀ᄅ 합
ᄒ여 인명쳐슬을 풀ᄂᄉ 굿치 ᄒᄆ 통한ᄒ여 혹시 믄득 묘모긔 고왈 조모 말ᄉᆷ 굿ᄉ오
면 지형이 지란을 죽여 죄ᄅ 쇼미의게 밀워 듸슬홀 계교로 왕모ᄅ 다릐다가 왕꾀 거
졀ᄒ시니 앙심을 품고 이 흉ᄉᄅ 비져시니 이후란 지형 요인을 가늬의 용납지 마르
쇼셔 믜졔ᄅ 슬인으로 늣토려 ᄒ오나 하늘이 명명ᄒ시니 익미흔 누의 듸슬은

27면

되지 아냐 졍비ᄂ 면치 못ᄒ나 이 ᄯ 쳔의니 현마 엇지 ᄒ리오 하늘 한 가흘 직회나
간듸로 죽지 아녀 타일 은ᄉᄅ 닙ᄂ 날은 지형이 신츌귀몰노 작화ᄒ든 악시 발각ᄒ
여 목시ᄅ 멸홀 거시니 왕모ᄅ 차 흉인이 제 쵸ᄉ의 몬져 올닐지라 ᄎ시의 ᄎ요ᄅ 용
납지 아니시면 제 왕모ᄅ 거드나 두려올 비 업ᄂ이다 목부인이 젼일 병든 마음 굿흘
진듸 지형의 모계ᄅ 젼일은 다 드러시나 도금ᄒ여ᄂ 혹ᄉ의 능흔 말이 지형의 속을

28면

거울 빗최듯 니르믈 드르니 냥목이 둥그러ᄒ여 왈 과연ᄒ다 이 ᄌ식이 기부 이실 젹
부터 아비ᄅ 두리지 아니코 꾀 업다 ᄂ모라고 져ᄂ 냥평 졔갈의 슬긔ᄅ 가졋노라 ᄒ
면 기뷔 꾀양 ᄭ짓고 망가홀 ᄌ식이오 지란은 흉상이나 줄 졔도ᄒ면 지형의셔 늣다
ᄒ더니 쇽졀업시 검단경혼이 되겟다 지형이 낙안줘 가니 ᄉ마벼슬을 식이더라 ᄒ며
됴궁의 두탁ᄒ여 옥션의 시비 츈교로 졍을 꾀ᄌ 빅ᄉᄅ 츈교로 동심ᄒ여 군쥬긔 상
통ᄒ며

29면

공즁의 ᄂᆞ라 단니ᄂᆞ 요승을 어더 지란을 숨켜가며 단약을 먹어 셩염의 얼골이 되여 지란을 죽엿ᄂᆞᆫ지라 닉 흉심을 곳쳐거ᄂᆞᆯ 제 옥스의 들니요 이후 지형이 오거든 너희 됴당ᄒᆞ고 날을 보게 말나 ᄒᆞ니 ᄒᆞᆫ 스롬의 어진 교홰 만믹 지방의도 힝ᄒᆞᆫ다 ᄒᆞ미 올치 아니리오 쵸의 지란이 임문의 도라간 후 엇지 스ᄂᆞᆫ고 잇지 못ᄒᆞ더니 지란이 돔 문즈나 알미 제 일신의 편ᄒᆞᆫ 것과 쵸왕으로부터 여러 됸당이 후딕ᄒᆞ시며 의식이 둑ᄒᆞ여 잇다감 진슈

30면

를 어더 졍으로 보닉니 목부인이 임문 셩덕을 각골ᄒᆞ여 믄득 이 즁의 회과ᄌᆞ칙이 된지라 흑스 형뎨 조모의 회과ᄒᆞ시미 쾌ᄒᆞ시믈 불승힝희ᄒᆞ여 됴용이 뫼셔 비회를 위로ᄒᆞ더니 믄득 지형이 통치 아니ᄒᆞ고 부인 당즁으로 쎼쳐 드러오니 제 시이 놀나 쇼릭 질너 왈 목상공이 틱부인긔 뵈오려 드러오시니 알외ᄂᆞ이다 흑시 딕로ᄒᆞ여 잠미 것구로 셔고 봉안이 진녈ᄒᆞ여 스믹를 쩔쳐 실 밧긔 ᄂᆞ셔며 왈 목흉은 하등지인이완

31면

딕 쳔승지가의 닉당 츌입을 통치 아니코 ᄒᆞᄂᆞ뇨 츠ᄂᆞᆫ 무류지인이라 우리 틱됴 고황뎨 창업 슈통ᄒᆞ스 만셰의 비린 틧글을 쓰러 바리시고 녜의 슘엄ᄒᆞ스 남녀유별과 부ᄌᆞ유친 군신유의 부부유별 붕우유신 장유유셔를 붉히스 오륜이 두렷ᄒᆞ고 삼강이 말이 되엿거ᄂᆞᆯ 이 고이ᄒᆞᆫ 거시 오랑키 풍속으로 싱심이나 우리 왕모 셩덕을 상히와 감히 슘촌 셜을 놀녀 타일 딕됵를 얼거 쵸스의 너허 왕모를 모함코즈 ᄒᆞᄂᆞ냐 우리 일미를 너희

32면

쇠딕로 궤상육을 숨을지연졍 딕역지됵를 왕모긔 침노치 못ᄒᆞ게 ᄒᆞ리니 썰니 도라가고 부녀의 다시 발그림즈도 말나 인ᄒᆞ여 졔노로 미러 닉치라 ᄒᆞ니 목회 여셩 왈 녀믹ᄂᆞ의 일미를 질너 죽여시니 조모긔 알외고 졍쇼ᄒᆞ려 ᄒᆞ더니 네 도로혀 날을 구축ᄒᆞᄂᆞᆫ다 ᄒᆞ고 ᄂᆞᄋᆞ드니 학시 딕로ᄒᆞ여 난간을 박츠며 딕미 왈 츠시 엇더ᄒᆞᆫ 말이라 네 딕쳔입지ᄒᆞ여 져런 말이 ᄂᆞᄂᆞᆫ냐 네 춘마 남의 쳥을 밧고 일미를 남의 손을 비러 죽여

33면

죄룰 남의게 씌오ᄌ 말을 왕모긔 알외고 도라가 져런 못홀 악ᄉ룰 ᄒ니 시가인야면
슉불가인야리오 우리 발셔 ᄒ 누의룰 임부의 맛져 ᄉ싱호불과 희로이락을 그 집의
부쳐시니 네 됴궁 비부로쇼니 아미 임의 됴군쥬의 궤상육이니 슬인을 ᄒ나 ᄃ슬을
ᄒ나 임의로 ᄒ고 맑은 부즁을 더러이지 말나 언파의 모라 ᄂ치니 지형이 쳐음은 낭
슈룰 쏩ᄂ며 목부인을 ᄌ세ᄒ고 일을 크게 몬져 빗고 쾌히 덩쇼ᄒ려 ᄒ더니 셜흑시
노긔ᄃ

34면

발ᄒ여 밍회 공산을 뒤치미 빅숴 진공ᄒᄂ 듯 이 젼 목부인과 모의ᄒ던 닐을 져쥬지
아냐셔 ᄂᄂ치 니르ᄂ지라 홀 일 업고 다시 목부인을 보와 의논치 못홀 쥴 알고 짐즛
쏘치여 도라와 한독을 니기지 못ᄒ여 은 쥬고 맛쵸왓던 녀인을 ᄎᄌ 보고 뎡히 츈교
룰 기다리더니 픠 니르러 목시룰 죽여시니 상공은 ᄂ라히 츄포ᄒ시ᄂ 명이 계시니
말고 ᄇ로 목부인 졍쇼로 ᄒ라 ᄒ니 목외 왈 말 말나 일구난셜이니 우리 일을 잘못ᄒ

35면

여 부졀업시 지란을 니고로 슘켜 됴궁의다 가도와 제 스스로 셔도라 임문의 가 의식
이 풍둑ᄒ고 인의혜퇵을 목욕감ᄋ 악심이 업고 됴모도 임문을 감덕ᄒ여 ᄒ니 조곰도
우리 젼ᄉ룰 붓드지 아니코 도로혀 포셜ᄒ니 이런 일이 어ᄃ 잇ᄉ리오 앗가 다시 의
논ᄒ려 가니 됴뫼 발셔 누의 참부룰 듯고 통곡ᄒ시ᄂ 양ᄒ여 셜희량이 조모 당즁으
로셔 나오며 여ᄎ여ᄎ 꾸짓고 모라 ᄂ치니 시방 쫏치여 와 속이 쒸ᄂ 듯ᄒ여라 ᄒ며
졍쇼홀

36면

바룰 겨오 일워 쓰거늘 픠 놀나 왈 목시룰 죽이믄 젼쥬 목부인을 미덧더니 이룰 엇지
리오 목외 왈 다른 계픠 업스니 츠녀로 조모 비지라 ᄒ고 졍쇼홀 밧 업다 ᄒ니 픠 그리
ᄒ라 ᄒ고 졍쇼룰 품의 품겨 말을 ᄂᄂ치 가르치니 기녜 슌슌응낙ᄒ거늘 형부로 보ᄂ
고 급히 상부로 도라오니 발셔 목시룰 습념ᄒ고 모다 통곡ᄒ니 쇼빅 션싱긔 품왈 ᄎ
시 그만ᄒ지 아닐 거시오니 션발졔인으로 ᄎᄉ룰 상표ᄒ리로쇼이다 션싱이 올히

37면

녀겨 지필을 펴고 두어 줄 상표를 일위니 다만 산야 폐인이 가형이 호가ᄒᆞ고 집이 공허ᄒᆞᆫ 쎠 슌ᄋᆞ 창흥을 쳐실 쥼 괴시 이상ᄒᆞ와 거년의 격고ᄒᆞ고 조춧던 목시 녀즈를 됴히 가ᄂᆡ의 두엇ᄉᆞᆸ더니 야간의 여ᄎᆞ여ᄎᆞᄒᆞᆫ 녀즈긱이 간간이 단약을 먹어 셜시 얼골이 되여 이 흉ᄉᆞ를 ᄒᆞ다가 졍인을 맛ᄂᆞ오면 도로 본형이 되옵더니 금일 셜녀의 모양으로 목녀를 죽여ᄉᆞ오니 즁슴의 살인 굿ᄉᆞ오니 셩듸치화의 니런 희괴지ᄉᆞ를 무더

38면

두지 못ᄒᆞ여 상달ᄒᆞ오니 후일 졍쇼를 ᄒᆞ오나 이 불과 간인이 요인을 통노ᄒᆞ여 현인을 함지깅참ᄒᆞ오리니 쥬달ᄒᆞᄂᆡ이다 ᄒᆞ여 쇼부를 쥬니 쇼뷔 즉시 즁셔싱의 밧치니라 어시의 목쇠 기녀로 뎡쇼를 품의 품거 은냥을 만히 쥬어 비리를 맞져 슬인졍쇠니 밧비 졍ᄒᆞ라 ᄒᆞ고 급히 뎡관을 듯보와 회뢰ᄒᆞ려 ᄒᆞ나 알 니 업ᄉᆞ니 두루 방황ᄒᆞ더라 ᄎᆞ시 형부상셔 경현이 좌긔를 일워 모든 옥ᄉᆞ를 쳐결ᄒᆞ더니 홀연 틱즈

39면

틱ᄉᆞ 셜연창의 의모 목부인 둉슌녀 목시 임창흥의 칙실이러니 창흥의 원비 셜시 투긔로 일야간 질녀 죽이니 목시의 둉도모ᄂᆞᆫ 원망을 ᄒᆞᄂᆞ니 살인즈ᄂᆞᆫ 약법의 잇ᄂᆞ니 셜녀로 목시의 딕슬을 ᄒᆞ여지라 ᄒᆞ니 경상셰 뎡쇼를 보고 희연 낭구의 문왈 이 슬인이 징참이 잇ᄂᆞ냐 기녜 딕왈 즁춤은 임부의 잇ᄉᆞ올지라 의신은 다만 부인의 졍쇼를 알외ᄂᆞ이다 경상셰 졈두ᄒᆞ고 기녀를 엄슈ᄒᆞ고 ᄎᆞᄉᆞ를 스스로 결치 못ᄒᆞ여

40면

목부인 뎡쇼를 거두어 계달ᄒᆞ온ᄃᆡ 틱지 먼져 틱쳥션싱의 쇼를 공경ᄒᆞ여 보시고 답ᄒᆞᄉᆞ 왈 션싱의 가간의 살인지시 한심ᄒᆞ고 간인이 은복ᄒᆞ여 인명쳐슬을 임의로 ᄒᆞ니 이 도시 과인의 교홰 붉지 못ᄒᆞ미라 참안토다 미구의 별단 거됴 잇ᄉᆞ리니 그쎠 쳐치 잇실지라 션싱은 쇼려ᄒᆞ라 ᄒᆞ시더니 경상셔의 쥬언을 드르시고 비답 왈 목녀의 요ᄉᆞᄒᆞ미 비록 원통ᄒᆞ나 셜연창의 모부인 졍쇠 고이ᄒᆞ니 목녀의 친긔 잇실 거시니 이를

잡히면 알기 쉬올 거시니 목가 가인을 줍히고 셜녀의 좌우를 줍혀 진가를 희셕ᄒ여 품ᄒ라 ᄒ시니 경상세 퇴궐ᄒ여 좌긔홀시 쩌의 스인이 부즁의 흉변이 작츌ᄒ믈 통한ᄒ여 칭병불츌이러니 형부로셔 셜쇼져 좌우와 목시 시비를 줍힌다 ᄒ니 스인이 심즁의 뒤로ᄒ나 시러곰 홀 일 업셔 모비긔 고ᄒ고 쇼져 시ᄋ 계잉과 쌍셤 운홍을 명ᄒ고 스셰를 보와 쳐변홀 바를 분부ᄒ니 습인이 쇼져긔 하직 왈 빅일지하의 우리

쇼져를 슬인뙤로 얽는 요인을 두고 쇼비 등은 형부로 느문ᄒ믄 별 계괴 잇스미니 쇼비 등이 비록 긔즈츄를 ᄯ로지 못ᄒ나 우리 쥬모를 빅옥ᄀᆺ치 신빅ᄒ오리니 쇼져는 쳔금 즁신의 심우를 늣토지 마르쇼셔 ᄒ고 늬다르니 쇼졔 츳스를 보니 어히업셔 틱연이 이로딕 이 가온딕 큰 모계 잇셔 황금뇌유로 녀등 습인을 즛칠 거시니 여등은 쳐변을 잘ᄒ여 형육을 면ᄒ라 습녜 슈명ᄒ고 나가니 츈괴 스긔를 알고 급히 도라와 두루 납

뇌홀 거슬 늬라 ᄒ니 옥션이 황금 일 졍과 빅은 십 근을 츈교를 쥬어 목싱으로 동심ᄒ여 부딕 셜시를 쥭이지 아니면 원지졍빈ᄒ리니 길히 오른 후 협긱으로 탈취ᄒ여 낙안쥐로 보늬고 잘 응변ᄒ라 ᄒ니 형부시랑 남옥은 견일 어스틱위라 진왕의 ᄌ녀를 숨켜다가 맛졋더니 쳔지 친졍ᄒ신 후 남어스를 옴겨 형부 좌시랑을 ᄒ엿는지라 츈괴 금을 품고 남시랑 부즁으로 가니 남시랑의 계비 곽시는 됴왕의 총부 화빙의 이

뫼라 괴 이젼 면분이 잇는 고로 궁극히 츳ᄌ 보니 곽시 아라 보고 온 연고를 무르니 괴 젼후스를 희비히 늬르고 황금 일 졍을 쥬고 옥숑을 되와 달나 ᄒ니 이 곽시는 용뫼 빅승셜이요 지뙤 요스ᄒ고 투악이 녀후 ᄀᆺ더라 밀밀이 상의ᄒ더라 임부의셔 계잉 등과 목시의 냥 시ᄋ를 형부로 보늬고 쥬비 식부를 도라보아 탄왈 오부의 화란이 아모지경의 갈 쥴 모로니 늬 효장옥쥬로 입궐ᄒ여 식부의 화를 늣츄고ᄌ ᄒ나 늬 본딕 황은

45면

을 외람이 입스오니 이 굿ᄒ여 쓴더온 닐이 아니오 셰상이 효문공쥐라 말을 드르면 몬져 늣치 달호이니 궐즁 츌입을 아니려 ᄒ기로 니룰 못ᄒ나 쳔되 슬피시리니 현뷔 현마 방신을 맛치랴 일명을 진이면 부뷔 지합ᄒ고 고식이 흔 당의 모힐 날이 이시리라 ᄒ고 타루ᄒ니 좌위 감읍ᄒ고 쇼졔 불효룰 ᄌ탄ᄒ여 안셔히 딕왈 불효흔 ᄋᆞ히 돈문으로 입승흔 후로 금일가지 돈당 구고긔 니우ᄒ오니 되 만스유경이로쇼이다

46면

금츠 광경을 맛ᄂᆞ오나 이 쏘 ᄋᆞ히 하날긔 죄룰 어더 팀심이 밧ᄌ오미라 스룸을 탓ᄒ지 못ᄒ오리니 셩인도 오는 익을 면치 못ᄒ옵ᄂᆞ니 쵸로잔명을 앗기오믄 금쉬라도 목슘을 슬고ᄌ ᄒ오니 슬 터이 잇스오면 궁극히 도모ᄒ여 스라나 구고 돈당 슬하의 다시 졀ᄒ오리니 복원 돈고는 셩념을 물우ᄒᄉ ᄋᆞ히 되룰 더으지 마르쇼셔 비 더옥 이련ᄒ여 기리 탄식ᄒ더라 경상셰 형위룰 비셜ᄒ고 계잉 등 슘인과 목시 낭 시ᄋᆞ룰 올

47면

녀 무르되 네 쥬인을 셜시 칼노 지르다 ᄒ니 여등이 알니니 형벌을 밧지 말고 알외라 낭녜 울고 고왈 쇼뫼의 쥬뫼 잠을 깁히 들믹 쇼비 등이 촉을 장외로 닉고 밋쳐 좀 드지 못ᄒ여셔 흔 녀ᄌ 비슈룰 씌고 돌입ᄒ여 쥬모룰 칼노 지르니 쥬뫼 경각의 명이 ᄎ츠니 쇼비 등이 하 무셥고 씀즉ᄒ여 밋쳐 슈미룰 도라보지 못ᄒ여 썰며 덩당의 알외엿습지 그 밧근 알윌 비 업ᄂᆞ이다 ᄒ니 말이 분명ᄒ여 쑤미미 업스니 우문 왈 목시룰 지른 녀

48면

지 분명 스인의 원군 셜시냐 낭 시이 딕왈 쇼비 등은 힝각 비ᄌ로 목시고 스급ᄒ엿시니 셜부인 얼골도 구경치 못ᄒ고 쥬뫼 스인의 비쳡이라 그 시비 감히 원군 침당 ᄀᆞ가이 가지 못ᄒ고 셜부인이 쥬야 틱부인 침젼 협실의 계시기 쇼비 등이 그 의형미목이 엇더ᄒ신지 모로되 젼월의 흔 녀ᄌ 셜쇼져로라 ᄒ고 쳘편으로 쥬모룰 난타ᄒ니 쥬뫼 갓치 시고 그 머리룰 반을 무쥬리니 덩당이 아르시고 군계 부인을 보닉여 진가룰 힉셕ᄒ라 ᄒ

49면

라 ᄒᆞ시니 군계 부인이 니르러 쥬모를 구호ᄒᆞ고 그 부인을 ᄭᅴ어가니 도로 다른 얼골
이 되여가니 그리 보앗더니 그 녀지 이번도 셜부인 얼골이 되여 칼을 들고 와 쥬모를
지르니 그 밧근 아지 못ᄒᆞ나이다 경상세 냥녀의 쵸ᄉᆞ를 거두고 계잉 등을 올녀 안식
을 엄히 ᄒᆞ고 졍셩 문왈 셩듸지치의 너희 부인이 투긔로 칼을 ᄭᅵ고 단니며 뎍국 시살
ᄒᆞ믈 녜ᄉᆞ로 알거니와 인명이 엇지 지즁ᄒᆞ뇨 죄범당츰이라 일호도 은익지 말고 직고
ᄒᆞ라

50면

삼인이 아미를 거스리고 앙연 듸왈 쇼비 슘인은 어려셔 쥬모 장듸하의 문방슈리를
가음 알고 우리 쥬뫼 ᄉᆞ오 셰붓터 녜즁ᄒᆞᆫ 거름이 계견을 임치 아니시니 안젼 신임ᄒᆞ
ᄂᆞᆫ 무리 그 얼골을 보나 그 쇼리를 듯지 못ᄒᆞ엿습거늘 십일 쵸츈의 임문의 입승ᄒᆞᄉᆞ
됸당이 유츙타 ᄒᆞᄉᆞ 퇴부인 협실의 지금가지 계ᄉᆞ 구문 ᄉᆞ롬의 얼골도 치 모로시거
든 어느 틈의 젼국 젹 협긱 노르슬 ᄒᆞᄉᆞ 칼을 ᄡᅳ며 쇠치질을 익여시며 십ᄉᆞᆷ 셰 유년
의

51면

셤셤ᄒᆞ신 긔질이 불면 날니일 듯 쥐면 ᄭᅥ질 듯ᄒᆞ거늘 칼을 늘녀 ᄉᆞ롬을 지르리오 더
옥 됴군쥬를 ᄒᆞᆫ 번 녜 바든 후 다시 얼골도 보신 닐이 업고 더옥 목시ᄂᆞᆫ 쵸왕 젼히 탑
젼의 쥬달ᄒᆞ시고 다려오시니 쇼져ᄂᆞᆫ 그 온 바도 모로시고 다만 ᄋᆞ리 됸당만 밧들 ᄯᆞ
름이니 뎍국이 엇더ᄒᆞ고 투긔가 무어신동 모로시거든 엇지 목시를 지르리오 냥녀의
구급ᄒᆞ무로 뎡당 효문옥쥐 셔궁 군계 부인을 명ᄒᆞ여 보라 ᄒᆞ시니 군계 부인이 효용
이 녀즁영걸이

52면

라 ᄉᆞᆯ니 목시 침당의 가니 요인이 발셔 힝ᄉᆞᄒᆞ고 곳ᄂᆞᆫ지라 목시의 시슈를 간검ᄒᆞ여
시상의 편이ᄒᆞᆫ 후 쵸혼가지 ᄒᆞ이고 급히 홍미각으로 가니 이 당은 됴군쥬 옥션의 침
쇠라 바로 돌입ᄒᆞ니 옥션 노쥐 여ᄎᆞ여ᄎᆞᄒᆞ며 봉검의 피를 씻다가 군계 부인이 여ᄎᆞ
여ᄎᆞ 니르고 비슈를 둘히 닉여 한 됴각을 가져와 타일 변졍홀 ᄶᆡ 잇스리라 ᄒᆞ시더니

비즈 등이 올 적이 반도를 쥬시며 형부 노야긔 칼을 밧치고 군쥬 침당의 반도를 츳즈빙

53면

쥰흐시면 너의 쥬인의 빅옥무하를 아르시리라 흐시더이다 흐고 피 무든 반도를 쓸 우희 놋코 널널흔 츙심이 돌돌흐여 졍확과 부월이 당젼흐나 두릴 빅 업스니 경상셔 쵸스를 거두고 쏘 졍쇼흔 녀인을 올녀 문왈 너의 부인이 둉숀녀를 위흐여 진숀녀를 고장흐니 일이 히이흐나 이왕 졍쇼를 흐면 증참이 뉘완디 셜쇼계 목시를 죽인 쥴 즈시 아는냐 증인을 업시 옥숑이 못될 거시니 즈시 알외라 츳인이 비록 약간 은을 밧고 말됴어를 드럿

54면

신들 엇지 엄지하의 디답을 잘 흐리오 양안을 두렷두렷흐며 디왈 부인이 졍쇼만 쥬시고 증참은 아니 쥬시니 졍쇼만 밧칠 분이지 엇지 두셔를 알니오 흐며 말을 아모리 다힐 쥴 모로니 경상셰 히연흐여 물목을 거두어 졔녀를 하옥흐고 입궐흐니 틱지 파됴치 아냐 계시더니 경상셰 여러 쵸스를 알왼디 틱지 이윽이 보시다가 왈 죄인 등의 쵸스를 볼죽시면 목시 죽인 즈는 옥션이로디 졍쇼도 셜시라 흐니 옥션은 황애 숀녀오 셜시는 황야

55면

숀뷔라 이 옥스를 형뷔 독당흐여 결단이 어렵고 년이나 옥션의 당즁의 가 피 무든 반도를 가져 왓고 쏘 처음 쳘편으로 목녀를 치던 녀지 쏘 목시를 지르다 흐니 이쎄 황애 친졍흐시고 임왕이 호가흐고 상국과 셜틱시 다 호가흔 쎄의 옥시 니러낫스니 과인이 결단치 못홀 빅 여러 가지라 과인의 쯧은 옥스를 늣츄어 황야의 환궁흐신 후 됴왕과 틱스며 다 모든 후 쳐결흐미 됴타 흐시니 경상셰 셩의 맛당흐시믈 미쳐 쥬치 못흐여 어스틱우 남궁쳔이 쇼

56면

를 올니니 틱지 바다 학스 니필노 닑히시니 기쇼의 왈

복이 신이 외람이 언논의 모첨ᄒ여 풍교를 고로며 녜의를 밝히미 신의 쇼임이오니
알외ᄂ이다 즁셔ᄉ인 임창흥 쳐 셜시 창흥이 ᄉ화로 유시의 졔 집의 가 ᄌ라미 연창
이 유하치이라 ᄒ여 ᄂ외 업시 기르니 셜녜 임ᄌ의 풍모를 흠모ᄒ여 어린 거시 황음
ᄒ 힝실노 잠통ᄒ니 연창이 즁외 시비를 두려 밋쳐 ᄌ라지 못ᄒ 거슬 혼인ᄒ고 임문
은 창

57면

흥이 위틱홀 젹 거두어 길흔 은혜 지즁타 ᄒ여 니런 일을 물시ᄒ온들 우흐로 상텬이
모로시며 아릭로 즁외 뉘 모로리잇가마는 임셜 낭가의 긔셰를 두려 만됴공경이 다
함구ᄒ오나 신의 벼슬을 무어셰 쓰리잇고 방금의 셜녜 투악이 션봉인을 바들 지라
칼을 드러 목시를 쥭이믄 안연이 ᄒ딕 임문이 셜녀의 침기 뉴번ᄒ믈 과ᄒ고 셜녀 쇼
랑이 시이불견ᄒ고 한 번 가칙ᄒ미 업고 창흥의 계비는 이 옥션군쥐니 금지옥엽이여
늘 임

58면

문 딕쳡이 시쳡 일뉘요 창흥이 흐긋 셜녀의게 고혹ᄒ여 면목을 불견ᄒ고 무단이 가
도와 쳔일을 못 보게 ᄒ되 그 부뫼 기ᄌ를 가칙지 아니코 바려두니 녀지 방약무인ᄒ
여 목시를 ᄂ즌 당의 두고 쎠쎠 쳘편으로 난타ᄒ여 거의 죽게 된 거슬 그 슈이 쥭지
아니믈 노ᄒ여 쳔하의 비슈를 어더 질너 쥭엿시되 창흥이 상ᄉ로 알고 급히 셩빙ᄒ
여 음젹ᄒ랴ᄂ딕 목시의 동됴모는 셜연창의 계뫼라 친가 동손녀를 위ᄒ여 진손녀를
고

59면

장ᄒ오미 희연ᄒ오나 살인ᄌ는 한 고됴의 약법삼장의도 면치 못ᄒ엿시미 즁구의 시
비를 불계ᄒ고 원통ᄒ 경상을 졍쇼ᄒ엿거늘 형부상셔 졍현은 임희린의 츳ᄌ로 ᄉ회
를 삼으려 졍혼시이라 살인죄슈를 엄치치 아니코 임셜 낭문을 두호ᄒ여 옥ᄉ를 누기
오니 복원 폐하는 명찰지ᄒ쇼셔 ᄒ엿더라
어시의 틱지 남궁틱우의 쇼ᄉ를 드르시고 희연ᄒᄉ 답을 ᄂ리ᄉ 왈 경의 쇼ᄉ를 보
니

60면

신히 님군의 벼슬을 파라 회뢰를 바드미 쇼연ᄒ니 희라 남궁쳔이 몸이 되각의 잇셔 ᄉ름의 금을 밧고 증춤 업슨 일의 팔좌명부를 함닉ᄒᄂᆫ도다 옥션이 임ᄌ의 풍모를 흠모ᄒ여 황가를 쳠욕ᄒ고 구ᄎ이 쳡희로 도라가 임가의 멸되를 바드니 ᄉ름을 탓ᄒ지 못ᄒ려든 되각이 앗기고 셜워ᄒ미 가쇼롭도다 되각이 굿ᄒ여 츌졍 장ᄉ와 호가흔 지상을 탄박ᄒ미 업ᄂ니 어기 환궁ᄒ신 후 너희 쇼ᄉ를 쳐결ᄒ시리니 과인이 즉금 어기 친졍ᄒᄉ 승피

61면

를 아지 못ᄒ여 일야 황황흔 마음 ᄲᆞᆫ이여늘 츌졍 되원슈와 호가 지상을 모함ᄒ니 너희 되각이 슐 취흔 지라 특별이 벼슬을 앗ᄂ니 어기 환궁ᄒ신 후 쳐결을 듯ᄌ오라 ᄒ시니 경상셰 관ᄌᆨ을 글너 탑하의 되퇴ᄒ엿더니 계슈 쥬왈 신의 쇼녜 나히 어리오니 임가로 졍혼ᄒ미 업ᄉ와 창흥의 길녜날 여러 숀ᄋ들을 보고 우연이 흔 말을 되간이 여ᄎᆞ여ᄎᆞᄒ오믄 싱각 밧기라 비록 신녜 희린의 며ᄂ리 되엿신들 니런 줌임을 당ᄒ여

62면

ᄉ졍을 몬져 ᄒ고 옥송을 츄후 ᄒ리잇가 ᄉ셰 여ᄎᆞ의 신이 옥ᄉ를 춤셥지 못ᄒ리로쇼이다 틱지 돈유 왈 경이 옥ᄉ를 쳐결홀 빅 업고 슐 취흔 되간의 광쇼를 드듸여 피혐홀 일이 업고 향직 의논되로 ᄒ라 ᄒ시니 상셰 돈슈계슈ᄒ고 물너ᄂᆞ니 틱지 탄식ᄒ시고 남시랑이 옥ᄉ를 되힝홀 거시로되 틱지 발셔 경상셔와 의논ᄒᄉ 옥셩을 날회시니 하관이 상관이 피혐ᄒᄂ 되 ᄂ됴지 못ᄒ고 남궁틱우를 삭직ᄒ시니 두리오되 곽시

63면

쇼쳥을 못 닐울가 ᄒ여 탑하의 쥬왈 이 옥시 슐옥이라 지지ᄒ오미 식ᄌ의 탄ᄒ올 비니 신의 어린 쇼견이 옥ᄉ를 공평이 ᄒ와 되ᄌ를 벌ᄒ고 ᄉᄌ를 위로ᄒ여 쳐결ᄒ엿다가 어기 환궁ᄒ신 후 다시 발각ᄒ여 상젼의 쥬달ᄒ시미 맛당ᄒ여이다 틱지 용안을 드러 남시랑을 이윽이 보다가 옥식이 엄녀 왈 경이 옥ᄉ를 엇지 쳐결코ᄌ ᄒᄂ뇨 남시랑이 되쥬 왈 옥시 오릭 미류ᄒ오면 지 형셰를 ᄌ뢰ᄒ여 죄를 면ᄒ려 ᄒ미

64면

되리이다 티지 남시랑의 속을 빗최시는지라 우답 왈 번거흔 말 날회라 흐시고 파됴
흐시니 시랑이 부득이 퇴흐여 마을노 와 뉵인을 깅쵸흐여 형벌을 느오라 흐니 숨녜
앙텬닝쇼 왈 노애 법관이 되여 결옥흐시미 신명이 보감이여늘 무단이 흑빅 업시 형
벌을 의논흐시니 의신 등이 형벌 ᄋ녀 부월이 임흐나 무복지 아니리이다 남시랑이
디로흐여 청이불문흐고 숨녀를 극형으로 져쥬려 흐더니 믄득 텬지 북노

65면

를 평정흐시고 회군흐스 유목쳔의 니르신 쳡음이 농젼의 오르니 만됴 도셩이 물쓸틋
흐여 환셩이 진동흐니 남시랑이 쏘흔 진하의 춤녜흐노라 되인을 도로 하옥흐고 좌긔
를 파흐니라 어시의 왕부의셔 여러 시비를 형부로 보닉고 결단을 몰나 흐더니 의외
남궁틱우의 쇼계들믈 듯고 스인은 금문의 디퇴흐니 티지 물디흐라 흐시고 남궁틱우
는 삭츌흐시니 만되 티ᄌ의 셩명흐시믈 열복흐고 임상부의는 간인

66면

의 획계 궁극흐미 이디도록 흐믈 통한흐더니 믄득 북노를 삭평흐시고 상국 삼 부지
쳔ᄌ를 뫼셔 승젼흐여 호호탕탕이 회졍흐믈 듯고 일가의 환셩이 여류흐여 티부인이
깃부믈 니긔지 못흐시니 깃분 찍를 타 목시의 흉스와 졍쇼 일관을 알외니 부인이 탄
왈 목시 쥭으미 춤연흐나 굿흐여 시로이 놀날 빅 업도다 그러무로 ᄋ지 목시나 옥션
이나 오부의 화근이라 흐여 더옥 통한흐던 빅니 이졔는 옥스의 되여

67면

가믈 볼 분이라 흐더라 효장공쥐 디닉의 됴현흐고 경스를 하례홀시 황친국쳑이 졔졔
히 모혓더라 모다 황후젼의 산호만셰흐여 경스를 하례흐고 츠례로 좌졍흐미 티지 쏘
장츄젼의 진하흐시니 여러 황둑 부마 등이 시위흐여 의셜이 징징흐고 농누봉궐의 상
운이 어릐고 향연이 안기 굿흐니 티평쳔지 만이를 항복 밧고 회군흐시는 티평 경스
를 알니러라 황친이 퇴궐흔 후 티지 효장을 머무르스 임부 술인 일

68면

관을 이르시고 쇼왈 창흥의 가실이 만흐무로 녀알이 셩ᄒ고 창흥이 질녀 옥션을 너
모 박티ᄒ기로 일이 것츠러 슬인가지 난가 ᄒᄂ이다 이 살옥이 증슴의 살인 ᄀᆺ흐니
형뷔 스스로 결치 못ᄒ여 과인긔 픔ᄒ되 아직 옥ᄉ룰 즁지ᄒ고 어긔 환궁ᄒ신 후 유
죄무죄의 원이 업게 ᄒ려 ᄒ나 옥시 법을 좁ᄋ 슬옥을 쳔연치 못ᄒ리라 ᄒ니 슈히 쳐
결코ᄌ ᄒ되 이 옥시 믄득 이러ᄒ니 어미ᄂ 질부와 친질의 간위룰 ᄌ시 알ᄂ니

69면

쳐결ᄒᆯ 바룰 닐으라 모든 쵸ᄉ와 남궁쳔의 쇼계룰 ᄂᆡ여 뵈시니 공쥐 견파의 탄쥬 왈
신의 구기 ᄉ룸을 결원ᄒ미 업시 티간이 이티도록 모함ᄒᆷ믄 옥션의 간꾀니 신이 엇
지 구가룰 위ᄒ여 황친을 쇼히 ᄒ며 질녀룰 ᄯ 엇지 셜시긔 ᄂ리게 ᄒ리잇고마ᄂ 옥
션이 졍녕이 우리 황가의 투틔ᄒ여 뎐후 힝시 요음ᄒᆷ믄 니르도 말고 빅쥬의 기용단
을 슴커고 셜시의 용뫼 되여 흉ᄉ룰 무슈이 ᄒ니 시이불견ᄒᆷ믄 왕형이 어진 군왕

70면

이 되고 남궁비 셩덕이 크게 현슉ᄒ니 질녜 혹 ᄂ히 ᄎ면 괴ᄉ룰 긋치거든 계비로 위
룰 졍ᄒ여 임문의 ᄉ룸을 밍그러 기리 안과코ᄌ ᄒ더니 목시의 오라비 낙안쥐 왕형
긔 두탁ᄒ여 산즁 요승을 ᄭᅵ고 와 옥션의 비ᄌ 츈교룰 ᄉ통ᄒ여 옥션으로 일심이 되
여 요리룰 ᄶᅧ 빅지의 변화룰 빅츌ᄒ며 목시룰 슴커 됴궁의 두엇더니 그 녀지 창흥을
보고 흠모ᄒ여 격고등문가지 ᄒ여 임쵸왕이 마ᄌ와 티졉을 후히 ᄒ니 흉상 츄

71면

물이로티 합문 셩덕을 감화ᄒ여 어진 녀지 되니 부즁이 ᄉ랑ᄒᆷ믈 싁익ᄒ고 기즁기화
룰 비로ᄉ려 여ᄎ여ᄎ 목시룰 난타ᄒ니 효문옥쥐 잡ᄋ다가 본형을 ᄂᆡ여 가도와더니
요승을 드려 쌘혀ᄂᆡ여 티ᄂᆡ의 두탁ᄒ여 위호룰 어더 다시 니르나 구기 일양 모로ᄂ
듯ᄒ엿더니 티ᄉ룰 져즈러 목시 쥭이미 옥션의 슈단이로티 슬인ᄒ 니ᄂ 셜시라 ᄒ여
티살 즁의 이시니 신의 슉질노 드티여 무죄흔 구기 화망의 ᄌ로 걸니오니 진실노 구

72면

가의 늣치 업고 한왕 형이 오히려 기과치 아녀 불법지시 만하 타일 국가의 병혁이 잊
지 아닐가 ᄒᆞᄂᆞ이다 ᄒᆞ고 눈을 드더니 귀인을 보니 귀인이 안식이 다르더라 틱지 공
쥬의 명달ᄒᆞᆫ 쥬ᄉᆞᄅᆞᆯ 일청ᄒᆞ시미 군쥬의 힝ᄉᆞᄅᆞᆯ 통한ᄒᆞᆫᄉᆞ 치뫼코ᄌᆞ ᄒᆞ시나 어기 환궁
ᄒᆞ시미 머지 아니신 바ᄅᆞᆯ 혜아리ᄉᆞ 탄왈 황가의 고이ᄒᆞᆫ 거시 ᄂᆞ셔 금지ᄅᆞᆯ 욕먹이니
엇지 신뇨ᄅᆞᆯ 보미 붓그럽지 아니리오 과인의 쓸이 잇시나 실노 부마 쌘기 어렵도다
옥ᄉᆞ

73면

ᄅᆞᆯ 슈히 쳐결코ᄌᆞ ᄒᆞ나 피 무든 반도ᄅᆞᆯ 보건ᄃᆡ 옥션의 좌우ᄅᆞᆯ 줍혀 져쥬고ᄌᆞ ᄒᆞ되 쏘
무슨 요ᄉᆞᄅᆞᆯ 부릴 동 알니요 공쥐 듸쥬 왈 신의 구괴 쳔시ᄅᆞᆯ 응ᄒᆞ여 되여 가는 ᄃᆡ로
구츄이 되ᄅᆞᆯ 면코ᄌᆞ 아니ᄒᆞ오니 셩명이 명찰ᄒᆞ쇼셔 ᄒᆞ고 인ᄒᆞ여 하직ᄒᆞ니 틱지 홀연
ᄒᆞᆫᄉᆞᄅᆞᆯ 마지 아니시더라 옥션이 츈교로 더브러 상의 왈 방금 틱지 셩명ᄒᆞ시고 형뷔
뎡도ᄅᆞᆯ 줍으니 우리 계괴 ᄒᆞ던 비 그림의 쩍이 되리로다 츈괴 이윽이 안ᄌᆞ ᄉᆞ량ᄒᆞ다
가 니

74면

로되 가히 여ᄎᆞ여ᄎᆞᄒᆞ여 계교ᄅᆞᆯ 힝ᄒᆞᆫ 즉 듸시 닐가 ᄒᆞ나이다 옥션이 듸희 왈 이리ᄒᆞ
면 남시랑이 잘 쥬션ᄒᆞ리라 괴 금과 기용단을 가지고 홍악을 다리고 목부로 가니 목
뫼 왈 옥시 글너가니 이ᄅᆞᆯ 엇지 ᄒᆞ리오 츈괴 귀의 다혀 계교ᄅᆞᆯ 니르니 목뫼 듸희ᄒᆞ여
언언이 묘ᄒᆞᄆᆞᆯ 닐쿳고 인가의 창두 복식을 ᄒᆞ고 홍악을 다려 형부 아문의 가 옥니ᄅᆞᆯ
보고 녜ᄒᆞ고 왈 녈위 뫼인을 맛타 괴롭도다 무슴 쥬츠나 어더 ᄌᆞ시ᄂᆞᆫ가 옥니 눈을 들
미 표치 잇

75면

ᄂᆞᆫ 셔동의 거동이라 답왈 연ᄒᆞ다 엇지 상부 후문의 술옥이 ᄂᆞ다 ᄒᆞ고 졍쇼ᄂᆞᆫ ᄒᆞ여 눗
코 죽은 ᄉᆞ름의 독속이 업ᄂᆞᆫ가 엄위지하의 말ᄒᆞ리ᄂᆞᆫ 변변이 업ᄂᆞᆫ 고로 경상셰 쳔졍
의 쥬달ᄒᆞ시니 어기 환궁ᄒᆞ신 후 결옥ᄒᆞᄉᆞ ᄒᆞ시ᄂᆞᆫ 거슬 남노애 위력으로 임상부 삼
부 비ᄌᆞᄅᆞᆯ 져쥬고 다시 셜가 부ᄌᆞ 삼인을 져쥬미 그 녀ᄌᆞ들이 츙의 당당ᄒᆞ여 무쵸ᄒᆞᆯ

지 아니라 무류ᄒ여 도로 ᄂ리와 가도고 어느 날 결말이 날지 우리 비리들도 옥시 잘
되

면 은냥이나 어더 하로 슐갑시나 ᄒ더니 이리 모 업슨 숑변을 맛나 옥만 직희여 밥슐
도 ᄶ의 못 어더 먹으니 원통치 아니랴 목회 ᄀ가이 안ᄌ며 금을 ᄂ니 아지 못게라
ᄎ시 엇지 된고 ᄎ쳥하문ᄒ라

임시삼ᄃ록 권지십삼

ᄎ셜 목회 ᄀ가이 안ᄌ며 품으로셔 흔 덩이 금을 ᄂ여 노ᄒ며 닐오ᄃ 예ᄉ 옥니의 싱
이ᄂ 니런 ᄶ 아니 묘ᄒ랴 우리 옥션군쥬ᄂ 됴왕의 일 공쥐며 황상의 손녀요 쵸왕의
식뷔요 즁셔ᄉ인 계비시되 평싱 한이 원군 셜시 잇셔 ᄉ인 상공 튱을 투졍ᄒ무로 ᄉ
인 상공이 발ᄌ최 옴기미 업ᄉ니 우리 옥쥐 츄월츈풍의 단장시를 읊허 호박침을 어
루만져 늣기

시ᄂᄃ ᄎᄉᄂ 임상공 편방 목시 녀ᄌ를 셜시 비슈로 질너 쥭이고 어ᄃ 가 반 부러진
칼을 어더 경노야기 여ᄎ여ᄎ 알외여 되를 옥션군쥬긔 도라보ᄂ고 쳔금 뇌유로 경상
셔를 ᄭ와 옥시 미결ᄒ니 목시의 시녀ᄂ ᄂ 누의라 흔 번 보와 뭇고ᄌ ᄒ노라 이 금
이 흔 덩이를 열위 난화 싱이를 보티고 ᄋ시비 냥인을 보게 ᄒ라 옥니 쳔만 몽미 밧
ᄌ금 흔 덩이 황홀ᄒ니 가슴 가온ᄃ 양셩이 움죽여 큰 욕심을 도도니 ᄃ희 왈 무릇
상하간 젹국 ᄉ이 엇더흔지 져런 닐

만습데 이만 쉬온 일의 옥쥬낭낭이 금 아니 쥬시다 우리 맛튼 되인을 아니 뵈올가 목
회 ᄃ희ᄒ여 칭ᄉᄒ고 낭ᄃ로셔 은 됴각을 헛도이 ᄂ여 옥누츈 다섯 병을 ᄉ놋코 갈

오딕 여러분닉 진양토록 즈시고 닉 누의 둔 곳을 가르치라 옥니 딕회ㅎ여 슬토록 거후르고 옥문을 쾌히 여러 맛지고 슐이 취ㅎ믹 다 것구러졋거늘 날이 발셔 황혼이라 홍악을 불너 ㅇ시비 하나흘 스슬을 벗겨 얼골을 뵈니 홍악이 두어 번 ㅇ시뷔 취영을 일큿고 약을 숨커믹

4면

살긔 등등흔 홍악이 밧고여 천연슌직흔 취영이 된지라 칼을 의구히 쓰고 옥의 드니 취영은 목뫼 넛그러 목가로 가니 ㅇ심의 옥즁을 두리다가 칼 벗겨 닉믈 다힝ㅎ여 슌이 쓰라 목가의 가 노즈를 명ㅎ여 농즁의 너허 남강의 씌오라 ㅎ니 영이 딕경실식ㅎ여 왈 이 도젹놈ㅇ 네 어인 놈이완딕 옥니의 됴히 잇는 날을 무슴 닐노 금 쥬고 슐 스 먹여 어리오고 이리 다려다가 남강의 씌오되 네 무슴 의스로 농 속의 너흐라 ㅎ느뇨 이 놈ㅇ 이 놈ㅇ 상천이 됴림ㅎ시

5면

고 삼틱칠셩이 네 엇기의 빗취엿다 아니 슈상ㅎ냐 네 부리 붉으나 모양이 뒷즁 굿고 녑흐로 비슥흔 모양이 목시 굿ㅎ며 목시 믹양 닐오되 네 오라비 잇는 쥴 모로느냐 한 오라비 잇더니 낙안쥐 가 두탁ㅎ여 스마 벼슬을 ㅎ여 가지고 됴궁의 왓다가 츈교룰 보고 두 쯧이 합ㅎ여 닉 셜부의 됴히 잇는 거슬 우리 거게 요리룰 다리고 오니 그 승이 무슴 도슐인지 몸을 흔드러 변ㅎ여 시 되여 날을 숨켜 됴궁 힝각의 두니 츈교의 더러온 줏 다 보고 일이 되

6면

여셔도 거게 츈교룰 다리고 의논ㅎ는 말이 다 셜시룰 죽이거나 잡ㅇ 낙안쥐로 보닉 즈 ㅎ더니 즉금은 엇지ㅎ는고 ㅎ던 거시니 네 그 놈이로고나 네 누의룰 숨 인이 의논 ㅎ여 죽여 놋코 허무흔 노룻ㅎ노라 금을 츠고 네 얼골을 군쥬쳐로 약을 숨커고 변ㅎ 여 창두의 모양을 ㅎ고 흉스룰 져즈는가 시부니 닉 죽으믄 죽으려니와 네 죽엄이 만 편의 쯧기리라 눈셥을 거스리고 동히는 노흘 쓴코 닉다라 목요의 쎕을 쥬머괴로 두 눈이 샌지고 쎠 부러지게 두다

7면

리고 춤을 바트며 골오딕 이 더럽고 흉흔 놈아 쓰져 죽여도 어느 즘싱이 네 고기를 먹으리오 욕을 긋치지 아니니 지형이 그 말이 짐죽고 ᄒᆞᄂᆞᆫ 말이로딕 져희 모계ᄒᆞᄂᆞᆫ 닐을 거울 빗최듯 니르믈 놀닉고 지란이 누셜흔가 통한ᄒᆞ여 취영의 입을 트러막으며 정신 흐리ᄂᆞᆫ 약을 슐의 타 입의 드리오니 영이 이를 앙물고 아모리 아니 슘키나 후셜의 넘으니 인ᄉᆞ를 모로ᄂᆞᆫ지라 입을 무슈히 트러막아 농의 너허 가노를 맛지니 노지 지고 가며 즁

8면

즁 꾸지져 왈 흉흔 상공이로다 셜노야의 덕분의 병든 한아비 의식이 풍둑ᄒᆞ고 됴흔 집 장만ᄒᆞ여 쥬니 가마니 안즈 포식ᄒᆞ면 엇더ᄒᆞ여 됴왕궁 힝각의 두탁ᄒᆞ여 무슴 즛 ᄒᆞ노라 이 ᄋᆞ희ᄂᆞᆫ 어딕 ᄋᆞ희를 도젹ᄒᆞ여 날을 맛져 이 슈고를 식이ᄂᆞᆫ고 ᄒᆞ며 가니 발 셔 문을 나 남강의 미쳣ᄂᆞᆫ지라 강파의 더지니 믄득 딕풍이 이러나 망망이 쩟닷더라 어시의 남시랑이 옥ᄉᆞ를 뒤쳐 일장 풍파를 닐의혀려 ᄒᆞ더니 틱지 옥식이 엄녀ᄒᆞ

9면

시니 틱됴ᄒᆞ여 마을노 도라와 졔녀의 문쵸를 바드려 ᄒᆞ다가 계잉 등의 상풍 굿흔 딕 답의 긔운이 쥬러졋더니 빅관 진하의 춤녜ᄒᆞ고 날이 느져 좌긔를 못ᄒᆞ고 연일 나라 졍ᄉᆞ를 참녜ᄒᆞ노라 다시 좌긔를 못ᄒᆞ엿더니 츈픽 곽시 침쇼의 니르니 곽시 츈교를 딕ᄒᆞ여 일이 공교ᄒᆞ여 밋쳐 응변치 못ᄒᆞ고 날쉬 지지ᄒᆞ믈 이달나 니로딕 츳시 아리 스롬이 독당치 못ᄒᆞ여 경상셰 발셔 텬문의 드레여 어기 환궁ᄒᆞ시믈 기다려 결옥홀 바를 알외여 틱지 우리

10면

상공의 옥ᄉᆞ 당흔 말슘을 막으시ᄂᆞᆫ딕 스스로 나셔 결단ᄒᆞ다가 츈궁의 붉으시믄 황뎨 긔 지ᄂᆞ시니 잘못ᄒᆞ다가ᄂᆞᆫ 딕화를 볼가 시부니 동궁 됴지를 엇게 너희 군쥬긔 알외 여 궐닉를 도모ᄒᆞ쇼셔 ᄒᆞ라 츈픽 답왈 쥬뫼 이 념녀를 쥬리 줍지 못ᄒᆞ여 쇼비 일 인 을 목시 비즈 일 인을 믿ᄃᆞ라 옥즁의 너헛시니 흔 좌긔를 열으ᄉᆞ 쵸ᄉᆞ를 바다 동궁긔 쥬달ᄒᆞ시면 근심 업시 일이 만젼ᄒᆞ게 되엿ᄂᆞ이다 곽시 의식 교밀ᄒᆞ고 쇠 만흐믄

11면

본품이라 요두 왈 아니라 이리ᄒ여ᄂ 일이 더옥 픠ᄒ미 십상팔귀라 금의 동궁이 인셩영무ᄒ시니 다시 울녀 친문ᄒ시면 쳔위 지하의 쇼비지 엇지 형벌을 견듸리오 의법제 얼골 변ᄒ믈 복쵸ᄒ면 이 되ᄂ 어듸로 가며 일이 크게 될 쥴 어이 모로ᄂᄂ뇨 픠 ᄎ언을 드르미 실노 그러ᄒ지라 곽녀를 하직ᄒ고 ᄲᆯ니 도라와 군쥬긔 일통을 젼ᄒ고 어셔 현경젼의 일을 도모ᄒ게 글월을 닷가 달나 ᄒ니 옥션이 셔봉을 ᄒ여 쥬니 셔의 왈 부

12면

인 위호를 어더 오니 졔인의 쳔듸를 아니 바들가 ᄒ엿더니 셜녀의 듸악이 더옥 지악ᄒ여 궐ᄂᆡ를 ᄭᅵ고 요악ᄒᆫ 후궁을 쳐결ᄒ여 힝악ᄒ다 ᄒ며 혹 왈 후궁의 ᄌ긱이 여ᄎᄒ다가 그 되 듸역의 밋쳐 쳔쥬를 바드리라 ᄒ며 ᄯᅩ 귀인이 곤위를 엿보ᄂ 흉심이 잇ᄂ 쥴 효장궁으로 듯노라 ᄒ여 흉언픽셜이 ᄎ마 옴기기 어려워 다 못 알외노라 ᄒ여 츄연을 맛져 듸ᄂᆡ 현경젼의 글월을 드리고 네 됴어ᄒ여 귀인의 노를 도도와 셜녀를 슈히

13면

셔룻고 긔미를 보와 만일 부즁 듸졉이 젼 ᄀᆺ고 ᄉ인의 박되 일양인즉 냥왕을 급히 됴츠리라 픠 셔간을 맛타 현경궁의 니르러 귀인긔 드리니 귀인이 일견의 듸경듸로ᄒ여 군쥬의 글월을 감쵸고 믄득 칼을 가지고 동궁젼으로 가니 틱지 됴회를 ᄀᆺ 파ᄒ시고 드르신 ᄯᅥ라 귀인이 옥안의 노긔 어리여 탑하의 니르니 틱지 경ᄋᄒᄉ 연고를 무르시니 머리를 두다려 왈 신쳡의 문지 ᄂᆺ고 위 슘쳔지녈의 잇ᄉ오나 셩상이 간발ᄒ신 바의 춤녜ᄒ와 이십

14면

여년의 밋ᄌ오니 하쳔과 ᄂᆡ도ᄒ올 비여ᄂᆯ 임ᄉ인 쳐 셜시 옥션군쥬의 지친이라 ᄒ여 상히 ᄭᅮ짓고 욕ᄒ오믈 남은 ᄯᅡ히 업시 ᄒ다 ᄒ오나 풍문의 ᄌ셔치 못ᄒ옵고 ᄯᅩ 져믄 녀지 뎍국을 도도와 직쳡을 쥬어 보ᄂᆡ믈 한ᄒ여 그리ᄒ미 고이치 아니타 ᄒ엿ᄉ옵더니 신을 듸역으로 밀위여 곤위를 도모ᄒ다 ᄒ오니 신이 무단이 ᄉ름의 모함을 입ᄉᄂ니

스스로 죽어 추녀의 쇼스의 올나 형옥을 밧지 아니려 호나이다 인호여 칼을 샏혀 주
결

15면

코즈 호니 퇴지 되경호스 친히 칼을 아스시고 뎡식 왈 귀인의 추경이 실녀라 셜녀 귀
인을 젹실이 언침호거나 격고 상표를 호엿실지라도 일을 스휙호여 그 녀즈를 일위여
면질호면 귀인 줍은 되 혁연호여 녀염 쇼쇼 녀지 구즁 쳔궐의 쵸방 귀인 모함흔 되뉼
이 스시라도 가애요 히도 원찬이라도 독의여늘 편문을 신쳥호여 과인의게 즈문호기
를 져히시니 일이 극히 한심호이다 우왈 셜녀 귀인을 형젹 업순 되역으로 밀위여 욕
호

16면

믈 귀인이 엇지 드르시니잇고 귀인이 구연호여 낭구의 왈 신이 외간 명부의 말을 엇
지 알니잇고마는 맛춤 효장궁 궁오의 분분이 젼호는 말을 드러스오니 셜녀를 줍히스
신을 면질호여 무슴 일노 신을 되되로 미뤼는고 뭇고즈 호오나 졔 팔좌명뷔라 호여
신의 부르믈 드러 올 니 업눈지라 한 장 됴지를 쳥호나이다 퇴지 귀인의 심슐과 옥션
의 요악을 아르시는지라 무단이 현인을 궐즁 지엄지지의 일위여 쥭일 쥴 짐즉

17면

호스 일계를 싱각고 귀인을 안심호라 호시고 장츄뎐의 눗문안을 파호시고 인호여 니
귀인이 옥션으로 통모호여 즁셔스인 임챵홍의 원비 셜시를 쥭일 쇠로 궁극히 싱각호
여 군쥬는 밧그로 목시를 쥭여 슐옥을 민두라 눗코 되죄로 얼거 쥭이려 호믈 도도히
알외고 옥션의 되악으로 효장공쥬의 말되로 알외니 휘 경오호스 왈 여추즉 셜가 녀
지 망뉵의 걸녀 되퇴의 샏질노다 짐이 줌간 권슐노 명일 픠를 누리와 셜

18면

녀를 일위여 되를 마련호여 뎍거 되슈로 닉여 보닉여 치힝호여 가라 호고 슐옥 일스
는 되긔 환궁호신 후 다시 쳐치홀 바로 아직 즘지호스이다 퇴지 셩의 맛당호시믈 쥬
호시고 퇴호시니라 명일의 휘 장츄뎐 픠를 누리오스 스인 부인 셜시 현경궁을 춤욕

흔 뢰로 황후낭낭이 친문ᄒ려 ᄒ시니 샐니 입궐ᄒ라 ᄒ신지라 임부의셔 됴지를 밧ᄌ
오미 션싱이 탄왈 쵸의 형장이 인슈를 드리고 숀ᄋ 부부를 다리고 향토로 나

19면

리려 ᄒ시미 이런 광경을 숀금보듯 ᄒ시미러니 이 화를 보시도다 쥬비 식부의 화란
이 크게 되엿시믈 우구ᄒ나 이 쳔슈의 미인 비라 틱연이 명을 둥티ᄒ고 목시를 염장
ᄒ여 옥ᄉ 결말을 기다리더니 북졍 쇼식이 임의 흉노를 물니치고 상국 부ᄌ 슉질이
딕공을 일워 회군ᄒ단 회뵈 경ᄉ의 니르니 가국의 즐기는 환셩이 여류ᄒ여 아직 슬
옥을 즁지ᄒᄂ지라 셜시 됸당 구슉의 환가ᄒ시믈 날을 혜여 바라더니 홀연 장츄던

20면

황후 낭낭 됴지 ᄂ리니 일기 딕경ᄒ고 쥬비는 발셔 혜아린 비라 싀로이 놀ᄂ미 업ᄉ
나 년쇼약질을 궐즁지엄지지의 혼ᄌ 보ᄂ믈 졀박ᄒ여 흔가지로 입궐코ᄌ 믹믹ᄒ엿
더니 ᄉ인이 모비의 긔식을 슷치고 ᄭ러 쥬왈 지위 입궐ᄒ실 ᄯᆺ이 계시니잇가 비 답
왈 져만 드려보ᄂ미 하즁난ᄒ니 다리고 드러가 경ᄉ를 하례ᄒ고 ᄋ부의 퇴명 허실간
결말을 보고 다리고 오고ᄌ ᄒ노라 ᄉ인이 월ᄋ를 빈츅ᄒ고 직비 고왈 ᄋ희 거상의

21면

야야를 뫼와 듯사오니 외됴명뷔 ᄂ연의도 간딕로 못 단닐 비라 ᄒᄉ 젼년의 상휘 평
복ᄒ시고 진연을 ᄒ시나 ᄌ위 칭병불참ᄒ시니 야애 가히 너기신지라 금의 실인의 곡
경으로 말미암ᄋ 금궐의 들나ᄒ신 명 업시 닙궐ᄒ시미 불가홀가ᄒᄂ이다 데 ᄯᅩ 어리
지 아니ᄒ오니 이만 쳐변은 혼ᄌ라도 둑히 ᄒ고 안치퇴인이 되나 원찬퇴인이 되오나
두가지 즁 나지 아니코 ᄉ명은 쥬지 아니실지라 출하리 목시 죽은 딕슬의셔 닛ᄉ오
리니 혼ᄌ 보ᄂ여 되

22면

여 가오믈 보미 올흘가 ᄒ나이다 쥬비 ᄋ즈의 말이 언언이 딕군ᄌ의 슉연흔 의논이
명달ᄒ여 쇼쇼 ᄉ졍의 쥬럽드지 아니믈 아름다이 넉여 졈두 왈 됸구 딕인이 호가ᄒ
시고 가국이 공허흔 ᄯᅢ 식부를 도모ᄒᄂ는 요시 분분ᄒ니 마음이 졀박ᄒ여 그 말이러

니 여언이 심합아심이라 네 뜻디로 ᄒ리라 ᄒ고 이의 열영 미숑 등으로 쇼져를 시호ᄒ여 방비ᄒ라 ᄒ고 쇼져를 보와 왈 금일 거됴는 간인의 계괴 궁극ᄒ여 옥시 그룻될가 ᄒ여 너의 되를 여러

23면

가지로 얽거 별 거됴를 닐위혀 됴구 딕인과 너희 됴귀 환경ᄒ시기 젼 셔르지려 교밀이 ᄒ 비로딕 퍽 나을 비 잇스리니 드러가 쳐변을 잘 ᄒ여 망나의 걸니지 말나 쇼졔 숨 시ᄋ를 형부의 즙혀 보닌 후붓터 됴당 신혼을 맛츠면 모비 협실의 감쵸엿시니 가즁이 그 얼골을 보니 업고 ᄉ인이 모비 슬하를 일시도 써느지 아니나 굿ᄒ여 셔로 보미 업더니 금일 쵸쵸ᄒ 녜복으로 됴고를 뫼셧더니 입궐ᄒᄆᆯ 드르니 어히업슨 바는 임의 옥ᄉ의 미인 몸이 가쇼

24면

로오니 틱연이 슈명ᄒ고 무식ᄒ 녜복의 황옥구란츠로 운빈을 진졍ᄒ고 모든 됴당과 됴구긔 하직ᄒ고 금거옥뉸의 오르니 화잉 비경 등이 졔졔히 향을 즙ᄋ 시위ᄒ고 셰관환이 쥬리를 ᄡ어 힝ᄒ니 비록 일홈이 니귀인으로 면질ᄒ려 즙혀 간다 ᄒ나 낭낭이 녜로 됴현ᄒ라 ᄒᄉ 궁노와 ᄉ례틱감이 호위ᄒ라 ᄒ시무로 위의 부셩ᄒ더라 틱감이 딕뇌의 드러가 셜쇼져의 입궐ᄒ오믈 복명ᄒ오니 휘 구룡 금상의 뎐좌ᄒ시니 좌우로 명쥬 일월션과 빅옥

25면

두미를 드러 시위ᄒ고 육궁이 쳥상녹의로 좌를 뎡ᄒ고 ᄉ지상궁이 셜쇼져의 조알을 호창ᄒ니 아이오 향풍이 진울ᄒ고 옥가 쇼릭 농농ᄒ더니 션메 표표ᄒ고 보군이 난난ᄒ여 오치 셧돌며 빗난 구름이 셧녁 날빗츨 됴츠 니러나 남훈뎐 상셰 먼니 빗최며 일위 션이 금년이 셔셔ᄒ여 탑하의 니르러 군신이 쳐음 보는 녜로 팔빅고두ᄒ고 산호만셰ᄒ니 휘 셜쇼져의 션풍이질을 한번 보고즈 ᄒ시나 일위지 못ᄒ시더니 긔회 됴흔지라 니됴

를 나리오시고 농안을 드러 그 힝녜ᄒᄆᆯ 보시니 이 믄득 쇼쇼 녀ᄌ의 화월지용으로 의논치 못ᄒᆯ지라 형형찬난ᄒ고 휘휘흔 졍광은 일월을 가리오고 그 안화의 치식샹광이 만실의 됴요ᄒ니 명월광휘의 셩신이 빗츨 감쵸고 옥안이 담담ᄒᄂ 샌혀난 졍신이 츄슈를 능만ᄒ고 긔운이 ᄉ시의 확일ᄒᄆᆯ 거두어 쥼니의 문믹과 요슌의 긔운을 타난지라 만물지즁의 탁호긔셩ᄒ여 ᄌ싱민 이리로 시쵸싱이니 진실노 그 안히 쳬원ᄒ여 말 업손

거동이오 밧기 영농ᄒ여 틱양이 아츰 운화의 오르고 동졍 효월이 구월 샹노의 빗긴 듯 방틱을 무가ᄒ고 연화를 불어ᄒ되 미우문광이 됴화의 비로슨 쳔 가지 고은 빗과 만 가지 맑은 거시 ᄌ건으로써 부ᄒ고 동파로 시ᄒ나 다 쓰지 못ᄒᆯ지라 산호만셰ᄒ미 옥농이 쳔변의 비회ᄒ고 가는 쇼릭 쇠고리 일쳔 번 구을님과 되쥬쇼쥬를 옥반의 구을님 ᄀᆺᄒ니 과연 쳔지명홰요 산쳔슈긔라 진슈아미의 팔치 영영ᄒ고 쌍셩봉안의 영치 어른기고 셜풍한

미ᄂ 향긔를 밋지 못ᄒ고 츄강효월은 틱도를 붓그리니 완슌ᄒ되 강기ᄒ여 녈ᄉ의 긔상과 졀부의 격을 아오라 동지의 규구를 착난치 아니니 이 실노 졔곡의 ᄂ며 일홈 니름과 노ᄌ의 솜 셰의 쳔슈를 통ᄒ미라 황휘 되경실식ᄒ여 졍신이 몽농ᄒ시더니 이윽고 가쥭이 입시ᄒ라 ᄒ시니 쇼졔 금년을 움즉이미 흔 곳의 셧ᄂ 듯ᄒ더니 발셔 탑하의 계슈복슈ᄒ여시니 가는 허리 깁을 묵근 듯 치봉이 즁쳔의 쓴 듯 다시곰 시쳡ᄒ실ᄉ록 졍혼

이 홀홀ᄒᄉ 이 엇지 인셰의 화식지인이며 미싁졀염으로 의논ᄒ리오 ᄒᄉ 문득 쇼쇼 명부로 보지 못ᄒᄉ 평신ᄒᄆᆯ 명ᄒ시고 옥음이 은근ᄒᄉ 굴오ᄉ되 경이 효문의 ᄌ뷔니 가인 부ᄌ의 졍을 펼 비로되 경의 구뷔 집법이 괴위ᄒ여 효문을 금궐의 됴회치 못ᄒ게 ᄒ무로 짐이 거샹의 탄돌ᄒᆯ 분이러니 금의 일단 괴싀 이셔 경이 어린 나히 육궁

을 긔롱ᄒ여 되역으로 지졈ᄒ며 간ᄉ로 비방ᄒ니 너 쇼녀지 ᄒᆫ 죄의 걸님도 니상ᄒᆫ 닐이여늘 몬

30면

져ᄂᆫ 부인의 ᄒᆡᆼ실이 건상셥진을 능ᄉ로 ᄒ여 방외 남ᄌᄅ를 ᄉ통ᄒᆫ 누ᄒᆡᆼ이 훼ᄌᄒ고 버거ᄂᆫ 비슈를 ᄭ이고 뎍국을 쳐슐ᄒ기를 탐낭취물ᄀᆞᆺ치 ᄒ고 지어 쵸방 계젼을 통노ᄒ여 현경궁 니시로 원을 미ᄌ 무단이 흉언을 ᄂᆡ여 괴변이 되게 ᄒᄂᆞ뇨 그 일이 극히 슈상ᄒ무로 짐이 허실을 ᄉ획고ᄌ ᄒᄂᆞ니 이 셰 가지 되 일분이나 원민ᄒ거든 명명이 폭ᄇᆡᆨᄒ여 실진무은ᄒ라 셜쇼졔 황후 뎐지를 듯ᄌ오니 비록 지은 되 업ᄉ나 쳬ᄉ 모골ᄒ고 닷토미 누연ᄒ니 굿ᄒ여

31면

발명ᄒ여 면ᄒ미 구ᄎᆞᆺᄒ지라 출하리 ᄉ죄를 무릅ᄡ여 ᄉ싱간 결단ᄒ미 됴흘노다 ᄒ여 니러 ᄉ비 쥬왈 신쳡이 연유ᄒ오나 비혼 바ᄂᆞᆫ 뎔효 두 가지라 평싱 삼가ᄂᆞᆫ 비오나 이 졔 두루 ᄉ죄의 걸니오니 발명ᄒ고ᄌ ᄒ오나 우흘 범ᄒ미요 쳔ᄒᆞᆫ온 몸이 규측의 버셔나 더러온 ᄒᆡᆼ실과 큰 죄명이 만셩의 훼ᄌᄒ온지라 출하리 우리 셩모낭낭 셩덕지하의 ᄒᆞᆫ 그릇 ᄉ약으로 명을 맛ᄉ오면 지하의 우음을 먹음ᅡᆸ고 쳔츄만셰를 축원ᄒ리이다 말ᄉᆞᆷ을 맛ᄎ

32면

미 안쇠을 더옥 온화이 ᄒ여 고요히 되를 밧고ᄌ ᄒ니 엇지 십이 셰 쇼녀ᄌ의 쳐변 ᄀᆞᆺᄒ리오 황휘 심즁의 되찬ᄒᄉ 그 거동을 치보시려 찬녜관ᄉ 치홍으로 짐쥬를 ᄂᆞ리오시고 왈 네 셜녀의 익미ᄒ미 잇실진ᄃᆡ 옥셕을 갈히지 못ᄒᆯ 허물이 짐의게 잇다 ᄒ여 짐이 친문ᄒᆯ시 악ᄒᆡᆼ이 뎍실ᄒ면 ᄒᆞᆫ 죄도 부ᄌ지간의 용셔지 못ᄒᆯ지라 약을 쥬ᄂᆞ니 경이 스ᄉ로 ᄉ량ᄒ여 일분 익미ᄒ미 잇셔도 쾌히 알외고 죽으믈 면ᄒ라 셜쇼졔 다시 니러

33면

ᄉ비 쥬왈 신쳡이 죄 잇ᄉ무로 금즁금외의 훤ᄌᄒ온지라 금일 셩모낭낭 ᄂᆞ리오신 한

그릇 약이 신첩의 평싱 심곡을 빗최시미니 스름의 엇지 못ᄒᆞ올 영홰로쇼니 굿ᄒᆞ여
발명ᄒᆞ여 슬기를 구치 아닛ᄂᆞ이다 ᄒᆞ고 이의 북향 ᄉᆞ비ᄒᆞ여 구고긔 하직ᄒᆞ믈 밝히고
옥슈로 약 그르슬 바드되 안식을 불변ᄒᆞ니 황휘 크게 칭션ᄒᆞᄉᆞ 좌우로 그 약 그르슬
아스라 ᄒᆞᄉᆞ 사사ᄒᆞᄂᆞᆫ 명을 거두시고 틱ᄌᆞ의게 뎐교ᄒᆞᄉᆞ 형부의 옥ᄉᆞ를 쎨니 결단ᄒᆞ
ᄉᆞ 셜녀

34면

의 죄를 함긔 결단ᄒᆞ라 ᄒᆞ시니 틱지 승됴ᄒᆞᄉᆞ 여러 죄인을 올녀 져쥬시니 계양 등 삼
인은 견쳐로 일호 다름이 업스니 츙심이 돌돌ᄒᆞ여 졍확과 부월을 두리지 아닐지라
틱지 비ᄌᆞ의 위인을 슬피시믹 그 쥬인을 가히 알지라 다시 목시 좌우를 져쥬니 영옥
은 젼일 ᄀᆞᆺᄒᆞ나 츄영은 홀연 ᄂᆞᆺ출 불켜 쵸ᄉᆞ 왈 영옥이 셜쇼져의 회뢰를 만히 밧고
쥬인의 비명횡ᄉᆞᄒᆞ믈 밝히지 아니ᄒᆞ고 도로혀 슈인을 은인ᄀᆞᆺ치 ᄒᆞᄂᆞ이다 쥬인 목시
목부인 슬하의 잇

35면

실 젹붓터 셜시 즐욕쳔딕ᄒᆞ며 흉인으로 지목ᄒᆞ더니 쥬인이 임ᄉᆞ인을 됴츠믹 통한ᄒᆞ
여 흉ᄉᆞ를 ᄂᆡ니이다 틱지 딕로ᄒᆞᄉᆞ 남시랑다려 굴오스되 죄인 등의 쵸시 엇지 두 가
지로 어즈러오뇨 남시랑이 쥬왈 취영의 쵸시 뎍실ᄒᆞ온지라 죽인 즈는 셜시오 칼은
옥션군쥬의셔 ᄂᆞᆺ다 ᄒᆞ오믄 밍낭ᄒᆞ온지라 삼녀를 올녀 엄형츄문ᄒᆞ오미 맛당홀가 ᄒᆞ
나이다 ᄒᆞ나이다 틱지 남시랑이 옥ᄉᆞ의 회뢰 바드믈 젼일 짐작ᄒᆞ신 빅라 답지 아니
ᄒᆞ시고

36면

경상셔를 도라보와 굴오스되 졔요 시졀의 ᄉᆞ흉이 잇스니 금츠 말셰의 어이 바른 신
히 잇시리오 ᄒᆞ시고 삼녀를 날회시고 취영을 올녀 엄형 문왈 너 요인이 뉘 지쵹을 밧
고 요약을 삼켜 변형ᄒᆞ고 살옥을 헛트르ᄂᆞ뇨 홍익이 틱지의 밝으시믈 보고 딕경실식
ᄒᆞ여 고기를 슉이고 슈형ᄒᆞ나 동시 복쵸는 아니니 틱지 신셩영무ᄒᆞᄉᆞ 졔요로 흡ᄉᆞᄒᆞ
신지라 구타여 형벌을 더으지 아니시고 큰 칼 메워 딕리시의 엄슈ᄒᆞ라 ᄒᆞ시니 홍악
이 말 업시 ᄀᆞᆺ

37면

치나라 티지 홍악의 변형ᄒᆞᄆᆞᆯ 아라보시딕 군쥬의 요악ᄒᆞ미 오릭지 아냐 픠루홀 바ᄅᆞᆯ 혜ᄋᆞ리ᄉ 홍악을 다시 뭇지 아니시고 딕리시의 엄슈ᄒᆞ여 형부의 ᄂᆞ리오지 아니시믄 다시 납뇌ᄒᆞ고 작난홀가 ᄒᆞ시미러라 이의 옥ᄉᆞᄅᆞᆯ 쳐결ᄒᆞᄉ 왈 희라 셜시의 살인이 증삼 ᄀᆞᆺᄒᆞ니 명명혼 증참이 업ᄂᆞᆫ지라 감ᄉ정비ᄒᆞ여 남희의 찬뎍ᄒᆞ고 삼비ᄂᆞᆫ 방숑ᄒᆞ고 목시ᄂᆞᆫ 셜가로 니이ᄒᆞ여 안치ᄒᆞ고 목시 비ᄌᆞᄂᆞᆫ 방숑ᄒᆞ라 ᄒᆞ시니 쳔문 결ᄉᆡ ᄂᆞ리미 화잉 등 삼

38면

인과 영옥은 부즁의 도라오고 셜시랑과 혹시 반녈의 잇더니 목부인이 뎐츌 히ᄒᆞᄂᆞᆫ 죄로 안치ᄒᆞᄆᆞᆯ 듯고 망극ᄒᆞ여 ᄉᆞ모ᄅᆞᆯ 벗고 고두 쥬왈 신의 됴뫼 덕이 잇고 민모의 쵸 폐ᄒᆞ미 업ᄉᆞ오믄 거세 쇼공지오나 동슌 목지형이 됴모의 총명을 ᄀᆞ리와 무단이 신의 아비와 신 등을 심히 모히ᄒᆞᆸ다가 돌연이 한 무리 악당을 쳐결ᄒᆞ여 낙안쥐로 가 한 견하ᄅᆞᆯ 쇠와 져의 무리 다 벼슬을 엇고 고이혼 산즁 니고ᄅᆞᆯ 씨고 도로 연곡으로 와 뭇치여 됴졍 진

39면

신가 규슈ᄅᆞᆯ 도젹ᄒᆞ랴 요승이 빅쥬의 쳥뫼 되여 신의 누의ᄅᆞᆯ 삼켜 닉려 신의 집과 창 흥의 집을 뒤지오나 신의 누의 엇지 뇨도의 환슐의 삼컬 지릿고 동시 삼켜 가지 못ᄒᆞ고 지형의 누의ᄅᆞᆯ 삼켜 됴궁 힝각의 두엇다가 목시 임가로 가 됴히 잇ᄂᆞᆫ 거슬 모일의 와 여ᄎᆞ여ᄎᆞ 됴모ᄅᆞᆯ 다릭여 졔 누의ᄅᆞᆯ 됴군쥬긔 죽여 달나 ᄒᆞ여 신믜의게 살인뫼ᄅᆞᆯ 씨우ᄌᆞ ᄒᆞ니 됴뫼 졔 쇠ᄅᆞᆯ 다 알고 질뫼ᄒᆞ엿ᅀᆞᆸ더니 그 요인이 어딕 가 ᄉᆞ룸을 어더 신의 됴모

40면

의 시빈 쳬ᄒᆞ여 졍쇼ᄅᆞᆯ ᄒᆞ엿ᄉᆞ오나 신의 됴모ᄂᆞᆫ 엇지혼지 모로고 년노다병ᄒᆞ와 셰상 ᄉᆞᄅᆞᆯ 폐ᄒᆞ엿ᄉᆞ온지라 더옥 이런 닐의 간셥ᄒᆞ리잇고 복원 셩명은 목지형을 즙히ᄉ ᄎᆞ ᄉᆞᄅᆞᆯ 져쥬시면 한뮈 뉴무죄ᄅᆞᆯ 아시오리이다 언파의 고두쇄혈ᄒᆞ니 티지 이윽이 슬피 시고 아름다이 너기ᄉ 목부인 니이뎡비ᄒᆞᄆᆞᆯ 푸르시고 형부로 목지형을 잡으라 ᄒᆞ시

고 시랑 형뎨는 관결을 쥬스 평신ᄒᆞ믈 명ᄒᆞ시니 시랑 형뎨 고두빅비ᄒᆞ여 슉스ᄒᆞ고

41면

부즁의 도라와 틱부인긔 비알ᄒᆞ고 뎡쇼 일관을 일일이 알외고 나라히 왕모의 졍쇠라 ᄒᆞᄉᆞ 여ᄎᆞ여ᄎᆞ 죄를 ᄂᆞ리오시니 쇼손 등이 망극ᄒᆞ와 여ᄎᆞ여ᄎᆞᄒᆞ와 ᄉᆞ명을 어덧ᄂᆞ이다 목시 눈이 두렷두렷ᄒᆞ더니 시랑 등의 등을 두다려 왈 너의 아비를 늬 늣치 아냐시되 효셩이 지극ᄒᆞ더니 너희 ᄯᅩᄒᆞᆫ 한미의게 이러틋 지극ᄒᆞ니 귀즁ᄒᆞ고 ᄯᅩ 귀ᄒᆞ고 볼ᄉᆞ록 어엿부다 시랑 등이 됴모의 긔과ᄒᆞ시믈 딕희ᄒᆞ여 ᄉᆞ례ᄒᆞ고 ᄯᅥᆯ니 달녀 궐문의 집 줍고

42면

쇼져의 거교를 기ᄃᆞ려 본부로 다려가 뎍쇼가지 다리고 가랴 ᄒᆞ더라 어시의 셜쇼졔 찬명을 밧ᄌᆞ와 궐문을 ᄂᆞᆯ시 황휘 그 위인을 앗기ᄉᆞ 뎡비도 마지 못홀 분 아니라 오릭지 아냐 신원코 ᄒᆞ시고 혹ᄌᆞ 간인이 용ᄉᆞᄒᆞ미 잇실가 념녀ᄒᆞᄉᆞ 쥬지상궁 쇼혜란을 명ᄒᆞ여 셜시를 호숑ᄒᆞ라 ᄒᆞ시니 쇼졔 하직고 녜복을 벗고 죄슈의 모양으로 ᄂᆞ오더라 ᄎᆞ시 귀인이 셜쇼졔 잡혀오믈 희열ᄒᆞ더니 싱각 밧 죽기를 면ᄒᆞ고 찬뎍ᄒᆞ여 ᄂᆞ가믈 듯고 급히

43면

궁으로 ᄂᆞ와 츈교를 딕ᄒᆞ여 뎍쇼 길의 장졍을 미복ᄒᆞ여 거교를 아ᄉᆞ 낙안줴로 보니여 군쥬의 심복 딕화를 아됴 ᄭᅳᆺ츠라 ᄒᆞ니 괴 급히 ᄂᆞ오고 귀인이 ᄯᅩ 셜시를 궁으로 잡으다가 욕을 뵈여 그 놉흔 긔질을 ᄭᅥᆨ질너 보랴고 냥 상궁을 보니여 셜쇼져를 불너오라 ᄒᆞᆫ들 상휘 상궁으로 호위ᄒᆞ여 니여 보니시ᄂᆞᆫ치라 뉘 됴당ᄒᆞ리오 냥 상궁이 심심이 도라오니 귀인이 딕로ᄒᆞ여 셜시 뎍쇼로 가ᄂᆞᆫ 길의 궁노 궁감을 곳곳이 미복ᄒᆞ여 줏마으고ᄌᆞ ᄒᆞ

44면

더라 셜쇼졔 궐문을 나미 셜학시 마ᄌᆞ 셔로 황은을 일캇고 바로 본부로 가ᄌᆞ ᄒᆞ니 쇼졔 왈 쇼미 비록 계하 죄인이나 구가로 니이ᄒᆞ미 업ᄉᆞ니 바로 구가 돈당의 하직ᄒᆞ고

부즁의 가고즈 ᄒ나이다 흑시 왈 심ᄒ다 너의 구가 ᄯ로미여 즈위 널노 ᄒ여 슉식을
폐ᄒ시거늘 구가로만 가랴 ᄒ니 이닯도다 쇼졔 드르미 마음이 알푼지라 탄왈 쇼미
엇지 즈위 심수를 모로고 구가만 위ᄒ리잇고마는 느라 은혜 ᄉᄉ의 협골ᄒᄉ 굿ᄒ여
당일 발숑을 니르

45면

지 아니시니 돈고긔 긴 니별을 고코즈 ᄒ미로쇼이다 학수 형뎨 침음ᄒ고 한 가지로
임부의 니르니 발셔 일낙함지라 밧비 부즁으로 도라가는지라 수인이 느와 흑수를 머
무러 왈 의쳠으 머물나 계뷔 요수이 너의 오지 아니믈 니르시더라 흑시 왈 요수이 쇼
미의 화란으로 즈위 쵸젼ᄒ시니 우흐로 냥형이 나가시고 우리 삼 형뎨 일시를 쎠느
지 못ᄒ더니 금일 궐문의셔 쇼미를 마즈 본부로 가려 ᄒ더니 미졔의 수의 여ᄎᄒ미
부득이

46면

이리 와시나 도라가 즈위긔 쇼유를 고ᄒ고 위로ᄒ미 일시 밧븐지라 일노ᄒ여 머무지
못ᄒ노라 수인이 ᄉ미를 놋코 츄연이 눗빗츨 변ᄒ더라 ᄎ시 쥬비 셜쇼져를 궐즁의
보닌고 일념이 방하치 못ᄒ여 효장공쥬로 더브러 귀인의 묘믹 업시 군쥬와 ᄀ치 작
난ᄒ믈 통한분이ᄒ니 공쥐 위로ᄒ여 왈 모후와 동궁은 이 옥수와 군쥬의 힝악을 다
아르시므로 현부를 닉입ᄒ여 여러 가지 죄를 합ᄒ여 작쳐ᄒ시리니 쇼려ᄒ쇼셔 쥬비
아황을

47면

길히 미즈 숀톱 다듬기를 마지 아니터니 셕양의 수인이 퇴궐ᄒ여 연즁 셜화를 알외
고 궁즁이 모든 죄인을 다스려 실인은 감ᄉ졍빅ᄒ믈 고ᄒ니 쥬비 탄돌분이ᄒ여 말이
업더니 아이오 쇼졔 니르러 당하의셔 지빅ᄒ고 계하 죄인이믈 일크라 승당치 아니니
군계로 ᄒ여곰 븟드러 올나라 ᄒ니 쇼졔 황공ᄒ여 승당비알ᄒ니 효장공쥐 ᄀᄀ이 안
치고 궐즁ᄉ를 뭇고 황후의 작쳐 잘ᄒ시믈 감탄ᄒ나 십여 셰 ᄋ녀지 남녁 한 가의 찬
덕ᄒ

48면

믈 원탄ᄒᆞ더니 믄득 옥이 울니는 쇼릐 ᄂᆞ며 군쥐 드러와 좌즁의 녜ᄒᆞ고 왈 쳔쳡이 근ᄂᆡ 병이 만하 가간ᄉᆞ를 듯ᄉᆞ오미 업ᄉᆞ더니 듯ᄉᆞ오믈 이제야 ᄒᆞ와 하 놀나와 이르럿ᄉᆞ오나 톳기 죽으미 여이 슬허ᄒᆞᆫ다 ᄒᆞ니 셜부인이 목부인 년누로 남히 원덕이 쳔쳡의 통원ᄒᆞᄂᆞᆫ 비로쇼이다 말노됴ᄎᆞ 긔싴을 늣쵸고 살피는 쌍목이 가장 모질더라 쥬비는 다만 말이 업셔 묵묵히 안싴을 셔리ᄀᆞᆺ치 ᄒᆞ여 쌍명이 졈졈 미미ᄒᆞᆫ지라 군쥐 셜쇼져를 향ᄒᆞ여 왈 쳡이

49면

그ᄃᆡ로 더브러 인국을 의지ᄒᆞ여 그ᄃᆡ 돈위를 바라보와 션풍을 졉ᄒᆞ지 못ᄒᆞ나 동녈의 됴흔 ᄯᅳᆺ이 가득ᄒᆞ되 그ᄃᆡ 위돈ᄒᆞ고 쳡의 ᄌᆞ리 나ᄌᆞ 황가를 침욕ᄒᆞ미 금지의 빗츨 감쵸ᄂᆞᆫ지라 스스로 불안지심이 유유지지러니 금일 부인이 됫명을 어더 남히 덕긱이 되고 직쳡이 쳡의게 잇셔 피ᄎᆞ 겸손ᄒᆞ미 업손 고로 쳔니 원찬의 불힝ᄒᆞᆷ믈 몸쇼 위로ᄒᆞ나이다 ᄒᆞ니 좌위 면면 상고ᄒᆞ고 하쳔비복이 거름을 멈쳐 더옥 옥션의 거동을 보는지라

50면

효장공쥐 ᄯᅩ흔 쥬비와 ᄀᆞᆺ치 믹믹ᄒᆞ더니 셜쇼져를 향ᄒᆞ여 ᄒᆞᄂᆞᆫ 말이 덜덜이 통히ᄒᆞᆫ지라 니상궁을 명ᄒᆞ여 옥션의 보모 뉴시를 명ᄒᆞ여 면젼의 ᄭᅮᆯ니고 슈죄 왈 군쥐 비록 요계를 비즈나 네 모쳠ᄒᆞ여 간ᄒᆞ미 올커늘 빅쥬의 살인용검과 됫악픠되 가국의 편형ᄒᆞ되 국가 쳐분 잇쓸 ᄯᅢ 잇슬지라 가지록 방ᄌᆞᄒᆞ미 이의 밋게 ᄒᆞᄂᆞ뇨 너를 다스릴 거시로되 아직 물시ᄒᆞᄂᆞ니 샐니 군쥬로 ᄒᆞ여곰 침당의 감쵸여 가간의 번득지 말나 다시 방ᄌᆞᄒᆞ미

51면

잇ᄉᆞ면 너를 먼져 죽여 군쥬의 허물을 증계ᄒᆞ리라 말노됴ᄎᆞ 군쥬와 뉴시를 졔당으로 보너니 뉴시 황공이 군쥬를 붓드러 물너나미 군쥐 비로쇼 돌탄 왈 우리 황가를 ᄎᆞ요로 아됴 맛츠미로다 쥬비 녁탄 왈 요인이 옥쥬 보옵는 눈이 가장 심상치 아니ᄒᆞ오니 슉슉이 나가신 ᄯᅢ 불의지홰 ᄯᅩ 두려오니 장ᄋᆞ를 다리고 슉침ᄒᆞ쇼셔 공쥐 감복 됫왈

질ᄋᆞ를 직슉ᄒᆞ면 장셩ᄀᆞᆺ치 밋부도쇼이다 ᄒᆞ더라 쥬비 셜쇼져로 더브러 효문궁의 가

ᄐᆡ부인긔

52면

현알ᄒᆞ여 궐즁의 가 무ᄉᆞ히 ᄂᆞ오믈 알왼디 ᄐᆡ부인이 쇼져를 ᄀᆞᆺᄀᆞ이 안치고 궐즁ᄉᆞ를
무르시니 쇼졔 고요히 ᄶᅮ러 ᄉᆞ긔를 고ᄒᆞ니 ᄐᆡ부인이 탄왈 비록 ᄉᆞ명을 거두어신들
십여 셰 빙옥지질이 남히 ᄒᆞᆫ 가를 엇지 발마가며 쥬년을 비즌 획계라 각도의 편만ᄒᆞ
니 쳔니 원도를 무ᄉᆞ이 가게 아닐지라 가히 싱쇼를 엇지 못ᄒᆞ리로다 언츠의 츄연 하
루ᄒᆞ니 션싱이 화셩유어로 위로 왈 져 ᄋᆞ히 슈삼 년 딕익을 지닌 후 셩쳔지 비ᄉᆞ후례

53면

와 안거ᄉᆞ마로 마즈라 ᄒᆞ실 즈음의 졔 몸이 빗니 도라오리니 즈위ᄂᆞᆫ 그썩 져믄 ᄋᆞ히
고집ᄒᆞ믈 미안이 넉이시리이다 ᄐᆡ부인이 미쇼묵연이러라 니러구러 두어 날이 밧고
이니 ᄐᆡ부인이 쇼져를 겻히 두어 반 쩌를 쩌ᄂᆞ지 못ᄒᆞ게 ᄒᆞ시니 쇼졔 돈고긔 그 사이
시침 못ᄒᆞ믈 슬허ᄒᆞ나 ᄐᆡ부인 학발을 우러러 그음업ᄉᆞ니 무단ᄒᆞᆫ 니별의 한업슨 불효
를 슬허ᄒᆞ며 친싱 부모의 구로지혜ᄂᆞᆫ 도로혀 경ᄒᆞᆫ 듯ᄒᆞ니 하로 지니고 이틀 지니여
ᄉᆞ오 일의 밋쳐ᄂᆞᆫ 군명

54면

을 너모 오릭 지류치 못ᄒᆞ여 각당의 하직을 고ᄒᆞ고 귀령ᄒᆞ여 우명일의 발힝ᄒᆞ려 ᄒᆞ
ᄂᆞᆫ지라 별한이 그음업ᄉᆞ니 녀부인이 ᄀᆞᆺ가이 안치고 금낭셔를 품 속의 깁히 감쵸고
일오디 아지 복힝 쎡 이를 쥬어 금일 너희 니한을 알오미 밝은지라 이 금낭이 네게
즁ᄒᆞᆫ 부탁이요 위급지ᄉᆞ의 하나를 여러 보고 화란이 진정ᄒᆞᆫ 후 버금을 보라 ᄒᆞ엿ᄂᆞ
니 경심계지ᄒᆞ여 싀아비 즁탁을 어그릇지 말나 쇼졔 지비슈명ᄒᆞ고 하직ᄒᆞ니 월혜쇼
졔

55면

니졍의 가의ᄒᆞ믈 참지 못ᄒᆞ고 여러 쇼졔 각각 나상을 붓들고 우ᄂᆞᆫ지라 쇼져의 금옥
ᄀᆞᆺ치 단단ᄒᆞᆫ 마음으로도 즈연 요동ᄒᆞ여 쌍셩의 증픠 어리여 연화보협을 젹시니 빙치

냥 쇼졔 년이 다 늑칠 셰라 쇼져의 나군을 붓들고 울며 왈 금일붓터 셔나미 틱틱 뎍뇨ᄒ신 심스를 엇지 위로ᄒ리잇고 말노됴ᄎ 진쥬 곳흔 눈물이 즈로 구으니 셜쇼졔 냥 쇼고의 손을 가로 붓들고 봉혜쇼져는 계유 슈삼 셰라 슬상의 언져 각각 됴흔 말노 다리여 위로ᄒ고 화잉을 명ᄒ

여 협스의 긔화픠식을 쥬어 셔나는 졍을 표ᄒ고 이의 분슈ᄒᆯ시 기리 탄식 왈 시운 아 싱지효의 상무위러니 아싱지후의 봉ᄎ빅우라 ᄒ미 금일 날을 일으미로다 ᄒ여 흐르는 눈물이 스미를 뎍시니 군졔 겻히 잇셔 이 거동을 보고 각각 유모를 불너 졔 쇼져를 다려가게 ᄒ고 지흥이 쳔흥으로 더브러 와 일장 니별을 고ᄒ고 힝즁을 다스릴시 본부 시비 열흘 머무르고 쥬비 슈급ᄒᆫ 바 비경 잉경 등을 다려가랴 ᄒ니 화잉 등 오 인이 죽어도 둇ᄎ려

ᄒᄂᆫ지라 쇼졔 왈 여등이 날을 됴ᄎ 느의 화익이 아모듸 밋츨 줄 모로거늘 슈다ᄒᆫ 스름이 어듸로 쥬착ᄒ준 말이뇨 계잉 왈 요인이 우리 노쥬를 뎍힝가지 ᄒ게 ᄒ니 이럴 스록 쇼비 등이 듸쇼 화란을 무릅써 둇고즈 ᄒ나이다 쇼졔 ᄎ마 물니치지 못ᄒ여 원듸로 둇게 ᄒ니 졔 시비 흔연ᄒ여 쇼져의 뒤흘 됴ᄎ려 힝도를 출히더라 사인이 좀간 드러와 니별을 닐을시 가월쳔창을 기리 미즈 팔을 드러 탄왈 현됴의 금

일 화익은 임의 안 비라 시로이 놀날 비 아니로되 혈혈 녀지 녕히니역의 찬뎍ᄒ고 싱스를 미가분이라 타일을 기다리미 잇시랴 간모요계 쳔만 고븨라 ᄎ힝의 무스ᄒᆷ믈 엇지 못ᄒᆷᆫ 지즈로 부르지 아냐 알지라 아모려나 삼가 엄졍 부탁ᄒ시믈 져바리지 마르쇼셔 복이 년쇼 부지라 현됴의 화를 건지지 못ᄒ니 타일 악장을 뵈올 안면이 업스나 복이 ᄯᅩ흔 싱각는 비 잇스니 큰 요시 잇거든 일노뼈 방비ᄒ쇼셔 ᄒ

고 낭즁으로됴ᄎ 일봉 부작을 늬여 쇼져긔 밀고 유유ᄒ여 그 듸답을 기다리니 쇼졔

스인으로 슈작ᄒ미 크게 붓그러워 듯기를 맛츠미 이연 디왈 셩인도 오는 익을 면치 못ᄒ니 ᄒ물며 쇼쇼ᄒ 녀지 신명을 져바려 쳔상의 벌ᄒ시믈 밧ᄌ오니 엇지 ᄒᄒ여 밋ᄎ리잇고 다만 화시 급ᄒ미 잇실진디 가르치시믈 명심ᄒ오려니와 만일 신명의 도으믈 엇지 못ᄒ고 위급지란이 잇실진디 지혜를 비지 못ᄒ 후는 실노 잔명을 앗

60면

기지 못ᄒ리니 돈구의 유렴ᄒ심과 군즈의 끼치시는 바를 뎌바린 죄인이 될가 져허ᄒ나이다 ᄒ고 다만 말슴이 안견ᄒ여 안싁이 불변ᄒ니 스인이 봉안을 거듭 써 쇼져 보기를 이윽이 ᄒ고 팔을 드러 읍ᄒ니 쇼졔 답녜ᄒ고 거교의 오르미 미송 상운으로 쇼져를 쓸오고 연화 등은 졔 시비로 더부러 쇼져 침쇼를 직희여 스인의 의건을 밧드더라 쇼졔 본부의 니르니 상부인이 평싱 쇼교로 만디 무쌍ᄒ 셔랑을 마즈 흔희

61면

ᄒ더니 가니의 불인이 모혀 근본 업손 원슈를 미즈 위티히 만드니 분한ᄒ믈 어디 비ᄒ리오 흉격이 막히고 후셜이 쵸갈ᄒᄂ지라 홀홀이 식음을 폐ᄒ엿더니 쇼졔 니르러 비알ᄒ니 부인이 옥슈를 닛그러 슬하의 안치고 참참ᄒ 셜홰 말이 돕지 아니니 다만 쇼리를 숨겨 오열 왈 너의 작셩으로 이 화를 맛나믄 황쳔이 ᄂ의 죄를 벌ᄒ시미라 왕년의 너의 고푀 산동 뎍쇼의셔 간인을 맛나 겨오 산수의 보명ᄒ여

62면

불셰지공을 일워시나 너의 유란 ᄀᄎᄒ 긔질의 엇지 바라며 남히 ᄒ 가의 위티ᄒ믄 산동의 비기지 못ᄒ리니 이를 장츠 엇지리오 쇼졔 격셰 후 즈위를 봉시ᄒ미 이 믄득 스별의 통이요 싱니의 결연ᄒ미 아니라 간장이 이우러져 눈물을 먹을 샏이로디 비스고어로 모친의 심수를 도도지 아니려 안싁을 화이ᄒ고 위로 왈 이는 다 쇼녀의 명되 다쳔ᄒ미라 신명을 탄ᄒ며 사름을 한ᄒ리잇가마는 냥가의 불회

63면

비경ᄒ믈 슬허ᄒ나이다 연이나 쇼녀의 직익이 쇼멸홀 썩 잇스오리니 모친은 과도히 상회ᄒᄉ 불효를 더으지 마르쇼셔 이의 안싁을 즈약히 ᄒ고 드러가 목부인긔 직비ᄒ

고 느즉이 위로 왈 목시의 문회 불힝ᄒ여 동긔의 슬히지변이 나고 느라히 츄포 죄슈
되여 불과 변셩명ᄒ고 강도의 투입ᄒᄂ 지형이 츌셰ᄒ와 ᄎ후 어듸가지 밋칠 쥴 아
지 못ᄒ니 됴부와 됴션의 되인이 이 밧긔 업슬가

64면

ᄒ나이다 목부인이 희허 탄왈 한 닙으로 다 못ᄒ리로다 즁쳥폐밍ᄒ 아비를 바리고
ᄂ셔 슈형을 보젼ᄒ지 못홀 닐을 ᄒ니 쳔벌이 됴만의 잇실지라 이 밧근 탁낭홀 비 업
스왜라 ᄒ고 다른 말이 업스니 쇼졔 다힝코 감격ᄒ여 됴용이 말슘ᄒ여 원분ᄒ고 한
ᄒ미 업더라 쇼졔 모친 침쇼로 와 ᄎ야의 모녀의 유유ᄒ 졍을 펼시 모친 회리의 드러
유압을 어루만져 홀연 진진이 늣겨 왈 쇼녜 삼 셰

65면

의 임군의 ᄌ위 유도를 ᄎ지ᄒ무로 쇼녀ᄂ 남의 ᄋ히ᄀᄎ치 이 당즁의 발ᄌ최를 임치
아냣거늘 츌가 후 더옥 그리옵더니 금의 뎍거ᄒ오니 더옥 그리오나 현마 엇지ᄒ리잇
고 모친은 과상치 마르스 귀쳬를 보즁ᄒ스 후일 쇼녜 죄를 벗고 영화로이 지니믈 보
쇼셔 부인이 다만 녀ᄋ를 품어 잠을 니루지 못ᄒ고 말을 드르미 이닯고 분ᄒ니 다만
탄셩호읍ᄒ여 눈물이 벽히를 봇틸지라 쇼졔 슬푸믈 거두고 위

66면

로ᄒ여 밤을 지니고 니러구러 발힝닐이 당ᄒ미 부인이 녀ᄋ의 손을 잡고 딕탄 왈 네
아희 싱어십삼의 비례불법ᄒ미 업고 규측의 동ᄉᄒ여 발ᄌ최 즁계의 님치 아녓ᄂ니
이졔 원억ᄒ 악명을 시러 만니 힝역의 괴장 두른 쇼릭 남으로 굴미 어느 시졀의 산
늣ᄎ로 보리오 쇼졔 ᄎ시를 당ᄒ여 쳘구금심이 직 되며 슷치 되믈 면치 못ᄒ여 겨우
딕왈 히이 십상구ᄉᄒ나 맛춤닉 목슘을 진여 다시 슬하의 졀

67면

ᄒ오리니 팃팃ᄂ 과상치 마르쇼셔 흑시 ᄯᄒ 위로ᄒ고 쇼져를 권면ᄒ여 교즁의 들기
를 니르니 부인이 부득이 쇼져 손을 놋코 셜노공 부뷔 쇼져를 숑별ᄒ라 니르럿ᄂ지
라 쇼져를 어루만ᄌ 슬허 왈 노뷔 금년이 팔슌이라 능히 스라 너를 다시 볼 쥴 미드

라 너의 환난이 임부로셔 비로시미 아닌 쥴 아는다 녀뷔 흔곳 모의를 슌흐노라 지형
남미를 갓다 길너 오날놀 너의 이 경상을 일위니 누를 한흐

68면

리오 우리를 긔이지 말고 약간 알게 흐엿더면 이디도록 너를 맛게 흐엿시랴 흉인의
죽음도 졔 죄여니와 너의 알 비 아니여늘 지형 요인이 누의를 죽이주 홀 젹 가즁을
알게 흐엿실진디 우리 됴히 쳐변홀 거슬 흉인을 됴츠 츠경의 밋고 슈쉬 니이흐여 안
치 뫼인이 되실 거슬 원슈의 숫기로 보든 숀ᄋ들이 져의 목슘을 드려 왕모의 뫼를 디
흐여지라 흐무로 틱지 긔특이 녀기ᄉ 사흐시다 흐니 츠후

69면

나 우리 셜문의 은혜 둣터오믈 아르쇼셔 흐고 탄식고 쇼겨를 다시곰 위로흐고 협문
으로 말미암ᄋ 부즁으로 가니 쇼졔 거교의 들미 푸른 교장을 둘너 쳐량흔 힝식으로
남문을 나니 임부의셔 쇼겨를 숑별흐려 션싱이 ᄉ인으로 더브러 남교의 집 줍아 기
다리더니 ᄉ인이 슈리를 마즈 셜학ᄉ를 디흐여 밀어를 냥구히 흐니 이는 다른 ᄉ의
아니라 힝도의 간인 작화를 졔어홀 바를 니르고 슈로로는 더옥 위틱흐니 부거로 속
이미

70면

읏듬이라 슈리를 세 쎠로 흐여 젹이 의심홀 ᄉ이를 타 한쥬부로 뒤흘 직희고 형이 압
흘 당흐여 우션 목지형이 변형흐여 츄동홀 거시니 잇씨의 형이 비슈로 두 팔을 슫쳐
낙안줘로 보니라 츠뎍을 죽이면 늬 숀의 ᄂ지 아니리라 말노됴츠 칠셩쌍뇨검을 허리
로셔 글너 혹ᄉ를 치와 슈루치 말믈 당부흐니 혹시 그 믜셔 신민흐믈 탄복흐고 칼을
바다 요디의 감쵸고 쇼졔 쏘흔 슈레의 나려 션싱긔 하직

71면

흐니 션싱이 ᄌ가이 좌를 쥬고 탄왈 가운이 불힝흐여 형장과 잇지 니가흔 후 너의 화
란이 츠경의 니르니 연이나 너의 지량의 건곤을 둑히 지홀지라 위급지경이 잇시나
잘 방비흐고 몸을 보호흐여 우리의 너 알오믈 뎌바리지 말나 타일 시운이 형통흔 후

영홰 일신의 넘지며 쥭니의 슬푸믈 바리고 임셜 낭문의 영홰 졔미홀 쩌 금일 시 츈몽이 되리니 노부의 말을 경심불망ᄒ라 쇼졔 지비슈명ᄒ미 감

72면

뉘 쳠의ᄒ더라 늘이 느즈미 션싱이 이러셔고 ᄉ인은 보즁ᄒ믈 니르고 거슈상별ᄒ미 쇼졔 안셔히 몸을 도로혀 거즁의 드니 미슝은 부즁으로 도라가고 비셜 열 시비와 화잉 등 오 인이 됴츠니 이 무리 녀즈로 일으면 화월지싴이요 남즈로 닐으면 문무겸젼ᄒ고 ᄉ법으로 니르면 빅보쳔냥ᄒ는 지퇴라 니러무로 지ᄉ위한ᄒ여 쇼졔를 ᄯ로는지라 쥬비 한 폭 그림과 일습 건복을 일워 장파를 맛져 부탁ᄒ미 픠 깁히 감쵸와

73면

하직을 맛고 남으로 향ᄒ니 힝싴의 쳐량ᄒ미 힝뇌 위ᄒ여 슬허ᄒ더라 쇼졔 비록 찬덕ᄒ는 힝싴이 여ᄎᄒ나 구가로 니이치 아냐시무로 쵸궁 노쇽이 왕부의 머무는지라 어림군돌 빅 명이 슐위를 어거ᄒ고 한쥬뷔 영장교로 뒤흘 호위ᄒ니 한 쎄 됴뎍은 능히 침노치 못홀네라 어시의 옥션군쥐 쳔방빅계로 두어 회를 셜계ᄒ여 셜쇼져를 쥭이려 ᄒ되 밋지 못ᄒ고 산동으로 보뉘려 ᄒ되 그릇되여 엉동이

74면

남희로 간다 ᄒ여 느라히 익미ᄒ믈 아르스 구가로 니이ᄒ미 업고 황휘 줍ᄋ가신다 위엄쑨이요 도로혀 은권이 부셩ᄒ여 궐문의 나기를 넘녀ᄒᄉ 상궁 등으로 호위ᄒ여 보뉘시니 그 녀우ᄒ시는 뜻을 알지라 흔 낫 쾌ᄒ미 업고 츙허지명을 실허시니 부즁의셔 흔 번 쵸칙ᄒ려 ᄒ다가 쥬비의 상셜 굿흔 낫빗과 효장공쥬의 즐칙을 듯고 도라와 널 손가락을 흔들며 꾸지지나 홀 일 업셔 다시 졍당의 신셩도 못ᄒ고 두루 도

75면

모ᄒ던 일도 다시 베풀 듸 업ᄉ니 심심무류ᄒ여 별당누의 올나 원근을 요망ᄒ더니 미쥭헌을 마됴치미 지흥이 졔례 즁 머리 지어 안즈시니 신장이 언건ᄒ여 칠쳑을 다흔 듯ᄒ더라 즈시 슬피미 빙옥션풍이 한업슨 긔운과 산쳔의 무궁흔 뎡긔와 가월쳥산이며 구름 굿흔 빈상과 봉안냥협의 ᄉ일 그림지 벽파의 바이여 긴 강 여을의 가을 졍

긔를 흘니는 듯 넉스 쥬슌은 도솔궁 단스룰 그윽이 찍엇는 듯 츙음

흔 운발은 졍신의 가죽ᄒᆞ고 슬쩐 굿흔 허리는 쵹나라 넙은 깁을 묵것는 듯ᄒᆞ니 긔이
코 어엿부미 츙냥업스니 군쥐 ᄃᆡ경ᄒᆞ여 츈교룰 급히 부르더라

임시삼ᄃᆡ록 권지십스

ᄎᆞ셜 군쥐 ᄃᆡ경ᄒᆞ여 츈교룰 급히 불너 손으로 가르쳐 왈 닉 이 부즁의 온 지 이구ᄒᆞ
되 져 공ᄌᆞ룰 쳐음 보와 셰상의 임사인긔 지나리 업술가 ᄒᆞ더니 이 공ᄌᆞ는 일이 층이
더으고 미오되 훈염ᄒᆞ고 ᄌᆞ틱 연연ᄒᆞ여 졀장보단ᄒᆞ면 진짓 난형난뎨로다 괴왈 이 공
ᄌᆞ는 스인 상공의 아이시나 군쥐 빈실노 쳐지 낫스오시니 져 공지 엇지 허리룰 굽혀
뵈기

룰 간ᄃᆡ로 ᄒᆞ리오 상공과 ᄎᆞ 공ᄌᆞ의 ᄲᆡ혀ᄂᆞ시미 흔가지요 필 공ᄌᆞ는 어리시무로 뵈
온 일이 업습더니 거일 셜쇼져 입궐ᄒᆞ실 쩍 안하 계시다가 유모룰 맛지니 크게 우는
지라 스인 상공이 안아 달닉시는 즈음의 쇼비 됴심당 뒤의셔 보오니 텬지 됴화와 강
산 슈긔룰 어릭여 바로 보미 안안ᄒᆞ여 눈이 바익더이다 군쥐 ᄃᆡ로 왈 이 부즁이 ᄂᆞ룰
힝노굿치 보고 ᄯᅩ 외ᄃᆡᄒᆞ미 여ᄎᆞᄒᆞ뇨 사인의 미뎨 삼 인이 잇다 ᄒᆞ되 그 얼골 보미
업스니 셜시룰 아모리 업시

ᄒᆞ나 ᄯᅩ 뎔치ᄒᆞ는 곳이 만토다 하고 일념의 지흥을 닛지 못ᄒᆞ나 ᄎᆞ마 츈교다려도 니
르지 못ᄒᆞ고 불붓듯 흔 음욕을 참지 못ᄒᆞ니 츈푀 눈최룰 알고 굴오되 냥왕을 녀복으
로 변복ᄒᆞ여 약을 삼켜 변용ᄒᆞ고 드러오게 ᄒᆞᄉᆞ이다 군쥐 쇼왈 아직 참으라 닉 싱각
는 빅 잇스니 ᄎᆞ식 못 되거든 아모리나 ᄒᆞᄌᆞ ᄒᆞ고 귀의 다혀 니로되 ᄎᆞ공ᄌᆞ룰 닛지

못ᄒᆞ기스니 변용ᄒᆞ여 속여 뜻을 일우고ᄌ ᄒᆞ노라 괴 요두 왈 옥쥐 져런 위티ᄒᆞᆫ 말을 ᄒᆞ시ᄂᆞ니잇가 부즁 비

4면

비 하쳔도 요슐노 속이지 못ᄒᆞ려든 ᄒᆞ물며 극히 어려온 ᄎ 공지니잇가 군쥐 왈 엇지 ᄒᆞ여 어렵다 ᄒᆞᄂᆞ뇨 괴왈 셜쇼져 가시든 날 보오니 ᄎ 공지 셜쇼져를 비별ᄒᆞ실 ᄶᅵ 네 뫼 진공ᄒᆞ시고 셜쇼졔 또 돈당을 뫼심ᄀᆞᆺ치 ᄒᆞ니 그 위인을 두리미 아니니잇가 군쥐 왈 그 거쳐ᄒᆞᄂᆞᆫ 곳만 알면 쥬변ᄒᆞ깃도다 괴왈 이는 더 어려온지라 쇼비 듯ᄉᆞ오니 ᄉᆞ 인 상공이 효장궁의 시침ᄒᆞ시고 공ᄌᄂᆞᆫ 왕비낭낭 침젼의 ᄒᆞᆫ ᄶᅵ도 쪄ᄂᆞ지 아니ᄉ 시 침ᄒᆞ신다 ᄒᆞ거늘 어

5면

딕를 향ᄒᆞ여 변용ᄒᆞ리잇고 군쥐 믄득 살긔 등등ᄒᆞ여 비슈를 ᄲᅢ혀 상을 치며 니로딕 이 부즁의 뮈온 지 효장 슉뫼라 그 독하를 한 말만 권ᄒᆞ여 늘과 금슬이 호화케 ᄒᆞ면 닉 이런 원슈를 미즈시랴 이번 진하의 드러가셔 ᄂᆞ의 허물을 쥬작ᄒᆞᆫ지라 금야의 이 칼노 목녀ᄀᆞᆺ치 ᄒᆞ리라 ᄒᆞ고 믄득 의상을 가빈야이 ᄒᆞ고 비슈를 ᄶᅵ고 문을 나ᄂᆞᆫ지라 츈괴 급히 ᄯᅡ라가며 붓드러 왈 큰 일이 날지라 아직 노를 참으쇼셔 쇼리히 궁의 갓다 가 봉

6면

눈당의 가실 젹ᄀᆞᆺ치 잡히면 능운 니괴 간딕업고 뉘 옥쥬를 구ᄒᆞ여 닉리잇가 군쥐 ᄲᅢᆨ 리쳐 왈 가마니 잇스라 닉 부딕 인즁승쳔을 ᄒᆞ고 말나라 ᄒᆞ고 효장궁으로 나ᄂᆞ 드시 드러가ᄂᆞᆫ지라 츈괴 마음을 놋치 못ᄒᆞ여 가마니 뒤흘 ᄯᅩ로더라 군쥐 표연이 효장궁 졍침의 니르니 닉외 등쵹이 휘황ᄒᆞ고 공쥐 효문궁의 혼졍ᄒᆞ고 ᄀᆞᆺ 도라와 좌를 일우 니 ᄉᆞ인이 쳔홍 등 졔 공ᄌ로 더브러 뫼셧시며 ᄋᆞ쇼져와 여러 공지 희쇼ᄒᆞᆯ식 월혜

7면

쇼져를 도라보아 왈 너희 지긔를 니르니 마음이 홀연ᄒᆞ나 쇼졔 향긔로이 웃고 왈 타 인 유심을 여츈탁지라 ᄒᆞ니 거거의 심식 근늬 오죽ᄒᆞ시릿가 싱이 딕쇼 왈 요ᄉᆞ이 아

희들이 의수 만타 셜시 닉게 엇지혼 스룸이라 그 스룸이 ᄂ가니 닉 마음이 오작지 아
니리라 ᄒ니 엇지ᄒ여 그러ᄒ뇨 공쥬 근닉 스인의 시름ᄒᄂ 스식이 업셔 두고 볼스
록 뇌락엄위ᄒ여 쇼쇼 스졍으로 울울ᄒ미 업고 타연이 ᄋ히ᄀ치 여러 ᄋ히들노 학낭
쇼어ᄒ여 두루

8면

단니며 회쇠 낭낭ᄒ여 일호 쥬졉든 모양을 보지 못ᄒ고 굿ᄒ여 군쥬를 한흠도 업셔
유유묵묵ᄒ믈 긔특ᄒ여 과이ᄒ더니 미쇼 왈 너희 궁슈혼 모양이 환부의 거동을 면치
못ᄒ엿시되 네 말이 마음의 거리끼지 아닐와 ᄒ니 군즈도 말과 마음을 달니ᄒᄂ냐
사인이 복슈 딕왈 유지 쳐가의 슈은을 남달니 ᄒ오니 마음의 평싱을 부모 버금으로
셤겨 졋 먹인 악모의 졋갑슬 ᄒ랴 ᄒ옵더니 악장이 부졀업시 유즈로 동상을

9면

얜오니 부뫼 쥬장ᄒ시고 왕뷔 ᄒ시ᄂ 바를 엇지 면ᄒ리잇고 임의 그 집 싱관의 일홈
을 거럿스오니 빅두죵신의 뜻을 어그릇지 마라 써 반즈지의를 온견이 홀가 ᄒ온 비
ᄯ 글너스오나 스스의 텬의라 인녁의 밋지 못ᄒ리로쇼이다 연이나 됴참ᄒ고 악모를
뵈오니 그 부인이 목시 ᄀ혼 스오나온 고뫼 봇치여도 잘 견되더니 그 쌀 스랑이 별ᄒ
던지 유즈의 금포스뫼를 잡고 우ᄂ 눈물이 벽파를 봇틸지라

10면

이 굿ᄒ여 쇼질의 죄 아니로되 스스로 은혜를 져바린 듯ᄒ여 실노 져 곳의 가오면 심
시 됴치 아니ᄒ더이다마는 ᄯ 춤마 아니 가지 못ᄒ여 구실 숨아 됴참 후의 단니노라
다스ᄒ여이다 공쥬 츠언을 드르미 그 어그럽고 너른 의견이 가히 스랑ᄒ온지라 공쥬
탄왈 국가의 쥬셕이오 임문의 쳔니귀라 너의 긔질이 져러ᄒ무로 됸당의 과즁ᄒ심과
빅슉의 허심가보ᄒ시미 틱악지즁 ᄀᆺᄒ시미라 도라 쳔흥을 향ᄒ여 니로되

11면

여러 ᄋ히 먼니 스싱을 춧지 말고 ᄀᆺᄀ이 녀형을 ᄯ로게 ᄒ라 너의 너모 미믈혼 위인
을 닉 심히 환도이 넉이ᄂ니 남ᄋ의 쳐셰ᄒ미 여형 ᄀᆺ홀지니 쳔지로 규량ᄒ고 사희

를 즁안의 너흐미 되쟝뷔니라 우리 빅져의 회셰ᄒ신 셩덕딕지로 싱ᄒ신 빅 너의 오
형뎨 하나토 치지ᄒ 으히 업고 지홍의 학식 명달ᄒ미 인즁긔린이오 딕셩인이니 닉
더옥 긔이ᄒ여 져를 딕ᄒ면 눈을 옴기기 앗가와 ᄒ노라

12면

ᄉ인이 불감ᄒᄆᆯ 일ᄏ라 뫼셔 말솜ᄒ더니 밤이 깁ᄒᄆᆯ 장을 지우고 벼기를 밧드러
공쥐 취침ᄒᄆᆡ 쳔흥공즈로 더브러 장외의 퇴ᄒ여 공즈를 품고 취몽코즈 ᄒ더니 홀연
창외의 인젹이 홀홀ᄒ니 사인이 놀나 니러ᄂᆞ니 옥션군쥐 능히 공쥬를 하슈ᄒᆞᆫ가 ᄎ셜
옥션군쥐 홀연이 공쥬 죽일 뜻이 급ᄒ여 비슈를 씌고 효장궁 뎡침 북함의 몸을 곰쵸
와 야심ᄒᄆᆯ 기다리더니 이날 ᄉ인이 시침ᄒᄆᆡ 공슈궤슬ᄒ

13면

여 진졍 쇼발이 듯기 즈미로와 곡숙히 업딕여 듯다가 틱부인 기르시ᄂᆞᆫ 빅면 괴 미양
이 궁의 오면 공쥬와 졔 공지 긔린ᄀᆞᆺ치 위앗고 먹이ᄂᆞᆫ 고로 무상이 단니더니 ᄎ야의
도 오다가 후함의 군쥐 업딕여시ᄆᆯ 보고 푸른 눈을 독히 쓰고 두 발톱으로 허위치니
군쥐 무심 즁 놀나 쇼쇼쳐 구으러 셤 으릭 ᄂᆞ려지니 ᄉ인이 누으려 ᄒ다가 쇼릭를 듯
고 쳔흥공즈를 쟝ᄂᆞ로 드리밀고 단의야관으로 픽도를 ᄲᅡ혀 들고 닉다르니 요인의 죽

14면

을 익이 머럿ᄂᆞᆫ지라 츈괴 먼니셔 관망ᄒ다가 군쥬의 ᄂᆞ려지ᄆᆯ 보고 딕경ᄒ여 ᄲᆞᆯ니
나라가 돌우쳐 업고 나ᄂᆞ 드시 가ᄂᆞᆫ지라 사인이 칼을 집고 둘너보되 발셔 먼니 ᄀᆞ고
업ᄉ니 ᄯᅡ라 부졀업고 이 분명 요인이 공쥬를 원망ᄒ여 독을 쑴으려 ᄒ다가 즈가의
ᄂᆞ오ᄆᆯ 보고 즈최를 감쵼가 더옥 통한ᄒ더라 명묘의 툰당의 신셩ᄒ고 옥누의 됴회ᄒ
고 도라와 모비 침당의 뫼셔 야간의 효장궁의 칼 가지고 요인이 돌입ᄒ엿던 바를 쥬
ᄒ고 왈 요인의 참궐

15면

ᄒᄆᆡ 여ᄎᆞᄒᆞ오니 슈이 쳐치코즈 ᄒ나이다 쥬비 답왈 오으ᄂᆞ 가마니 잇스라 미구의
즈즁의 난이 ᄂᆞ리라 ᄒ더라 어시의 군쥐 츈교의게 업히여 홍미각의 니르러ᄂᆞᆫ 원분이

돌돌ᄒᆞ여 무슴 디거됴ᄅᆞᆯ ᄒᆞ여 합문을 어육고ᄌᆞ ᄒᆞ나 ᄣᅥ 글너 퇴지 인명영달ᄒᆞ시미 요쳔슌일이 도라왓고 져의 요얼이 발뵐 길이 업슨ᄃᆡ 셜시ᄅᆞᆯ 비록 귀양보ᄂᆡ여시나 신셰는 회복ᄒᆞ여 스인으로 하로밤 화락을 어들 길 업스믈 더옥 착급쵸됴ᄒᆞ니 져 군즈ᄅᆞᆯ 요

16면

약으로 속이지 못ᄒᆞᆯ 거시오 지죄 능히 칼을 부려 양젹을 ᄒᆞᆫ 숀으로 셔르즈나 임가 오의 구졍단심은 쳔황지로ᄒᆞ나 두루혈 길 업스니 무가ᄂᆡ히라 외로온 잔등의 홍노ᄅᆞᆯ 길히 미ᄌ 계칙을 궁니치 못ᄒᆞ니 츈괴 ᄎᆞ일 황혼의 냥왕의게 니르니 이ᄂᆞᆯ 양왕이 외젼의셔 여러 미인을 모화 풍악음쥬ᄒᆞ며 기리 노릭ᄒᆞ여 취즁의 탄왈 시운 즈혜스인린 진상셥진이라 ᄒᆞ여시되 ᄂᆡ의 싱각이 광능지광의 지닉되 미인이 잇스나 건상셥진

17면

ᄒᆞ미 더디뇨 ᄒᆞ더니 츈괴 믄득 당하의 비알ᄒᆞ니 취안을 놉히 쓰고 군쥬의 평부ᄅᆞᆯ 뭇는지라 괴 좌우ᄅᆞᆯ 도라보와 홍장미인이 슈풀 ᄀᆞᆺᄒᆞ믈 보고 지졍이니 왕이 교의 눈칙ᄅᆞᆯ 알고 졔창을 물너가라 ᄒᆞ고 츈교ᄅᆞᆯ ᄀᆞᆺᄀᆞ이 불너 온 곡졀을 무르니 츈괴 군쥬 뎐후ᄉᆞᄅᆞᆯ 일을ᄉᆡ 임ᄉᆞ인을 위ᄒᆞᆫ 마음이 그윽ᄒᆞ되 한 번 도라보미 업스미 한이 미쳣는지라 되왕이 임의 임상부 후문을 ᄎᆞᄌᆞ 쥬봉야힝ᄒᆞ실 지뫼 잇거든 우리 군

18면

쥬의 불붓는 급ᄒᆞ믈 이ᄣᅥ의 누르스 계교로 탈신케 ᄒᆞ리잇가 왕이 쳥미파의 욕심이 얼켯는지라 ᄎᆞ언을 드르미 쳥쳔의 비등ᄒᆞᆯ 듯 고기 됴오 ᄀᆞᆯ오되 만일 너의 군쥐 닉 ᄠᅳᆺ을 바들진되 임상부ᄅᆞᆯ 니르지 말나 명ᄉᆞ지부의라도 닉 ᄉᆞ양치 아니코 가리니 슈고로이 다른 날을 긔약ᄒᆞ리오 금야의 너와 ᄒᆞᆫ가지로 가리니 길히 쉬온 장원을 ᄀᆞᆯ으치라 츈괴 응낙ᄒᆞ니 왕이 의장을 가비야이 ᄒᆞ고 엽히 비슈ᄅᆞᆯ ᄭᅵ고 츈교는 압히

19면

힝ᄒᆞ고 왕은 뒤히셔 ᄯᅡ라 상부의 니르러 괴 숀으로 가르쳐 후원 담 나즌 듸ᄅᆞᆯ ᄀᆞᆯ으쳐 그리 길을 닉여 분장을 넘어들게 압흐로 도라가 길을 인도ᄒᆞ마 ᄒᆞ니 왕이 졈두ᄒᆞ고

후원 분장하로 향ᄒ니 교도 큰 문을 드러 바로 원장을 쎄쳐 드러가니 왕이 발셔 담을 넘ᄂᆫ지라 괴 슈풀을 헷치고 길을 인도ᄒ여 임의 군쥬 침당의 밋쳐ᄂᆫ 슈창의 촉영이 희미ᄒ고 군쥬의 탄결이 도도ᄒ여 손으로 벽으로 치며 암암이 일쿳ᄂᆫ 빅 임

20면

사인의 미몰박졍이라 왕이 군쥬의 모양을 보니 음혼이 표표ᄒ여 지게ᄅᆞᆯ 썰니 열고 드리다라 냥뉴 ᄀᆞᆺ흔 허리ᄅᆞᆯ 휘우쳐 안으며 일변 촉을 멸ᄒ고 홍슌을 졉ᄒ여 원앙장 니의 ᄂᆞ요ᄅᆞᆯ ᄂᆞ즉이 ᄒ여 만고음녀의 경박ᄒ 군왕을 맛나 황황ᄒ 은이 밋칠 듯 탐탐 딕혹ᄒ여 야쳘토록 만즁풍뉴의 음녀 창졍ᄒ미 밋지 아닌 곳이 업ᄉ니 맑은 편의 올 니기 더럽더라 동방이 긔빅고즈 ᄒ미 군쥐 왈 딕왕이 비록 쥬실지

21면

친이 아니시나 진황후 질지시니 쳡으로 쵼분은 업지 아니나 이쳬 옛 쵼분은 딕시 아 니로딕 쳡의 비홍을 딕왕의게 씨셔시니 딕왕이 쳡을 빈실노 ᄒ시랴나 졍궁 위로 ᄒ 실ᄂᆞ오 한 말의 결단ᄒ라 쳡이 평싱 임ᄉ인의 션풍도골의 마음이 밋쳐 하로밤만 인 연을 밋고즈 ᄒ나 구지부득이러니 딕왕의 ᄂᆞ뷔 그물의 쳡이 임의 걸니엿시나 쳡이 쳔승 군왕의 일녜요 금황뎨 손녜니 딕왕이 비록 놉흔 위의 거ᄒ시나 쳡을 빈희로

22면

치지 마쇼셔 말을 맛고 일쌍 츄파ᄅᆞᆯ 쾌히 쩌 왕을 니윽이 보니 이쩌 츄칠월 긔망이라 지ᄂᆫ 달이 셔창의 됴요ᄒ여 호발도 셸지라 군쥬의 녹발이 왕의 건장ᄒ 슈즁의 농낙 ᄒ여 헛틀고 홀난ᄒ ᄌᆞ식이 음녀의 창졍을 니르랴 격년 믹친 바ᄅᆞᆯ 쳑탕ᄒ니 유미 어 릿여 교협이 지악ᄒ고 ᄉ쳬무골ᄒ니 아릿쏙히 푸러져 의딕ᄅᆞᆯ 슈렴치 아녀시니 미인 의 ᄌᆞ틱 더옥 쇼담가려ᄒ여 녹딕의 즐을 잠으던 달기 영신이 아니

23면

면 고쇼딕 상의 부ᄎᆞᄅᆞᆯ 줌으던 셔시라 속업ᄂᆫ 진왕을 여지업시 녹이니 왕이 황망이 답왈 현쳐야 이 엇진 말이뇨 과인을 믹밧ᄂᆞ냐 과인이 본딕 쥬실지친이 아니요 피ᄎᆞ 맛ᄂᆞ믈 늦기야 ᄒ 쥴 뉘웃ᄂᆞ니 닉 임의 그딕의 홍졈을 씨셔시니 이ᄂᆞᆫ 쳔졍빅필이요

빅셰가위라 어이 빈회로 들먹이느뇨 느의 뎡비 가셰 늣고 용식이 바히 업스니 나리와 후궁을 숨고 그듸로 뎡비를 숨ᄋ 만만셰 무궁지락을 누리리니 쇼쇼 근심 말

24면

고 긔모비계로 이 부즁을 샌져나라 군쥐 일영삼탄의 쥬뤼 쌍쌍ᄒ여 교험을 젹시니 왕이 밧비 느ᄋ가 빅능한슘으로 흐르는 누슈를 씨스며 왈 그듸 임가ᄋ를 맛난 지 삼 지의 옷깃도 어더보지 못ᄒ고 쇽졀업시 호박침을 어루만져 니뷔 되엿다가 쩌날 말을 ᄒ니 무어시 연연ᄒ여 눈물이 느느뇨 군쥐 교틱를 먹음고 왈 쳡이 굿ᄒ여 연연ᄒ미 아니라 년미 십슘의 불힝이 임즈를 됴츠나 닙승 쵸일부터 무궁흔 쳔듸와

25면

욕을 감심ᄒ고 잇셔 천방빅계로 강덕을 셔릇고도 모진 님즈의 흔 됴각 마음을 두루혀지 못ᄒ여 느의 원을 못 펴고 반싱 경영ᄒ던 거시 일됴의 듸왕의 긔물이 되니 다시 뎔노 더브러 바랄 거시 업고 원슈나 갑고즈 ᄒ나 쏘흔 이 뜻을 일우지 못흘지라 이를 위ᄒ여 눈물이 뎜 ᄂᆞᆺ느이다 왕이 황망이 위로 왈 이런 일의 츠마 옥인의 눈의 눈물이 느게 ᄒ리오 닉 막하의 흔 냥두시란 스름이 잇스니 이 스름의 숀의 임즈의 긴 목슘을

26면

쓴흐리니 그듸의 원슈란 다 닐으라 군쥐 듸희 왈 만일 듸왕의 말슘 곳흘진듸 무슴 근심이 잇스리잇고 쳣지는 임창흥이요 쏘흔 지흥이란 즈와 비록 원슈 업스나 우리 슉모 효장공쥐 날노 큰 원슈라 냥두시 만일 신통ᄒ거든 공쥬의 칠긔 즈녀와 공쥬 아오라 죽여 닉 분을 셜ᄒ면 불셰듸공이로쇼이다 왕이 크게 깃거 흔흔 응낙ᄒ고 즉시 궁으로 도라와 냥두스를 불너 츠스를 니르고 금야의 우션 효장궁의

27면

가 무론시비ᄒ고 공쥬의 허다 모즈를 다 죽이라 ᄒ고 쳔금을 쥬니 이 냥두스는 오쵸의 유명흔 검슐이러니 듸량 왕각의 쌋홈의 샌히여 드럿다가 왕각이 픠ᄒ고 져의 검슐이 쥬원슈 듸진을 범ᄒ려 ᄒ다가 칼을 부르지르고 붓그려 냥 쏘의 숨엇더니 문황데 왕각을 파ᄒ시고 외씨를 틱됴황데 각별 츠즈 봉ᄒ시던 쥴 싱각ᄒᄉ 진슉을 츠즈

되량 쏘흘 버혀 봉호시니 이러무로 냥두시 냥왕 막빈의 붓쳐시되 지됴

28면

롤 쓸되업셔 냥왕 부하의 쏘라단닐 분이러니 금일 천금상을 쥬고 부탁호믈 보미 용
약되희호여 장속을 ᄀ비야이 호고 하늘이 어둡기를 기다려 ᄂᄋ가더라 어시의 임스
인이 요뎍의 ᄌ최를 본 후는 슬피미 더옥 쇼쇼호더니 이늘 퇴됴호여 바로 궁으로 와
천흥공ᄌ로 더부러 녕하뎐의셔 모든 공ᄌ를 엄칙호여 단니지 말나 호고 장틱감을 명
호여 지작야의 옥쥬 졍침의 도젹이 비슈를 들고 드러

29면

오다가 ᄌ가의게 쏘치여 가믈 니르고 슈호호믈 엄히 호라 호니 장틱감이 되경호여
스모를 벗고 고두 왈 도위 츌졍호시미 궁즁을 슈호호미 궁감의 쇼임이여늘 슬피믈
만홀이 호여 옥쥬 침뎐의 도젹이 돌입호오니 슈스난속이로쇼이다 스인이 관을 가
라 호고 왈 이는 궁감이 되 아니라 요인이 가즁을 착난호미니 슬피믈 상심호라 장틱
감이 칭스호고 ᄂ와 모든 궁노를 명호여 슌쵸호믈 엄히

30면

호더라 냥왕이 츠야의 상부를 바라보니 흔 쥴 무지기 바로 효장궁 뎡침을 빗최엿는
지라 깃거 바로 군쥬 침당으로 와 츠스를 니르고 군쥬를 닛그러 환오호는 모양이 밋
칠 듯호니 음녀의 도도흔 창졍이 음난방통호미 진실노 쳔신이 진노홀너라 츠야의 스
인이 효장궁의 니르러 졍즁의 힝미호며 우러러 셩신을 슬피더니 홀연 흔 쥴 슬긔 공
쥬 침뎐으로 향호며 만장 무지기 빗최니 되경

31면

실식호여 급히 셔동 의산을 명호여 참요검을 가져오라 호여 공즁 무지게를 향호여
두루고 두어 마디 진언을 넘호니 믄득 징연흔 쇼티 ᄂ며 보검이 공즁으로셔 써러지
믈 인호여 일표 장식 칼과 ᄀ치 ᄂ려지며 셔늘흔 긔운이 뎡즁의 셔리고 일도 무지게
스러지더라 스인이 되경호여 금녕을 흔드러 궁속을 모호고 뇨젹을 뫼여 쓸닌 후 혹
금슐을 힝홀가 호여 급히 부작을 써 ᄭ뒤의 붓

32면

치고 덕을 쓰어 녕하던으로 니여오민 제인이 일시의 결박ᄒ고 사인이 뎡식 문왈 너 요젹이 뉘 쳥쵹으로 심야의 검슐을 힝ᄒ여 드러온다 실진무은ᄒ라 젹이 아모리 도망코ᄌ ᄒ나 스인의 뎡명지긔의 만신이 져리고 몸이 썰니거늘 쏙뒤의 부작을 붓쳐시니 엇지 환슐과 검슐이 발뵈리오 ᄒᆞᆫ곳 고기를 ᄯ히 박고 입을 녀지 못ᄒᄂᆫ지라 사인이 딕로ᄒ여 엄형츄문ᄒ여 피육이 후란ᄒ되 승복지 아

33면

니니 술을 두루지지며 져쥬되 일셩을 부동ᄒ니 스인이 익노ᄒ여 ᄒᆞᆫ 쇼릭 뇌졍 ᄀᆞᆺᄒᆞᆫ 호령이 졍하의 구을며 빗난 미우의 츄상이 번득ᄒ니 밍회 공산의 쮜치며 눙이 창힉를 업치ᄂᆞᆫ 듯 위엄이 늠늠ᄒᆞᆫ지라 흉덕이 간독ᄒ나 일신을 즛울히며 스인의 일월뎡긔와 엄ᄒᆞᆫ 노의 혼을 아엿ᄂᆞᆫ지라 이의 고기를 슉이고 굴오딕 형벌을 늘회시면 근본을 직쵸ᄒ리이다 사인이 명ᄒ여 형벌을 늣

34면

츄니 이의 승쵸 왈 쇼인은 오쵸 스이의 횡힝ᄒ던 검긱 낭두시러니 뎐일 딕량 왕각의게 붓치여 각이 반ᄒ민 각을 도와 임참모를 ᄉ로잡고 돗마듯 딕군을 파ᄒ엿습더니 오릭지 아냐 쥬원슈의 용병ᄒ시미 신츌귀몰ᄒ시니 쇼인의 검슐이 발뵈지 못ᄒ올지라 하마 싱금홀 번ᄒ여 겨오 쌘져ᄂᆞ오니 왕각이 발셔 픠ᄒ엿ᄂᆞᆫ지라 깁히 슘엇습더니 ᄂᆞ라히 간졍 후 진슉을 냥의 봉ᄒ여 왕쥭을 쥬신

35면

지라 쇼인이 진딕왕긔 의탁ᄒ엿습더니 쇼인이 곡졀을 모로고 오릭 직됴를 펴지 못ᄒ엿더니 거일의 딕왕이 여ᄎ여ᄎᄒ시민 아모란 쥴 모로고 과연 금슐을 힝ᄒ여 오오나 금일 쇼인의 운쉬 진ᄒᆞᆫ 날이오니 죽기를 원ᄒᄂᆞ이다 언필의 요간의 픠도를 닉여 들고 앙쳔탄식 왈 ᄂᆞᆫ 양두시 형쵸 스이의 긔운을 부려 거의 뎐국 젹 남은 풍속을 쓸을가 ᄒ엿더니 지식이 무몽ᄒ여 그 임ᄌ를 맛ᄂᆞ지 못ᄒ무로

36면

시동이 일홈 업시 맞츠니 딕장뷔 오월의 장슈 쇼임을 ᄒ다가 지신을 그릇ᄒ여 형벌
ᄋ릭 몸을 맞츤지라 엇지 ᄉ라나기를 구츠이 바라리오 ᄉ룸의게 허신ᄒ미 엇지 그
단쳐를 부딕 다 들츄고 의 업슨 남직 되리오 말을 맞고 픽도를 드러 ᄌ문ᄒ니 호랑
ᄀᆺᄒᆫ 장ᄉ의 쥭엄이 빗겻ᄂᆫ지라 사인이 그 요인의 동덕을 직고치 아니코 쥭으믈 통
한ᄒ나 ᄒᆞᆯ 일 업셔 쥭엄을 씌어 닉치고 공쥬 뎡침의 나

37면

ᄋ가 ᄌ긱 드럿든 슈말을 고ᄒᆫ딕 공쥐 탄왈 니런 일이 다 홍믹각 요변이라 여츳ᄒ 일
이 지돈의 밋ᄌ올가 큰 우환이로다 사인이 딕왈 요인의 작싴 아모지경의 밋쳐 범ᄒ
오나 유지 독히 졔어ᄒ오리니 물념쇼려ᄒᆞ쇼셔 도라 쳔흥공ᄌ다려 당부 왈 ᄂᆞ지라도
무심이 다니다가 요인의 독을 맞ᄂᆞ지 말나 ᄒ고 효문궁 명광헌으로 가 왕부긔 야릭
ᄉ를 고ᄒ니 션싱이 놀나 왈 ᄎᆞ싴 그만ᄒ지 아니리니 만일

38면

부즁의 ᄌ긱이 ᄌ로 왕닉ᄒᆞᆯ진딕 돈당이 놀나시리니 삭슬 슈히 괴여 업시 ᄒ라 사인
이 슈명이퇴ᄒ니라 어시의 냥왕이 임상부의 왕닉ᄒᆞᆷ믈 무인지경ᄀᆺ치 ᄒ여 요음ᄒᆫ 찰
녀로 즐기더니 군쥐 홀연 씌쳐 일오딕 ᄌ긱 양두시 직작야의 효장궁으로 갓거늘 궁
즁이 틱평ᄒ고 돈당 신셩의 슉뫼 쵸왕비로 엇기를 굴와 신셩ᄒ니 이 엇진 닐이니잇
가 왕이 놀ᄂᆞ 왈 군쥬는 고이ᄒᆫ 의심을 ᄒᆞᄂᆞᆫ도다 냥두ᄉᆞ는 텬

39면

하무뎍이여늘 엇진 말이뇨 츈교로 탐지ᄒᆞ쇼셔 군쥐 더옥 의혹ᄒ여 교를 불너 ᄎᆞᄉᆞ를
니르고 아라오라 ᄒ니 괴 두루 단니며 슬피되 알 길이 업더니 장틱감이 믄득 싀된 쇼
릭로 닐오딕 요인이 어느 곳의 은복ᄒ여 이 궁의 ᄌ긱을 년ᄒ여 보닉나 마ᄎᆞᆷ ᄉᆞ인 상
공이 잘 즙ᄋ 쳐치ᄒ여 계신지라 금야붓터는 장원마다 마름쇠를 꼿고 ᄉᆞ면의 밀망ᄀᆺ
치 슈호ᄒ라 영이 ᄂᆞ믹 모든 궁녀 일시의 쳥녕ᄒ고 엄히

40면

직회는지라 츈괴 이 말을 드르미 속붓터 썰니는지라 심즁의 냥왕의 헷장을 원망ㅎ며
밧비 도라와 장틱감의 말을 옴기고 즈긱의 헛되믈 고ㅎ니 냥왕은 두 눈이 푸러져 군
쥬로 늘기를 니엇다가 교의 던어를 듯고 놀나 두 눈을 모업시 쓰고 니로딕 아니라 임
즈는 쳔니안의 후신이냐 니슌풍의 ♀들이냐 양두스의 검슐을 엇지 아라 방비를 그리
잘ㅎ며 죽이다 말이냐 군쥬 왈 딕왕이 임스

41면

인을 엇던 스룸으로 아르시느냐 그 스룸의 얼골 직되 만일 시속의 화지뇽뉴지풍으로
흔곳 눗치 희고 입이 붉을 만ㅎ며 쳡이 뎌를 위ㅎ여 죽기를 도라감곳치 일질이 황양
의 일니를 격ㅎ고 만일 이 집이 빈실 흔 즈리를 허치 아니면 죽어 당싀 되기를 밍셰
ㅎ여시리잇가 임지 지됴를 하늘 밧긔 제일이니 십일 쵸츈의 일홈이 방두의 오르고
벼슬이 비셔각 틱혹스 즁셔스인을 씌여 아츰의 옥누의 됴회ㅎ여

42면

구층 어탑의 놉히 딕직ㅎ여 왕체를 놀난ㅎ니 임군은 놉흔 스싱으로 알고 만됴는 그
풍녁츙효를 우러러 두려ㅎ니 딕왕은 한 가긱으로 아라 졔 방치 못홀 쥴노 아랏도다
알패라 발셔 죽여 닉쳣도다 냥왕이 취안이 몽농ㅎ여 왈 그딕 날을 임즈만 못ㅎ여 임
즈의 위풍을 져리 기리거니와 임지 비록 건곤을 운이ㅎ는 슐이 잇셔도 그딕 반싱 영
낙을 아됴 망단이 씃쳐 회츈ㅎ는 눈물이 호박침의

43면

어롱지니 져의 무용의 풍모지화를 무어시 쓰며 그딕 쳔방빅계로 임즈의게 도라와 위
흔 쑷이 무창의 돌이 되고즈 ㅎ나 동지야 하지일의 한금이 쇼링ㅎ니 쌕리느니 눈물
이요 쉬는니 한숨질 젹 무슨 것시 쓸 딕 잇느뇨 날을 비록 무장치공즈로 알고 느모라
나 흔 번 운우몽의 그딕의 뎍년 단장을 푸러 옥비상의 홍도 일믜 흔뎍이 업셔시니 임
즈를 져리 기리믜 겸즉도 아니랴 군쥐 쳥필의 냥왕이 쐬

룰 잘못ᄒᆞ여 냥두ᄉᆞ룰 헛도이 죽이고 히오미 업ᄉᆞ믈 됴쇼ᄒᆞ다가 뎌의 ᄃᆡ답이 여ᄎᆞᄒᆞ니 뎌두참연ᄒᆞ여 두 줄 쌍쳬 가븨야이 ᄱᅥ러져 도화 보됴기룰 덕시니 셔시 빅 알ᄒᆞ미 부ᄎᆞ의 간을 녹이고 달기 녹ᄃᆡ룰 부쵹ᄒᆞ여 시름ᄒᆞᄂᆞᆫ 틱되라 냥왕이 군쥬의 붓그리고 슬허ᄒᆞᄂᆞᆫ 교용을 보미 만신빅쳬 무루녹ᄋᆞ ᄲᆯ니 ᄂᆞᄋᆞ가 옥슈룰 줍고 교협을 졉ᄒᆞ여 다리여 왈 미인은 슬허 말나 늬 오늘 궁으로 도라가 쳔하 협

ᄉᆞ룰 모도와 효장궁과 임상부룰 어육ᄒᆞ여 그ᄃᆡ 한이 풀니고 ᄂᆞ의 협긔룰 알게 ᄒᆞ리라 ᄒᆞ고 의ᄃᆡ룰 거두니 군쥐 아미룰 ᄶᅵᆼ긔고 왈 ᄃᆡ왕이 금일 ᄂᆞ가 ᄌᆞ긱도 보너려니와 쳡이 만일 이 부즁을 ᄯᅥᄂᆞ면 본궁으로 가려니와 모비 엄정ᄒᆞ시고 부왕이 올나오시면 ᄂᆞ의 비홍을 상고ᄒᆞ여 간ᄃᆡ업ᄉᆞᆫ 곡졀을 아르시면 죽이실지라 부왕의 도라오시기 젼 탈신ᄒᆞ여야 나의 목슘이 보젼ᄒᆞ리니 이룰 잘 쥬션ᄒᆞ쇼셔 왕

왈 이야 늬 어련이 잘ᄒᆞ랴 운졔룰 민다라 담을 넘으려니와 늬 졉다리룰 민다라 ᄉᆞ미의 녀코 궁 장원 밋히셔 넘겨든 늬응을 잘ᄒᆞ여 넘으라 군쥐 뎜두응낙ᄒᆞ더라 이날 양왕이 궁으로 와 여러 요속을 불너 냥두ᄉᆞ의 죽으믈 니르고 황금 일 뎡과 ᄌᆞ금 빅 일을 노코 몸이 화하여 바름이 되여 집 기슭을 인ᄒᆞ여 괴풍이 되여 틈으로 드러가 ᄉᆞ름 죽이기룰 흔뎍 업시ᄒᆞᆯ ᄌᆞ룰 이 금을 쥬고져 ᄒᆞ믈 니르니 이

즁의 눈이 시욱 밧긔 방울ᄀᆞᆺ치 ᄂᆞ고 킈ᄂᆞᆫ ᄃᆡ죠씨만ᄒᆞ고 몸이 흔ᄋᆞ름이 넘고 ᄂᆞᆺ치 쇠북 ᄀᆞᆺᄒᆞᆫ 고이ᄒᆞ고 흉흔 지 ᄶᅱ여나 굴오ᄃᆡ ᄃᆡ왕이 신을 ᄃᆡᄉᆞ룰 맛지시면 금을 아니 쥬셔도 경긱의 엇고ᄌᆞ ᄒᆞ시ᄂᆞᆫ 슈급을 드리고 한 잔 상쥬룰 원ᄒᆞ나이다 ᄒᆞ니 이 다르니 아니라 왕각의 말 맛닷던 군시러니 각이 픠ᄒᆞ미 도망ᄒᆞ여 깁히 산즁의 드럿더니 요도룰 맛나 약간 방슐을 빅화 혹 바람의 날니이며 구름의 ᄶᅡ히ᄂᆞᆫ 슐이 잇고 ᄯᅩ 비

48면

슈를 눌너 스룸의 머리 버히믈 낭즁취물ㄱ치 ㅎ무로 뫼히 ㄴ려 왕의 가젼의 뫼셔 말을 잘 어거ㅎ더니 왕이 쳔금을 놋코 ㅈ긱 구ㅎ믈 보고 믄득 용긔를 분발ㅎ여 쾌흔 말을 ㅎ는지라 왕이 희왈 늬 발셔 너의 심상치 아닌 인물을 알오되 늬 딕단이 급히 쓸 닐이 업셔 구유를 직회엿더니 항오의셔 딕장이 ㄴ니 이는 됴흔 닐이라 너를 특별이 딕스마를 봉ㅎㄴ니 급히 임상부의 가 여츳여츳ㅎ여 임창홍 덕

49면

ㅈ를 질너 슈급을 거두고 효장궁으로 가 공쥬의 장ㅈ와 공쥬를 비슈로 질너 ㄴ의 젹셰지슈를 풀게 ㅎ라 공숀덕이 왕의 말을 눗눗치 긔록ㅎ여 듯고 닉응이 잇셔야 임ㅈ의 거쳐ㅎ는 곳과 효장궁 뎡침과 공ㅈ의 거쳐를 ㅈ셔이 아ㄴ 니를 어더 힝ㅅㅎ믈 구ㅎ니 왕 왈 연ㅎ다 ㅎ고 쇼찰을 ㅎ여 영니흔 궁노로 ㅎ여곰 됴궁 슈찰이라 ㅎ고 홍미 각 시비 츈교를 ㅊㅈ 뎐ㅎ라 ㅎ니 궁뇌 셔출을 가져가 슈유의 회셔를 맛

50면

타 왓는지라 왕이 깃거 펴보니 효장궁 뎡침과 졔 공ㅈ 머무는 긔린각을 그리고 임상부 미쥭헌의 스인이 거쳐ㅎ믈 기록ㅎ엿는지라 왕이 공숀덕을 쥬어 보게 ㅎ니 젹이 일견의 일일이 긔록ㅎ고 승야ㅎ여 바로 임상부의 니르러 진언을 넘ㅎ며 후원 ㄴ즌 담을 말미암ㅇ 뛰여드러 바로 셔당을 ㅊㅈ 쳠하의 몸을 감쵸와 두루 슬피니 즁즁흔 당ㅅ와 굴곡흔 난간이 즁즁겹겹ㅎ여 아모 딕로 발믈 쥴 몰나 졍히 지졍이더니

51면

믄득 인셩이 횐ㅈㅎ며 일위 딕관이 심의 딕딕로 흔 쎄 션동을 거ㄴ려 큰 문을 지ㄴ가믈 보고 이는 임스인이 아니라 ㅎ여 이윽이 바라보되 미쥭헌이 아모 딘 쥴 모로더니 셔동이 츳긔를 들고 안으로셔 ㄴ오며 니로딕 금일은 스인 상공이 뎡심헌의 시침ㅎ시니 츠를 그리 딕령ㅎ노라 ㅎ거늘 그 셔동을 쏠와 몸을 ㅂ롬의 쓰혀 뎡심헌 쳠하의 업딕엿더니 이늘 쇼뷔 졔싱의 강을 밧지 아니코 둉일토록 문을 닷고 무

52면

어슬 궁구ᄒ더니 ᄉ인을 불너 니로ᄃᆡ 금야의 흉적이 너ᄅ롤 놀닐 거시니 이 곳의셔 날과 ᄌ되 여ᄎ여ᄎᄒ여 젹쵸ᄅ롤 밧고 요인을 튤거ᄒ여 가ᄂᆡᄅ롤 슉졍홀지어다 ᄉ인이 비이슈명ᄒ고 효장궁의 니르러 쳔흥을 ᄃᆡᄒ여 니로ᄃᆡ 금야의 흉덕이 오리니 장틱감 등을 명ᄒ여 즘ᄌ지 말나 ᄒ고 뎡심헌으로 오니 쇼뷔 고요히 단좌ᄒ여 후창을 열고 ᄀᄅ르쳐 왈 질이 져 긔운을 보ᄂᆞᆫ다 사인 왈 아ᄂᆞ이다 쇼뷔 문

53면

을 닷고 탄왈 야애 요인의 심슐을 밝히 아르ᄉ 벼술을 드리고 고향으로 ᄂᆞ리려 ᄒ시미라 엄졍이 회환ᄒ시미 슈월 ᄂᆡ의 잇실ᄃᆡ 셜질부의 덕거와 목시의 쥭으미 실노 밍낭ᄒᆫ 닐이여니와 엄위 결단코 요인을 가ᄂᆡ의 머무르시믈 크게 불평ᄒ실지니 금야의 ᄌᄃᆡ이 오거든 즙ᄋ 간졍을 획실ᄒ여 더로온 계집을 오ᄅᆡ 부즁의 두지 못홀 쥴 아ᄂᆞᆫ다 ᄉ인이 직빈슈명ᄒ고 발셔 가졍과 군돌을 명ᄒ여

54면

복병ᄒ엿ᄂᆞ이다 ᄒ더라 슉질이 이윽이 문답ᄒ다가 취침ᄒ려 홀시 쵹을 장외로 ᄂᆡ고 슉직 셔동은 장ᄂᆡ의 두고 쇼부와 ᄉ인이 올무ᄅ롤 상하의 놋코 셔동 의산으로 ᄒ여곰 상 밋희셔 젹이 들거든 즉시 올가 쏙뒤의 부작을 붓쳐 동혀 슌쵸군을 맛져 밝거든 쳐치ᄒ라 ᄒ고 틱연이 쇼부ᄅ롤 뫼셔 취침ᄒᄂᆞᆫ지라 의산이 사인의 분부ᄃᆡ로 상하의 업ᄃᆡ엿더니 공손덕이 방즁이 덕연ᄒ여 코 고으ᄂᆞᆫ 쇼ᄅ리 실 ᄀᆞᆺᄒ

55면

믈 듯고 일진 쳥풍이 되여 틈으로 드러 방즁의 돌며 비슈ᄅ롤 ᄲᅢᆫ혀 급히 압히 상을 찍으니 뷘 상이라 놀나 도라셔더니 올모의 발이 걸녀 구러지니 의산이 급히 쥬ᄉ부작을 붓치며 요픽ᄅ롤 쎠히고 불을 붉혀보니 위국 의량부 왕각의 막히라 ᄒ엿거늘 더옥 놀나고 통한ᄒ여 나리와 옥의 가도고 슉질이 편히 ᄌ고 명일 쇼부와 사인이 션싱긔 야간ᄉ를 고ᄒ니 션싱이 광미ᄅ롤 쎙긔고 왈 연즉 즉시 져쥴ᄂᆞᆺ다 사인

56면

이 궤고 왈 밤이 깁헛습는지라 밝기를 기드리미로쇼이다 션싱이 탄왈 요인은 너희 죽이려 흐믈 발분망식흐거늘 도덕을 아니 죽이리오 흐더니 과연 옥둘이 고흐디 간밤의 난디업슨 슐병을 베고 죽엇느이다 흐거늘 이찌 일기 티젼의 합좌흐엿더니 티부인이 빈미 탄왈 알패라 간인의 유박지힝이 훼주흔지라 이의 주긱을 노화 오문을 어육흐고 간부와 도쥬흐여 가국의 난을 일으혀려 흐미라 여등은 가마니 잇수

57면

라 노뫼 숀ᄋ들노 흐여곰 박혁흐여 쳐치흐리라 흐시니 졔인이 빈수슈명이라 이날 과연 군쥐 상부의 주긱이 일을 쥴 알고 장속을 가비야이 흐고 수인은 어디 잇스며 주긱은 엇지흐는고 알녀 츈교를 명흐여 상부 셔실 왕니흐는 길을 인도흐라 흐고 표연이 힝흐니 츈교는 상부와 효장궁과 효문궁 통흐는 협노와 셔실을 다 유의흐여 아랏는지라 숀으로 곳곳이 ᄀ르치니 군쥐 나상을 거두들고 쌸니 힝흐여 효문궁 뎡심헌

58면

뒤 디 슈풀의 숨어 주긱의 동졍을 슬피더니 밤이 반은 흐여 뎡심헌의셔 도덕을 미여 니치며 분부흐는 쇼리 명명흔지라 군쥐 영원이 쮜노라 한 거름의 달녀 침당의 도라와 츈교를 급히 불너 스긔를 뎐흐고 졔일 독약을 일호쥬의 타쥬며 주금 흔 뎡이를 맛져 왈 금이 만흐면 귀신도 스귄다 흐니 이 금을 쵸궁 옥니를 쥬고 이 슐병을 젼흐여 달나 흐되 여츳여츳흐라 흐니 괴 급히 슐병을 가지고 옥니를 츠즈 니르니 이찌 옥니

59면

도덕을 맛타 옥의 너헛더니 괴 느ᄋ가 녜흐고 닐오디 쳡은 쵸젼하 궁희러니 갓친 죄인은 독친이라 우연이 오월의 느셔 한단의 노다가 쳡의 일기 쵸궁의 온 쥴 알고 츠즈 보라 왓다가 우연이 임상부 장흔 쥴을 알고 구경흐라 왓다가 즙혀시니 이 굿흐여 사되인이 아니니 이 흔 병 슐을 젼흐여 쥬면 은혜 난망이라 주금 흔 뎡이로 한 찌 슐갑슬 흐게 흐리니 공공은 이 금을 밧고 병을 젼흐여 쥬쇼셔 옥니 갓득의 군핍흔 즁의

60면

즈금 흔 덩이를 보미 엇지 슐 흔 병 젼커룰 난쳐로와 흐리오 쾌히 금을 밧고 슐병을
바다 젼흐니 공손덕이 헛도이 즙히여 심즁이 쵸갈흐든 츠의 슐을 보고 급히 바다 병
지 드리 거후르니 식경이 못흐여 죽으니라 옥니 무심코 문을 봉쇄흐고 느왓더니 날
이 식미 도뎍을 올녀 무룰가 흐여 문을 열고 보니 즈긱이 완연이 죽어시니 뒤경흐여
이뒤로 고흐니 다시 뭇지 아니흐미 도로혀 영힝흐여 흐더라 이늘 일식이 반오의 틱
부인이

61면

시으로 홍미각의 보뉘여 군쥬룰 부르니 군쥐 승명복슈여늘 틱부인이 영쥬룰 도라보
아 왈 뉘 금일 마음이 즐겁지 아니무로 쇼비룰 모화 지됴룰 시험코즈 흐느니 너는 군
쥬로 더브러 상눅 쳐 승부룰 결우라 영쥐 승명흐나 군쥬 알오믈 스갈곳치 흐다가 근
뉘는 유박지힝을 인인이 이르는지라 마됴 뒤흐믈 츠마 비위 거스려 스으룰 말미암지
못홀 비로듸 금일 뒤거됴룰 흐여 군쥬룰 부즁의 쓸녀 흐믈

62면

춍명혜식으로 거울곳치 빗최는지라 판가의 느으가 진슈아황을 슉이고 셤슈룰 움즉
여 왈 옥쥬는 평신흐스 판가의 니르쇼셔 군쥐 틱부인 쇼명으로 오미 은근돈유흐시니
만힝환희흐미 셜시 업고 사인이 지취흐미 업스니 즈가룰 비록 환도이 넉이나 아직
됴히 용납흐면 하로 가고 잇틀 지느면 져의 얼골이 빅승셜의 지뎡이 민쳡흐니 스랑
이 어뒤로 가리오 흐고 심회흐나 비홍 일관으로 만분 위황흔 즁 그도 아

63면

모려나 쳐변이 잇실노다 흐여 옥슈룰 드러 힝마홀 즈음의 군계의 녀으 쳔혜 스 셰라
군쥬의 줍은 상눅을 달느고 군쥬의 숀을 줍고 닷툴 젹 팔쇠 샌진지라 군쥐 뒤경흐여
팔쇠룰 거두려흘시 비상 홍졈이 흔뎍도 업스믈 군계 본지라 안식이 여회흐여 우어
왈 군쥬의 비상의는 표졈이 업스니 시풍을 쓰지 아니미냐 스인의 우로지틱이 군쥬의
비상 홍졈을 가뭇업시 흐미냐 군쥐 도시 담이나 무슨 뒤답이 잇스리오 이

64면

옥이 즘즘ᄒ여 고기를 슉엿더니 냥졍 츄파의 독긔 어릐여 왈 비상 홍졈은 규슈의게 잇실 비라 쳡이 돈문의 입승ᄒ여 셰월이 뉴년ᄒ여시니 엇지 규슈의 장쇽을 미양 ᄒ여시리잇고 일쳬 어히업셔 면면 상고ᄒ고 쇼피 닝쇼 왈 군쥬의 말이 이연토쇼이다 츠ᄉ의 흑빅을 아됴 쉬온지라 사인 상공을 명쵸ᄒᄉ 진가를 뭇ᄉ이다 퇴부인이 사인을 명쵸ᄒ니 드러와 승명ᄒ거늘 퇴부인이 뎡셩 문왈 네 일쳐일쳡

65면

을 두미 연긔 유츙ᄒ무로 동실지낙을 명치 아낫더니 가운이 불힝ᄒ여 목시 쥭으미 한 현뷔 찬뎍ᄒ여 ᄉ싱돈문을 몰늣고 목시의 술이 썩지 아냐 군쥬로 동낙ᄒ미 인즈의 도리냐 ᄉ인이 짐쥭ᄒ 닐이라 퇴왕모의 말슴을 쥬답고ᄌ 니러셔더니 군쥐 사인의 한업슨 풍용덕질을 쳐음으로 마됴ᄎ 본지라 져런 션풍도골의 냥인을 방계곡경으로 됴ᄎ 하로밤 화락을 못ᄒ고 몸이 무장치공ᄌ 양왕 진슉의 그

66면

믈의 드러 일이 발각ᄒ게 되엿시니 그 젼졍 만니도 판단ᄒ여시니 ᄒ 번 시험ᄒ려 믄득 만면 슬긔로 표연이 픠도를 ᄲᅢ혀들고 사인의 편편 광슈를 줍고 칼을 늘녀 사인의 가슴을 지르려 ᄒ니 요인이 노분의 쓰이여 살긔를 발ᄒ여시무로 위틱롭더니 사인이 츠경을 보고 딕로ᄒ여 쾌히 ᄲᅢ리치니 지게를 넘어 ᄉ오 층 셤 ᄋ릐 헛도이 구으러 ᄂᆞ려지니 좌위 쾌ᄒ믈 부르고 퇴부인은 발검ᄒ여 범ᄉ인ᄒ려 ᄒ믈 딕경실

67면

식ᄒ더니 좌우로 ᄉ지관환을 명ᄒ여 군쥬를 계심당의 가도고 밧그로 가되 쥬ᄉ 부작을 두루 븟치고 군쥬의 유랑과 졔 시비를 다 미여 오라 ᄒ여 외당의 ᄂᆞ아가 금녕을 흔드러 ᄉ돌을·모호고 형벌 긔구를 ᄌᆞᆺ쵸와 몬져 츈교 요비를 올녀 져쥴시 뎔치통한 ᄒ 바로 간인과 간비의 요음ᄒ 뎡뎍을 금일 판단ᄒ여 부즁을 맑히려 ᄒ미 형장긔구를 엄히 베풀고 몬져 교를 올녀 되를 뭇지 아니ᄒ고 형장 삼ᄎ를 쥰칙

68면

ᄒᆞ니 뇌졍 ᄀᆞᆺ흔 호령이 쳥하의 구을미 미우의 묵묵흔 노긔 어리여 삭풍이 ᄲᅣ를 불거
늘 ᄉᆞ일쌍광을 줌간 ᄯᅳ미 츄상이 번득여 밍회 파름ᄒᆞᄂᆞᆫ 듯ᄒᆞ니 집장ᄉᆞ예 불감앙시ᄒᆞ
고 힘을 다ᄒᆞ여 쥰ᄎᆞᄒᆞ니 ᄲᅣ 부러지고 피육이 덤덤 쩌러지니 츈괴 반싱반ᄉᆞᄒᆞ여 부
르지져 뒤를 알고나 죽어지라 ᄒᆞ니 ᄉᆞ인이 가지록 고찰ᄒᆞ여 왈 네 뒤목은 스ᄉᆞ로 알
ᄂᆞ니 몬져 형장으로만 쵸ᄉᆞ를 바들가 넉이ᄂᆞᆫ냐 임의 형장을 다ᄒᆞ미 뎡

69면

셩 문왈 네 군쥬 요인이 목시를 엇지ᄒᆞ여 죽이며 그만 죽일 마음이면 어이 요승을 셜
부의 보ᄂᆡ여 목시를 됴궁 힝각의다 가두며 무슴 일노 요승이 변화ᄒᆞ여 셜시를 숨컷
다가 무어슬 ᄒᆞ려 ᄒᆞ며 ᄯᅩ 장시 되여 칼노 날을 지르려 ᄒᆞ니 이ᄂᆞᆫ 무슴 흉계며 임의
상ᄉᆞ 괴질노 그 ᄯᅳᆺ을 됴ᄎᆞ와시면 무슴 요계로 두 번 ᄌᆞ긱을 드려 오문을 망ᄒᆞ려 ᄒᆞ며
엇던 남ᄌᆞ를 ᄉᆞ통ᄒᆞ엿시며 이왕 실졀흔 계집이 되엿시면 됴히 그 남ᄌᆞ를 됴ᄎᆞ가지
아니코 맑은

70면

부즁을 더러이다가 돌연이 지돈흔 가온디셔 칼노 날을 지르려 ᄒᆞ더뇨 뎐후 악ᄉᆞ를
지쵹ᄒᆞ여 괴로온 오형을 밧지 말나 괴 숨ᄎᆞ 형문을 바다 반싱반ᄉᆞᄒᆞ엿시되 요인의
ᄉᆞᆷ 되오미 만흉간악이라 오히려 입시울을 물고 냥목을 감ᄋᆞ 노쥬의 뒤 업셰라 ᄒᆞ
니 ᄉᆞ인이 딕로ᄒᆞ여 집장ᄉᆞ예를 늘회고 쵸국 오형을 드려 일시의 다ᄉᆞᆺ 가지 형벌노
져쥬라 ᄒᆞ며 니로디 ᄎᆞ요의 요시 빅츌ᄒᆞ고 흉모곡계 디단ᄒᆞ니 오형으로 ᄂᆞ오

71면

라 ᄒᆞ니 일시의 좌우로 오형을 드러 지지며 쇠 ᄭᅩᆺ치로 ᄶᅮ시며 졈이니 교의 모질미라
도 고기를 ᄡᅳ덕여 화형을 늣츄시면 실ᄉᆞ를 고ᄒᆞ리이다 ᄒᆞ니 명ᄒᆞ여 형벌을 긋치라
ᄒᆞ미 괴 쵸ᄉᆞ를 올니니 왈 쳔비 츈교ᄂᆞᆫ 본이 한쳔흔 쵼민의 ᄌᆞᆨ식으로 동셔를 모로더
니 됴뎐히 군쥬의 가긔를 졍ᄒᆞ시고 궁ᄋᆞ를 ᄲᅢ시니 쇼비 춤녜ᄒᆞ여 일독이 다 올나오
니 군쥐 비ᄌᆞ를 보시고 슈독ᄀᆞᆺ치 ᄒᆞ니 쳔비 군쥬 위흔 뎡셩이 목

72면

슘을 앗기지 아냐 츙심이 돌돌ᄒ여 군쥬를 셤기더니 쵸의 낙안쥐 한던히 목지형으로 되ᄉ마를 빅ᄒ여 되쇼ᄉ를 의논ᄒ시고 ᄯᅩ 요슐ᄒᄂ 능운법ᄉ를 어더 목싱을 맛져 경ᄉ로 보ᄂ니여 왕셰ᄌ의 가긔를 낙안쥐셔ᄂ 아니려 ᄒ니 장안갑데 경화거독들의 규슈를 슘겨오라 ᄒ니 목지형이 녀승을 다리고 오니 군쥐 셩문의 입승ᄒ여 계시니 셜부인을 슘겨 낙안쥐로 다려가려 쳔비 목지형으로 냥셩의 친을 밋고 여ᄎ여ᄎ 목싱

73면

을 쐬와 셜부로 가 셜쇼져를 슘켜ᄂ리려 ᄒ다가 노야의 흘니시ᄂ 살의 요목이 상ᄒ고 일이 픠루ᄒ니 다시 도라가 됴리ᄒ여 와 빅 가지로 아니 시험ᄒ 빅 업ᄉ되 하ᄂᆯ이 돕지 아니ᄉ 곳곳이 픠ᄒ니 더옥 분분ᄒ여 셜쇼져를 아됴 깅참의 너ᄒ려 능운을 다시 일위여 슉녈당 쳠하의 붓터 셜쇼져를 슘키려 ᄒ다가 ᄯᅩ 난되업ᄉᆫ 뉴시를 마ᄌ 왼눈이 폐밍ᄒ오니 쇼비 노쥐 뎔통ᄒ여 봉눈당의 칼을 가지고 드러ᄀᆞᆺ다가 계교의 ᄱᅢ

74면

지미 기용단을 슘켜 셜쇼져의게 되를 씌오려ᄒ니 풍부인이 여ᄎ여ᄎ 쑤짓고 즙ᄋ 뎡당을 가려 ᄒ니 군부인이 말녀 노ᄒ시고 ᄯᅩ 셜쇼져 얼골이 되여 목시를 쳐음은 아됴 죽이려 ᄒ다가 쓸 곳이 후일 이시리라 ᄒ여 쳘편으로 난타ᄒ니 목시 공슌이 맛지 아녀 마됴 치고 머리 반을 무쥬리니 군계 부인이 이르러 목시를 구ᄒ고 여ᄎ여ᄎ 니르시고 씌어 쥬비긔 가니 쥬비 되악을 니르고 하옥ᄒ엿더니 능운이 요슐노 도젹ᄒ여 ᄂ려 나

75면

뷔를 만드러 현경궁의 드러가 니귀인을 쵹ᄒ여 부인 직쳡을 어더오니 노애 덕이 금슬을 빌니실진되 군쥬의 한이 ᄎ졍의 니르리잇가 ᄒ더라

임시삼디록 권지십오

1면

추셜 츈교의 쵸스의 쏘 글오디 노애 더으기 금슬을 빌니실진디 군쥬의 한이 츠경의 니르리잇가 목시 돈당 후디롤 바드니 통한ᄒ여 긔용단을 숨켜 셜쇼져 얼골이 되여 무상츌입ᄒ시고 쏘 상공이 셜쇼져로 동침ᄒ시니 군쥐 날마다 여허 보고 더옥 욕심이 불니듯 ᄒ더니 마춤 니괴 니르미 젼후스롤 니르고 햐슈ᄒ라 ᄒ니 스오

2면

츠롤 시험ᄒ되 동시 니루지 못ᄒ여 나동은 칼을 가지고 봉눈당의 가더니 지금 쇼식이 업스니 이분흔 쇠 궁극ᄒ미 흔 비슈로 다숫 시비롤 먼져 시험ᄒ고 인ᄒ여 하심당의 가 목시롤 지르니 이 쏘 셜시 얼골을 비러 죽이고 흔 숀으로 두 젹국을 죽이는 계교로 셜부인을 디슐ᄒ게 ᄒ고 남궁어스로 디헌을 일위고 목싱을 셜부의 보니여 목부인을 쵹ᄒ여 뎡쇼ᄒ게 ᄒ엿더니 싱각 밧 목부인이 뎐과롤 츄회ᄒ

3면

고 미미히 물니쳐 뎡쇼 일관을 못흔다 ᄒ니 홀 일 업셔 걸긱 녀인을 어더 목부인 말노 뎡쇼롤 식엿더니 경상셰 명츌ᄒ스 모든 문쵸와 되인을 다 계달ᄒ시니 일이 십분 위틱흔지라 남어시 좌시랑인 고로 그 계비 곽시긔 회뢰ᄒ고 일이 거의 일게 되엿더니 쥬상이 북노롤 평졍ᄒ시고 회군ᄒ시는 션셩이 드러오니 옥스롤 즁지ᄒ엿숩더니 틱지 신셩영무ᄒ시고 진하의 효쟝옥쥐 참녜ᄒ시니 군쥐 옥시 푸러질

4면

가 ᄒ여 허언을 지어 셜부인이 니귀인을 훼방ᄒ여 곤위롤 탈취코즈 흔다 ᄒ여 니귀인긔 붓치니 귀인이 틱즈긔 뎡원을 고ᄒ고 즈결ᄒ믈 셔도니 틱지 위로ᄒ시고 황후낭낭긔 의논ᄒ시니 셜쇼져롤 입궐케 ᄒ스 그 쳔고 무비흔 셩즈긔믹을 보시고 됴곰도 되치 아니스 짐즛 살인되로 일홈ᄒ스 남희의 찬뎍ᄒ라 ᄒ시나 쥬모의 덕셰지원을 풀 길이 업셔 흔 무리 강도롤 셰 쎼로 뎍쇼 길을 질너 셜부인을

5면

탈취케 ᄒ엿더니 지금 쇼식이 업ᄂ이다 효장공쥬ᄂ 쥬모의 고뫼시니 졍이 모녀의 감
흘 빈 업ᄉ디 됴곰도 긔렴ᄒ미 업셔 입승 쵸일붓터 가쳑ᄒ시미 인뎡 업ᄉ니 한ᄒ여
냥두시란 ᄌ긱을 드려 공쥬 아오로 죽이려 ᄒ더니 줍혀 죽고 군쥐 친히 칼을 들고 햐
슈ᄒ려 ᄒ더니 마춤 노애 슉직ᄒ시니 줌들기를 기다리노라 후함의 업디엿더니 빅면
괴 ᄉ름이 후함의 업디엿시믈 보고 톱으로 ᄂ출 허위니 쥬뫼 무심

6면

줌 놀나 ᄂ려지거늘 쇼비 먼니셔 관망ᄒ다가 업어오니 노애 인젹을 아르시고 칼을
들고 ᄂ오시니 쥬뫼 죽을 날이 머럿기로 맛나지 못ᄒ시미니이다 ᄒ엿더라 사인이 요
인의 쵸ᄉ를 보미 간모곡계 모착지 못홀 바의 칼 쓰기를 시험ᄒ노라 시녀 오 인을 버
히믈 골경신히ᄒ여 다시 무러 왈 늬 아직 네 쥬모의 얼골도 보지 못ᄒ엿ᄉ니 비홍은
엇던 간뷔 업시ᄒ뇨 츈괴 불쵸 왈 쇼비 실노 이 일은 참셥지 아녀ᄉ오되 군쥐 신

7면

슐 힝ᄒ믈 잘ᄒ여 유시붓터 간간이 건복으로 나라 츌입ᄒ니 엇지ᄒ믈 알 니 잇고 사
인이 교의 불쵸ᄒ믈 익익 디로ᄒ여 오형을 나오나 괴 일명이 슏케 되여시되 실쵸를
아니ᄒᄂ지라 온ᄀᆞ 형벌을 디ᄒ되 괴 입을 다물고 고기만 ᄭ덕일 ᄲᆞᆫ이라 사인이 노
긔 불니듯 ᄒ더니 지홍이 쳐ᄉ의 명으로 요인을 ᄉᄉ로이 져쥬어 쵸시 분명ᄒ니 명
일 쳔졍의 계달홀지라 ᄉᄉ로이 져쥬다가 죽여ᄂ 일이 분명치 아니니

8면

형벌을 날회고 요인을 일치 말나 ᄒ니 사인이 왕부의 뎐어를 듯고 노긔를 ᄂ리와 형
벌을 긋치고 큰 칼노 몸을 줌가 가도고 다시 유모 등 졔 시비를 일시의 형육으로 무
러 간부를 ᄎᄌ니 졔 시비 일츌여구히 츈교의 쵸ᄉ ᄀᆞᆺ고 유뫼 울며 고ᄒ되 군쥐 힝식
어려서붓터 부녀의 힝실과 녜졀을 바리시고 쳔누ᄒ미 하류쳔인만도 못ᄒ니 남궁비
환도이 넉이ᄉ 엄히 경계ᄒ시고 깁히 두ᄉ 쇼비로 보익게 ᄒ시나 간언을 불쳥ᄒ고
모월일의

9면

봉선누의 올나 힝인을 슬피다가 노야의 화풍을 보고 괴질을 닐워 요비로 모계ᄒᆞ여 아니 밋츤 곳이 업스니 쇼비 울며 간ᄒᆞ되 션언이 쓴 약이라 믹스를 다 긔이고 츈교 홍악으로 동심모의ᄒᆞ니 쳔작얼은 능가멸이어니와 ᄌᆞ작얼은 불가활이라 뎍년 간계로 쥬인을 도와 ᄀᆞ득ᄒᆞᆫ 군쥐 간비의 쇠오무로 엇던 군왕 ᄀᆞᄐᆞᆫ 남ᄌᆞ를 쩌쩌 후원 담을 넘겨 드려오믄 보왓스나 동침ᄒᆞᆷᄒᆞᆫ 모로ᄂᆞ이다 군쥐 본궁의 잇실 젹 유모와 보모 등을 남궁비

10면

명ᄒᆞᄉᆞ 효졀녜의로 도으라 ᄒᆞ시니 션언으로 도으나 군쥐 노ᄒᆞ여 모라ᄂᆞ치고 쳔비 등을 다시 썬 올니니 군쥬를 밧들지연졍 그 힝ᄉᆞ야 엇지 치ᄋᆞ의 올니리잇고 쳔인의게 일 녜 잇셔 지아비 호방ᄒᆞ여 바리고 도라가니 어믜 졍의 잔잉ᄒᆞ여 긔젹ᄒᆞ려 ᄒᆞᆫ즉 귀를 버혀 병잔지인이 되니 상한쳔뉴도 뎔이 숑빅 ᄀᆞᆺ거늘 쳔승지가의 이런 힝실이 어듸 잇스리잇가 이 밧근 아는 일이 업ᄂᆞ이다 군쥐 츈교로 모의샨 아니라 홍영 홍악 냥비

11면

지 잇스니 일쳬로 동심모의ᄒᆞᆫ지라 홍영은 무슴 급ᄒᆞᆫ 닐노 본궁으로 가고 홍악은 도망ᄒᆞ여 담 넘어가믈 보왓ᄂᆞ이다 이 홍악ᄌᆞᄂᆞᆫ 쳐음 목시 시녀 츄영의 가둔 거슬 무슴 슐노 밧고와 닉여 말을 변ᄌᆞᄒᆞ니 틱지 즁형ᄒᆞ여 듸리시의 가도왓더니 홍악이 즁형을 못 니긔여 죽은 쳬ᄒᆞ니 듸리시 관원이 진실노 죽은 쥴 알외고 씌어ᄂᆞ치니 츈뫼 야간의 다려다가 구완ᄒᆞ여 의구히 단니더니 다라ᄂᆞ고 취영의 싱ᄉᆞᄂᆞᆫ 모로ᄂᆞ이다 사인

12면

이 다시 무를 말이 업셔 옥의 ᄂᆞ리와 가도고 모든 쵸ᄉᆞ를 거두어 돈당의 알외니 션싱이 일견의 쇼부를 도라보ᄋᆞ 탄왈 형장이 가ᄂᆞ를 써나신 후 가변이 여ᄎᆞᄒᆞ되 우리 다 연무 즁의 잇셔 셜ᄋᆞ를 남히 되인을 만드니 ᄋᆞ녀ᄌᆞ의 당홀 빅 아니로듸 즁도의 악당이 즐너 화시 어느 지경의 미츨 쥴 모로니 어린 ᄋᆞ히 엇지 보젼ᄒᆞ엿시며 간졍을 참ᄋᆞ 잡으미 ᄉᆞ명을 어든들 어듸로 젼ᄒᆞ리오 쇼뷔 듸왈 쇼질이 의쳔다려 여ᄎᆞ

13면

여추 가르친 빅 이시니 슈일 힝ᄒ여 슝니산 연쳐스 집으로 힝ᄒ여 그 곳의 슈월을 머무러 질뷔 히만ᄒ거든 ᄋ희를 연쳐스 부부의게 의탁ᄒ면 연쳐스는 실인의 외둑이오니 영낙 쵸의 벼슬을 바리고 셩명을 곳쳐 그 곳의 은거ᄒ엿ᄂ지라 셰간으로 길이 다르고 산스의 오르면 무막과 운슈의 잠겨 지쳑이라도 외인이 아지 못ᄒᄂ 곳이니 질부의 스싱 넘녜 아직은 업술가 ᄒ나 그 사이 간당이 여러 길노 은복

14면

ᄒ여 변이 아모 곳으로셔 날 쥴 모로니 그를 우려ᄒ오나 각별 넘녀ᄂ 업스오려니와 물넘쇼려ᄒ쇼셔 쳐시 뎜두ᄒ더라 사인이 표문을 닷가 됴군쥬의 만악과 요계를 일워 가란을 짓고 건상셥진ᄒ여 유박지힝이 낭즈ᄒ다가 비슈로 즈가를 지르려 ᄒ다가 픠루ᄒ고 간뫼 발각ᄒ여 간비 츈교 등이 복쵸ᄒ니 투뷔 황가지엽이라 스스로이 쳐치를 못ᄒ고 가부지뫼를 쳥ᄒ고 인슈를 글너 궐문의 듸뫼

15면

ᄒ니 어시의 틱지 옥좌를 여러 군신의 됴회를 바드시더니 스인의 표문이 오르고 죄인 등의 쵸스를 보시미 뇽안이 츄악ᄒ스 썰니 의옥쳐결ᄒ여 군쥬를 스스ᄒ려 ᄒ시니 아지 못게라 군쥐 슌히 죽어 다시 가국의 난을 지은가 츠츠 계람ᄒ라 츠시 옥션이 궃치여 원분이 쳘쳔ᄒ니 만신을 뒤틀고 버셔 다라ᄂ려 ᄒ나 움즉일 길이 업스니 악악ᄒ 욕셜이 귀를 가리올 빅로듸 밧그로 통ᄒ여 양왕긔 이 화를

16면

통ᄒ 길이 업ᄂ지라 심복 시녀 홍악이를 불너 셔간을 쥬어 일ᄂ지 아닌 젼 양왕긔 보닉여시되 왕이 긔회를 맛츌 쥴 모로고 즈기 망나를 벗지 못ᄒ미 강상듸뫼로 음힝이 발각ᄒ면 나라히 죽이실 바를 싱각ᄒ미 망극ᄒ여 가슴을 허위고 스스로 죽고즈 ᄒ되 터히 업셔 돌돌ᄒ여 거의 후셜이 다 타더라 션시의 홍악이 군쥬 셔찰을 가지고 양왕긔 가니 양왕이 됴왕궁의 단녀온 지 오릭고 군쥬로 말믜암ᄋ

17면

본국으로 갈 위의를 듄비ㅎ더니 믄득 군쥬의 셔간이 이르미 이 다른 스연이 아니라 즈긱이 연ㅎ여 줍히니 만일 스긔 픠루ㅎ여 틱왕으로 스통흔 뎡뎍이 발각ㅎ면 틱홰 목젼의 발각홀지라 아모 지경의 가도 미암의 허물을 벗고 탈신홀 것시니 틱왕은 밧 그로 힝도를 쥰비ㅎ고 육노로는 츄병이 두리오니 슈로로 힝ㅎ게 일쳑 쇼션을 꾸며 남강 여흘의 미라 ㅎ엿는지라 왕이 막부 뇨쇽 형탁으로 쥬즙

18면

을 꾸며 남강의 틱령ㅎ라 ㅎ니 졔둘이 쳥녕ㅎ고 믈너ᄂ다 ᄎ시 홍악이 마음이 녕신 ㅎ여 궁의 머믈고 군쥬의게 잇지 아니ㅎ더니 믄득 ᄋ시비 츈잉이 급히 달녀오니 잉 은 츈교의 동뎨라 이용이 요라ㅎ고 춍명요스ㅎ미 츈교의 지ᄂ니 군쥐 일춍ㅎ여 츌입 의 ᄶ어ᄂ지 아니터니 ᄎ시 뎡당의 변이 ᄂ믈 보고 가즁의 덤벙일 스이의 쥐 슘듯 감쵸 여 동말을 다 보고 냥왕의게 니르러 스연을 고ㅎ니 왕이 틱경실식ㅎ여

19면

모든 궁노로 약쇽ㅎ되 병즘기를 각각 들고 도즁의 미복ㅎ엿다가 군쥐 츌뷔 되여 본 궁으로 가는 길을 실포치 말고 탈취ㅎ되 복식을 곳치고 가면을 뻐 인귀를 분변치 못 ㅎ게 다라드러 아스 남강 비를 틱오고 국도로 가되 동궁비 나의 가츅흔 미인인 쥴 알 면 결단코 용납지 아니리니 승상부의 닉 관즈를 뵈고 잘 구쳐ㅎ라 졔인이 일졔히 약 쇽을 굿게 ㅎ고 길가의 바즈니더라 어시의 틱지 스인을 집으로 도라

20면

가라 ㅎ시고 다시 죄인을 올녀 져쥬실시 형위 엄녈ㅎ고 옥식이 씍씍ㅎ스 츈교 등을 형벌노 더쥬실시 기기히 복쵸ㅎ미 임부 쵸스와 굿흔지라 다시 알 비 업고 졈졈 옥션 의 힝식 아니쇼을 ᄯ름이라 이의 쳐결ㅎ시되 됴군쥬 무빙이 힝실이 쳔누ㅎ여 황가를 쳠욕ㅎ고 틱 강상을 범ㅎ엿시니 극뉼이 맛당ㅎ되 황가지엽이요 됴왕의 ᄂᆺ츨 보와 스 스ㅎ고 임챵흥의 원비 셜시 빅옥무하ㅎ거늘 간인

21면

의 모함으로 살인의 걸녀 남희의 찬덕ᄒᆞ미 과인의 실덕이라 츄회막급이니 특별이 현혜부인 직쳡을 은ᄉᆞᄒᆞ고 간비 츈교는 요참ᄒᆞ고 군쥬의 유모는 강보 젹 유뫼 아니요 ᄯᅩ 동ᄉᆞᄒᆞ미 업ᄉᆞ니 방숑ᄒᆞ여 본향으로 보ᄂᆡ고 전임틱우 남궁쳔이 회뢰ᄅᆞᆯ 밧고 팔좌 명부ᄅᆞᆯ 틱탄의 올녀 붓긋츨 놀녀 과인을 농슐ᄒᆞ니 이런 붓치ᄅᆞᆯ 머무러 일후지히 충냥치 못ᄒᆞ리니 남희의 안치ᄒᆞ여 영영 ᄉᆞᄅᆞᆯ 못 닙게 ᄒᆞ여 후인을

22면

징계ᄒᆞ고 남시랑은 회뢰ᄅᆞᆯ 밧고 옥숑을 헛트러 무뢰흔 명부ᄅᆞᆯ 깅참의 너흐니 원지뎡비ᄒᆞ라 ᄒᆞ시고 됴궁의 하됴 왈 희라 ᄌᆞ고로 부인녀ᄌᆡ ᄉᆞ룸을 셤겨 큰 덕을 창치 못흔들 금의 무빙 ᄀᆞᆺ흔 지 업도다 텬황지엽으로 고루의 올나 외간 남ᄌᆞ의 풍모ᄅᆞᆯ 흠모ᄒᆞ여 믄득 월환을 더지며 상ᄉᆞ 괴질을 일위여 임의 ᄉᆞ룸을 둣츠시면 안즌 방셕이 덥지 아녀 산즁 요승을 일위여 요음간특흔 흉계ᄅᆞᆯ 비롯고 녀

23면

ᄌᆞ의 몸으로 ᄉᆞ람의 머리 버히믈 풀눗ᄀᆞᆺ치 ᄒᆞ니 이는 쳔고의 업슨 간흉이라 그 ᄌᆞ식의 틱악이 여ᄎᆞᄒᆞ되 그 부뫼 모로니 싱여으 ᄉᆞ여으 됴흔 닐보듯 ᄒᆞ여 여ᄎᆞ 지경의 가고 가국의 되 눗타ᄂᆞ니 그 되 어느 지경의 가ᄂᆞᆫ뇨 슈독이 이쳐흘 비로되 과인이 ᄎᆞ마 법을 쓰지 못ᄒᆞ여 ᄉᆞᄉᆞᄒᆞᄂᆞ니 희라 법은 왕ᄌᆞ의 셰운 빈여늘 과인이 ᄉᆞ졍을 인ᄒᆞ여 삼장지약을 문허바리니 후인을 틱흘 눗치 업고 목시 원혼이 과인을 원망치

24면

아니랴 ᄯᅩ흔 상쳔이 노ᄒᆞ실지라 비는 지실ᄒᆞ고 강상 뫼인을 실포치 말고 즉일노 죱으다가 ᄉᆞ약ᄒᆞ고 알외쇼셔 ᄒᆞ엿더라 이 됴지 ᄂᆞ리미 만셩이 무빙을 타비ᄒᆞ고 츈교 요비ᄅᆞᆯ 요참ᄒᆞᄆᆞᆯ 쾌히 넉이더라 어시의 됴왕비 이 됴지ᄅᆞᆯ 밧줍고 틱경실식ᄒᆞ여 크게 흔 쇼릭의 피ᄅᆞᆯ 토ᄒᆞ고 것구러지니 셰ᄌᆡ 황황이 붓드러 약을 쳐 회싱ᄒᆞ니 남궁비 숀으로 난간을 쳐 왈 악녀ᄅᆞᆯ 씨쳐 황가ᄅᆞᆯ 쳠욕ᄒᆞ고 셩문을 망멸ᄒᆞ여

25면

되를 강상의 짓고 규문을 더러이며 현인을 모함하려 우녀지 도부슈 노르슬 하니 되
악이 텬지의 쓰코 남을지라 일시도 지완치 못하리니 섈니 최여를 보내여 죄인을 줍
우오라 셰지 즉시 궁노를 보내고 스약을 딕령하여 무빙이 오거든 바로 최여 속의셔
즉시 스사하여 염습하여 뭇으리라 하고 일변 상장졔구를 출하니 가히 우읍다 무빙
요인이 슈히 잡혀와 뎨 죄를 바다 힘힘히 죽고 타일 가국의 화를 아니 지

26면

을 쥴노 알미여 어시의 임상부의셔 텬문의 결시 누미 옥션 가돈 거슬 푸러 당하의 꿀
니고 스지관환으로 스죄명과 유박지힝을 읽혀 들니고 처례 문빙을 내여 쇼화하미 알
펴셔 스스하여 후환을 업시할 거시로딕 묘지 계스 됴궁으로 보내여 스스케 하시고
쏘 쳔시를 알거니 즈레 죽지 아닐 쥴 알미 슌네로 쾌히 되목을 니르고 동힌 최 교즈
의 담우 문 밧글 내니 됴궁 스인이 오거든 쥬어 보내라 하고 내치니 좌위 임의 군쥬
의 간악

27면

을 알미 엇지 긔렴하리오 일시의 쓰드러 내여가 동힌 거슬 푸지 아니하고 이리 츠고
져리 츠 무슈이 구을니며 즐욕도 하고 스이스이 고은 얼골을 할퀴여 뜻고 목시의 시
녀 영옥은 가슴을 찌으며 슬을 허위여 밧고랑을 밀드러 왈 이 악인아 우리 쥬뫼 네게
무슨 원슈완딕 됴히 뎡당의셔 쥬신 감탕을 먹고 즈는 거슬 비슈로 질너 흔 쇼릭도 못
하고 죽게 하니 너를 염통을 샌히고 간을 내여 쥬모긔 졔홀 거시로딕 누라히 스약하
라 하시는 죄인

28면

이오 덕문셩가의셔 흉스를 아니려 고이 보내거니와 엇지 흔 번 욕과 네 슬의 피야 못
내랴 네 동뉴 취영은 홍악으로 밧고아 엇지하엿느뇨 이 말만 니르라 하고 엽엽히 살
을 쓰더 만신의 피 흐르니 알푸믈 견딕지 못하여 이긍이 빌며 취영은 목지형이 맛타
긋시니 모로노라 하는지라 이리홀 적 효장궁 궁노와 효문궁 궁돌이며 됴국인들이 일
졔히 모다 져마다 타비하고 눗눗치 드리미러 보고 닐오딕 얼골이 져만하고 긔

29면

힝실을 ᄒ니 참혹ᄒ도다 기즁 담딕ᄒ고 덤남ᄒ 놈은 달녀드러 잉슌을 뎝ᄒ며 니로딕 우리 비록 쳔누ᄒ나 그딕 ᄉ통ᄒ 간부만은 ᄒ리라 ᄒ고 온가지로 즐욕이 끗지 아니 니 슬푸다 됴군쥬 무빙이 안싁이 빅승셜이요 직뫼 쇼ᄉ 굿고 부귀 일국 쇼교로 평싱 품은 비 음난교음 방ᄌᄒ미 임ᄉ인의 삼싱슈인이라 방계곡경으로 됴ᄎ시나 져의 흔 쇼원을 일우지 못ᄒ고 임문을 멸ᄒ려 요승을 다려와 환슐을 부린들

30면

임문 숨딕ᄂ 딕군ᄌ 셩현으로 요얼이 발뵈지 못ᄒᆯ지라 쇽졀업시 한단 토산지물이 흘 녀 왕궁의 쓰히ᄂ 은금을 진토굿치 허비ᄒ되 흔 일 반 일 요계딕로 못 닐우고 ᄂ둉은 실졀흔 계집이 되여 원독을 ᄉ통ᄒ여 나라흘 범코ᄌ 군병을 모호며 딕역을 경영ᄒ더 니 쳔되 슬피ᄉ 뎍년 간뫼 츈교의 쵸ᄉ의 ᄂ타ᄂ고 금일 졔 몸이 화장을 벗겨 ᄌ의를 닙은 강상 딕죄인이 되여 일신을 홍ᄉ를 결박ᄒ여 ᄉ옥

31면

의 너헛더니 금일 닉여 당하의 ᄭᅮᆯ녀 십악딕뫼를 니르고 혼셔문빙을 쇼화ᄒ며 그 얼 골을 아니 보려 쟝 밧긔셔 뫼를 니르고 닉치니 금지옥엽의 몸이 궁노의 홀ᄭᅳ으미 되 여 뎍이 ᄎ며 만단 회슈ᄒ니 무빙이 ᄉ룸의 몸이오 ᄉ룸의 염치면 시각으로 혀를 물 며 몸을 부딕이져 죽을 거시로딕 이ᄂ 요졍의 후신이라 욕을 춤고 허ᄂ 딕로 잇ᄉ니 됴궁 쵸뷔 니르러 즉시 메고 힝홀ᄉ 도로 인인이 손을 가르치고 타비ᄒ더니 홀

32면

연 즁노의 미쳐ᄂ 견면 쓴 강되 도창검극을 들고 다라드러 됴궁 궁노를 즛치고 일시 의 군쥬를 아ᄉ 취우굿치 다르니 시상인이 다 놀나 숨엇더니 아이오 모다 숀벽 치고 딕쇼 왈 그 군쥬란 거시 쳔승 국군 쳡이며 며ᄂ리로셔 쟝낭쳐 니랑부의셔 더흘 힝실 이미 뭇 호환들이 얼골을 알가 ᄒ여 견면을 쓰고 교ᄌ를 아ᄉ간다 ᄒ고 분분이 젼ᄒ 니 만셩의 모로리 업고 됴궁 궁뇌 창검을 즛맛고 피를 흘니고 도라와 연유를 고ᄒ니 왕

33면

비와 셰지 딕경실식ᄒ여 궁노를 헷쳐 두루 ᄎᄌ나 어딕 가 ᄎ즈리오 이딕로 상달ᄒ
니 틱지 드르시고 탄왈 요인이 타일 가국의 난을 짓고 ᄂ라히 병혁을 일위여 됴왕이
딕화를 보리로다 ᄒ시고 됴셔를 지어 만일 요인이 어느 곳 흉인을 됴ᄎ 국난을 지어
ᄂ라히 다스리되 딕벌이 됴왕 부ᄌ의게 밋지 말믈 뵈시고 셰ᄌ를 탑하의 인딕ᄒᄉ
맛지시니라 셰지 궁의 도라와 텬은을 감축ᄒ니 왕비는 분ᄒ믈 니기지 못ᄒ

34면

여 침식을 폐ᄒ고 상요의 줌와ᄒ여 ᄌ분필ᄉ코ᄌ ᄒ니 셰ᄌ 부뷔 망극ᄒ여 고두읍간
ᄒ며 갓치 침식을 폐ᄒ니 왕비 잔잉이 녀겨 식음을 나오고 울어 왈 닉 딕악이 즁ᄒ여
무빙 ᄀᆺᄒ 거슬 ᄂ하 황가를 첨욕ᄒ고 필경 도쥬ᄒ니 닉 하 면목으로 닙어셰ᄒ리오
셰지 위안ᄒ며 일시도 쩌ᄂ지 아니ᄒ더라 ᄎ셜 딕명 셩됴 문황뎨 갑인 츈이월 계미
삭 무오일의 흉노 야률틱 졍삭을 밧드지 아니무로 팔노 군왕병을 모라 친졍 문

35면

딕ᄒᄉ 임의 한 북의 북노를 파ᄒ시고 팔노 졔후를 도라보닉시민 딕군이 호호탕탕이
힝ᄒᄉ 츄팔월 쵸길일의 유목쳔의 니르러 졔군 장둘을 쉬오시고 호군ᄒ니 유목쳔 탕
에슈는 문황뎨 연져를 쩌ᄂ신 후 탕목읍을 숨으신지라 졔군 부로들을 모화 삼일 딕
연을 쥬어 왕화를 붉히시고 습슌일의 쇽군 발힝ᄒ려 ᄒ시더니 홀연 셩쳬 불평ᄒ시니
만군이 긔를 지우고 경을 굿쳣더니 ᄎ야의 쵸왕이 댱젼의 여러

36면

어의들노 긔빅편을 줌심ᄒ여 상후를 근심ᄒ며 약을 친히 다려 부마를 맛지고 식음을
뎐폐ᄒ며 장외의 ᄂ려 앙관쳔상ᄒ니 ᄌ미셩이 빗치 황황ᄒ여 거의 ᄌ리를 쩌ᄂ고ᄌ
ᄒᄂ지라 딕경실식ᄒ여 일셩을 기리 탄ᄒ고 피를 토ᄒ며 장젼의 구러지니 장각이 뒤
히 잇다가 딕경ᄒ여 급히 붓드러 슈독을 쥐무르며 약을 쳐 구호ᄒ니 식경의 원쉬 뎡
신을 ᄎ려 악슈뉴쳬 왈 닉 본딕 슬푼 인싱으로 명셰

37면

의 입홀 쓰이 업스되 우리 셩상 은퇴이 모골이 부싱하니 간뇌를 쓰히 바려 국은을 갑
습고ㅈ 하거늘 쳔의를 보건딩 ㅈ미셩이 황황하시니 이를 장ㅊ 엇지하리오 장군이 셜
니 근쳐 명산을 아라오라 딩 목슘으로 쥬샹의 위틴하신 바를 빌니라 장각이 그 츙의
를 감탄하여 셜니 ㅊㅈ라 가니 원슈 정신을 출혀 용상 하의 느ㅇ가니 샹이 샹국과 원
슈를 긋가이 좌를 쥬시고 부마의 숀을 잡으 굴오ㅅ딩 이제 팔노 졔휘 도

38면

라가고 딩 병이 심샹치 아니니 불의지환이 잇실가 두리오니 경 등은 일졀 군즁을 쇼
요치 말나 하시니 샹국 등이 셩의딩로 홀 쥴 알외여 직비슈명하더라 장각이 슈유의
도라와 탕에슈 유목쳔 셔편으로 쳘여산이 있고 큰 뫼히 잇는딩 그 가온딩 긔이흔 션
인이 잇셔 텬시인ㅅ와 슈요장단과 과거미릭ㅅ를 무불통지흔다 하더이다 원슈 ㅊ시
를 당하여 텬지 혼흑하니 어이 위의쳬면을 도라보리오 필마로 달녀 장각으로 동후

39면

하라 하고 셜니 힝하여 산하의 니르니 산뇌 구젹흔지라 우러러 보니 험쥰하여 발붓
치기 어려오니 시의 니른바 쵹도지난이 난어상텽텬이라 하미 금일 텰산을 니르미로
다 임원슈 부운총을 물니치고 흔 번 쇼쇼와 만장 빙이를 평지굿치 오르니 연하여 독
젹을 붓칠 곳이 업스되 츙심이 돌돌하여 발과 다리 부드러옴을 모로고 각녁이 진홀
ㅅ록 암암 도츅하며 임의 텰산 상상봉의 오르니 발셔 밤이 슴경이

40면

진홀 쩌의 난딩업손 광풍이 딩작하며 홀연 빅익회 긔셰를 발하여 돌을 더지며 모릭
를 날니며 큰 닙을 버리고 쮜놀며 다라드러 원슈를 물녀 하거늘 원슈 평싱 쳐음으로
단봉안을 놉히 쓰고 와잠쳔창을 거스려 ㅅ일덩긔를 쏘다 이윽이 범을 보며 꾸지져
왈 너 업츅이 비록 산금일뉘나 오히려 뫼를 직희여 빅슈 즁 영웅을 ㅈ허하거늘 싱심
이나 힝인을 히코ㅈ 하나뇨 딩 왕명을 밧ㅈ와 슈히

41면

를 통솔ᄒ여 회군ᄒᄂ 길히 맛춤 셩텬ᄌ 옥휘 불예ᄒ시믈 쵸우ᄒ여 이 산즁의 진인을 ᄎᄌ 약을 구ᄒ여 황야긔 진어ᄒ려 ᄒ거늘 너 업츅이 크게 되를 지엇시니 ᄂᆡ ᄒ번 네 목슘을 시험ᄒᆞᆯ 비로ᄃᆡ 진군 츳긔의 급ᄒ여 ᄉᄒᄂ니 ᄲᆞᆯ니 압길을 인도ᄒ여 진군 잇ᄂ 듸를 가르치라 이 악호ᄂ 본ᄃᆡ 퇴허진군긔 길드러 도를 어덧ᄂ지라 미양 진군이 골 어귀를 직희여 즙인의 동덕을 ᄭᆡᆺ터니 금일도 뫼 어귀의 훌훌

42면

ᄒᆞᆫ 인덕을 보고 긔셰를 발ᄒ더니 진보도군의 뇌졍 ᄀᆞᆺ흔 위엄을 맛나 눈빗 ᄀᆞᆺ흔 털 ᄉ이로 ᄯᆞᆷ이 흘너 오월장슈 ᄀᆞᆺ고 만신을 ᄶᅥ러 업듸엿더니 원슈 호령을 긋치믹 쳔연이 쇼리를 지우고 머리를 숙여 압길을 헷치니 원슈 힝싴이 쉬온지라 농힝호보를 ᄲᆞᆯ니ᄒ여 졈졈 깁히 드러가니 무막이 거드며 빅월이 됴요ᄒ니 숑쥭 슈풀을 지나 일간 모옥의 구름이 ᄌᆞ옥ᄒ고 향연이 안긔ᄀᆞᆺ치 집말늘 덥헛고 학의 쇼릭 쳥아

43면

ᄒ여 임의 ᄉ경을 맛츠니 신션의 도골이요 은ᄉ의 쳐쉬믈 알니러라 원슈 눈을 들믹 웅호ᄂ 간듸업고 슘각 동지 ᄉ립 ᄋᆞ릭 셧ᄂ지라 원슈 급문 왈 네 이 동즁 션싱 집 ᄋᆞ힌다 긔이 답왈 연ᄒ이다 쇼도ᄂ 본ᄃᆡ 퇴허진인 ᄉ후ᄒᄂ 동지러니 금됴의 션싱이 남악 위진군의 쳥ᄒ시무로 남악의 가시며 오늘 슘경말 ᄉ경쵸의 귀인이 산즁의 오실 거시니 셕탑을 덩히 ᄲᆞᆯ고 이시면 즉시 오마 ᄒ시더니 귀긱이 ᄂᆡ림ᄒ시니 뭇즙ᄂ니

44면

쳔하도츙졀졔평북듸원슈 임모시니잇가 원슈 듸왈 연커니와 네 엇지 ᄌᆞ시 아ᄂ다 동지 ᄲᆞᆯ니 직빅 듸왈 존셩과 듸명이 심산궁곡의 임의 덥혀ᄂ지라 엇지 귀인의 셩명을 모로리잇고 ᄒ고 원슈를 뫼셔 셕탑의 올니고 ᄎᆞ를 올니니 믄득 학의 쇼릭 요량ᄒ며 진군이 빅녹을 ᄯᅵ ᄋᆞ릭 ᄂᆞ리ᄂ지라 원슈 하당영지ᄒ여 광슈를 드러 승당ᄒᆞᆷ을 쳥ᄒ니 진군이 츄양ᄒ여 일시의 탑의 좌졍ᄒᆞ믹 원슈 눈을 드러 진인을 보니 지하로 옷슬 ᄒ고 난

쵸룰 씌룰 ᄒ고 구름관의 슈미룰 눌너시니 괴위ᄒᆞᆫ 풍위와 신긔ᄒᆞᆫ 격이 옥쳡의 즈리 보고 영쇼의 도회ᄒᆞᆷ믈 알너러라 원슈ᅵ 몸을 굽혀 ᄃᆡ왈 복은 진토인이라 엇지 션범을 발부리잇고마는 북흉노룰 쳐 물니치고 셩상을 뫼셔 회군ᄒᆞ더니 탕에슈의 니르러 옥휘 미령ᄒᆞ시니 ᄃᆡ진이 움죽일 길이 업고 셩휘 일일 츙가ᄒᆞᄉᆞ 빅쵀 무효ᄒᆞ니 군심이 쇼요ᄒ고 신지 몸으로써 ᄃᆡ홀지라 션셩의 신긔ᄒᆞ신 도덕을 듯습고 쵸혼의 장즁

을 써나 이 곳의 니르미 션셩이 츌뉴ᄒᆞ신 비라 쵸황ᄒᆞ미 복의 츙셩이 신기룰 감동치 못ᄒᆞ여 뎐하의 등비ᄒᆞᆷ믈 엇지 못ᄒᆞ올가 쵸늇ᄒᆞᆸ더니 우리 셩뎐즈 융복으로 션셩 좌하의 등비ᄒᆞ오믈 엇스오니 쳔의 도으시미라 알월 비 업도쇼이다 션셩이 답왈 빈도는 산야 폐인으로 셰간을 하직ᄒᆞ연 지 여러 빅셰러니 영졔 형양이 ᄉᆞ름의 줄못 인도ᄒᆞᆷ믈 닙어 망신지화의 써러져 피화ᄒᆞᆷ믈 위ᄒᆞ여 긔쥬 치미산 폐암의 니르미

비인이 여츠여츠ᄒᆞ여 보닉고 빈되 이 곳의 머무더니 귀인이 셩쳔즈룰 호가ᄒᆞ여 이 ᄯᅡ흘 지닉시미 반ᄃᆞ시 옥쳬 뇽상의 위름ᄒᆞ신지라 만군즁장의 인심이 쇼요ᄒᆞ고 만셰 황애 ᄃᆡ운이 연북 유목쳔의 다ᄒᆞ시믈 심산 폐인이 풍운의 무쳐시나 이 쳘산이 ᄯᅩᄒᆞᆫ 우리 셩뎐즈의 ᄯᅡ히니 비인이 뇽쳬룰 위ᄒᆞ여 힘쓰지 아니리잇고 언파의 동즈룰 명ᄒᆞ여 홍노룰 기우려 일동 츠룰 부어 원슈긔 ᄂᆞ오니 원슈ᅵ 쳔만 의외의 ᄉᆞ뎨 유린을 교

도ᄒᆞ여 도라보닉 도ᄉᆞ룰 맛ᄂᆞ니 몸을 니러 빅비ᄉᆞ례 왈 아이 난망지은을 니르미 복이 ᄒᆞᆫ 번 치미산 뇽션동을 츠즈 션셩의 호싱지덕을 ᄒᆞᆫ번 ᄉᆞ례코즈 ᄒᆞ되 쳔신의 국가 즁임이 무거온지라 셩범을 말미암지 못ᄒᆞᆷ믈 거상의 탄ᄒᆞᆸ더니 금일 늉산 디은을 씨치신 뎐션이믈 듯ᄉᆞ오니 뎐하의 비알ᄒᆞ여 평싱의 밋친 원을 풀 쥴 ᄯᅳᆺᄒᆞ지 못홀 비로쇼이다 인ᄒᆞ여 약을 어더 황상의 환후 곳치믈 이고ᄒᆞ니 션셩 왈 셩상

49면

이 눙쳬 미령ᄒ심도 쳔의로ᄃᆡ 진보도군의 츙효를 상뎨 감동ᄒᆞᄉ 구월을 믈녀 눙거를 마즈라 ᄒ실ᄉᆡ 빈되 이 셰 ᄂᆞᆺ 환약을 두우궁 노즈담의 연ᄒᆞᆫ 비라 빈되 귀인의 관일지 츙을 감동ᄒᆞ여 어더 드리니 두 환은 진어의 쓰고 쏘 ᄒᆞᆫ 환은 깁히 간슈ᄒᆞ여 두시면 쓸 곳이 잇ᄉᆞ리이다 원슈 황망이 ᄭᅮ러 밧고 빅비ᄉᆞ례 왈 복이 션싱 안탑의 젼후 비알ᄒᆞ미 업ᄉᆞᆫ 바로 어린ᄋᆞ를 구활ᄒᆞ여 도라보ᄂᆡ시니 이 은혜는 ᄲᅢ 화ᄒᆞ여 갈

50면

니 되나 ᄎᆞ싱의 다 못 갑ᄉᆞ올 비여ᄂᆞᆯ ᄯᅩ다시 영단으로ᄡᅥ 만셰 황야긔 ᄂᆞᆯ을 바룰 쥬시니 칭은ᄲᆞᆫ 아니라 상휘 평복ᄒᆞ신 후 토지를 버혀 션싱의 ᄃᆡ공을 갑흐리니 쇼싱이 ᄉᆞ스로이 일ᄏᆞ르리오 진군이 ᄉᆞᆺ불감ᄒᆞ고 미쇼 왈 뉘 닐오ᄃᆡ 임원슈를 ᄃᆡ군즈 현셩이라 ᄒᆞ더뇨 이만 미쇼지ᄉᆞ를 셜셜이 칭은ᄒᆞ고 쏘 상휘 평복ᄒᆞ시면 토지를 버히리라 ᄒᆞ시니 비인의 당치 못ᄒᆞᆫ 닐이라 ᄉᆞ히로 집을 ᄉᆞᆷᄋᆞ 아츰의 동ᄒᆡ의 놀고 져녁의 셔ᄒᆡ

51면

의 놀며 구름을 썰쳐 풍운을 어거ᄒᆞ면 거쳐를 모로ᄂᆞ니 진셰 토지는 무어시 쓰며 ᄉᆞ름의 폐물은 어ᄃᆡ ᄡᅳ흐리잇고 연이ᄂᆞ 귀ᄒᆞᆫ 즈부의 ᄉᆞ싱을 모로시리니 타일 ᄃᆡ원슈 휘긔 남으로 두루혀미 부지 상봉ᄒᆞ고 부뷔 지합ᄒᆞ리니 가히 멀고 머도다 황가의 ᄭᅩᆺ 가지 호지의 써러지니 국가의 병난이 급ᄒᆞ리니 요인이 ᄒᆡ외의 ᄂᆞ라 고우를 맛ᄂᆞ미 도슐이 무궁ᄒᆞ리니 ᄐᆡ셩을 곤히 ᄒᆞ미 낭아군의 묘마경을 젼ᄒᆞ여 국난을 졍ᄒᆞ고 가되 창

52면

셩ᄒᆞ리니 연이나 쳔긔 비밀ᄒᆞ니 누셜홀 비 아니라 굿치ᄂᆞ니 금일 니별이 타일 옥허궁으로 반기ᄉᆞ이다 ᄒᆞ고 쥭침을 ᄂᆞ와 베고 눈을 감으니 슘쇼릭도 업더라 원슈 악연ᄒᆞ나 약을 어드미 지지홀 비 아니라 ᄒᆞ여 ᄉᆞ믹를 드러 지빅ᄒᆞ고 계의 ᄂᆞ리니 은ᄒᆡ 기울고 옥뇌 나리니 밧비 동구 밧글 ᄂᆞ 뫼흘 넘으미 발이 부룻고 각녁이 진ᄒᆞᆷ믈 모로고 별을 보고 이슬을 무릅써 총총이 하산ᄒᆞ니 츄풍믹 쇼릭ᄒᆞ고 굽을 허위ᄂᆞ지

53면

라 곳비롤 닛그러 말등의 오르니 말이 네 굽을 모도와 식경이 못호여 뫼 우릭 니르니 장뎔되 니르럿더라 혁을 굴와 힝호며 뎔되 션인을 맛난가 무르니 원슈 왈 그딕 가르치물 주시 호무로 닉 춧기롤 썰니호여 묘히 맛나시니 국가 흥복이로다 썰니 딕진의 니르미 부마롤 보고 야릭 상후와 야야 쳬후롤 무르니 부미 딕왈 상휘 슘경 후붓터 즈로 혼침호시니 빅뷔 가미치 못호시니다 원슈 황황호여 밧비

54면

뇽탑 하의 츄진호여 상후롤 술피며 야야롤 앙첨호니 의형이 환탈호신지라 원슈 군친을 보건딕 효즈충신의 졍시 츠시롤 당호여 엇더호리오마는 가지록 안식이 유화호여 부마로 호여곰 어슈롤 밧들나 호고 팔빅호 후 진믹호고 도사의 쥰 환약을 닉여 동의 담으니 셔긔 쵹화롤 가리오고 향연이 코흘 거스리는지라 이찍 상국이 부마로 더브러 여러 틱의로 진믹호되 상이 쵸혼붓터 옥쳬롤 바리시고 미음과 약물

55면

을 밧지 아니시니 상국과 부미 심장이 쵸갈호되 군심이 쇼요홀가 일졀 스식지 아니코 원슈의 간 곳을 몰나 더옥 쵸됴착급호더니 원슈 도라오나 상후는 덤덤 더 여지업셔 뉵믹이 식진호시니 졍히 위급호믈 당호여 아모리 홀 쥴 몰나 모든 어의롤 닉여보닉고 틱즈긔 표문을 닷그려호더니 영단을 보믹 표문을 날회고 즉시 복녕츠의 화호여 원슈는 약동을 밧들고 상국과 셜틱스 쇼각노들이 좌우로 시위호고 부미 관

56면

결을 히탈호고 단의롤 가비야이 호여 뇽쳬롤 안아 편이 밧들믹 원슈 광슈롤 놉히 것고 약을 밧드러 용슌을 열고 흘니니 흔 방울이 한듸 아니 듯고 임의 후셜을 넘은지라 믄득 히운호시는 긔운이 현연호니 아즉의 반 졈 혈식이 업고 옥식이 졈졈 여지업스무로 좌우 신뇨의 황황호미 다시 바룰 빅 업더니 가는 슘쇼릭 은은호며 뇽안의 혈긔 도라오니 앗가 경식으로 비치 못홀지라 비풍이 스긔호던 좌즁이 양츈이 도

57면

라오는지라 덤덤 쾌히 숨쉬시는 쇼리 들니니 원쉬 또 흔 환을 가라 드리오니 홀연 상
이 농안을 쩌 좌우로 술피시고 몸이 부마의게 안기시믈 찌치스 제신을 도라보시니
면면이 누흔이 잇는지라 앗가 위틱ᄒᆞ시던 쥴을 씨다르스나 엇지ᄒᆞ여 회두ᄒᆞ믈 싱각
지 못ᄒᆞ시고 인ᄒᆞ여 동신ᄒᆞ시니 부미 밧드러 농상의 뫼온 후 물너 계슈지비ᄒᆞ니 상
이 이쎠는 정신이 상쾌ᄒᆞ신지라 농침을 쾌히 물니치시고 제신의 황황흔 거동과

58면

부마의 진공흔 네모를 이 가온디 나다 ᄒᆞ여 몸이 편ᄒᆞ시도록 홈과 원슈의 약 밧들미
여림박빙ᄒᆞ며 굿득흔 츙심이 신기를 감동ᄒᆞ는지라 상이 이쎠 비록 스희지부와 쳔즈
의 귀ᄒᆞ믈 두어시나 이 타국 무인지경의 만군을 유진ᄒᆞ신 가온디 돌연이 독질의 감
기여 냥일지간을 아됴 즘연이 인스를 씯쳐 계시니 이쎠 틱지 아니 계시고 됴왕은 두
셔를 모로는 치공지오 엇지 회운ᄒᆞ시믈 바라리오 속졀업시 농거를 틱허로 두

59면

루혀시미 군국 즁스는 아모리 될 쥴 모로시고 제후국 왕병은 도로의 니어시니 빅셩
이 쇼요ᄒᆞ고 희음업시 고황데 창업ᄒᆞ신 쳔히 엇지 될 쥴 모로시니 흔흔ᄒᆞ신 가온디
늣기시는 탄셩이 홈츠시나 식슈도 거두지 못ᄒᆞ스 일양 혼침ᄒᆞ시다가 두 ᄎ 환약의
빅질이 졀노 물너나고 정신이 젼도곤 상쾌ᄒᆞ시니 연ᄒᆞ여 미음을 진어ᄒᆞ시며 도로혀
시신을 감스ᄒᆞ시고 원슈의 관일지츙과 부마의 지셩을 더옥 긔특ᄒᆞ스 농슈로쎠 원슈
형

60면

데의 숀을 가로줍으시고 상국을 향ᄒᆞ여 스례 왈 짐이 쾌히 희쇼ᄒᆞ믄 짐의 괴공쥬셕
냥인의 지셩이라 은혜라 ᄒᆞ미 경치 아니랴 경의 ᄂᆞ히 이모를 당ᄒᆞ여 시탕의 쵹뉘 되
고 희린이 상노를 무릅쓰고 심산궁곡의 영단을 엇노라 일야를 익쓰미 형히만 남앗고
셰린이 짐의 슬하를 독당ᄒᆞ여 츙효 두 가지의 익간이 쇼진ᄒᆞ여시니 짐심이 바아지는
듯ᄒᆞ도다 상국 삼 부지 상쾌 명명이 드르시고 명명이 말슴ᄒᆞ시믈 듯고 황공돈슈ᄒᆞ

61면

여 계슈지비 왈 인신의 도리 막북시외의 뇽거를 밧드러 북노를 진멸ᄒ고 미쳐 황셩을 드딀지 못ᄒ여 옥쳬 미령ᄒᄉ 냥일지간 경식을 당ᄒ와ᄂ 신의 삼 부ᄌ와 만군장둘의 목슘을 드려 금일 옥식의 여견ᄒ시믈 밧고지 못ᄒ올지라 신이 일시 슈고로 도로혀 신ᄌ의 당치 못ᄒ올 던교를 듯ᄌ오니 황공무언이로쇼이다 상이 연ᄒ여 약을 진어ᄒ시무로 쳔향이 몸의 즘기ᄉ 뎡신과 긔운이 쳥건ᄒ시니 슈일 후 회군ᄒ실식

62면

만군의 즐기미 물끌틋ᄒ여 임의 거가를 뫼셔 호호탕탕이 황셩을 바라고 물미듯 ᄂᄋ 가니 졍긔 폐일ᄒ고 검극이 츄상 ᄀᄐ거늘 빅셩은 뇽거를 바라 고두만셰ᄒ여 부르니 그 쇼리 텬지를 진동ᄒ니 상이 크게 즐기사 모든 빅셩을 인견ᄒᄉ 각별 수쥬ᄒ시고 각각 셩은을 ᄂ리시니 부로휴유ᄒ여 니르ᄂ 빅셩들이 길의 덥혀시니 상이 년을 머무르시고 은근이 농장을 권ᄒ시며 군즁의 만이지국이 드린 보화를 장둘을 쥬시고 남은

63면

바를 ᄂᄎᄎ치 ᄂ여 고로로 수급ᄒ시더니 이 즁의 보상국 퇴ᄌ 한닙을의 드린 바 황옥 명월픽 ᄒ ᄡ앙은 셔휘 남궁비를 수급ᄒ신 비라 상이 월픽를 ᄒ 번 보시미 옥식이 여회ᄒᄉ 도로 거두어 부마를 맛지시고 다른 거슬 졔인을 수급ᄒ시니 츠믈이 엇지ᄒ여 이 곳의 잇스며 뉘게셔 난고 츠하를 보라 임의 만민을 교유ᄒᄉ 쳔은을 듯터이 ᄒ시고 힝편을 밧비 ᄒᄉ 황셩의 다다르시니 퇴지 빅니의 마즈시고 됴졍 문무빅관이 도셩을 다다라

64면

퇴ᄌ의 승예를 됴츠니 뒤가를 맛난 위의와 쳔지 만이를 삭평ᄒ시고 어됴 군병을 하나토 일흐미 업시 환경ᄒ시ᄂ 경시 역딕의 처음이라 도로 소민들의 굿보ᄂ 스람이 장슈 ᄀᆺ고 스름이 묵거 션 거시 빅츠일을 친 듯ᄒ더라 너른 들의 어막을 비셜ᄒ고 습군 장식 결진ᄒ고 좌우로 뇽봉일월긔ᄂ 바룸의 휘듯ᄂ 딕 퇴지 문무 졔신을 거느려 반녈을 맛쵸와 국궁 계슈ᄒ시니 상이 먼니셔 보시고 어막의 ᄂ리시니 퇴지 어탑 ᄋ리 팔

65면

비진알을 맛츠시고 뇽안을 우러러 반기시미 넘지시니 상이 밧비 평신케 ᄒ시고 뇽슈
로 틱ᄌ의 숀을 줍고 쳑연 왈 짐이 북젹을 한 북의 파ᄒ미 희외의 위엄이 진동ᄒ고
막북이 다 짐의 ᄯ히라 왕화를 넙이 펴무로 회군ᄒ미 지지ᄒ여 츄칠월의 탕에슈 뉴
목쳔의 니르러 팔노 졔후를 호궤ᄒ여 도라보늬고 졔군을 쉬오더니 돌연이 일질의 위
틱ᄒ여 냥일지간의 ᄉ싱을 판단홀 바로 임경의 ᄉ 부지 관일지츙으로 지셩이

66면

아니 밋츤 곳이 업셔 틱상노군의 영단을 어더 짐을 먹여 냥일 막힌 거슬 트고 빅병을
다 물니치니 ᄉ오 일이 못ᄒ여 ᄉ지 상쾌ᄒ지라 금일 부지 산 언골노 반기미 견혀 희
린의 츙의 쇼감이오 안흐로 짐의 쇼환을 구호ᄒ며 편토록 ᄒ믄 효장도위 셰린의 지
셩이요 밧그로 군심을 진졍ᄒ믄 임경과 셜연챵과 쇼경 등의 쥬밀ᄒ미니 공여틱악이
오 은여하히라 딤이 ᄌ금 이후로 임경 부ᄌ 슉질을 범범ᄒ 신뇨로 보리오 특별이

67면

단셔쳘권을 쥬어 빅ᄃ의 ᄂ려도 임한쥬 형데ᄌ숀이 국가의 듸퇴를 범ᄒ나 법을 쓰지
말고 우리 군신의 ᄌ별ᄒ 바와 부ᄌ의 다감ᄒᄂ 뜻을 민멸치 아냐 후셰인으로 알게
ᄒ라 벼술노 갑흐려 ᄒ나 고집ᄒ고 쳥념졍직ᄒ니 밧지 아닐 거시오 말노 일큿지 못
홀지라 경은 희린으로붓터 일홈을 부르지 말나 말슴을 맛츠시미 옥누를 ᄂ리오시니
틱지 상후의 위틱ᄒ시던 말슴과 쵸왕의 특별ᄒ 츙셩을 듯ᄌ오니 감뉘 뇽슈

68면

의 여우ᄒᄉ 돈슈쳬읍 쥬왈 셩휘 불안졀이 계ᄉ 위틱ᄒ시되 신이 아직히 모로오니
이 읏지 신의 되 아니리잇고 임경 슴 부ᄌ의 특별ᄒ온 츙셩은 신이 결쵸보은ᄒ오리
니 상명을 심곡의 삭여 잇지 아니ᄒ오리이다 ᄒ고 임상국과 셜틱ᄉ 쇼각노를 향ᄒ여
지비ᄒ고 황상 셩후의 쵸려ᄒ시믈 칭ᄉᄒ시며 쵸왕을 향ᄒ여 용슈를 드러 암암 칭ᄉ
ᄒ시니 상국 등과 원슈 형데 불승뎐뉼ᄒ여 업듸여 능히 니지 못ᄒ고 비한이

69면

쳠의ᄒ니 틱지 붓드러 니르혀시고 다시 일쿳지 못ᄒ시더라 날이 느즈미 어기 틱즈로 더브러 도셩의 드러 오봉누의 나리시니 이늘 상셔의 구름이 봉궐을 덥헛고 만됴의 옥결 쇼릭ᄂ 군용을 맛쵸와시니 틱평셩딕러라 날이 져믈미 군국 작상을 못ᄒ스 명일노 모드라 ᄒ시고 닉젼의 드르시니 황휘 졔왕 공쥬를 거ᄂ리시고 진하ᄒ시니 면면이 반기시더라 졔인이 퇴ᄒ미 효장공쥐 남궁비로 더브로 가죽이 입시ᄒ여 용안을 바라

70면

며 달포 옥궐을 향ᄒ여 영모ᄒ던 바를 쥬ᄒ여 이윽ᄒ니 상이 남궁비를 도라보스 탄왈 짐이 이번 황옥픽를 어더 셰린을 쥬엇시나 이ᄂ 셔휘비를 스급ᄒ신 빅러니 보상국 오랑키 츠물을 진공ᄒ여시니 의괴 망측ᄒᄂ니 엇지ᄒ여 일흐뇨 셔휘 즁히 너기시던 빅니 효장이 깁히 간슈ᄒ라 물이 임즈를 춧ᄂ니 비의게 연분이 진ᄒ여 구으러 쵸국의 ᄡ러졋ᄂ니 깁히 간스ᄒ여 두면 너의 즈녀 즁 월픽 잇시면 츠물이 비상ᄒ니 스사

71면

로 임즈를 츠즈리라 ᄒ시고 군쥬의 평문을 무르스 임부의 안과ᄒ미 잇ᄂ냐 ᄒ시니 남궁비ᄂ 관결과 즘이를 ᄲ혀 되되ᄒ고 효장공쥐 계슈ᄒ여 무빙의 견후 악스와 요스 방동ᄒ며 누힝을 물솟듯 일통을 알외고 탄식 쥬왈 황가의 무빙 ᄀ흔 음녜 나 숀으로 비슈를 늘녀 스름 쥭이믈 능스로 ᄒ니 신의 구기 명명이 알되 황가지엽이라 ᄒ여 기구ᄒ미 업습더니 황애 북힝ᄒ스 가국이 공허흔 ᄯ를 타 외국 번왕을 스통ᄒ여 더옥

72면

고이흔 즈긱을 드려 신을 쥭이려 누츠 ᄒ되 바려두엇더니 쥬픠 흔덕이 업스믈 가즁이 알고 실식ᄒ여 틱돈당이 질즈를 불너 곡졀을 무르려 창흥을 불너 알픠 니르러 미쳐 말을 답지 못ᄒ여셔 무빙이 불문곡직ᄒ고 창흥의 스미를 줍고 칼노 가슴을 지르려ᄒ니 거의 위틱ᄒ옵더니 창이 흔 번 썰치니 충충흔 셤 으릭 ᄂ려져 햐슈치 못ᄒ오니 줍으 가도고 간비 츈교를 잡으 오형으로 져쥬니 견젼 간악지스를 긔기히 복쵸ᄒ오니

스스로이 쳐단치 못ᄒ여 죠ᄉᄅᆯ 거두어 퇴즈긔 계달ᄒ와 여ᄎᆞ여ᄎᆞ 결단ᄒ여 임부로 니이ᄒ여 됴궁으로 ᄌᆸᄋᆞ가 스ᄉᄒ라 ᄒ여 계시더니 됴궁으로 가는 거슬 길히셔 일표강되 견면을 쓰고 도창검극으로 됴궁 궁노ᄅᆯ 즛치고 아ᄉ가다 ᄒ오니 이런 음녜 어듸 잇스리잇고 언쥬파의 옥안이 취홍ᄒ며 격분ᄒᆫ 눈물이 시음솟듯 ᄒ여 흉격이 막힐 듯ᄒ고 남궁비ᄂᆞᆫ 고두유혈ᄒ여 ᄌᆞ식을 잘못 나하 황가ᄅᆯ 쳠욕ᄒᆫ 되ᄅᆯ 쳥ᄒᆞᄂᆞᆫ지라 상

이 고요히 공쥬의 쥬ᄉᄅᆯ 드르시더니 ᄌᆞ긱을 드려 공쥬ᄅᆯ 모슬ᄒ던 되와 창흥을 지르려ᄒ던 형상이며 필경 길히셔 다라ᄂᆞᆷ을 드르시고 어슈로 용상을 쳐 되탄 왈 심의로다 늬 본되 무빙의 체긔ᄅᆯ 보면 몬져 심경이 놀납더니 상ᄉ 괴질노 임창흥을 됴츤지라 그ᄶ 죽여 황가ᄅᆯ 쳠욕ᄒᆫ 죄ᄅᆯ 밝히고ᄌᆞ ᄒ나 골육상잔이라 바려두엇다가 이런 누힝과 강상 되퇴 여러 가지로 날 쥴 어이 알니오 타일 국가의 되변을 짓고 가국을 쇼

요ᄒ리니 슘쳑 ᄋᆞ녀지 여ᄎᆞᄒᆞᆫ 고금을 녁상ᄒ나 무빙 요인 밧 업다 ᄒ시고 쳔하 십슴싱의 됴지ᄅᆯ ᄂᆞ리와 힝니ᄒ여 번국 졔후와 진국 ᄉᆞ막의라도 남녀 무론ᄒ고 슈상ᄒ며 표홀이 단니ᄂᆞᆫ 남ᄌᆞ나 녀인이나 ᄌᆸᄋᆞ 탑하의 드리면 쳔금상 만호후ᄅᆯ 봉ᄒ리니 팔황의 ᄂᆞ리오라 ᄒ시고 좌우로 남궁비ᄅᆯ 붓드러 올니라 ᄒ시더라

임시삼되록 권지십늇

츠셜 상이 좌우로 남궁비ᄅᆯ 붓드러 올니라 ᄒ시니 비 운환을 두다려 쳥죄ᄒ니 상이 옥식을 곳치시고 공쥬로 붓드러 올녀 면유ᄒᆞᄉ 왈 부뫼 어지나 ᄌᆞ식이 불쵸ᄒᆞ미 잇스니 과도히 슬허ᄒᆞ미 무익ᄒᆞᆫ지라 남은 ᄌᆞ녀ᄅᆯ 어지리 교훈ᄒ고 옥혜ᄂᆞᆫ 본국의 가 셩혼ᄒ고 되국 진신가ᄅᆯ 바라지 말나 비 고두슈명ᄒ니 효장공쥬ᄂᆞᆫ 다시 셜시의 살옥지

2면

ᄉᆞᄅᆞᆯ 알외고 ᄐᆡᄌᆡ 인명ᄒᆞᄉᆞ 늪을 헐이ᄒᆞᄉᆞ 감ᄉᆞ경비ᄒᆞ여 계시더니 요인의 간뫼 발각ᄒᆞᄆᆡ 신원이 분명ᄒᆞ와 임의 ᄉᆞ명이 ᄂᆞ련지 오ᄅᆡ오나 미쳐 뎍쇼의 가지 못ᄒᆞ여셔 ᄉᆞᄅᆞᆯ 나리왓시되 요인이 여러 길노 즐너 혹 낙안쥐로 ᄌᆞᆸᄋᆞ가다도 ᄒᆞ고 망망ᄃᆡ히의 의의히 ᄉᆡᆨ지다 ᄒᆞ여 편문의 분분ᄒᆞ오니 호숑ᄒᆞ여 간 한쥬부와 ᄇᆡ힝ᄒᆞᆫ 셜희량이 도라오미 업ᄉᆞ오니 일이 고이ᄒᆞ고 구문 일ᄀᆡ 슉녈의 ᄐᆡ연ᄒᆞ믈 드ᄃᆡ여 셜시의 ᄉᆞ싱을 념녀 아니ᄒᆞ나

3면

이다 상이 탄식ᄒᆞᄉᆞ 왈 ᄐᆡᄌᆞ의 쳐ᄉᆡ 엇지 그리 모호ᄒᆞ뇨 간인의 졍적을 거의 예탁ᄒᆞ며 ᄋᆞ녀ᄌᆞᄅᆞᆯ 남히의 찬뎍ᄒᆞ리오 공쥐 쥬왈 이ᄂᆞᆫ 다 형부시랑의 여ᄎᆞ여ᄎᆞᄒᆞᆫ 닐이니이다 상이 탄식ᄒᆞ시고 금번 힝ᄌᆡ의 유질ᄒᆞᄉᆞ 위즁턴 바와 임부 삼부ᄌᆞ의 츙셩을 다 니르시고 ᄎᆞ후로 국가 휴쳑을 일체로 ᄒᆞᆯ 쥴 알나 공쥐 상후의 위ᄐᆡᄒᆞ시던 바ᄅᆞᆯ 지난 닐이나 심경ᄒᆞ고 셩언을 황감ᄒᆞ여 돈슈계슈ᄒᆞ고 물너나 번왕비와 답논ᄒᆞ더라

4면

익셜 임상부의셔 쳔금식부로 ᄋᆡᄆᆡᄒᆞᆫ 죄명을 시러 남황장녀의 찬뎍ᄒᆞ니 쇼쇼 녀ᄌᆡ 엇지 득달ᄒᆞ며 더옥 츄병이 급ᄒᆞ니 화익을 불문가지라 쥬비 비록 금낭을 쥬고 ᄆᆡ숑 상운 등을 지교ᄒᆞ여시나 념녀 노히지 아니ᄒᆞ더니 신원이 두렷ᄒᆞᄆᆡ 됸당이 힝녈ᄒᆞ고 ᄉᆞ명이 뎍쇼가지 못 밋쳐 회환ᄒᆞᆯ 쥴 알고 날을 혜여 기다리더니 쥬비 됸당의 희열ᄒᆞ시믈 깃거ᄒᆞᆯ지연졍 ᄌᆞ부의 화란이 ᄉᆞ오 츈츄ᄅᆞᆯ 밧고고 ᄋᆞ직 긔치ᄅᆞᆯ 남으로

5면

두루현 후 부ᄌᆡ 상봉ᄒᆞ며 부뷔 일셕의 ᄃᆡᄒᆞᆯ 바ᄅᆞᆯ 의혹 즁이나 지긔ᄒᆞ여 슬품과 앗기믈 참으나 ᄉᆞ침의 물너오면 아황을 기리 ᄆᆡᄌᆞ 즐기지 아니니 ᄉᆞ인이 ᄌᆞ위 심ᄉᆞᄅᆞᆯ 지긔ᄒᆞ여 ᄆᆡ양 화셩유어로 모비ᄅᆞᆯ 위안ᄒᆞ고 쇼년 부부의 그음업ᄉᆞᆫ 니별을 ᄀᆡ회치 아냐 학낭쇼어로 뎨뎨 등과 냥ᄆᆡᄅᆞᆯ 닛그러 모비 심ᄉᆞᄅᆞᆯ 즐겁도록 어리눕게 이ᄅᆡᄒᆞ여 반의의 효ᄅᆞᆯ 다ᄒᆞ니 쥬비 ᄋᆞᄌᆞ의 지효ᄅᆞᆯ 감탄ᄒᆞ나 그 너모 굿세고 엄웅ᄒᆞ미 녀ᄌᆞ의

6면

마음 놋치 못홀 비라 타일 ㅇ부의 쇼도롤 혜아려 심하의 탄식ㅎ여 즐길 쩍 업더라 텬지 환경ㅎ시는 션셩이 가국을 드레니 도셩 ㅅ민이 틱ㅈ의 승예롤 됴ᄎᆞ 텬ㅈ롤 마ㅈ라 가니 틱부인이 상국 부ㅈ롤 먼니 보닉고 즐기지 아니ㅎ시더니 깃분 션셩이 들니미 가즁이 물 씃 틋ㅎ여 사인이 밧비 틱ㅈ롤 뫼셔 교외로 나가고 션ᄉᆞᆼ은 쇼부와 졔ㅇ롤 거느려 문의 마ㅈ믈 등딕ㅎ며 졔 부인의 환셩이 여류ㅎ니 틱부인이 벼기롤 밀치고 니러나 난함의

7면

ᄂᆞ셔며 손을 머리 우히 언져 왈 ㅇㅈ와 냥손을 변시로 보닉미 ᄂᆞ의 일심이 북녁희 믹쳣는지라 가닉의 허다 변괴 층쳡ㅎ고 셜이 악명을 시러 어린 ㅇ히롤 남히 혼가의 슈ㅈ리로 니별ㅎ나 뮈온 아히 보닌 듯 무심이 지닉엿더니 희린 부ㅈ 온다 ㅎ니 닉 이제야 싱각이 급ㅎ도다 ㅎ고 난두의 좌ㅎ여 시녀비 거름이 뎐도ㅎ여도 상국 부ㅈ 드러오는가 ㅎ고 ㅇ공ㅈ 등을 명ㅎ여 골 밧긔 ᄂᆞㅇ가 어딕 즈음셔 화륜쥬거롤 ᄂᆞ리오는고 보라 ㅎ니

8면

쳐시 모친의 희열ㅎ시믈 보니 효심이 쳑감ㅎ여 웃고 쥬왈 ㅈ위 형장과 희린 형뎨롤 ㅈ이ㅎᄉᆞ미 쇼ㅈ의 빅비 승ㅎ시믈 보오니 쇼지 원통ㅎ여이다 틱부인이 평싱 처음으로 딕쇼 왈 너는 집의 한가히 잇셔 쥬야 노모롤 밧들미 덜박ㅎ미 업ᄉᆞᄆᆡ오 네 몸을 위ㅎ여 근심되미 업고 희린 부ㅈ는 왕왕이 변시의 유진ㅎ니 노모의 심시 슬드리 그리온 고로 금일 너의 말이 ㅈ손을 층가ㅎ는가 ㅎ니 이도 경시로다 쳐시 광미의 희긔 무루녹

9면

ㅇ 셩의 맛당ㅎ시믈 알외고 쇼부와 졔손을 거느려 동구 밧긔 ᄂᆞ오니 ㅅ인이 틱ㅈ롤 뫼셔 북교의 가 군친을 마ㅈ 효ㅈ츙신의 반기를 다호 후 봉궐의 드르시믈 보고 부ㅈ 슉질 됴손이 샬니 동구의 니르니 쳐시 졔손을 거느려 상국 거하의 밋쳐는 상국이 밧비 ᄂᆞ려 쳐ᄉᆞ의 뎔ㅎ기룰 기드리지 아니ㅎ고 셔로 쇼슈룰 니으니 원슈 형뎨 황망이

야야긔 지비ᄒ고 효ᄌ의 반기ᄂ 지셩이 츄파의 물결이 요동ᄒ니 쳐시 샹국을 뫼시고
부

10면

ᄂ로 드러올ᄉ 샹국이 일슈로 쳐ᄉ의 숀을 잡고 일슈로 쇼부의 숀을 닛그러 거름이
던도ᄒ니 쇼뷔 야야의 당년ᄉ를 싱각ᄒ고 지금 별뉸ᄌ의를 보니 홀연 마음이 쳑감ᄒ
여 마듸마다 골졀이 녹ᄂ 드시 왕의 지셩을 심골의 삭이더라 바로 퇴화뎐의 드러와
일시의 퇴부인긔 지비ᄒ고 샹국이 뿌러 그 사이 돈휘 일향 녕안ᄒ시믈 뭇ᄌ옵고 ᄌ안
을 우러러 반가오미 도로혀 몸이 국가의 마이혀 북당 학발을 밧드러 반의를

11면

츔츄미 효ᄌ의 도리여늘 ᄌ긔 슈가ᄒ믜 퇴부인이 변시의 우려쵸민ᄒᄉ 그 ᄉ이 쇠픠
ᄒ신 듯ᄒ믈 슬허 퇴퇴 냥슈를 밧들고 부인은 샹국의 가슴의 머리를 다혀 누쉬 연낙
ᄒ니 샹국이 쭉누를 데어ᄒ고 퇴퇴를 위안ᄒ여 쳐ᄉ를 도라보와 탄왈 우형 ᄀ흔 불
쵸지인이 업도다 쳔승녹을 위ᄒ여 몸의 즁작을 언져 쎠쎠 ᄌ졍의 졀우를 끼치니 동
싱의게 붓그럽지 아니리오 쳐시 감동ᄒ여 ᄌ위를 위안ᄒ고 원슈

12면

형뎨 각각 녜를 맛고 됴모 슬하의 뫼시니 뎍막ᄒ든 당즁이 물 쓸 듯ᄒ고 ᄌ녀 졔숀이
좌우로 넘놀고 녀위 냥부인이 각각 ᄋᄌ의 숀을 줍ᄋ 반기미 무궁ᄒ니 도로혀 쑴인
가 의심ᄒ며 깃분 가온듸 슬푼 말을 못ᄒ여 셜시의 굿기믈 즁지ᄒ더라 모든 반기미
진뎡흔 후 샹국이 흉노를 삭평ᄒ든 슈말을 일일이 알외여 모부인 열의를 돕ᄉ오니
일좌의 즐기ᄂ 화긔 츈풍을 ᄌ앗고 졔 공ᄌ ᄋ쇼져 등은 ᄌ미로와 드르며 됴

13면

부 슬상의 엉긔여시니 샹국이 어리 니를 안ᄒ며 ᄌ라 니를 어루만져 냥안이 밤뮈니
퇴부인이 져 거동을 보고 쇼왈 너의 ᄌ숀 만ᄒ미 실노 유복다 ᄒ려니와 셜쇼부 ᄀ흔
쳘부셩녀를 일토다 샹국이 말ᄉᆷ으로됴ᄎ 불각듸경ᄒ여 능히 말ᄉᆷ을 슈히 듸답지 못
ᄒ여 안싴이 찬 ᄌ ᄀ흐니 이윽고 듸왈 쇼ᄌ 이가흔 팔구 삭의 무슴 가화로 셜ᄋ를

일탄 말슴이니잇가 틱부인은 묵연탄식ᄒ고 쳐시 젼후ᄉᄅ 일통ᄒ고 군쥬의 요악은 일긔를 보면

14면

알지라 좌즁이 옴기미 누연타 ᄒ여 일큿지 아니터라 공이 고요일청의 기리 분탄 왈 닉 쳐음붓터 간인이 오문을 흔들 쥴은 아랏시나 그딕도록 딕간딕악으로 녀지 칼을 놀녀 ᄉ름 죽이믈 창승 굿치ᄒ믄 고금의 쳐음 듯는 빈니 ᄎ녜 도쥬ᄒ여 국가의 변을 짓고 숀으로 ᄌ웅을 결ᄒ고 죽을 지니 엇지 심상ᄒᆫ 도적이리오 지금의 은시 ᄂᆞ럿다 ᄒ나 요인이 어느 곳의 비치ᄒ여 요ᄉ만방으로 셜ᄋ의 목슘을 맛고 굿칠 동 알니요 은ᄉ를 씌여 도라오믄 난

15면

득이로다 언파의 돌돌 ᄎᆞ셕ᄒ여 좌를 안졉지 못ᄒ고 화긔 쇼삭ᄒ니 쳐시 위로 왈 형장은 물넘쇼려ᄒ쇼셔 여러 츈츄를 밧고면 져의 길운이 도라오리니 씌를 기다리쇼셔 공이 쳐ᄉ의 말을 반신반의ᄒ나 심시 ᄶᆞ러지는 듯ᄒ여 광미슈집ᄒ니 왕은 임의 짐즉ᄒᆫ 일이나 야야의 쵸우ᄒ시믈 민망ᄒ여 다만 ᄋ부의 긔상이 향슈다복ᄒ여 무량이 누릴 바를 쥬ᄒ여 위로ᄒ더라 이날 돈당의셔 부ᄌ 슉질이 밤을 지닉고 봉궐의 됴회ᄒ니 어시의 만셰 황

16면

애 만됴의 됴회를 바드시고 군국 작상을 ᄎᆞ례로 봉ᄒ실시 임상국으로 황틱부를 비ᄒ시고 쵸왕은 다만 단셔쳘권을 쥬ᄉ 휴쳑을 한가지로 ᄒ여 본국의 가지 말고 ᄉ직을 괴오라 ᄒ시고 부마도위 셰린은 쵸방 이셔로 공녈이 후딕ᄒ니 진양후를 더어 쵸왕으로 굿치 ᄒ라 ᄒ시니 쵸왕은 고ᄉ홀 바를 아르ᄉ 단셔쳘권만 쥬시고 효장도위는 진양후를 봉ᄒ시니 틱ᄉ와 원슈 형뎨 고두ᄒ여 작쳐 슝고ᄒ믈 ᄉ양ᄒ니 상이 변식 왈 임경이 공이 크고 작쳐 덕

17면

으믈 공치ᄒᄂ냐 짐이 신하의 마음 아지 못ᄒ믈 붓그리노라 ᄒ시니 틱부 부지 황공

ᄒ고 벼슬을 과도히 도도지 아니시므로 너모 ᄉ양ᄒ미 인신의 도리 만홀ᄒ여 돈슈ᄉ은ᄒ니 졔군장ᄉ들이 작상을 혼갈곳치 고로ᄒ시니 상님의 오죽이 짓거리고 ᄉ즁의 말ᄒ미 업시 즐기ᄂ 환셩이 텬지진동이라 빅관이 긔호만셰ᄒ니 긔국 후 쳐음으로 쳔히 문명ᄒ고 빅셩의 환셩이 ᄉ시의 봄을 일윗더라 어시의 옥션을 도즁의셔 겁냑ᄒ 즈ᄂ 곳 양왕이라 호활

18면

혼 무장국군이로ᄃ 되기 환궁ᄒ시기 젼 번신이 연곡을 뷔오지 못홀 쥴 아라 다만 남강의 빈를 씌워 군쥬를 노즁의셔 겁냑ᄒ여 바로 남강으로 보ᄂ엿더니 궁노와 모든 노속이 군쥬의 덩을 빈의 올니고 둘너보니 깍근 머리와 돕은 ᄉ미 의법혼 호인이오 져희 빈 아니라 되경실식ᄒ여 덩을 빈의 놋코 도로 ᄉ면의 ᄂ려 져희 빈를 츠즈려ᄒ니 간 ᄃ 업고 호인은 빈를 져허 망망ᄃ히로 가ᄂ지라 궁녀 더옥 망극ᄒ여 손을 쳐 밧비 빈를 다혀 덩을

19면

나리오라 ᄒ니 이 호인은 안남국 ᄉ신이 예물을 밧치고 도라가ᄂ지라 엇지 양왕 군관들의 손쳐 부르믈 두려 거스리 져어오리오 발셔 두어 셤을 지나니 어ᄃ로 향ᄒ여 부르리오 홀 일 업셔 ᄉ면의셔 방황ᄒ다가 도라와 양왕을 되ᄒ여 젼후 쇼유를 고ᄒ고 쳥되ᄒ니 왕이 되경실식ᄒ여 두어 마ᄃ를 옥션을 부르고 긔식ᄒ여 것구러지니 좌위 일시의 붓드러 쥐물너 이윽혼 후 졍신을 츠려 이러나 궁감을 ᄭ지져 왈 너의 빈의 ᄂ릴 젹 군쥬

20면

의 덩을 호인을 맛지고 ᄂ리단 말이 되ᄂ 말이냐 ᄒ고 통흉돈독ᄒ니 졔인이 홀 말이 업셔 혼굿 ᄉ죄를 쳥ᄒ니 왕도 홀 일 업셔 ᄀ슴만 두다리더니 어기 환경ᄒ시니 강두의 마즈 봉궐의 드르시니 즉시 귀국홀시 근실혼 궁관으로 남강의 가 양국빈를 ᄉ면의 다혓더니 힝인다려 본가 무르니 져편 녀흘의 어옹이 낙시ᄃ를 들고 안줏다가 답왈 그ᄃᄂ 독 속의 드럿더냐 거월 회일의 괴풍이 이러나 양국빈지 상고션인지 고릭국의 드럿더니

21면

만일 춫고주 혼 즉 남히 뒤량으로부터 이 남강ᄀ지 물을 다 치고 흙만 남긴 후 고리를 잡ᄋ 비를 쓰고 닉라 ᄒ니 궁뇌 어히 업셔 도라와 이뒤로 고ᄒ니 양왕이 더옥 홀 일 업셔 귀국ᄒ니라 상이 임상국으로 퇴부를 졍ᄒ시니 상국이 연ᄒ여 ᄉ양ᄒ되 상이 구드시니 홀 일 업셔 ᄉ은ᄒ고 춧일부터 동궁의 ᄂᄋ가 녜의를 강논ᄒ고 녁뒤 졔왕의 현불쵸를 발ᄒ홀시 언필층요슌ᄒ니 퇴지 염슬졔좌ᄒ여 어진 도를 어드라 ᄒᄉ 날이 늣도록

22면

강학ᄒ시니 퇴뷔 셩덕뒤도를 복복 칭ᄉ ᄒ고 퇴ᄒ여 부즁의 도라와 ᄋᄌ와 쳐ᄉ를 뒤ᄒ여 퇴자의 셩덕이 거의 요슌지치를 니루실 바를 니르고 탄왈 셩지지셩은 더옥 텬뒤 졔왕가의 앗기시는 비일노뻐 위름치 아니랴 쳐시 역탄ᄒ더라 션시의 쇼부 운쇼공이 질부의 위퇴혼 찬젹을 우려ᄒ여 먼져는 옥션의 양왕 ᄉ통ᄒ믈 명명지긔ᄒ여 츌거ᄒᄂ 길의 양왕이 무심 즁 활착ᄒ여 양국으로 보닐 쥴 ᄂᄂ치 슬퍼 알미 한님의

23면

심복셔동 계층과 ᄌ긔 심복노ᄌ로 ᄒ여곰 양왕의 쥬즙을 망망뒤히로 쒸워놋코 안남국 ᄉ신의 비의 군쥬를 올녀 먼니 갈 만ᄒ거든 계층이 삿곳슬 쓰고 어옹인 쳬ᄒ고 안줏다가 뭇ᄂ니 잇거든 여추여추 뒤답ᄒ여 다시 바라미 쓴쳐지게 ᄒ라 ᄒ고 밧비 부운츙을 모라 도셩을 나 ᄉ오 일을 힝ᄒ여 옥화산 연쳐ᄉ 집으로 가니라 화셜 연쳐ᄉ는 남능현 퇴부의 후예라 그 묘상이 한당 이뒤를 셤겨 관면이 혁혁ᄒ더니 오뒤 시졀의 쳔히

24면

뒤란ᄒ니 연시 졔인이 옥화산의 슘어 피셰도은ᄒ여 도를 어드되 셰상의 ᄂ지 아냣더니 숑이 텬하를 어드나 창업이 쾌치 못ᄒ고 ᄉ히를 통일치 못ᄒ여 병난이 쯧지 아니니 동시 셰상의 ᄂ지 아냣더니 북숑이 빅 년을 얼풋 지ᄂ고 남숑의 니르러 쥬휘 임의 효둉긔 알외고 비ᄉ후례로 마ᄌ 벼슬의 두미 그 위인이 쳥념졍직ᄒ믈 아름다이 너겨 연젼의 ᄌ로 알외여 상셔 복야의 니루고 ᄌ숀이 션션ᄒ여 벼슬이 놉고 문회 혁혁ᄒ여

25면

됴졍의 버러 디디로 관면이 부졀ᄒ더니 슝이 망ᄒ고 호원이 텬하를 더러이니 도로 산즁의 슘엇더니 틱됴 고황뎨 호원을 탕쇼ᄒ고 황하슈를 맑히시며 됴모의 현ᄉ를 니류시니 연시 졔인이 심우를 슬피고 굿ᄒ여 셰류의 뜻을 머물미 업셔 일양 산즁의 무쳐 ᄌ미를 부르고 한가히 셰월을 보ᄂ여 화봉인이 되엿더니 쇼빅 한왕 고구로 동모ᄒ여 일을 한가지로 ᄒ다가 한왕이 딕역을 도모ᄒᄆᆞᄂᆞᆫ 경구ᄒ여 돌연이 셩심발광ᄒᆫ

26면

쳬ᄒ여 다라나 ᄎᆞ산의 니르러 쳐ᄉᆞ긔 뵈옵고 ᄉᆞ오 일 머믈믈 쳥ᄒ니 쳐시 허락ᄒ고 슈일 동쳐ᄒ니 그 인지 츌뉴ᄒᆞᆷᆯ ᄉᆞ랑ᄒ여 극진이 딕졉ᄒ여 써날 ᄻᆡ 후회를 짓슴 당부ᄒᆞ엿더니 그 후 셰월이 누변ᄒ고 졍심슈도ᄒᆞᄆᆡ 깁히 졍심당의 미쳐 셩확딕도를 크게 니르니 구류슙교와 졔ᄌᆞ빅가를 달통ᄒ노라 집 밧글 ᄂ지 아녓더니 공빅 진췌ᄒᆞᄆᆡ 물외의 쇼요홀 뜻이 ᄂᆞ되 엄졍의 ᄌᆞ이 늉늉ᄒ시믈 겨유 엇고 엄졍의 반ᄯᆡ 이측

27면

ᄒᆞ믈 삼츄 ᄀᆞ치ᄒ여 쳐ᄉᆞ의 듄문을 몰낫더니 질부의 급화를 위ᄒ여 몬져 셔찰을 붓치고 악인의 흉ᄉᆞ를 긔별ᄒ엿더니 과연 이ᄯᆡ 연쳐시 도통을 니어 ᄉᆞ히를 됴약돌 ᄀᆞᆺ치 넉이고 팔황을 숀금보듯 쳔히 눈알픠 노힘 ᄀᆞᆺᄒᆞᆫ지라 셔리 ᄀᆞᆺᄒᆞᆫ 긔운이 늠늠ᄒ고 창숑 ᄀᆞᆺᄒᆞᆫ 형상이 창고ᄒ여 고쥭쳥풍이 머무러시며 만고쌍졀이 다시 ᄉᆡ로 오니 도당시졀이 아니로딕 쇼허지졀이 잇ᄂᆞᆫ지라 발셔 임ᄌᆞ의 회션긔악을 명명이 지긔ᄒ고

28면

그윽이 ᄎᆞᄌᆞ 그 쳥고ᄒᆞᆫ 덕을 길워 엄능의 무리를 숨고ᄌᆞ ᄒ더니 홀연 셔찰이 이르러 악당이 부ᄂᆡ를 쇼요ᄒ여 옥화산 길을 즐너 질부를 탈취ᄒ리니 션싱의 신통을 밋노라 ᄒ여시니 ᄉᆞ의 간졀ᄒᆞᆫ지라 연쳐시 크게 반기고 놀나 즉시 건장ᄒᆞᆫ 노복 슈십을 발졍ᄒ여 뫼압골 유호곡이란 호로 ᄀᆞᆺᄒᆞᆫ 둅은 길이 이시니 요인이 엇지 이 길을 알니오 본디 남쥐로 가랴 ᄒ면 이 길노 말믜암ᄋᆞ 옥화산을 넘으면 연쳐ᄉᆞ 집 졍지라 길이

29면

슌ᄒ고 딕로의 텩당이 혹 잇셔도 이 길을 모로무로 운쇼공이 길묘리ᄅ 닛닛치 셜혹
ᄉ 다려 닐너시무로 혹시 향노ᄅ 그리ᄒᆞᆫ지라 목지형이 바로 남히로 가ᄂ 딕로ᄅ 바
리고 옥화산 뒤히 슈목이 총줍ᄒ고 숑쥭이 쒸 두룬 듯ᄒ여 슘기 됴흔 곳이라 미복ᄒ
고 날마다 딕로 쇼로로 왕ᄂᆡᄒ여 힝츠ᄅ 술피더니 십여 일이 못ᄒ여셔 셜혹시 미져
슈리ᄅ 어거ᄒ여 오되 푸른 뵈장 두른 슐위 쵸쵸ᄒ나 십여 인이 호위ᄒ고 한쥬뷔 쵸

30면

국 비신을 거나려 옹후ᄒ엿ᄂᆞᆫ지라 둄쳐로 ᄒ여ᄂ 그 힝도ᄅ 겁탈홀 길이 업셔 침음
홀 즈음의 발셔 압길을 지나되 딕로ᄅ 바리고 호로곡으로 가ᄂᆞᆫ지라 손벽 쳐 딕쇼ᄒ
고 모든 궁노ᄅ 다리고 오니 연쳐시 발셔 다 예비ᄒ엿ᄂᆞᆫ지라 운무막을 즈옥히 쳐노
코 셜혹ᄉ의 말머리ᄅ 곡구로 두르라 ᄒ고 여러 장확이 쇼티 치고 쇼져의 슈리ᄅ 겁
냐ᄒ려 ᄒᄂ 체홀 젹 목외 여러 궁노ᄅ 호령ᄒ여 급히 슈리ᄅ 아스오라 ᄒ나 운뮈 아
득ᄒ니

31면

목요의 군시 눈을 ᄯ지 못ᄒ여 어득 즁 셧고 연쳐ᄉ의 일힝은 거교ᄅ 호위ᄒ여 산즁
으로 나ᄂ 드시 드러슙고 제 시ᄋᆞ와 셜혹시 돈족 왈 골 속의도 강되 닉닷고 압길은
텩당이 막아시니 진퇴유곡의 아믜의 슈리ᄅ 아인족가 ᄒ며 통흉운졀ᄒᄂ 거동을 지
으며 써러진 시녀들은 부딕이져 울며 왈 어느 곳의 슈인이 잇셔 ᄎᆞ마 이런 원통흔 노
르슬 ᄒ리오 ᄒ여 덤벙이니 운무의 줌긴 목요ᄂ 엇지 알니오 도로혀 눈이 두렷ᄒ여
멧 히ᄅ 신고

32면

ᄒ여 셩념쇼져ᄅ 귀향가지 가게 ᄒ고 ᄉ이 도젹이 되여 한왕긔 밧쳐 불셰지공을 닛토
고 딕ᄉᄅ 도모ᄒ려더니 산젹의게 일허바리민 도로혀 셜혹ᄉᄅ 히코즈 ᄒ여 져의 힝
젹도 감쵿 의시 업스니 동뉴ᄅ 모화 안기ᄅ 헷치고 뎡광 ᄀᆞᆺ흔 칼을 드러 셜혹ᄉᄀᆡ 다
라드니 혹시 목요의 변형흔 거동을 보고 딕로ᄒ여 요간의 보검을 쌘혀 들고 용미ᄅ
것구루셔며 단봉안이 진멸ᄒ여 여셩 왈 너 요인이 오문으로 무슴 원쉬 잇셔 ᄎᆞ경의

33면

미첫ᄂ뇨 닉 칼노 너를 죽여 더러이미 가치 아닐시 일명을 ᄭ이믄 젼혀 왕모지친이 믈 가이ᄒ여 약간 뫼를 다스리노라 말노됴ᄎ 혼 번 보검을 들미 목지형의 동곳거리든 코히 ᄶ러지고 입시울이 약간 ᄭ기이니 말긔 ᄂ려지미 일형이 흑시를 에우고 목요를 구ᄒ려 ᄒ나 흑시 불변안식ᄒ고 괴슈 삼ᄉ 인을 보검으로 둘러치니 머리 쑥쑥 ᄶ러지거늘 제젹이 일시의 다라나고 목요로 결약형뎨되엿던 마셥이 죽기를 그음

34면

ᄒ고 목싱을 거드쳐 안고 닉다를시 흑시 쳔연이 칼의 피를 ᄊ셔 갑플의 쇼즌 후 말을 치쳐 연쳐ᄉ 집으로 오니 한쥬뷔 공지로 더부러 집즙ᄋ 머무르니 흑시 급히 미져의 긔운을 무르려 쳐ᄉ긔 명함을 드리니 쳐시 셕탑을 ᄶ고 학ᄉ를 마ᄌ 빈쥬지례를 힝혼 후 흑시 말ᄉᆷ을 펴 글오디 쇼싱의 누의 국가의 뫼를 닙어 남회의 뎍거ᄒ미 슈인이 곳곳이 은복ᄒ여 참화를 더을 지경의 싱되 무가ᄂᆡᄒ여늘 션싱딕은 활명지덕

35면

으로 누의 반셕 ᄀᆺ고 모든 뎍당을 간이 ᄶ러지게 ᄒ오니 은혜 골슈의 미쳐시믈 엇지 다 알외리잇가 쳐시 흑ᄉ의 ᄲᆮ혀난 션풍이질을 경복ᄒ여 거슈칭ᄉ 왈 산야비인이 홍진의 아득ᄒ더니 귀혼 힝미 산야의 님ᄒ시고 운슈공의 셔찰이 이르러 임한님 부인 뎍힝의 뎍되 심상치 아니믈 긔록ᄒ엿ᄂ지라 금일을 맛쵸와시나 이 무슴 공이리오 군의 신긔혼 긔슐이 독히 흉덕을 뎨어ᄒ리니 폐인의게 치ᄉᄒ미 불가토다 연이나

36면

임의 누쳐의 피화ᄒ시니 아직 일월을 지지ᄒᄉ 압길히 화를 믈니친 후 바로 힝ᄒ미 편당ᄒ니이다 흑시 지슴 ᄉ례ᄒ고 셩의딕로 훌 바를 딕ᄒ니 쳐시 ᄎ탄ᄒ더라 어시의 셜쇼졔 양가 은이를 버혀 남회로 슈리 닌닌이 구으니 구회쵼단ᄒ고 구고의 무이ᄒ시던 일을 싱각ᄒ며 돈고의 임힝금낭을 어루만져 탄식ᄒ더니 홀연 여러 길노 뎍당의 막혀시니 만일 이곳 화를 면ᄒ면 이 압 급화는 진정ᄒ기 쉬오되 인지 업고 ᄎᄋ혼 뫼히

37면

하날의 다하시니 어딕룰 향호여 일각을 피호리오 기리 묵연이러니 추변을 맛나 몸이 반셕 곳호여 이곳의 오니 화잉 등이 쇼겨긔 고호되 금일 딕화룰 면호믄 쇼부 노야의 지교호시미로쇼이다 쇼졔 기리 탄식호더니 연부인이 별당의 ᄂᆞ와 쇼겨로 셔로 볼식 쇼졔 ᄌᆞ질녜로 ᄉᆞ비호니 쳐ᄉᆞ 부인 니시ᄂᆞᆫ 슉뇨명쳘호 부인이라 답녜호고 녜 과도호믈 ᄉᆞ양호여 좌졍 후 눈을 드러 이 엇지 셰속 범범호 식광으로 의논호리오 오치상광이 일

38면

언 위로호여 양가 친쳑의 니우룰 싱각호여 일시 동심치 말나 호고 졔 시ᄋᆞ와 유랑을 당부호여 됴심호여 쇼겨룰 뫼시라 호고 밧그로 ᄂᆞ와 쳐ᄉᆞ룰 뫼셔 한담호여 말솜이 됴용호민 쳐시 무러 왈 현시 구각이 영형호시고 발셔 옥당한훤의 임지 되여 계시나 아직 동몽이신가 시부니 연긔 최쇼호신가 시부되 ᄋᆞᄌᆞ의 칼 쓰는 됴화룰 보니 신긔호미 귀신이 돕ᄂᆞᆫ 듯호니 츙년 귀공지 공밍을 학호여 공명을 진취호믄 예시나 댱ᄉᆞ의 지

39면

됴ᄂᆞᆫ 실시녀외로다 학시 계슈 딕왈 쇼지 쳔호 ᄂᆞ히 겨유 십ᄉᆞ 셰로되 일즉 학을 임상국의게 밧ᄌᆞ오미 쇼부 운슈공이 독셔여가의 육예룰 시험호여 가르치시미 우연이 검법을 씩듯ᄉᆞ오나 굿호여 일ᄏᆞᆯ 빈 업도쇼이다 쳐시 쳥파의 경왈 십ᄉᆞ 츙년의 장ᄉᆞ의 지됴룰 가진 동몽은 고릭의 흔치 아닐지라 명실의 동냥이 될 거시니 엇지 긔특지 아니리오 호더라 이의 머무런지 ᄉᆞ오 일의 공치 학ᄉᆞ룰 딕호여 길을 슈이 쩌나 어셔 덕쇼의 뫼신

40면

후 ᄂᆞ라히 복명홀 바룰 알외니 쳐시 답왈 이 힝치 심히 위틱로와 도젹이 길을 츄동호미 하마 셩명을 보젼치 못홀 번호여시니 가장 슴갈지라 아직 십여 일을 지류호여 일월을 쳔연호면 ᄯᅩ로ᄂᆞᆫ 덕되 히틱호 후 쩌ᄂᆞ미 계귈가 호노라 치인이 ᄯᅩ 무셔온 닐을 지닉엿ᄂᆞᆫ지라 묵연이 퇴호니 흑시 이 곳이 경ᄉᆞ로 요원치 아니되 임셜 냥부의 통홀

길이 업고 어기 하마 환경ᄒᆞ여 계실 듯ᄒᆞ되 엄정의 비시홀 길이 아득ᄒᆞ니

41면

우우히 심회 어즈러워 가월을 쵹합ᄒᆞ고 마음 업시 산식의 눈을 더졋더니 계잉이 쵸당의 ᄂᆞ와 쇼져의 복통이 급ᄒᆞᄆᆞᆯ 고ᄒᆞᄂᆞᆫ지라 ᄃᆡ경실싴ᄒᆞ여 ᄰᆞᆯ니 별당의 니르러 난함 알픠 셔셔 유랑을 불너 쇼져의 복통이 엇지ᄒᆞ여 비로스민가 무르니 유랑이 ᄃᆡ왈 쇼제 잉틱 만월ᄒᆞ시되 심히 셤셤ᄒᆞᄉ 복고치 아니시고 ᄯᅩ흔 붓그리시미 심ᄒᆞᄉ 일졀 ᄉᆞ식을 못ᄒᆞ게 ᄒᆞ시무로 돈당의도 고치 못ᄒᆞ고 본부의 츌거ᄒᆞ시되 고치 못ᄒᆞ엿

42면

숩더니 상부의셔 쇼제 발힝날 쥬비낭낭이 민실을 보ᄂᆡ시고 쇼져의 희만ᄒᆞᄆᆞᆯ 니르ᄉ 만일 즁노의 구ᄒᆞ리 잇셔도 쇼져를 밧드러 ᄃᆡ통ᄒᆞ나 산졈이니 슌산홀 약을 쓰라 ᄒᆞ시고 약봉을 미환관을 맛져 계시니이다 혹시 쳥파의 더욱 놀나 약을 달히더니 홀연 안히셔 요요히 슛두어리ᄂᆞᆫ 쇼ᄅᆡ 나거늘 쥬가의 우환이 잇ᄉᆞᄆᆞᆯ 지긔ᄒᆞ고 쇼져의 통성이 의의ᄒᆞᄆᆞᆯ 싱이 경황ᄒᆞ여 약을 친히 달혀 미송을 쥬어 쇼져긔 급히 나

43면

오라 ᄒᆞ시고 다시 쇼셰ᄒᆞ고 의관을 바로 ᄒᆞ여 금노의 향을 ᄭᅩᆺ며 쳥즁의셔 암암이 도츅홀ᄉᆡ 이ᄂᆞᆯ 텬긔 명낭ᄒᆞ고 셩뒤 넉넉ᄒᆞ여 셔방의 상운이 이러나며 별당을 덥허 이향이 만실ᄒᆞ고 남방의 극변이 모혀 졈졈 맑은 광치 실즁으로 향ᄒᆞ며 운상무의지 얼푸시 방즁으로 드ᄂᆞᆫ 듯ᄒᆞ더니 쇼제 젹이 복통ᄒᆞᄆᆞᆯ 멈츄고 관환의게 몸을 의지ᄒᆞ여 유랑의 숀을 줍더니 믄득 당즁의셔 긔이 향이 옹울ᄒᆞ며 쌍긔 옥동을 나하

44면

크게 우ᄂᆞᆫ 쇼ᄅᆡ 홍동을 울히ᄂᆞᆫ 듯 쳥건웅장흔 쇼ᄅᆡ로 두어 마ᄃᆡ ᄒᆞᄂᆞᆫ지라 유랑과 미환관이 황황이 쇼져를 밧드러 즈이의 누이고 냥인이 각각 ᄋᆞ희를 강보의 ᄊᆞ니 이ᄶᅥ 혹시 챵외의셔 쇼져의 통성을 드를 젹마다 간격이 쵸갈ᄒᆞ더니 쳔만 싱각지 아닌 바 아희 쇼ᄅᆡ 급ᄒᆞ니 급문 왈 쇼제 산후 정신이 엇더ᄒᆞ시냐 ᄒᆞᄂᆞᆫ 쇼ᄅᆡ 쳔쵹ᄒᆞ니 쇼제 긔운을 슈습ᄒᆞ고 거거의 익쓰믈 민망ᄒᆞ여 ᄃᆡ답을 분명이 ᄒᆞ여 몸이 가비얍고 정신이 관겨

45면

치 아니믈 딕ᄒᆞ고 어셔 ᄂᆞ가 편이 헐슉ᄒᆞ소셔 쇼릭 분명ᄒᆞᆫ지라 혹싀 쇼져의 여상ᄒᆞ믈 드르니 환희ᄒᆞ미 등천ᄒᆞᆫ 듯 훤젼의 졀ᄒᆞ미 더딜 바룰 슬허ᄒᆞ던 마음이 이ᄶᅴ의는 니치이니 연ᄒᆞ여 깅반과 거거의 됴심ᄒᆞ믈 당부ᄒᆞ고 외실노 ᄂᆞ오니 쳐싀 ᄯᅩ ᄂᆡ실노 ᄂᆞ오며 치하 왈 녕미 순산쌍남ᄒᆞ시믄 덕문여경과 명실이 흥긔ᄒᆞ려 쌍남ᄒᆞ신가 ᄒᆞ노라 혹싀 ᄉᆞ례 왈 어린 누의 긔질이 쳥약ᄒᆞᆫ딕 원노발셥을 당ᄒᆞ여 흉덕을 맛나 도즁의 셔

46면

놀나믈 과히 ᄒᆞ여 거의 위틱ᄒᆞ올너니 딕인 활히지은으로 귀부의 안신ᄒᆞ여 슌산쌍남ᄒᆞ믄 만만의외지은이라 약질이 하나흘 무ᄉᆞ 분만도 쳔힝이여늘 쌍틱를 슌히 ᄂᆞ코 반깅이 여상타 ᄒᆞ오니 덕문은덕과 효문공 임쇼왕의 츙효딕졀을 각별이 보시ᄒᆞ믈 씨닷과이다 쳐싀 당연빅염을 어로만지며 빗난 창안의 희긔 넘져 왈 영미 임부인은 하날이 유의ᄒᆞᄉᆞ 임시를 흥긔홀 골경을 ᄂᆡ신 빈 엇지 쇼쇼 직앙이 업ᄉᆞ며 조벽이 모혀 미양

47면

경긔룰 머무럿더니 ᄌᆡ 작일의 별당분야의 됴요ᄒᆞ엿시니 ᄂᆡ 뼈ᄒᆞ되 일쳔 년의 황히슈일쳥ᄒᆞ는 젹덕빅셰지후의 녜악을 가흥이라 임시 본딕 딕숑됴로붓터 뎍션후덕이라 숑이 망ᄒᆞ믹 입졀지 빅여 인이오 피셰지 긔슈빅의 임상국 션뫼 화줘 은거ᄒᆞ여 맑은 도덕이 상천의 달ᄒᆞ여 누셰덕덕이 ᄎᆞ 양ᄋᆞ의 밋ᄎᆞ미니 굿ᄒᆞ여 ᄉᆞ룸의 구ᄒᆞᆫ 힘이 아닌가 ᄒᆞᄂᆞ니 폐인은 슬히 젹막ᄒᆞ여 다만 일ᄌᆞ를 두엇더니 ᄒᆞᆫ ᄋᆞ들이 오

48면

ᄌᆞ 일녀를 ᄂᆞ코 틱됴황데 쇼현ᄒᆞ시믹 이를 피ᄒᆞ여 틱산의 올마 슘으니 폐인이 비록 여러 ᄉᆞᆫ의 슬하의 넘노라 뎍막ᄒᆞ믈 면ᄒᆞ나 독ᄌᆞ를 상니ᄒᆞ미 뎔박ᄒᆞ고 쳔틱의 숑젹ᄉᆞ룸이 호원을 피ᄒᆞ여 만히 은거ᄒᆞ여 뎍셩누를 일우고 슈다 친우들이 모혀 산쳔의 ᄉᆡ혀ᄂᆞ믈 즐기미 무궁ᄒᆞ니 노뷔 미구의 그리로 올무려ᄒᆞ되 여러 동싱이 동즁의 모혓시무로 ᄒᆞᆫ가지로 올무려ᄒᆞ미 지금 쳔연ᄒᆞ고 ᄂᆞ의 당ᄉᆞᆫ 홍이 약간 ᄌᆡ뫼 잇

49면

셔 쵸모의 무칠 위인이 아니라 질ᄋ 홍이 문황뎨 즉위ᄒ시미 금갑을 맛쳐 벼슬이 간 의티우로되 닉 ᄋ이 셰렴을 싯쳐 연경의 발이 임치 아니무로 뎔민ᄒ여 도로 벼슬을 갈고 이곳의 유쳐ᄒ니 아이 ᄌ녀셔를 모도 셩뇌로 보닉고 필ᄌ필녀로 더브러 날을 ᄯ로려ᄒ니 이 숀 둘을 맛져 경ᄉ의 보닉여 공명을 일우게 ᄒ려 ᄒ더니 거야의 쌍기 명완을 숀븨 싱ᄒ되 ᄂ의 숀븨 건문을 둣ᄒ 졍졔의 아오 졍쳔의 숀녜라 명문딕가 싱 츌노 셩

50면

힝녈졀이 무빵ᄒ고 임ᄉ지덕이 가즌 지라 산즁쳐근으로 이웃홀 지 아닐너니 모년의 여ᄎ여ᄎ 긔몽을 엇고 냥ᄋ를 싱ᄒ나 임한님 부인 히틱ᄒ심과 시각이 ᄒ가지니 몽시 신이ᄒ고 셩이 하비상괴이홀 분 아니라 냥ᄋ의 우비상의 글지 잇셔 슉셰 늣거온 연 분이 규셩을 ᄯ오니 부븨 지합ᄒ고 형뎨 화락이라 여닐곱 지 완연ᄒ니 이 심히 허탄 ᄒ 듯 ᄒ나 노븨 힝년 칠십이라 쳔시 응ᄒ 인ᄉ를 거의 췌탁ᄒᄂ니 쌍셩이 지셰ᄒ

51면

고 오가의 쌍벽이 쪄러지미 명명이 졍ᄒ 쉬 이ᄉ믈 알지니 이쩌 의논홀 빅 아니오 오 원ᄒ 듯ᄒ나 폐인의 말이 마즐 쩌 이시리니라 ᄒ더라 혹시 미급딕의 문니 급보ᄒ되 경셩으로 왓노라 ᄒ시ᄂ 신션 ᄀᆺᄒ 노애 명쳡을 드리시ᄂ이다 ᄒ고 명함을 드리ᄂ지 라 쳐시 발셔 임쇼부의 니르러시믈 알고 탑을 쓸고 썰니 쳥ᄒ니 이쩌 운슈공이 질부 의 힝도를 츄심ᄒ여 힝인을 맛난 즉 여ᄎ여ᄎᄒ 힝ᄎ를 무르며 힝ᄒ여 옥

52면

화산 알픠 다다라 힝인이 싯쳐지고 봉만이 ᄎᄋᄒ여 발 붓칠 길이 업ᄂ지라 쥬져홀 즈음의 ᄒ 장시 다리의 피를 흘니고 한 다리 업순 치 긔여단니다가 쇼부의 마두의셔 숀을 뭇거 비러 왈 딕ᄌ딕비ᄒ쇼셔 쇼인은 본딕 경셩 유명ᄒ 마셥장시러니 목지형으 로 그릇 결약형뎨ᄒ엿더니 금번의 여ᄎ여ᄎᄒ와 셜시를 겁냑ᄒ려다가 도로혀 다리 하나를 일코 목싱은 코를 버혀시나 둁하들이 업어 다라ᄂ고 쇼인은 다려가ᄂ

53면

스룸이 업스오민 능히 횡치 못호고 먹지 못호오니 술오쇼셔 호거늘 쇼뷔 쳥포의 의산을 명호여 이 손을 쵸국으로 보닉여 줄 엄슈호고 굼기지 말고 쥬식을 후히 호게 호라 후일 쓸 곳이 잇다 호고 쳐스 부즁의 니르러 쳐스 면젼의 직비호고 왈 쇼싱이 우연이 딕인 안탑을 더러이고 도라가오민 그 사이 졀셰 누변호고 스괴 다쳡호여 쇼싱이 되악이 텬하의 덥히오니 더러온 면목으로 다시 맑은 산즁을 더러이지 못호엿습더니 가운이 불

54면

횡호여 가질의 실즁의 변괴 층츌호나 엄위와 가형이 츌젼호온 찍라 부즁이 공허호온 딕 변이 무망의 나오나 방어홀 모칙이 업습고 셩명치셰의 부녀의 덕횡호는 슈리 남히 이역을 향호오니 망단호온 즁 동셔로 악인이 은복호여 밀망이 듕듕호오니 텬나지망을 버슬 도리 무가닉하요 닉 다시 돈션싱 안하를 번득지지호온 되 가비얍지 아니토쇼이다 션싱이 반기는 미위 열니여 션메를 드러 과례를 말니고 니로딕 일별이

55면

십여 지라 산야폐인이 황졍경이 한가홀 쓰름이라 음신을 스쳐시되 일넘은 경경호여 다시 화풍을 상졉지 못호믈 탄호더니 의외의 빗난 글이 이르고 부탁호신 바는 우리 무리 이런 곳의 힘쓰고즈 호던 빅라 진심호여 셩의를 밧드러 누쳐의 일횡이 안둔호연 지 스오 일의 큰 상셰 잇셔 영질 부인이 슌산 쌍남호스 긔운이 여젼호고 싱이 크게 특달호 긔린이 하셰호여 명실의 딕뵈오 돈문 흥늉이 각별호 바를 치하호느니 겸호여 군

56면

의 션풍이질이 션범을 즈임코즈 호시니 도덕 문명이 만히 남화로 벗호시니 폐인이 군을 위호여 희횡호이다 언파의 숑츠로 딕졉호니 쇼뷔 긔이빅스러니 셜흑시 쇼부의 슬하의 쑤러 지교딕로 호여 급화를 면호고 안심호여 슌산호믈 누누히 고호니 쇼뷔 임의 쳐스의 언닉로됴츠 질부의 무양홈과 쌍틱긔린을 싱호 줄 알고 가형의 젹덕여경이 질우 부부의게 밋쳐 복을 어드며 부모 돈젼의 영효를 일위믈 더옥 긔특

57면

영힝ᄒ여 흑스를 집슈 탄왈 널노뻐 질부의 힝거를 맛졋더니 일이 쥬밀이ᄒ여 디화를 벗고 젹도를 살츅ᄒ니 가히 육쳑지고로 빅니지탁을 닐위미라 유치는 질뷔다려 젹쇼로 가지 못ᄒ리니 잉셤 츈엽 냥 비즈를 맛져 닉 다려 가리니 유도 잇는 거슬 듯보리라 흑시 맛당ᄒ믈 일ᄏ고 쳐시 왈 오가의 츈향 취션이 유되 득ᄒ니 양ᄋ의 유모를 졍ᄒ쇼셔 쇼뷔 가지가지 칭은ᄒ니 쳐시 미쇼 왈 군은 이만 닐을 칭은ᄒᄂᇹ 다만 쌍셩이 군

58면

가의셔 하셰흘 비여늘 오가 쵸실의의 상셔를 웅ᄒ미 쳔의요 오가 쌍벽이 동월 동시의 쩌러지미 심상흔 일이 아니라 셰스는 불가측이니 금셕 ᄀᆺ치 굿게 ᄒ리라 ᄒ고 황옥건줌 흔 빵을 쇼부긔 미러 왈 츠물이 닉 북악항산의 고인을 쓰라 유람ᄒ더니 이인을 맛나 허다 비긔를 누누히 니르고 구름 ᄉ미를 썰치더니 츠물이 나려져 기릐 만장이나 흔 황농이 되여 졔인의게 다라드니 노부 됴화의 신긔ᄒ믈 지긔ᄒ미 두렵지 아냐두 농의 쏠을

59면

줍ᄋ 맛쵸니 즉시 변ᄒ여 황옥건줌이 되여거늘 도스를 도로 쥬니 도시 밧지 아니ᄒ고 왈 닉 본디 디숑 인동 년간의 왕쵹이란 도젹의 계집 호영ᄋ의게 속ᄋ 셩인의 빅셩이 요슐의 투입ᄒ엿더니 문노공 언박은 본디 문곡셩이라 왕쵹을 뭇지르고 여당을 쥬륙ᄒ되 닉 홀노 썬져 쳔틱산의 슘어 득도쳔션ᄒ엿더니 휘동 말의 문쳔상을 됴츠 옥경의 됴회ᄒ니 아됴 북악 항산의 쥬인이 되라 ᄒ시니 쳔데 명을 일즉 직희엿시나 여

60면

러 빅 년이 지ᄂ되 졍인을 맛ᄂ지 못ᄒ여더니 그디를 맛ᄂ니 츠물노뻐 졍됴ᄒ노라 ᄒ고 쳔긔를 누누히 니르지 못ᄒ노라 ᄒ고 여츠여츠 디쵸를 삭여 니르니 츠물이 쌍셩의 임지라 군가의 북당시 츈취 놉ᄒ시니 혹 인시 츠오흔 일이 잇셔 쌍셩의 호구를 다른 디 졍ᄒ시나 금일 언약과 건줌 원앙픠를 츠오ᄒ미 업게 ᄒ쇼셔 쇼뷔 제슬단좌ᄒ여 듯기를 다ᄒ미 건줌을 바다 간ᄉᄒ고 셜학ᄉ로 쇼져긔 즈긔 와시믈 통ᄒ니 쇼

제 쇼부의 니르러심과

61면

뎐당 구고의 슈셔를 밧드러 보믹 만지의 부탁ᄒᆞ신 빅 쳔금즁신을 보호ᄒᆞ여 타일 웃ᄂᆞᆫ ᄂᆞᆺᄎᆞ로 반기믈 당부ᄒᆞ엿고 쥬비 별셔를 ᄡᅵ쳐 아모지경의 밋ᄎᆞ나 ᄐᆡ악지즁을 홍모의 더지지 말믈 일너시니 글이 빗ᄂᆞ고 말솜이 슬푸더라 원ᄂᆡ 상편의 쇼뷔 가즁을 ᄡᅥᄂᆞ던 ᄉᆞ연과 가즁 졔인의 글 붓친 말을 여러 말 분잡ᄒᆞᆫ 즁 ᄉᆡᆨ히고 비로쇼 ᄂᆞ오니 두미 업ᄉᆞᆫ 듯ᄒᆞ나 ᄎᆞᄎᆞ 셕남ᄒᆞ면 알지니라 쇼졔 뎐고의 별셔를 밧드러 쳡다ᄒᆞᆫ 회픠 층냥치 못ᄒᆞ나

62면

겨유 진졍ᄒᆞ여 셔찰을 다 거둔 후 당즁을 쇄쇼ᄒᆞ고 쇼부를 마ᄌᆞ ᄌᆡ빈녜알ᄒᆞ고 복슈ᄒᆞ여 뎐당 구고의 셩휘 일양 안강ᄒᆞ심과 뇽ᄀᆡ 북노를 진멸ᄒᆞᄉᆞ 슈이 환경ᄒᆞ실 바와 냥위 뎐당 셩쳬 일양이시믈 우러러 희힝ᄒᆞ믈 알외니 옥셩이 고요 ᄂᆞ즉ᄒᆞ여 도도히 뉼녀를 맛쵸ᄂᆞᆫ 듯 쇄락ᄒᆞᆫ 긔상이 더옥 슈미 삽상ᄒᆞ여 놉흐미 츄쳔 ᄀᆞᆺ고 맑으미 구츄상월이 옥누의 ᄇᆡ이ᄂᆞᆫ 듯 염ᄐᆡ 찬난ᄒᆞ니 눈이 상쾌ᄒᆞᆫ지라 쇼뷔 양구의 탄왈 가운이 불힝ᄒᆞ여 질

63면

부의 화란은 심붕담녈이러니 쳐ᄉᆞ ᄃᆡ인의 활명지은으로 몸이 무ᄉᆞᄒᆞ고 슌산ᄒᆞ미 큰 경ᄉᆡ라 다만 경ᄉᆞ를 뎐당의 즉시 뵈지 못ᄒᆞ니 한홀 빅요 불구의 예를 지날 거시니 이압 험노ᄂᆞᆫ 더옥 긔록홀 빅 업ᄉᆞ니 우슉이 쌍ᄋᆞ를 다려가리라 쇼졔 슌슌복명ᄒᆞ니 쇼뷔 유랑으로 ᄋᆞ히를 알픠 나아오라 ᄒᆞ여 보니 믄득 실즁의 일월이 쌍으로 ᄡᅥ러져 기산의 봉되 오식털을 붓터 구쇼의 날고져 ᄒᆞᄂᆞᆫ 듯 복희를 위ᄒᆞᆫ 뇽이 하도를 진 듯 부ᄌᆞ를 위ᄒᆞᆫ 닌이 교

64면

야의 ᄂᆞ린 듯ᄒᆞ니 쇼뷔 일견의 ᄃᆡ경실식ᄒᆞ여 활연장탄 왈 ᄒᆞᆫ 달의 ᄆᆡ야지 ᄐᆡ산을 넘쒼다 ᄒᆞ더니 우리 형장과 슈슈의 지효지덕으로 두낫 셩현을 오문의 나리오시니 문호

의 디경이오 방실의 쥼뵈라 ᄒ고 ᄋ히롤 어루만져 쇼져롤 향ᄒ여 십 삭 ᄐ교의 공을 칭찬ᄒ니 쇼제 불승황공ᄒ여 디치 못ᄒ더라 쇼뷔 인ᄒ여 쳐ᄉ의 졍혼 바 냥 비ᄌ로 쌍ᄋ의 뉴모롤 졍ᄒ니 냥인이 졋슬 밧드러 단슌의 다히니 두 ᄋ히 흐무시 먹고 냥이 ᄎᄆ

65면

먹기롤 긋치니 쥬슌이 더옥 긔이ᄒ여 단ᄉ로 찍은 듯 긔긔묘묘ᄒᄆ 눈옴기기 앗가올 너라 이윽고 쇼뷔 밧그로 ᄂ와 쳐ᄉ로 더브러 오동병의 박빅쥬롤 한가히 날니며 담쇠 흔가ᄒ더니 믄득 셜흑ᄉ롤 도라보아 왈 아ᄅᆡ 누의ᄂᆞᆫ 발셔 ᄉ름의 어뮈 쇼임을 ᄒ거늘 너는 공후졔ᄐ의 귀공ᄌ로 진승상의 관옥지모와 두ᄉ인의 헌아지풍을 ᄶᅧ 문장지홰 하둥이 아니여늘 월뇌 홍ᄉ롤 늦게 ᄆᆡ여 지금 슌양동ᄌ로 벼슬이 비셔각 ᄐ흑ᄉ의 니르되 의

66면

가지낙이 업ᄉ니 어이 불상치 아니뇨 말을 맛고 디쇼ᄒ니 쳐시 졍문 왈 셜의쳠의 문필지홰 됴졍 명ᄉ로 놋타ᄂᆞᆺ거늘 하ᄉ로 하켜 길이 막히뇨 학시 옥면이 담홍ᄒ여 관줌을 어루만져 디치 못ᄒ니 쇼뷔 곡졀을 셰셰히 니른디 쳐시 쇼이탄상ᄒ더라 이러구러 슘칠 일이 지ᄂᆡ 쌍ᄋ의 교교ᄒᄆ 늘노 싀롭고 쇼져 신상의 병이 업ᄂᆞᆫ지라 드디여 힝편을 남으로 두루혈ᄉᆡ 쇼뷔 냥 비ᄌ와 두 유모롤 교ᄌ ᄐ와 냥ᄋ롤 ᄌ기 보호ᄒ여 항편을

67면

두루혈ᄉᆡ 임별의 쇼제 쇼부 슬하의 비례ᄒᄆ 연화보험의 쌍누롤 덕셔 힝노의 치안ᄒ시믈 츅ᄒᄆ 지극ᄒᄆ 됸고 슬하롤 비별홈 ᄀᆞᆺ더라 쇼뷔 역시 심시 창연ᄒᄆ 어린 ᄯᅩᆯ을 외로이 보ᄂᆡᄂᆞᆫ 듯 봉안의 츄쉬 동ᄒ여 탄왈 비극ᄐ리라 현질이 이 힝식이 언마ᄒ여 풀니리오 긱국의 ᄐ 업순 이미ᄒ 됴명을 실어가되 ᄂᆡ 능히 ᄯᅡ라 보호치 못ᄒ고 이압 쳡쳡험노롤 득달ᄒᄆ 만무ᄒ니 이 마음을 장ᄎ 어디 비ᄒ리오 쇼제 다

68면

시곰 복슈ᄒ여 이윽이 묵묵ᄒ엿더니 지비 되왈 쇼쳡의 힝실이 신명을 져바리옵고 박덕ᄒ와 돈문 쳥덕을 츄락ᄒ와 규즁 쇼녀지 몸이 남희의 쩌러지오니 던두를 츙냥치 못ᄒ올지나 셜ᄉ 압길을 무ᄉ이 지나와 ᄉ명을 엇ᄉ오나 만셰 여싱이 어느 쩌 고원의 도라가올 쥴 긔약지 못ᄒ옵ᄂ니 돈당 셩체 무강ᄒ시믈 바라옵고 금입 계부 슬젼을 하직ᄒ오니 춤지 못홀 뎡이 여러 가지오나 임의 갈 길을 지류치 못ᄒ오니 뉵지 지나

69면

오면 망망디희로 가올 닐이 근심이오나 비ᄌ 잉셤은 여력이 과인ᄒ와 급난의 썸 즉ᄒ오니 계양으로 되신ᄒ와 ᄋ희를 보호케 ᄒ옵고 잉셤 다려 가기를 고ᄒᄂ이다 쇼뷔 더옥 잔잉이 녀겨 ᄉᄉ의 마음되로 ᄒ라 ᄒ니 쇼졔 ᄉ례ᄒ고 일장 니별을 맛고 쳐ᄉ 부인긔 하직을 고ᄒ니 쳐ᄉ 부인이 쥬찬을 버려 들니고 ᄂ와 권ᄒ며 위로 왈 맛나믈 의외로 ᄒ여 슈십 일을 알음다온 긔질을 상되ᄒ여 무된 눈이 호ᄉ롭더니 금일 니별이 츠싱 영결

70면

이라 보ᄂᆡᄂᆞᆫ 심시 츠아ᄒ도다 쇼졔 긔이동신ᄒ여 공경지비 왈 쇼쳡이 불쵸무상ᄒ온 고로 득죄어상텬ᄒ와 십슘 뉴녜 살인죄쉬 되여 원노 찬비의 미급즁도ᄒ여 흉덕이 명을 달나거늘 귀부 은덕으로 잔명이 보뎐ᄒ여 몸이 반셕 굿ᄉ오니 은심혜더러니 금일 덕문을 쩌나오미 압길이 아득ᄒ오니 던두ᄉ를 미가분이라 츠싱의 갑지 못ᄒ온 은혜를 구원의 결쵸ᄒ믈 긔약ᄒᄂ이다 쳐ᄉ 부인이 잔잉이 녀겨 지극 위로ᄒ여 일장

71면

니별을 맛고 쇼져의 거교와 쇼부의 부운춍이 일시의 쩌ᄂ니 쇼뷔 흑ᄉ의 숀을 잡고 밀밀이 당부ᄒ며 한쥬부 장참군을 다 십분됴심ᄒ라 ᄒ고 요하의 참요검을 글너 흑ᄉ를 쥬며 급난의 이리이리 ᄒ라 ᄒ고 쌍ᄋ를 보호ᄒ여 상경ᄒ니라 셜흑ᄉ 남미 마두를 도로혀미 발셔 관산이 구뷔져 길이 난호이니 쇼졔 슬푸미 촌장을 슬으니 식음ᄒ믈 물니치고 거교 쇽의 잠연이 바려시니 학시 됴흔 말노 지극 위로 보호ᄒ여 발셔 슈십

72면

일을 힝ᄒᆞ엿더라 션시의 능운이 귀 업고 흔 눈먼 니괴 되여셔도 오히려 옥션의 금을 넛지 못ᄒᆞ여 임상부의 힝ᄉᆞᄒᆞ다가 임한님의 당당흔 졍긔와 황건녁ᄉ의게 줍혀 망망이 하ᄂᆞᆯ 한가의 악지 모힌 곳의 드릇치니 모든 귀신이 인형을 보고 보치며 쓰더 먹으려 셔도니 그런 요슐도 쥬러지고 쥬야 귀신의 밥이 되엿더니 요리 비록 요악ᄒᆞ나 도통을 니어 환슐이 무비ᄒᆞ더니 능운이 하산 후 쇼식이 업ᄉᆞᆯ 의괴ᄒᆞ여 일일은 능운의

73면

스승 묘월이 뎡심치지ᄒᆞ여 고요히 능운을 츄졈ᄒᆞ니 셩ᄉᆞ도 못ᄒᆞ고 쳔하 귀신굴의 굿 치엿ᄂᆞᆫ지라 돈독ᄒᆞ여 놀ᄂᆞ니 아지 못게라 능운을 다시 츌셰ᄒᆞ여 작변흔가 츠쳥하문ᄒᆞ라

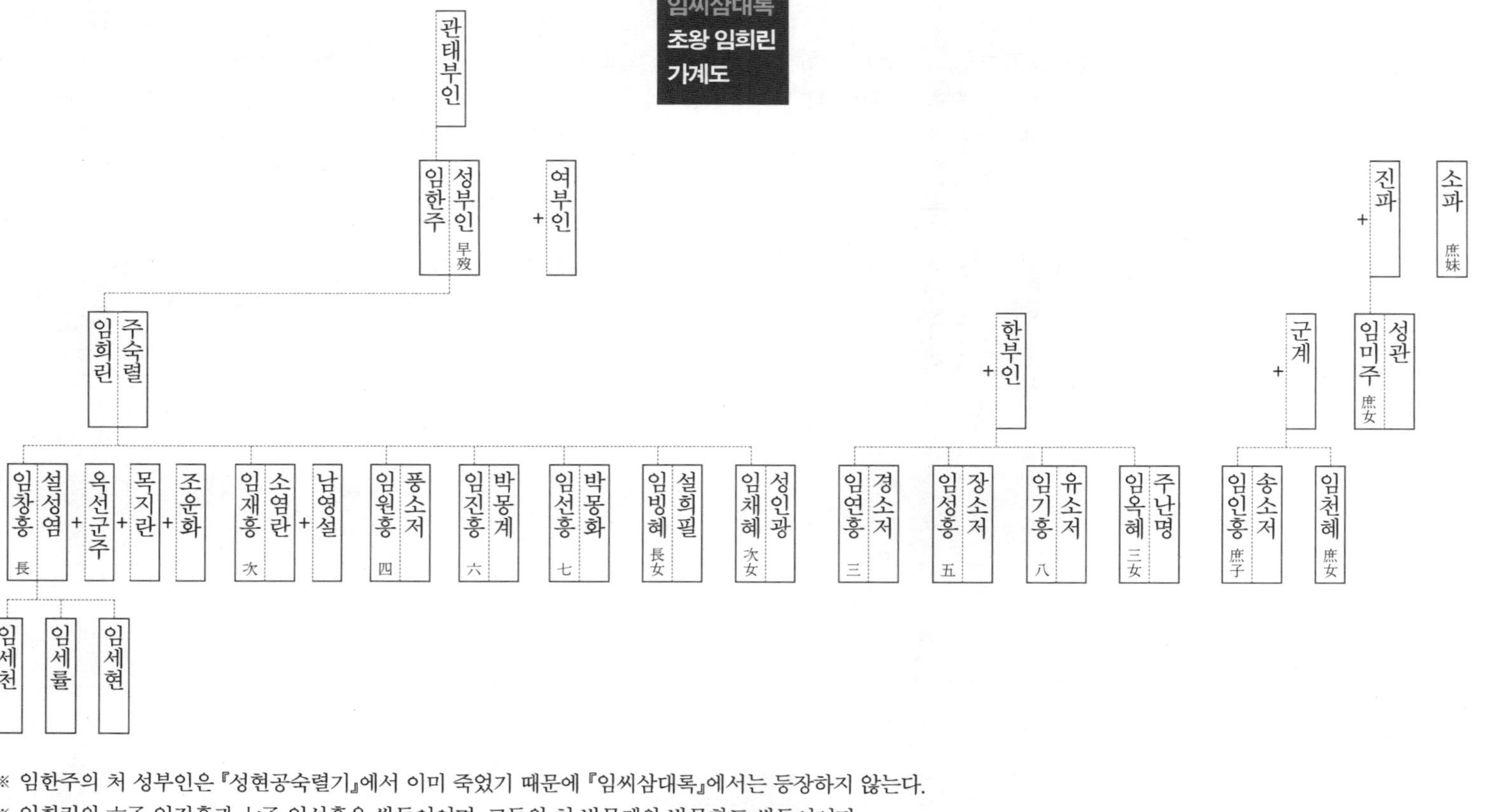

※ 임한주의 처 성부인은 『성현공숙렬기』에서 이미 죽었기 때문에 『임씨삼대록』에서는 등장하지 않는다.

※ 임희린의 六子 임진홍과 七子 임선홍은 쌍둥이이며, 그들의 처 박몽계와 박몽화도 쌍둥이이다.

※ 소파는 임한주와 임한규의 庶妹이다.

※ 임창홍의 자녀 임세천과 임세률은 쌍둥이이다.

※ 임창홍의 三子 임세현은 『임씨삼대록』에서 임세영이라는 이름으로도 제시된다. 여기서는 작품에서 처음에 제시된 임세현이라는 이름으로 표기했다.

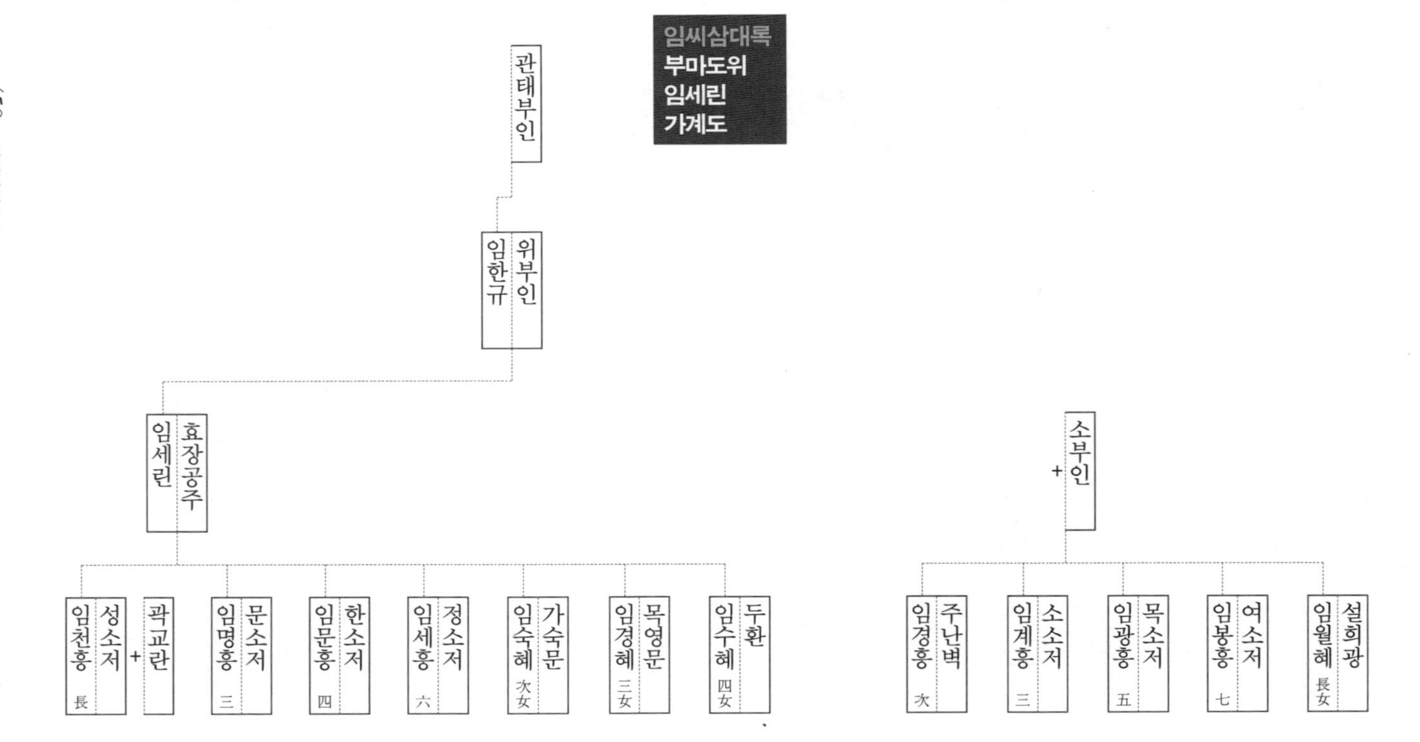

※ 효장공주의 次子 임명홍과 소부인의 次子 임계홍은 『임씨삼대록』에서 모두 임세린의 三子로 소개된다. 작품에서 이들의 선후관계를 추정하기가 어려운데다가, 임문홍을 四子, 임광홍을 五子, 임세홍을 六子, 임봉홍을 七子로 소개하고 있어, 여기에서는 임명홍과 임계홍을 모두 三子로 표기했다.

※ 임계홍과 임광홍은 『임씨삼대록』에서 소부인의 次子라고 소개되고 있지만, 동시에 임계홍은 임세린의 三子라고 언급되는 반면 임광홍은 임세린의 五子라고 언급되고 있어, 여기에서는 임광홍을 소부인의 三子로 제시했다.

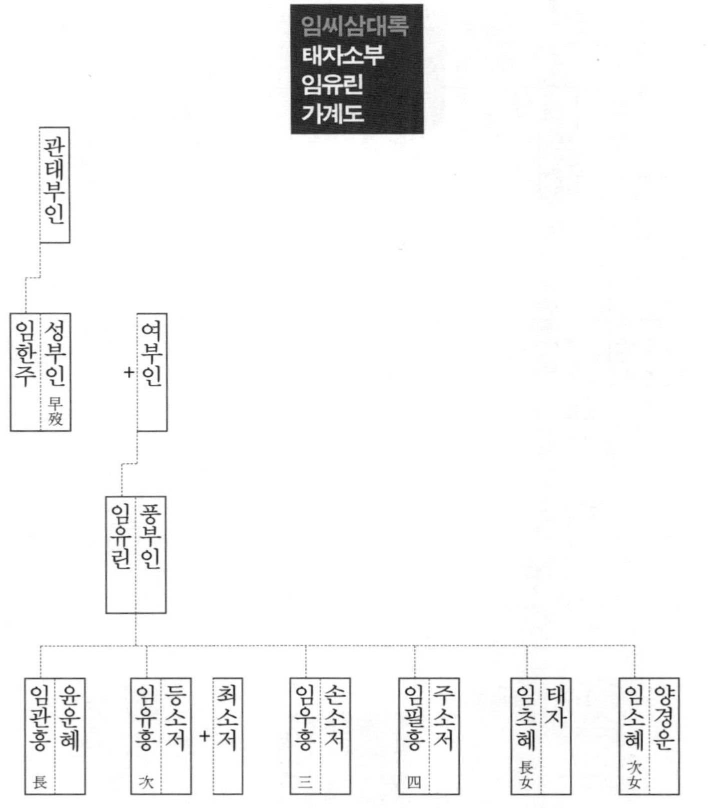

임씨삼대록
태자소부
임유린
가계도

관태부인

임한주 성부인 早歿

임유린 풍부인 + 여부인

임관홍 윤운혜 長
임유홍 등소저 + 최소저 次
임우홍 손소저 三
임필홍 주소저 四
임초혜 태자 長女
임소혜 양경운 次女

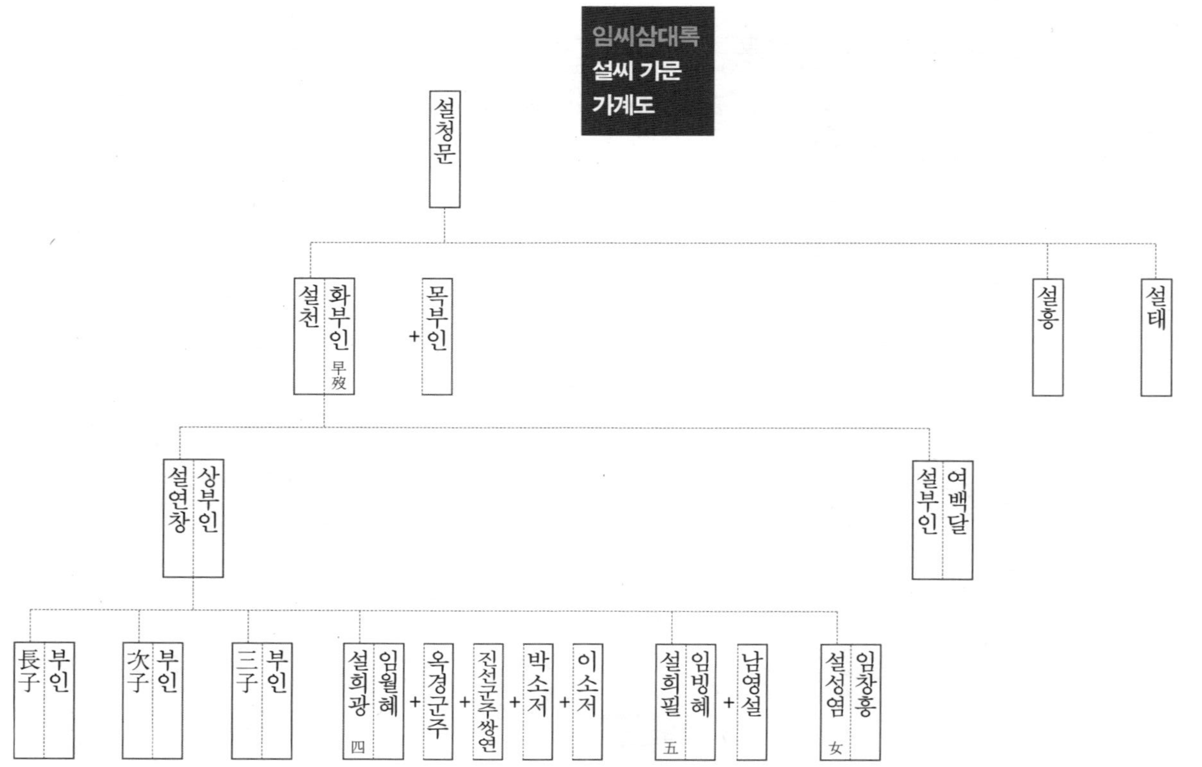

※『임씨삼대록』에서 설연창의 長子, 次子, 三子와 그 처들에 대한 이름이 제시되고 있지 않기 때문에 여기에서는 그 순서와 혼인 여부만을 표시해 주었다.